TANITH LEE

DIE HERRIN DES DELIRIUMS

Roman

Deutsche Erstausgabe

Fantasy

WILHELM HEYNE VERLAG
MÜNCHEN

HEYNE SCIENCE FICTION & FANTASY
Band 06/4575

Titel der englischen Originalausgabe
DELIRIUM'S MISTRESS
Deutsche Übersetzung von Irene Holicki
Das Umschlagbild schuf N. Taylor Blanchard
Die Illustrationen zeichnete John Stewart

Redaktion: E. Senftbauer

Printed in Germany 1989
Umschlaggestaltung: Atelier Ingrid Schütz, München
Satz: Schaber, Wels
Druck und Bindung: Ebner Ulm

ISBN 3-453-03165-2

Inhalt

Widmung

Für Rosemary Hawley Jarman,
Eine Magierin
des Wortes von der runden Welt

Hinweis der Autorin

Die anderen Erzählungen betreffend, die in *Die Herrin des Deliriums* erwähnt werden:

Die Geschichte von Zhirek dem Zauberer, von Simmu, der den Göttern die Unsterblichkeit stahl, und von der Stadt Simmurad finden sich in *Herr des Todes* (HEYNE-BUCH Nr. 06/4012), ebenso die Geschichte von Narasen und von Kassafeh und ihrem Pakt mit dem Tod. Dort wird auch erzählt, was mit Lylas geschah.

Die Geschichten von Shezael, der Halbseele, von dem Dichter Kazir und von Ferazhin, der Blumengeborenen, von Sivesh, von Zorayas, der Hexenkönigin und von Bakvi dem Drin (auch die von Azhrarns erster Begegnung mit der Sonne) finden sich in *Herr der Nacht* (HEYNE-BUCH Nr. 06/3802).

Die Geschichte Dunizels und ihrer Mutter sind, zusammen mit dem Bericht über den Bau – und den Sturz – des großen Turmes Baybhelu in *Herr der Illusionen* (HEYNE-BUCH Nr. 06/4210) enthalten.

Vorwort

Es wurde berichtet, daß in den Tagen, als die Erde noch flach war, Azhrarn, der Fürst der Dämonen, der Herrscher der Nacht, einer der Herren der Finsternis, die Jungfrau Doonis-Ezael oder Dunizel (Mondseele) liebte, eine Priesterin der heiligen Stadt Bhelsheved. Und daß er sie, weil sie ihm so teuer war (aber hauptsächlich, so muß gesagt werden, um in jenen Landen, die ihn erzürnt hatten, Unheil anzurichten), durch Zauberei schwängerte.

Als dieses Kind, eine Tochter, geboren wurde, wurde Dunizel von ihrem Volk verdammt, das die Macht Azhrarns sehr fürchtete, ohne sie jedoch ganz zu begreifen. Trotz der Schutzvorrichtungen, mit denen ihr dämonischer Liebhaber sie umgeben hatte, fand sie den Tod.

Nun schien es, als habe ein anderer der Herren der Finsternis, Fürst Chuz, auch Wahnsinn, der Herr der Illusionen genannt, schuld an ihrem Tod. Deshalb suchte Azhrarn Chuz auf, schwor ihm hinfort Feindschaft und gelobte, die Dämonen würden Chuz aufspüren, wo immer dieser sich verbergen mochte, um seine Rache an ihm zu vollenden. Ein Krieg zwischen zwei der mächtigen, unsterblichen Herren der Finsternis war jedoch in der Tat etwas Schreckliches. »Glaubst du, ich werde vor dir erzittern?« erkundigte sich Chuz. Und doch ist es möglich, daß er sich bei dieser Entwicklung trotz allem nicht ganz wohl in seiner Haut fühlte.

Azhrarn hatte nur Dunizel allein geliebt; das Kind war für ihn nie mehr als eine Schachfigur gewesen. Er hatte jedoch bemerkt, daß Chuz das Mädchen mit nachdenklichem Blick betrachtete. Daraufhin brachte es Azhrarn, von Schmerz und Zorn erfüllt, nach Untererde in seine Stadt Druhim Vanashta.

Buch Eins

Sovaz: Herrin des Wahnsinns

Nächtliche Jagd

1

Der Abend dämmerte, und der junge Mann auf dem hohen Dach blickte eine Weile hinauf in das mächtige, sanft geneigte Himmelsgewölbe. Dann las er laut aus seinem Buch: »Blau wie die dunkelblauen Augen meiner Geliebten erfüllt das Zwielicht den ganzen Himmel. Die Sterne legen ihre silbernen Gewänder an, und sie sie sind schön, doch keiner ist so schön wie sie.« Seine Gefährten stützten sich auf die Ellbogen und sahen ihn spöttisch an. Er klappte das Buch zu und sagte: »Auch die Liebe ist nichts als Wahnsinn.«

Das taten sie mit wilden Gesten ab.

»Die Liebe existiert nicht. ›Liebe‹ ist der Name, den die Frauen und ihre elenden, alten Väter auf einen Ring schreiben, um ihn als Fessel zu verwenden.«

»Liebe ist Wollust. Wozu etwas besingen, was einen juckt?«

Der erste junge Mann lächelte. Er sah ungewöhnlich gut aus, mit blasser Haut, hellblondem Haar und schönen Augen in der Farbe schwachen Lampenlichts. Wenn er ruhte, strahlte er Freundlichkeit aus. Er ließ einen reizend melancholischen Seufzer hören.

»Ach, der Arme«, sagten die anderen. »Was quält unseren Oloru denn heute abend?«

»Eine Antwort, zu der es keine Frage gibt«, sagte Oloru.

»Ein Rätsel!« riefen die anderen jungen Männer. Dann verlangten sie grinsend: »Bring uns zum Lachen, Oloru.«

Und auf einmal glitzerten Olorus Augen wie die Augen eines Fuchses auf nächtlicher Jagd. Er kam mit einem Satz auf die Beine, krümmte sich zusammen, wurde zur Kugel, schleuderte seinen ganzen Körper hoch in die Luft und stützte sich dabei mit einer Hand unten auf dem Dach ab. Dann begann er auf dieser einen Hand herumzuhüpfen und rief dabei die ganze Zeit mit heiserer, gereizter Stimme: »Oh, wie ist das anstrengend. Man möchte doch meinen, die Götter hätten inzwischen eine bessere Art des Reisens erfunden.«

Pflichtschuldigst erheitert, lachten und applaudierten die Gefährten und belegten den Unterhalter mit Spottnamen. Oloru fuhr fort zu hüpfen, obwohl einer seiner feinen Seidenhandschuhe inzwischen wahrscheinlich durchgescheuert war. Er hüpfte zur westlichen Brüstung, und hier schwankte sein schmaler, kopfstehender Körper, und die Sterne schienen zwischen den Füßen hin- und hergestoßen zu werden. »Seht nur«, sagte Oloru, »hier ist die Sonne hinabgestürzt.« Und er kippte seitwärts, durch blaue Dämmerung und Sterne, fiel geradewegs über die Brüstung und verschwand.

Die anderen jungen Männer auf dem Dach der Schenke stießen entsetzte Schreie aus und warfen beim Aufspringen Weinkrüge und andere Utensilien um. Oloru war ein Günstling ihres Gebieters, eines der Magierfürsten dieser Stadt. Diesem mächtigen Mann berichten zu müssen, daß besagter Oloru sieben Stockwerke tiefer zerschmettert auf dem Pflaster liege, war keine angenehme Vorstellung.

Aber als sie an die Brüstung stürzten und sich darüberbeugten, konnten sie in der schmalen Gasse unten weiter nichts erkennen, als daß die Dunkelheit zunahm.

Ringsum lag die Stadt unter dem Himmel ausgebreitet, die Häuserreihen mit Lichtern besetzt wie mit Perlen, die erhellten Fenster der Türme wie strahlende Augen. Nirgendwo in dieser Stadt würden sie noch in Sicherheit sein, wenn sie ihren Fürsten, Lak Hezoor, einmal erzürnt hatten. Der Palast dieses Herrn war ganz nahe, jede seiner Turmspitzen wurde im Licht der lodernden Feuerpfannen auf seinem Dach zu einer düsteren Kerze, und jede dieser Feuerpfannen schien nun zornig zu ihnen herüberzublinken.

Bestürzung. Einige liefen zur Treppe, wollten hinabsteigen und die Straße zu Fuß absuchen. Andere überlegten sich schon, wie sie erklären sollten, daß sie mit Olorus gewaltsamem Tod nicht das geringste zu tun hatten. Mitten in dem ganzen Aufruhr trat Oloru plötzlich aus einem Spalierobstbaum, der seine Äste über die östliche Brüstung streckte.

»Ja, Liebe ist Wahnsinn«, sagte Oloru. »Wie alles Wahnsinn ist. Frömmigkeit, Verworfenheit, Freude, Leid – alles ist Tollheit. Ja, das Leben überhaupt ...«

»Oloru!« schrien die jungen Männer. Zwei von ihnen rannten auf ihn zu, als wollten sie ihn verprügeln.

Oloru wich an den Baum zurück und hob schützend beide Hände in den edelsteinbesetzten Handschuhen. »Nein – vergebt mir, meine Freunde – was habe ich getan, um euren Zorn zu erregen?«

Die Freunde rotteten sich drohend zusammen. Oloru war immer schon ein schrecklicher Feigling gewesen. Sie wußten, daß ihn eine Drohung oder eine erhobene Faust in Schrecken versetzen würden. So schalten sie ihn, und er wurde immer bleicher und drückte sich immer weiter in die schlanken Arme des Obstbaumes. Ein wenig stotternd erklärte er, er habe sich am Mauerwerk unterhalb der Brüstung abgefangen und sich so ungesehen an der Seite des Gebäudes entlang bis zu dem Baum vorgeschoben. Von dort aus sei er wieder hinaufgeklettert. Er habe sie nicht ärgern, sondern nur unterhalten wollen. Sie ließen ihn reden und freuten sich an seiner stockenden, klangvollen Stimme und an den Tränen der Angst, die in seinen Augen glänzten. Als sie ihn schließlich lange genug bedrängt hatten und es so aussah, als hielte ihn nur noch der schwache Baum auf den Beinen, ließen sie sich erweichen, umarmten ihn stürmisch, küßten ihn, glätteten sein goldenes Haar und schworen, sie würden ihm alles verzeihen, er sei ihnen doch so teuer. Da lachte er zittrig und dankte ihnen. Als sie ihn darum baten, nahm er eine Leier aus vergoldetem Holz und erfreute sie mit köstlichem Gesang. Seine Stimme war in der Tat so herrlich, daß sich ringsum hie und da leise die Fensterläden öffneten. Liebende und Verlierer beugten sich gleichermaßen nach draußen, in die Nacht, um Olorus wunderbarem Gesang zu lauschen.

Im Land der Leier die Saite schwingt,
Musik in jedem Wort erklingt.
Ein Zauber liegt in jedem Blick,
Denn wie Schwerter sind deine Augen gezückt,
Dein Lächeln wie ein Vogellied
aus uralten Büchern die Lüfte durchzieht ...

Und dann sagte eine Stimme: »Du schmeichelst mir, Oloru. Aber du schmeichelst mir stets besser als jeder andere, und ohne einen einzigen falschen Ton.«

Lak Hezoor, der Magierfürst, in prächtiger dunkler Kleidung, zwei Wachen hinter sich, hatte lautlos das Dach betreten. Er und seine Lakaien konnten sich ganz leise bewegen, wenn sie wollten, und es war eine Angewohnheit von ihm, sich derart geräuschlos zu nähern. Auf diese Weise überraschte er seine Höflinge häufig bei ihren verschiedenen und teilweise sehr intimen Spielen. Alle waren sehr vorsichtig geworden und achteten selbst mitten in der höchsten Leidenschaft des Liebesaktes darauf, nur das Beste von ihrem Gebieter zu denken und, wenn nötig, auch auszusprechen. Schattenfarben wie Lak Hezoors Gewand war auch sein langes, lockiges Haar, und auf seinen behandschuhten Händen glühten Edelsteine, die so dunkel waren wie inzwischen die Nacht. Zwei große Hunde an der Leine, im Gegensatz zu dem Magier so blond wie Oloru, starrten zitternd vor ziellosem Eifer um sich und suchten nach etwas, was sie jagen und zerreißen konnten.

Alle jungen Männer hatten sich verneigt. Aber Oloru war es, den der Magierfürst in seine Arme schloß und bedächtig auf die Lippen küßte.

»Wir gehen heute nacht auf die Jagd«, sagte Lak Hezoor.

Diejenigen Höflinge auf dem Dach, die für diesen Abend andere Pläne gehabt hatten, schlugen sie sich schnell aus dem Kopf. Nur Oloru hörte man jämmerlich sagen: »O mein Gebieter, ich hasse es zuzusehen, wie irgendein Geschöpf getötet wird ...«

»Deshalb, mein Liebster«, gab Lak Hezoor zurück, »gestatte ich dir, im letzten Augenblick des Todes dein Gesicht in meinem Mantel zu vergraben und nicht hinzusehen.«

Zu der Stunde, da die Jagdgesellschaft sich auf den Weg machen wollte, ging der Mond auf. In jener Nacht war es ein Vollmond, und gewisse Ausdünstungen und Dämpfe der unter zauberischem Einfluß stehenden Stadt ließen ihn ungewöhnlich groß erscheinen, so daß die Türme wie Zwerge aussahen, als er über ihnen hing. Als er über diesem Ort stand, färbte er sich außerdem rötlich und hüllte sich in eine Wolke. Doch sein fiebriges Licht durchdrang die Wolke, überflutete Lak Hezoors schwarze Pferde und seine schwarzen und weißen Hunde und ließ die laut lärmenden Hörner, die Messer und Juwelen und die vielen Augen aufblitzen.

Die Tore der Stadt flogen weit auf, ohne daß ein Befehl gegeben zu werden brauchte, und spuckten die Jagdgesellschaft aus. Durch die Ebene dahinter führte eine lange, gepflasterte Straße. Auf beiden Seiten lagen saftige Felder, Baumgruppen und Weingärten, aber weiter im Westen befand sich hügeliges Gelände und ein Wald, der viele Jahrhunderte älter war. Über den Wald erzählte man sich merkwürdige Geschichten.

Menschen, die ihn betreten hatten, wurden niemals wiedergesehen, und dafür kamen andere Wesen, keineswegs Menschen, heraus, manchmal in menschlicher Gestalt und manchmal auch nicht. Aber die Magierfürsten der Stadt fühlten sich von diesem Wald von Zeit zu Zeit angezogen. Besonders Lak Hezoor reizte er, denn dessen Geist war besessen von allem, was mit Nacht und Dunkelheit zu tun hatte, während sein Fleisch sich von allem entflammen ließ, was außergewöhnlich hell war.

Es war Erntezeit, und hin und wieder kam die Jagdgesellschaft, die so schnell und wild ritt, als sei sie schon hinter ihrer Beute her, an einem Lagerfeuer oder an einem Dorf nahe der Straße vorüber. Dann stürmte all das niedrige Volk, das dort versammelt war, an den Straßenrand und pries laut die Magierfürsten und namentlich Lak Hezoor, wenn er erkannt wurde. Sich anders zu verhalten, wäre unvernünftig gewesen. Doch Lak Hezoor achtete nur selten darauf. Als jedoch die hohe, schwarze Mauer des Waldes keine Meile mehr von ihnen entfernt war, geschah es, daß der Zauberer etwas entdeckte, was ihn innehalten ließ. Auf einer Wiese hing eine Unschlittlampe an einer Stange, und darunter kniete ein Mann. Dicht daneben war ein Mädchen an einen Baum gebunden. Im schwachen Schein der Lampe leuchtete sie so bleich wie eine Perle, und ihr langes, aschbraunes Haar, mit weißen Blüten durchflochten, war alles, was sie auf dem Leibe trug.

Als Lak Hezoor und mit ihm seine Gesellschaft ihre Pferde zügelten, kam der Mann angelaufen und kniete diesmal auf der Straße nieder.

»Sprich«, sagte Lak Hezoor.

»Sie ist die Tochter meiner Schwester, gerade fünfzehn Jahre alt und noch Jungfrau.«

Lak Hezoor blickte, ohne abzusteigen, zu dem Mädchen hinüber, während seine Höflinge verstohlen und kriecherisch lächelten.

»Einst«, sagte der erhabene Lak, »band man Jungfrauen auf diese Weise fest, um Drachen anzulocken. Erwartest du irgendwelche Drachen?«

»Nein – o *nein*, mächtiger Hezoor. Es ist nur ein Herzenswunsch des Mädchens, Euch einen Augenblick lang zur Zerstreuung zu dienen, das ist alles.«

Lak Hezoor saß ab und ging über die Wiese zu dem Baum, an dem, vor Entsetzen halb tot, das Mädchen hing. Eine Sekunde lang war der Magier noch zu sehen, wie er sich über seine Drachenbeute beugte, dann breitete sich ein schwarzer Fächer über die beiden aus und entzog sie den Blicken. In der Schwärze schien sich eine mattrötliche Feuerschlange zu winden, und Funken stoben auf, so daß denen, die immer noch in diese Richtung schauten, die Augen brannten. Ein-, zweimal durchdrang ein spitzer Schrei den Zauberschleier, weiter war nichts zu sehen oder zu hören.

Der Mann, der dem Fürsten seine Nichte gebracht hatte, wartete geduldig, mit gesenktem Blick. Die Höflinge tranken Wein aus goldenen Feldflaschen, tätschelten ihre Pferde und unterhielten sich über Mode und Glücksspiele.

Lak hatte die Sache bald zu Ende gebracht. Plötzlich trat er wieder aus der schwarzen Wand, so ruhig und gelassen, als habe er nur angehalten, um eine Frucht von einem am Wege wachsenden Busch zu kosten. Sofort verschwand die Zauberwand hinter ihm. Jetzt sah man reglos etwas Weißliches auf dem Boden liegen, umgeben von ausgerissenen Haaren und geknickten Blüten.

»Was hast du dir erhofft?« fragte Lak Hezoor den geduldig wartenden Onkel. »Doch wohl nicht viel, denn sie war eine große Enttäuschung.«

»Nein – o *nein!* Ich wollte Euch nur erfreuen, Gebieter.«

»Nun, sehr groß war die Freude nicht. Aber du hast es gut gemeint. Ich werde dich nicht züchtigen. Bist du damit zufrieden?«

»Mächtiger Gebieter, ich bin der Sklave Eurer Großmut.«

Als die Jagdgesellschaft im Galopp davonsprengte, konnte sie mit einem Blick nach hinten sehen, wie der Mann sich über den hellen Fleck im Gras beugte und nicht einmal dann eine Antwort bekam, als er darauf einschlug.

»Nun, mein Oloru«, sagte der Magierfürst, als sie auf die hohen Tore des Waldes zuritten, »du scheinst mir bedrückt.«

»Ich?« sagte Oloru. »Ich war nur gerade dabei, Euch zu Ehren ein Gedicht zu verfassen.«

»Oh«, sagte Lak Hezoor. »Das ist gut. Später sollst du es mir aufsagen.«

Dann ging es in die Tiefen des Waldes. Nicht in sein Herz, denn der Wald war so alt, ein Labyrinth – wer konnte in sein Herz gelangen, außer einem verirrten Wanderer aus einer der düsteren Geschichten? Vielleicht hatte der Wald auch viele Herzen, und jedes schlug in einem langsamen, hypnotisierenden Rhythmus, der in jedem Jahrhundert, das verstrich, einen Bruchteil langsamer und ein Jota kräftiger wurde.

Natürlich gab es Teile des Waldes, wo die Atmosphäre besonders stark aufgeladen schien. An einer solchen Stelle befand sich ein Teich von unbekannter Tiefe, an den sich die Wesen des Waldes, ganz gleich welcher Gattung, schlichen, um zu trinken. Doch wenn ein Mensch von den Wassern des Waldes trank, so erzählte man sich, wurde er auf der Stelle selbst in ein solches Wesen verwandelt – in einen Hirsch, einen Wolf, einen Waldgeist oder irgendein namenloses Ungeheuer.

Rings um den Teich herrschte Finsternis, aber durch das massige Dach der Bäume hindurch sah man den Rand des Mondes. Jetzt war er nicht mehr rötlich, sondern kalt, und sein schneeiges Feuer verwandelte das geheimnisvolle Wasser in einen weißen Spiegel, der so fest schien, daß man glaubte, darauf gehen zu können.

Dreimal hatten Lak Hezoors Männer einen Hirsch aufgescheucht. Bleich wie Gespenster sprangen die Tiere davon, und die Jagd hetzte wie toll hinterher. Fakkellicht knisterte durch die Äste. Geschrei und Gejohle zerrissen die blätterdurchwirkte Luft. Manchmal störten der Lärm, die rasende Geschwindigkeit und der Lichtschein sonderbare Vögel – oder irgendwelche anderen geflügelten Wesen – auf, die sich auf die höheren Äste flüchteten. Gelegentlich funkelten körperlose Augen auf, um sofort wieder zu erlöschen. Was die Beute anging, so verschwand sie zweimal spurlos. Aber als der dritte Hirsch aus der Deckung brach, warf Lak Hezoor leuchtende Strahlen wie ein Netz darüber. So sehr der Hirsch sich nun auch wehrte, voranstürmte, abschwenkte, fast zu fliegen schien, von diesem Zauber konnte er sich nicht befreien. Laut keuchte er, stöhnte wie eine Frau im Kindbett, und den Höflingen des Magiers sträubten sich die Haare im Nacken. Aber schließlich stolperte er, und die Hunde fegten wie ein Sturzbach über ihn hinweg.

Obwohl es eine Hirschkuh war, war es ein riesiges Tier. Daher war die Jagdgesellschaft für den Augenblick befriedigt, man begab sich zu der Lichtung und an den Teich, der wie ein fester Spiegel war, und forderte sich gegenseitig auf, von dem Wasser zu kosten, aber niemand tat es. Statt dessen lümmelten alle auf den Teppichen und Polstern herum, die die Diener Lak Hezoors für sie auslegten, und tranken Wein aus Glaspokalen, die der Feuerschein in goldene Tränen verwandelte.

Lak Hezoor beaufsichtigte persönlich das Ausweiden der Hirschkuh und warf seinen Lieblingen unter den zitternden Hunden hin und wieder Teile der Eingeweide zu. Nicht weit entfernt lehnte Oloru mit abgewandtem Gesicht an einem Baum, die behandschuhte Hand leicht über Mund und Nase gelegt.

»Komm, sei mein Hund, Geliebter, dann werfe ich dir auch ein Stück Leber zu«, sagte Lak Hezoor.

Oloru sah seinen Gebieter unter langen Wimpern hervor schaudernd an und blickte dann weg.

Als Lak Hezoor das Interesse an dieser blutigen Arbeit verlor, setzte er sich zu den anderen auf die Kissen an den Feuern und winkte Oloru, ihm zu folgen.

»Nun singe mir das Lied, das du mir zu Ehren verfassen wolltest«, forderte ihn Lak Hezoor auf.

»Es ist noch nicht fertig«, sagte Oloru lässig.

Lak Hezoor drehte einen der Ringe an seiner linken Hand. Ein brennender Strahl schoß heraus – mit diesem Ring hatte er das Netz über den Hirsch geworfen, das ihm die Kraft genommen und ihn schließlich getötet hatte. Auch bei Menschen hatte der Ring schon das gleiche bewirkt.

»Ich gebe Oloru«, sagte Lak Hezoor, »drei von seinen eigenen Herzschlägen Zeit, um das Lied zu vollenden. Und da sein Herz im Augenblick sehr schnell schlägt, ist die Zeit, glaube ich, schon abgelaufen.«

Oloru senkte seine Augen, die die Farbe trüben Bernsteins hatten. Dann sang er schnell, mit süßer, glasklarer Stimme:

Ein Mädchen man unserem Gebieter antrug,
Er kauft' es mit Bosheit, denn Geld wär' nicht klug.
Dann nahm er es hinter der schwarzen Wand,
Und eines hat jeder nun deutlich erkannt:
Er liebt', wie ein anderer sein Wasser abschlug.

Der lärmende Haufen wurde auf einmal unglaublich still. Die Männer starrten Oloru mit weit aufgerissenen Augen und Mündern an, die Weinpokale auf halber Höhe haltend, saßen sie wie erstarrt. Neben dem Pavillon aus schwarzem Atlas standen die Diener des Magierfürsten, von denen manchmal behauptet wurde, sie seien selbst nicht ganz menschlich, wie immer mit ausdruckslosen Gesichtern, aber jetzt hatte jeder die Hand auf dem Heft seines langen Messers.

Nach seinem Vortrag sah Oloru seinen Gebieter mit schwachem Lächeln an, und Lak Hezoor erwiderte den Blick mit genau dem gleichen Lächeln. Dann stand Lak Hezoor auf, und auch Oloru erhob sich. Lak Hezoor schnippte mit den Fingern, sein Schwert erschien aus dem Nichts, glitt in seine Hand, und er streckte die grausame, blanke Klinge aus, bis ihre Spitze Olorus Brust berührte.

»Jetzt werde ich dich töten«, sagte Lak Hezoor. »Ich werde gründlich, aber langsam vorgehen. Ja, du sollst mit mir um deinen Tod kämpfen. Du wirst ihn dir verdienen müssen.«

Und dann sprach Lak Hezoor ein Zauberwort, ein zweites, blitzendes Schwert fiel in Olorus Hand, und dieser, bleicher jetzt als der Mond im Teich, ließ die Waffe auf der Stelle fallen.

»Aufheben«, befahl Lak Hezoor. »Heb das Schwert auf, mein Kind, wir wollen eine Weile miteinander schäkern. Und dann werde ich dich zerstückeln, Zoll für Zoll, und dich zu Leckerbissen für meine Hunde verarbeiten.«

»Mein – Gebieter ...«, flüsterte Oloru und stand bebend vor dem am Boden liegenden Schwert. »Es war nur ein Scherz, und ich ...«

»Und für diesen Scherz wirst du sterben. Denn er hat mich nicht zum Lachen gebracht, mein Oloru, und deshalb brauche ich etwas anderes zu meiner Unterhaltung.«

»O gnädiger Herr ...«

»Heb das Schwert auf, geliebtes Herz. Heb es auf.«

»Ich bitte Euch ...«

»Heb es auf. Warum soll man sagen, daß ich meine Freunde töte, ohne ihnen eine Waffe zu geben?«

»Dann werde ich es liegen lassen ...«

»In diesem Fall werde ich dich als Wehrlosen töten.«

Oloru bedeckte sein Gesicht mit den Händen. Im Schein der Fackeln schien er wie das Glas der Kelche aus kostbarem, hellem Gold zu bestehen und auch aus Tränen.

»Vergebt mir, oh, vergebt mir ...«, rief er.

Lak Hezoor grinste, zog Olorus Hände herunter und zeigte auf das im Gras liegende Schwert.

»Sieh es dir an, hebe es auf und stirb damit.«

Oloru warf einen letzten langen Blick auf das Schwert, dann sank er daneben ins Gras und blieb, in tiefer Ohnmacht, zu Füßen von Lak Hezoor liegen.

Da lachte der Magier. Er streifte seine schweigenden Höflinge mit einem Blick, der so viel Verachtung und Gleichgültigkeit und dahinter so viel verborgene Drohung enthielt, daß es war, als hätte er jeden einzelnen mit der Klinge in seiner Hand getroffen. Dann verschwand die Klinge und mit ihr die zweite im Gras. Alle Lakaien des Fürsten zogen die Hände von den Messern zurück. Lak Hezoor hob Oloru auf und verschwand mit ihm in den Armen in dem schwarzen Pavillon.

Nun, da ihn außer seinem Fürsten keiner mehr sehen konnte, erwachte Oloru, der Hofnarr und Dichter, schließlich wieder. Er kam auf den Seidenpolstern des Magiers zu sich, sein Gesicht war den bestickten Kissen zugewandt, und das Gewicht Lak Hezoors ruhte schon auf ihm.

»Du, mein Schatz, der es wie kein anderer wagt, mich zu verhöhnen«, murmelte Lak Hezoor und legte auch sein Gesicht auf das Kissen, so daß seine schwarzen Augen in die bernsteinfarbenen von Oloru starrten und ihre Lippen sich fast bei jedem Wort berührten. »Aber ich vergebe dir. Denn du weißt, daß du gelogen hast.«

»Oh, du meine Seele, die du über meinen Körper wachst, du warst abwesend, als diese Zitadelle überfallen wurde«, sagte Oloru. Lak Hezoor lächelte grausam, denn es war nur zu wahr.

»Erzähle mir von Dämonen«, verlangte Lak Hezoor,

während sein geschmeidiger Körper sich schwer wie eine Python auf und in seiner dritten Beute in dieser Nacht rieb und wand. »Erzähle mir von Azhrarn, dem Herrscher der Nacht, dem Bringer der Qualen.«

Oloru sprach leise, manchmal atemlos.

»Man sagt, eine Königstochter, eine Zauberin, habe ihn mit Hilfe eines Zeichens gerufen, das Azhrarn einst einem schönen Knaben gab, seinem Geliebten Sivesh oder Simmu, wie einige ihn nennen. Als nun der Dämon zu dieser Zauberin kam, empfing sie ihn in einem Pavillon, dessen Decke aus Finsternis und Sternen aus Edelsteinen bestand, wo sich Winde und Wolken bewegten, aber nur durch Magie. Azhrarn hielt das Dach des Pavillons wie beabsichtigt fälschlicherweise für den Himmel und glaubte, der Sonnenaufgang würde sich rechtzeitig ankündigen, denn es heißt ja, die Sonne tötet die Dämonen. Man sagt ...« (Hier brach Oloru ab. Aber Lak Hezoor drängte: »Sprich weiter, mein Sivesh, mein Simmu.«) »Dann – die Hexe hatte Azhrarn in die Falle gelockt, denn die Sonne war unbemerkt über der künstlichen Nacht des Pavillons aufgegangen – mußte sich Azhrarn mit ihr einigen und ihr jeden Wunsch gewähren: Macht, Reichtum, Schönheit über alle Maßen – *Schönheit* ...« (Hier konnte Oloru nicht weitersprechen, er preßte sich nur noch mit durchgedrücktem Rückgrat und verkrampfter Kehle in die Kissen, und durch seine goldenen Wimpern rannen die Tränen wie silberne Bänder.)

Doch als die Python auf ihm sich nicht mehr bewegte und die schwere, seidene Dunkelheit des Zelts nach dem blutroten Donner wieder auftauchte, sagte Oloru: »Wenn sie freilich eine so mächtige Zauberin war, warum beschaffte sie sich dann nicht selbst all diese Dinge, warum machte sie sich nicht selbst so schön? Ach, ihre geniale Zauberkunst gründete sich auf Zorn, und Zorn bringt keine Schönheit hervor. Und sie sehnte sich nach Liebe, so daß nur Liebe Wunder an ihr wirken konnte, sogar die Liebe Azhrarns, des Dämonenfürsten. Außerdem ist es nicht sicher, daß ein solches Zeichen ihn rufen konnte, wenn er wirklich nicht gerufen werden wollte. Er war auch nicht unbedingt gezwungen, auf diesen Ruf hin Wünsche zu gewähren, und eine Decke aus Edelsteinsternen und trügerische Winde konnten einen wie ihn nicht zum Narren halten, es sei denn, er hätte das Neue angestrebt, die Gefahren ersehnt und wäre bereit gewesen, sich in eine Falle locken zu lassen. Wahnsinn, Lak Hezoor hat vor keiner Person Respekt. Wir erkennen, daß sogar der mächtige Fürst Azhrarn von ihm hinters Licht geführt wurde. Doch vor kurzem war er eine Weile wahnsinnig vor Liebe, denn Liebe ist schlicht Wahnsinn. Ein Mädchen mit Mondhaaren und Dämmeraugen. Liebe, Tod und Zeit fegen über alle Ereignisse hinweg. Und oben auf dem Misthaufen sitzt der Wahnsinn und singt, begleitet von Musik, die mit den Kieferknochen eines Esels erzeugt wird.«

Doch Lak Hezoor war eingeschlafen. Er lag in tiefem Schlummer, wie ertrunken in einem schlammigen Fluß. So sah er weder, noch spürte er, wie Oloru sich vorsichtig unter ihm hervorschob. Der mächtige Magierfürst wurde auch nicht gewahr, was sich schließlich von dem Lager erhob, auf den Boden sprang und dort im schwachen Licht der erlöschenden Kerzen einen Augenblick lang zögerte.

Menschen, die von den Wassern des Waldes tranken, konnten verwandelt werden – in Tiere oder Elementarwesen oder in Ungeheuer. Oloru hatte jedoch nur vom besten Wein getrunken. Es war also nicht das Kristallblut des Waldes, das diese Veränderung an ihm bewirkt hatte.

Draußen schlummerten die Höflinge des Magiers. Die Diener schliefen oder waren in Trance, da von ihm keine Befehle kamen. Und so schreckte keiner auf, als sich ein gelber Schakal mit trockenen Glutbrocken anstelle von Augen aus dem Zelt schlich. Er blickte um sich, das Maul wie zum Lachen geöffnet, und trabte zwischen die schwarzgewandeten Bäume hinein.

2

Nacht herrschte allenthalben auf der Erde, denn die Erde war flach, und oben am Gewölbe des Himmels war die Lampe des Tages erloschen. Auf Erden gab es daher keinen Wald, der nicht schwarz, kein Meer, das nicht schwarz und vom Licht des Mondes silbern gestreift, keinen Berg, der nicht von Sternen gekrönt gewesen wäre. Aber tief unten, im Innern der auf dem Kopf stehenden Unterkuppel unterhalb der Erde, war es nicht Nacht, denn dort war es niemals Nacht.

Untererde, das Land der Dämonen, erstrahlte in dem nie erlöschenden, unveränderlichen Schein, den seine Luft verströmte. Dieses Licht, so heißt es, war glänzend wie die Sonne, sanft wie der Mond, herrlicher als beide. Und darin lag eine Landschaft aus einem dunklen, leidenschaftlichen Traum. Allem Anschein nach aus diesem Licht bestehend, erhob sich eine Stadt in einen sprühenden, unbeschreiblichen, nicht existierenden Himmel.

Die Stadt der Dämonen war letztlich ebenfalls unveränderlich. Sie glitzerte und blinkte und funkelte so sehr, daß die Wunder der Welt daneben verblaßten. Und doch war Druhim Vanashta (der Name selbst bedeutet, wenn auch nur annähernd: Die ohne Sonne noch heller scheint als diese) von einem seltsamen Schatten umgeben, der nichts mit dem Schattenlicht von Untererde zu tun hatte, sondern vielmehr das Bahrtuch einer trostlosen, bedrückenden, unablässigen – und *stummen* – Klage war: Azhrarns Trauer.

Auf der Erde war einige Zeit vergangen, Jahre vielleicht. Und auch darunter war Zeit vergangen, die Zeit der Dämonen, die nicht zur gleichen Kategorie gehörte, aber dennoch Zeit war. Es war jedoch der Fluch und der Stolz der Vazdru, jener höchsten Dämonenkaste, der auch Azhrarn angehörte, daß weder in der Zeit, noch außerhalb davon je etwas vergessen werden konnte, nicht das höchste Glück, nicht der brennendste Schmerz oder Kummer. Und ein Sprichwort sagte, daß verletzte Dämonenherzen nur mit Menschenblut geheilt werden konnten.

Azhrarn hatte jedoch keine Rache genommen, keine Strafe verhängt.

Es wird selten bestritten, daß er von all seinen vielen verschiedenartigen Liebschaften diese eine, Dunizel, die Mondseele, am meisten geliebt hatte. Weißhaarig war sie gewesen, mit Augen so blau wie der frühe Abend, und in ihrem Leib war, wie eine wundersame Blume, sein Kind herangewachsen. Es wird empfohlen, wegen der Verzögerung oder des Ausbleibens der Vergeltung keine Überraschung zu empfinden. Dunizel war so sanft, so voll Erbarmen gewesen, daß sie ihm für eine kleine Weile sogar dieses Mittel genommen hatte. An sie zu denken und gleichzeitig Bluttaten zu planen, war nicht ganz einfach. Nein, sein Herz war es, das blutete. Und sein Schmerz, der die Stadt wie eine Wolke einhüllte.

Auch bei seiner Tochter suchte er keinen Trost. Er hatte von Anfang an, da es ja seine Absicht gewesen war, das Kind zur Verworfenheit heranzubilden, den Anspruch erhoben, sein Abkömmling – auch wenn er in Dunizels Schoß heranwuchs – sei sein, ausschließlich sein Eigentum, das weibliche Prinzip Azhrarns, dessen Rolle und dessen Ziele in Grausamkeit, Ruchlosigkeit und Lüge bestanden. Und deshalb schien er es jetzt nicht ertragen zu können, diese Tochter anzusehen. Verständlicherweise brachte er es auch nicht über sich, ihr in die Augen zu blicken, die Augen ihrer Mutter, die so blau waren wie die tiefste Bläue.

So hatte er sie zwar in sein Land gebracht, sie aber an einen Ort weit weg von dem geschickt, wo er sich aufzuhalten pflegte. Und dort, weit weg, hatte er sie auch gelassen.

Es gab da einen großen, dem Gezeitenwechsel unterworfenen See oder ein kleines Binnenmeer. Der See lag, nach menschlicher Zählung, drei Tagesreisen von der Dämonenstadt entfernt; im Sprachgebrauch der Dämonen haben drei Tage freilich überhaupt keine Bedeutung. Er war so nah oder so fern, wie der Wille es bestimmte.

In der kristallklaren Luft von Untererde waren auch die Wasser des Sees wie Kristall. So klar waren sie, daß man bis auf ihren Grund sehen konnte, der sehr weit unten zu sein schien. Hier bewegten sich Gestalten, scheinbar Pflanzen und Sand, und geflügelte Fische flogen dahin. Aber obwohl das Wasser durchsichtig war, trübten die Gezeiten den Blick. Wieso hier überhaupt Ebbe und Flut herrschten, wußte niemand genau. Vielleicht war das Wasser der Anziehung des verborgenen Mondes der Erde so viele Meilen darüber unterworfen, oder der Anziehung eines anderen, verborgenen Mondes *darunter*, mitten im Chaos, das jenseits von allem war und alles umströmte, Erde, Obererde oder die unterirdischen Gebiete.

Aus dem kristallenen See-Meer erhoben sich Inseln. Viele waren klein, von nur so geringem Umfang, daß gerade ein Vogel es hätte wagen können, sich darauf niederzulassen, hätte es Vögel gegeben. Einige waren so groß wie irdische Schiffe, sie hatten schwere Mitternachtsbäume anstelle von Masten und Segeln und reichten weit ins Wasser hinunter, spiegelten sich aber nicht darin, weil es so klar war. Dann wieder ragten stellenweise glatte, hohe Felspfeiler auf, Tausende von Fuß hoch, wie fensterlose Türme. In allen, in den kleinen Felsen wie in den großen, pulsierten glühende Farben und verblaßten wieder, schwollen an, erloschen und entzündeten sich von neuem. Und das See-Meer spiegelte diese Farben, so daß es hier wie mit Wein gefleckt schien, dort mit flackerndem, düsterem Lampenlicht, und anderswo wieder in einem durchscheinenden Heliotropton, der aussah wie das Blut der Götter.

Irgendwo mitten im Wasser, zwischen den phantastischen Felsen, lag eine Insel, die eine größere Breite und ein anderes Aussehen besaß. In ihr pulsierten keine Farben, nur von Dunst war sie gewöhnlich umgeben, und so wirkte sie wie ein Phantom, gar nicht völlig im See anwesend, was sie ja vielleicht auch nicht war.

Um diese Inseln zu sehen, mußte man in den Dunst eindringen, und das war noch nie geschehen. Diejenigen, die hier wohnten, waren gekommen, ehe der Nebel entstanden war. Seither hatte niemand mehr die Insel besucht oder verlassen.

Azhrarns Tochter lebte im Innern eines hohlen Steines.

Daß der Stein auf seine kalte, reine Weise schön war, kümmerte sie kaum, wenn überhaupt. Es war ein Quarzfelsen mit Terrassen, Fenstern und Treppen, die anscheinend zufällig durch Erosion entstanden waren, und in seinem Innern befanden sich Hunderte von Höhlen. Das Licht, das sich nie änderte, umspielte die Klippe und blinkte auf jeder ihrer Facetten. Der perlmuttfarbene Dunst kam vom Meer hereingeschlichen und schlängelte sich durch die Öffnungen, so daß das ganze Bauwerk zu schweben schien. Manchmal huschte ein Windstoß ein und aus, und dann gab der Felsen unheimliche Töne von sich, es klimperte und dröhnte, als sei die ganze Insel ein riesiges Instrument mit Saiten und Pfeifen.

Zwei der größeren Höhlen wurden als Zimmer benützt. Sie waren möbliert – wahrscheinlich hatte Azhrarn das befohlen, wer sonst? Doch wenn es auf seine Veranlassung geschehen war, dann war er nicht ge-

10·88·4

kommen, um sich das Ergebnis anzusehen. Gardinen und Teppiche hingen hier, der Boden war dick mit Seidenstoffen bedeckt, und in der Luft schwebten Lampen, die sich je nach Laune selbst entzündeten, nicht um Licht zu spenden, sondern um dieses oder jenes in Farbe zu tauchen oder hervorzuheben. Diese Räume hatten Fensterscheiben aus bemaltem Glas, mit Bildern darauf, die sich gelegentlich änderten und Geschichten erzählt hätten, wenn jemand sie sich hätte ansehen wollen.

In einem Nebenraum stand ein purpurrotes Bett mit Säulen aus dunkelroter Jade und mit dünnen Vorhängen.

Hier lag eine Puppe auf dem Rücken, ganz weiß, in einem Kleid aus weißem Stoff, nur ihr Haar war noch schwärzer als schwarz, es kringelte sich um sie herum und fiel auf den Boden, und die geöffneten Augen waren so blau, als seien sie durch ihre eigene Farbe halb geblendet. Sah sie durch diese Saphirlinsen auch eine blau getönte Welt? Wer mochte das wissen? Wer wollte fragen? Sie würde sicher nicht antworten, denn sie hatte noch nie gesprochen, nein, nicht einmal, als sie noch in der Welt bei ihrer Mutter war. Als Vazdru-Kind verfügte sie jedoch über die Verständigungsart der Eshva-Dämonen, der Diener und Mägde der Vazdru. Die Eshva verständigten sich nur mit den Augen, mit Berührungen, mit dem Rhythmus ihres Atems – doch sie vermochten sich auf diese Weise mit solcher Intensität auszudrücken, daß man es als Sprache bezeichnen konnte. Die wenigen Sterblichen, die ihre Kindheit in ihrer Gesellschaft verbracht hatten (Sivesh, Azhrarns Geliebter zum Beispiel; Simmu, der einst den Tod bezähmt hatte) sprachen hinterher sogar von Eshva-*Stimmen* ... Aber das war wohl nur eine Redewendung. Denn auch Azhrarns Tochter kannte die Eshva. Sie hatten sich bei ihrer Geburt um sie bemüht, hatten ihr Dämonenblut zu trinken gegeben und sie in verzauberten

Rauch getaucht. Als man sie hierher auf die Insel, auf den hohlen Felsen gebracht hatte, war eine Gruppe von Eshva als Diener und Betreuer mitgekommen. Aber diese Eshva siechten dahin. Fern von Azhrarn, den sie über alles liebten, fern von dem brennenden Traum der Welt, die ihr Tanzboden war, bewegten sie sich wie Schatten und vergossen Tränen, Tränen, die sagten: *Ich verzweifle.* Die unsterblichen Wesen erlitten so etwas wie einen lebendigen Tod. Der singende Fels schien von traurigen Liedern erfüllt.

Manchmal sah das Mädchen sie an, als bedauere sie sie. Sie wollte keine Sklaven um sich, doch sie durften sie nicht verlassen. Wer konnte freilich erraten, ob sie Mitleid mit ihnen empfand? Sie selbst würde es nicht sagen.

Sie war als ganz kleines Kind nach Untererde gekommen, obwohl sie schon älter und weiter entwickelt schien als ein menschlicher Säugling. Als sie der Aura von Azhrarns Königreich ausgesetzt wurde, fiel sie eine Weile in eine Art Benommenheit, und dann fegten die Jahre über sie hin wie Wirbelstürme, drehten und zerrten an ihr und beschleunigten ihr Wachstum so rasant, daß ihre Knochen ihr manchmal die Haut zerrissen und ihr dunkles Blut – *Dämonenblut* – herauslief und auf den Boden strömte. Wenn das geschah, schrie sie, heulte sogar, denn dazu hatte sie eine Stimme. Im Zeitraum von sieben Sterblichentagen – Stunden, Augenblicke in Untererde – erreichte sie ein Alter von etwa siebzehn Jahren.

Zu dieser Zeit hatten die Eshva versucht, sie zu trösten. Sie hatten sie beschwichtigt, sie gestreichelt, sie mit ihrem Haar gestreift, sie mit ihren duftenden Seufzern betäubt. Als der schreckliche Vorgang zum Stillstand kam, abgeschlossen war und nicht wieder einsetzte, schienen sie sie eine Weile immer noch unterhalten zu wollen. Aber dann wurde sie zu einer Statue, wach und doch schlafend. Eine Tür war zugefallen.

Und allmählich ließen die Eshva von ihr ab wie Nachtfalter mit gebrochenen Flügeln.

Sie durchstreiften die Insel, ihre Diener, ihre Mitgefangenen, Mitverbannten. Ihre lautlose Langeweile, ihr Elend erfüllten bald jedes Tal, jede Erhebung. Sie war immerhin eine Vazdru, eine Prinzessin. Das bleierne Nichts, dem sie sich ergeben hatte, kränkte, verletzte die Eshva. Sie wurden bleich, schwanden dahin.

Auch sie durchquerte manchmal die Insel. Aber sie schlief sogar im Gehen. Da sie schlafwandelte, pflegte sie am Rand eines Abgrunds zu zögern, in den sie, angesichts dessen, was sie war, zweifellos ohnehin nie hätte stürzen können. Wenn sie die Musik ihres Felsens in der Ferne hörte, drehte sie vielleicht den Kopf. Aber wenn der Dunst um die Insel sich ein wenig lichtete und die Eshva mit geschmeidigen Bewegungen ans Ufer hinabschlichen und dort stehenblieben, um aufs Meer hinauszuschauen, regte sie sich nicht.

Sie hatte zweifellos vieles gelernt, ohne einen Lehrer zu haben, war sogar mit einem Wissen geboren, das der Menschheit verwehrt war. Aber es stand ebenso außer Frage, daß sie nicht wußte, was Wissen war und welchen Wert es hatte. Auch nicht, was sie selbst war oder werden konnte. Daß sie sich an ihre Anfänge erinnerte, an die Mutter, die ihr Geschichten erzählt hatte, als sie noch in ihrem Schoß war, an den schrecklichen Tod dieser Mutter, daran, wie man sie erst bei den Menschen und dann auf der Insel ausgesetzt hatte, soviel ist unbestreitbar. Und doch schienen nicht einmal diese Erinnerungen ihr irgendeine Regung zu entlocken. Selbst wenn sie sich ihrer selbst bewußt war, *wußte* sie nicht, was sie war. Wie sollte sie dann etwas ausdrücken können?

Sie lag auf ihrem königlichen Bett in Untererde, drei Tage oder dreitausend Jahre von Druhim Vanashta entfernt. Vielleicht spürte sie sogar, wie das schwache Echo eines gewaltigen, berstenden Sterns, den Widerhall von

Azhrarns Trauer. Aber wenn, dann gab diese Trauer ihr nichts, fragte sie nichts, wandte ihr Antlitz von ihr ab.

Und so war sie – oder sie war nicht.

3

»Er ist kein schlechter Sohn«, sagte die Witwe und ging händeringend auf und ab. »Alle sagen nur Gutes von ihm. Freilich fürchten sie den Herrn, dem er dient. Sie wollen nicht schlecht von meinem Sohn sprechen, damit es nicht so aussieht, als sprächen sie schlecht von Fürst Lak. Hörst du oft von deinem Oloru? fragen sie, und ihre Augen sagen: Er ist ein Lügner und Betrüger, ein Hanswurst am Hofe, der alle Ausschweifungen dort mitmacht.« Sie setzte sich auf einen Stuhl. Ihre ältere Tochter, die ihre Mutter hatte hin- und hergehen hören und hereingekommen war, um sie zu trösten, nahm die Witwe nun bei der Hand. »Aber ich sage«, erklärte die Witwe, »er ist mit einer Schwäche behaftet. Nur mit einer Schwäche. Machen wir einem Mann Vorwürfe, der ohne Augenlicht geboren wurde oder der sich das Bein gebrochen hat und fortan krumm geht? Warum tadelt man dann einen Jungen, dessen Geist unfähig ist zu sehen und dessen Wesen verbogen ist? Kann er mehr dafür als der arme Blinde oder der unglückliche Krüppel?«

»Komm, komm, Mutter«, sagte die Tochter, die, jung, schön, goldblond und Oloru ein wenig ähnlich war.

»Du bist ein braves Mädchen«, sagte die Mutter. »Ihr seid beide brave Mädchen. Aber ach, mein Sohn.«

Der Himmel vor dem Fenster war schwarz und mit vielen Sternen übersät, obwohl der Mond untergegangen war. Die Dämmerung war noch zwei Stunden oder mehr entfernt. Weit hinter den Mauern des alten Hauses konnte man den uralten Wald (denselben, in dem Fürst Lak nun jagte) seine Speere und Helmbüsche in den Himmel recken sehen. Ganz in der Nähe lief ein

Straßenband an den Bäumen entlang der Stadt zu. Auf dieser Straße war Oloru vor nun einem Jahr davongezogen. Aus gutem Hause, wenn auch arm, wollte er, wie er sagte, einen großen Herrn finden, der sein Gönner werden sollte. Und er hatte einen gefunden. Er hatte Lak gefunden, der mit seinen schändlichen Gelüsten und bestialischen Grausamkeiten die Missetaten aller anderen Fürsten zusammen übertraf.

»Oloru hätte bei uns zu Hause bleiben sollen«, sagte die Mutter. »Er war glücklich hier.«

»Vielleicht ist er auch jetzt glücklich«, gab die ältere Tochter traurig zu bedenken.

Seine Briefe hatten ihnen Anlaß zu dieser Meinung gegeben. Er sprach nicht davon, was er am Hof des Magiers tat, sondern erwähnte nur das üppige Essen und die feinen Kleider und schickte stets ausgefallene Geschenke.

»Es war der Wald«, sagte die Mutter nun flüsternd. »Der Wald trägt die Schuld.«

Die ältere Tochter blickte zum Fenster und machte ein kleines Zeichen zum Schutz gegen bösen Zauber.

Tatsache war, daß es einen Monat, ehe Oloru es unternommen hatte, sein Glück in der Stadt zu suchen, einen seltsamen Vorfall gegeben hatte, der allerdings für jene, die im Umkreis des Waldes lebten, keine Seltenheit war. Kluge Leute wagten sich nicht einmal bei Tag hinein, aber Oloru, der einzige Sohn der Witwe, hatte einen derartigen Aberglauben stets verachtet. Er selbst ging hin und wieder in diesen Wäldern auf die Jagd und brachte Wild nach Hause, wofür man ihm nur zu dankbar war. Dann, eines Nachmittags, kam ihr Diener, der einzige, der ihnen noch geblieben war, alleine zurückgeeilt. Oloru war bei Sonnenaufgang mit ihm ausgezogen, aber irgendwo zwischen den Bäumen hatten sie sich verloren. Dann hatte der Diener den ganzen Vormittag und bis lange nach Mittag gesucht, aber weder den jungen Mann noch eine Spur von ihm entdecken können. Endlich kehrte er beklommen zu seiner Herrin, der Witwe, zurück.

Man verbrachte ein paar schreckliche Stunden in höchster Unsicherheit und Angst. Zwar wagte die Mutter sich nicht in den Wald hinein, aber sie stand an ihrem Tor, und mit ihr die beiden schönen Töchter und der Diener. Dort harrten sie aus, sie beteten, weinten oder blieben stumm, versuchten sich gegenseitig zu beruhigen, riefen vergebens Olorus Namen und starrten, ihre Augen gegen die im Westen stehende Sonne abschirmend, auf die Bäume, als könnten sie ihn allein durch ihre Verzweiflung wieder zum Vorschein bringen. Die Sonne ging in blutigem Feuerschein unter, die Straße, das Haus, die wartenden Gestalten, alles war in Rot getaucht, die Bäume waren ganz schwarz, nur ihre Wipfel schienen zu brennen. Plötzlich trat etwas aus der Schwärze in die Röte. Da, auf der Straße, kam eine fünfte Gestalt, die eines jungen Mannes, auf sie zugegangen. Oloru.

Die Hausbewohner flogen ihm gleichzeitig lachend und weinend entgegen. Und auch er begann mit ausgestreckten Armen zu laufen.

Auf einmal trat eine sonderbare Stockung ein. Die Witwe und ihre Töchter blieben zögernd stehen; der Diener hielt mit einem gemurmelten Fluch an. Auch Oloru lief nicht weiter. Er senkte bescheiden und schüchtern erst die Augen und dann den Kopf.

Seine Mutter starrte ihn an. Was war das? War das ihr Sohn? – Ja, ja, wer sonst? Ihr Oloru, den sie schon verloren geglaubt hatte. Obwohl – sie sah angestrengt hin, und ihr Herz schlug so laut, daß ihre Ohren taub und ihre Augen trübe wurden, so daß sie schließlich glaubte, es liege nur daran. Dann lief sie weiter, schloß ihn in die Arme, und er umarmte sie seinerseits und sagte: »Verzeih mir, Mutter, daß ich dich so geängstigt habe. Ich habe mich verlaufen. Aber wie du siehst, habe ich wieder einen Weg gefunden und bin zu dir zurückgekehrt.« Und während er sprach, streifte sein helles Haar ihre Wange, und es schien ihr, als kenne sie ihn; natürlich, er war ihr Sohn.

Doch auch den Schwestern und dem Diener kam es zu Anfang so vor, als stimme etwas nicht, als sei da etwas absonderlich. Später hatte das ältere Mädchen einen Traum, darin war die linke Gesichtsseite ihres Bruders, als er aus dem Wald zurückkehrte, mit einer Halbmaske aus Email bedeckt, und als er sie abnahm, hatte sein eigenes Gesicht darunter sich in das eines verwesenden, grausigen männlichen Teufels verwandelt. Auch die jüngere Schwester hatte einen Traum, darin waren die Augen ihres Bruders schwarz und rot wie der Sonnenuntergang, und sie erwachte schreiend. Doch diese Träume gerieten bald in Vergessenheit, denn mit Oloru war alles in Ordnung, es war nur eine Störung ihrer Phantasie. Er war so wie immer, goldblond und hübsch, voll von Scherzen und poetischen Träumereien.

Es schien ihnen, als hätten sie ihn noch nie so geliebt wie in diesem Monat, als sie ihn schon verloren geglaubt hatten. Und dann verließ er sie, um in die Stadt und zu den Magierfürsten zu gehen, und war wahrhaft für sie verloren.

Nun war die Reihe an der Mutter, Alpträume zu haben, oft stand sie nachts auf und ging auf und ab, und wenn ihre Töchter sie hörten, kamen sie, um sie zu trösten. Dann pflegte sie zu sagen: »Er ist nicht schlecht.« Und: »Es ist eine Schwäche.« Und sie erklärte: »Der Wald ist verantwortlich dafür. Es ist die Schuld des Waldes.«

Nun erhob sich die ältere Tochter und sagte: »Ich will noch eine Kerze anzünden, diese hier ist fast ausgegangen. Laß uns so fröhlich sein, wie wir können. Wer weiß, vielleicht hat er bald genug von diesem anderen Leben.«

Die Mutter seufzte tief.

Als Olorus ältere Schwester ging, um eine zweite Kerze zu holen, kam sie am Fenster vorbei, und als sie zufällig hinausblickte, stieß sie einen schrillen Schrei aus.

»Was ist?« fragte die Mutter.

»Da – beim Brunnen – ein großes, helles Tier mit gräßlichen Augen ...«

Die Mutter eilte zu ihr. Die beiden Frauen drängten sich ans Fenster und starrten in den Hof hinunter. Das Tor war bei Nacht verschlossen, und es konnte sicher nichts hereingelangen. Trotzdem, da, hinter der Steineinfassung des Brunnens bewegte sich etwas.

»Ich habe es sogar im Sternenlicht gesehen«, sagte das Mädchen. »Als ob es selbst leuchtete.«

»Halte die Kerze hoch«, sagte die Mutter. »Wir wollen uns dieses Ding genau ansehen, um sicher zu sein.«

So wurde die schwache Kerze hochgehoben, und ein wenig mehr Licht fiel in den Hof. Sofort huschte etwas flink um den Brunnen herum, trat aus dem Schatten eines Baumes, der dort wuchs, und das Mädchen öffnete den Mund zu einem Schrei.

Aber: »Bei den gütigen Göttern«, sagte die Witwe. »Was fällt dir nur ein? Das ist doch dein Bruder.«

Und unter ihrem Fenster stand, selbst so prächtig wie ein Fürst, Oloru und richtete seine Augen auf sie, die schöner waren als alle Edelsteine, die er trug.

Bald war das ganze Haus wach, und alle waren unten bei Oloru in der alten Säulenhalle. Diese Halle war ein trauriger Ort, denn sie hatten jetzt nicht mehr genügend Dienstboten, um sie so im Stand zu halten, wie es sein sollte, und die besten Stücke waren schon vor Jahren verkauft worden. Aber man holte einen guten Wein aus dem Keller herbei und entzündete viele Kerzen.

»Ich kann nicht lange bei euch bleiben«, sagte Oloru. »Aber ich werde bald zurückkehren. Und dann wird *er* mich begleiten.«

»Was soll das heißen?« rief die Witwe entsetzt.

»Genau das, was du glaubst. Ich habe vor, Lak Hezoor, den Magier, als Gast mit nach Hause zu bringen. Er wird hier sitzen, und wir werden um ihn herumtanzen und ihn bedienen. Er wird meine beiden Schwestern sehen, und es wird ihn nach allen beiden gelüsten.«

Die Schwestern wichen zurück. Die ältere sagte unsicher: »Treibst du einen Scherz mit uns, Bruder?« Aber die Witwe rief: »Er ist verrückt geworden!«

Darüber lachte Oloru. Er warf die Arme in die Höhe und betrachtete eine Weile die Spinnweben im Gebälk. »Hast du kein Vertrauen zu mir, liebe Mutter? Zu mir, deinem einzigen Sohn?«

Da schien ein kalter Hauch durch die Halle zu wehen. Die Kerzen spürten ihn, und ihre Flammen flackerten. Aber dann lenkte Oloru seinen Blick vom Gebälk weg und sagte freundlich: »Es ist ein gefährliches Unternehmen, aber ich muß es wagen. Früher hätte es vielleicht einen anderen Weg gegeben, einfacher und gleichzeitig großartiger. Aber so, wie die Dinge jetzt liegen, muß ich doch zu solchen Mitteln greifen wie euch.«

»Was sagst du da?« fragte die Witwe.

Oloru schien verwirrt. »Das weiß ich selbst kaum. Aber eines will ich euch versprechen – keiner von euch soll Schaden leiden, das schwöre ich. Wobei soll ich schwören?«

Die drei Frauen betrachteten ihn gebannt und bestürzt.

Endlich sagte die Mutter: »Schwöre bei deinem Leben.«

»Bei meinem Leben? Nein, ich weiß etwas Besseres. Ich werde bei der Macht der Liebe schwören.«

Die Kerzen richteten sich auf. Die Kälte verschwand, als habe sie genug gehört.

»Was sollen wir dazu sagen?« fragte die Mutter. »Das ist alles Unsinn.«

»Nein, Mutter. Nie war etwas sicherer.« Und damit sprang er auf. »Ich verlasse euch jetzt. Am späten Vormittag sind wir wieder hier, ich, dieses Ungeheuer, all die Schmarotzer, die sich an das Ungeheuer klammern, und die gefährlichen Teufel, die es bedienen. Haltet euch bereit.« Damit stürmte er durch die Tür aus der Halle in den Hof. Als sie ihm nacheilen wollten, war er nirgendwo zu sehen. Die ältere Schwester schlich ans geöffnete Tor. »Was ist das für ein Geschöpf, das da in den Wald hineinläuft?« Aber Nacht und Wald waren tiefschwarz. Vielleicht war es gar nichts gewesen.

Lak Hezoor, der Magierfürst, erwachte aus seinem trunkenen Schlaf und drehte sich auf den Polstern um. Da, im Eingang des Zelts, stand eine Gestalt, hell und dunkel, deren Augen aus fernen Jahrtausenden von Nächten und Sternen gegossen schienen. Lak Hezoor sprach sofort ein Wort der Macht, das seinen Besucher aufhalten sollte, denn er spürte etwas Übernatürliches an ihm. Doch im gleichen Augenblick war er verschwunden.

»Ein Dämon«, sagte Lak Hezoor. »Einer von Azhrarns Stamm. Oder habe ich das nur geträumt?«

»Ein Traum«, sagte eine angenehme Stimme. »Was hätten Dämonen hier zu suchen?«

»Zauberei zieht sie an. Das ist allgemein bekannt.«

»Aber hier hat keine Zauberei stattgefunden.«

»Der Wald ist voll davon. Außerdem, sag mir doch, was *ich* bin, Oloru.«

»Mein Herr«, sagte Oloru, der neben ihm auf den Polstern saß. »Die Sonne meines Lebens. Und ein mächtiger Magier. Ich erkenne meinen Irrtum, ruhmreicher Herr. Natürlich folgen Euch die Dämonen wie die Schafe ihrem Hirten.«

Lak Hezoor grinste nur über diese Neckerei. Es war klar, daß Oloru den Dämon nicht gesehen hatte, entweder, weil er dazu nicht fähig war, weil er geschlafen hatte … oder ganz damit beschäftigt war, mit einem sonderbaren Messingspielzeug herumzutändeln, das er offenbar bei sich gehabt hatte, eine Art Rassel, die er auf und ab schwenkte.

»Woher hast du das?«

»Aus dem Wald, höchster aller Gebieter.«

»Was hattest du dort zu suchen, mein Kind?«

»Ich gab der Erde wieder, was die Erde mir geschenkt hatte. Wie war der Wein verändert, als ich ihn zurückgoß!«

»Nun, es wird bald Tag sein«, sagte Lak Hezoor und begann, Haar und Körper seines Gefährten zu liebkosen.

»Ich wüßte gerne«, sagte Oloru, »wie meine Leute zu Hause wohl zurechtkommen. Ich frage mich, wie es um sie steht.« Und dann sagte er: »Stellt Euch vor, ich liege auf der Straße im Staub zu Euren Füßen. Stellt Euch vor, ich sage: Die und die, das sind meine Schwestern. Eine ist fünfzehn, die andere dreizehn Jahre alt. Beide sind noch unberührt.«

»Und ist das auch wahr?« fragte Lak Hezoor mit trägem Interesse.

»Vollkommen wahr. Und das Haus ist nur eine Stunde von hier entfernt.«

»Und sind sie dir ähnlich, deine Schwestern?«

»Wir gleichen uns wie ein Ei dem anderen. Nur glaube ich, daß das jüngere Mädchen die blasseste und schönste von uns dreien ist.«

»Warum erzählst du mir davon?«

»Um Euch einen Augenblick Ablenkung zu verschaffen.«

»Das hast du getan.«

Die Messingrassel wurde beiseitegelegt, rollte durch das prächtige Zelt, und ließ dabei ein unheimliches, wildes Geräusch hören, als wäre sie mit den Scherben eines zerschmetterten Verstandes angefüllt.

Zum Teil hatten Olorus Mutter und seine Schwestern vielleicht geglaubt, einen gemeinsamen Traum gehabt zu haben. Die Emanationen des Waldes mochten dergleichen begünstigen. Trotzdem bereiteten sie sich, in großer Eile und einiger Angst, so gut sie konnten auf das Eintreffen unerwünschter Gäste vor.

Die Sonne war auf halbem Wege zum Zenith, als, wie von Oloru vorhergesagt, eine große Kavalkade aus dem Wald strömte. Ein paar Minuten später hämmerte Lak Hezoors Jagdgesellschaft an das Tor.

Die Mutter und ihre beiden Töchter knieten im Hof, als Lak Hezoor von der Höhe seines Pferdes und seiner Allwissenheit auf sie herabblickte.

»Er erzählt viel Gutes von euch«, sagte der Prinz zu Olorus Schwestern. »Er sagt, ihr seid tugendhaft und habt noch keinen Mann erkannt. Sind die Männer in dieser Gegend blind, oder sind sie Eunuchen?« Er befleißigte sich für seine Verhältnisse größter Höflichkeit, denn Oloru war sein besonderer Günstling.

Man begab sich ins Haus, und die Frauen bebten so, daß sie kaum zu gehen vermochten.

»Mein Fürst«, flüsterte Oloru. »Vielleicht wäre es Euch möglich, Eure Diener und die übrigen draußen zu lassen ... Ihr seht ja, wie meine Schwestern zittern.«

»Ich dachte, das sei meinetwegen.«

»Nein, mein Fürst. Ihr Entsetzen vor Euren Sklaven lenkt sie ab. Beseitigt diese Ablenkung, und sie werden nur noch vor Euch in Schrecken erschauern.«

Lak Hezoor fand dies sehr erheiternd. Allein in diesem steinernen Haus, nur mit einem alten Diener, einer alten Witwe, zwei Jungfrauen und dem mädchenhaften Oloru, der beim Anblick eines Schwerts in Ohnmacht fiel, wozu brauchte er da seine teuflischen Wachen? Er schickte also seine Diener und seinen mißgelaunten Hofstaat, der hereinkommen und alles hatte verwüsten wollen, wieder hinaus. Die Türen des Hauses wurden geschlossen, die sechs waren unter sich.

Aus irgendeinem Grund, wahrscheinlich war es der Reiz des Neuen, war der Fürst auf die Idee gekommen, daß es ihm Vergnügen bereiten könnte, höflich zu sein. So lümmelte er sich auf ein Sofa und tauschte mit der Witwe und ihren Töchtern Belanglosigkeiten aus. (Dabei behandelte er sie wie eine Bordellinhaberin und zwei ihrer Huren.) Zu essen gab es in Fülle, denn die Jagdgesellschaft war mit Vorräten wohl versehen. Der köstliche Wein, der einzige Reichtum des Hauses, wurde beigesteuert, und Lak trank ihn wie Wasser. Auch Oloru gab sich Mühe zu gefallen. Seine Scherze waren harmlos, aber äußerst komisch, und seine Verse scharf wie Essig. Sogar seine verängstigten Schwestern stellten fest, daß sie Appetit auf das gute Essen entwickelten, und manchmal lachten sie auch, obwohl sie ihrem Bruder schräge Blicke zuwarfen, weil sie merkten, wie gut er sich mit seinem Herrn verstand. Als sich der Nachmittag hinzog und die Sonne sich dem Horizont zuneigte, nahm Oloru seine Leier auf und sang für sie. Er wählte keine zotigen Lieder, sie handelten alle von Liebe. Und einmal sang er von dem blinden Dichter Kazir, von seiner Reise auf dem Fluß des Schlafes nach Untererde, wo er Ferazhin, die Blumengeborene, für sich gewann, indem er sein Herz mit Azhrarns bösartigem Geist in Wettstreit treten ließ.

»Der hier ist mein glänzendster Edelstein«, sagte Lak schließlich zu Olorus Mutter und streichelte dabei Olorus Schenkel, so daß die Witwe keinen Zweifel daran haben konnte, daß dieser Edelstein nicht nur in Heiterkeit und Gesang erglänzte, sondern auch zwischen den Laken eines Betts funkelte.

»Wie sehr man in einem Palast doch abstumpft«, sagte Lak Hezoor. »Und wie voller Entzücken ist dieses einfache Leben.« Damit rief er nach einem weiteren Krug Wein.

Draußen feierten die Höflinge für sich, durch keinerlei unnatürliche Höflichkeit eingeschränkt. Sie ermunterten ihre Pferde, den Hof zu besudeln, und taten es ihnen nach. Alles Haushaltsgerät, das sie fanden, zerbrachen sie aus reiner Zerstörungslust. Sie hatten dem Hofbaum die Äste abgeschlagen, um ein Feuer anzumachen, und verrichteten in den Brunnen hinein ihre Notdurft.

Noch im Untergehen über allem stehend, sank die Sonne in den Wald hinab und ließ nur eine rosenrote Wolke zurück. Im Osten ging der Abendstern auf wie ein erstarrter, silberner Feuerwerkskörper.

»Nun, meine Gnädigste«, sagte der Fürst, »ich bin sehr müde. Wo ist mein Schlafgemach?«

Die Frau erklärte es ihm demütig.

»Ich hoffe«, sagte der Fürst, »man wird mich dort nicht lange allein lassen.«

Die Witwe schlug die Hände vor den Mund. Lak entfernte sich mit viel Getue, den Schwestern gönnte er keinen Blick.

»Die Gänge sind düster«, sagte Oloru. »Ich werde Euch führen, lieber Herr.«

Und so gingen sie zusammen durch das Haus nach oben, Laks Schritte waren wie immer leicht als dunkler Staub, und – das soll nicht verschwiegen werden – auch Oloru trat nicht fester auf. Sie erreichten eine Tür, und Oloru öffnete sie. Es war das große Schlafgemach des Hauses. Die hohen Pfosten des Himmelbetts berührten fast die Decke.

»Nun«, sagte Lak Hezoor, »sollst du wissen, daß ich deine Schwestern suchen werde, wenn sie nicht noch in dieser Stunde zu mir kommen. Oder ich werde einen Zauber sprechen, der sie hierherbringt, willenlos, unfähig, sich zu wehren.«

»Sicher«, sagte Oloru. »Aber wo liegt da das Vergnügen? Macht es nicht mehr Spaß, ein Mädchen mit Gewalt zu nehmen und sie, begleitet von Schmerzensschreien, zu vergewaltigen? Oder aber jemanden zu haben, der willens ist und vor Entzücken aufschreit? Beides so laut, daß ihre Mutter es in einem Nebenraum hören kann?«

»Er kennt mich genau«, sagte Lak. »Nun denn?«

»Mein Fürst, ich kann die ältere zu lüsterner Bereitwilligkeit überreden, denn unter ihrer äußeren Kälte fließt heißes Blut. Und bei der Jüngeren kann ich Euch beistehen, so daß keine Zauberei vonnöten ist, die ihr den Biß nimmt und nur eine schlaffe Puppe zurückläßt. Sie soll sich wehren und heulen. Ihr werdet ein Fest der Lust und ein Fest des Schreckens erleben.«

»Und was willst du dafür zum Lohn? Was hast du die ganze Zeit begehrt, mein Liebster, daß du mich hierhergebracht und mit solch verlockenden Verwandten versucht hast?«

»Er kennt mich genau«, sagte Oloru. »Nun denn.« Und dann erklärte er Lak Hezoor, was er wollte.

Lak Hezoor überlegte. Er schien Olorus Plan keineswegs für übertrieben zu halten, nagte nur daran herum wie ein Mensch an einem Fleischknochen, um sicherzugehen, daß nichts Köstliches übersehen wird.

»Deshalb hast du also von Kazir gesungen«, sagte er. »Was hat dich auf einen solchen Gedanken gebracht?«

»Der Dämon vor Eurem Zelt. Und unser Gespräch über Dämonen.«

»Aber du bist nicht sehr mutig, mein Liebster. Erschauerst du nicht vor solch einem Abenteuer?«

»Wie sollte ich mich fürchten? Ich werde doch unter dem Schutz meines Fürsten stehen.«

»Du glaubst, daß ich Azhrarn gewachsen bin?«

Oloru lächelte geziert. »*Jemand* könnte uns belauschen«, sagte er. Dann trat er dicht an Lak Hezoor heran und flüsterte ihm ins Ohr: »*Ja.*«

Der Magier war es wohl zufrieden. Eine Schwäche von ihm war es, sich für einen irdischen Azhrarn, also nicht nur für einen zeitlichen, sondern auch für einen Dämonenfürsten zu halten. Dunkles Haar, dunkle Augen, katzenleise Füße, ungewöhnliche Fähigkeiten, auf allen Seiten von Menschen umgeben, die diese Fähigkeiten fürchteten, außerdem noch ein Sklave ausgeklügelter sadistischer Neigungen ... Lak hielt sein Wesen für makellos. Und wie oft hatte er sein hübsches Spielzeug als Sivesh oder Simmu oder mit einem anderen Namen angesprochen, der einem von Azhrarns männlichen oder beidgeschlechtlichen Gefährten gehörte. Voll von Wein, wie immer von sich überzeugt und gleichzeitig träge und erwartungsvoll, war Lak geneigt, sich auf diesen gefährlichen Plan einzulassen. Vielleicht wäre er eines Tages oder eines Nachts selbst darauf verfallen. Vielleicht hätte er ihn dann aber auch verworfen. Denn etwas in Olorus schmeichlerischem Geflüster spornte ihn an. Und so stimmte Lak in dem Glauben zu, zu einem verrückten Gunstbeweis verführt, nicht aber getrieben zu werden.

»Bringe mir die Frauen, wie du versprochen hast, und ich will mich auf dein Unternehmen einlassen. Nur glaube ich, daß du vor Angst die Besinnung verlieren und alle Wunder versäumen wirst. Mache es mir hinterher nicht zum Vorwurf, wenn es so kommt. Auch das Schicksal deiner Schwestern darfst du nicht bedauern. Es könnten«, und damit streckte er sich und gähnte, »ein paar stürmische Stunden für sie werden.«

»Oh«, sagte Oloru. »Dafür ist es allmählich an der Zeit.«

Er verließ den Raum, als sein Herr sich auf dem großen Bett zurücklegte.

Nein, Oloru trat nicht fest auf. Er schwebte wie ein goldenes Stück Papier durch das Haus, vorbei an den Fenstern, aus denen er hinausschauen und sehen – und hören – konnte, wie die betrunkenen, verkommenen Höflinge des Magiers sich im Hof der Witwe an abscheulichen Spielen ergötzten, und weiter durch einen Gang, wo der Diener der Witwe saß, mit einem Stock in der Hand, bereit, seine Herrinnen – mit der ganzen Kraft seines alten, verbrauchten Körpers und mit einem

Stück Holz – gegen Laks Macht und Zauberkraft zu verteidigen. (Er betrachtete Oloru, als der junge Mann schweigend vorüberging, und ließ eine Art Fauchen hören, doch weiter bewegte er sich nicht.) So erreichte Oloru den Eingang der mit Spinnweben überzogenen Säulenhalle. Es war jetzt ganz dunkel geworden, und dort brannten nur drei armselige Kerzen. Daher war es nicht verwunderlich, daß die Witwe und ihre Töchter ihn nicht sahen, als er vor ihnen auf der Schwelle stand. Sie saßen mit bleichen Gesichtern, aber reglos auf ihren Plätzen, mit all der Würde von Verdammten, die sich nicht wehren werden.

Dann sprach Oloru, ein oder zwei Worte nur, die er aus den Büchern des Magiers gelernt hatte. Und diese Worte wirkten sofort.

Ein leises, mehrfaches Seufzen schwebte über die Halle hinweg. Aus dem Gang hörte man das Klappern eines fallengelassenen Stocks.

Bald kratzte Oloru an der Schlafzimmertür seines Gastes. »Was wollt Ihr zuerst, mein Fürst, vergewaltigen oder mit Eurer Kraft prahlen?«

»Bring alles herein, was da ist«, verlangte Lak.

Da traten durch die Tür drei Schatten in den schwach erleuchteten Raum, der eine drängte die beiden anderen vor sich her. Man sah helles Haar und weißes Fleisch schimmern, etwas Schwarzes wehen und Augen und Zähne aufleuchten und hörte Schluchzen und Flehen und als nächstes wilde Schreie, die durch das Haus gellten, aber ob es Schreie des Schmerzes oder der Ekstase waren, konnte niemand sagen.

Die drei Kerzen waren fast niedergebrannt, als Olorus Schwestern und seine Mutter die Augen öffneten und sich umblickten. Sie schienen tief geschlafen zu haben. Das war an sich schon sonderbar, denn sie waren sehr aufgeregt und voller Angst gewesen. Noch sonderbarer empfanden sie es, daß niemand gekommen war, um sie grob und gewaltsam zu wecken. Und es war sehr spät. Selbst die Krakeeler draußen waren verstummt.

Endlich sagte die Mutter: »Was mag geschehen sein? Könnte Oloru ihn überredet haben, Milde walten zu lassen?«

»Das glaube ich nicht«, sagte das ältere Mädchen. »Und ich nehme auch nicht an, daß Oloru das versuchen würde.«

»Still«, befahl die Mutter. Sie stand von ihrem Stuhl auf und entzündete drei neue Kerzen. Das schwache Licht wurde stärker und zauberte neue Blässe in ihre Gesichter. Und dann schrie die jüngere Schwester mit wilder, überschnappender Stimme: »Mutter, schau, da, zu deinen Füßen – und hier, bei den meinen!«

»Oh, was ist das?« fragte die Mutter und sah mit klopfendem Herzen hin. Aber alles, was sie zu ihren Füßen auf dem Boden sah, war ihr eigener Schatten, den das Kerzenlicht warf. Doch als sie dann auf die Füße ihrer jüngeren Tochter hinabschaute, sah sie dort keinen Schatten, der Boden war leer.

»Die gnädigen Götter mögen dich beschützen«, keuchte die Witwe.

»Dann sollen sie auch mich beschützen«, sagte das ältere Mädchen, »denn auch mich hat mein Schatten verlassen.«

Und so war es. So sehr sich die beiden Schwestern auch hin und her drehen mochten, so deutlich die Kerzen ihre Umrisse zeigten, nirgendwo warf das Licht einen Schatten für sie.

Nun ist und war ein Schatten stets nur ein Stück, das aus einer Lichtbahn herausgeschnitten wird, weil etwas zwischen dem Licht und allem anderen steht, das es sonst bescheinen würde. Freilich wurde in manchen Gegenden der flachen Erde der Schatten als Sinnbild der Seele angesehen, oder wenigstens der physischen Seele, die dem Körper, der sie erzeugt hat, so sehr gleicht. Anderswo war ein Schatten eben nur ein Schatten. Doch ist eines zu bedenken. Wenn jemand keinen Schatten mehr werfen kann, hat er sicher einen Teil seiner selbst verloren, ein Element, das Lichtundurchlässigkeit und Substanz bewirkt – wie kann ihn sonst das Licht ungehindert durchdringen? Seine Schatten zu verlieren, war und ist, ob damals oder heute, ein Grund zur Besorgnis.

Die Schwestern liefen zu ihrer Mutter, um bei ihr Trost zu suchen, und sie kümmerte sich um sie, so gut sie es vermochte.

Die ältere Schwester war es schließlich, die sich von der Mutter löste und sagte: »Das ist das Werk unseres Bruders. Ein neuer Spaß, den er für seinen Gebieter ersonnen hat.« Sie trocknete sich die Augen und strich sich das Haar zurück. Dann sagte sie: »Mein Kummer weicht dem Zorn. Ich werde hinaufgehen und sie fragen, was sie damit bezwecken.«

»O nein – tu das nicht, um unser aller willen.«

»Doch, ich werde es tun. Das Fleisch zu verletzen und zu erniedrigen, ist schlimm genug. Aber mit der Seele sein Spiel zu treiben, das überschreitet das Maß des Erträglichen. Die Götter werden unsere gerechte Bestürzung zur Kenntnis nehmen, Mutter, und sie werden mir zu Hilfe kommen.« Dieser fromme Glaube war natürlich vollkommen irrig (da in jenen Tagen die Menschen den Göttern gleichgültig waren). Aber der Irrtum gab ihr Kraft, und sie stürzte aus der Halle. Sie ging den Gang entlang, wo der Diener noch immer schnarchte, und hinauf zu dem Raum, den man dem Magier zugewiesen hatte. Hier klopfte sie an die Tür, ehe ihr der Mut schwinden konnte, und rief laut: »Laßt mich sofort ein!«

Niemand antwortete.

»Ich werde eintreten!« rief das Mädchen aus. Und sie stieß die Tür weit auf und rannte hinein.

Wie ungewohnt der vertraute Raum im flackernden Schein der verschwenderisch vielen Kerzen aussah.

Aber mehr als das Licht veränderte ihn eine seltsame Finsternis. Denn das Zimmer schien erfüllt von einer lebendigen Trübheit, von etwas Unsichtbarem, Wirbelndem, Murmelndem – sie erkannte die Aura eines machtvollen Zaubers nicht, aber ihr wurde kalt dabei, und sie wäre am liebsten wieder hinausgelaufen. Dann erblickte sie durch den Zaubernebel den Magier, der schwer wie Blei auf den Decken lag, er schien nicht zu atmen, und sein Schlaf hielt ihn wie in einem engen Gefängnis eingeschlossen, so daß man sofort an Tod denken mußte. Dieser Anblick ließ sie innehalten, obwohl er erschreckender war als alles andere.

In diesem Augenblick stieg etwas Weißes auf, das wie Dampf über den Polstern auf dem Boden gelegen hatte.

Nun stand die ältere Schwester wirklich wie angewurzelt. Sie war starr vor Grauen und Staunen und konnte den Blick nicht abwenden. Zwei bleiche, gespenstische Mädchen schwebten vor ihr, langes, helles Haar umwallte sie. Beide waren nackt, beide kannte sie. Eine war die jüngere, die andere die ältere Schwester – sie selbst. Und auch diese beiden besaßen keinen Schatten, man konnte deutlich sehen, wie das Kerzenlicht ungehindert durch sie hindurchging.

»Fürchte dich nicht«, sagte der Geist der älteren Schwester zur Wirklichkeit. »Oloru hat mich aus dir beschworen, und er hat mir die Kraft gelassen, es dir zu erklären.«

»Sage mir, was du bist«, verlangte das Mädchen zitternd.

»Dein Schatten oder das, was dich befähigt, einen zu werfen – ein Teil deines Wesens, aber nicht du selbst. Mit mir und mit dieser anderen hier« – dabei deutete der Geist auf den Geist der jüngeren Schwester – »ist das Ungeheuer Lak nach seinen Wünschen verfahren. Für ihn war es, als hätte er Fleisch geschändet, zerfetzt, beherrscht, aber das ist nicht wahr. Was er uns angetan hat, hat für uns keine Bedeutung. Und wenn wir schließlich zu euch zurückkehren, werdet ihr euch nicht mehr Gedanken darüber machen als wir.«

»Aber du bist mein unsterbliches Wesen«, rief das Mädchen, bestürzter denn je. »Er hat dies alles meiner Seele und der Seele meiner Schwester angetan.«

»Nein, wir sind nicht eure Seelen. Eure Seelen sind nicht von dieser Art. Wir sind nur farbige Luft. Laß mich zu dir zurückkehren, dann wirst du sofort feststellen, daß mit dir alles in Ordnung ist.«

»So komm denn zurück«, sagte das Mädchen und machte sich auf Schmerz oder Wahnsinn gefaßt. Aber der Geist schwebte auf sie zu wie ein Mondstrahl, glitt über sie hin, in sie hinein und wurde eins mit ihr. Und voller Freude sah das Mädchen, wie ihr Schatten unmittelbar darauf wie ein sehr günstiges Omen wieder an der Wand erschien.

»Nun geh und hole mir die, zu der *ich* gehöre«, verlangte der zweite Geist eigensinnig wispernd mit der Stimme der zweiten Schwester.

»Aber er ...«, sagte das Mädchen und erinnerte sich an Lak, der keine zehn Schritte von ihr entfernt wie ein Toter schlief.

»Er hat anderes zu tun.«

»Und wo ist Oloru, mein Bruder?« wollte die ältere Schwester wissen, denn die Erleichterung hatte sie kühn gemacht. Aber der Geist antwortete nicht, er faltete nur geduldig die Hände, genau wie es das jüngere Mädchen tat, wenn es gereizt war.

Die ältere Schwester erkannte, daß ihr nichts übrig blieb, als hinunterzueilen und die frohe Botschaft zu überbringen. Was Oloru anging, so segnete sie ihn, und sie weinte heiße Tränen, denn sie wußte sich unversehrt, wie es ihr der Geist versichert hatte, und diese Rettung hatte sie nur ihm zu verdanken. Auf diese Weise vergaß sie, daß er es auch war, der sie in Gefahr gebracht hatte.

4

Um welcher seltsamen Belohnung willen hatte Oloru sich nun so viel Mühe gegeben? Was hatte er sich mit der Illusion schreiender, weißer Körper von dem Magierfürsten erkauft? Ja, was brauchte Oloru, der sich doch *selbst* als so fähiger Zauberer erwiesen hatte, überhaupt von Lak Hezoor, was er nicht aus eigener Kraft erreichen konnte?

Hinab, hinab, hinab; meilenweit hinab unter das Land der Menschen und unter das, was sie zu begreifen vermochten: nach Untererde, ins Reich der Dämonen.

Ganz an der Grenze des Reiches lag der Fluß der Träume, träge wie schwärzlicher Sirup, zwischen den hohen Quasten des weißen Flachses, der dort wuchs. An den flachsbestandenen Ufern dieses Flusses jagten die Vazdru mit blutroten Hunden, nicht Löwen oder Hirsche hetzten sie, sondern die Seelen schlafender Menschen, die kreischend vor ihnen flüchteten. Freilich konnten die Hunde nur die Seelen jener Menschen fangen und zerreißen, die dem Tode nahe oder im Wahnsinn befangen waren. Selbst diese durften am Ende entkommen – für die Dämonen war alles nur ein Spiel. Außerdem hatte nun schon seit langem keine Jagd mehr stattgefunden, denn alles hatte nachgelassen – Musik, Glücksspiel, Intrigen, Liebe, alles, womit sich Druhim Vanashta und seine Herren seit Ewigkeiten die Zeit vertrieben hatten. Auch die Hämmer der Drin, der dämonischen Schmiede, waren nicht mehr oft zu hören. Die Geschöpfe dieser Unterwelt flogen oder sangen nicht mehr so häufig wie einst, noch zeigten die Blumen ihre prächtigen Blüten oder das Wasser sein magnetisches Glitzern. Über allem lag das Bahrtuch von Azhrarns Zorn und Kummer.

Trotz alledem war es immer noch ein Ort mit vielen Wundern, die sehenswert waren. Jahrhunderte zuvor hatte Kazir hier mit zauberischen Mitteln den Fluß der

Träume durchquert, wie es die Menschen im allgemeinen nur unbeabsichtigt taten, und war hierher gekommen. Kazir hatte einen Auftrag zu erfüllen gehabt. Laks Hofpoet Oloru hingegen hatte sich von diesem erbeten, in Laks schützender Gesellschaft die Sehenswürdigkeiten dieser gefahrvollen Unterwelt besuchen zu dürfen. Welche Lieder, so hatte Oloru geschwärmt, würde man hinterher über diese Reise machen! (Und über den Wagemut und die Gerissenheit des Magiers.)

Wollte man nun unaufgefordert und ohne daß einem die Dämonen selbst mit ihren Zauberkünsten den Weg freimachten, nach Untererde hinabgelangen, so gab es nur ein Mittel, man mußte körperlos reisen – wie Kazir in jener Geschichte.

Daher mußte der Reisende die Seele sein, das heißt, die physische oder Astralseele, jener Elementargeist, der mehr war als bloßes Schattenspiel, obwohl er dem Körper nachgebildet und auch mit all seinen jeweiligen Fähigkeiten und seinem Wissen ausgestattet war.

Zu jener Zeit gab es mehrere alles überragende Zauberer auf der Erde. Interessant vielleicht, daß nur so wenige von ihnen diese Reise nach unten unternommen hatten. Das schien zu bedeuten, daß selbst die verschlagensten unter ihnen gute Gründe hatten, sich fernzuhalten ... Oloru hatte jedoch seinem Gebieter eingeredet, er brauche keine Skrupel zu haben. Er, Lak, sei mit seiner uralten Erfahrung in allen magischen Dingen den Vazdru gewachsen. Ja, er könne sich durchaus als Rivale Azhrarns betrachten. Wahnwitz!

Nachdem nun die Orgie vorüber war und die Frauen wie abgestreifte Kleider dalagen, machte sich Lak – kaum vorbereitet, voll mit Speis und Trank, träge und befriedigt – daran, den astralen Abstieg zu wagen. »Aber«, hatte Oloru ihn ermunternd beschworen, »setzt ihnen nicht *mich*, nicht *meine* arme, zitternde Seele aus. Tragt mich bei Euch wie Azhrarn Sivesh trug – er war ein Adler und Sivesh eine Feder auf seiner Brust. Ihr seid der Herr aller Herren, und ich ... ein kleines Schmuckstück, das Ihr bei Euch tragt.«

Wie es um Laks Zauberkunst tatsächlich bestellt war, ist nicht belegt, aber dafür reichte sie offenbar aus.

Nach einer Weile erfüllte der Hauch der Magie den Raum, und der Körper des Magiers fiel in Trance – die Seele hatte ihn verlassen. Während von Oloru überraschenderweise nichts zurückblieb. Nein, nicht einmal eine Wimper auf einem Kissen.

Das Wasser des Traumflusses wimmelte von Gesichtern, Formen und wirren Gedanken. Es bedurfte einiger List und einiger geistiger Entschlossenheit, um diese Brühe zu durchqueren, ohne ihr zu erliegen. Lak und sein geliebter Freund gelangten jedoch heil hindurch, und sie erreichten das Ufer.

Hier blieben sie stehen und blickten im Schein des mystischen Edelsteinlichts hinaus auf die ebenholzschwarze Landschaft.

Lak schien nur er selbst zu sein, eine prächtig gekleidete, dunkle Seele. Von Olorus Seele war nichts zu sehen, keine Spur. Keine einzige? Doch, eine. Auf Lak Hezoors Brust hing ein kleiner polierter Topasanhänger, der ein wenig an einen Würfel ohne Punkte erinnerte. Oloru? Oloru.

Angeblich sollte es möglich sein, an einem klaren Tag von den Ufern des Flusses aus die Dämonenstadt zu sehen. Aber in Untererde gab es niemals trübe Tage, es gab überhaupt keine ›Tage‹. So scheint es denn, als ob irgend etwas, vielleicht nur der Blick des Ankömmlings, ihm Druhim Vanashta verbarg oder enthüllte. Ob Lak die fernen Bauwerke erkennen konnte, ist fraglich. Sicher ist jedoch, daß der gelbe Stein auf seiner Brust, auch wenn er nur ein gewöhnliches Exemplar der Gattung Würfel war, alles sah.

Vielleicht sprach er auch mit dem Magier, redete ihm gut zu und drängte ihn weiter. Jedenfalls schlug Fürst

Lak eine bestimmte Richtung ein, durch zerbrechliche Haine aus Elfenbein und Silber, schwarze Weiden, die ihre Zweige herabhängen ließen wie eine Harfe ihre gelösten Saiten. Er schritt ohne Zögern aus. Ein- oder zweimal, wenn irgendein Dunstwesen aus der Luft auf ihn zuzuflattern schien (solche Emanationen gab es hier im Überfluß), wischte er es mit einem machtvollen Satz oder einem Mantra weg, wie ein Mensch eine Mücke verscheucht.

Die beiden, der Gebieter und sein Topas, erreichten nach einer Weile eine breite Straße, die mit Marmor gepflastert und von Säulen gesäumt war. Dies war der Weg in die Stadt, und man kann sich vorstellen, daß Lak an ihrem Rand einen Augenblick stehenblieb. Aber dann wurde er wohl mit Überredung und Schmeicheleien weitergetrieben. Einen Augenblick später betrat er die Marmorstraße.

Fast sofort wurde er von einem sonderbaren Gefühl befallen. Es war ihm nicht vertraut, obwohl er es oft in anderen hervorgerufen hatte: Angst. Nun könnte man annehmen, daß Lak einfach deshalb ein gewisses Mißbehagen verspürt hätte, weil er an diesem Ort Gestalt angenommen hatte, aber bisher war dies offensichtlich nicht der Fall gewesen. Es schien auch keinen direkten Grund dafür zu geben, daß dieses Gefühl gerade in diesem Augenblick über ihn hereinbrach. Die Luft war still, kein bedrohliches Geräusch war zu hören, nirgends war eine Bewegung zu erkennen – nur das Blinken der Stadt am Ende der Straße, falls er das überhaupt sah. Und so ging Lak tapfer weiter, der Griff der Angst wurde fester, ohne daß er sie hätte kontrollieren können. Mit jedem Schritt wurde es schlimmer, bis er wieder stehenblieb. Nachdem er diesmal sorgfältig nach vorne und nach allen Seiten geblickt hatte, sah er über die Schulter zurück. Und dabei fiel ihm etwas Absonderliches Auf. Die Marmorstraße, auf der er erst ein so kurzes Stück zurückgelegt hatte, erstreckte sich eine Meile oder noch weiter hinter ihm. Diese Verlängerung trug nicht dazu bei, Lak Hezoor zu beruhigen.

Wie Menschen es tun, wenn sie verstört sind, sprach der Fürst laut zu seinem Begleiter.

»Diese Straße ist seltsam. Zweifellos eine ausgefallene Idee der Dämonen, um Reisende aus der Fassung zu bringen. Ich glaube, wir kehren an den Anfang der Straße zurück und orientieren uns erst einmal.« Als Lak keine wortlose Antwort erhielt, grinste er und sagte: »Was ist mit dir, mein Liebster? Schon die Besinnung verloren?« Und er hob die Hand, um den Würfel zu streicheln. Seine Finger fanden nichts.

Bei dieser Entdeckung mochten Lak Hezoor viele Überlegungen durch den Sinn gegangen sein. Er hätte meinen können, der Stein habe sich irgendwie gelokkert, sei heruntergefallen und verloren gegangen, oder eine der vorbeischwebenden Emanationen habe ihn gestohlen, oder er hätte glauben können, seine eigene Angst habe das Ding in die obere Welt zurückgestoßen. Aber in Wirklichkeit dachte der Magier nichts von alledem. Daraus kann man schließen, daß er wenigstens so viel Weisheit besaß, um zu erkennen, daß man ihn hereingelegt hatte.

Es blieb ihm nicht einmal eine Minute Zeit, um sich an dieser Erkenntnis zu erfreuen.

Denn nun trug ihm die reine, windstille Luft ein Geräusch zu. Kaum hatte Lak es gehört, als er auch schon begriff, was es war, denn es enthielt alles, was seine ständig steigende Angst hervorgerufen hatte. Es bestand aus einer Folge von Heultönen, jedem vertraut, der einmal auf die Jagd gegangen war, das Gebell von Hunden, denen die Witterung ihrer Beute in der Nase hängt. Jene, die davon erzählen, erklären jedoch, es klinge eher wie das Gejaule hungriger Wölfe – freilich schlimmer, viel schlimmer. Wenn man Glück hatte, fuhr man beim Widerhall dieses Geräusches schreiend aus dem Schlaf. Andernfalls erwachte man nicht, sondern drehte sich um und rannte davon, und das Geräusch lief mit, wurde ständig lauter und kam näher. Es war das Jagdgebell der Hunde der Vazdru.

Lak Hezoor, Magierfürst einer Stadt auf der Erde, blieb auf der Straße stehen und rezitierte schnell und fehlerlos einen Zauberspruch, der ihn von diesem Ort fortbringen sollte. Doch der Zauberspruch versagte. Er versagte völlig. Kein noch so kleiner Bruchteil seiner Zwangslage veränderte sich. Er befand sich immer noch in Untererde, das Geheul der Hunde hallte von jeder Säule und in der Leere des psychischen Schädels seiner eigenen Seele wider. Als er nach vorne die Straße entlangspähte, glaubte er nun, eine Wolke zu sehen, schwarz mit silbernen Blitzen am oberen Rand, darunter blutigrot strahlend, und diese Wolke raste auf ihn zu.

Da drehte sich auch Lak Hezoor, der Magier, um und rannte davon. Er floh die Straße entlang, auf die Haine und den flachgesäumten Fluß zu. Dabei schrie er laut, alle Zauberkräfte hatten ihn verlassen, er war bis an den Rand von Grauen und Verzweiflung erfüllt. Und so schnell er auch lief, die Straße nahm kein Ende. Immer weiter erstreckte sie sich vor ihm wie hinter ihm. Er würde den Fluß nicht erreichen. Und das Geheul der Hunde war jetzt so laut, daß es vor ihm und auf beiden Seiten zu sein schien, und obwohl er nicht wagte, sich umzudrehen und nachzusehen, spürte er es wie ein feuriges Brennen an den Fersen – das Hecheln mordlustiger Bestien.

Endlich erreichte Lak doch den Anfang der Straße und erblickte ganz in der Ferne den Fluß der Träume, die Grenze seines Alptraums. Er hetzte weiter, aber als seine Füße das frische, rußschwarze Gras berührten, prallte etwas Warmes, Schweres hart gegen seine Schultern, seltsame, langgestreckte Körper, wie mit glatten Schuppen bedeckt, stürzten sich auf ihn und begruben ihn unter sich.

Die roten Hunde rissen ihn zwischen den Weiden zu

Boden, rollten ihn herum, zerrten an ihm, und trotz der blinden Entrücktheit des Schmerzes und der Schreie sah er ihre scharlachroten Augen und ihre von seinem Astralblut scharlachroten Zähne. Rot wie Blut waren sie, und bald tropfte auch Blut von ihnen herab. Die Qual ließ nicht nach. Wieder und wieder mußte er das Unerträgliche ertragen, sich zerfleischen lassen, ohne sterben zu können.

Endlich flog nur noch ein wahnsinniges Lumpenbündel schreiend zwischen den Hunden hin und her. Dann wurden sie durch irgendein Signal zurückgerufen und schlichen davon wie geschmeidige Schatten, um sich den liebkosenden Händen ihrer Herren zu überlassen.

Nun trat einer heran und stellte sich vor das, was von der physischen Seele Lak Hezoors noch übrig war (und sehr viel war das nicht). Das verstörte, gejagte Geschöpf konnte nur wenig unterscheiden, doch diesen einen Gegenstand sah es mit völliger Klarheit. Ein Mann, schlank und groß, in Nacht gekleidet, mit Haaren wie die Nacht und Nacht in den Augen. Seine furchtbare Schönheit war wie eine weitere Folter, die die vorangegangenen noch verschlimmerte, so als träufle man Säure in klaffende Wunden. Lak schrie noch wilder auf, als ihn die Säure zerfraß, aber Azhrarn der Dämonenfürst hob die Hand, und Lak konnte nicht mehr schreien.

»Was ist das für ein Wesen?« fragte Azhrarn. In seiner Stimme lag keine Grausamkeit, und sie war ganz im Gegenteil so schön, daß sie das Opfer vorübergehend sogar beschwichtigte. »Es ist nur ein Mensch. Ich habe mich geirrt.« Und doch bestand die Stimme, in der keine Grausamkeit lag, nur aus Grausamkeit. Sie schlug auf den zerbrochenen Kern der Seele ein, und die Seele sehnte sich nach dem Tod. »Du kannst deinen Brüdern mitteilen«, sagte Azhrarn, »daß du unter der Erde den Vazdru begegnet bist.« Mit diesen Worten entfernte er sich und verschwand.

Mit ihm verschwand auch der Zwang. Die zerfleischte Seele begann noch schrecklicher zu schreien, und mitten im Schreien wurde sie in den Fluß der Träume hinabgeschleudert.

Und wo war Oloru, der dies alles angestiftet hatte? Und *was* war Oloru, daß er hatte entfliehen können? Es scheint, als habe, wie Kazir in der Geschichte, auch dieser Poet einen Auftrag in Untererde zu erfüllen. Aus irgendeinem bizarren Grund konnte er nicht aus eigener Kraft dorthin gelangen, deshalb mußte Lak ihn hineinbringen, aber nachdem Oloru einmal eingedrungen war, stand es ihm frei zu gehen, wohin er wollte, und zu tun, was ihm beliebte.

Oloru hatte weder eine Astralseele, noch eine andere. Er trug etwas in sich, was einer Seele entsprach und als solche anzusehen war. Es ist möglich, wenn nicht sogar sicher, daß er unter etwas anderen Umständen in das Reich der Dämomen hätte eindringen können, aber dann hätte er es in seiner eigentlichen Gestalt tun müssen. Und in dieser Gestalt hätte das ganze Reich ihn gespürt, wie die Auster das Reiben eines Sandkorns spürt. Es war eindeutig ein Hinweis auf Olorus Anwesenheit, was Azhrarn aus seiner brütenden Untätigkeit aufgeschreckt und als erbarmungslosen Jäger zu jener Straße geführt hatte. Das Gemetzel hatte ihm willkommene Ablenkung verschafft.

Sobald sich der Topas von Lak Hezoor gelöst hatte, war er in die entgegengesetzte Richtung davongewirbelt, weg von Druhim Vanashta, jenem hochaufgetürmten Stapel aus Stahl und Sternentrümmern. Die Dämonenstadt war nicht sein Ziel. Kaum hatte sich der Stein entfernt, da verlor er auch das Aussehen eines Würfels. Der Gegenstand, der das völlig veränderte Wesen Olorus enthielt, verwandelte sich in einen schmalen, gelb leuchtenden Stab mit schwachen, purpurnen Mustern.

Stundenlang wirbelte der Stab, Monate, Jahre oder

auch nur eine halbe Minute lang. Nach dieser nicht-absoluten Zeit fegte er über ein durchsichtiges Binnenmeer. In dem Meer gab es Inseln, einige klein, einige mit Bäumen bestanden, einige so hoch wie der Himmel, der kein Himmel war, und alle pulsierten sie wie Buntglasspiegelungen im Wasser. Und dann lag da noch eine Insel in einem Nebel.

Der Stab aus Bernstein und Amethyst sprang in den Nebel hinein und auf der anderen Seite wieder heraus. Dort fiel er, ein wenig angeschlagen, einer Eshva-Magd zu Füßen, die – worauf? – am Ufer gewartet hatte.

Mit sämtlichen auf diese Insel verbannten Eshva war etwas Absonderliches geschehen. Als Dämonen bevorzugten sie in der Regel eine herrliche, menschliche Gestalt, und so angetan suchten sie die Erde auf und beeindruckten die Menschheit. Aber gerade weil sowohl die Vazdru als auch Eshva in so vielen verschiedenen Gestalten auftreten konnten, war ihr innerstes Wesen offenbar mit keiner davon verbunden. Die Eshva auf der Insel, die anfangs wunderschöne, hellhäutige Männer und Frauen gewesen waren, mit nachtschwarzen Augen und langem, schwarzem Haar, das silbernen Schlangen Unterschlupf bot, hatten sich so lange vor Gram verzehrt, bis sie nur noch in Rudimenten vorhanden waren. Sie – oder es –, der – oder dem – Oloru sich zu Füßen (die keine Füße waren) geworfen hatte, war jetzt nur noch eine schmale Vertikale aus blitzendem Lapislazuli.

Dennoch gab es eine Reaktion, als der leuchtende Stab gegen diese blitzende Linie streifte.

Zuerst schwankte die Vertikale und beugte sich hinab. Dann entwickelte sie zwei schlanke Arme, die den Stab aufhoben, und zuletzt tauchte aus der gasförmigen Substanz ein alabasterweißes Gesicht mit Augen auf.

»Es lebt«, sagte die Eshva und meinte damit den Stab. Was sie sagte, war nicht hörbar. Die Worte wurden mit den Augen und einer Bewegung der Finger ausgedrückt. Aber Oloru vernahm sie. Er lag leuchtend und zitternd in den fast existierenden Händen, und sie drückte ihn an sich, wie gebannt von den Empfindungen, die er ihr mitteilte.

Außergewöhnliches war auf der Insel etwas Neues. Kein Wunder, daß die Eshva erregt war. Auch nicht erstaunlich, daß sie, die ja eine Magd war, sich als nächstes, ihren Fund liebevoll an sich drückend, zu dem hohlen Felsen begab, in dem ihre Vazdru-Herrin wohnte.

Azhrarns Tochter lag, wie schon oft, in einem Schlaf negativen Nicht-Seins auf ihrem Bett mit den Säulen aus roter Jade. Und dabei, das sei betont, sah sie ganz märchenhaft und erschreckend schön aus. Das lag in der Familie, könnte man sagen.

Die weltliche Version dessen, was sich dann ereignete, lautet wie folgt: Eine bezaubernde Zofe stürmt in das Haus ihrer hinreißenden Herrin und ruft: »Seht nur, Prinzessin. Diesen faszinierenden Gegenstand habe ich am Strand gefunden. Ich bitte Euch, untersucht ihn selbst.« Aber gegen alle Erwartung regt sich die Herrin nicht. Sie bleibt, die Augen fest geschlossen, auf ihrem roten Lager liegen. Und nach kurzer Zeit läßt die Aufregung der bezaubernden Zofe nach, und sie verliert selbst das Interesse an allem.

So schwebte die Eshva nun wieder als aufrechte, durchscheinende Linie neben dem Lager, ehe sie völlig verschwand, um weiter am Strand melancholisch nach nichts Ausschau zu halten. Der leuchtende Stab blieb neben dem Bett liegen.

Jetzt ist er allein, allein mit ihr, die zu suchen er gekommen ist. Niemand sonst ist in der Nähe. Hier, im tiefsten Schoß des Landes läuft kein Schabernack aus Dämonenträumen Amok. Nicht einmal Azhrarn träumt davon, während er, umgeben von seinen Hunden und seinem Hofstaat, dem trügerischen Gespenst Lak Hezoors hinterherjagt – das er irrtümlicherweise für einen anderen hält, für einen, der befleckt ist oder in hellem Glanz erstrahlt.

Nun denn.

Kurz darauf setzt eine Umgestaltung der Moleküle ein. Bernstein und Amethyst lodern auf und erlöschen, und der Leere entsteigt ein junger Mann in kostbarer Kleidung, mit seidenen Handschuhen, seidigem Goldhaar, schwach leuchtenden *brennenden* Augen. Schön ist er, o ja, schön genug, um die Insel zu versengen. Und dieser prächtige Herr starrt lange auf die schlafende oder dem Sein entrückte, liebliche Gestalt auf der Bettdecke. (Er hatte sie zum letztenmal gesehen, als sie noch ein Kind war. Die Verheißung von damals hat sich inzwischen erfüllt und scheint ihm den Atem zu nehmen.) Er beugt sich zu ihr nieder, sein schönes Haar streift ihren schönen Hals. Sanft berührt er mit den Lippen ihre Lider, durch die, obwohl sie geschlossen sind, die Iris in einem verzückten bläulichen Glanz zu sehen ist. Aber dann legt er die Lippen noch sanfter und gleichzeitig fester auf ihren Mund und küßt sie. Bei seinem Kuß läßt der ganze auf Musik eingestimmte Felsen melodische Klänge ertönen, als habe der angestaute Gesang von Jahren sich Bahn gebrochen.

Und sie schlägt natürlich die Augen auf.

»Reizende, liebliche, erstaunliche Jungfrau«, sagte Oloru so leise, daß man ihn kaum hören konnte, »Euer Vater haßt und vernachlässigt Euch. Aber ich bin Euer Beschützer, und vielleicht entsinnt Ihr Euch meiner.«

Die blauen Augen (welch nichtssagendes Wort ist doch ›blau‹ – man sehnt sich nach einem Adjektiv der alten ersten Erde, um sie zu beschreiben) blickten Oloru an und drangen tief in seine bernsteinfarbenen Augen ein. Sie sprach nicht, aber wie bei einer Eshva sagten ihre Augen: »Nein, ich entsinne mich nicht. Aber du kannst versuchen, meine Erinnerung zu wecken.«

»Ja. Aber nicht hier und jetzt. Hier und jetzt bin ich nicht sicher. Ich habe mich um Euretwillen freudig in

Gefahr begeben. Bedauert mich. Bringt mich in Sicherheit.«

Er hatte ihre beiden Hände mit seinen behandschuhten umfaßt. Sie wehrte sich nicht, lag nur da und sah ihn an. Sie, die ihre Mutter Soveh (Flamme) genannt hatte und ihr Vater, in einem Augenblick unfreundlicher, spöttischer Analogie, Azhriaz.

Dann sprach sie. Ein Wort nur. »Wie?«

Da küßte Oloru ihre beiden Hände. Und sie streifte währenddessen ganz leise mit ihren Lippen über sein Haar. Wenn man ausgesetzt wird und jemand will einen zu sich nehmen – bedarf es da noch weiterer Erklärungen?

Oloru spürte diesen leichten Schmetterlingskuß, hob den Kopf und blickte sie von neuem an. Er erklärte ihr, wie einfach für sie, und mit ihr für ihn, die Flucht sei – nicht nur von dieser Insel, sondern aus Untererde überhaupt. Und als sie lächelte: *Nein, nicht so,* sagte er: »Überlegt doch. Er ist Azhrarn. Aber wer seid Ihr? *Azhrarns Tochter.*« Und es schien, als bewege sie das tatsächlich zum Nachdenken.

Sie verließ das rote Bett. Ihr Haar streifte auf der Erde. Sie blickte zu Oloru auf, der neben ihr stand. Eine seiner Hände, die rechte, hielt sie fest, die andere ließ sie los. Wie Kinder liefen sie die Treppen des ziselierten Felsens, die Hänge der Insel hinunter und erreichten das Gestade.

Dort, ein Stück entfernt, wartete noch immer die gestaltlose Eshva. Azhrarns Tochter murmelte etwas, und die Eshva schwebte folgsam und teilnahmslos davon.

Wenn man vom Ufer aus aufs Meer schaute, sah man nur Dunst. Azhrarns Tochter, Olorus Schützling, legte die zur Schale gewölbten Hände an den Mund und pfiff. Es war kein menschlicher, nicht einmal ein sinnlich erfaßbarer dämonischer Ton. Es war das Schrillen einer Silberflöte, die wie der Schenkelknochen eines Hasen geformt war. Sie hatte es einmal gehört, als ihr

Vater sie nach Untererde gebracht hatte, und konnte es genau nachahmen. Damit rief man ein Beförderungsmittel herbei.

Tatsächlich, sieben Herzschläge später sauste etwas Dunkles durch den Dunst und brachte die Gischt des Meer-Sees mit sich, über den es geflogen war. Ein Dämonenroß, schwarz, mit azurblauer Mähne, hielt neben ihnen an, scharrte aber ungeduldig auf dem Boden und wollte weiter.

Azhrarns Tochter blickte Oloru an. »Ich bin zum Aufbruch bereit. Und du?«

»Wenn Ihr wollt, könnt Ihr Euch ausmalen, wie ich hierherkam. Alles übrige müßt Ihr selbst entscheiden. Ich bin in Eurer Hand, aber es gibt keinen Ort, an dem ich lieber sein möchte.«

»O du, der du den Dämonen schmeichelst!« sagte sie laut. Dann schnippte sie mit den Fingern. Zweifellos spürte sie in diesem Augenblick die ersten Regungen ihrer Macht. Denn er, und er war jemand, mit dem man rechnen mußte, war verschwunden, erschien in anderer Gestalt und fiel als Topaswürfel in ihre Hand. Spielerisch steckte sie sich den Würfel in den Mund und bewahrte ihn unter ihrer Zunge auf.

Dann bestieg sie das Dämonenroß und teilte ihm durch einen Impuls ihr Ziel mit.

Es durchbrach wieder den Nebel um die Insel und raste, Schwaden dieses Schleiers hinter sich herziehend, über das Wasser an das andere Ufer.

Während der ganzen Zeit hatte sie nie die Absicht gehabt, so etwas zu tun, oder geglaubt, daß sie es könnte. Wenn man ausgesetzt wird und jemand will einen zu sich nehmen, bedarf es da noch weiterer Erklärungen?

Über Dämonenland ging es nun, vorüber an der leuchtenden Stadt, deren Mauern sie mit dem Luftzug ihrer Flügel streiften. Niemand kannte sie, niemand wußte, was sie tat. Und doch wußte *alles* davon. Als sie so dahinritt, den schwarzen Blitz unter sich, einen Edelstein im Mund, spürte Azhrarns Tochter, wie sich die Seele dieses Reichs des Bösen in unklarer Entrüstung konzentrierte. Durch die Diamantluft kamen die ersten Anzeichen sich zusammenbrauender Stürme. Die Wasser von Teichen und Quellen kräuselten sich tosend. Bäume wie paillettenbesetzte Knochen streckten die Hände nach ihrem fliegenden Haar aus, aber sie schlug sie beiseite.

An den Ein- und Ausgang von Untererde erinnerte sie sich noch. Drei Tore, das innerste aus schwarzem Feuer, das zweite aus blauem Stahl, das äußerste aus Achat. Dahinter führte der blankgescheuerte Schlot eines toten Vulkans in ein Gebiet mit tätigen Vulkanen – das flüssige Innere der Erde.

Sie erreichten das erste, das innere Tor.

Vor ihrem Vater, dem Herrscher dieses Reichs, hatten sich alle drei Tore weit aufgetan, aber vor Azhrarns Tochter bewegten sie sich nicht. Das Roß wurde gezügelt und scharrte schnaubend erst mit dem einen und dann mit dem anderen Vorderfuß auf der Erde. Auch das flüchtende Mädchen, das so viel mehr war als ein Mädchen, spürte nun, wie sich in ihrem Rücken der Donner zusammenballte. Was nun?

Unter ihrer Zunge kribbelte der Würfel wie der Saft einer Zitrone.

Er erinnerte sie an etwas so Selbstverständliches, daß sie ihr Haar schüttelte, weil sie nicht den Mund öffnen und lachen konnte. Denn obwohl der Dämon ihr Vater war, war ihre Mutter eine Sterbliche gewesen, und noch etwas, das Kind eines Sonnenkometen.

Die Sonne.

Die Flüchtende sprach es aus, aber nur in Gedanken. Doch die Macht dieses feindlichen Symbols, auf das sie soviel Recht hatte und das hier offenbar niemand sonst je beschwören würde, war wie ein Schlag. Er krachte gegen das Tor aus schwarzem Feuer und brannte ein Loch hinein, und durch dieses Loch trieb sie das Pferd, obwohl es sich sträubte. Als nächstes kam das Tor aus Stahl, auch gegen dieses Tor warf Azhrarns Tochter dieses geistige Bild, das Tor zuckte zurück, schrumpfte zusammen, und sie stürmte hindurch. Das Achattor, von sich aus diplomatisch, hatte sich klugerweise schon selbst entriegelt und ließ sie widerstandslos passieren.

Über ihr war nun der Schacht des Vulkans, hier gab es kein Licht, kein irgendwie geartetes Zeichen.

Das Pferd war erschöpft. Sie glitt herunter und ließ es mit hängendem Kopf zurück durch die Tore traben, ehe sie sich wieder schließen konnten.

Azhrarns Tochter brauchte keine Fragen mehr zu stellen, sie hob die Arme, berührte die kühle Luft im Schlot des Vulkans und rief einen vulkanischen Wind herbei, ein glimmendes Segel, von großen Glutstücken gesäumt. Es wirbelte auf sie herab, hob sie auf, trug sie hinauf, hinauf, hinauf durch den Schacht, immer höher und höher und hinaus in den Himmel der Erde.

Auch dieser Himmel war dunkel und wurde von unten durch die Hochöfen der brennenden Berge erleuchtet. Im Osten jedoch, meilenweit entfernt, brannte ein Berg, der kein Berg war. (Die Morgendämmerung.)

Der Wind, ihr Sklave, trug sie noch ein Stück weit, ehe er, seiner dem Feuer entstammenden Kraft beraubt, zu Boden sank. Auf dem Berghang, wo er sie absetzte, blieb Azhrarns Tochter stehen und beobachtete die Morgendämmerung. Sie beobachtete sie allein und mit heftigem Verlangen, denn es schien ihr, als habe man ihr diesen Anblick seit tausend Jahren vorenthalten.

Die Pracht von tausend Morgen lag für sie in diesem Sonnenaufgang. Und die Farben der Erde blendeten sie und brachten sie zum Weinen. Sie konnte den Tag ertragen, was kein anderes Dämonenwesen vermochte. Und doch zuckte die Hälfte ihrer Atome vor dem Anblick zurück, den die andere Hälfte liebte und dem sie sich zugehörig fühlte. Sie war dazu verdammt, die Sonne gleichermaßen zu suchen und zu scheuen.

Sie hatte den Topas aus dem Mund genommen und ihn auf einen Stein gelegt. Nun suchte sie den Schatten eines Felsens auf.

Man sagt, das Wasser ihrer blauen Augen verwandelte sich in Saphire, als es den Boden der Erde berührte; sie weinte Korund. Aber vielleicht waren es schließlich doch nur Tränen.

Dann trat Oloru zu ihr, und jetzt trug er einen pflaumenblauen Mantel, den er um sie legte. Wieder küßte er ihre Augen, die feucht waren von Tränen oder von Saphiren.

»Hier auf der Welt schwinden meine eigenen Kräfte sehr rasch«, sagte er. »Aber im Augenblick ...«

Der Mantel breitete seine Schwingen aus, in einer davon hatte sich die Sonne und, wie es schien, ein Haufen Sterne verfangen.

Und der Berghang war leer.

5

DIESELBE SONNE GING HINTER dem Haus der Witwe auf, aber hier vergoldete sie eine weniger leidenschaftliche Szene.

Draußen im Hof lagen die betrunkenen Höflinge noch immer so, wie sie am Ende der Zecherei hingesunken waren. Ein Stück entfernt, im Wald, erwachten die Vögel und sangen, aber die feinen Herren, die im Hof erwacht waren, hatten kein Verlangen, es ihnen gleichzutun. Sie hielten sich die Köpfe oder die Bäuche und verlangten nach Medizin oder nach mehr zu trinken. Einige besaßen sogar die Kühnheit, nach ihrem Gebieter Lak Hezoor zu rufen. Als niemand geruhte, ihnen zu antworten, begannen die edlen Höflinge an die Türen und die Fenster des Hauses zu schlagen. Krächzend und brüllend brachten sie ihre Befürchtung zum Ausdruck, ihr Gönner habe Schaden genommen, habe sich vielleicht verletzt, als er das Eis von den Brüsten einer widerspenstigen Jungfrau schälen wollte.

Nun glaubten sie, einen berechtigten Grund – die Sicherheit ihres Fürsten – zu haben, um in das Haus einzudringen. Diese Aussicht hatte sie schon ein wenig aufgeheitert, doch dann ertönte neuer Gesang.

Das Lied hatte zwar nichts mit dem Morgen zu tun, aber es war so uralt wie die Drangsal der Menschen.

Die Höflinge wichen zurück, als sie es hörten. Sie klammerten sich aneinander und fragten: »Was mag das sein?«, obwohl sie ganz genau wußten, daß es das Kreischen und Stöhnen eines Irren war. Folglich sagten sie: »Das ist nur dieser Oloru, der uns einen Schreck einjagen will.«

In diesem Augenblick flogen die Fensterläden eines Raums im oberen Stockwerk auf.

Ein Mann erschien im Fenster. Ein paar Sekunden lang erkannte ihn keiner der Höflinge. Sein Gesicht war verzerrt, in seinen Augen zeigte sich nur das Weiße, sein Mund stand offen, und wo er sich in die Zunge gebissen hatte, lief das Blut heraus. Sein ganzer Körper schien von blutigen Schrammen überzogen, und als sie ihn entgeistert ansahen, begann er zu scharren und zu kratzen, fügte sich mit den Nägeln neue Verletzungen zu und verrenkte sich den Hals, um sich in Schultern und Arme zu beißen. Es widerstrebte ihnen, dieses Vieh zu erkennen. Nur das schwarze Haar, das er sich freilich büschelweise ausriß, verriet ihnen, daß es Lak Hezoor war.

Ganz grau im Gesicht nahm einer nach dem anderen der im Hof Stehenden davon Kenntnis und wich zurück. Einige liefen zu ihren Pferden und stürmten sofort davon. Die anderen zitterten am ganzen Leibe und stotterten. Einer wagte es, noch einmal den Namen seines Herrn zu rufen – worauf die Erscheinung im Fenster noch heiserer kreischte, sich hinaufzog, sich hindurchzwängte und begann, an der Mauer in den Hof hinabzukriechen.

Bei diesem Anblick gab jeder der Männer Fersengeld. Lak hatte den Verstand verloren, und es war offensichtlich, daß er jeden von ihnen in Stücke reißen würde, wenn er ihn zu fassen bekam.

In einem ebenso großen Durcheinander, wie sie gekommen waren, brachen Laks Höflinge daher auch auf, und sie hatten es so eilig, daß sie sich gegenseitig fast zertrampelten.

Irgendwo auf der Straße zur Stadt, wo, wird freilich nicht berichtet, berieten sich jene, die dazu noch fähig waren, um zu entscheiden, welche Geschichte sie in der Stadt vorbringen wollten. Sie waren inzwischen zu der Ansicht gelangt, daß Oloru und seine Familie mächtige Zauberer sein mußten, erwiesenermaßen weit mächtiger als Lak, da sie so mit ihm umgesprungen waren, wie man es beobachtet hatte. Daher war es vorzuziehen, Olorus Haus, Oloru selbst oder seine Verwandten überhaupt nicht zu erwähnen. Was konnten bloße Sterbliche gegen sie ausrichten? (Es gab nämlich noch etwas, was sie in ihrer Panik nicht richtig begriffen hatten, woran sie sich jedoch jetzt erinnerten – von jenen besonderen Dienern und Bewachern, die Lak um sich geschart hatte, war ihm nicht ein einziger zu Hilfe gekommen. Vielmehr hatten sie dagestanden wie Statuen ...) Wenn nicht einmal sie ihm hatten helfen können, war es für gewöhnliche Menschen das beste, die Finger davon zu lassen.

Was Lak selbst anging, so schwor ein letzter Reiter, er habe gesehen, wie sein ehemaliger Fürst, mit Schaum vor dem Munde, sich die Haut aufreißend, mit taumelnden Schritten in den Wald geeilt sei. Was sonst konnten sie also in der Stadt erzählen, als daß sie ihren Gebieter im Wald verloren hatten, wo, wie jeder wußte, furchtbare Wesen hausten, deren Zahl er offenbar vergrößern wollte, indem er sich zu ihnen gesellte?

»Was können wir tun?« fragten sie, während sie nach Hause hinkten. »Wir sind nur gewöhnliche Menschen.«

Damit meinten sie allerdings nicht, daß sie sich für außergewöhnlich genug hielten, um überzeugt zu sein, daß ihre Haut um jeden Preis gerettet werden müsse.

Von der Belagerung der Höflinge aufgeschreckt, waren im Innern des Steinhauses die Frauen und ihr Diener hinunter in einen der kleineren Räume gelaufen, in einen alten Keller unter der Halle, und hatten die Tür verriegelt. Dort blieben sie, und als die gräßlichen Schreie des erwachenden Lak Hezoor in ihr Versteck drangen, waren sie sehr froh, daß sie dort waren.

Schließlich kehrte wieder Frieden ein. Irgendwann wagten sich die ältere Schwester und der Diener, beide mit einem Stock bewaffnet, nach oben, um nachzusehen.

Alles war in schrecklicher Verwüstung. Aber von den Besuchern – keine Spur.

Dann suchten sie das Haus ab und riefen sogar laut. Aber alles war leer. Nur die Sonne kam herein und zauberte auf alle Ecken und Kanten helle Ringelblumen. Jenseits der Mauern sangen die Vögel. Der Wald und seine Bewohner konnten zweifellos begreifen, wie ein Mensch, der schon durch seine eigene Eitelkeit und seine sadistischen Bedürfnisse zum Teil wahnsinnig war, eines Nachts die Vazdru unter der Erde aufsuchen und ihnen den Rest seiner Vernunft überlassen konnte.

Nur im Hof gab es etwas, das sie ein wenig beunruhigte. Ein paar kleine, harte Steinklumpen, dem Aussehen nach wie große Männer aus Granit, die geschmolzen waren. (Laks Diener mit den ausdruckslosen Gesichtern?)

»Nun hat er uns also wieder verlassen«, sagte die Witwe und tupfte sich die Augen ab. »Mein Sohn, mein Oloru, ist ohne ein Wort des Abschieds mit seinem Gebieter davongeritten.«

»Aber er hat uns vor Laks Grausamkeit bewahrt«,

sagte die ältere Schwester. »Ich werde nie wieder abfällig über meinen Bruder sprechen.«

»Er ist kein schlechter Sohn«, sagte die Witwe. »Seht euch die Edelsteine und die kostbaren Gewänder an, die Fürst Lak uns als Bezahlung zurückgelassen hat. Wir werden ein so gutes Leben führen wie seit Jahren nicht mehr. Und das ist Olorus Werk. Alles übrige ist nur seine Schwäche. Ach, aber ich wünschte, er wäre hier bei uns geblieben. Ich hätte gern auf die Edelsteine und die Bequemlichkeit verzichtet, die wir uns mit ihnen kaufen können, wenn ich ihn dafür hier an unserem Herd gehabt hätte. Das ist kein Leben für ihn.«

»Wer weiß«, sagte die jüngere Schwester wehmütig. »Vielleicht wird er dessen eines Tages überdrüssig.«

6

VIELLEICHT WAR ES DER WALD, in dem Lak zur Jagd gegangen war, oder auch ein ganz anderer, in dem sich die Schneise befand. Der Ort war jedenfalls uralt, ein wenig verzaubert und außerdem sehr düster. Bei Tag hing das Sonnenlicht in vereinzelten farbigen Streifen darin, oder es lag überall in zerbrochenen Scherben herum wie goldener Regen. Bei Nacht, wenn der Mond aufging, fiel ein Regen von Opalen herab.

Eine ideale Wohnstatt für ein Geschöpf der Morgen- und Abenddämmerung, das die Sonne suchte und sich gleichzeitig von ihr abwandte.

Sonnenuntergang: ein Korallenregen.

Die blauäugige Dämonin saß am Ufer eines Teichs, wo dunkle Lilien wuchsen, und betrachtete, wie es auch die Lilien taten, ihr Spiegelbild im Wasser. Der Teich wurde von einer Quelle gespeist und war daher stets unruhig. In diesem sich bewegenden Spiegel konnte sie sich ihres Aussehens nicht sicher sein. Nur ihre Augen leuchteten zu ihr herauf. Es schien der Dämonin, daß sie in ihrer Kindheit heller und härter gewesen waren und auch kühler. *Die Sentimentalität hat sie also dunkler werden lassen.* Sentimentalität – denn sie schämte sich jetzt beinahe, weil sie sich so klaglos in ihre Verbannung gefügt hatte.

Auf der anderen Seite des Teiches lag er, auf die Ellbogen gestützt, ihr Beschützer, der Prinz, der sie wachgeküßt und sie, in seinen Mantel gehüllt, auf der letzten Etappe ihrer Reise durch Erde und Luft getragen hatte. Doch jetzt war der Mantel verschwunden und mit dem Mantel ein Teil seiner Person. Es war nur noch ein außergewöhnlich stattlicher junger Mann, der da lag. Ihre Kindheitserinnerung, ihr intuitives Wissen, beides war wohl geschärft, denn sonst hätte vielleicht auch sie gezweifelt oder vergessen.

Die beiden Flüchtlinge aus Untererde hatten seit Stunden oder sogar seit Tagen nicht mehr miteinander gesprochen, bis sie beiläufig zu ihm sagte: »Lieber Beschützer, gib mir einen Namen.«

Aber der charmante, exzentrische Oloru verbeugte sich nur und antwortete: »Wer *bist* du, daß ich dir einen Namen geben könnte?«

»Du kanntest mich einst und hast mir das auch gesagt.«

»Tatsächlich? In einem Traum ...«

»Und jetzt kennst du mich nicht mehr.«

»Ich weiß nur, daß ich dich gefunden habe, wie Kazir Ferazhin fand, eine Blume, die im Schatten wuchs. Sonst – kann ich mich an nichts erinnern.«

»Warum?« fragte sie, und jetzt waren ihre Augen tatsächlich heller, härter und kälter. Wie Speerspitzen aus Türkis, so hätte er sie im Gedächtnis haben müssen, nachdem er sie erst vor so kurzer Zeit am Tag nach dem Tod ihrer Mutter im Tempel des heiligen Bhelsheved gesehen hatte. Aber Oloru erinnerte sich nicht. Er zuckte sehr elegant die Achseln. »Warum?« sagte er.

»Warum nicht? Verzeih mir, ich bin teilweise irre. Das sagen alle.«

»Ja«, antwortete sie, »es ist klug von dir, dich selbst zu vergessen. Du, der du mit deinem falschen Spiel meine Mutter vernichtet hast. Sollte ich dich dafür nicht verabscheuen und auf Rache sinnen, wie mein Vater es tut? Er wird dich bis über den Rand der Erde hinaus verfolgen. Ich hörte, wie er dir das ins Gesicht hinein versprach. In dieses zwiefältige Gesicht, das einst das deine war und es auch wieder sein wird. Ein Versprechen Azhrarns an dich, dann ein Versprechen an mich, und danach nahm er mich mit sich nach unten. Aber er schob mich beiseite und vergaß mich, mein Wert war dort so gering. Ebenso wie hier.« Die Dämonin, die auch ein Menschenmädchen war, streckte die Hand aus und berührte eine der Lilien. »Meine liebevollen Eltern«, sagte sie, und die Lilie schrumpfte zusammen und verfaulte an ihrem Stengel. »In jener Nacht, als Dunizel starb und mich in tiefer Trauer zurückließ, suchte sie Azhrarn auf. Ihr Geist kam zu *ihm* und wurde für *ihn* Fleisch, und sie liebten einander. Was bedeutete ich ihnen in diesen langen Augenblicken? Nichts. Er schuf mich für jenes versprochene komplizierte Spiel, das er plante, doch seither wieder verworfen hat. Und sie – sie trug mich in ihrem Leib und gebar mich, nur um ihn zufriedenzustellen. Als ich noch ein Kind war«, sagte das Mädchen, das auch ein Dämon war, »erzählte mir Dunizel Geschichten. In ihrem Schoß hörte ich die Stimme meiner Mutter, und sie war süßer als der Gesang der Sterne. Aber für sie war ich nur etwas von *ihm*, während er mich immer haßte.«

»Deine Augen verbrennen mich«, flüsterte Oloru.

»So laß dich verbrennen, Hofnarr«, gab sie zornig zurück. »Spiele deine alberne Rolle, und du wirst schon sehen, ob ich dich nicht verrate.« Aber dann fuhr sie mit leiser, gefährlicher Stimme mit ihrem ersten Thema fort. »*Er* nannte mich *Azhriaz*, um mich als sein Eigentum zu kennzeichnen. Aber ich bin nicht sein. *Sie* gab mir ihren eigenen, ersten Namen, Mondfeuer – *Soveh*. Obwohl ich meine Mutter verleugne, möchte ich lieber ihr gehören als ihm. Ich werde diesen Namen wieder annehmen.«

»Deine Augen«, flüsterte der junge Mann, »brennen mir das Mark aus den Knochen. Sie töten mich.«

»So stirb, wenn du das kannst.«

»Wenn ich als tote Asche zu deinen Füßen liege, bedenke nur dies. Du bist eine Zauberin, und welchen Namen du auch annimmst, er muß deine Fähigkeiten zum Ausdruck bringen.«

Sie sah ihn an und sagte: »Gut. Es ist besser, den Namen zu ändern. Also nicht Soveh, sondern Sovaz, die Hexe. Ich werde mich Sovaz nennen.«*

»Sovaz, du bist schön«, sagte Oloru. »Du bist wie der Abendstern, der Hyazinth, der den ganzen Himmel mit seiner Farbe überschattet, das silberne Wachslicht, das den Mond entzündet.«

»Ist sie so, diese Sovaz?« fragte Sovaz, ohne zu lächeln. »Aber ich begreife jetzt, welche Rolle du spielst.«

Danach schwieg sie. Schweigen war ihr immer noch wesensgemäß, Sprechen nur eine neue Mode, die man jederzeit aufgeben konnte.

Sie ließ nur ihr Hyazinthhaar in den Teich hinab. Die Lilien raschelten und reckten die Stengel wie durstige Schwäne, um ihre Blütenblätter in das Wasser zu tauchen, das sie mit ihrem Haar gewürzt hatte.

Kurze Zeit, vielleicht nur sechs oder sieben Stunden später, hoben die Lilien und der Hyazinth die Köpfe von ihrem Spiegelbild, weil sie ein plötzliches Geräusch vernahmen, ein Geräusch, das schon ziemlich ausführlich beschrieben wurde. Das Heulen von Hunden, aber

---

* So wie ein auf K endender, männlicher Name einen Magier bezeichnet, so bezeichnen die – am Ende oder, sehr selten, am Anfang stehenden – Symbole, die sich bei einer Frau als AS oder AZ übersetzen lassen, eine Zauberin.

nicht von sterblichen Hunden, und es war nicht weit entfernt.

Sie, die sich jetzt Sovaz nannte, blickte zuerst ihren Reisegefährten an. Oloru schlief, ahnungslos, in Schönheit. Auch der Lärm weckte ihn nicht, obwohl er, in seiner schaurigen, psychischen Grenzenlosigkeit den Wald zu schänden, Äste herabzureißen und Gras zu entwurzeln schien. Kein lebendes Wesen, natürlich oder unnatürlich, konnte diese Schreie ignorieren. Daß Oloru weiterschlief, war ein Zeichen für seine große Klugheit. Sie verabscheute ihn dafür, und gleichzeitig nötigte er ihr Respekt ab. Und sie dachte: *Nicht nach mir ist Azhrarn auf der Jagd. Nicht einmal mich zu jagen reizt ihn. Ahnt er überhaupt, daß ich aus dem Gefängnis entflohen bin? Und wäre das ein Verlust für ihn? Nein. Der andere hier ist es, den er sucht.*

Und sie stieß den ›anderen‹ leicht mit dem Fuß an, als sie an den Rand der Lichtung ging, um nachzusehen.

Nun war Sovaz, das Kind des Dämons, eine Vazdru, und sie hatte sich in ihre Genialität gehüllt. Als die wilde Jagd an den Bäumen entlangraste, erlosch die Lichtung wie eine Flamme im Wasser, weil sie es so wollte. So stark, so voll Zuversicht war ihre Zauberkraft. Selbst Azhrarn erspähte, als er mit seinem Gefolge dahergeritten kam, nicht, was sie verborgen hatte, obwohl er seinen dunklen Kopf drehte, als sie vorüberhetzten. Vielleicht war er ein wenig unsicher, überlegte – aber sie schirmte sogar das Blitzen ihrer Augen gegen ihn ab. *Ich bin nicht hier, Azhrarn, Fürst aller Fürsten. Und auch er nicht, jener andere Fürst, den du suchst.*

Dann waren sie verschwunden wie Sturmgebraus, und das Heulen der Hunde erstarb wie der Schmerz eines betäubenden Schlages, verklang durch den Wald; durch die Welt und weiter.

Bald kehrte Sovaz an den Teich zurück. Sie blieb stehen und schaute auf Oloru hinab, der sie Abendstern genannt hatte.

»Ja, er jagt dich, genau wie er es versprochen hat. Er weiß, daß du dich in sein Land gewagt hast, du Idiot, du Wahnwitziger. Er ist sehr nahe an dich herangekommen. Fürchtest du ihn denn, deinen dämonischen Nicht-Bruder? Nun, ich habe dich nicht verraten. Es scheint, als sollten wir Freunde sein.« Und sie kniete neben ihm nieder.

»Was?« fragte Oloru und öffnete langsam die Bernsteinaugen.

»Narr«, sagte Sovaz. »Ja, es ist eine schlaue Tarnung, sich selbst nicht zu kennen. Vielleicht wird er dich auf diese Weise niemals finden. Aber jetzt, mein freundlicher Beschützer ...« Und ehe Oloru sie daran hindern konnte, ergriff sie seine beiden Hände, riß die edelsteinbesetzten Seidenhandschuhe herunter und schleuderte sie fort.

Oloru starrte seine Hände an.

Die linke war wohlgeformt, aber grau wie Flußschlamm, sie zitterte, und er sah, daß die langen Nägel rot waren wie lackiert und die Handfläche schwarz. Er versteckte sie hastig im Gras und wollte sie nicht weiter ansehen. Damit blieb noch die rechte. Olorus rechte Hand war aus Messing geformt, aber die vier Finger waren vier eherne Schlangen, die fauchten und zischten. Der Daumen war eine Fliege aus dunkelblauem Stein, die, vom Handschuh befreit, schnell die drahtigen Flügel spreizte und aufgeregt ihre Mandibeln klicken ließ.

Oloru schrie. Er sprang mit einem Satz auf die Beine und flüchtete vor der monströsen Hand. Aber natürlich lief die Hand mit ihm, unlösbar an ihm befestigt, und die Schlangen wurden munter und spuckten und schäumten wütend, und die Fliege rasselte gereizt mit den Flügeln, ihren Kiefern und ihren Fühlern.

In kopflosem Schrecken und Entsetzen rannte Oloru durch den Wald.

Sovaz wartete nicht, sie lief ihm nach, so leichtfüßig wie er selbst und ebenso schnell. Nach weniger als einer

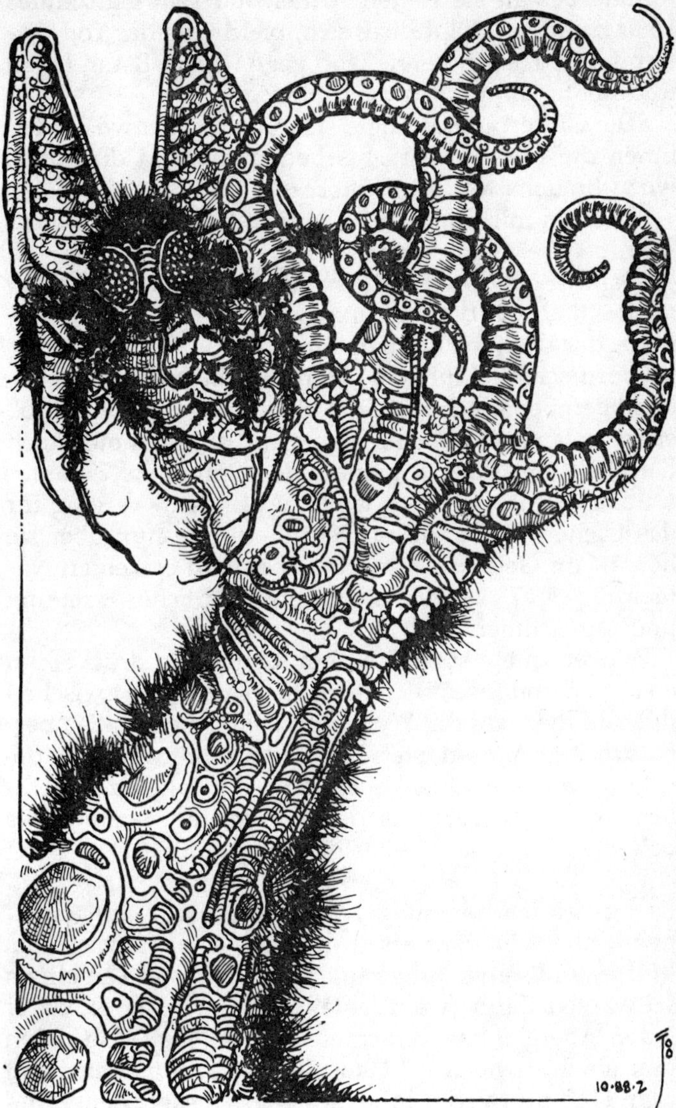
10·88·2

Minute bekam sie seinen Ärmel und sein glänzendes Haar zu fassen. Oloru ließ sich, bleich wie der Tod, zitternd und Tränen vergießend gegen einen Baum fallen und flehte jämmerlich die Götter an.

»Die Götter?« erkundigte sich Sovaz. »Du weißt, daß ihnen die Menschen nichts bedeuten. Und du selbst, wozu brauchst du die Götter?«

»Hast du mich mit einem Bann belegt«, fragte Oloru. »Oh, befreie mich davon.«

»Bann? Sieh dir diesen *Bann* an. Kannst du dich denn nicht einmal für diesen kurzen Augenblick an den erinnern, der der Anlaß dazu war?«

Oloru schaute auf seine Hand. Er betrachtete die lebendigen Schlangen und die blaue Fliege. Dann schloß er seine langwimprigen Augen und sank (immer noch der alte Oloru) mit schwindenden Sinnen zu Boden.

Sovaz lachte ziemlich lange. Aber dann verging ihr das Lachen. Ein anderes Gefühl stürmte nun über sie herein. Im Gegensatz zu ihr selbst fand es keinen Namen für sie. Es erfüllte sie mit unerklärlicher Erregung und mit Schmerz.

Wieder kniete sie neben ihm nieder und drückte ihn an sich, damit ihre übernatürliche Wärme sich zwischen ihn und die Haut der Welt legen sollte, die für alle übernatürlichen Wesen stets so verlockend war wie die Umarmung eines Liebhabers oder die Falle eines Feindes. In dieser Sekunde der Verwirrung verstand sie beinahe ihren Vater. Aber das ging vorüber.

Es war einmal ein junger Aristokrat, sehr gut aussehend, aber völlig verarmt, der mit seiner verwitweten Mutter und seinen jungfräulichen Schwestern an einem schwarzen Zauberwald lebte. Und dort ging er, da er jeden Aberglauben verachtete, auf die Jagd und nahm den einzigen noch im Hause verbliebenen Diener mit sich. Und dort verlor ihn eines Tages dieser Diener und verbrachte viele Stunden damit, nach ihm zu suchen.

Aber er wurde nicht gefunden. Nein, doch schließlich kam er selbst zurück, bei Sonnenuntergang, aus den Tiefen eines Waldes, der für das Auftauchen ungewöhnlicher Wesen berüchtigt war.

Der junge Jäger hieß Oloru oder hatte so geheißen, denn jetzt erhob er keinen Anspruch mehr auf diesen Namen. Das tat nun ein anderer. Ein anderer wurde zu Oloru und überwucherte ihn wie wilder Wein.

So war es.

Der erste Oloru behandelte die Tiere des Waldes nicht grausam. Er jagte, um Nahrung zu beschaffen, und auch das nur, weil seine Familie bei Tisch immer einen zusätzlichen Gast hatte, die Herrin Hunger saß bei ihnen, nagte an ihren Knöcheln und starrte aus gierigen Augen böse auf ihre Teller.

Dennoch erlegte Oloru auf der Jagd junge Hirsche mit Speeren, stellte Fallen für die Zimthasen auf und übertraf die Schwingen der Wildenten mit seinen Pfeilen.

Der Wald war verhext. Wer glaubte das nicht? Nur Oloru achtete nicht auf die Gerüchte. Er hielt sich so oft dort auf und wohnte so nahe, wie konnte es da ausbleiben, daß das vielschichtige Wesen des Waldes seinen Namen und seine Person in- und auswendig kannte?

So stand der erste Oloru eines Morgens früh auf und ging mit seinem Diener in den Wald, um zu jagen. Der junge Mann sang unterwegs, denn er sah nichts Böses in seinem Tun und glaubte, daß auch kein anderer etwas Böses darin sehen könne. Als nun Oloru unter einen Torbogen aus Bäumen trat, fröstelte er unvermittelt, als habe sich der Tau in Schnee verwandelt. Als er sich umsah, um mit seinem Diener über diese Erscheinung zu sprechen, war dieser verschwunden. Und dann schien der ganze Wald zu einer Mauer zu verschmelzen. Oloru befand sich auf einem kleinen Fleck, nicht größer, als er mit drei Schritten umrunden konnte. Alles andere war eine schwarze, hochaufragende Masse – Bäume – oder etwas Älteres, Dichteres, von dem die

Gewächse des Waldes nur ein Überrest gewesen waren, und das eine geheimnisvolle Magie nun wieder heraufbeschworen hatte.

Oloru hatte Angst, doch war er, anders als die spätere Ausgabe seiner selbst, kein schrecklicher Feigling, sondern bereit zu kämpfen. Er schrie den Wald an und verlangte Gerechtigkeit. Und die Gerechtigkeit kam.

Sie begann mit einem brennenden Durst, der ihn unvermittelt, ohne Vorwarnung überfiel. Und sie setzte sich fort mit einem Wasserlauf, der zu seinen Füßen plätscherte. Er hatte noch nie von den Wassern des Waldes getrunken, es war noch nie nötig gewesen. Aber dieses Wasser mußte er haben, und obwohl ihn außer seiner eigenen Skepsis ein Instinkt warnte, sich davor zu hüten, achtete er nicht darauf oder konnte nicht mehr darauf achten. Er legte sich auf den Boden und schlürfte das Wasser wie ein Hund in sich hinein. Er spürte keinen Schmerz, nicht einmal Unbehagen. Nichts von dem sinnlosen Kampf, auf den er sich eingestellt hatte. Als Mensch legte er sich hin, um zu trinken. Als gelber Schakal erhob er sich und tanzte mit seinem Schatten, bellte und heulte ohne Grund und lief in den Wald hinein. Alle körperlichen und geistigen Funktionen eines Menschen waren außer Kraft gesetzt, zwischen einem Schluck Wasser und dem nächsten verschwunden. Für Oloru, der nicht länger Oloru war, gab es keine Strafe. Er trieb sich tief zwischen den Bäumen herum, sprang hin und her und suchte nach Artgenossen, und sie nahmen ihn auf und hatten ihn gern. Er lebte, wie es sich für einen guten Schakal geziemte, bis seine Zeit gekommen war und er als solcher starb. Und dann stand seine Seele zu ihrem nicht geringen Schrekken wieder auf.

Doch obwohl er nicht bestraft worden war, jagte er nicht mehr. Und obwohl er nicht bestraft worden war, war der als Menschenmann geborene Oloru doch gestraft.

Nun hinterließ in jenen Tagen wie auch in dieser der kleinste Stein, der aus dem Boden ausgegraben wurde, eine leere Vertiefung in seiner Form und Größe. Ebenso war es in jener Zeit auch mit allen Lebewesen. Ein junger Mann war in den Wald gegangen, aber der Wald hatte ihn in einen gelben Schakal verwandelt. Er war also aus der Erde seines Seins ausgegraben worden, und dabei war unvermeidlich eine Vertiefung, eine Art Gußform zurückgeblieben, in die ein anderer, wenn er genügend Lebenskraft besaß, sich in flüssiger Form ergießen und zu festem Fleisch *erstarren* lassen konnte, so daß ein genaues Abbild von Oloru dem Sterblichen, dem nicht mehr Seienden entstand.

Einer war in der Nähe, und er besaß Lebenskraft genug.

Chuz, Fürst Wahnsinn, wandelte schon seit einiger Zeit auf der Erde. Seine letzte Begegnung mit Azhrarn mochte ihn aus der Fassung gebracht haben oder auch nicht, zweifellos gab sie ihm auf seine eigene, undurchsichtige Art zu denken. Dunizel, die Geliebte des Dämonenfürsten, war durch Chuz' Schuld gestorben, anders konnte man die Umstände nicht deuten. Aber ob es Absicht, ein Fehler in der Beurteilung oder ein wahnsinniger Impuls gewesen war – wer konnte sich dessen absolut sicher sein? Der Geist von Chuz und seinesgleichen war schließlich ziemlich unergründlich. Dessenungeachtet hatte er sich Azhrarns Zorn zugezogen, und Azhrarn sprach von Vergeltung. Fürchtete sich Chuz davor? Er besaß Kräfte im Übermaß, es gab keinen Gebieter der Finsternis, der nicht über mancherlei ehrfurchteinflößende Fähigkeiten verfügt hätte. Gerade aus diesem Grund konnte ein derartiger Zweikampf kaum auf die leichte Schulter genommen werden. Es hatte einst einen Fall gegeben, da hatte Azhrarn selbst dicht vor einem grundlegenden Zwist mit einem Gleichrangigen gestanden, mit Uhlume, König Tod, und er war an Uhlume herangetreten und hatte ihn beschwichtigt, ihm sogar taktvoll einen Hinweis gegeben, wie das Spiel gewonnen werden könnte. Man kann also davon ausgehen, daß nun Chuz nach einem Mittel suchte, um Azhrarn auf diplomatische Weise zu besänftigen.

Man hatte einst angenommen, daß alle Herren der Finsternis die irdische Sonne mieden, weil diese sie verbrennen oder zu Asche zerfallen lassen würde. Das galt jedoch nur für einen – Azhrarn, auf Grund seiner dämonischen Abkunft. Trotzdem besaß auch jeder der vier anderen finsteren Gebieter eine eindeutige Vorliebe für die Nacht, für nächtliche Schattenspiele und düstere Orte. Und so kam es, daß Chuz sich in dem Augenblick, als Olorus erste Verwandlung stattfand, in dem dunklen Wald aufhielt und dessen magische Atmosphäre zweifellos ebenso genoß, wie ein anderer den Duft von Blumen genossen hätte. Ebenso sicher ist, daß Chuz auch sofort von dieser betreffenden Stelle angezogen wurde, das Aufwallen magischer Kräfte war für ihn wie der Ruf eines faszinierenden Vogels. Sobald er dort angelangt war und erkannt hatte, was sich abspielte, traf er seine Entscheidung. Nachdem er auch noch einige damit verbundene Pläne gefaßt hatte, goß er sein flüssiges, gewissenloses Ich plötzlich in diese metaphysische Gußform, es setzte sich darin, härtete unsichtbar aus und trat schließlich, am Ende des Tages, ein wenig benommen heraus.

Die Verkleidung war einmalig. Die Verwandlung von Chuz' menschlicher Gestalt gelang jedoch, da Chuz immer noch Chuz war, nicht vollkommen. Fürst Wahnsinn, zumindest der größte Teil seiner einen Seite, war schon immer ein schöner Anblick gewesen. Außerdem besaß er zu jener Zeit ein gewisses Geschick darin, sich insgesamt reizvoll erscheinen zu lassen, das hatte er in Bhelsheved geübt. Oloru war zwar ansehnlich gewesen, hatte aber nie die Schönheit besessen, die ihm jetzt der in ihn eingeflossene Chuz verlieh. Auch war der erste

Oloru nicht so dichterisch begabt oder so verrückt gewesen wie der zweite, was natürlich nicht mehr als angemessen war. Was also das Aussehen anging, so war die List nur Theater und leicht zu durchschauen. Die stählerne Wurzel der Tarnung lag in einer anderen Richtung. Chuz, der wiedergeborene Oloru, *wurde* Oloru. Chuz vergaß, daß er Chuz war.

Zuvor hätten Chuz' Schritte selbst aus zweitausend Meilen Entfernung Azhrarns Sinne vibrieren lassen, denn jeder Herr der Finsternis verströmte aus jeder nichtirdischen Pore den Zauberglanz seines Ichs. Aber jetzt war da nur noch Oloru, und der wußte nur, daß er Oloru war.

Es stimmte zwar, daß der zweite Oloru hin und wieder im Dunkel der irdischen Nächte mit Dämonen aneinandergeraten war. Manchmal hatten sie sich sogar zu ihm hingezogen gefühlt, weil sie *etwas* spürten. Aber wenn sie ihm nahekamen, war da nur ein gut aussehender Verrückter, der herumalberte, johlte oder vor nervlicher Anspannung zitterte. Olorus Wesen kündete laut von Jugend und Männlichkeit, von verschämten bisexuellen Neigungen, von Charme, Spiel mit dem Feuer und schwachen Nerven. Das waren Merkmale von Sterblichen. Und so zogen sich die Dämonen, ein wenig verwirrt vielleicht, wieder zurück und ließen ihn in Ruhe.

Auf diese elegante Weise huldigte Chuz also Azhrarn: Sieh, wie ich dich ehre, wie ich deinen Zorn würdige, Nicht-Bruder. Ich gebe mir ernstlich Mühe, mich vor dir zu verbergen.

Auch Azhrarns qualvolle Lethargie war dabei von Nutzen gewesen. Sie hatte Chuz den nötigen Spielraum gegeben, um herumzuwandern und zu experimentieren, und, sobald der zweite Oloru den Wald verlassen hatte, die Freiheit, um seine Rolle zu erforschen und weiterzuentwickeln.

Erst als Chuz in Untererde eindrang, hatte Azhrarn

den Kopf gedreht, um zu lauschen, und sich wieder auf die Ausführung seiner Rache besonnen. Selbst jetzt wurden die Verfolger getäuscht. Der unselige Fürst Lak, dessen ganzes langes, von Missetaten erfülltes Leben in strahlendem Licht vor ihm lag, mußte als ahnungsloser Köder die Hauptwucht des Angriffs ertragen. Ihm haftete der rasiermesserscharfe Duft von Fürst Chuz an, während an Chuz selbst, als Würfel und als Stab, absolut nichts davon zu finden war. Denn auch in dieser Verkleidung hielt er sich immer noch für Oloru.

Als er selbst hätte Chuz Laks Zauberkünste nicht gebraucht, es hätte ihn kaum einen Gedanken gekostet, in astraler Gestalt Untererde zu betreten, er wäre noch zu weit größeren magischen Leistungen fähig gewesen. Aber als Oloru war er dazu nicht in der Lage. Als er selbst hätte sich Chuz (wahrscheinlich) nie nach Untererde hineingewagt, das wäre ein Akt der Feindseligkeit gewesen, der nicht in Frage kam. Oloru hingegen war nur ein Dichter, der einen verbotenen Nervenkitzel suchte.

Als der Zauber wirkte, wurde alles, der ganze Oloru samt Fleisch und Lebenskraft, in dem Topas nach Untererde versetzt. Als Unsterblicher hatte Chuz keine Seele, oder er war selbst eine Art Seele, reine, dämonische Energie, wenn er auch kein Dämon war.

Alles, was Oloru unternahm, bis zur Überquerung des See-Meers, waren allem Anschein nach willkürliche Kapriolen eines Tollkühnen gewesen. Aber das stimmte natürlich nicht. Mehr als ein Jahr zuvor hatte Chuz in den Sekunden, als er sich entschied, Oloru zu werden, seinem eigenen, geheimen Gehirn, das später selbst nichts mehr von sich wissen würde, gewisse Befehle eingepflanzt. Es sollte einen großen Magier suchen, dem es einige kleinere, nützliche Zauberkunststücke abschauen konnte, und ihn als nächstes mit Lockungen und Schmeicheleien zu einer Reise nach unten verleiten. Dort sollte es sich unvermittelt entfernen und durch Intuition das Wesen finden, das es zum letztenmal als kleines Kind gesehen hatte, an das es sich jedoch nicht erinnerte: Azhrarns Abkömmling, Dunizels Tochter.

In Wahrheit war sie, obwohl Oloru das nicht bewußt war, das einzige Ziel seines zweiten Lebens. Sie wollte er finden und entführen.

Sie hatte Chuz' Aufmerksamkeit von Anfang an gefesselt. Er hatte sie schon betrachtet, als sie noch in Dunizels Schoß lag, und hatte zu Dunizel und ihrem dämonischen Liebhaber gesagt: »Ich werde kommen, um bei eurem ungeborenen Kind Pate zu stehen.« Dieser Vorschlag, an sich schon verdächtig, war mit so vielen bewundernden Neckereien und liebevollen Beleidigungen an Azhrarns Adresse belastet worden, daß er ebensoviel Aussicht auf Erfolg hatte wie Eis im Feuer. Groteskerweise wußte Chuz das auch genau. Er wollte, wollte nicht, wußte nicht, was er wollte, sorgte dafür, daß er als Oloru vergaß, was er wollte – und machte sich dann durch Blitz und Schwefel auf, es sich zu holen.

Und da er ein Wesen mit magischen Kräften blieb, elektrisierte ihn die Nähe anderer derartiger Wesen auch dann noch, als er das Gedächtnis verloren hatte. So hatte ihn der Wald dazu verleitet, im Interesse eines schnellen Galopps Olorus Schakalgestalt anzunehmen. Und deshalb kam ihm Chuz' eigene, furchterregende Überzeugungskraft zu Hilfe, als es darum ging, Lak Hezoor in die letzte, bewußte Torheit seines Lebens zu treiben. Währenddessen bearbeitete das innerste Wesen von Untererde Oloru wie ein feiner Meißel und schlug die Panzerung weg.

In dem Augenblick, als er vor ihr, seiner Herrin, dem Ziel seiner Suchfahrt stand, hatte er begonnen, sich zu erinnern. In seinem Kuß schwang dieses Erinnern mit, und es konnte gar nicht anders sein, als daß auch sie davon geweckt wurde.

Die nun folgende Flucht aus der köstlichen Hölle, der

Flug auf pflaumenblauen Schwingen quer durch den Sonnenaufgang, dies waren die Heldentaten von Chuz. Hier auf der Lichtung jedoch, wieder am Busen der Welt, verschwand der innere Chuz allmählich. Oloru war wieder Oloru, allerdings auch das nicht völlig. So, wie man Rauch nicht in einer Schachtel halten kann, so konnte man nicht den ganzen Chuz in einem menschlichen Körper einsperren. Irgend etwas mußte zwangsläufig freikommen. Und wie sich herausstellte, waren es die schlimmsten Merkmale, Chuz' Hände.

Und so lang nun ein Gebieter der Finsternis da, zu Fall gebracht von seinem eigenen Entsetzen vor sich selbst. Und wer hat schon auch nur ein einzigesmal tief in sein Inneres geschaut, ohne sich zu fürchten?

Nun lag er in ihren Armen, in den Armen der dämonischen Kind-Frau, die, seit sie empfangen wurde, das Ziel des Wahnwitzigen war. Sie hatte die ganze Geschichte seinem bewußtlosen, nichtmenschlichen Geist entnommen. Bekümmert, weil andere sie verlassen hatten, wärmte sie sich nun an seiner psychotischen Beständigkeit.

7

Mitternacht. Regen fiel, der nichts war als Regen. Aber der Wald schmückte sich mit den Regentropfen wie mit Trauben von Zirkonen.

Regen überspülte Sovaz' Lider. Sie schlug sie auf und sah, daß auch Olorus Augen weit geöffnet waren.

»So war ich doch eine kleine Weile tot«, murmelte er und sah sie sehr lange an. Ein sonderbares Leuchten durchdrang den Wald; der Regen hatte es aus den Stämmen der Bäume und den Gräsern herausgewaschen, und die Lilien blitzten wie matte Flammenzungen. Inmitten dieses Scheins schien Sovaz in einem eigenen weichen Licht zu strahlen. Oloru betrachtete sich selbst darin. »Ich träumte ...«, sagte er und bewegte seine eleganten Dichterhände, die genau so waren, wie die Hände eines Poeten sein sollten. (Irgendwie hatte sie mit ihren eigenen okkulten Methoden seine Magie ausgeschaltet und seine Hände geheilt.) »Ich bin froh, daß Gebieter Tod mich nicht als Gast behalten hat. Ich lief zu ihm, um Schutz zu suchen, hatte aber keine Hoffnung, bleiben zu können. Viele sind es, o blauäugige Sovaz, die er da unten in Innererde bei sich behält. Aber sie haben ihm für tausend Jahre ihre Seelen verkauft. Der Tod«, sagte Oloru, »darf nicht dort wandeln, wo nichts stirbt. Solche Orte gibt es. Im Land der Götter darf er sich nicht aufhalten, und auch im Reich der Dämonen nicht, denn selbst jene Geschöpfe, die in Azhrarns Reich zu sterben scheinen, erleiden nur ein Abbild des Todes. Geschichten, die anderes behaupten, werden von Lügnern erzählt.«

»Und du bist also kein Lügner?« erkundigte sich Sovaz, doch ihre Stimme war so sanft wie das Licht, das sie umgab.

»Ein Lügner? Ich?«

»Ich glaube, du mußt etwas dergleichen sein«, sagte sie, »denn du sprichst vom Reich der Dämonen, als hätte keiner von uns es je gesehen.«

Sofort schloß Oloru die Augen, und seine Finger krallten sich ins Gras.

»Sprich diese Worte nicht aus«, sagte er. »Sie erinnern mich an meinen Angsttraum.« Da erkannte sie, daß nun sogar ihre eigenen Anfänge gezielt aus seinem Bewußtsein verdrängt wurden. Sovaz störte das eigentlich nicht. Welches Glück hatte sie denn in ihren Anfängen erfahren, daß sie sie besonders gewürdigt wissen wollte?

»Ich gebe mich geschlagen«, sagte sie. »Wir werden nur darüber sprechen, wie wir uns fanden, als wir in diesem Wald herumwanderten. Ich eine Waise, du auf geheimnisvolle Weise deines Gönners, des Magierfürsten beraubt.«

»Ja«, sagte Oloru. Und in diesem Moment entzündeten sich seine Augen an einer inneren Glut und funkelten einen Moment lang wie die Augen eines grausamen, seltenen Raubtiers. Sieh doch nur, sagten diese bösen, glutflüssigen Augen, wieviel Vergnügen es uns machen wird, dieses Spiel miteinander zu spielen.

Darauf wurden ihre Augen dunkler als die schimmernde Dunkelheit des Waldes, so daß man sogar den Sternenraum darin erblicken konnte. Ich frage mich, sagten diese anderen Augen, ob es wirklich so sein wird.

Und dann legte sie sich auf ihn, drückte ihn an sich mit ihren schlanken Händen, umfaßte seine kräftigen Waden mit ihren schmalen, bloßen Füßen und preßte ihren Mund auf den seinen.

Ganz anders als der erste Kuß war dieser zweite, so verschieden waren sie voneinander wie Erde und Luft. Aber deshalb nicht weniger kraftvoll, nicht weniger fordernd.

»Schönste aller sterblichen Frauen«, log Oloru.

»Schönster aller *sterblichen* Männer«, log Sovaz.

Und sie streiften lachend ihre Kleider ab wie Schlangen ihre Haut, und ihre Körper kamen zusammen wie zwei Hände, die sich umfaßten.

Aber immer noch war sie über ihm, bald schien das schwarze Vlies ihrer Haare eins zu werden mit dem schwarzen Laubwerk des Waldes, und er lag ausgestreckt unter einem Mädchen, dessen Haar die ganze nächtliche Erde und der mitternächtliche Himmel war. Ihre Berührungen, ihre Haut, ihre Bewegungen auf ihm, all das war wie die Atmosphäre der Welt, als läge die Welt auf ihm, liebkose ihn und erforsche ihn und zöge ihn in sich hinein. Jungfräulich, aber ohne jedes Verlangen nach Erfahrung, alles wissend und doch ahnungslos. Und als er in ihr Innerstes eindrang, schienen ihr Haar, die Nacht, die Bäume und der Himmel, ihre Liebkosungen, die Luft und die Welt, ja sogar der Boden unter seinem Rücken gleichfalls den Liebesakt mit ihm vollziehen zu wollen.

»Nein«, flüsterte Oloru da.

»Nein?« flüsterte sie fragend zurück, in seinen Mund hinein, wo ihre Zunge wie eine Flamme lag, wie eine der Lilienflammen, die im Grase loderten.

»Nein, Sovaz, Sovaz, denn ich werde sicher vor dir ankommen, und dann ist unsere Reise zu Ende.«

Doch in ihren Augen lagen alle Ozeane, Meere und Flüsse, ihre Hände oder die Hände der Erde schoben sich verstohlen unter ihn und fanden dort ein Feuer, eine Schlange, die unter dem Rückgrat hauste, einen Drachen, der erwachte.

»Wenn du das Tor erreichst«, sagte sie, oder ihre Augen oder ihr drängender Körper sagten es, »dann rufe. Ich werde sofort zu dir kommen.«

Bei diesen Worten erwachte der Drache. Der ganze Wald zerbarst in einem Schwall von Lichtern und er mit ihm, so daß auch sie mit der Kraft und Heftigkeit jenes sich wölbenden Bogens hochgetragen wurde wie auf einem hohen Wogenkamm. Und als er wirklich laut nach ihr rief und sie ihn hörte, kam sie sofort zu ihm, wie sie gesagt hatte, den Kopf zurückgeworfen, den Hals gebogen wie ein Halbmond. Und ihre Schreie, wild wie die eines Vogels, der auf einem Wirbelsturm fliegt, drei an der Zahl, zerrissen die Decke aus Regen und Blättern und durchdrangen vielleicht sogar den Himmel darüber, dessen Bewohner solche Schreie nicht verstanden und dazu auch nicht fähig waren.

Als wieder Stille eingekehrt war, sagte sie zu ihm: »Es gibt auch noch den Tod. Und für mich ist dies ein Zeichen. Ich werde eines Tages sterben. Das weiß ich jetzt.«

»Unseresgleichen stirbt nicht«, sagte Oloru und vergaß einen Augenblick lang zu vergessen.

Doch sie antwortete ihm nicht.

Teil Zwei

Die Liebenden

1

Azhrarn – *Azhrarn* – sangen verschiedene Stimmen, die keinen Klang hatten, aber so schön waren, daß es schien, als sei die Luft mit süßen Düften und mit Melodien erfüllt. *Azhrarn!*

Vielleicht waren es die stimmlosen, mit ihrem ganzen Sein sprechenden Eshva, oder auch ein Aufschrei seines Reiches, der mit Wurzeln und Felsen, mit den funkelnden Steinen seiner Stadt, den Edelsteinfenstern seines Hauses nach ihm rief. Oder ein Schrei aus seinem Innern, aus einem Teil von ihm, den er nicht erkannte, denn selbst bei Menschen können mehrere Personen unter einem Namen und in einem Körper zusammenleben.

Was immer es war, es suchte seinen Palast während all der Nicht-Tage und Nicht-Nächte eines irdischen Jahres heim. Jedem, der ihn auch nur einen Augenblick gesehen hatte, war klar, daß dieser Klang ihm Unbehagen bereitete. Er schritt in den großen Räumen und auf den hohen Dächern auf und ab. Er stand da und starrte auf alles und nichts, und die geflügelten magischen oder mechanischen Wesen von Untererde stürzten auf das schwarze Gras der Rasenflächen, wenn seine blinden Augen sie trafen.

Azhrarn –

»Ich höre dich«, sagte er. »Aber sei still.«

Stille trat ein, so tief, als sei das ganze Land auf einen Schlag stumm und taub geworden.

Ohne der Stille zu achten, ging er hinaus in die Gärten, die seinen Palast umgaben. In den Mitternachtsbäumen saßen wie goldene Glutpünktchen flammenfarbene Fische, dicht zusammengedrängt, die Flügel fest geschlossen. An einem Teich stand eine Vazdru-Prinzessin, die gerade dabei gewesen war, grüne Iris zu pflücken. Sie war zu einer Statue erstarrt, die Wassertropfen an ihren Fingerspitzen, an den Blumen oder an den Steinen ihrer Armbänder fielen nicht herab – sie wagten es nicht, denn dabei hätten sie ein Geräusch machen können. Seit langer Zeit hatte sich niemand mehr so nahe an Azhrarns Palast herangewagt. Die Vazdru stand da und starrte ihren Gebieter an. Sie war von überwältigender Schönheit, aber das hatte nichts zu sagen. Das galt für alle aus ihrer Kaste.

Azhrarn sah sie an, und sie verneigte sich.

»Warum kommst du hierher«, fragte er, »und stiehlst Pflanzen aus diesem Garten?«

»Grüne Iris, die Blume des Schmerzes«, antwortete sie. »Davon wachsen jetzt viele in deinem Park, o Fürst ohne Grenzen. Die Blüten will ich zu einer Girlande winden und sie tragen, bis sie verwelken. Die Stengel will ich zierlich flechten und sie als Saiten auf eine Leier spannen. Das wird eine herrlich schaurige Musik ergeben.«

Azhrarn schien sich entfernen zu wollen.

»Du hast Unglück über dein Reich gebracht«, sagte die Vazdru. »Der Schmerz ist deine Geliebte, mein Gebieter. Wir müssen deine Qual teilen. Die Eshva klagen, weil sie den lebendigen Tod unablässiger Trauer erleiden. Aber die Vazdru sind anders. Die Vazdru brauchen etwas Greifbares. Und all das wegen einer sterblichen Frau, die ein Kind dieser Sonne war.«

»Ich kann mich«, sagte Azhrarn, »nicht an deinen Namen erinnern.«

»Vasht«, sagte die Dämonin und schüttelte die Wassertropfen von ihren Händen und von den Blumen. Jeder Tropfen fiel mit einem lauten Knall in den Teich.

»Sehnst du dich nach Strafe, Vasht«, fragte Azhrarn, »daß du es wagst, mir vorzuwerfen, wen ich geliebt und wie ich geliebt habe?«

»Du tötest uns mit deinem Gram«, sagte sie. »Und da wir nicht sterben können, ist es nie endender Mord, ein Tod, der nicht aufhört. Was hat daneben eine weitere Strafe zu bedeuten?«

»Du wirst mich erzürnen«, warnte Azhrarn. »Hüte dich.«

»Ist es denn möglich, dich zu erzürnen? Dich, der du gelobt hast, Chuz, den Störenfried zu bekriegen, der du ihn zweimal gejagt hast und zweimal unverrichteter Dinge zurückgekehrt bist, während er bei Tag und bei Nacht die Welt der Menschen durchstreift und dich verlacht? Und wenn er andere Zerstreuung sucht, dann legt er sich zu deiner Tochter, dem Kind, das du im Schoß deines Mond-Sonnen-Mädchens, deiner *Dunizel* gezeugt hast. Ich war einst deine Auserwählte, vor Äonen, nach der Zeitrechnung jener kleinen, kriechenden Würmer, die man *Menschen* nennt. Du hast für mich ein Stück des sternenübersäten Erdenhimmels eingefangen und es mir in einem Ring geschenkt. Du warst mein Geliebter, Azhrarn, dreihundert irdische Jahre lang. Aber dann wurden dir die Menschen teuer, du hast ihr faules Fleisch angebetet, und gerade seine Unreinheit hat dich angezogen. Nun entsinnst du dich nicht einmal mehr meines Namens. Du, der mir den Himmel gab.« Und damit warf sie ihm die grünen Blüten vor die Füße. Sie fielen klirrend wie Schwerter zu Boden.

Doch Azhrarn sagte nur: »Sie ist also mit Chuz unterwegs.«

»Hast du das nicht gewußt? Hat nicht jedes Schilfrohr, jeder Grashalm auf der Welt dir die Geschichte zugeflüstert, jede Wolke die Botschaft über den Mond gekritzelt? Wie er mit einem Trick hierherkam und sie deiner zärtlichen Fürsorge entriß? Sogar die Fluten sangen das Lied. Ich habe es deutlich genug gehört.«

»Damals wußte ich es. Aber du mußtest mich erst daran erinnern, wie an deinen Namen.«

Er ging weiter. Die Dämonin folgte ihm, ihr langes, glänzendes schwarzes Haar schleifte hinter ihr über den schwarzen Rasen, und ließ jähe Funken aufsprühen.

»Nun«, fragte sie, »was wirst du tun, Azhrarn, Fürst aller Fürsten – wirst du in deinen dunklen Turm zurückkehren und tränenlos Bluttränen weinen?«

Azhrarn blieb stehen, drehte sich um und winkte ihr heranzukommen. Sie gehorchte, offenbar ohne jede Furcht.

»Was willst du von mir, Vasht?«

»Dich wieder zu dem machen, was du einst warst, auch wenn sie dich verändert hat.«

»Schöne Vasht«, sagte er. »Ich entsinne mich deiner. Du warst meine Freude in der Morgendämmerung und im ersten Licht. Aber der Tag ist vorgerückt.«

»Diese Worte aus deinem Mund – du haßt die Sonne, die Morgendämmerung, den Tag. Sie hat dich diese Worte gelehrt. Und welche Freude gab *sie* dir denn, deine Dunizel?«

»Ich werde es dir zeigen«, sagte er, »da du töricht genug bist, mich danach zu fragen.«

Er küßte Vasht auf die Lippen und trat zurück. Nur einen Augenblick stand sie noch vor ihm, die schöne Geliebte lang vergessener Zeiten. Im nächsten Moment verglühte sie schon zu einer Flamme, die heller war und weniger dicht als ein Nebel. Die Flamme zerfiel und erlosch. Der dunkle Rasen färbte sich gelb. Doch aus der Asche stieg ein winziges Wesen auf, ein Schmetterling, dessen Flügel grün wie Iris waren. Er flatterte ein kleines Stück weit über den verbrannten Rasen, dann schoß er in den Schatten der großen Bäume und verschwand. Azhrarn jedoch blickte nachdenklich über die Bauten seiner Stadt hin.

Er hatte immer davon gewußt oder wissen können. Zwei fehlgeschlagene Jagden, die eine in Untererde, die andere außerhalb davon, hatten keine ›Beute‹ erbracht. Und doch hatte er seine Rache ruhen, die Flucht ungestraft durchgehen lassen ... Vasht war, obwohl ihm nichts mehr an ihr lag, offenbar imstande gewesen, den alten, echten Zorn, den Haß, die Lust und die Zuversicht, die *Pläne* seiner Anfänge in ihm wieder aufleben zu lassen, all die Empfindungen jener düsteren ›Urdämmerung‹, von der er gesprochen hatte, jenes schattenhaften Sonnenaufgangs, dem die Sonne fehlte. So dachte Azhrarn nun an Chuz und an ein Kind, das das seine war und an dessen Gesicht er sich bis auf die Augen nicht mehr erinnern konnte oder wollte. Schließlich rief er drei Eshva in Gestalt dreier rauchgrauer Tauben zu sich. »Geht«, befahl Azhrarn, »und sucht mir *dies.*«

In nah und fern streiften die Eshva umher.

Vielleicht waren es drei von denen, die man früher als Diener von Azhriaz-Sovaz auf die Insel mit dem hohlen Fels geschickt hatte, und dies war eine Art der Sühne – weil sie geistig so träge geworden waren (hatte Azhrarn sie etwa mit seiner Krankheit angesteckt?), daß sie, ohne auch nur einen warnenden Seufzer auszustoßen, dem Dämonenkind gestattet hatten, diesen Ort zu verlassen. Es wird nicht berichtet, daß Azhrarn einen von ihnen bestraft hätte. Aber als sie jenes nutzlose Dasein aufgaben und sich veränderten, hatten sie vielleicht den Wunsch, bestraft zu werden oder zumindest, Buße zu tun.

In nah und fern –

Eine Zeitlang wurde so manches blauäugige, dunkelhaarige Mädchen in die Nacht gejagt oder gelockt, ging dort verloren und wurde später wiedergefunden oder auch nicht ... »Oh, wo ist meine Tochter – meine Schwester – meine Braut? Haben die Dämonen sie entführt?« Diese mangelnde Sorgfalt beim Suchen war wohl ein Wesensmerkmal der Eshva, denn sie begriffen sicher, selbst wenn sie sie früher nicht betreut hatten, daß nur eine Azhrarns Tochter sein konnte und daß sie sie sofort erkennen würden.

Sie war gut versteckt. *Sie* würden die Eshva nicht finden. Nicht einmal sie. Schließlich war sie eine Erzzauberin und ihre Herrin, wie Azhrarn ihr Herr war. Was jenen anderen anging, den verrückten Chuz, den Herrscher der Tollheit – er hatte sich lange Zeit hinter seiner eigenen makellosen Abschirmung verborgengehalten.

So suchten sie denn immer und immer weiter, jagten in den Wäldern schwarzhaarige Mädchen und hübsche Dummköpfe oder Männer, die irgendwelche körperlichen Mängel hatten oder eine schöne und eine entstellte Gesichtsseite. Mit alledem brachten die Eshva zum Ausdruck: Seht, wir sind auf der Suche. Wir drehen jeden Stein um.

In Untererde stand Azhrarn an einem Smaragdfenster und sah dahinter ein grüngeflügeltes Wesen flattern. Aber alle geflügelten Wesen – alle Wesen – waren grün, wenn man sie durch dieses Fenster sah. Azhrarn verschwendete nicht viel Zeit auf diesen Anblick.

Auf einem Ständer in diesem Raum befand sich irgendwann ein Buch von einem Viertel der Größe eines hochgewachsenen Mannes. Sein Einband und seine Seiten bestanden aus reiner, dünner Bronze, und es war mit seltsamen Steinen verziert, deren Namen vergessen sind. Zu diesem Buch trat Azhrarn und sprach zu ihm. Bei seinen Worten schlug es sich auf, die Seiten blätterten sich um und hielten an einer bestimmten Stelle an. Azhrarn schaute hinein. Die Abbildungen wären für jeden nicht Eingeweihten unverständlich gewesen, Azhrarn allerdings wandte sich, offenbar abgestoßen von der Einfachheit der Aufgabe, sofort von dem Anblick ab.

Die drei Schattentauben, die hoch oben unter dem Mond flogen, mußten jedoch eine besondere Anweisung erhalten haben, denn sie stießen plötzlich, wie Jagdmöwen, die sich auf ihre Beute stürzen, tief in den Brunnenschacht der Welt hinab.

2

Viele Geschichten wurden über die Rückkehr des Dämonenkinds auf die Erde erzählt, und alle sind sie einander ähnlich. Sie lassen an einen Schlangentanz denken oder an ein schönes Schwert, das sich bewußt ist, nicht um der Schönheit willen gemacht zu sein, sondern um Schaden zuzufügen. Oder an ein kleines Kind, das mit seinen Spielsachen spielt, wobei jedes Spielzeug ein Menschenleben oder eine brennende Stadt ist. In den boshaften Streichen spürt man außerdem Gekränktheit und Zorn, die einer gewissen Unreife entsprungen zu sein scheinen. Man darf nicht vergessen, daß Sovaz ihrem Äußeren nach zwar siebzehn Jahre alt war, doch ihre Gerissenheit und ihr Wissen waren sicherlich älter, und zudem war die Blüte gewaltsam vorangetrieben worden. In ihrem Innersten war sie immer noch ein Kind, noch nicht erwachsen. War sie denn je ein Kind? Sicher war sie nicht aus Eizelle und Samen entstanden, sondern aus dunklem Licht, aus Magie und Willenskraft – und aus der wilden Liebe zweier Wesen, von der sie allem Anschein nach konsequent ausgeschlossen wurde.

So sammelten sich die Geschichten um sie wie Vogelschwärme.

Aber es gibt noch eine andere Geschichte, die besagt, sie habe nicht so vieles getan und nicht zu dieser Zeit, sondern auf ihre Weise ein ruhiges Leben geführt. Vielleicht ist auch daran etwas Wahres, oder warum hätten sonst die Eshva solche Mühe gehabt, sie zu finden?

»In unseren Wäldern gibt es übernatürliche Geschöpfe«, hieß es in den umliegenden Dörfern und Städten. »Warum? Woher wißt ihr das?«

»Reisende wurden angegriffen. Einer kam schweißbedeckt hier an, er war von sternenähnlichen Lichtern verfolgt worden.« »Und ein anderer wachte auf einer

Lichtung aus seinem Mittagsschlaf auf und stellte fest, daß er Eselsohren hatte!«

Manchmal, wenn es windig war, wurden exotische Düfte oder der Klang von Musik oder von Glocken aus dem Wald herangetragen. Die Tiere mieden gewisse Teile des Waldes oder rannten eigensinnig genau dorthin. Sieben Kaufleute, die sich beeilt hatten, um eine Stadt noch kurz vor Einbruch der Nacht zu erreichen, erklärten, ein *Gegenstand* – es hätte ein Samtteppich sein können, etwa fünfzehn Fuß hoch in der Luft, mit zwei schwach leuchtenden Gestalten darauf – sei über ihre Köpfe hinweggesaust. Einige Mädchen, die eines Morgens hinausgingen, um Pilze zu sammeln, kamen zu einer Schneise zwischen den Bäumen und erblickten plötzlich, wie mit der Sonne durch den Himmel gebrochen, ein prächtiges, hohes Haus aus weißem Marmor und blitzendem Gold. Aber noch während sie staunend dastanden, verschwand der Palast, und sie sahen nur noch eine kleine, alte, baufällige Hütte an einem eine halbe Meile entfernten Hang.

Vermutlich war also die Wohnstatt von Oloru und Sovaz manchmal ein Palast und manchmal eine Hütte. In kalten Nächten eine primitive Feuerstelle mit einem Kupferkessel darüber, windschiefe, fest geschlossene Läden, ein Strohsack mit Fellen darüber – oder ein hoch aufragender offener Kamin mit Steinpfeilern, duftende Kohlebecken und schwingende Lampen, Essen, das auf einen mit Intarsien verzierten Tisch gezaubert wurde, ein fünf Meter breites Bett mit einem Baldachin aus Silbergewebe. Und im Sommer ein Kräutergarten mit wilden Rosen, ein Park mit Springbrunnen, die bis in den Himmel spritzten.

Eines Nachmittags, ziemlich spät, als die Sonne schon ins westliche Viertel eingetreten und die Luft pflaumengelb war, kam ein Wanderer durch die Wälder und blieb stehen, um die Hütte am Hang zu betrachten. Die Bäume lichteten sich um den Abhang herum, so daß das alte, schiefe Hüttendach deutlich zu sehen war. Dennoch war die gelbe Luft irgendwie trügerisch, denn hinter dem ersten schien sich noch ein zweiter Umriß abzuzeichnen, man sah mehrere Dächer, wo doch nur eines sein sollte, die alle höher waren als dieses und alle funkelten.

Nun nahmen Reisende nur selten diesen Weg, da er für die nächsten Städte der Region in die falsche Richtung führte. Aber jene, die sich vielleicht hierhergewagt und das Trugbild gesehen hätten, hätten sich fluchend die Augen gerieben und wären davongeeilt. Als dieser Reisende es erblickte, lachte er.

In dieser Gegend drangen Geräusche weit.

Hoch oben auf einem von goldenen Geländern umgebenen Flachdach, in einer Elfenbeinlaube, hoben ein blonder junger Mann und eine schwarzhaarige junge Frau die Köpfe.

»Was war das für ein seltsamer Vogel?«

»Kein Vogel«, sagte Oloru, »ein orangefarbener Käfer, der von den Bäumen her auf das Haus zukriecht.«

Sovaz blickte von der Dachzinne hinab und runzelte die Stirn.

Nach einer Weile stieg sie in ihren Seidengewändern drei Marmortreppen hinab und öffnete in einem handgewebten Kleid eine verzogene Holztür.

Auf der ausgetretenen Schwelle saß ein Mann. Er trug ein Bettlergewand aus mattrotem Orange mit vielen Flecken und Rissen und hatte sich eine Bahn davon über den gesenkten Kopf gezogen. Neben ihm lag eine Bettlerschale, seltsamerweise vergoldet, und in der Hand hielt er einen Stab aus stark angefaultem Holz.

Sovaz sagte nichts, sie wartete. Nach kurzem Schweigen murmelte der Bettler: »Almosen, Barmherzigkeit, Hilfe.« Seine Stimme war schön, aber unbekannt. Sovaz sagte nichts, sie blieb so reglos wie der verborgene Marmor. »Habe Erbarmen mit mir«, sagte der Bettler. »Wer weiß, vielleicht trifft dich eines Tages mein Los, und dann mußt auch du durch die Welt ziehen und um Mitleid flehen. Einst war ich ein König, und jetzt sieh mich an. Almosen, Hilfe, Barmherzigkeit.« Und dann ließ er ganz leise wieder sein sonderbares Lachen hören, das wie der Ruf eines Wildvogels klang. »Wer«, sagte er, »kann schließlich dem grausamen Schicksal entgehen?«

Da schnitt Sovaz eine Grimasse – wäre sie eine Katze gewesen, man hätte gesagt, sie legte die Ohren an und fauchte. Dann trat sie beiseite und riß die Holztür heftig auf; sie fiel dabei fast aus den Angeln und verwandelte sich in eine mit goldenen Bildern geschmückte Silbertür.

»Armer Bedürftiger«, sagte Sovaz spöttisch, »tritt ein in meine bescheidene Behausung.«

Der Mann stand auf und betrat das Haus.

Jetzt war wieder alles prächtig, die Böden waren spiegelblank, und durch die großen Fenster fuhren Lichtstrahlen wie Dolche herein. Auf einer Marmorstufe saß Oloru und schlug müßig Akkorde auf einer Leier an. Als er den wandernden Bettler betrachtete, wurden die Akkorde sehr mißtönend, und Oloru sagte: »Kann man denn seiner elenden Verwandtschaft nirgendwo entkommen?«

Bei diesen Worten hob der Besucher den Kopf, und die darübergezogene Stoffbahn fiel herab. Er bot einen äußerst seltsamen Anblick. Gebräunt wie in einem Gerberbottich von seinen vielen Wanderungen bei jedem Wetter, sah sein Kopf aus wie eine Bronzestatue, denn er war völlig kahlgeschoren. Sein bizarres Gewand leuchtete nun in einem satten Blutorange, und man sah, daß die Flecke und Risse sehr komplizierte und reizvolle Muster bildeten, als seien sie mit geschickter Hand aufgemalt oder ausgeschnitten worden. Die Bettlerschale war nicht nur vergoldet, sondern offensichtlich aus massivem Gold und mit dunklen Edelsteinen besetzt. Der Stab aus verrottetem Treibholz war kunstvoll geschnitzt und trug ebenfalls dunkle Steine wie Knospen. Eine schlanke, rötlichbraune Eidechse lief daran hinauf, setzte sich dem Mann auf die Schulter und schaute mit feurigen Jaspisaugen um sich. Die Augen des Mannes waren goldgerändert und funkelten golden, ihre Farbe war nicht zu erkennen, und es war auch nicht einfach, ihrem Blick zu begegnen – ja, es lohnte sich nicht.

Oloru seufzte und senkte die Lider. *Chuz* sagte: »Nicht willkommen, Nicht-Vetter. Oder bist du ein Nicht-Bruder? Ich vergesse so etwas leicht.«

»Unsere Verwandtschaft wird oft als eng bezeichnet«, gab der Wanderer zu.

»Warum bist du hier?« fragte Chuz aus Olorus Mund und warf der Echse einen goldenen Würfel zu, den sie mit dem Maul auffing.

»Du sollst mein Schoßtier nicht füttern«, sagte der Wanderer und holte den Würfel heraus, der sich in seinen Händen in Asche verwandelte und zu Boden schwebte. Auch seine Fingernägel waren golden und sehr lang. Die Echse grollte Chuz gereizt an wie ein winziger Löwe. »Warum ich hier bin? Warum nicht? Ich muß zu allen Zeiten überall sein. Du siehst mich hier an diesem Ort. Andere erblicken mich zur gleichen Zeit anderswo. Selbst nach deinem scheinbaren Rückzug ist die Erde nicht völlig normal geworden, denn auch ein Teil deines Wesens, wahnsinniger Fürst Chuz, streift schreiend in der Welt umher.«

Während dieses Wortwechsels war Sovaz beiseite getreten und hatte aufmerksam beobachtet und zugehört. Jetzt ergriff sie wieder das Wort.

»Ich kenne dich«, sagte sie, »und kenne dich doch nicht. Ein Bettlerkönig? Du hast mir doch an der Tür deinen Namen genannt?«

Der Mann drehte sich um und nickte ihr lächelnd zu. Ein goldenes Diadem entstand auf seinem blanken, haarlosen Schädel. Die Echse blickte hinauf und schnurrte wie ein Kätzchen.

»Welchen Namen habe ich gebraucht?«

»Schicksal.«

»Dann bin ich Schicksal.«

»König Schicksal, einer der Herren der Finsternis«, sagte Sovaz und verneigte sich so verächtlich vor ihm, wie es vielleicht ein junger Krieger hätte tun können, obwohl sie durch und durch weiblich war. »Eine sanfte Mahnung daran, daß nicht einmal ich dir entgehen kann?«

»Ach, komm. Bist du so lange bei *ihm* gewesen und hast nichts gelernt? Ich bin nur das Symbol des Namens. Wie der arme, erschöpfte Tod, der mit seinen Aaskörben auf der Welt umherstapft und sich danach sehnt, in die sanften, weichen Arme seiner Magd Kassafeh zurückzukehren. Oder wie jener hier, der selbst wahnsinnig geworden ist, um zu beweisen, daß er existiert und wirklich ist, *nicht* nur ein Symbol. Und in diesem Augenblick schleicht unter unseren Füßen ein anderer herum, dein eigener Vater, Verworfenheit. Aber er war schon immer anders. Er existierte ursprünglich und schlüpfte dann in die Rolle. Wir demütigen andere, die die Rolle erst geschaffen hat.«

»Was für einen Unsinn redet dieser sonderbare Geselle daher?« erkundigte sich nicht Chuz, sondern Oloru träge. »Anscheinend will er die Maxime ›Genug ist niemals genug‹ über Gebühr strapazieren.«

Aber Schicksal, wenn er es war (und es hatte den Anschein), sah Sovaz an und sagte: »Er ist dir dicht auf den Fersen.«

»Was meinst du?«

»Azhrarn. Wen sonst.«

»Schicksal warnt mich vor meinem Schicksal. Will Fürst Verworfenheit, der seine Rolle ohne Demut spielt, mich töten?«

»Wie könnte er? Wie könnte er das wollen?«

»Du irrst dich«, sagte Sovaz. »Er hat kein Interesse an mir.«

Schicksal sah sich um. Höflich bewunderte er die Halle des herrlichen Palastes, berührte die Wandbehänge und die Kristallbecher. Die winzige Echse sprang maunzend herab, um auf dem Boden Sonnenstrahlen zu jagen. Sobald sie die Aura ihres Herrn verlassen hatte, nahm sie die Farben von Sonne und Boden an und wurde fast durchsichtig, denn auch sie, ein Chamäleon, konnte sich verändern.

»Bist du also«, fragte Sovaz Schicksal, »Azhrarns Bote?«

»Hältst du es für wahrscheinlich, daß ich, ein König, der sich um seine eigenen königlichen Geschäfte zu kümmern hat, für andere Botengänge macht?«

»Dann erzähle mir von deinen eigenen Geschäften.«

»Ich bin hier«, sagte Schicksal schlicht und nicht unfreundlich. »Du hast mich gesehen, und mehr wollte ich nicht.«

Und nach diesen Worten rief er die Echse wieder auf seinen Stab, trat in eine dolchförmige Bahn des westlichen Sonnenlichts, wurde eins damit und verschwand.

Nachdem die Sonne untergegangen war und die Nachtigallen in den Nußbäumen sangen, die stets, ganz gleich, ob Hütte oder Palast, unter der Hausmauer standen, löste sich Sovaz aus den Armen ihres Geliebten und ging in einer Säulengalerie auf und ab, die auf einer Seite zur Nacht hin offen war. Eindringlich blickten die Sterne sie über die Baumwipfel hinweg an. Wild sangen die Nachtigallen, als habe etwas sie verstört und in Angst oder Verzückung versetzt. Schließlich rief Sovaz ihren Geliebten leise wieder zu sich und legte ihm die Hand auf die Schulter. Ihre Augen sagten: Ich finde keine Ruhe. Laß uns ein wenig in die Dunkelheit hinausgehen.

So wanderten sie durch die Wälder, die schwarzen Füchse kamen und tummelten sich um sie, und die Nachtblumen leuchteten und schickten ihre Düfte aus. Manchmal warfen die beiden Wanderer im Sternenlicht fünf Schatten. Später verschwanden drei der Schatten, aber ein schwaches Geräusch wie von Schwingen ging durch die Zweige.

Als Sovaz und Oloru schließlich eine Allee mit uralten Bäumen erreichten, sahen sie weiter unten, außerhalb des Waldes, eine Stadt liegen.

»Laß uns hinuntergehen. Wir wollen sehen, was die Menschheit in den letzten Stunden vor der Dämmerung treibt.«

Oloru lächelte tadelnd. *(Menschheit?)* Aber dann lief nur noch ein geisterhafter Schakal grinsend hinter ihr her. Sovaz beachtete ihn nicht und nahm auch selbst keine Tiergestalt an. Ihr eigener Körper war ihr noch zu wenig vertraut, um ihn gegen einen anderen einzutauschen.

Die Stadttore waren geschlossen, aber es gab eine Pforte für die Hirten, die hauchte Sovaz an, und sie öffnete sich.

Dann ging die Frau die Straßen entlang, und der Schakal sprang hinter ihr her. Sie hatte sich andere Kleider gezaubert – vielleicht hatte sie sie auch nur auf ganz gewöhnliche Weise gewechselt – und trat nun als junger Mann auf, mit weichen Stiefeln an den Füßen, das Haar unter einem Tuch verborgen, ein langes Messer im Gürtel. Oloru sollte sich, sobald er sich entschloß, wieder menschliche Gestalt anzunehmen, in einem bestickten Gewand mit perlenbesetzten Pantoffeln wiederfinden.

Die Lampen in der Stadt waren heruntergebrannt oder gelöscht worden. Hie und da sah man ein erhelltes Fenster oder das entzündete Auge einer Schenke.

Ich könnte, überlegte Sovaz, *hinaufschweben wie ein Blatt und zu all diesen Schläfern hineinspähen. Ich könnte unter Türen durchschlüpfen und mich durch die engsten Gitterstäbe zwängen, könnte in ihren Sünden schwelgen, in ihren Tugenden, in ihren Albernheiten – und wieder verschwinden wie der Nachtwind. Oder ich könnte mich in einen Alptraum verwan-*

deln und sie schreiend erwachen lassen. Ich könnte auch verführen, stehlen, töten. Mehr noch, die ganze Stadt könnte ich in Aufruhr und Panik versetzen, in den Wahnsinn treiben – und dann würde er, mein Geliebter, sich selbst vergessen, sich seiner selbst erinnern und mir dabei helfen.

Über ihr standen die Sterne dichtgedrängt, denn viele waren in dieser Nacht herausgekommen, um Sovaz, die Tochter des Dämons, mit ihrem durchdringenden Blick anzustarren.

Aber warum, dachte sie, *sollte ich das tun? Soll denn das einzig Reizvolle auf der Welt Gier und Lasterhaftigkeit sein? Ist die einzig befriedigende Macht die Überlegenheit über die Menschen, ist Ehrgeiz der einzige Traum? Und muß die Alternative zu Gier, Bosheit, Ehrgeiz – unbedingt Trägheit sein?*

Bei diesen Gedanken spürte sie, wie ihr eine behandschuhte Hand über die Wange strich.

»Trägheit? Ist das der Name, den du unserer Liebe gibst?«

»Unsere Liebe«, sagte sie laut zu Chuz, der eine Sekunde lang in Gestalt Olorus an ihrer Seite ging, »unsere Liebe erschüttert die Welt. Doch welch ein kleines Ereignis ist unsere Liebe.«

Chuz lachte, es klang wie das Bellen eines Schakals. Oloru sagte kläglich: »Du wirst mein Herz in Stücke schlagen.«

»Und wenn man dich dann schüttelt, machst du ein hübsches Geräusch, wie ein Tempelsistrum.«

In diesem Augenblick erreichten sie den Eingang eines Weinkellers, und Sovaz trat ein, als sei dies die ganze Zeit ihr Ziel gewesen.

Die meisten der Gäste, die noch da waren, waren eingeschlafen und hatten die Köpfe auf die Arme oder die Füße auf die Tische gelegt.

Sovaz setzte sich in eine dunkle Ecke, und Oloru nahm daneben Platz. Ein Weinkellner näherte sich mürrisch. »Wein, junger ... Herr?« fragte er Sovaz.

»Der Wein hier«, sagte Oloru sehr laut und mit klangvoller Stimme, »taugt nur als Abführmittel für Schweine.«

»Das ist richtig«, sagte der Kellner. »Wollt Ihr nun welchen oder nicht?«

»Jedoch«, fuhr Oloru noch lauter fort, »liegt darin eine gewisse Logik. Denn all die sabbernden Schweine hier drinnen sehen so aus, als hätten sie es nötig, sich einmal gründlich zu entleeren.«

Damit rief er unter den Anwesenden eine gewisse Reaktion hervor. Der Kellner wich zurück und hastete durch eine Innentür davon.

»Wer nennt mich hier ein sabberndes Schwein?« wollte ein stämmiger Bauernlümmel wissen.

»Ich nicht«, sagte Oloru mit gewinnendem Charme. »Ich glaube, das würde ich nicht wagen. Aber jemand, der wahrheitsliebender ist als ich, hätte es sicher getan.«

Und dann stand er wieder auf, zog die Leier aus seinem Ärmel und strich leicht über die Saiten.

Liebwertes Schwein,
Kühn und fein,
Einst werden Dichter konkurrieren,
dir ein Lied zu dedizieren,
deine Reize drin zu preisen.
Doch ich muß das von mir weisen,
Denn ich halt' es nicht für recht,
Find' es ausgesprochen schlecht,
Zu besingen so ein Schwein
Kühn und fein.

Nun zog die Zielscheibe dieses Spottliedes ein langes schartiges Messer heraus, stieß sich von seinem Tisch ab und wälzte sich auf Oloru zu, der natürlich zurückwich.

Sovaz trat dazwischen und sagte:

»Worum geht euer Streit?«

»Aus dem Weg, Frischling. Der andere Frischling hat

sich eine Kostprobe von meinem Instrument hier verdient.«

»Warum? Weil er dich ›Schwein‹ genannt hat? Bist du denn nicht«, fragte Sovaz mit silberheller Stimme, »genau das, was er sagte?«

Darauf riß der Lümmel seine Mordwaffe mit einem Schrei in die Höhe – aber noch ehe der Schrei zu Ende war, verwandelte er sich in ein unverständliches Grunzen, und das Messer fiel klirrend zu Boden. Wild mit den Vorderfüßen strampelnd stand mit gesträubten Borsten ein höchst aufgebrachtes, männliches Schwein aufrecht auf den Hinterbeinen – leider war es nicht einmal ein Eber, sondern ein Hausschwein, dem jetzt nicht nur eine Waffe fehlte, sondern deren zwei.

Nun erwachten auch die müdesten Schläfer in der Taverne.

»Zauberei!« schrie es von allen Seiten, Krüge und Becher stürzten um, die Kerzen kullerten herab, und alles stürmte in wilder Flucht hinaus. Nicht überrascht, das sei betont, nur in einer Art selbstgerechtem Entsetzen. Erzählte man sich in dieser Gegend nicht seit Monaten, daß in den Wäldern übernatürliche Wesen hausten?

Nur das Schwein blieb zurück und stapfte in der Weinschenke umher, es war wütend, aber es wußte schon nicht mehr genau, warum, und so suchte es in dem Durcheinander, das bei der Massenflucht entstanden war, nach etwas zu fressen.

»Wirklich gut getroffen«, sagte Oloru sehr zufrieden und bewunderte das Schwein. »Jetzt soll es nach Hause gehen und seine Dirne mit seinem Speck erfreuen.«

»Ich habe eine bessere Idee«, meinte Sovaz, »es soll nach Hause gehen, zu der Dirne ins Bett kriechen und abwarten, wie ihnen beiden das gefällt.« Damit deutete sie auf das Schwein, das sie widerwillig ansah. »So tu denn, was ich dir befehle. Und wenn die Sonne aufgeht, sei wieder ein Mensch, wenn du das je gewesen bist.«

Mit erboster Miene lief das Schwein hinaus.

Oloru seufzte. »Viel zu milde. Warte. Ich kenne einen Schakal, der dieses Schwein durch die ganze Stadt jagen wird ...«

Doch da sagte Sovaz plötzlich: »Still. Sieh nur, da ist einer nicht weggelaufen. Was hat denn das zu bedeuten?«

Da verstummte Oloru und wurde weiß wie Schnee. Er schaute, ebenso wie sie, in eine tiefe Ecke der Schenke, denn es schien wirklich, als säße dort jemand, ganz in Rauch und Schatten gehüllt. In einem schwarzen Kapuzenumhang, so daß man nur eine weiße Hand auf dem Tisch liegen sah, die müßig mit ein paar kleinen Figürchen spielte, die im flackernden Licht funkelten. Und an den Fingern glühten viele Ringe.

»Wenn ich ein Mensch wäre«, sagte Oloru, »würde ich jetzt heulend die Götter anflehen, mich zu beschützen.«

»Aber du bist kein Mensch«, sagte die Stimme aus der Ecke. »Und das weißt du genau.«

Oloru blickte Sovaz an. Seine Augen wurden groß und füllten sich mit Tränen, und er sagte leise: »Laß uns anderswohin fliehen.«

»Nur zu«, sagte die Stimme aus der Ecke. »Ich werde dort sein, um euch zu empfangen.«

Die Stimme war so schön, daß sich die Atmosphäre damit auflud und knisterte wie vor einem Gewitter. Sie war so herrlich, daß sogar die Mäuse, die in den Mauern lebten, und die Spinnen, die zwischen den Balken ihre Netze woben, herausgekrochen kamen, um nachzusehen und ihr zu lauschen, und dann, gefangen zwischen Traum und Angst, erstarrten.

Schließlich bemerkte Sovaz: »Die Nacht hat die Fähigkeit der Sprache entdeckt.«

Die Stimme antwortete ihr nicht. Aber eine der kleinen Figuren, mit denen die Hand gespielt hatte, fiel unvermittelt zu Boden und zerbrach. Es war die Figur eines blonden, weißgekleideten Fräuleins gewesen.

Sovaz legte die Hand an Olorus Brust. »Mein Gefährte«, sagte sie, zu der Ecke gewandt, »ist nicht allein.«

Aber in diesem Augenblick schrie durchdringend ein Esel, einmal, zweimal, dreimal, und alle Mäuse und Spinnen verloren fast die Besinnung, flüchteten und ließen nur Kot und Spinnweben zurück.

»Ach, du bist also doch hier!« sagte Sovaz.

Und sie ließ Oloru stehen, stieß mit den Füßen die Scherben der Weinbecher beiseite, ging in die Ecke und setzte sich dem Schwarzgekleideten gegenüber auf eine Bank, so daß nur noch der Tisch zwischen ihnen war.

Er hob den Kopf. Zuerst sah man nur zwei schwarze, flammende Augen, dann schlug er die Kapuze zurück, und das Gesicht ihres Vaters Azhrarn erschien, wie aus Stein gemeißelt, erbarmungslos, unergründlich und leer. Sie hatte ihn schon eine Weile nicht mehr richtig gesehen. Vielleicht seit jener Stunde nicht mehr, als er sie in sein Reich gebracht und dort ausgesetzt hatte. Seither hatte sie ihn nur einmal zu Gesicht bekommen, in einem Wald, auf der Jagd, aber da war er weit entfernt gewesen und hatte sich nicht für sie interessiert. So schien er immer gewesen zu sein, fern und gleichgültig. Für sie war er kein Vater, kein Fürst, kein Freund. Sie schuldete ihm nichts als den Funken, der ihr Leben entzündet hatte, falls solch ein Geschenk überhaupt Dankbarkeit verdiente.

Sie blickten sich an, und endlich sagte sie leise, mit einer Stimme, die nicht mehr silbrig klang, sondern wie Eisen: »Nun, erkennst du meine Mutter in mir?«

Er antwortete: »Sie hätte mich nicht mit solcher Dreistigkeit angesehen, und auch nicht mit solchem Haß.«

»Dazu hatte sie anscheinend keinen Grund.«

»Allen Grund. Aber sie war nur die Honigwabe. Du bist dagegen durch und durch mein Kind, unversöhnlich, hochmütig und stolz. In dir ist die gefühllose Verworfenheit, die die Menschen verehren, wenn sie meinen Namen aussprechen. Aber die Schwingen deiner

Bosheit sind noch nicht stark genug. Wenn du fähig bist, dich auf ihnen in die Lüfte zu erheben, dann werden wir sehen, wozu du in der Lage bist. Dunizels Tochter? Nein, du bist allein mein.« Und er lächelte sie strahlend an.

Als er das tat, fauchte und spuckte Sovaz wie eine Schlange. Doch der Spritzer Dämonenspeichel verwandelte sich sofort in eine Silberblume, die er mit der Hand auffing und ihr, immer noch lächelnd, überreichte. Sovaz erhob sich, drehte sich um und ging drei Schritte weg. Sie sah ihn nicht mehr an, als sie sagte: »Anderen Frauen kannst du auf diese Weise den Hof machen, aber mir nicht. Du hast mir gesagt, ich sei wie du. Dann sind deine Schmeicheleien und deine Drohungen vergebens.«

»Glaubst du, ich könnte dich nicht innerhalb einer Sekunde vernichten?«

Sovaz blickte über die Schulter zu ihm hin.

»Dann tu es doch.«

Azhrarn ließ die Blume auf den Tisch fallen, und sie war verschwunden.

»Du vergißt«, sagte er, »daß du eine Marionette bist, die ich geschaffen habe und zu gebrauchen gedenke. Ich habe gesagt: Laß uns warten, bis du in der Gußform erstarrt bist. Wenn die Farbe an dir trocken ist, wirst du zu mir kommen und mir den Respekt erweisen, der sich für eine gehorsame Tochter geziemt.«

»Erst«, sagte Sovaz, »müssen alle Meere zu Feuer werden.«

Auf einem Tisch in der Nähe saß mit untergeschlagenen Beinen ein hübscher junger Mann in purpurfarbenem Gewand und klagte: »Weh mir, man hat mich vergessen.«

»Keineswegs«, sagte Azhrarn. »Du kannst dich geschmeichelt fühlen, Chuz, denn deinetwegen bin ich gekommen. Die Frau bedeutet mir nicht viel, und wie wir an ihrem Zorn erkennen, ist ihr das bewußt. Dich zu finden habe ich mich bemüht. Ich bin hinter dir hergelaufen, als wäre ich dein Liebhaber.«

»Ja«, gab Chuz-Oloru vom Nebentisch her zu. »Ich bin jetzt bedeutend genug, um sogar deinen Gaumen zu reizen. Aber es wäre nicht klug, wenn sich zwei Gebieter der Finsternis paarten, ebensowenig, wie es vernünftig wäre, wenn sie sich auf Feindseligkeiten einließen. Dies sind Freuden, denen wir entsagen müssen.«

»Müssen wir das? Ich habe dir den Kampf angesagt, Chuz. Und ich halte meine Versprechen.«

Chuz sagte träge: »Ein Schlagabtausch zwischen uns würde die Stadt auslöschen. Wenn wir uns duellierten, wieviel von der Erde würde dann beschädigt, ehe einer die Oberhand gewinnt? Und die Erde ist dir, glaube ich, teuer. Kannst du mich außerdem hinmetzeln? Auch ich muß wiedergeboren werden. Solang es Wahnsinn gibt, solang gibt es *mich*.«

Nun erhob sich Azhrarn. Als er aus der Ecke hervortrat, schien alle Schwärze mit ihm herauszukommen und gleichzeitig in das Licht zu springen. Firmamente und Wirbelstürme verfingen sich an ihm, in seinem schwarzen Haar, in den rastlos schlagenden Schwingen seines Umhangs. Sterne stürzten in jeden der Ringe an seinen Händen, in seinen Augen erloschen Welten, entstanden und erloschen wieder. Vor diesem apokalyptischen Hintergrund sagte er sanft: »Ich bin entschlossen, es dir heimzuzahlen, und ich werde es tun. Du hast dem, was mir teuer war und unter meinem Schutz stand, Schaden zugefügt.«

»Ich habe schon gesagt«, erklärte Chuz, der immer noch auf seinem Tisch saß und fast wie ein Mensch aussah, »es war nicht meine Schuld. Lege es jenem anderen zur Last, dem Gebieter Schicksal, dessen Gemurre uns offenbar hierhergetrieben hat. Lege es dir selbst zur Last. Lege es Dunizel zur Last, denn ihre Bestimmung war es, zum Opfer zu werden. Jedem kannst du es zur Last legen außer mir. Was bin ich denn? Nur der Diener der Welt.« Und dann hob Chuz sein goldenes Haupt. Sein Gesicht war noch immer makellos, noch immer das von Oloru und doch keineswegs mehr das von Oloru. Aus den Augen glühte es erschreckend rot und schwarz. »Aber ich lüge«, sagte Chuz. »Du weißt, daß ich lüge. Das ist meine Huldigung an dich, ebenso wie meine sorgfältige Tarnung und mein hektisches Davonlaufen während dieser ganzen Zeit. Ja, es ist denkbar, mich als schuldig an ihrem Tod zu betrachten. Wenn dem so ist, dann weiß ich nicht, warum ich ihn gewollt haben sollte, denn sie war schön, unschuldig und weise. Aber die Tollheit hält sich an keine Regeln. Ich bekenne mich also schuldig, Nicht-Bruder, wenn du es so willst.« Chuz rutschte vom Tisch herab und ging zu Azhrarn. Dort blieb er stehen, begegnete dessen schrecklichen Augen mit ebenso schrecklichem Blick und sagte: »Mich kannst du nicht ausrotten. Es wäre ebenso töricht, wolltest du mit mir kämpfen, als wollte ich es mit dir. Aber sieh, ich bringe mich dir dar und werde jede Strafe auf mich nehmen, die du mir auferlegst, vorausgesetzt, sie ist durchführbar. Ein solches Angebot ist Wahnsinn und mir daher angemessen. So nimm denn deine Rache, züchtige mich. Aber, Azhrarn, du tust es nur mit meinem Einverständnis.«

Bei diesen Worten verfluchte Azhrarn Chuz. Alle Kerzen, die in der Schenke flackerten, erloschen augenblicklich. Draußen erstarben die letzten Lampen der Stadt. Sogar die Sterne am Himmel schienen zu zwinkern, aber wahrscheinlich taten sie es doch nicht.

»Du bist klug, Wahnsinn. Ja, ein anderes Mittel gibt es nicht«, sagte Azhrarn in die schwarze Stille hinein. »Ich nehme deine Bedingungen an. So wollen wir unseren Streit beilegen. Heute ist die erste Nacht, morgen die zweite. In der dritten magst du meine Antwort und deine Strafe erwarten. Sie wird nicht gering sein, Chuz. Ich habe dich gewarnt.«

Und dann war da, wo der Dämonenfürst gestanden

hatte, nur noch eine Säule aus scharlachrotem, sengendem, lichtlosem Feuer, die, als sie erlosch, eine kaltheiße Wunde im Dunkel zurückließ, die langsam verblaßte.

Und überall im Land jaulten die Hunde, heulten die Winde und faulten die Blätter von den Bäumen, und ein kurzer Regen befleckte die Mauern der Behausungen wie verdünntes Blut.

»Wäre ich eine Frau, ich würde sagen: Was soll nun aus dir werden? Und ich würde weinen. Er wird dich mir entreißen und sich einen lebendigen Tod für dich ausdenken. Ich kann mir nicht vorstellen, was es sein wird. Aber so wird es kommen.«

»Wäre ich ein Mann, ich würde dich in den Armen halten, wie ich es jetzt tue, würde dein Haar küssen, wie ich es tue, und die blauen Tränen aus deinen blauen, blauen Augen würden in *meine* Augen springen, wie es jetzt geschieht. Und ich würde sagen: Was hätte ich sonst tun können?«

»Warum hast du meine Mutter getötet?«

»Habe ich deine Mutter getötet?«

»Warum hast du vor meinem Vater gekniet?«

»Habe ich vor ihm gekniet?«

»Du bist ein Lügner und ein Narr.«

»Was hat dies alles für uns zu bedeuten? Die Zeit ist endlos, und sie ist unser. Liebe und Tod sind nur Spiele, die wir darin spielen.«

»Du warst mein Vater, du warst mein Bruder und mein Geliebter. Wäre ich eine Frau oder ein Kind, ich würde weinen. Oh, laß mich weinen.«

3

ZWEI TAGE UND EINE NACHT blieben ihnen noch. Was sollten sie nun anfangen mit diesen letzten Sekunden vor dem Ende der Welt? Als nichtmenschliche Wesen richteten sie es so ein, daß die Zeit sich zu dehnen schien, daß sie noch gewaltige Zeiträume, eine ganze Ewigkeit vor sich hatten, obwohl die kurze Spanne so schnell verstrich.

Die Hütte war ein Palast. Durch Zauberei lockten sie eine Schar von Menschen an, bewirteten sie, schufen für sie eine Orgie der Freuden, spielten als Fürst und Fürstin die stolzen Gastgeber und überhäuften die entzückten Gäste mit Geschenken. Einige der Gaben waren schön und kostbar; andere stellten sich auf dem Heimweg als Frösche und Eulenkot heraus.

Der Palast war eine Hütte. Sie verbrachten einen Tag als Bauern. Sovaz buk schwarzes Brot und kochte eine Suppe aus Kräutern und Wurzeln. Chuz (man konnte ihn jetzt nicht mehr Oloru nennen, obwohl er immer noch wie dieser aussah) machte Heu und hackte Holz für das Feuer. Mit Feldblumenkränzen im Haar aßen sie das kärgliche Mahl, wo sie sich noch vor kurzem, mit Rubinen geschmückt, an klarem Wein und Zauberspeisen gelabt hatten.

In der zweiten Nacht, in der Mitte jener zwei Tage, streiften sie zwischen den Bäumen umher. Die Teiche im Wald glitzerten wie Diamanten, das Laubwerk funkelte und ließ leise, geisterhafte Musik ertönen. Vögel, die sonst bei Tag sangen, erwachten und sangen für sie bei Nacht. Hier legten die beiden sich nieder und liebten sich. Das soll dich an mich erinnern, sagten sie, wie es Liebende, die voneinander scheiden müssen, immer gesagt haben und immer noch sagen.

Aber in der dritten Nacht, nachdem sie den Tag als arme Bauern verbracht hatten, legten sie königliche Gewänder an und verließen die Hütte. Sie gingen tief in den Wald hinein an einen Ort, wo er so dicht und schwarz war, daß nie jemand dorthin kam, wahrscheinlich war bis dahin weder Vogel noch Raubtier, weder Mensch noch Dämon dort gewesen. Hier warteten sie auf Azhrarn.

Sie warteten lange, oder Azhrarn, der Dämonenfürst, ließ sie lange warten. Der Mond zog über die schwarze Lichtung hin, und ein dünner Lichtfaden stieß bis zu ihnen durch und wurde wieder weggezogen.

Endlich ließ sie die Maske fallen und fragte: »Kannst du erraten, was er von dir verlangen wird?«

»Ich denke schon. Ich glaube, er hat es mir in gewisser Weise vorhergesagt.«

»Ist es schrecklich?«

»Vielleicht. Und auf seine Weise gerecht.«

»Hör auf, wie ein Mensch zu sprechen. Sprich jetzt als Fürst Chuz, mein Beschützer, mein Herr.«

»O Geliebte«, sagte er, »meine Herrin, der Traum meiner seelenlosen Seele von Nacht und Sonnenaufgang.«

»*Nein*«, sagte Sovaz, »außer, wenn du dich weigerst.«

»Unmöglich. Es muß geschehen.«

»Was werden die Legenden von dir sagen?« wollte Sovaz verbittert wissen. »*Du*, ein Herr der Finsternis, läßt dich von einem Vazdru bestrafen, der dich nur haßt, weil du seine Geliebte getötet hast.«

»Früher hieß es einmal: ›Warum hast du meine Mutter getötet?‹«

»Das war früher. Aber sie gehörte immer nur ihm. Nennt der Wein den Krug ›Mutter‹, wenn er verschüttet wird? Nichts anderes war ich für sie, Wein zu seinem Genuß.«

Nun kehrte der Mond in die Dunkelheit zurück, kein einzelner matter Faden mehr, sondern ein gewaltiger Schein, als ströme trockenes Wasser durch die Bäume oder eine Feuersbrunst ohne Hitze.

Damit hatte er sich angemeldet, sozusagen an die Tür geklopft. Nicht als Höflichkeit war es gemeint, sondern als Drohung; sie sollten Kenntnis von ihm nehmen und auf der Hut sein.

Azhrarn betrat hinter dem Schein die Lichtung und blieb bei ihnen stehen.

Und wie Sovaz Chuz gefragt hatte, so fragte ihn jetzt sofort auch der Dämon: »Kannst du es erraten?«

»Ich glaube schon.«

»Erklärst du dich einverstanden?« fragte Azhrarn.

»Ich bewundere dich zu sehr«, sagte Chuz, »um zu feilschen.«

»Azhriaz«, sagte der Dämon.

Doch sie antwortete: »Das ist nicht mein Name.«

»Es ist dein Name«, sagte Azhrarn. »Azhriaz, was wirst du tun, wenn du ihn verlierst? Du bedeutest mir noch nichts, aber ich bin neugierig.«

»Dann bleibe es«, sagte sie. »Ich werde ihm nur folgen.«

»So mag es sein«, sagte Azhrarn. »Und jetzt werde ich dir sagen, wem du folgen wirst. Er war ein Mensch von schöner Gestalt, und er hat gerne behauptet, alle seine Taten rührten von seinem Wahnsinn her. Aber nach dem Übereinkommen, das wir getroffen haben, muß er jetzt, um mir Wiedergutmachung zu leisten, diesen Zustand und seine Kräfte aufgeben und auch das offensichtlich anziehende menschliche Aussehen, das er deinetwegen angenommen hat. Hinfort soll Chuz ein Irrer sein. Wahrhaft wahnsinnig, wie die Sterblichen es kennen. Ein Wesen ohne Verstand, mit Schaum vor dem Mund, das kreischt und sich mit den Nägeln die Haut zerfetzt. Mehr ein Vieh als jeder Esel oder Schakal. Weniger ein Mensch als der, dessen Gestalt er so kunstvoll nachgeahmt hat. Ein Ausgestoßener, von den Völkern der Erde gemieden, ein Hohn für jedes nichtirdische Wesen. Für die Dämonen ein neuer Scherz, den sie genießen und verachten werden. Nicht länger ein Herrscher, ein Fürst oder ein Magier. Beide Seiten seines Gesichts häßlich und entstellt – gestatte mir, daß ich mir kein Quentchen dieser Ironie entgehen lasse – verstümmelt, mit verfilztem Haar, so soll er durch die Welt kriechen. Damit die Welt erkennt, falls sie dazu in der Lage ist, daß selbst jene, die ihm ebenbürtig sind und am Tage ihr Spiel treiben, dem Herrn der Nacht Höflichkeit schulden. All dies muß und wird er ein Erdenleben lang erdulden, bis ein vulgärer irdischer Tod ihn von der abscheulichen Krankheit befreit, die er selbst ist. Erst dann darf Chuz wieder Chuz sein. Die ganze Strafe sollst du verbüßen. Oder nichts davon, dann werden wir einen anderen Weg finden.«

»Mein Bester«, sagte Chuz gelangweilt, »kann es denn ein größeres Glück für mich geben, als – wenn auch nur für eine so kleine, *kleine* Weile – die Lebensweise meiner eigenen Untertanen zu erfahren?«

»So geh«, sagte Azhrarn. »Und sei glücklich.«

»Nein«, sagte Sovaz kalt und ergriff das Handgelenk ihres Geliebten. »Du warst Oloru. Du bist mein. Du kannst mich nicht auf eine Laune von ihm hin verlassen und leiden, um seine widerlichen Gelüste zu befriedigen.«

»Er wird dich verlassen«, sagte Azhrarn. »Und er wird leiden.«

»Damit verrät er mich und läßt mich im Stich«, sagte Sovaz. »Chuz, hörst du, was ich sage? Wenn du ihm gehorchst, schließe ich daraus, daß dies alles nach deinem Wunsch und Willen geschieht.«

Doch Chuz' Gesicht hatte sich fast unmerklich verändert. Er sagte zu ihr: »Wie die Menschen körperlich den Tod erleiden, so können auch die Nichtsterblichen sterben. Es sieht so aus, als sollte dies einer meiner Tode werden. Und er, er ist schon oft gestorben. Eines Nachts wird er dir die Geschichten erzählen. Im Augenblick sagt Oloru dir nur dies eine: Von allen Sternen, allen Blumen, allen Liedern auf der Erde und oberhalb oder unterhalb der Erde bist du die schönste, lieblichste und beste. Was gibt es zu fürchten? Wir haben alle Zeit der Welt, um uns wiederzusehen.«

Und dann ging er fort von ihr, in die schwarzen, im Licht schimmernden Wogen des Waldes hinein. Bald darauf war von dort das Geschrei eines Esels, ein seltsam zittriges Kreischen und schließlich das Splittern von Ästen zu hören. Die Vögel schreckten aus dem Schlaf und flatterten hastig davon.

Schließlich erklärte Azhrarn, der dagestanden und in die Dunkelheit hineingeschaut hatte: »Ich bin zufrieden. Jedenfalls im Augenblick.« Und er warf einen Blick auf das Mädchen und sagte zu ihr: »Dorthin ist er gegangen, falls du ihm folgen willst.«

Sovaz wandte sich in diese Richtung. Als sie an Azhrarn vorüberkam, sagte sie zu ihm ein Wort aus Untererde, das die ordinären, schweinischen, zwergenhaften Drin, die unterste Kaste der Dämonen, sich manchmal gegenseitig an die Mauern ihrer Behausungen schrieben.

»So nenne ich dich«, sagte Sovaz, »und so bist du.«

»Um deiner Mutter willen«, sagte er, »werde ich mich zurückhalten. Doch es wird eine Mitternacht kommen, da wirst du dies wiedergutmachen.«

»Wenn alle Meere zu Feuer werden und alle Winde zu Meeren, wenn die Erde zu Glas wird und die Götter auf Leitern herabsteigen, um den Menschen die Füße zu lecken, *dann* werde ich das tun. Vielleicht.«

Azhrarn sagte nichts mehr, und auch sie schwieg. Sie hatte genug gesagt.

Sie wandte sich von ihm ab und eilte davon, durch die Bäume, hinter Chuz her, wie ein verängstigtes Kind.

Der Schein trügt

1

Wahnsinn hatte es in der einen oder anderen Form auf der Erde immer gegeben. Als er zum erstenmal kam, war er wie alle noch namenlos. Aber bald prägten die Menschen einen Namen dafür, da jedes Stäubchen, jedes Samenkorn einen Namen haben mußte. Und nach dem Namen entstand das Wesen des Namens, das man Fürst Chuz nannte, es wurde Fürst Chuz und *war* er.

Nun ist Chuz einer seiner eigenen Untertanen. Ganz so, wie Azhrarn es gesagt hatte. Seine Schönheit ist vergangen. Nach eigenem Willen ist er nicht länger – wie der verrückte Mond – zur einen Hälfte von strahlendem Glanz, zur anderen ein unheimlicher, bedrohlicher Schatten. Nun ist er eine plumpe Gestalt, die Angst einflößt, vor der man die Türen zuschlägt und verriegelt und sagt: *Was ist das für eine Bestie?* Aber selbst die Bestien flüchten vor ihm, die Wälder versinken in Schweigen. Er quält sich durch Sumpf und Morast, durch hohe Dornenhecken. Die Enten fliegen schnatternd aus dem Schilf auf. In einem toten Baum macht er Rast, wenn es nötig ist. Wenn er auf einer Dorfstraße erscheint, werfen die Menschen mit Steinen nach ihm und greifen sogar zu Bogen und Jagdspeer, um ihn damit anzugreifen. Schließlich macht er sich, gespickt wie ein Stachelschwein, aus dem Staube, quiekend, verletzt, aber nicht tödlich getroffen – denn sein Ende ist noch fern. Hatte Azhrarn es nicht verheißen?

Wahnsinn hat den Verstand verloren, ist wahrhaft und vollkommen verrückt geworden. Und die Untertanen des Fürsten, die Wahnsinnigen – sie wissen es. Es

treibt sie zu noch schlimmeren Exzessen, in noch größeren Stumpfsinn. Sie siechen dahin, sie greifen zum Messer, sie verfallen in Krämpfe, in denen sie das Ende der Welt prophezeien oder davon künden, daß ein gewaltiges, plumpes Urwesen, schlüpfrig von Blut und Schlamm, von Pfeilen durchbohrt, durch das Leben der Menschen fegen wird wie ein Wind aus dem Chaos.

Aber davon wissen nur die Wahnsinnigen. Und wer achtet auf sie? Waren die Zeiten nicht immer aus den Fugen? Wann war die Welt je vollkommen? Sprecht nur von goldenen Zeitaltern, von Zeiten der Unschuld und des Traumes. Das sind Märchen für Kinder. So lautet die Philosophie der flachen Erde, und sie hat einige Ähnlichkeit mit dem, was man auf der runden Erde denkt.

Aber wenn sich die Menschen zuvor verborgen und gemurmelt hatten: *Was geht da für eine Bestie?*, so gafften sie nun unverhohlen und fragten: »Was ist das für ein Mädchen?«

Sovaz ging vorüber, ohne ihnen einen Blick zu gönnen.

Die Erde – was bedeutete ihr die Erde? Ein so lange verweigertes Geburtsrecht, eine Schatzkammer, eine fremde Wüste ...

Einige sahen sie als Mädchen, in weißem Kleid, mit bloßen Füßen, bis auf ihre Augen ohne Schmuck, von ihrem langen Haar wie von einem Mantel eingehüllt. Einigen erschien sie als Mann gekleidet, kraftvoll ausschreitend wie ein Panther. Einige sahen sie gar nicht, spürten nur einen duftenden Hauch, erblickten eine schmale Fußspur im Staub ...

Man erzählte sich eine Anekdote. Ein junger Herr, der einen dieser herrlichen Fußabdrücke fand, verliebte sich in diesen und erträumte sich einen ebenso herrlichen Fuß dazu, desgleichen ein Bein, einen ganzen Körper, ein Gesicht, eine Persönlichkeit. Von Schlaflosigkeit geplagt und zutiefst aufgewühlt, schickte er seine Soldaten aus, sie sollten jeden Zoll seines Landes absuchen und ihm alle Frauen bringen, jung oder alt, jungfräulich, heiratsfähig oder noch nicht geschlechtsreif. Verheiratete, Ledige, alte Weiber. Alle wurden sie ihm vorgeführt, viele weinten und protestierten, Ehemänner, Liebhaber, religiöse Orden eilten in heller Entrüstung hinterdrein. Als der Zug das Haus des Herrn erreichte, ließ er die Frauen zu dem Waldweg bringen, wo er Sovaz' Fußabdruck entdeckt hatte. »Es ist Zauberei«, sagte er. »Sie hat sich verkleidet, um mich zu nekken, denn so pflegen es die Frauen zu machen, erst kokettieren sie, dann laufen sie fort und sagen nein, und die Rolle des Mannes verlangt, daß er ihnen nacheilt und ja sagt. Sogar eine von den älteren Frauen könnte *diese* sein und sich mit Hilfe ihrer Fähigkeiten tarnen. Aber ich werde sie finden, und wenn sie aussähe wie ein zwölfjähriges Kind.«

Und so mußten alle Frauen, ganz gleich, ob sie wütend oder verängstigt waren oder hoffnungsvoll oder bereitwillig, ihren linken Fuß in die Spur setzen. Kein Fuß paßte, der Herr wurde immer bleicher. Schließlich kam ein Mädchen unter den allerletzten, setzte ihren Fuß in den Abdruck, und, siehe da! Er paßte genau.

Der Herr sprang auf und stürmte auf den Weg. Das Mädchen war im richtigen Alter, im späten Frühling. Und wie er schon vorher gewußt hatte, war sie sehr schön. Er nahm sie bei der Hand. »Nun entkommst du mir nicht mehr.« »Nein, Herr«, sagte das Mädchen und senkte die Augen. Sie war die Tochter eines armen Mannes und hatte ihre Tage bisher damit hingebracht, die Schafe zu hüten. Bescheiden und schuldbewußt stimmte sie dem Herrn des Landes zu, als er behauptete, sie habe ihn nur auf die Probe gestellt, um sich seiner ganz sicher zu sein, und ihr abgerissenes Aussehen sei ganz sicher Teil eines mutwilligen Planes. »Glaubt mir«, fügte sie hinzu, »es war nicht meine Absicht, Euch zu quälen. Meine Sippe und damit auch ich wurden vor langen Jahren von einem feindlich gesinnten Zauberer verflucht. Mein Vater war einst König.« »Ich werde ihn nicht als Geringeren behandeln«, sagte der Herr des Landes. (Hier war also nicht nur Sovaz Fuß, sondern auch Schicksals Hand im Spiel.) Der Herr vermählte sich mit dem Mädchen und erhob auch ihren Vater und ihre Brüder in den Rang von Adeligen, und sie alle, das soll nicht verschwiegen werden, führten ein rechtschaffenes Leben.

Inzwischen folgte Sovaz dem wahnsinnigen, vernunftlosen Tier, das einst ihr Herr und ihr Geliebter gewesen war, und manchmal verlor sie seine Spur.

Ihre Entschlossenheit festigte sich, aber sie stumpfte auch ab. Er hatte sie ebenso im Stich gelassen wie andere. Für ihn war es ein perverses Abenteuer, sich so quälen zu lassen. Er hatte Azhrarns Gerechtigkeit ihrer Liebe vorgezogen.

Aber es sah so aus, als bliebe ihr nichts anderes übrig, als ihm zu folgen. Sie verfügte über gewaltige Kräfte – das wußte sie, ohne sie groß erprobt zu haben. Vielleicht konnte sie Azhrarns Bosheit entgegenwirken. Oder würde Chuz, der in seiner Strafe schwelgte, den heilenden Zauber ablehnen?

Für eine solche Wanderschaft gab es in der Tat eine Tradition. In den Legenden fand man mehrere Beispiele – zum Beispiel hatte Shezael, die Halbseele, sich auf die Suche nach dem wahnsinnigen Helden Drezaem begeben, in dessen Körper die andere Hälfte ihres Geistes wohnte. Und Simmu war in Gestalt eines Mädchens seinem Liebhaber Zhirek gefolgt – damals war er noch kein Magier, sondern nur ein gequälter Priester in der Verbannung, der vor Pein den Verstand verloren hatte. Nach mannigfachen Prüfungen und Leiden hatten Shezael und Drezaem zusammengefunden. Auch Simmu und Zhirek waren für kurze Zeit vereint, ehe Schicksal und die Dämonen sie wieder voneinander trennten.

Viel später begegneten sie sich freilich wieder. Simmu (der Mann oder Frau sein konnte und jetzt ein Mann war) hatte den Unsterblichkeitstrank gestohlen und damit Uhlume, Gebieter Tod, in Bedrängnis gebracht. Später herrschte Simmu über eine von Dämonen erbaute Stadt von Unsterblichen am östlichsten Rand der Erde. Hier kam Zhirek zu ihm zurück, aber nicht länger als Geliebter oder als Freund. Und Simmus Stadt Simmurad, aus rosenrotem Stein und Jade und Silber, Simmurad lag nun unter dem Meer.

Es ist sehr wahrscheinlich, daß diese Erinnerungen Sovaz auf ihrem langen Weg begleiteten.

Während sie dem irren, seines Verstandes beraubten Wesen folgte, gelangte sie in trübere Regionen der Erde, wo sich häufig vernunftwidrige Dinge ereigneten.

Die romantischen Wälder, die Schutz vor der Sonne boten, lagen weit zurück. Hier gab es Hügel und Berge, und nur die vorüberziehenden Wolken spendeten Schatten. Die Tochter des Dämons konnte der Sonne standhalten, und manchmal, wenn die strahlende Scheibe auf- oder unterging, liebte sie sie sogar. Doch an manchen Tagen brannte die Sonne unbarmherzig auf Sovaz nieder, und dann litt sie verborgen, tief in ihrem Innern sehr darunter. Sie gewöhnte sich an, häufig bei Nacht durch das Hochland zu wandern, wenn der Mond als weiße Sonne am Himmel stand und seine Tränen, die Sterne, ihre ständigen reglosen Begleiter waren. Auch war sie nicht immer zu Fuß auf dem Boden unterwegs. Sie erprobte alle ihre Fähigkeiten, ging manchmal in der Luft und badete ihre Füße in der Kühle. Manchmal ritt sie auch auf einem Zauberteppich oder rief einen schwarzen Vogel von seinem felsigen Wachposten, und ließ sich von ihm tragen. Und einmal, als sie einen aus einem Hügel herausgehauenen Steinlöwen entdeckte, der ein vergessenes Grab kennzeichnete, befahl sie ihm, sich zu erheben, und ritt drei Tage und Nächte auf seinem Rücken, ehe sie ihn den Toten zurückgab.

Es war eine verlassene Gegend. Niemand sah sie.

Nur der Wahnsinn war vor ihr hiergewesen, und sie fand seine Fährte. Zu sehen gab es wenig, aber viel zu spüren. Sie hatte die höchsten Terrassen der hohen Berge erklommen und trat, gerade als die Dämmerung einsetzte, auf einen breiten Granitvorsprung hinaus. Da sah sie, daß das Gelände vor ihr flacher wurde und die schroffen Berge in eine ausgebleichte, kahle Ebene übergingen, die sich bis an den Horizont erstreckte.

Während sie auf dem Felsvorsprung stand, tauchten auf den benachbarten Simsen aus Höhlen und Löchern einige ärmlich gekleidete Menschen auf.

»Junge Frau«, riefen sie ihr zu, und ihre Stimmen klangen irgendwie unangenehm. Dann trat ein älterer Mann vor, mit einem goldenen Anhänger auf der Brust seines eilenden Gewandes und einem goldenen Reif um den Kopf, der ihm das verstaubte Haar aus dem farblosen Gesicht hielt, und deutete mit einem Finger auf sie, an dem ein schwerer Ring blitzte.

»Junge Frau«, sagte er, »geht nicht weiter. Begebt Euch nicht auf die Ebene. Sie ist böse, ein Fluch lastet auf ihr. Dahinter, am Fluß – der jetzt nur noch ein übelriechendes Rinnsal ist – liegt eine Stadt, die keine Stadt mehr ist, sondern eine Kloake. Kehrt um. Oder, wenn Ihr müde seid, ruht Euch bei uns ein wenig aus.«

»Ihr seid zu gütig«, sagte Sovaz. »Aber vielleicht sagt Ihr nicht die Wahrheit, vielleicht ist die Stadt herrlich und ohne alle Gefahren – und da man Euch ausgestoßen hat, schmäht Ihr sie Fremden gegenüber.«

Der Sprecher seufzte und runzelte die Stirn.

»Wir sind in der Tat Ausgestoßene. Verweilt ein wenig bei uns, und ich werde Euch erzählen, wie es dazu gekommen ist.«

»Noch einmal, Ihr seid zu gütig. Eure Stadt und die Geschichten darüber interessieren mich nicht.«

Und mit diesen Worten ging Sovaz auf den Gesimsen des Berges weiter, ohne Anstalten zu machen, sich in die Ebene hinabzubegeben. Sie wollte nur ihre Suche fortsetzen.

Hinter ihr murrten und klagten die Flüchtlinge aus der Stadt.

Die eben aufgegangene Sonne küßte Sovaz mit glühender Heftigkeit. Sie fühlte sich müde und unglücklich.

Kurz vor Mittag betrat sie eine Höhle, um dort Kühlung und Ruhe zu suchen.

Sie hatte den Eindruck, als habe Chuz hier etwa eine Stunde zugebracht, denn sie spürte hier etwas, das unsichtbar, lautlos, geruchlos und doch schrecklich war, und dort, wo der Fels weich war, hatten abgebrochene Fingernägel ein Muster hineingekratzt. Ein wenig Wasser lief an der Wand herunter, und Sovaz trank davon wie ein Mensch, der durstig ist. Einige Bedürfnisse sind nicht dringend und sind es doch.

Später schlief sie ein, und sie träumte wie eine Vazdru, abstrakte, märchenhafte Dinge. Doch als sie bei Sonnenuntergang erwachte, träumte sie eine halbe Sekunde lang wie eine Frau und sah Oloru-der-Chuz-war, hübsch, stark, gerissen, ihr Geliebter. Dann war er verschwunden. *Ich kann ihm ewig folgen, ohne ihn jemals einzuholen. Will Azhrarn damit auch mich strafen, weil er bereut, daß ich überhaupt geboren wurde?*

Im Höhleneingang sah sie die Sonne, die über der Ebene ausbrannte, und dort erblickte sie auch mehrere kleinere Sonnen, die nicht untergingen: Fackeln. Die armen Schlucker, die sie vorher hatten aufhalten wollen, waren ihr gefolgt, hatten sie hier gefunden und saßen nun im Höhleneingang. Der Mann mit den goldenen Schmuckstücken befand sich ihr gegenüber und sah sie zornig an. Sovaz bemerkte, daß man sie mit dikken Seilen gefesselt hatte, während sie schlief. Die Seile waren mit einem primitiven, aber wirksamen Zauber belegt, denn sie war sich ihrer nicht bewußt gewesen und merkte sofort, daß sie einige ihrer Fähigkeiten würde einsetzen müssen, um die Knoten zu zerreißen. Mit diesem Kunststück ließ sie sich noch etwas Zeit.

»Und nun«, erklärte der Mann, »wirst du mir zuhören, du unverschämtes Ding.«

»Dann«, sagte Sovaz, »werde ich eben zuhören. Aber gib dir Mühe, damit die Geschichte, die du mir unbedingt erzählen willst, nicht langweilig wird.«

Doch der Alte sah sie nur weiter grimmig an.

»Da draußen«, sagte er, »meilenweit entfernt, da, wo die Sonne untergeht, liegt der Fluß und am Fluß die Stadt, die man Shudm nennt, obwohl das nicht immer ihr Name war. In Stufen angelegt und mit dunklem Gold überzogen ist Shudm, sechs Herrscher regieren dort und drei Herrscherinnen. Früher stellte den Regenten die Schicht, der ich einst angehörte. Nun sitze ich wie ein Geier oben in den Höhlen, beobachte die Stadt im Geist aus der Ferne und warne so viele Reisende vor ihr, wie ich nur kann. Allen erzähle ich jedoch die Geschichte der Stadt, die jetzt Shudm – das bedeutet, die Zerteilte – genannt wird.«

Sovaz gähnte hinter ihrer weißen Hand und riß mit einer leichten Bewegung eine der Fesseln entzwei. Ob der Mann es gesehen hatte, war nicht sicher. Es war inzwischen dunkel geworden, nur die Fackeln leuchteten, und er beugte sich näher zu ihr. »Was willst du in Shudm?«

Sovaz sagte: »Du stellst meine Geduld auf eine harte Probe. Erzähl weiter, oder laß es gut sein.«

Aber sie dachte: *Mein Ziel werde ich nicht mehr erreichen. Ich kann genausogut hier bleiben. Der Sommer meiner Liebe ist zu Ende. Der Winter naht.*

Doch der Mann sagte mit großem Nachdruck: »Wir nennen die Geschichte *Liliu* oder *Feueräpfel.*«

Und diese Geschichte erzählte er ihr in solcher Ausführlichkeit, daß ihr eigenes Leben ins Dunkel zurückzutreten schien.

2
Die Geschichte von Liliu

In den Tagen, ehe sie unter dem Namen Shudm bekannt war, lebte in der Terrassenstadt am Fluß ein reicher Kaufherr. Er hatte einen Sohn und Erben mit Namen Jadrid. Für diesen Sohn hätte der Kaufmann, wie man so sagte, Feueräpfel gepflückt – er liebte ihn so sehr, daß er ihm nichts abschlagen konnte.

Schließlich kam der Zeitpunkt, um an eine Vermählung zu denken. Aber keine der in Frage kommenden Damen genügte den Ansprüchen dieses jungen Mannes, obwohl man ihm mehrere Porträts der hoffnungsvollen Kandidatinnen zeigte und ihm sogar in einigen Fällen gestattete, die Mädchen durch Vorhänge und Hecken zu beobachten. Der Kaufmann war mit seiner Weisheit am Ende, denn Reichtum und Macht mußten an die nächste Generation weitergegeben werden.

Eines Tages kam kurz vor Sonnenuntergang ein Mann an das Tor. Der Fremde hatte zwar keine Diener bei sich, doch war er gut gekleidet und benahm sich wie ein einflußreicher Mann. Folglich ließ man ihn ein. Als der Besucher vor den Vater und den Sohn trat, die gerade Schach miteinander spielten, sprach er: »Ihr Herren, ich höre, daß dieses Haus eine Braut für seinen Erben sucht, aber ein passendes Mädchen muß sowohl vielseitig gebildet wie von überragender Schönheit sein. Wisset denn, daß ich einem mächtigen Herrn diene und daß seine Tochter genau diesen Anforderungen entspricht. Er, dessen Abgesandter ich bin, hat mich daher zu Euch geschickt, um euch zu sagen, daß man dem edlen Erben, falls er es unternehmen will, mir noch in dieser Nacht zu folgen, insgeheim das Mädchen zeigen wird und daß er dann urteilen mag, ob ich die Wahrheit gesprochen oder gelogen habe.«

Vater und Sohn waren völlig verblüfft.

»Und wer ist der mächtige Herr, dem Ihr dient?« wollte der Kaufmann wissen.

»Das darf ich Euch zu diesem Zeitpunkt noch nicht sagen. Ihr werdet sicher verstehen, daß mein Herr für den unwahrscheinlichen Fall, daß Euer Sohn sie abweist, vermeiden möchte, über seine Tochter oder sein Haus Schande zu bringen, und diese Möglichkeit ist geringer, wenn er anonym bleibt.«

Der Kaufmann schien nicht geneigt, diesen Vorschlag mit Wohlwollen zu betrachten. Aber der junge Mann spürte schon eine sonderbare Erregung, es verlangte ihn nach dem Abenteuer – und er wandte sich an seinen Vater und flüsterte ihm etwas zu.

Feueräpfel ...

Vielleicht eine halbe Stunde später, als der Feuerapfel der Sonne rot und tief über dem Fluß hing, folgte Jadrid dem fremden Diener, der ihm folgende Anweisungen gegeben hatte: »Haltet Euch stets sieben Schritte hinter mir. Sprecht kein Wort weder mit mir, noch mit sonst jemandem, und laßt Euch keinesfalls von Eurem Weg abbringen.«

In der Tat waren sie noch keine zwei Straßen von den Toren des Kaufmanns entfernt, als ihnen einige Freunde des jungen Mannes entgegenkamen, die mit Girlanden und Fackeln zu irgendeinem Fest unterwegs waren. Als sie Jadrid bemerkten, forderten sie ihn auf, mit ihnen zu kommen. Aber er ließ nicht von seinem Vorhaben ab, schüttelte ernst den Kopf und ging weiter, ohne stehenzubleiben.

Als er und sein Führer eine Weile später in die schmalen Seitengassen in Hafennähe einbogen, rief eine Bettlerin, die in einem Durchgang lag, Jadrid leise an und bat ihn um ein Almosen. Er wollte ihr schon ein paar Münzen geben, als er in dem trübroten, dämmrigen

Licht zu sehen glaubte, wie der Diener eine scharfe, abwehrende Geste machte. So schenkte Jadrid der Bettlerin kein Gehör und ging, begleitet von ihren Verwünschungen, weiter.

Gleich darauf trat, Glöckchen läutend und singend, eine Gruppe von Priestern aus einem der Tempel in der engen Gasse. Als sie näherkamen, trat Jadrid notgedrungen beiseite, um sie vorüber zu lassen, aber einer der Priester wandte sich ihm zu, packte ihn am Arm und sagte eindringlich: »Der Leib ist nur Staub, warum also suchst du ihn zu beglücken? Deiner unsterblichen Seele sollte deine Sorge gelten ...« Jadrid hatte schon eine theosophische Erwiderung auf den Lippen, schluckte sie jedoch hinunter, machte sich stumm, wenn auch höflich von dem Mann los und eilte weiter hinter dem geheimnisvollen Diener her.

Kurz darauf ging die Sonne ganz unter.

Jadrid stellte fest, daß er mit seinem Führer inzwischen in den ältesten Teil der Stadt gekommen war. Bald erreichten sie eine breite, menschenleere Straße zwischen hohen Mauern, über die die Dächer vieler, großer, vornehmer, jedoch samt und sonders unbeleuchteter Häuser ragten. Die Nacht hüllte alles ein, doch der Himmel war mit Sternen übersät, die ihre weiße, stumme Musik spielten. Aus dem Herzen der Stadt war kein Laut zu hören, nur manchmal vernahm man ein Rascheln in den Ästen, die über die Mauern hingen. Nachdem Jadrid seinen Vater erst hatte überreden müssen, wurde er nun selbst mißtrauisch, ob das Ganze nicht ein Hinterhalt sein könnte, und er legte seine Hand an das lange Messer, das er im Gürtel trug. Doch der Diener war neben einer kleinen Pforte stehengeblieben, schloß sie auf und bedeutete dem jungen Mann, allein einzutreten.

Vorsichtig ging Jadrid zur Tür und spähte hinein. Hinter der Mauer lag nur ein Garten, ziemlich verwildert, aber mit verschiedenen süß duftenden, blühenden

Bäumen. Während er noch zögerte, leuchtete mitten unter ihnen ein Licht auf, und ausgezeichnet gespielte Harfenmusik ertönte.

»Worauf wartet Ihr?« flüsterte der Diener. »Die Tochter meines Herrn spielt jeden Abend in der Laube. Geht nur bis zu jenen drei Pfirsichbäumen, von dort könnt Ihr Sie sehen.«

In diesem Augenblick schwebte der herrliche Gesang einer Frauenstimme durch die Luft. Jadrid schlich sich, wie verzaubert, weiter bis zu den Pfirsichbäumen und spähte zwischen ihnen hindurch.

In einem kleinen Pavillon brannten drei runde, mit blitzenden Edelsteinen besetzte Lampen. Aber unter den Lampen funkelte das hellste Licht und der schönste Stein von allen.

Jadrid glaubte, noch nie ein menschliches Wesen von solcher Schönheit erblickt zu haben, und wahrscheinlich stimmte das auch. Ihr Haar, mit Goldschmuck durchflochten, war dunkelrot wie die untergehende Sonne, wallte wie ein Wasserfall über ihre Schultern und leuchtete golden, wo das Licht der Lampen darauf fiel. Ihre Haut inmitten des goldenen Scheins war heller als das feinste, weiße Papier. Während sie den Sternen ihr Lied spielte, blitzten die Steine an ihren schmalen Fingern so, daß Jadrid geblendet war, aber ihre Augen machten ihn fast völlig blind, obwohl sie ihn gar nicht sahen.

Sie sang eine Weile, und so vollkommen hatte sicher noch nie ein Mädchen gesungen. Jadrid stand wie angewurzelt. Endlich stellte sie die Harfe beiseite und erhob sich so anmutig auf die Zehenspitzen, um die Lampen auszublasen, daß der Beobachter ganz benommen war. Dann ging sie auf leisen Sohlen auf das Haus zu und verschwand in der Dunkelheit.

Langsam wandte sich Jadrid von den Pfirsichbäumen ab und kehrte zu dem Diener zurück, der mit verschränkten Armen an der Tür auf ihn wartete.

»Ich ...«, sagte Jadrid.

»Sagt jetzt nichts«, sagte der Diener nachsichtig. »Dort auf der Straße wartet ein Wagen, und der Kutscher ist angewiesen, Euch auf schnellstem Wege zu Eurem Haus zu fahren.«

In der Tat erblickte Jadrid an der Mauer des Hauses einen Wagen mit drei stolzen Pferden und einem Kutscher, der so zusammengekauert auf dem Bock saß, daß er weit eher wie ein Affe denn wie ein Mensch wirkte.

»Vielleicht werden wir von Euch hören«, sagte der Diener.

»Sobald der Morgen graut«, versprach Jadrid.

»Solcher Eile bedarf es nicht. Wir lieben hier die Nacht. Gebt uns morgen in der Abenddämmerung Bescheid, wenn Ihr wollt.« Damit trat der Diener selbst in den Garten und schloß die Pforte.

Ganz in Gedanken versunken ging Jadrid zum Wagen, stieg ein und setzte sich. Die Fahrt huschte an ihm vorüber wie im Traum, so daß der Bräutigam – denn er wünschte sich jetzt nichts sehnlicher, als gerade dies zu werden – kaum etwas wahrnahm, und auch die ungewöhnliche Geschwindigkeit, die Wildheit und Beweglichkeit der springenden Pferde, ihre Magerkeit und den merkwürdigen affenähnlichen Sklaven, der sie lenkte, gar nicht bemerkte.

In das Haus seines Vaters zurückgekehrt, begab sich Jadrid unverzüglich in dessen Gemächer und gestand:

»Ich werde diese heiraten oder keine.«

Der Kaufmann war beunruhigt, aber – Feueräpfel.

Nun war die ganze Sache ziemlich eigenartig, aber nicht unschicklich, und schließlich erklärte sogar der Kaufmann seine Zweifel für ausgeräumt. Man erfuhr, daß der vornehme Herr des seltsamen Dieners ein sehr gelehrter, aber auch sehr alter Mann, seit Jahren bei schlechter Gesundheit und jetzt dem Tode nahe war.

Da er ungeheuren Reichtum und nur diese eine, reizende Tochter besaß, wünschte er, vor seinem Hinscheiden für beides eine kluge und gute Regelung zu treffen. Zu diesem Zweck hatte er Erkundigungen eingezogen und war zu der Ansicht gelangt, jener Kaufherr, Jadrids Vater, sei ein geeigneter Schwiegervater, das Haus des Kaufmanns sei vorzüglich geführt und achtbar, und Jadrid, der Sohn des Kaufmanns, würde einen passenden Gemahl abgeben. All dies teilte der Vater des Mädchens dem Kaufmann in eleganten Briefen mit, die stets von außerordentlich prächtigen Geschenken begleitet waren. Daß der alte kranke Mann nicht selbst seine Aufwartung machte, war, wie er sagte, darauf zurückzuführen, daß ihn seine Krankheit geschwächt hatte und zu einem zurückgezogenen Leben zwang. Er sei jedoch gern bereit, sein Kind Jadrid zu übergeben, das Mädchen sei von Jadrids Antrag unterrichtet worden und habe sich, wie es sich für eine gehorsame Tochter zieme, bereit erklärt, sich der Entscheidung ihres Vaters zu fügen.

Ihr Name war Liliu. Abgesehen von ihrer Schönheit hatte sie auch eine gute Erziehung genossen, sie konnte in vielen Sprachen lesen und schreiben, verfügte über große musikalische Fähigkeiten – und war doch gleichzeitig von kindlicher Unschuld. Und deshalb bat ihr Vater in einem einzigen Punkt um Nachsicht. Offenbar war das Mädchen so liebevoll und tugendhaft, daß es die meiste Zeit bei seinem kränkelnden Vater verbracht hatte, und dieser konnte wegen seines Leidens nur Mondschein oder schwaches Kerzenlicht ertragen; Sonnenlicht verschlimmerte seinen Zustand. Ihre neuen Beschützer sollten also die Freundlichkeit haben, Lilius Abneigung gegenüber der Sonne zu Anfang mit Nachsicht zu begegnen – denn da sie mit ihrem Vater die Nacht zum Tage gemacht und sich seinetwegen der Sonne entwöhnt hatte, würde sie möglicherweise noch eine Weile die Stunden des Tages meiden und wie gewohnt erst bei Sonnenuntergang aufstehen, also den Morgen und den Nachmittag verschlafen.

Das schien nur zu verständlich. Außerdem war dem jungen Mann die Vorstellung, die Nächte zu durchwachen, nicht unangenehm. Auch er hatte dergleichen im Sinn.

So wurden Briefe und Geschenke ausgetauscht, Priester zu Rate gezogen, den Göttern angemessene Opfer dargebracht (die sie, wie stets, nicht beachteten), alles Nötige besorgt und die Einrichtung vorbereitet. Endlich kam die Nacht, in der Jadrid im Fackelschein – aus praktischen Gründen, da der alte Vater dem Tode nahe war – seine Braut von dem Pavillon im Garten abholte.

Sie saß züchtig verschleiert da, von Blumen und Düften umgeben, ihre (wahrhaft großartige) Aussteuer um sich herum aufgestapelt. Der kranke Vater war, wie zu erwarten, nirgends zu sehen. Sonderbarerweise hatte sie auch keinerlei Dienerschaft bei sich. Man nahm an, daß das Gesinde sich bescheiden ringsum in den Bäumen versteckt hatte und sie der Obhut ihres Bräutigams überlassen wollte.

Jadrid machte sich in diesem Punkt keinerlei Sorgen.

Liliu und Jadrid wurden also vermählt. Selten gab es eine schönere, umsichtigere, reizendere Braut. Und selten wurde ein Bräutigam so beneidet.

Nachdem Jadrid oben im Schlafgemach seine Braut entkleidet hatte, stellte er fest, daß ihre Vorzüge so umfassend waren, wie er es sich in fieberhaften Träumen erhofft hatte. Und obwohl sie noch Jungfrau war und ihm dafür auch den Beweis erbrachte, schien sie doch, vielleicht durch ihre Erziehung, vieles gelernt zu haben, was sie – zuerst mit gebührender Schüchternheit, aber als sie sah, daß sie damit kein Mißfallen erregte, mit immer größerer Sicherheit – bei ihm anwandte, so daß seine Lust verdoppelt und verdreifacht wurde und eigentlich alle jene dürren, mathematischen Grenzen überstieg. Und zwar in solchem Maße, daß einige

Nachtschwärmer, die zufällig unter ihrem Fenster vorbeikamen und lauschten, voll auf ihre Kosten kamen. Auf dem Gipfel einer solchen Welle der Lust geschah es, daß Jadrid unversehens mit einem Arm einen Krug umstieß, der neben dem Bett stand. Der Krug zerbrach, und er schnitt sich daran.

»Oh, mein liebster Herr!« rief Liliu aus, als er erschöpft zurücksank und entdeckte, daß er am Handgelenk blutete.

»Das ist wirklich nicht der Rede wert«, sagte Jadrid.

Doch Liliu war, was ihr als junger Ehefrau wohl anstand, zutiefst besorgt.

»Nein, nein. Wer weiß, welche Infektionen man sich an solchen Scherben holen kann.« (*Ja*, dachte Jadrid voll Zärtlichkeit und Mitgefühl, *sie hat zu lange bei einem kranken Mann gelebt.*) »Wenn du erlaubst, ich weiß ein sicheres Mittel, das deine Adern von allen Giftstoffen reinigen wird.« Und mit diesen Worten legte sie ihren Mund auf die Wunde. Jadrid war über ihren Eifer erstaunt und gerührt. Daß man auf diese Weise Wunden reinigen konnte, war ihm bekannt. Aber wie sehr mußte sie ihn lieben, um sich seiner so anzunehmen! Als Liliu schließlich sicher war, alle schädlichen Stoffe herausgesaugt zu haben – es dauerte einige Zeit, denn sie ging sehr gewissenhaft dabei zu Werke – lächelte sie und setzte ihre Lippen an anderen Stellen ein. Bald bestieg sie ihn und begann, ihn in einem selbstvergessenen Tanz, der herrlich anzusehen war und den zu spüren eine göttliche Qual bedeutete, zum siebten Tor der Nacht zu führen. *Ach – mit welch einer Frau bin ich gesegnet!* dachte Jadrid. Wenig später regte sein lautes Stöhnen die unten wartenden Nachtschwärmer zu neuem Beifall an und schüttelte mehrere Früchte von dem Pflaumenbaum, der an der Mauer wuchs.

Als Jadrid bei Sonnenaufgang erwachte, sah er, daß seine Gemahlin das Bett schon verlassen und sich für den Tag in den abgeschiedenen Raum zurückgezogen hatte, den er, da er ja ein guter Ehemann sein wollte, für sie hatte einrichten lassen. Er selbst schlief bis weit nach Mittag.

So vergingen die ersten Wochen der Ehe in großer Harmonie. Der einzige Mißklang bestand darin, daß die junge Frau weiter die Nacht dem Tage vorzog, und davon, so nachgiebig sie in allen anderen Dingen war, auch nicht ablassen wollte. *Das liegt daran, weil sie ihren Vater so geliebt hat*, dachte Jadrid. Und so unterdrückte er seine Unzufriedenheit. (Ach ja, Feueräpfel.)

Doch auf diese Weise bekam Jadrid, da er sich ja bei Tag seinen Geschäften widmen mußte, seine junge Frau seltener zu Gesicht, als es üblich war. Er konnte nicht die ganze Nacht wach bleiben, wie sie es gewohnt schien.

Noch eine kleine Besonderheit gab es. Beim Hochzeitsmahl hatte Liliu nichts gegessen und außer ein oder zwei Schluck Wasser auch nichts getrunken. Man hatte dies für Schüchternheit gehalten oder für Kummer über den Abschied von ihrem Vater. Aber auch jetzt wollte Liliu in Gegenwart ihres Gatten nichts zu sich nehmen. Sie versicherte ihm, sie habe sich, da sie ja so lange mit einem kränkelnden Mann zusammengelebt habe, der sich nur von Haferschleim ernähren konnte, auch selbst angewöhnt, nur eine einfache Mahlzeit am Tag zu verzehren, und das allein. Jadrid fügte sich in diesen Brauch, obwohl er ihn ein wenig störte.

Nachdem ein Monat vergangen war, fühlte sich Jadrid von verschiedenen Kleinigkeiten unangenehm berührt. Eines Morgens war er eine Weile vor Sonnenaufgang mit dem dringenden Wunsch erwacht, Liliu zu umarmen. Aber obwohl die Sonne noch nicht über den Horizont gestiegen war, hatte seine Frau das Bett schon verlassen. Folglich frühstückte Jadrid allein und in schlechter Laune, und als eine der Dienerinnen ein wenig Salz verschüttete, beschimpfte er sie, weil dies Unglück brachte. Plötzlich brach die Frau in Tränen aus. »O Herr«, weinte sie, »Ihr mögt wohl von Unglück sprechen. Erlaubt mir, auf die Knie zu fallen und Euch zu erzählen, was ich seit drei Tagen mit mir herumtrage und was mich mit solchem Kummer erfüllt, daß ich darüber beinahe den Verstand verliere.«

Jadrid war so erstaunt, daß er seinen Ärger vergaß.

»Sprich sofort«, sagte er. »Meinen Zorn brauchst du nicht zu fürchten, es sei denn, du schweigst noch länger.«

Und da erzählte die Frau Jadrid folgendes:

Aufgrund ihrer Verpflichtungen im Hause mußte sie häufig vor dem ersten Hahnenschrei aufstehen, und eines Morgens in aller Frühe, es fehlte noch etwa eine halbe Stunde bis zur Dämmerung, füllte sie gerade am Brunnen im Hof einen Krug mit Wasser, als sie ganz in der Nähe und, wie ihr schien, unter der Erde, ein leises Geräusch vernahm. Irgend etwas warnte die Frau und jagte ihr sogar Angst ein, daher ließ sie ihren Krug stehen und flüchtete sich hinter einen Busch an der Abortmauer. Einen Augenblick später wäre ihr beinahe das Herz aus der Brust gesprungen. Denn, es war kaum zu glauben, eine der großen, alten Steinplatten im Hof begann sich zu heben, bis sie schließlich senkrecht stand, und aus der Erde glitt eine entsetzliche Erscheinung, die im schwachen Licht des frühen Morgens grell weiß und schwarz leuchtete. Kaum hatte sie das Loch verlassen, da legte sie den Pflasterstein zurück, als sei das riesige Ding federleicht. Dann drehte sie sich um und schaute vorsichtig nach allen Seiten. (Noch nie war die Frau so froh darüber gewesen, daß sie nicht zu sehen war.) Die Gestalt bot in der Tat einen gräßlichen Anblick, es war eine Frau in einem weißen Hemd, das aber über und über mit Schmutz und mit – konnte es Blut sein? – befleckt war. Sie ging an den Brunnen, ließ den Eimer hinunter, und als er wieder heraufkam, wusch sie sich. Erst in diesem Augenblick erkannte die

Dienerin, daß das, was da voller Blut und Schmutz aus der Erde gekommen war, niemand anderes war als Liliu, die junge Frau ihres jungen Herrn.

»Wo sie gewesen war, weiß ich nicht, und ich will es auch nicht wissen. Aber etwas mußte sie aufgehalten haben – sie war ganz unruhig und fürchtete, daß jemand kommen und sie dabei ertappen könnte, wie sie sich wusch. Als sie sauber war und ihr langes Haar ausgewrungen hatte, ging sie ins Haus und begab sich in ihr eigenes Gemach, das sie bei Tag nicht verläßt. Und jetzt«, sagte die Frau verstockt und faltete die Hände, »wird man mich vermutlich totschlagen, weil ich meine Herrschaft bei einer Missetat beobachtet habe.«

»Totschlagen wird man dich nicht, aber man wird dich auspeitschen, weil du gelogen hast«, sagte Jadrid in heftigem Zorn – aber auch zutiefst erschrocken.

»Nun, ich habe Beweise für das, was ich sage«, verkündete die Frau.

»Dann zeig sie mir!«

Und das tat die Dienerin. Sie führte Jadrid in den Hof und forderte ihn auf, neben einem der Pflastersteine niederzuknien. Er sah auf einen Blick, daß er verschoben worden war, aber dafür mochte es viele Gründe geben. Nicht jedoch für die klatschmohnrote Haarsträhne, die sich darunter verfangen hatte.

»Letzte Nacht ist sie wieder fortgegangen und eine Stunde vor Sonnenaufgang zurückgekehrt. Ich habe sie gehört und durch ein Loch in der Aborttür geschaut. Diesmal war sie nicht geschickt genug. Als sie die Platte zurücklegte, blieb ihr Haar dazwischen hängen, aber sie biß es mit ihren scharfen Zähnen durch und lief dann in aller Eile davon, ohne die Spuren zu entfernen – wer würde sie auch bemerken, wenn er nicht direkt danach suchte, wie ich es tat. Und jetzt, mein starker Herr, versucht, diesen Stein anzuheben, damit Ihr seht, ob jemand von uns Euch einen Streich spielt.«

Da versuchte Jadrid, den Stein zu heben, aber obwohl

er sich abmühte, bis ihm der Schweiß herablief, und seinen Dolch als Hebel benützte, konnte er die Platte nicht mehr als einen halben Zoll bewegen. Jedenfalls konnte er nicht an die Haarsträhne gelangen, die immer noch feststeckte und sicher nur dahin gelangt sein konnte, als die Platte ganz entfernt worden war ...

Schließlich erhob er sich und sagte zu der Frau: »Du wirst das für dich behalten. Erzähle niemandem davon, nicht einmal meinem Vater. Du hast sie beobachtet und gesehen, wie sie zurückkam. Nun werde ich sie beobachten, um zu sehen, wohin sie *geht.*«

Um die Wahrheit zu sagen, Jadrid hatte schon eine Ahnung, die ihm aber gar nicht behagte. Zufällig grenzten die Keller unter dem Haus des Kaufmanns unterirdisch an einige uralte Katakomben, in denen es angeblich spukte und in die Jadrid vor Jahren als Junge auf seinen Streifzügen ein- oder zweimal vorgedrungen war. Damals war ihm außer Ratten und Mumienstaub nichts besonders Schreckliches begegnet. Die Tunnel führten jedoch aus der Stadt hinaus auf einen uralten Friedhof, der nicht mehr viel benützt wurde, außer von den ganz Armen, und der einen schlechten Ruf genoß.

Ohne daß jemand es wußte, verbrachte Jadrid diesen Tag damit, mittels einer Eisenstange und eines Hammers die Ausgangsöffnung im Keller zu vergrößern, die er als Junge benützt hatte. Bis zum Nachmittag hatte er sich in das stinkende Labyrinth dahinter vorgearbeitet, wo ewige Nacht herrschte, und hob, vom Staub fast erstickt, seine Lampe in die Höhe. Bald fand er, was er, ohne es zu wollen, schon geahnt hatte, einen seltsamen Riß in dem Gewirr aus Staub und Spinnennetzen und ein Zeichen auf den Steinen der Decke hoch über sich – hier war die Stelle, über der im Hof die lockere Steinplatte lag. Jadrid schwenkte seine Lampe ein paarmal hin und her, und als nächstes entdeckte er auf dem Tunnelboden und auf einigen der Simse, die zur Decke hinaufführten, viele verwischte Fußspuren – es konnten auch die Spuren einer Person sein, die diesen Weg häufig genommen hatte. Kleine Füße waren es, mit Ringen an den Zehen, aber sie mußten von einer Flüssigkeit benetzt worden sein, um eine solche Spur zu hinterlassen. Und diese Flüssigkeit war sehr rot gewesen ...

Oh, wie grausig! Mehr als grausig, höchst merkwürdig. Jadrid, der ihr nie mißtraut, der sich von ihr so lange hatte zum Narren halten lassen, wurde plötzlich alles klar. Als habe er es, obwohl er es sich selbst nicht hatte eingestehen wollen, schon *immer* gewußt ...

»Vergib mir, süßes Weib! Heute nacht kann ich mich nicht an dir erfreuen. Ich bin müde.«

Mit diesen Worten legte sich Jadrid nieder und täuschte tiefen Schlummer vor. Doch sie war vorsichtig. Erst als der Mond aufging, stahl sie sich davon.

Als Jadrid sicher war, daß sie fort war, sprang er auf, schlüpfte schnell in seine Kleider und gürtete sich sein Schwert um. Lautlos lief er durch das Haus und in den Keller und erreichte schließlich das pechschwarze Katakombengewölbe.

Er hatte sich eine schwache Lampe hergerichtet, mit deren Hilfe er gerade den Weg finden konnte. Ansonsten kannte er die Gänge von früher. Trotzdem schlich er sich mit größter Heimlichkeit voran und schirmte das matte Licht zusätzlich mit seinem Umhang ab. Das war auch gut so. An einer Biegung zwischen den Nischen mit zerfallenen Knochen sah er kurz etwas Helles aufflackern – der Saum ihres Hemdes, ihr weißer Spann und ein weißer Knöchel mit einer goldenen Kette daran. So sicher war sie, daß niemand sie hierher verfolgt hatte, und so sehr zog es sie zu ihrem Ziel, daß sie ganz sorglos dahinging ohne sich ein einzigesmal umzusehen. Und er, im Gegensatz zu ihr um Vorsicht bemüht, drängte hinterher.

Plötzlich endeten die Tunnel und führten durch eine

Reihe von Höhlen nach oben ins Freie. Hier störten sich die Fledermäuse an Jadrids Licht (*sie* hatte keines gebraucht), und er löschte es aus. Immer noch ohne einen Blick nach hinten zu werfen, eilte der helle Fleck, der Liliu war, vor ihm weiter und stieg durch die verfallene Mauer des alten Friedhofs.

Der Mond stand hoch am Himmel und tauchte alles in ein silbriges Zwielicht. Überall ragten zwischen den Friedhofsbäumen und dem Gestrüpp die hohen Grabmäler auf, die Wohnungen der Toten – und Jadrid fühlte sich auf schreckliche Weise an die Allee mit den Herrenhäusern erinnert, wohin er zum erstenmal dem Diener gefolgt war, um seine Geliebte zu finden.

Endlich kamen sie an ein sehr großes Grabmal, das zum Teil eingestürzt war, aber an anderen Stellen Säulen und alte Steinskulpturen aufwies – es war einst die Ruhestätte eines mächtigen Fürsten gewesen. Aus Ritzen und Löchern und zwischen den steinernen Verzierungen hindurch ergoß sich ein grünlicher Schein, und als Liliu sich näherte, ging die Tür plötzlich knarrend weit auf. Liliu lief, fröhlich wie eine junge Frau, die ihren Gatten begrüßen will, die Stufen hinauf und trat ein. Die Tür fiel quietschend wieder zu.

Jadrid blieb eine Weile stehen. Sein Blut war zu Eis erstarrt, und manch anderer wäre wahrscheinlich davongelaufen. Aber Zorn und in Abscheu umgeschlagene Liebe können Wunder wirken. Schneller, als er ein Gebet um seine Rettung an einen der tauben Götter von Übererde hätte richten können, hatte Jadrid einen Baum erklettert, der dicht neben dem Beinhaus des Fürsten stand, und war von da aus auf das Dach gestiegen. Hier entdeckte er bald eine Öffnung und schaute hindurch.

Unter sich konnte er in allen Einzelheiten eine unglaubliche Szene beobachten. Ein großer Steinkatafalk war zu sehen, aus dem das Skelett schon lange entfernt worden war, große, weitgehend ausgeraubte Steinkästen – nur Wesen mit übernatürlichen Kräften hätten sie öffnen können, um sie zu plündern –, in denen aber immer noch Perlen, Rubine und Diamanten blinkten und an denen wunderbare Instrumente (zum Beispiel eine langhalsige Harfe) lehnten, und jahrhundertealte, gelehrte Bücher, grün wie der faulige Phosphor, der den Lichtschein ausstrahlte, aber vermutlich noch lesbar und mit Einbänden aus purem Gold. Hoch oben hingen dreireihige Lampen aus zarter Goldschmiedearbeit, in denen der abscheuliche Stoff brannte. Inmitten des Ganzen saßen neun Personen, die sich mit neun goldenen, edelsteinbesetzten Pokalen zutranken, von denen jeder Wein in anderer Farbe enthielt. Und während sie das taten, lachten und scherzten sie miteinander wie Gäste vor einem Festmahl und küßten und streichelten sich. Sie hätten eine Familie sein können, und in gewisser Weise waren sie das zweifellos auch. Alle sahen sie außergewöhnlich gut aus, schlank, bleich, und mit jenem orangeroten Haar, das Jadrid so gut kannte und einmal so sehr bewundert hatte. Alle waren sie so gekleidet, als seien sie eben einem Schlafgemach entstiegen. Und die neunte war natürlich Liliu, sein Weib.

»So laßt uns trinken«, sagte einer von ihnen, ein Mann, der ein Bruder oder ein Vetter von Jadrids Gattin hätte sein können, der sie jedoch auf eine Weise an sich drückte, wie es nicht einmal Jadrid selbst in der Öffentlichkeit getan hätte. »Laßt uns auf unseren uralten Stammbaum trinken, auf unsere Bestimmung, unseren Erfolg und auf unseren im Vergleich zu den Lehmgehirnen der kurzlebigen Menschen genialen Verstand. Denn wir wissen nun, daß wir alle erfolgreich waren. Wer sind also die Herren? Wir und nur wir allein!«

Und sie prosteten sich in der Tat immer wieder mit den grünen, gelben, scharlachroten, weißen und sogar schwarzen Weinen zu, streichelten, liebkosten und küßten sich wie nie zuvor, und äußerten sich dabei in obszöner und abfälliger Weise über die sexuellen Fähigkeiten der Menschen, die sie offenbar in jüngster Zeit alle hatten ertragen müssen.

Dann öffnete sich in der rückwärtigen Wand des Grabmals eine weitere Tür, und ihre Diener kamen herein, einige sahen eher aus wie Affen, einige wie Menschen, und einer von jenen war der Diener, der Jadrid in Lilius Garten geführt hatte. Er verneigte sich tief und verkündete, das Festmahl sei angerichtet.

Die neun Gäste waren darüber sehr entzückt, freuten sich noch mehr, als man ihnen die Speisen auf dem Katafalk vorlegte, und machten sich mit Ausrufen der Bewunderung und laut schmatzend darüber her. Aber als Jadrid sah, was sie da verspeisten, verlor er die Besinnung und blieb wie tot zwischen den Verzierungen auf dem Dach liegen.

Als er wieder zu sich kam, war der Himmel grau, Tau war gefallen und das große Grabmal lag im Dunkeln. Zitternd schickte er ein paar Dankgebete zu den Göttern (die keinerlei Verantwortung dafür trugen), weil die Ghule ihn bei ihrem Festmahl nicht entdeckt hatten.

Jadrid war nun alles klar. Diese Wesen gehörten offensichtlich einer alten Rasse an, sie hatten einen ›Stammbaum‹ und eine ›Bestimmung‹, wie der männliche Ghul bemerkt hatte. Aus irgendeinem Grund wollten sie offenbar unter den Menschen leben und hatten zu diesem Zweck alle – nicht nur Liliu – mit verschiedenen Listen und Tücken gearbeitet. In ihrem Fall gab es keinen alten Vater, kein Haus – die Villa war verlassen, der Wagen der eines toten Königs, die Pferde – Phantome? Nur die Mitgift, Plündergut aus hundert Gräbern, war echt. Wahrscheinlich hatten sie dieses Verfahren in leicht abgewandelter Form schon öfter angewandt. Sie waren zu neunt und hatten, wie es schien, wohl auch neun Familien mit ihren Täuschungen in die Falle gelockt. Aus acht anderen Betten, von denen einige unglücklichen Ehefrauen, andere vertrauensvollen

Ehegatten gehörten, schlichen sich diese Unholde in bestimmten Nächten davon, um sich zu treffen und miteinander zu feiern. Kein Wunder, daß Liliu nicht mit ihrem Gatten essen wollte. Kein Wunder, daß sie das normale Sonnenlicht verabscheute.

Jadrid wußte, was er zu tun hatte. Er würde nach Hause gehen und die Dunkelheit abwarten. Wenn sie dann mit ihren Schlichen und Ränken zu ihm kam, würde er sie töten.

Als er, Tränen des Zornes und des Kummers auf den Wangen, den Friedhof verließ, wurde der Himmel hell, aber die Sonne war noch nicht aufgegangen. Einige der Leute, die in elenden Behausungen an der Stadtmauer wohnten, sahen ihn aus dem verrufenen Gräberfeld kommen, flüchteten in ihre Hütten und schrien, er sei der leibhaftige Teufel, den sie seit Jahren fürchteten, der die ganze Nacht in den Gräbern zechte und ihre verstorbenen Verwandten auffraß. Doch diese Ironie nahm Jadrid nicht mehr wahr.

Zufällig war Jadrids Vater ein paar Tage in Geschäften unterwegs gewesen, und Jadrid gab Anweisung, für diesen Abend, den Abend seiner Rückkehr, ein besonders festliches Mahl zu bereiten.

Folglich versammelten sich bei Sonnenuntergang alle am Tisch, der Kaufmann und auch die Gäste und Verwandten, die bei Jadrids Hochzeit gewesen waren. Schließlich trat auch Jadrid mit seiner Frau ein. »Ich habe sie ausnahmsweise bewegen können, mit uns zu speisen.«

Alles lachte wohlwollend.

Jadrid setzte sich neben seine Frau und bat sie, ein wenig Wein zu sich zu nehmen.

»Bitte, entschuldige mich«, bat sie.

»Nein. Heute abend mußt du mit uns trinken.«

»Aber du weißt doch, mein Gebieter, daß ich niemals Wein trinke.«

»Was für eine wunderbare Frau!« rief einer der Gäste. »So enthaltsam.«

»Dann«, versuchte Jadrid sie zu überreden, »mußt du wenigstens von diesem Braten kosten ...«

»Bitte, entschuldige mich.«

»Das Obst ...«

»Bitte, entschuldige mich.«

»Dann etwas Gebäck. Ein Löffel Honig ...«

»Sei mir nicht böse, Liebster«, bat Liliu. »Ich habe schon gegessen. Allein, wie es meine Gewohnheit ist.«

»Wie bescheiden«, sagte ein anderer Gast. Und wieder ein anderer: »Diese entzückende Schüchternheit.«

»Ja«, sagte Jadrid und lächelte seine Gattin an, »es stimmt, sie ißt anderswo und nicht mit mir. Aber sage mir doch, meine reizende Liliu, was nimmst du eigentlich zu dir? Die Dienstboten behaupten, sie bringen dir verschiedene Gerichte, aber das meiste geht unberührt zurück. Einer hat erklärt, er habe den Verdacht, daß du alles, was davon verschwunden ist, den streunenden Hunden unter der Hausmauer zuwirfst.«

Die Gäste lachten. Liliu senkte den Blick.

»Nun trinke wenigstens einen Schluck Wein, damit deine blassen Wangen etwas Farbe bekommen«, verlangte Jadrid sehr besorgt. »Und iß ein Stückchen Brot, mir zu Gefallen.«

»Bitte entschuldige mich«, sagte Liliu. »Ich bin nicht hungrig.«

»Dies«, meinte Jadrid, »entspricht wahrscheinlich der Wahrheit. Denn ich glaube, du hast letzte Nacht sehr ausgiebig gegessen.«

Etwas in seiner Stimme ließ alle im Raum verstummen. Sogar die Flammen in den Lampen richteten sich auf, als hörten sie aufmerksam zu. Doch Liliu schaute nicht auf.

»Was soll das heißen, Jadrid?« fragte der Kaufmann seinen Sohn. »Du sagst, sie ißt nicht mit dir, und dann sagst du, du weißt, daß sie ausgiebig gegessen hat. Du bringst das arme Kind ja ganz durcheinander. Du solltest sie nicht so necken.«

»Nein?« fragte Jadrid. »Dann mag die Neckerei ein Ende haben.« Nun waren sein Gesicht und seine Stimme schrecklich. »Letzte Nacht, man hatte mir einen Hinweis gegeben, folgte ich meinem Weib, das anscheinend häufig mitten in der Nacht mein Bett verläßt. Ich folgte ihr durch die Tunnel unter unserem Haus bis zu dem Friedhof hinter der Stadtmauer. Und dort traf sie sich in einem Grabmal mit Bekannten, mit ihresgleichen, und gemeinsam spotteten sie über die Dummheit der Menschen, während sie einer toten Frau die Brüste ausrissen und sie verschlangen. Danach tranken sie auf die Minderwertigkeit der Menschen, während sie sich am Blut und an der Galle von Leichen gütlich taten.«

Grauen erfaßte die Gesellschaft. Niemand bewegte sich, bis Liliu aufsprang, zu dem Kaufmann lief und sich ihm zu Füßen warf. »Rette mich, mein Vater«, rief sie, »denn dein Sohn hat den Verstand verloren.«

»Ja, beinahe hätte ich den Verstand verloren«, sagte Jadrid, der jetzt fast noch bleicher war als sie. »Wenn ihr, meine eigenen Verwandten und Freunde, an meinem Wort zweifelt, dann bitte ich euch, die Diener hereinzurufen. Unter ihnen werdet ihr mindestens eine Frau finden, die gesehen hat, wie dieses Wesen, das ich zum Weib nahm, am Morgen durch das Hofpflaster heraufkam, um sich an unserem Brunnen die stinkenden Überreste ihres Fraßes abzuwaschen.«

Da sprang Liliu wieder auf. Sie drehte sich um, blickte alle an, und ihre Schönheit war verschwunden, ihr Gesicht war häßlich und voller Gier. Jeder, der sie in diesem Augenblick sah, wußte, daß Jadrid die Wahrheit gesprochen hatte.

»O mein lieber Gatte, der du so klug und so gerissen bist, daß du die Welt ins Wanken bringst, was willst du tun?«

»Nur dies«, sagte Jadrid. Damit ging er direkt auf sie zu und stieß ihr seinen Dolch ins Herz.

Sie stieß einen Schrei aus, dann fiel sie zu Boden, während sich die Kerzenflammen in den Lampen klein machten, als fürchteten sie sich.

3

Fortsetzung der Geschichte

ALLE IM HAUSE mußten schwören, über die Ereignisse dieser furchtbaren Nacht Stillschweigen zu bewahren. Es war ein schrecklicher Eid. Man gab bekannt, Jadrids junges Weib sei auf tragische Weise plötzlich bei Tisch gestorben, an einem Knochen erstickt. (Darin lag ein grausiger Humor, dessen Jadrid selbst sich wohl bewußt gewesen sein mag.) Um die anderen Häuser in der Stadt, die vielleicht der Gesellschaft der Ghule zum Opfer gefallen waren, kümmerte man sich nicht. Sie mußten selbst zusehen, wo sie blieben.

Liliu wurde am nächsten Tag mit großem Pomp und lautem Klagen begraben. Es hieß, Jadrid sei überwältigt von seinem Schmerz. Er hatte für seine Geliebte ein besonderes Grabmal in Auftrag gegeben, und das war der Grund, warum sie zuerst in eine Grabkammer außerhalb des Familienmausoleums, auf einem Gelände abseits des Familiengrundstücks gelegt werden sollte.

Aus Achtung vor dem Leid der Familie wurde die ganze Straße, an der das Haus des Kaufherrn stand, drei Tage und drei Nächte lang gesperrt.

Während dieser Zeit blieb auch das Haus selbst verschlossen, und seine Bewohner setzten keinen Fuß vor die Tür. Es mag stimmen, daß Jadrid trauerte, aber sein Schmerz war wie ein wütendes Fieber. Der besorgte Vater hörte seinen Sohn im Traum schreien, er wünsche, er könne die gemeine Hexe ein zweitesmal töten. So ist die Liebe.

In der dritten Nacht, einige Stunden vor dem Morgengrauen, der Mond ging gerade unter, schreckte Jadrid aus bleiernem Schlaf.

Als er erwachte, glaubte er, immer noch nicht bei sich zu sein, denn am Fuß des Bettes kauerte eine Gestalt aus einem Alptraum. Sie sah aus wie Liliu, hatte sogar ihren Duft und ihr langes Haar von tiefstem Rot, das ihm über die Füße strömte. Sie beugte sich über eine Ader in seinem Fußknöchel und saugte das Blut heraus.

Jadrid wehrte sich und hätte um Hilfe geschrien, wäre er nicht vor Entsetzen ganz schwach gewesen. Noch während er versuchte, sich von dem gräßlichen Traumbild zu befreien, hob die Gestalt den Kopf und lächelte ihn an, und dabei lief ihr sein Blut an den Zähnen herab. »Still, Liebster«, sagte Liliu, legte ihm die Hand auf die Brust und stieß ihn zurück. Sie hatte die Kraft einer Riesin, er vermochte ihr nicht zu widerstehen. »Warum so überrascht?« fragte sie. »Ist es denn nicht rechtens, daß eine Frau mit ihrem Gatten das Bett teilt? Ach so, du hast doch wohl nicht geglaubt, du hättest mich getötet? Wer von meinem Fleisch ist, kann nicht für längere Zeit getötet werden, weder Eisen noch Stahl, weder Stein noch Bein, weder Wasser noch Feuer können ihm etwas anhaben. Haben wir damals im Grabmal nicht damit geprahlt, wie großartig wir sind?«

Dann stand sie lachend auf, wurde zu einer wirbelnden Rauchsäule und verschwand.

»Den Göttern sei Dank, es war nur ein Traum ...«

Doch als Jadrid die Kerzen anzündete, sah und spürte er den Biß in seinem Knöchel und das Blut, das herauslief.

Drei Magier wurden ins Haus des Kaufmanns gerufen. Der erste kam mit großem Gepränge und einem Anhang von Dienerschaft. Man stellte ihm in der Halle des Kaufmanns einen eigenen Stuhl bereit, und sein Page legte sich unter seine Füße, um ihm als Schemel zu dienen. Die Gewänder des ersten Magiers waren mit Chalkozit besetzt, und in der Hand hielt er einen goldenen Stab, mit dem er lässig spielte, obwohl aus seinem Ende Blitze strömten.

»Der junge Mann«, sagte der erste Magier, »wird von einem Vampir heimgesucht. Sie dürstet nicht nur nach Blut, sondern auch nach Rache, und wird ihn vernichten, wenn sie kann.«

»Soviel ist uns klar«, sagte der Kaufmann.

»Es freut mich, daß Ihr so gut unterrichtet seid«, sagte der Magier. Er schnippte mit den Fingern. Eine grüne Kröte sprang ihm auf den Schoß und goß ihm aus einem Smaragdflakon ein Sorbet ein. »In dem Gemach, in dem der junge Mann schläft«, sagte der erste Magier, »müssen wilde Dornenzweige an Türen und Fenstern aufgestapelt werden. Ihn selbst muß man mit geweihtem Öl aus einem Tempel salben, in dem ein Gott verehrt wird, von dem man annimmt, daß er mindestens einmal von den Toten auferstanden ist. (Davon gibt es mehrere.) Wenn sich der Vampir dann immer noch manifestiert, muß er ein Mantra rezitieren, das ich ihn lehren werde.«

Alles wurde so ausgeführt, wie es der erste Magier angeordnet hatte. Man holte wilde Dornenzweige vom Land und legte sie vor die Schwellen, und bestrich Jadrids Körper mit geweihtem Öl. Er lag während der ersten und zweiten Stunde der Dunkelheit wach, doch in der dritten Stunde schlummerte er erschöpft ein. Als er erwachte, saß das Teufelsweib an seinem Bett und biß gerade in seinen Knöchel. Da schrie ihr Jadrid das Mantra entgegen, das der erste Magier ihn gelehrt hatte.

Liliu hob den Kopf.

»Weder Eisen noch Stahl, weder Stein noch Bein, weder Wasser noch Feuer. Auch keine kratzenden Dornen und kein klebriges Öl. Und keine *Worte*«, sagte Liliu. Ehe er sie daran hindern konnte, fuhr sie ihm mit ihren langen, spitzen Fingernägeln über die Brust, stieß ihn nieder und begann, wie eine ausgehungerte Ratte sein Blut zu lecken.

Darauf stieß Jadrid einen Schrei aus, der das ganze Haus zu erschüttern schien, und die bewaffneten Wachen des Kaufmanns, die im Korridor warteten, stürzten ins Zimmer. Doch Liliu spottete nur über ihre Schwerter und Speere. Sie begann sich zu drehen, wurde erst zu Rauch, dann zu Luft. Schließlich war sie verschwunden.

Der zweite Magier trug schwarze Kleidung und eine schwarze Kapuze. Vor dem Gesicht hatte er eine Maske aus dünnem Holz, durch die man nur seine Augen sehen konnte und die nicht gut. Er kroch beständig vor seinen Göttern auf dem Bauch, um ihnen zu zeigen, daß er sie nicht vergessen hatte. Auch vor dem Kaufmann gab er sich kriecherisch.

»Wenn Ihr einem Elenden wie mir gestatten wollt, Euch einen Rat zu erteilen, hoher Herr, der Euch nur nützlich sein kann, weil er durch das Studium der heiligen Schriften erarbeitet wurde, dann tut folgendes ...« Seine Anweisungen waren folgende: Der junge Mann mußte an diesem Tag fasten und siebenmal in eiskaltem Wasser baden. Eine Stunde vor Sonnenuntergang mußte er mit den Helfern, die er sich erwählt hatte und die ebenfalls gefastet und siebenmal in kaltem Wasser gebadet haben mußten, die abgelegene Nicht-Ruhestätte seiner verstorbenen Frau erreicht haben. Sie alle sollten in das Grabmal hineingehen und an der Bahre warten, bis die Sonne fast untergegangen war, um dann die Leichentücher wegzureißen. Ohne auf das gesunde, lebendige Aussehen der Toten, auf ihre sich öffnenden Augen oder irgendwelchen Bitten ihrerseits zu achten, mußte ihr der Gatte sodann den Kopf abschlagen, das Herz herausschneiden und dieses und den Rest der Leiche anschließend getrennt voneinander in Brand stekken.

»Aber sie hat gesagt«, gab Jadrid zu bedenken, »Eisen, Stahl, Feuer – dergleichen könne ihr nichts anhaben.«

»Wo habt Ihr Eueren Glauben?« fragte der Magier. »Meine Götter wissen alles.«

Jadrid war nicht überzeugt, aber in seiner Verzweiflung hielt er sich an alle Vorschriften und nahm sogar die sieben Bäder.

Kurz vor Sonnenuntergang betraten er und die Diener, die ihn begleiteten, als Priester verkleidet das kleine, verwahrloste Grabmal, in das man Liliu gelegt hatte.

Als die Sonne unterging, näherten sie sich der Bahre, rissen die Leichentücher herunter – und fanden nur, was sie schon erwartet hatten, einen warmen, frischen Körper, der alle Anzeichen blühenden Lebens zeigte.

Ob Jadrid ein wenig zögerte, wird nicht berichtet. Außer Zweifel steht, daß Liliu die Augen öffnete und ihn böse anfunkelte. In diesem Augenblick schlug er ihr den Kopf ab und führte dann auch alles andere aus. Als man eine Fackel an die Überreste hielt, glaubten alle, das höhnische Lachen einer Frau um das Grabmal zu vernehmen.

Als die Gruppe zum Haus des Kaufmanns zurückging, kam es jedem der Männer und auch Jadrid so vor, als folge ihnen etwas. Sie traten ein und verriegelten die Türen. Dann hielten Jadrid und sein Vater Wache, alle Wächter und alle männlichen Diener standen mit gezücktem Schwert oder einem schweren Stock bereit. Der schwarzgewandete Priester kniete in einer Ecke, betete und geißelte sich selbst.

Irgendwann hörte man einen schrecklichen Krach – die Haustür wurde weit aufgerissen. Danach flog die Tür des Schlafzimmers auf, und herein kam ein wirbelnder Aschenebel, der sich drehte, wogte und *lachte*. Und zu Liliu wurde. Sie war völlig unversehrt, nichts ließ erkennen, daß man ihr vor so kurzer Zeit so viele tödliche Verletzungen zugefügt hatte.

»Weder Eisen noch Stahl, weder Stein noch Bein, weder Dorn noch Öl noch Worte, nicht Schwert, nicht Fakkel, nicht Schönheitskult, Rituale, Traditionen, Glaube oder *Gebete* können dich von mir befreien, mein lieber Gatte«, sagte Liliu. »Ich liebe dich so sehr, daß ich dich völlig aussaugen werde. Nicht heute nacht, denn dazu sind wir nicht ungestört genug, aber morgen werde ich zu dir kommen. Keinen Mann, der zu deiner Bewachung abgestellt wird, werde ich verschonen. Ein Kratzer mit meinen Fingernägeln wird tödlich für sie sein. Du magst dich verteidigen, wie du willst, mich wirst du nicht aufhalten. Ich will dein Blut, ich will das Mark aus deinen Knochen. Freue dich auf unsere Begegnung, mein geliebter Herr. Im Augenblick nur ein Zeichen – dies ...« Und plötzlich stürzte sie sich auf Jadrid, biß ihm den Zeigefinger ab und verschwand damit im Nichts.

»Die Götter mögen mir helfen, ich bin verdammt!« schrie Jadrid. Er packte sein Schwert und hätte sich auf der Stelle selbst getötet, hätten ihn sein Vater und die Diener nicht mit Gewalt daran gehindert.

Bald darauf wurde der zweite Magier aus dem Haus gejagt, und sobald der Morgen graute, rief man den dritten.

Der dritte Magier trug einfache Kleidung und gab sich weder bombastisch noch geheimnisvoll. Er sah Jadrid an und sagte zu ihm: »Verzweifelt noch nicht.« Dann setzte er sich mit Vater und Sohn zusammen, und sie besprachen die Angelegenheit, als diskutierten sie über den Getreidepreis. Schließlich sprach der Magier in folgender Weise zu ihnen.

»Ich muß zu meinem Bedauern sagen, daß Euer Haus nicht das einzige in der Stadt ist, das von diesem teuflischen Gelichter heimgesucht wird. Freilich hat man auf diese Weise einiges über sie in Erfahrung gebracht. Es ist richtig, sie sind eine alte, und in ihren eigenen Augen hochachtbare Rasse. Sie verachten die Menschen, doch hin und wieder müssen sie auf sie zurückgreifen. Zu

Anfang, so glauben sie, seien sie und die Menschen eins gewesen, und der Mensch habe sich immer noch einige ihrer Gelüste erhalten, die er jedoch selbstgerecht und zimperlich unterdrücke, so daß er in gewissen Gegenden nicht einmal das Fleisch von Schweinen essen will, da es angeblich dem Menschenfleisch ähnlich ist. Daher habe er, sagen sie, seine Kraft verloren, aber sie üben immer noch eine tödliche Anziehung auf ihn aus, und das machen sie sich nötigenfalls zunutze. Auch besitzt der Mensch Fähigkeiten, die ihnen trotz all ihrer sonstigen Überlegenheit abgehen. Sie, die sich Euch gegenüber *Liliu* nannte, ist, wie ihre ganze Sippe, gegen jede Art von Gewalt gefeit. Da ihr Körper immer zum Teil ätherisch ist, kann er mit physischen Mitteln niemals ganz zerstört werden. Ein Schlag mit einer Klinge, sogar das Feuer – derlei Dinge machen sie nur noch stärker, denn je mehr *Übung* ein solches Wesen in der Reintegration hat, desto vollkommener wird es in der Kunst der Wiedergeburt.«

»Dann bin ich verloren«, sagte Jadrid.

»Nein«, sagte der Magier. »Wenn Ihr nur noch ein weiteres Mal Entschlossenheit aufbringt, könnt Ihr so viel Macht über sie gewinnen, daß sie aufhören wird, Euch zu peinigen.«

»Mit welchen Mitteln?« schrie Jadrid mit begreiflicher Ungeduld.

»Hört mir genau zu«, sagte der dritte Magier. »Es gibt auf Erden kein sterbliches Wesen, das keinen Schatten hat. Ein Schatten kommt allein dadurch zustande, daß ein fester Gegenstand dem Licht den Weg versperrt. Nun gibt es auch einige Wesen, die man so lange für Sterbliche halten kann, bis man, da sie ja keinen festen Körper haben, sieht, daß das Licht sie durchscheint und sie überhaupt keinen Schatten werfen.«

»Liliu?«

»Nicht Liliu, denn wärt Ihr nicht von Anfang an mißtrauisch gewesen, wenn sie keinen Schatten gehabt hätte? Wesen von Lilius Art werfen zwar Schatten, aber sie sind anders als menschliche Schatten. Der menschliche Körper besteht aus Fleisch, der Körper von Wesen wie Liliu ist nur zum Teil Fleisch. Das gleiche gilt für den Schatten, der bei den Menschen nicht mehr ist als verdunkelte Luft, beim Vampir jedoch teilweise als etwas Festes anzusehen ist. Wenn das Licht einen Vampir trifft, durchdringt es ihn ein wenig und zwingt dabei verschiedene Teilchen ebenfalls in die Substanz des Schattens hinein. Warum sonst, glaubt Ihr, hat diese Gattung so große Angst vor dem Brand der Sonne, die der König allen Lichtes ist?

»Also?« fragte Jadrid.

»Geht heute nacht nicht zu Bett, sondern haltet Euch in Eurem Gemach bereit. Laßt sie erscheinen, wie sie will, aber sorgt dafür, daß eine helle Lampe brennt und daß Ihr ein verborgenes Messer zur Hand habt. Dann tut ihr schön, und versprecht ihr eine Belohnung, fleht sie auf Knien an – denn diese Wesen verbreiten ebenso gerne Schrecken, wie sie Schmeicheleien lieben. Achtet jedoch darauf, daß die ganze Zeit über das Licht auf sie fällt und sie einen Schatten wirft. Dann stürzt Ihr Euch plötzlich auf den Schatten und schneidet so viel davon ab, wie Ihr nur könnt. Denn man kann ihn ihr entreißen, er wird bluten, und sie wird schreien und Euch angreifen – aber Ihr müßt standhaft bleiben und den Schatten ganz losreißen. Als Ihr sie verbrannt habt, flüchteten alle ihre Atome in den Schatten, aber da ihr Fleisch unversehrt ist, werdet Ihr diese Atome beim ersten Schlag zerteilen. Von jenem ersten Schlag an wird sie schwächer werden, schließlich wird sie Euch anflehen, wie Ihr sie angefleht habt, und sie wird Euch alle möglichen Reichtümer und Wunder versprechen. Dem schenkt Ihr natürlich kein Gehör. Aber nehmt den Schatten, Ihr werdet feststellen, daß er sich wie eine schlaffe, schleimige Haut anfühlt, und steckte ihn in einen Beutel oder einen Krug, den Ihr dann fest verschließen müßt. Weder Licht noch Luft dürfen hineindringen. Wenn ihr diesen Schatten dann ein paar Augenblicke lang von ihr fernhaltet, wird er zu einer harmlosen Hülse zusammenschrumpfen. Was sie selbst angeht, so werdet Ihr sehen, daß sie alle ihre Macht verliert.«

»Kann ich sie dann töten?« fragte Jadrid mit leuchtenden Augen.

»Ihresgleichen stirbt nicht so leicht«, sagte der dritte Magier, »aber Ihr werdet feststellen, daß sie wie umgewandelt und sehr gefügig ist und daß sie nichts mehr gegen Euch ausrichten kann. Ihr könnt sie einsperren oder fortjagen, wie es Euch beliebt.«

Der Tag erblühte, verblaßte, verschwand. Die Nacht kehrte wieder, und Jadrid stand in seinem Gemach bereit, ganz allein, eine helle Lampe brannte, und ein Messer lag verborgen unter den Kissen des Bettes.

Er ging auf und ab, auf und ab, vom letzten roten Schein des Sonnenlichts an, bis die Fenster so schwarz waren, als läge die ganze Stadt in einem Grab. Dann hörte er mitten auf dem Fußboden ein Flattern wie von Federn und sah etwas Spiraliges, wie eine Staubsäule. Schließlich stand Liliu vor ihm.

»Geliebte«, sagte Jadrid prompt. »Ich weiß, du bist gekommen, um mich zu töten. Hast du das nicht gelobt?«

»Das ist richtig«, sagte Liliu und hob ihre Krallen.

»So gib mir«, sagte Jadrid, »nur ein paar Augenblicke Gnadenfrist, damit ich dir sagen kann, wie zerknirscht ich bin.«

»Dein Blut und deine zermalmten Knochen genügen mir schon«, sagte Liliu, aber sie hatte innegehalten.

»Laß mich sprechen, ich werde mich kurz fassen«, sagte Jadrid. »Ich will dir sagen, Geliebte, daß meine Angst von mir gewichen ist. Ich befinde mich in einer Art Verzückung, und es macht mich glücklich, daß ich von deiner Hand sterben soll. Ich habe dich mit solcher

Leidenschaft geliebt, daß ich auf keine andere Art den Tod finden möchte. Daß ich zuerst versuchte, dich zu verraten und dann, dich zu vernichten – das waren alberne Kindereien, zu denen andere mich verleitet hatten. Außerdem hegte ich insgeheim die Überzeugung, daß du, die du von königlichem Stamme bist, nicht unterliegen konntest. Trotzdem, vergib mir diese Missetaten. Wenn meine Todesqual dir Freude bereitet, so nimm sie hin. Deine Schönheit übertrifft alle Schönheit in der Welt. Daß ich solchen Wein aus solchem Becher getrunken habe, war ein Glück, wie es nur wenigen Menschen beschieden ist. Es ist besser, einen Monat lang dein Liebhaber gewesen zu sein und dann unterzugehen, als jahrhundertelang bei Menschenfrauen zu liegen, die nichts als Abschaum sind.«

Dies tat seine Wirkung. Das Teufelsgelichter der Ghule hatte noch eine weitere Schwäche – es hielt sich selbst für unübertrefflich und ließ sich leicht davon überzeugen, daß auch andere so dachten.

»Für diese Worte«, sagte Liliu, »werde ich deine Pein ein wenig verringern.«

»Nein«, wehrte Jadrid ab. »Mein Schmerz ist meine letzte Liebesgabe an dich. Nimm dir soviel davon, wie du willst, und schon mich nicht. Denn dir zu dienen, meine Göttin, ist mein einziges Verlangen.«

Und dann winkte er ihr, zum Bett zu kommen, und als Liliu das tat, schien das Licht der Lampe auf sie, und ihr Schatten fiel klar umrissen und blau über die Laken.

Jadrid riß das versteckte Messer heraus und hieb damit nach dem Schatten – er franste und riß wie durchtrennte Seide und glitzernde, durchsichtige Flüssigkeit spritzte auf. Das Teufelsweib schrie gellend auf und warf sich kratzend und beißend auf Jadrid, aber ihre Kraft war nicht mehr so groß, wie sie gewesen war ...

Und dann wurden auch die letzten Fäden des Schattens durchschnitten, Jadrid griff nach dem schleimigen Ding, das nicht dicker war als eine Rolle Seetang, wikkelte es auf und sprang damit vom Bett, während Liliu liegenblieb. Als sie sich erhob, zeichneten sich nur noch ein paar undeutliche Schattensträhnen an der Wand ab.

»O mein Gatte, erbarme dich. Sei gnädig«, bat Liliu, »ich werde dir reiche Schätze bringen ...«

»Ja, deine Verführungskünste scheinen geringer zu sein als die meinen«, stellte Jadrid verbittert fest.

»Ich werde dich zum König machen«, heulte Liliu. »Ich werde dich allezeit lieben.«

»Jetzt bist du ebenso dumm wie schmutzig«, sagte Jadrid, warf den zerknüllten, abgetrennten Schattenfetzen in einen Lederbeutel und verschnürte den Sack. Und als Liliu auf ihn zugekrochen kam, stieß er sie mit einem Tritt weg.

Bald wurde der leichte Inhalt des Sacks noch leichter.

Und Liliu lag, von ihrem tiefroten Haar bedeckt, zu seinen Füßen und zitterte vor ohnmächtigem Haß und vor Schwäche.

»Töten kann ich dich anscheinend nicht«, sagte Jadrid dann, »aber dein Leben wird dir zweifellos eine größere Last sein als ein schneller, gnädiger Schwertstreich. Man wird dich hinausjagen in die Berge oder in die Sümpfe jenseits der Flußmündung. Dort magst du leben oder sterben, wie es dir beliebt.«

»O Jadrid«, sagte Liliu unter ihrem Haar hervor, »du hast mich vernichtet, und ich bin machtlos, aber eines sollst du noch erfahren.«

»Von dir? Lieber würde ich den Nachtvogel rütteln oder den Wind durch ein Gitter heulen hören.«

»Weißt du noch«, fragte Liliu, »wie wir, meine Brüder und Schwestern und ich, damals im Grab geprahlt haben?«

»Das werde ich niemals vergessen. Du und deinesgleichen, ihr mögt auf ewig verflucht sein. Wie ihr es ja schon seid.«

»Weißt du noch, wie wir mit dem Wein der Menschen auf unseren Erfolg angestoßen haben?«

»Stinkende Hündin, du widerst mich an. Kann ich dir jetzt die Zunge herausschneiden? Soll ich es tun? Ich habe genug gehört.«

»Nicht ganz. Hast du dich nie gefragt, auf welchen Erfolg wir dabei anspielten?«

»Auf eure Fähigkeit, die Menschheit zu täuschen.«

»Nicht allein. Trotz aller Weisheit können wir, da wir alle zu nahe miteinander verwandt sind, aus unseren eigenen Lenden keine Kinder zeugen, dazu muß sich der Same unserer Männer in den Schoß einer Menschenfrau ergießen, oder der Schoß unserer Frauen muß durch den Samen menschlicher Männer fruchtbar gemacht werden.«

Jadrid stand wie zu Stein erstarrt. Der abgetrennte Schatten in seinen Händen wurde leichter und leichter. Liliu lag vor ihm und wirkte ebenfalls eingeschrumpft und zerbrechlich, ihr Haar und ihre Haut waren sehr matt, ihre langen Krallen abgebrochen. Aber sie konnte ihn noch immer mit ihrer Stimme plagen, und diese Stimme sagte nun:

»Oh, Jadrid, du kannst mit mir machen, was du willst, aber ich trage deinen Sohn in meinem Leib. Was wirst du mit *ihm* anfangen?«

Der dritte Magier war fortgegangen. Im Haus des Kaufherrn wurde überlegt, aber vielleicht nicht sehr vernünftig.

Es war schwer für einen Mann, sein erstgeborenes Kind zu verstoßen.

Man sperrte Liliu in einen Raum im unteren Teil des Gebäudes. Ergebene Diener des Kaufmanns und seines Sohnes betreuten sie. Sie waren dabei nicht in Gefahr. Liliu, der Vampir-Ghul-Teufel, hatte ihre Kraft verloren und brannte nieder wie eine Flamme, die kein Öl zur Nahrung hat. Wie eine blutrote Blume ohne Saft wurde sie immer bleicher und welkte dahin. Ihr Verstand schien verwirrt, sie war schwachsinnig. Der Sohn des

Kaufmanns besuchte sie nie. Aber jeden Tag mußten ihm die Frauen berichten, wie es dem Kind in ihrem Leibe erging – denn während sie dahinsiechte, wurde ihr Leib Tag für Tag größer. Seltsamerweise schien sie das Sonnenlicht nicht mehr zu stören. Sie hatte den kostbarsten Teil ihrer selbst verloren; nun gab es nichts mehr wegzubrennen.

Schließlich setzten dort, in dem abgeschlossenen Zimmer, die Wehen ein. Einige Zeit vor Tagesanbruch wurde sie entbunden.

Man kam, um es Jadrid zu melden. Das Teufelsgeschöpf war tot, lag schlaff und schwammig da wie ein leeres Kleidungsstück. Ihr Haar hatte seine Farbe verloren, die Zähne waren ihr ausgefallen, und als sie sie bewegten, klapperten unter der lockeren Haut die Knochen wie Münzen in einem Topf.

Aber das Kind – ach, das Kind!

Jadrid sagte zu seinem Vater: »Nun will ich mir das Kind ansehen und eine Entscheidung treffen. Immerhin hat es das Blut der Untoten in den Adern. Wie sonst hätte es auf so widernatürliche Weise überleben können, während die Mutter erstochen, zerstückelt und verbrannt wurde? Wenn es aussieht wie sie, dann ist es ihresgleichen und muß vernichtet werden.«

Und der Kaufmann blickte in das kalte, steinerne Gesicht seines Sohnes und widersprach ihm nicht.

So begab sich Jadrid in den unteren Teil des Hauses und betrat den Raum, der nun von der Sonne golden erleuchtet wurde. Auch das Kind lag in einem Flecken Sonnenlicht. Es war ein schöner Knabe, von makelloser Gestalt und schon mit einem intelligenten, verständigen Ausdruck in dem winzigen Gesicht und den großen Augen. Seine Haut war durchsichtig und hell wie dünnes Papier, sein Haar, denn er hatte schon Haare auf dem Kopf, war von dunkelstem Rot.

Jadrid beugte sich stirnrunzelnd, mit grausamer Miene über das Kind und streckte die Hand aus, von der ihm Liliu den Zeigefinger abgebissen hatte. Drei heile Finger waren noch übrig, und der Knabe hob seine Ärmchen und packte lachend den mittleren davon mit seinen beiden Fäustchen. »Oh, mein Sohn«, sagte Jadrid. »Du bist auch mein Kind.«

Und als er den Kleinen in seine Arme nahm, reifte die Sonne im Fenster wie ein Feuerapfel.

4

»Nun«, begann der Erzähler, »vergingen einige Jahre ...«

»Genug«, sagte Sovaz. »Es ist vorhersehbar, wie deine Geschichte weitergeht, und den Rest kann ich erraten. Ich habe dir so lange zugehört, daß die Nacht verblaßt ist.«

Und so war es. Ein weiterer Morgen war nahe.

Der Mann sah Sovaz, die inzwischen alle ihre Fesseln zerrissen hatte und wie das strahlende Symbol der Nacht in dem Felsloch vor ihm saß, jedoch zornig an.

»Wenn du den Rest erraten kannst, so erzähle ihn mir«, murrte er.

»Schön. Obwohl ein Teil der Bruderschaft der Neun zugrundeging, überlebten einige, und alle Säuglinge wurden aus Sentimentalität verschont. Diese wuchsen nun heran« – sie sagte es in eigenartig grausamem Ton, denn sie selbst hatte keine Kindheit gekannt – »und immer weniger waren die törichten Eltern in der Lage, sie auszustoßen. Schließlich wurden diese Ghul-Kinder erwachsen und gelangten in den Besitz der Familiengüter, und alle hatten sie sich die Gewohnheiten des jeweiligen Ghul-Elternteils zu eigen gemacht. Als nächstes verjagten sie ihre menschlichen Eltern oder unterwarfen sie ihrem Einfluß, brachten die Stadt in ihre Gewalt und führten dort durch Zwang oder Überredung ihre eigenen Friedhofsbräuche ein. Inzwischen haben sie zweifellos mit Zustimmung, durch Verführung oder Vergewaltigung weitere Ghul-Kinder gezeugt. Sie haben den Ort danach umbenannt, wie sie die Toten, die sie verschlingen, und alles andere Gut, das sie an sich bringen, verteilen. Und du, alter Mann, bist Jadrid, der einst eine Braut suchte.«

»Weib«, sagte er, »willst du mich verhöhnen? Du hast die Fesseln zerrissen, die wir dir anlegten, aber wir sind zu größerem Zauber fähig. Mächtig ist Shudm, die Stadt der Zerteiler. Sie zieht die Menschen in Scharen an und nährt sich von ihnen. Sie kommen, ohne zu wissen warum. Fette Händler und stämmige Räuber, edle Damen und weise Männer mit ihrem Gefolge. Shudm saugt sie über die Ebene zu sich. Shudm ist stets hungrig und findet stets Nahrung. Aber auch ein einsamer Wanderer ist willkommen. Und für dich wird man mich belohnen. Sieh! Wo ist mein fehlender Finger? Nichts ist zu sehen. Mein Sohn machte mir den Finger eines Kaisers zum Geschenk, und seit einigen Jahren ist er der meine, und dieser unschätzbare Ring, auch ein Geschenk von ihm, verbirgt die Nahtstelle.«

»Wenn du immer noch der Freund deines Sohnes bist«, sagte Sovaz, »warum wolltest du mich dann warnen und vom Wege abbringen?«

»Das ist meine menschliche Seite«, sagte der alte Jadrid. »Bei den Massen, die hierherkommen, können wir es uns hin und wieder erlauben, Gnade zu üben. Aber die Hartnäckigen und die Spötter bringen wir sogar direkt in die Ghul-Stadt Shudm hinein, damit sie dort ihren Spaß mit ihnen haben.«

Und dann fielen ihm und seine Komplizen die Lumpen vom Leib. Sie waren ziemlich prächtig gekleidet, eine schäbige Pracht zwar, aber bei vielen von ihnen zeigte sich nun, daß sie gebückte Affenwesen und keine Menschen waren. Dann sprach Jadrid zu den Stricken, mit denen Sovaz gefesselt gewesen war; die schlangen sich wieder um sie und wurden auf ein weiteres Wort von ihm zu Stahl.

»Du bist eine Hexe«, sagte Jadrid in gehässigem Ton, »aber deine kleinen Zaubertricks können es mit *ihren* magischen Künsten nicht aufnehmen. Ich habe es am eigenen Leibe erfahren. Komm jetzt. Wir gehen in die Stadt.«

Daraufhin ergriffen die Affenwesen Sovaz und trugen sie mit weiten Sätzen über die schroffen Berghänge hinab zur Ebene. Ein Menschenmädchen hätte durchaus vor Angst sterben können. Aber Sovaz behielt ihre Absichten für sich, leistete keinen Widerstand und sprach kein Wort.

Den ganzen Tag liefen sie unermüdlich über die ausgebleichte, kahle Ebene, bis sie, kurz vor Sonnenuntergang, einen großen Friedhof erreichten. Jedes Grab war geplündert, überall war die Erde aufgewühlt, und in den Bäumen hingen Knochen. Hinter diesem grausigen Gelände erhob sich die Stadt und jenseits davon der Fluß. Aber der war dickflüssig und matt, obwohl ihn das Rot der sterbenden Sonne bestrahlte. Hoch oben im erblassenden Himmel schwebten Aasvögel umher, und auch auf den toten Bäumen, wo die Knochen hingen, und auf den zerstörten Gräbern hatten sich diese Tiere niedergelassen und beobachteten alles mit haßerfüllten Blicken, einige von ihnen hielten vielleicht sogar eine menschliche Hand oder einen Strang Menschenhaar im Schnabel.

Je näher man der Stadt kam, desto besser hörte man ihre Geräusche, die wilde Musik von Flöten und Zimbeln, Gelächter oder laute Schreie. Eine Mischung aus brennendem Harz, klebrigen Ölen und Rauch erfüllte die Atmosphäre, und über allem lag der Geruch des Todes.

Die Stadttore waren geschlossen, aber offenbar hatte man Jadrids Kommen bemerkt, und ein paar Augenblicke später wurden die Portale weit geöffnet. Der alte Mann mit seinen menschlichen und nichtmenschlichen Begleitern passierte das Tor, und Sovaz wurde mitgetrieben.

Wie immer die Stadt einst gewesen sein mochte, jetzt wirkte Shudm düster. Die Straßen waren schwarz, schmal und gerade und hatten viele Abzweigungen, zu beiden Seiten ragten fensterlose, schwarze Steinplattformen und schwarze Gebäudereihen mit dunklen Fenstern auf. Hie und da sah man dunkle Säulen, mit steinernen und goldenen Verzierungen und mit Aufschriften in mehreren Sprachen – Sovaz hätte sie lesen können, aber sie berichteten nur vom Stammbaum und den Legenden der Ghule, wen sie besiegt hatten und wie mächtig sie waren – in Worten, die stets zu lügen schienen. Und manchmal waren grinsende oder stumm heulende Masken aus schwarzer Bronze, aus denen grünlicher Leichenphosphor leuchtete, in die Mauern eingelassen. Aus den Toren und Säulengängen von Palästen und Tempeln beziehungsweise den Gebäuden, die zu solchen Zwecken gedient hatten, als noch Menschen über die Stadt herrschten, drang schreckliches Stöhnen und Schreien, das Klirren von Schwertern, das Knallen von Peitschen, das Schlagen von Hämmern und die Geräusche anderer grausamer Folter- und Schlachtinstrumente.

Nur wenige Personen befanden sich auf den Straßen. Sie waren verhüllt und verschleiert, aber wenn Jadrid mit seiner Gruppe vorüberging, sah man Augen glitzern, und bleiche, gierige Schnauzen drehten sich nach ihnen um. Hin und wieder zupfte eine bläuliche Hand Jadrid am Ärmel, und die Nägel daran waren lang und spitz. Aber Jadrid blieb nicht stehen, auch seine Begleiter nicht, und die Gefangene wurde mit ihnen weitergeschleppt. Zweifellos hatten sie auf diesem Weg schon viele Gefangene durch die Stadt getragen. Bald schlichen einige der Verschleierten und Verhüllten ihnen nach, sie zischelten leise miteinander und fuchtelten in der Luft umher, hielten sich aber in respektvollem Abstand.

Wie kam Sovaz dazu, daß sie sich in diesen grausigen Sumpf bringen ließ?

Man möge sich nicht täuschen, ihre Gedanken waren nicht die eines verängstigten Mädchens, aber auch nicht die einer verschlagenen, hochmütigen Zauberin. Unter dem Druck der Emanationen dieses Höllenlochs war ihr Denken rein dämonisch geworden. Sie war jetzt nur noch ein Dämon und daher unergründlich.

Endlich erreichten sie einen freien Platz, der auf einer Seite zu dem kloakenähnlichen Fluß hin abfiel. Der Platz wurde von einem riesigen schwarzen Gebäude beherrscht, das keinerlei Fenster oder sonstige Öffnungen hatte, nur einen Eingang, der als riesiges, seelenloses Gesicht gestaltet war und in dem ein klaffender Mund voll steinerner Zähne dräute. Dahinter leuchtete ein rotes Licht. Man trug Sovaz über eine Treppe hinauf, zwischen den Zähnen hindurch in den Mund und weiter in die Röte hinein. Von dort ging es in eine Halle, die eher einem gewaltigen Schornstein ähnelte, ihre Mauern ragten hoch auf bis zu einem Dach, das hinter den hektisch flackernden Fackeln, die hier brannten, nicht zu sehen war. Aber hin und wieder durchquerte ein Schatten das Gewölbe dort oben, und ein Schrei drang herab, und eine vertrocknete schwarze Feder schwebte herunter: Die Aasvögel der Stadt flogen auch hier frei herum. Der untere Teil der Halle war mit allen erdenklichen protzigen und teuren Gegenständen geschmückt, die man im Schatz eines Sarkophags nur finden konnte. Zwischen Intarsienwandschirmen, edelsteinbesetzten Behängen, auf geschnitzten Liegen und bestickten Teppichen saßen oder lagen eine Reihe von Männern und Frauen, alle von gleich heller Haut und dunkel zinnoberrotem Haar. Ihre Kleidung war zwar kostbar, aber ebenso abgrundtief häßlich wie alles übrige. Einige hatten sich sogar mit Leichentüchern geschmückt. (Vielleicht war es töricht, von Ghulen guten Geschmack zu erwarten.) Ihre Lieblingssklaven, die um sie herumgingen oder -krochen, waren nackt, damit die Besitzer sie besser liebkosen und ihr Fleisch genießen konnten, in das sie manchmal sogar leicht hineinbissen. Einer der Ghul-Fürsten hatte sich vor einem zehn Fuß hohen Glasgefäß postiert, in dem eine in Wein eingelegte, ertrunkene Frau lag. Sie schwebte frei, von ihrem Haar wie von einer Wolke umgeben, und der Ghul-Fürst öffnete einen seitlich am Glas angebrachten Hahn und schenkte sich einen Becher dieses Gebräus ein. Doch nachdem er davon gekostet hatte, erklärte er, die Brühe sei noch nicht trinkbar.

Daraus konnte man schließen, daß diese Wesen, in denen sich menschliches und anderes Blut mischte, Wein und ähnliche menschliche Erfrischungen vertragen konnten, obwohl sie herkömmlichen Leckereien eindeutig den Vorzug gaben. Zweifellos konnte ihnen auch die Sonne nichts anhaben oder ihnen großes Unbehagen bereiten (in der Gescnichte hatte man das Baby in einem Flecken Sonnenlicht liegengelassen), obwohl sie, wiederum ohne Zweifel, ihre Strahlen aus Prinzip mieden, wenn sie unter sich waren – man spürte in der nächtlichen Stadt ganz deutlich den neuen Tag, da der Sonnenuntergang für ihre Bewohner immer noch die Morgendämmerung war. (*Ihr*, die sie zum Teil, im Augenblick sogar ganz, ein Dämon war, konnte dies kaum entgehen.)

Doch nun drehte sich der Ghul, der von dem Wein gekostet hatte, um und sah Jadrid mit festem Blick an. Jadrid fiel auf sein Gesicht.

»Geliebter Sohn«, winselte Jadrid, »sieh nur, welchen Leckerbissen ich für dich in den Bergen gefunden habe.«

»Beim Schatten meiner toten Mutter«, sagte der Ghul, »dafür hast du dir einen Aufenthalt in der Stadt verdient. Ich habe schon Tausende probiert, aber diese hier ist ein ganz besonderes Exemplar.«

Und er trat sofort an Sovaz heran und betrachtete und streichelte sie.

Schließlich fragte der Ghul: »Fürchtest du dich denn nicht? Begreifst du nicht, welches Schicksal dir hier bevorsteht?«

Sovaz lächelte. Der Ghul hielt inne. Solche Reaktionen waren ungewohnt für ihn. »Du kannst«, sagte Sovaz, »mir gerne erklären, was mir deiner Meinung nach bevorsteht.«

»Wunderschön«, sagte der Ghul. »Ich glaube, ich nehme mir die Zeit und erhalte dich noch eine Nacht und einen Tag am Leben. Doch wenn dann die Sonne wieder untergeht, wird man sich eine langsame Todesart für dich überlegen, und ich und meine Brüder und Schwestern werden dabei die Aufsicht führen. Danach werden wir aus dir ein Festmahl machen, wie es unsere Art ist. Aber dieses Haar werde ich behalten«, sagte der Ghul liebevoll und spielte mit einer langen Locke, »und eines meiner schönen Gewänder damit einfassen. Und deine herrlichen Augen werden wir in Kristall gießen. Ich werde sie als Ringe tragen und mich deiner oft und in Liebe erinnern. Vielleicht komponiere ich sogar ein Lied über deine Vorzüge und verleihe damit deinem Namen Unsterblichkeit. Wie ist dein Name?«

Die Umsitzenden, die bisher eifersüchtig zugesehen hatten, begannen nun zu kichern und zu tuscheln. Es geschah nicht oft, daß bei Tisch eine Speise nach ihrem Namen gefragt wurde. Welche Ehre für die Speise. Aber die Geehrte schien ihr Glück gar nicht zu begreifen.

»Mein Name kann dir so gleichgültig sein«, sagte Sovaz, »wie es mir dein Lied ist. Ebenso wie die Nacht und der Tag, die du dir Zeit lassen willst und wie deine Ernährung. Ich gebe mich hier nur der Muße hin, wenn man bedenkt, was ich mit euch vorhabe.«

Und *nun* war deutlich ein anderer Ton, eine andere Stimme hinter der ihren zu hören. Du bist ganz meine Tochter, hatte Azhrarn gesagt. In diesem Augenblick konnte man hören, wie recht er damit eigentlich hatte.

Und doch hatte die Stadt der Teilungen Untererde vergessen, oder ihre Bewohner hielten sich selbst für Dämonen (die Menschheit hatte die beiden Rassen gelegentlich miteinander verwechselt). Der Ghul-Fürst machte nur große Augen und lachte leise, entzückt über diese Dreistigkeit.

»Gilt das erste magische Gesetz noch immer?« erkundigte sich Sovaz, weiterhin mit *dieser* Stimme. »Nichts kann euresgleichen schaden – weder Feuer noch Schwert, weder Stein noch Bein?«

»O ja, mein Schätzchen. Gegen alle diese Dinge sind wir gefeit.«

»Wohingegen euer gemischtes Blut euch ein wenig vor der Sonne schützt.«

»Wir dulden die Sonne, die ein häßlicher Fehler der Götter ist, aber wir lieben sie nicht.«

»Und was ist mit euren Schatten?« fragte Sovaz, und ihre Stimme klang beinahe kokett.

»Sieh her«, sagte der Ghul und hob den Arm, so daß sein schwarzes Spiegelbild über die Fackeln hinweg auf einen bemalten Wandschirm fiel. »Sie sind jetzt nicht anders als die Schatten der Menschen und haben keine Substanz. Du kannst ruhig mit einem Messer daran kratzen, dann wirst du es sehen.«

»Wie«, fragte Sovaz, »kann ich euch dann töten? Wo ist die verwundbare Stelle?«

»Ach«, sagte der Ghul, »darüber solltest du dir dein hübsches Köpfchen nicht zerbrechen. Überlege dir lieber, wie ich mit dir verfahren soll.«

Und er nahm ihre Hand, küßte und knetete ihr Fleisch und beleckte es sanft mit seiner Zunge. Sovaz tat nichts, um ihn daran zu hindern. So selbstsicher war die

Stadt Shudm, niemand begriff, daß Sanftmut nicht immer sanft war.

»Lieber Vater«, sagte der Ghul-Fürst, »für diese Zerstreuung, die du mir gebracht hast, werde ich dich an meiner eigenen Tafel speisen lassen.«

Jadrid lag vor ihm auf dem Bauch. Doch die kleinen Grabwürmer und Käfer, die stellenweise immer noch in den Bodenbelägen hausten, sahen vielleicht seine Augen, während er sich dort wand und ihre Wohnungen durcheinanderbrachte. Und Jadrids Augen hatten einen merkwürdigen Ausdruck.

Sovaz sagte zu dem Ghul: »Ihr bringt also hier den Menschen bei, ebenfalls Menschenfleisch zu essen?«

»Wir sind niemals knausrig. Wir füttern unser Vieh ebenso gut wie uns selbst. Und sie kommen auf den Geschmack. Der alte Knabe hier träumt sicher schon von dem Stück, das ich ihm von dir abgeben soll. Aber dich werde ich ganz für mich behalten und für eine bestimmte Schwester, der ich zugetan bin.«

Dann führte er sie durch die kaminartige Halle, während seine Verwandten sich belustigt oder neidisch gebärdeten. Durch eine Tür betraten sie einen unterirdischen Tunnel – die Stadt war immer von solchen Gängen durchzogen gewesen, und hier waren die Ghule schon, als die Menschen noch herrschten, ganz unbemerkt ihren Geschäften nachgegangen.

Es war ein düsterer Weg, den sie nun gingen, aber der Ghul-Fürst konnte im Dunkeln gut sehen, und sein Opfer ebenfalls, was ihm aber nicht auffiel. Nur eines der Affentiere folgte ihnen verstohlen, um die Gefangene zu bewachen oder den Rang des Fürsten durch seine Anwesenheit kenntlich zu machen. Irgendwann führte eine Treppe oder eine Reihe von buckeligen Simsen nach oben. Der Fürst stieß mit dem Fuß alte Knochen beiseite und stieg hinauf, und Sovaz folgte ihm, ehe das Geschöpf hinter ihr sie dazu drängen konnte. Sie kamen im Keller eines am Fluß gelegenen Palastes heraus.

Das Gebäude ähnelte keinem in der Erzählung des Vaters erwähnten Paläste. Aber das war fast allgemein so, die Stadt hatte sich sehr verändert. Irgendein Aufruhr oder Tumult schien durch das Haus getobt zu sein. Es war düster und unsauber, überall lagen Scherben und jene abstoßenden Grabbeigaben herum, wie die Ghule sie liebten. In den Fenstern hingen noch rote Glassplitter. In den Lampen flackerte Phosphor. Kaum hatten sie über verfallene Treppen die oberen Räume erreicht, da erblickte Sovaz im Schein jener Lichtquellen hagere, hungrige Gesichter, die sich an die Fenstergitter preßten, und hörte Hände mit langen Krallen und Füße von außen an den Mauern scharren.

»Von ihnen hast du nichts zu fürchten«, sagte der Ghul-Fürst. »Ein Teil davon sind Kinder, die wir mit Menschen gezeugt haben, Schwächlinge, in deren Adern nur ein Bruchteil des wahren Blutes fließt. Wenn sie heranwachsen, entwickeln sie unsere Gelüste und Wünsche, aber nicht unsere Kraft und Schönheit. Manchmal gestatten wir ihnen, uns zu beobachten. Das macht uns Spaß.«

Er führte Sovaz in ein fensterloses Kämmerchen, dessen Tür er schloß – der affenartige Begleiter blieb draußen – und weiter zu einer prächtigen, aber ziemlich morschen Liege, die mit Vorhängen aus goldenem Stoff umgeben war.

»Entkleide dich«, sagte er. »Ich möchte sehen, welch ein Festmahl mich erwartet.«

Da lächelte Sovaz noch einmal, und etwas in diesem Lächeln ließ den Fürsten zögern, aber jenseits der Tür scharrten und schnüffelten die Wesen an den Fensterlöchern erwartungsvoll.

»Wie mein Gebieter es wünscht«, sagte Sovaz.

Und sie löste ihre Schärpe und öffnete ihr Mieder, und dabei fiel das ganze Gewand von ihr ab, und heraus stieg etwas, das die Begeisterung des Fürsten ein wenig abkühlte.

»Illusionen«, sagte er hochmütig, obwohl er einen Schritt zurücktrat. »Damit kannst du mich nicht abschrecken.«

Es war ein nur schwer zu bestimmendes Geschöpf, formlos und sich windend, am ehesten noch eine Schlange, aber aufrecht stehend und mit glühenden Augen. Und die Schlange sprach zum Fürsten der Ghule: »Verzeih mir, mein Liebster. Wodurch habe ich dich gekränkt? Komm, nimm mich in deine Arme. Wir werden uns lieben, dann werde ich für dich sterben, und schließlich wirst du mein saftiges, zartes Fleisch verzehren.«

»Dein Trick widert mich an«, sagte der Ghul immer noch hochmütig und trat aber doch für jeden Schritt, den das Schlangenungeheuer auf ihn zuwogte, einen Schritt zurück. »Nimm wieder deine wahre Gestalt an.«

»Dann muß ich«, sagte das Ungeheuer, »dein Entzükken noch vergrößern.«

Nun zog der Ghul-Fürst einen Krummdolch aus der Scheide an seinem Schenkel. Es war nicht die Waffe, die er gegen sie hatte verwenden wollen, obwohl sie dicht neben der anderen steckte.

»Anscheinend muß ich dich sofort töten.«

»Nur zu«, antwortete das Ungeheuer. »Wenn du kannst.«

Darauf fuhr der Ghul mit seiner Klinge an der Erscheinung auf und ab. Und der Dolch, den er vor langer Zeit aus dem Grabhügel eines alten Herrschers geholt hatte, zerbrach in drei Teile.

»Illusionen«, wiederholte das Ungeheuer leise und begann, den Ghul-Fürsten liebevoll zu umschlingen, während der mühsam ein dünnes Stilett herauszerrte und auf die Augen des Schlangenwesens einstach, aber das Stilett schmolz und tropfte auf den Boden. »Ich kenne jemanden, der in diesen Dingen Meister ist, und er hat mich vieles gelehrt. Illusion und Delirium – o Fürst der Zerteiler, welches soll dein Teil sein?«

Inzwischen hatte das Ungeheuer, was immer es sein mochte – Illusion, Täuschung, Ausgeburt des Deliriums – den Fürsten der Ghule völlig eingewickelt, so daß er weder Hand noch Fuß noch sonst ein Glied regen konnte. Und es drückte und preßte ihn so zusammen, daß er nicht einmal genug Atem fand, um laut um Hilfe zu rufen. Er konnte nur in die unnatürlichen Augen starren und keuchen: »Du kannst mich inkommodieren, soviel du willst, töten wirst du mich nicht.«

»Wie du mich kränkst«, sagte die Halluzination (und jetzt klang ihre Stimme ironischerweise wie die eines hübschen, jungen Mannes namens Oloru). »Du brichst mir das Herz, wenn du so von meiner liebevollen Umarmung sprichst.«

Damit preßte sie dem Ghul den letzten Atemhauch aus den Lungen und ließ ihn besinnungslos fallen – nicht tot, wie es ein Sterblicher nach dieser Umarmung gewesen wäre, nur, wie er sich ausgedrückt hatte ›inkommodiert‹. Das allerdings in nicht geringem Maße.

Sovaz beugte sich über ihn. Ob sie nun ihre Gestalt verändert oder ihn nur anstelle ihrer eigenen eine solche Gestalt hatte sehen und erleben lassen, es war auf jeden Fall starke Magie und der erste Zauber dieser Art, den sie mit ihrem eigenen Körper oder durch ihn gewirkt hatte. Nun kam ihr zu Bewußtsein, daß sie gesiegt hatte, und sie zuckte vor diesem Sieg zurück, weil er sie sicher mehr verändern würde, als die Reptilgestalt es getan hatte.

Zu dem Ghul-Fürsten, der sie hören konnte, obwohl er besinnungslos war, sagte sie: »Weh dir und den deinen, daß man mich hierher gebracht hat. Ich werde eure Stadt und all ihre Bewohner und mit ihnen jene, die ihr mit euren Sitten verdorben habt, zunichte machen. Keine verwundbare Stelle? Eine doch. Genau das, womit ihr euch brüstet, ist euer Untergang. Das, was ihr seid, wird euch zerstören.«

Dämonenstolz, im Vergleich zum Stolz der prahlerischen Ghule wie ein Berg gegen einen Kieselstein. Gefangennehmen, vergewaltigen, töten, verschlingen wollte er sie? Sie, das Kind des absoluten Lichts und der absoluten Dunkelheit? Sie hatte noch andere Gründe für ihren Schmerz und ihren Zorn. Dies war nur der letzte Tropfen, der das Faß zum Überlaufen brachte.

Sie verließ das alte verwahrloste Lustkämmerchen, und als sie dem Affenwesen begegnete, das dort Wache gestanden hatte, hob sie einen Finger, und es wurde zu einem Häufchen Asche. Als sie die anderen Räume durchquerte, gafften und quiekten die scharrenden, geifernden Beobachter an den Fenstern. Da sie dumme, unverständige Wesen waren, machten einige von ihnen sogar Anstalten, herunterzukommen und sich ihr in den Weg zu stellen. Da klatschte Sovaz in die Hände, Blitze sprangen aus ihren Handflächen, fegten diese geringeren Ghule weg und ließen sie zu schwarzen Klumpen zusammenschrumpfen. Der letzte der Affensklaven, dem sie begegnete, flüchtete voll Entsetzen vor ihr über Dächer und durch Kloaken.

Sie verließ den Palast und ging auf oberirdischen Wegen weiter. Für Shudm war sie ein seltsamer Anblick, sie paßte nicht hierher. Wieder und wieder wollte man sie aufhalten und bedrohte sie, und bald war ihr Weg mit toten, verbrannten Wesen gesäumt.

Sie ging durch die schwarzen Straßen, vorbei an den Plattformen und den Säulen mit den Lügen. Über ihr war der Nachthimmel matt, nur hin und wieder warf er ein rotes Leuchten zurück. Die Geräusche der Stadt waren die gleichen wie zuvor, freilich lauter, denn der Trubel hatte seinen Höhepunkt erreicht. Die verschiedenen Szenen, die sie hoch oben in den Fenstern, tief in den Eingängen, unter Torbögen, zwischen Gittern beobachtete – all dies soll nicht aufgeschrieben werden.

Aber als sie sich den Toren näherte, durch die der alte Jadrid sie hereingebracht hatte, hörte sie hinter sich das Rasseln und Dröhnen von Rädern.

Sovaz ging weiter, erreichte den Platz vor den Toren, trat unter das hohe Tor selbst und wartete dort.

Bald kamen einige Wagen herangebraust. Sie wurden von Pferden gezogen, Phantomen, wie sie die Ghule angeblich herstellten, indem sie Pferdehäute über Knochen warfen und das Ganze mit Leben erfüllten. In den Wagen sah man wirbelnde Funken, die sich schnell zu den Gestalten der Ghul-Fürsten und -Fürstinnen ordneten. Sie zügelten die Pferde, hielten an, grinsten Sovaz lüstern zu und zeigten mit ihren Klauenfingern auf sie. Hinter ihnen kam schnüffelnd die Schar ihrer Halb- und Viertelblutkinder heran. Die Ghul-Fürsten riefen aus ihren Kutschen: »Wir danken dir für diese neuartige Jagd. Aber jetzt werden wir dich packen und zerreißen.«

Sovaz sagte: »So kommt nur, packt und zerreißt mich.«

Das erheiterte die Ghule, und sie sagten: »Wir wollen nur den Augenblick auskosten. Guten Wein soll man langsam trinken.«

Aber Sovaz meinte: »Ich freue mich, daß ihr gekommen seid, um mir Lebewohl zu sagen.«

Und sie drehte sich um und schlug mit ihrer schmalen Faust einmal gegen das Tor – und bei dem Schlag zuckte eine Flamme auf, und das Tor fiel zusammen wie ein Stück Papier.

Als dies geschah, schleuderten einige der Ghule Speere auf Sovaz, aber die drehten sich mitten im Flug und sausten auf die Kutschen zurück. Die Phantompferde bäumten sich auf. Ein Fürst stürzte zu Boden, die eigene Speerspitze zwischen den Rippen, und schrie: »Morgen bin ich wieder am Leben – dann mag sie sich vor mir hüten!«

»Ach, morgen«, sagte Sovaz.

Jetzt zerfiel das Tor ganz, und sie verließ die Stadt.

Die Ghule jagten noch eine beträchtliche Strecke weit über die kahle, nächtliche Ebene hinter ihr her. Aber obwohl Sovaz auf bloßen Füßen ging und sie in ihren Kutschen wie der Wind dahinbrausten, konnten sie den Abstand nicht verringern, außerdem fuhren vor ihnen Flammen, Dornen und Steinhagel aus der Erde, und sie mußten wild in alle Richtungen ausweichen, um nicht umgeworfen zu werden.

So ließ sie sie zurück oder hätte sie zurücklassen können. Aber sie ließ es nicht dabei bewenden.

Sovaz stand auf der Ebene hinter Shudm, als die Sonne aufging.

Sie hob ihre weißen Arme, als wolle sie die Sonne aus ihrem Schlaf im Chaos tief unterhalb der flachen, hohlen Erde heraufbeschwören.

Während der ganzen Morgenstunden hielt sie Zwiesprache mit der Sonne, jedenfalls schien es so. Ihre Mutter hatte dieses Licht in ihren Adern gehabt, ihr Vater hatte ihm einmal mit seinen Blicken getrotzt, während es ihn zu Asche verbrannte. Sovaz' Beziehung zur Sonne war also zwiespältig, aber trotzdem hielt sie bis Mittag Zwiesprache mit ihr oder schien es zu tun. Vielleicht gehörte es zu dem Zauber, den sie erwirken wollte, vielleicht war es auch nur eine Züchtigung für sich selbst, eine Läuterung, ehe der Bann ausgesprochen wurde.

Obwohl die Stadt meilenweit entfernt lag, konnte jemand wie Sovaz zweifellos einen Blick darauf erhaschen. Vielleicht machte sie sich auch nur im Geist ein Bild davon.

Über Türmen und Mauern von Shudm, auf die der Tag herabprallte (bei Tag waren sie noch häßlicher, denn all der schwarze Schmutz und geistige Unrat waren zu deutlich sichtbar), begann die Luft zu singen und sich zu kräuseln, und dann wurde sie bedrückend still und reglos. Schließlich erhärtete sie sich wie abkühlende Lava und färbte sich auch so dunkel, bis nur noch das wilde Funkeln der Sonne durchzudringen vermochte, aber nichts sonst. Nichts – kein schwächeres Licht, kein Geräusch, kein Wind- oder Dunsthauch, weder Staub noch Regen – kein Fünkchen von irgend etwas. Nicht einmal die streunenden Aasvögel konnten mehr hinein- oder hinausgelangen. Shudm war versiegelt wie ein Grab. Von oben und auch von unten. Später entdeckte man, daß das Labyrinth aus Katakomben und Tunneln von jenen Bewohnern blockiert war, die kurz danach hatten hindurchgelangen wollen.

Im Innern – nicht einfach einer Kuppel, sondern eines Eis aus bleiernem Kristall, lag nun Shudm, und der Nachmittag verging, der Sonnenuntergang, für die Ghule die wahre Morgendämmerung, die Nacht und die Mitternacht kamen. Und in den ersten, trüben Minuten des neuen Morgens gab es kein denkendes Wesen in der Stadt, das nicht wußte, daß es in der Falle saß.

Die mit Rauch und Düften geschwängerte Atmosphäre wurde bald schal und erstickend. Lange vor Sonnenaufgang keuchten alle, und die schwächeren, mehr menschlichen unter den Bewohnern sanken besinnungslos zu Boden.

Nun versuchte man auf mehr oder weniger naheliegenden Wegen, mit gewöhnlichen und magischen Mitteln die Flucht. Und scheiterte. Man rief die Götter an, die man verehrte. (Es wird behauptet, daß einige Naras, die Todeskönigin unten in Innererde anbeteten.) Aber keines der Gebete, zu wem auch immer, wurde erhört. Man tobte und jammerte, und das Schreien und Stöhnen war noch in weiter Ferne zu hören, am deutlichsten vielleicht auf der Ebene vor der Stadt, wo Sovaz jetzt auf einem glatten, hohen Felsen saß und wartete.

Es heißt, daß Sovaz dort viele Monate lang Wache hielt, daß sie ein Jahr lang das Schicksal der Ghul-Stadt Shudm beobachtete. Angeblich ging sie manchmal näher heran, schaute durch die hohen, porenlosen Wände des Eis und überzeugte sich selbst davon, was vorging. Oder sie stieg auf einen höheren Felsen, rief die vorüberfliegenden Falken zu sich und fragte sie: »Was treiben sie nun in Shudm?« Und die Falken erzählten es ihr. Von anderer Seite wird jedoch berichtet, daß Sovaz diese Gegend verließ und sich, wie es schien, wieder auf die Suche nach Chuz begab, der Oloru war und dem Wahnsinn verfallen. In diesem Fall beobachtete sie die schlimme Lage der Stadt nicht selbst, sondern stellte sie sich nur manchmal vor oder beschwor ein Bild davon herauf, wie die Ghule, nur mit ihresgleichen eingesperrt und unter jenem unstillbaren Hunger leidend, dessen sie sich rühmten (und der sie verwundbar machte) bald so weit gingen, das einzig verfügbare Fleisch zu schlachten und sich einzuverleiben. Zuerst jene sterblichen Haustiere, die sie als Sklaven hielten und ohnehin zu diesem Zweck bestimmt hatten, und als nächstes jene anderen – ihre Eltern – auf die das nicht zutraf. Danach machten sie sich über ihre teilweise sterblichen Kinder her. Aber schließlich waren nur noch ihre Artgenossen übrig. Und so fielen sie über ihre Brüder und Schwestern her, und am Ende zerfleischten sie ihren eigenen Körper. Keiner stand wieder auf, und wenn, so nahm alles den gleichen Verlauf, bis sie klüger wurden und tot blieben. Ganz zum Schluß nagten die schwarzen Vögel alle Reste von den Knochen, und das war nicht viel.

Ob sie sie nun beobachteten oder nicht, jedenfalls zahlte Sovaz-Azhriaz, Azhrarns Tochter, es ihnen tüchtig heim, daß sie sie nur für ein gewöhnliches Mädchen gehalten hatten.

Und eines Nachts, vielleicht sieben Monate nach dem Tag, da Shudm versiegelt worden war, begegnete Sovaz auf einer abschüssigen Bergstraße einer anderen Frau. Der Fluß, der an der Stadt vorübergeflossen war, lag immer noch tief unten in einer Schlucht, aber hier war er sauber, und die Berge lagen kahl wie abgenagte Knochen im Sternenschein. Die Frau hatte jedoch tiefrotes Haar, sie kauerte auf einem Stein und warf keinen

Schatten. Sie hätte ein Geist sein können oder auch nicht. Sie hob die Hand, an der goldene Ringe glänzten (auch an ihren Füßen, um ihren Hals und in ihrem wirren Haar trug sie Gold, aber ihre Kleider waren Lumpen, die kaum ihre Blöße bedeckten).

»Mein Sohn«, sagte diese Frau. (Liliu?) »Du hast ihn getötet.«

»Woher weißt du das?« erkundigte sich Sovaz. »Hat Jadrid dir eine Weissagung zugeschrien, als das Messer deines Sohnes in seine Eingeweide drang? Und war Jadrid dabei traurig oder froh?«

»Ich sah den Tod meines Sohnes in meinem Herzen, und der Nachtwind trägt mir den Namen seiner Mörderin zu.«

»Was bedeutet dir dieser Sohn?« fragte Sovaz. »Du bist bei seiner Geburt gestorben.«

»Mein Kind«, sagte die Frau. Und sie faltete die Hände, und ihre Krallen schlugen klickend aneinander. »Ich gab mein Leben hin, damit er leben konnte.«

»So liebt also sogar euer Volk seine Kinder. Feueräpfel. Oh, liebster Vater, wie kommt es, daß du mir dies verweigern kannst?«

Vor dem scharfen Klang dieses Schreis verblaßte sogar der Ghul-Geist, zog sich in den Stein zurück und war verschwunden. Es ist ohnehin denkbar, daß Sovaz für Wahnvorstellungen anfällig war und daß der Geist nicht mehr war als das.

Sovaz ging weiter auf dem Pfad. In dieser Nacht fand sie ihn, der ihr Liebhaber gewesen war – Oloru, Chuz, Wahnsinn – in einer Höhle in den Bergen.

5

Warum suchte sie ihn noch immer? Sie hatte doch gewußt, wie es sein würde. Es ist nicht immer möglich, sich verständig zu benehmen oder auch nur den

Schmerz zu vermeiden, den man sich mit einer unverständigen Handlung zufügt. Ein Kind sieht das helle Feuer im Kamin und spürt seine Hitze, aber es muß erst die Flamme berühren und sich verbrennen, um ganz sicher u sein.

Und so kam Sovaz an den Höhleneingang und trat ins Feuer.

Zuerst sah sie in der Dunkelheit nur einen schwarzen Klumpen, der sich bewegte.

Sovaz stand reglos, aber sie ließ ein Licht aufglühen.

Der dunkle Klumpen kauerte sich zusammen, um dem Licht zu entgehen, und gab ein unartikuliertes Murmeln von sich.

»Sprich mit mir«, sagte sie. »Ich befehle es dir.«

Da richtete sich der dunkle Klumpen schwerfällig auf und kam auf sie zu, einen Schritt vor ihr blieb er stehen, machte einen Luftsprung und kratzte sich mit Fingernägeln, die selbst eines Ghuls würdig gewesen wären.

Von Oloru war nichts mehr geblieben, nur die blutunterlaufenen Augen und das schmutzige Haar enthielten noch eine Erinnerung an ihn, und diese Erinnerung war abstoßend. Von Chuz waren noch Merkmale vorhanden, doch jeder Zug von Gesicht und Körper – ja, selbst die Muskeln und das Rückgrat – alles schien sich verändert zu haben. Der Rücken war gekrümmt, die Arme hingen schlaff herab oder fuhren wild durch die Luft, die Beine knickten ein, die Füße waren auswärts gestellt. Der Mund verzerrte sich krampfhaft, stieß ein Kreischen aus, entspannte sich, verzog sich wieder und ließ einen neuen, unmenschlichen Schrei hören. Geifer und Schaum liefen heraus, und die Zähne gruben sich in die graue, warzenbedeckte Haut. Das Wesen haßte sich selbst und alles andere. Dies war also ihr Geliebter und ihr Beschützer.

Sovaz zeigte keinerlei Gefühle. Sie starrte ihn nur mit eisigem Blick an.

Schließlich sagte sie verächtlich: »Sei gegrüßt, Herr

der Illusionen, Herrscher der Finsternis, Fürst Chuz. Nun hat deine linke Seite ganz die Oberhand gewonnen, wie es scheint, die Seite, die du vor mir verborgen hast, du bist zu einer verrückten männlichen Hexe geworden. Nun, wo sind die Fingerschlangen und die Daumenfliege, die mit ihren Fühlern klappert? Wo ist die Messingrassel, die durch ganz Bhelsheved dröhnte, als meine Mutter starb, wo sind die Kieferknochen des Esels, die so lauthals schreien können?

Bei diesen Worten stieß Wahnsinn, der Irre, ein Eselsgeschrei aus. Die Höhle und die Nacht zuckten zurück. Sovaz bemerkte nur: »Eine schöne Liebesgabe für meinen Vater. Nicht-Brüder, einander näher als ihr es mir jemals wart. Du bist ein Narr. So verbüße deine Strafe. Ich werde dich nicht länger belästigen.«

Und nach diesen Worten verließ sie, ohne den Versuch zu machen, ihn zu überreden oder mit einem Gegenzauber zu belegen, die Höhle.

Das Wesen hüpfte hinter ihr her, nicht um ihr zu folgen, sondern um noch weiter die Bergwände hinauf zu gelangen. Während es dahinhastete, kreischte, schnatterte und lachte es – über sie?

»Oh«, flüsterte Sovaz, »o Chuz, ich hasse dich!«

Man erzählt sich, daß von ihren Schritten noch eine Weile Rauch aufstieg wie von einem Feuer, als sie auf der abschüssigen Straße weiterging.

Am Morgen erreichte sie endlich die Mündung des Flusses. Hier sanken die Zähne der Berge tief in den Boden, und wo der Sumpf die Felsen verdrängte, wuchs das Schilf so hoch wie die größten Männer, und die schlanksten Halme waren so dick wie das Handgelenk eines kräftigen Mannes. Wenn der Wind wehte, heulte es im Schilf, oder die Halme klirrten zornig wie Schwerter.

Den ganzen Tag wanderte Sovaz durch dieses Land, und die ganze Nacht, als ein blasser rötlicher Mond seinen Schein durch den Dunst und hinter den Schilfhalmen hervorschickte. Und obwohl sie ihn so schnell und mit solchen Worten verlassen hatte, blieb Olorus Bild an ihrer Seite. Der Schmerz peinigte sie, doch nichts im Sumpf wagte sie zu hören, weder die Insekten mit den großen Flügeln noch die langköpfigen Jaghunde. Die Wildvögel, die draußen auf dem Wasser fraßen, erhoben sich bei ihrem Kommen wie hochgeschleuderte Tücher und flogen eilig davon.

Als der Morgen dämmerte, der mattrötliche Mond erlosch und eine schwach rötliche Sonne verstohlen von der Erde aufstieg, stand Sovaz am Teich und betrachtete ihr Spiegelbild, ein schöner, gerader Schilfhalm unter all den anderen, die krumm und kahl waren.

»Sei häßlich«, ermahnte Sovaz das Mündungsgebiet. »Schönheit nützt dir nichts.«

In diesem Augenblick begann eine zweite (pflaumenfarbene) Sonne aufzusteigen – aus dem Teich. Es war eine schimmernde Lotosblüte, und als sie heraufgekommen war, öffnete sie sich weit wie eine dargebotene Hand. Und auf der Handfläche der Lotosblüte lag unvermutet ein einziger Gegenstand: ein Amethystwürfel.

Zweimal war er ihr schon dargeboten worden. Einmal war er vor ihrer Geburt aus dem See im Herzen von Bhelsheved gestiegen, als Chuz sich erboten hatte, bei ihr Pate zu stehen, und später hatte Chuz ihn dem blauäugigen Kind im Haupttempel von Bhelsheved gegeben. Beim erstenmal hatte Azhrarn in ihrem Namen die Gabe zurückgewiesen. Beim zweitenmal hatte sie sie liegenlassen. Aber jetzt war sie eine Frau, und sie war einsam, und so griff sie ins Herz des Lotos und nahm den Amethystwürfel an sich. Der Lotos flackerte kurz auf und verschwand.

Sovaz betrachtete den Würfel genau und drehte ihn in den Fingern. Er war unmarkiert, wie die gelben, purpurnen oder schwarzen Würfel es oft waren, die Chuz bei sich trug. Und doch sah sie an den Seiten schattenhafte Zeichen. Dieser Stein war jenen in die Hände gefallen, die später selbst darum kämpften und mit Chuz darum kämpfen wollten – und bei diesem Tumult hatte sich Dunizels Tod abgezeichnet und angekündigt.

Die fromme Menge in Bhelsheved hatte sie gesteinigt. Die Steine hatten keinen Schaden angerichtet. Dann war eine Hand durch Zufall auf etwas anderes gestoßen – auf ein winziges Stück schwärzesten Diamant. Es war ein Tropfen Vazdrublut, Azhrarns eigenes Blut, das er einige Zeit vorher in der Wüste vergossen und das Chuz gefunden, behalten und von dem er sich nun anscheinend getrennt hatte. Der Blutstropfen, das einzige Element, das den magischen Schutz, mit dem Azhrarn Dunizel umgeben hatte, zunichte machen konnte, durchdrang alle psychischen Abschirmungen und tötete sie.

Aber vielleicht war dieser purpurne Stein ein anderer Würfel des Fürsten Chuz und hatte gar nichts mit diesem Ereignis zu tun. Chuz trug stets Würfel bei sich. Hatte er sich nicht selbst um Sovaz' willen in einen Topaswürfel verwandelt?

Wie auch immer, es war ein seltsames Unterpfand der Liebe. Denn ein solches Unterpfand war es.

Als die Abenddämmerung hereinbrach, wanderte Sovaz noch immer zwischen dem Schilf im Sumpf umher. Den Würfel hatte sie in ihren Kleidern versteckt, ihre Gedanken hinter den Augen verborgen. Doch es war eine amethystfarbene Dämmerung, Wasser, Himmel, den verschwommenen Mond, alles tauchte dieser ungreifbare Stoff in ein malvenfarbenes Licht.

Gegen Mitternacht machte das Mädchen Rast und schlief eine Weile. Im Schlaf erinnerte sie sich wohl an einen Traum, den ihre Mutter einst mit ihr geteilt hatte, als sie noch in ihrem Schoße lag – denn da sie nicht auf gewöhnliche Weise geschaffen worden war, hatten sich in ihrem Körper schon früh Geist und Persönlichkeit entwickelt, und in diesem Zustand hatte sie mehr Zeit im Mutterleib verbracht als allgemein üblich und während des Wartens vieles von ihrer Mutter gelernt. Als Sovaz erwachte, rief sie aus einem anderen Reich oder aus einem vergessenen Land der Erde ein Tier zu sich, oder sie schuf es einfach neu aus den Bestandteilen der Luft. Es flog hoch oben über das Antlitz des Mondes, dann stieß es herunter, schreckte die Wasservögel auf und brachte die wilden Hunde zum Heulen. Als es sich auf der Erde niederließ, war es ein geflügelter Löwe von ungewöhnlicher Größe, hell wie geronnene Milch, mit bläulicher Mähne, goldenen Augen und einem schweigsamen, nachdenklichen Gesicht, das so klug war wie das eines menschlichen Philosophen, ja, noch klüger. Davon hatte Dunizel geträumt. Und Dunizels Tochter hatte es nun heraufbeschworen.

Sovaz stieg auf den Rücken des Löwen und setzte sich mit untergeschlagenen Beinen zwischen die breiten Schwingen.

Wohin sollte sie gehen? Ihr Gehirn murmelte dem Geist des Löwen etwas zu. Und seine Eulen-Adler-Schwingen mit den weißen Spitzen und der Kraft des Windes trugen sie beide hinauf in den Himmel, und sie ließen die Flußmündung und das ganze Land tief unten und meilenweit hinter sich zurück.

Träume. Wohin sollte sie gehen, wenn nicht nach Bhelsheved?

6

EIN PAAR JAHRE, nicht viele, waren vergangen seit jener Nacht, in der besagte Teile des Mondes auf die Erde stürzten: seit der Nacht, in der Dunizel starb und Azhrarn Chuz den Krieg erklärte und das blauäugige Kind zu sich nahm. Doch in dieser kurzen Zeit war die weiße Blume in der Wüste verdorrt.

Seit dem Augenblick, als Azhrarn zum erstenmal eine Abneigung gegen den Ort empfand, war die Zukunft des heiligen Bhelsheved, des Gefäßes der Götter, immer düsterer geworden. Kam man nun im Zwielicht der Morgendämmerung, wenn die letzten Sterne ihr Licht löschten und nur der Königsstern im Osten weiterleuchtete, in die Stadt, so fand man sie verlassen. Bhelsheveds Blumentürme waren wie leere Bienenstökke. Sandwirbel häuften sich auf den Marmorstraßen, und kein Zaubermechanismus fegte sie mehr weg. Ebenso war es mit den singenden Straßen, die über die Dünen hierhergeführt hatten (sie sangen nicht mehr), und in den Hainen außerhalb davon waren die Bäume abgestorben oder umgehauen worden, die Statuen waren zusammengestürzt oder geraubt. Sogar die Tore waren zerbrochen oder entwendet worden, weil sie so kostbar waren, und auch die himmelsfarbenen Fenster der Tempel waren zerbrochen oder man hatte sie fortgeschafft. Nichts Wertvolles war zurückgeblieben. Nichts hatte man unangetastet gelassen. Der Tempel im Herzen der Stadt war wie alles andere geplündert worden, sogar das goldene Altargerät hatte man weggekarrt. Verschiedene Leute hatten gemurrt, derartige Räubereien würden den Zorn der Götter herabbeschwören, aber Bhelsheved war schon lange verflucht, dafür hatte Azhrarn gesorgt. Der Niedergang der Stadt war nicht heroisch, aber vollständig. Ein gesprungenes Gefäß war Bhelsheved nun, nicht mehr zu gebrauchen.

Doch im hellen Torbogen saß König Kheshmet in buntem Gewand und spielte auf einer Flöte.

Etwas schwebte vor dem Morgenstern vorüber. Der geflügelte Löwe war es, der heranraste. Er landete ein kleines Stück vom Tor entfernt, und Sovaz glitt von seinem Rücken. Doch König Kheshmet blickte nicht auf. Die Flöte schrillte weiter. Und als Sovaz so dicht bei ihm stand, daß ihr Schatten den orangefarbenen Saum seines Gewandes berührte, deklamierte sie:

Die Sonne flieht vor diesem Orte,
Und seine Klauen zückt der Wind.
Nur einer sitzt noch in der Pforte
Allein ich ihn hier find'.
Schicksal mit Feueraugen sitzt grübelnd an doppelter Tür,
Spielt auf der Flöte aus Bein,
Zieht den neuen Tag herfür,
Schleudert die Hülse weit fort,
In die öde Nacht hinein.

Nun unterbrach Kheshmet, Gebieter Schicksal, sein Spiel und bemerkte: »Türen, weder doppelte noch andere, sind nicht vorhanden. Und die Flöte ist nicht aus Bein.«

»Vierter Herr der Finsternis«, sagte Sovaz, »warum bist du hier?«

»Wer erhöht ist, soll erniedrigt werden, die Niedrigen werden erhöht. So lautet das Gesetz des Schicksals. Hier siehst du Bhelsheved in seinem Elend. Von Zeit zu Zeit muß ich ihm der Form halber einen Besuch abstatten.«

»Warum zu dieser Stunde?«

»Du«, sagte Kheshmet gelassen, »bist hierhergekommen, um dein Schicksal zu suchen. Und hier wirst du es finden. Jedenfalls zum Teil.«

»Was ist mein Schicksal?«

»Fordere mich nicht heraus, Sovaz-Azhriaz, Azhrarns Tochter. Ich kenne dein Schicksal nicht. Ich symbolisiere es nur.«

Damit stand er auf, steckte die Flöte (die aus pastellfarbener Jade gefertigt war) weg und bot ihr höflich den Arm, um sie in die Stadt zu geleiten.

»Gestatte mir«, sagte Kheshmet, »dir das Grab deiner Mutter zu zeigen.«

»Nein«, sagte Sovaz und wich zurück, während der Löwe knurrte und näher herantrottete.

»Du kannst mitkommen«, sagte Kheshmet nachsichtig, »oder nicht.« Und damit ging er durch den Torbogen und betrat eine der vier Straßen der Stadt. »Ich habe selbst Lust, dorthin zu gehen. Auch sie, Doonis-Ezael, die Mondseele, war eine Schülerin von mir. Sie hatte sogar zu dreien von uns eine Beziehung: zu Wahnsinn – er lag in der Familie, ihre eigene Mutter war schwachsinnig, ehe der Komet sie heilte – zu Schicksal und zu Tod. Nur Verworfenheit hatte nichts mit Dunizel gemein. Und so wurde sie natürlich die Geliebte von Verworfenheit.«

Schließlich trat Sovaz doch hinter Kheshmet durch das Tor und folgte ihm die Straße zwischen den Tempeln und Schreinen entlang. Der Löwe trabte dicht hinter ihr und blieb gelegentlich stehen, um sich die Flügel zu putzen.

Hier war Sovaz geboren worden. Hier hatte man sie herumgetragen und den Leuten gezeigt, die sie damals für das Kind eines Gottes hielten und ihre Mutter für die Erwählte jenes Gottes. Nur ganz schwache Erinnerungen daran existierten noch oder kehrten wieder. Ihre Zeit in Untererde, die Qualen des plötzlichen körperlichen Wachstums hatten die Bilder und Vorgänge ihrer ersten Zeit ausgelöscht, bis nur noch Gefühle, Bitterkeit, Nachdenklichkeit, Schmerz, zurückgeblieben waren.

Die Sonne ging auf, blaue Lichter zuckten aus den zerbrochenen Fenstern, die fast genau die gleiche Farbe hatten wie Sovaz' Augen.

Kheshmet ging voran, hin und wieder holte er wieder die Jadeflöte hervor und trillerte darauf. Wenn das geschah, strömten die Geister oder die Erinnerungen an Bhelsheveds weiße Tauben in durchsichtiger Gestalt von den Turmspitzen herab und umkreisten seine Hände und sein kahlgeschorenes Haupt. (Der Löwe starrte sie an und leckte sich die Lefzen.)

Sie erreichten die Gärten mit den blühenden Bäumen neben dem See im Herzen der Stadt. Die Gärten waren verwildert, wie außerhalb, so standen auch hier nur noch Gruppen von Baumstümpfen. Das Wasser des Sees war nicht mehr blau und hatte seinen Glanz verloren. Wahrscheinlich gab es keine Fische mehr darin.

»Hier ist das Grab«, sagte Schicksal und zeigte auf den Rasen neben dem See.

Es gab keine Tafel, nichts, was erkennen ließ, daß sich etwas im Boden befand, aber Sovaz wußte, daß Schicksal nicht log. Dunizels Leib hatte eine ungekennzeichnete Ruhestätte gefunden; Azhrarn hatte es abgelehnt, den schönen Körper, der ihn mit dem Tod betrogen hatte, zu bedecken, oder er hatte es nicht über sich bringen können, die schwarze Erde darauf zu werfen. Ein vorsichtiger Gelehrter oder ein Einfaltspinsel, der Mitleid oder auch ein Gefühl für Ordnung hatte, sorgte für das Begräbnis.

Sovaz betrachtete den Rasen, wandte sich ab, sah wieder hin. Dann setzte sie sich neben die Stelle und legte kurz die Hand auf die kahle Erde. Heute war sie wie eine junge Frau angezogen, jedenfalls schien es so, aber es war Reisekleidung, und sie hatte ein Messer im Gürtel, das sie nun herauszog. Mit diesem Messer schnitt sie sich etwas von ihrem langen Haar ab, so wie man sich dort und in anderen Gegenden manchmal das Haar zum Zeichen der Trauer schert. Die schwarzen Locken streute sie über das nicht gekennzeichnete Grab. Bald begannen dort, wo die Haare hingefallen waren, schwarze Hyazinthen zu sprießen, aber Sovaz blieb nicht sitzen, um ihnen dabei zuzusehen. Sie war wieder aufgestanden und ging um den See herum.

»Hier kam sie zu ihm, als er noch lebte«, murmelte sie unterwegs laut vor sich hin, »und hier suchte sie ihn auf, als sie schon tot war. Hier sprachen sie miteinander, hier liebten sie sich, hier schwor er ihr, das Land zu vernichten, und hier brachte sie ihn davon ab.« Dann blieb Sovaz stehen und blickte tief in den See hinab. Die vier Brücken spiegelten sich darin und der Tempel, der da stand, wo sie zusammentrafen – alles war ausgeplündert und lag in Trümmern. Dann erblickte sie auch den Löwen, der den Geistervögeln in die Luft gefolgt, und schließlich Schicksal, der ihr nachgekommen und bei ihr stehengeblieben war. Jetzt erst sah Sovaz auch ihr eigenes Spiegelbild neben dem von Kheshmet in seinem bunten Gewand. Doch die Bilder zitterten und veränderten sich. Sie schienen nicht mehr ein Mädchen und einen Mann beziehungsweise jemanden, der die Gestalt eines Mannes angenommen hatte, darzustellen – sondern zuerst eine weiße und eine gelbrote Säule, danach eine weiße und eine kupferfarbene Flamme – und schließlich leuchteten zwei junge Männer aus dem Wasser heraus. Sie waren nicht deutlich zu erkennen, aber das Haar des einen war aprikosenfarben und das des anderen schwarz.

Woran auch immer, Sovaz erkannte die beiden aus den Geschichten, die man sich über sie erzählte – Simmu, der den Göttern die Unsterblichkeit stahl, und Zhirek der Magier, einer der größten seiner Art, denn er hatte die Magie der Seevölker erlernt, was nur wenigen gelingt.

»Siehst du, was ich sehe?« fragte Sovaz.

»Vielleicht nicht«, sagte Schicksal. »Doch wenn dir etwas Ungewöhnliches erschienen ist, hat es sicher mit mir zu tun. Ich bin sein Vorbote.«

Als er sprach, verblaßte das Bild Simmus, und nur Kheshmets Spiegelbild kräuselte sich im Wasser. Aber das Abbild Zhireks blieb vor Sovaz' Augen bestehen.

»Das Schicksal Zhireks des Magiers«, sagte sie. »Wie war es?«

»Er war mit Unverwundbarkeit gesegnet oder verflucht, doch die Unsterblichkeit verschmähte er. Er wäre gerne bei deinem Vater in Dienst getreten, aber Azhrarn wollte ihn nicht, aus Gründen, die man nur vermuten kann. Irgendwann wurde Zhirek, der nicht sterben konnte, obwohl er es sich damals sehr wünschte, statt dessen Diener bei Uhlume, Gebieter Tod.«

»Diese Geschichte ist uralt. Zhirek hat doch inzwischen, auch wenn er unverwundbar und langlebig war, sicher sein Ende gefunden?«

»Mir scheint«, sinnierte Schicksal, »daß Zhirek zwar in jeder Hinsicht tot ist, sein Verstand, sein Herz und sein Geist, doch seine unerschütterliche Gesundheit und Vitalität haben noch nicht kapituliert. Irgendwo lebt oder vielmehr existiert er. Und natürlich ist er wahnsinnig. Die schreckliche Bestrafung Simmus, den Zhirek immer liebte, dem er mißtraute, und den er so sehr haßte, hat dafür gesorgt. Zhireks Tollheit ist es vielleicht, die dir den Gedanken an ihn anziehend macht. Eine Spur vom Irrsinn deines Liebhabers?«

Sofort hob Sovaz einen Kieselstein auf und warf ihn in den See, und das undeutliche Bild Zhireks verschwand.

»Aber du wolltest von meinem eigenen Schicksal sprechen, Kheshmet. Wo ist es?«

Bei diesen Worten verschwand auch das Bild von Kheshmet im See und Kheshmet mit ihm.

Sovaz lächelte zornig. Alle waren sie Schwindler, Gespenster, die sich prahlerisch zur Schau stellten, ihre Nicht-Verwandten väterlicherseits.

Oben am Himmel zog der geflügelte Löwe phantastische Kreise und schnappte nach Vogelgeistern – die nach zuckersüßem Rauch schmeckten, sich aber stets entziehen konnten, wenn er sie hinunterschlingen wollte.

Sovaz wanderte in der Wüstenstadt herum, doch mied sie sorgsam alle jene Orte, die sie mit ihrer Mutter besucht zu haben glaubte, und kehrte auch nicht zu Dunizels Grab zurück.

Während der größten Tageshitze legte sich Sovaz in einem Tempelhof unter eine Veranda und schlief. Sie träumte, Zhirek stünde vor ihr, im Gewand eines Priesters, mit einem Kragen aus Edelsteinen. In den Geschichten wurde viel von seinen Augen gesprochen, die die Farbe blauen Wassers in grünem Schatten oder grünen Wassers unter einem Abendhimmel gehabt haben sollten. Aber jetzt waren seine Augen dunkler, nur noch Schatten. Er sagte kalt zu ihr: »Es lag in meinem Wesen, Gutes zu tun, aber ich erwarb mir einen üblen Ruf, und mit Recht. Ich habe viel Böses getan. Vergiß die Stimme deiner Mutter, die dir sagte, Azhrarn sei der Liebling der Welt, der zum Spaß die ersten Katzen formte und die Liebe erfand. Geh hin und tue Böses wie ich. Niemand kann seiner Bestimmung entgehen. Sie schreitet uns voran und läuft uns hinterher. Sie liegt im Blut und in jedem Atemzug.«

»Und wo«, fragte ihn Sovaz in ihrem Traum (ein sehr menschlicher Traum, keine Vazdru-Abstraktion), »wo wohnst du nun, wo vollbringst du eifrig Böses, um deiner Vorstellung von Bestimmung zu genügen?«

»Ich tue nichts und ich bin nichts. Weder böse noch tugendhaft. Ich sehe nicht aus wie der, der ich einst war, ich habe keine Macht und keinen Namen.«

»Wie kommt es, daß du von mir weißt?«

»So ist es nicht. Du bist es, die von mir weiß.«

Als Sovaz erwachte, ging gerade die Sonne unter. Sie rief den geflügelten Löwen und raste mit ihm in den Sonnenuntergang hinauf, und der färbte ihre hellen Gestalten blutrot und ließ Sovaz' Haar zu einer Gewitterwolke werden. So flogen sie über die Wüste und alle jene Lande auf ein fernes Gestade zu, wo zwei Meere sich vereinten und eins wurden.

Sie hatte ihm verkündet, sie würde ihn erst aufsuchen, ihm gehorchen oder huldigen, wenn alle Meere zu Feuer, alle Winde zu Meeren und die Erde zu Glas würde »und wenn die Götter auf Leitern herabsteigen, um den Menschen die Füße zu lecken«. Und Azhrarn hatte darauf nichts erwidert.

Nun stand Sovaz am Gestade der Meere und rief die Illusion zu sich, und die Illusion beeilte sich, ihr zu gehorchen.

Innerhalb einer Stunde bot dieses Gebiet einen schrecklichen Anblick. Die beiden Meere, die sich vereint hatten, waren zu einem tobenden Feuerozean geworden, über den Blitze zuckten und knisterten. Gleichzeitig waren von Osten und Norden zwei Winde herangeflogen und hatten sich in Salzwasser verwandelt, Wellen kräuselten sich in ihnen und fegten als riesige Brecher, kleine, grüne Fische in ihrem Strudel mit sich reißend, brüllend gegen das Land. Und das Land splitterte und bröckelte ab, denn es war aus Glas, und unter der Oberfläche konnte man durch die Erzschichten bis in die Lavagruben sehen und die jahrhundertealten Knochen von Tieren und Menschen erkennen, die wie in Kristallharz eingeschlossen waren. Ganz zum Schluß schien sich mitten in dieser turbulenten Szene zwischen Blitzen und Sturm eine glühende Leiter zu entfalten und herabzufallen, bis sie die gläserne Erde berührte. Hier standen ein paar schmutzige Wilde in abgerissener Kleidung, den Mund vor Staunen weit aufgerissen, und aus dem Himmel huschten Wesen, weder männlich noch weiblich, glänzende Abbilder der Götter. Und als die Scheingötter die vorgeblichen Menschen erreichten, verneigten sie sich tief und leckten ihnen eifrig die schmierigen Zehen.

Kurz bevor der Mond aufging, der allerdings in diesem Wirrwarr nicht zu sehen war, konnte man einen dunklen Fleck erkennen, der durch den Kristallgrund nach oben raste. Sovaz kniete nieder, faltete die Hände vor der Brust und senkte in einer Haltung tiefsten Gehorsams das Haupt.

Plötzlich zersplitterte Glas, und eine schwarze Feuersäule schoß heraus. Einen Augenblick lang ragte sie vor den Flammen und der reißenden Flut aus Himmel und Meer auf, dann sank sie zusammen, und ein Mann in einem schwarzen Umhang hatte ihren Platz eingenommen. Er sah sich ein paar Minuten lang um.

»Ich weiß die Pointe zu würdigen«, sagte er. »Du bist

eine echte Vazdru. Du scheust vor nichts zurück, wie aufwendig oder verheerend auch immer, nur um nicht die Worte: *Es scheint, als wäre ich im Unrecht* aussprechen zu müssen.«

Sovaz, auf den Knien liegend, die Hände gefaltet, den Kopf gesenkt, sagte deutlich: »Es scheint, als wäre ich im Unrecht.«

Azhrarn schnippte mit den Fingern, und die Winde gossen ihr Wasser in den Ozean, worauf das Feuer gelöscht und er wieder zu einem Meer wurde. Von ihrer Last befreit rasten die Winde nach Norden und Osten in die Ecken der Welt davon. Die Erde wurde fest und dicht. Sand, Gras und Felsen erschienen. Die Götter- und Menschengestalten verschwanden, und die Himmelsleiter wurde zu einer silbernen Kette, die sich in den Schleier des aufsteigenden Mondes flocht.

Sovaz kniete immer noch mit gesenktem Kopf.

»Du warst geschickt genug, meine Aufmerksamkeit auf dich zu ziehen«, sagte Azhrarn. »Was willst du noch?«

»Ich werde tun, was du verlangst«, sagte Sovaz mit samtweicher Stimme. »Ich werde für meine Kränkungen büßen. Ich werde dich verehren und anbeten. Ich bin deine Sklavin.«

»Ein Sinneswandel«, sagte Azhrarn, ebenfalls mit samtweicher Stimme. »Erkläre mir, warum.«

Nun hob Sovaz den Kopf und blickte ihn unfreundlich und stolz an, ohne ihm jedoch in die Augen zu sehen, und in ihrer Stimme war keine Spur von Samt mehr. »Es gibt keinen Ausweg«, sagte sie. »Du hast mich für deine Ziele geschaffen. Ich werde deinen Willen erfüllen.«

»Du hast gelernt, die Menschen zu hassen.«

»Die ich lieben oder hassen möchte, kann ich mit meiner Liebe oder meinem Haß nicht erreichen. Ich hasse niemanden, und ich liebe niemanden. Aber ich empfinde Respekt. Ich bin eine gehorsame Tochter. Ich habe mir am Grab meiner Mutter das Haar abgeschnitten und Blumen hinterlassen. Und ich knie vor dir.«

»Steh auf!« gebot Azhrarn.

Er wandte sich von ihr ab, winkte in die Luft hinein, und der geflügelte Löwe kam herbei. Er hatte sich vor dem Mahlstrom von Illusionen so hoch hinauf in den Äther geflüchtet, daß seine Mähne, sein Schwanz und seine Flügel mit funkelndem Sternenstaub bestreut waren. Oder irgendwelche Urwesen des Himmels hatten diese angesammelten Substanzen wie Eimer mit Spülicht über die große Katze ausgegossen, um sie aus ihrem Reich zu vertreiben. Sie landete neben Sovaz und betrachtete sie mit ernsten, klugen Augen.

Als nächstes stieg ein Wagen aus der Erde. Bei seinem Kommen schien der Rand des Meeres aufzuleuchten. Aus Bronze war er, aber überall mit Silberintarsien verziert und mit Perlen und Steinen von klarstem Blau und tiefstem Schwarz besetzt. Drei Pferde zogen ihn, und sie waren pechschwarz, anstelle von Schweifen und Mähnen strömte bläulich schillernder Rauhreif. Das Zaumzeug, die Zügel, das Gestänge und die Wagendeichsel, alles war mit Silber und Diamanten, mit Mondsteinen und farblosen Beryllen wie mit einer Eisschicht überzogen. Ein Vazdru hielt das nervöse Gespann, ließ die Pferde tänzeln und dann erstarren, als seien sie aus Stein. Er tat dies großspurig, um mit seinem Können zu prahlen. Sobald die Pferde zu Stein erstarrt waren, betrachtete er Sovaz mit einem langen Blick, in dem sich Staunen und Schreck, Entzücken und Unwillen mischten. Nachdem er vor Azhrarn eine tiefe Verneigung gemacht hatte, verbeugte er sich auch elegant vor der Frau. Sie hatte mit der obersten Dämonenkaste, ihren eigenen Verwandten, noch nicht viel zu tun gehabt. Aber alle Vazdru liebten die Schönheit und waren auf alles neidisch, dem ihr Gebieter seine Gunst schenkte.

Azhrarn stieg ein und stellte sich in seinen Wagen, denn keinem anderen konnte er gehören.

Er sagte zu Sovaz: »Obwohl du keine Macht über das Meer hast, hast du ihm eine Illusion aufgedrängt, die die Leichtgläubigen vom Gegenteil überzeugen könnte. Die Meeresbewohner könnten darüber erzürnt sein, und auch darüber, daß du den Anschein erweckt hast, als sei die Luft mit ihren Wellen und Fischen gefüllt. Es empfiehlt sich, weit wegzugehen.«

»Fürchtet mein edler Vater das Seevolk?«

»Salzwasser«, sagte er, »hat mir schon so manchen Dienst erwiesen.«

Einen Augenblick lang schien es, als ritten Phantome weit draußen auf dem von Mondlicht übersponnenen Ozean, ein Jüngling auf einem nachtschwarzen Roß, und diese Geister verfolgten wiederum eine andere, schillernde Erscheinung, die aussah wie ein Schiff – aber die Bilder lösten sich wieder auf.

»Ich habe die Geschichte in den Schenken der Menschen gehört«, sagte Sovaz. »Sivesh und sein verblassender Traum. Ein Liebhaber, dessen du überdrüssig wurdest und den du vernichtet hast. Wer deine Liebe gewinnt, ist offenbar sehr zu bedauern.«

»Laß dich dadurch nicht beunruhigen«, tröstete Azhrarn. »Dich kann ein solches Mißgeschick nicht treffen.«

Eine Diamantpeitsche blitzte auf. Der Wagen machte einen Satz, erhob sich in die Lüfte – Pferde und Räder, der Vazdru und sein Fürst schwebten turmhoch über der Erde – und waren in der Nacht verschwunden.

Sovaz hingegen schwang sich auf den Rücken ihres Löwen. *»Folge ihm.«*

So jagten sie einige Stunden lang durch die Lüfte. Ein wilder Anblick für alle, die es sahen, der über den Bäumen dahinrasende Wagen und dahinter der geflügelte Löwe.

Der Mond, der gerade im Aufgehen begriffen war, erreichte den Gipfel seiner Bahn und wandte sein bleiches, dunstiges Gesicht der westlichen Grenze der Welt zu. Was sah der Mond dort, jenseits der Kante? Jedesmal, wenn er unterging, verschlang ihn das Chaos, doch es fügte weder ihm noch der Sonne Schaden zu, sondern verschönte sie nur, so daß sie seinen Armen wie Bräute entstiegen.

Auch einige Böen sprangen hinter dem Löwen und der zwischen seinen Schwingen sitzenden Sovaz her wie junge Hunde, die sich darauf freuten, ihr früheres Spiel mit Wasser und Fischen aufzunehmen. Aber schließlich ermüdeten die Winde und blieben zurück. Dann sang eine Nachtigall tief unten im graulila Schatten eines Fliederbaums, und eine zweite antwortete ihr aus einer jadeschwarzen Stechpalme. An vielen Nachtigallen kamen sie vorüber, die sangen oder verwirrt schwiegen, viele Gegenden, teils idyllisch, teils abstoßend, überquerten sie, viele, viele Meilen legten sie zurück.

Und manchmal (so wird erzählt) rief er sie zu sich und verlangte von ihr den Gehorsam, den sie ihm gelobt hatte, dann ging es um ein Dorf oder eine Stadt, einen Tempel oder ein Lager mit Unzufriedenen, wo sie zu seiner Belustigung irgendein Wunder erwirken sollte, denn sie hatte ja behauptet, seine ergebene Tochter zu sein.

Und so wurden in dieser Nacht (so erzählt man sich) viele Dächer in Haferbrei und mancher Käse in Topas verwandelt, Eulen schrien in menschlicher Sprache und Menschen gaben Laute wie Eulen oder Esel von sich. Und eine furchtbare Stimme flüsterte den Schläfern ins Ohr: »Hüte dich, ich kenne dein schreckliches Geheimnis, allen soll es verraten werden.« Und bei diesen Worten jener weichen, schrecklichen Stimme stockten tausend Herzen, und tausend Männer und Frauen fuhren entsetzt auf. Überall wurden Lampen angezündet, Geschrei erhob sich, Flüche wurden gekreischt, Diener rannten umher und holten Pferde, manche beteten, andere flohen mit Fackeln im Galopp von diesem Ort, einige griffen zum Mittel des Selbstmords und wieder andere schlichen hinaus, um ihre Nachbarn zu töten. Nur in einer sehr kleinen Anzahl von Behausungen drehten sich ein paar Leute um und schliefen weiter, nachdem sie überrascht sich selbst oder anderen zugemurmelt hatten: »Was soll das für ein schreckliches Geheimnis sein? Ich habe keines.«

Die ganze Nacht hindurch war daher (wenn es stimmte, was erzählt wurde) über viele, viele Meilen und danach noch viele viele Meilen weiter alles in Aufruhr, bis Azhrarn endlich den Wagen aus Bronze und Silber langsamer werden ließ und zu dem Mädchen auf dem Löwen bemerkte: »Ja, so ist es gut. Du hast einen scharfen Verstand, obwohl du noch ein Kind bist, den Verstand eines Dämons. In der Tat eine gehorsame, pflichtbewußte Tochter.« Und sein Lächeln ließ die eisigen Berylle und Perlen an den Zügeln zu Hagel werden und sogar der Tau, der sich unter ihnen an den Blättern zu bilden begann, gefror.

Bald danach ragte eine Stadt vor ihnen auf. Sie hatten schon mehrere gesehen, aber diese war gewaltig und lag inmitten von Blumenfeldern, an einem Fluß. Steinerne Tiere bewachten die Hafenanlagen und die beiden Stadttore, und standen sogar hie und da auf den Dächern. Sie waren so weiß wie Salz. Auch der Fluß leuchtete weiß unter dem Kuß des sinkenden Mondes, und um alle Türme der Stadt hatte der Mond zum Abschied Silberringe gelegt.

»Und hier«, fragte Sovaz. »Was soll ich hier tun?«

»Ich habe gehört, wie du mit Städten an Flüssen zu verfahren pflegst. Shudm, die Stadt der Ghule, mag dafür als Beispiel dienen. Laß diesen Ort in Frieden. Oder soll ich ihn dir schenken, damit du dort als Göttin herrschen kannst?«

»Sollte ich so ein Geschenk wollen?«

»Oh, du gehorsame Tochter«, sagte Azhrarn. »Du sollst irgendwo eine Göttin werden, denn ich möchte diese Welt lehren, worin das Wesen von Göttern besteht.«

»Und worin besteht ihr Wesen?« fragte sie.

»In Gleichgültigkeit und Grausamkeit. Und darin, daß sie die Menschen nicht lieben.«

»In Bhelsheved«, sagte Sovaz, »habe ich eine Inschrift auf einem Stein gefunden: die Götter retteten das Volk dort vor einem Ungeheuer, das man in dieser Gegend *Azhrarn* nennt. Und die Götter retteten es nicht nur einmal, sondrn sogar zweimal.«

»Mit solchen Inschriften haben sie sich die Lektion verdient, die ich ihnen erteilen werde«, erklärte Azhrarn. »Ich habe dich wegen deiner Unhöflichkeit nicht bestraft«, sagte er dann. Die gefrorenen Tautropfen wurden zu Stahlkörnern, fielen von den Bäumen und prasselten auf kleine Schnecken nieder. »Vergiß nicht, ich habe nicht vergessen, daß ich das nicht getan habe.«

»Ich bin bestraft worden«, sagte Sovaz, »allein dadurch, daß du mir das Leben geschenkt hast. Und da es ein unsterbliches, niemals endendes Leben ist, wird die Strafe ewig sein.«

Da streckte Azhrarn die Hand aus, legte sie ihr sanft auf den Kopf und sagte zu ihr: »Die Vazdru weinen nicht.«

»Wer weint? Ich doch nicht.«

»Jedes deiner Worte war eine Träne.«

Aber obwohl Azhrarn sie eindringlich anstarrte, wandte er den Blick ab, als sie ihn ansah, und schaute in die Nacht hinaus. Was immer er sagte, stets rief sie ihm unweigerlich Dunizel ins Gedächtnis. Schon als er diese seine Tochter das erstemal als erwachsene Frau gesehen hatte, hatte ihn ihr Anblick durchbohrt wie ein Schwert, daran war nicht zu zweifeln. Und vielleicht konnte er auch nicht anders, als sie zu verabscheuen, denn da er sie geschaffen hatte, um sein Werk auf Erden zu tun, war sie der fleischgewordene Inbegriff seiner eigenen Verworfenheit. Hatte Dunizel ihn vielleicht wirklich veranlaßt, seine eigene Verworfenheit, seinen Charakter *in Frage zu stellen*, wie sie es anscheinend gewollt hatte?

Der Wagen und der Löwe schwebten in der Luft, und unten lag die Stadt im Mondschein. Azhrarn nahm die Hand aus dem Haar des Mädchens, widerrief damit seine Liebkosung (der Löwe schauderte), sagte aber zu ihr: »Und wie lautet nun dein Name?«

Und sie antwortete: »Azhriaz.«

Das bedeutet lediglich: die Zauberin, Azhrarns Tochter.

7
Die Geschichte vom Rücken des Hengstes

EINST HERRSCHTE EIN KÖNIG über die Stadt und das Reich der weißen Steinkatzen, und dessen Name war Nennafir. Er selbst hieß Qurob. An dem Tag, als er geboren wurde, kam eine Hexe zu seiner Mutter, die noch ganz schwach und erschöpft auf dem Bett lag, während ihre Mägde ihr Kühlung zufächelten. »Euer Sohn«, sagte die Hexe, »wird König von Nennafir werden, in Gesundheit und Großmut wird er herrschen, kein Mensch wird die Waffe gegen ihn erheben, kein Unglück ihm nahe kommen, und sein Name wird in guter Erinnerung bleiben. Es sei denn ...« Und hier zögerte die Hexe bedeutungsvoll, die Mägde hielten den Atem an, ihre Fächer standen still, und nur Qurobs Mutter seufzte. »Es sei denn«, fuhr die Hexe fort, »er reitet, wenn er einmal König ist, auf dem Rücken eines Hengstes. Wenn er das tut, wird er sein Reich verlieren und sterben.«

Als Qurobs Mutter dies vernommen hatte, legte sie sich auf ihre Kissen zurück und sprach eine Weile kein Wort mehr, aber man sah, daß sie nachdachte. Endlich sagte sie: »Nun, dies ist ein großes Glück, denn ich bin nicht einmal die Gemahlin des jetzigen Herrschers, sondern nur seine Konkubine. Sicher ist es für meinen Sohn eine Kleinigkeit, es zu vermeiden, daß er einen Hengst besteigt – wenn er wirklich König wird, wird er Wallache und Stuten in Hülle und Fülle zur Verfügung haben. Komm jetzt«, sagte sie zu einer Dienerin, »schenke Wein ein, ihr sollt alle mit mir auf dieses Glück trinken, auch die Seherin – und in jeden Becher will ich eine Perle von diesem Kettchen fallen lassen, für die weise Frau werfe ich jedoch drei Perlen hinein.«

Diese Entscheidung fand viel Zustimmung. Der Wein wurde eingegossen, man reichte die Becher Qurobs Mutter, und sie ließ, wie versprochen, in jeden eine kostbare Perle fallen, doch in den Becher der Hexe gab sie drei Perlen. Dann tranken alle außer der Mutter selbst – sie war noch zu schwach, um vom Wein zu kosten. Und einen Augenblick später fielen alle außer ihr stöhnend zu Boden und starben. Denn zusammen mit der Perle hatte Qurobs Mutter in jeden Becher aus einem Ring an ihrem Finger einen Tropfen eines tödlichen Gifts fallen lassen, doch in den Becher der Hexe hatte sie drei Tropfen gegeben. Sie hatte nämlich bei sich gedacht: *Niemand darf davon wissen. Wenn jemand anderer davon erfährt, könnte er versuchen, ihn mit List gerade zu einem solchen Ritt zu verleiten.* Das war vielleicht nicht unvernünftig. Sie war überhaupt eine kluge Frau. Kaum lagen die Hexe und alle Dienerinnen leblos da, da begann Qurobs Mutter zu schreien. Als Hilfe eintraf, erzählte sie, eine böse Zauberin sei eingetreten und habe ihr, der jungen Mutter, die nur eine Konkubine war, angeboten, sie zur Königin von Nennafir zu machen, wenn sie nur Unheil gegen ihren Herrn plane. Das habe sie strikt abgelehnt, und daraufhin habe die Zauberin den Wein verhext, so daß alle starben, die davon getrunken hatten – ausgenommen nur sie selbst, da sie zum Trinken noch zu schwach gewesen war. Dann habe sie einen Zauberspruch gegen Hexen angewandt, den sie vor langer Zeit von einem Priester gelernt habe – und daraufhin habe auch die abscheuliche Zauberin ihr Leben ausgehaucht.

Alle staunten über diese Kunde, und das mit gutem Recht. Schließlich wurde die Geschichte auch dem König zugetragen.

»Das ist einmal eine standhafte Frau«, sagte der König. Und nach einiger Zeit besuchte er Qurobs Mutter, war von ihrer Schönheit ebenso bezaubert wie in jener Nacht, als er das Kind zeugte, und beschenkte sie mit Perlen.

So entwickelte sich alles erwartungsgemäß.

Der König erhob Qurobs Mutter in den Rang einer Nebenkönigin und gewährte ihr Ländereien und Juwelen. Dann wurde Qurobs Mutter zur mitfühlenden und bewundernden Freundin aller drei anderen Nebenköniginnen, und zu jeder sagte sie: »Im Vergleich zu Eurem Sohn ist der meine ein Nichts.« Oder, wenn sich noch kein Sohn eingestellt hatte: »Mein Sohn *wird* ein Nichts sein.« Weiterhin sagte sie: »Ich bin eine ganz unbedeutende Person, aber es macht mir Freude, Euch nahe zu sein. Eure Tugend und Schönheit sind mir stets aufgefallen und, ich will es Euch anvertrauen, ich glaube, Ihr seid es, die der König am meisten liebt – mehr noch sogar als die Großkönigin von Nennafir, denn diese Ehe wurde natürlich gestiftet, als er noch ein Kind war. Wenn er könnte, würde er sie sicher verstoßen und Euch an ihre Stelle setzen.« Nach diesen Worten warnte sie jede der Damen eindringlich vor den beiden anderen und erklärte, sie habe Gerüchte gehört, diese wollten die Begünstigte oder deren einziges oder künftiges Kind vergiften. Bald darauf erledigte Qurobs Mutter diese Aufgabe selbst und vergiftete die beiden Nebenköniginnen, die am wenigsten für ihre Einflüsterungen empfänglich waren. In der Nacht vor dieser Tat suchte sie bei der Großkönigin selbst um Audienz nach, dort warf sie sich zu Boden, und nachdem man ihr gestattet hatte zu knien, warnte sie die Großkönigin, die Nebenköniginnen schmiedeten ein Komplott gegen sie, besonders eine (die empfänglichste), die wahrscheinlich ihre Rivalinnen ermorden würde. Als man am nächsten Morgen die beiden Leichen fand, wußten alle, wer die Schuldige war, und die Nebenkönigin, die am meisten auf Qurobs Mutter gehört hatte, wurde gefangengenommen, ausgepeitscht und gehängt. Ihre Leiche ließ man da, wo die drei weißen Steinkatzen am Fluß lagen, am Galgen hängen.

Nun erhob die Großkönigin Qurobs Mutter zu ihrer Vertrauten und Spionin. So ging es dreizehn Jahre lang, während dieser Zeit wuchs der Knabe Qurob heran, seine Mutter lehrte ihn, vorsichtig zu sein, zu schmeicheln, sich zu verstellen und auch die Grausamkeit nicht zu scheuen, und sie versprach ihm: »Es gibt ein Geheimnis, das du niemandem verraten darfst. Du wirst hier König sein.« Und Qurob lächelte und sagte: »Tatsächlich, Mutter? Darüber werde ich mich freuen.« Doch zu jedem der drei Söhne der Großkönigin sagte er: »Neben dir bin ich nichts, aber laß mich dein Sklave sein, denn ich habe dich stets mehr bewundert, als es die Pflicht mir befahl, mehr als ich einen Gott verehren würde.« Und dann warnte er jeden freundlich vor den anderen, erzählte ihnen von Intrigen, von denen er angeblich erfahren hatte, gab ihnen Zugang zu Beweisen, die er selbst fälschte oder von anderen gegen Bezahlung fälschen ließ. In seinem dreizehnten Jahr starb die Großkönigin an einer auszehrenden Krankheit, die das Werk von Qurobs Mutter war, denn sie hatte ihr winzige Giftkörnchen in die Speisen gemischt. Bald darauf gerieten die Söhne des Königs in Streit, und einige fanden dabei den Tod. Und eines Nachts kniete Qurob, ein hübscher, kräftiger Junge von edler Haltung, demütig vor dem König nieder und teilte ihm mit, man habe einen Anschlag auf dessen Leben geplant, und obwohl es ihm, Qurob, das Herz breche, müsse er doch alles enthüllen. Am nächsten Morgen wurden die zwei ältesten

Söhne des Königs zwischen Pferde gespannt und zerrissen, und ihre Überreste warf man auf den Platz, wo die weißen Steinkatzen über den Fluß schauten. Und Qurob wurde der Erbe des Königs.

Wieder vergingen drei Jahre, und der König, mittlerweile alt und krank geworden, blickte mit Wohlgefallen auf seinen Erben, der ihm so ergeben war. Als Qurob schließlich sechzehn Jahre alt wurde, murmelte er dem König zu: »Erhabener Vater, laßt mich in Eurem Gemach allein mit Euch sprechen.« Dies gewährte ihm der König gerne. Als sie unter sich waren, sagte Qurob: »Vater, habe ich Euch treu gedient?« Der alte, kranke König nickte und umarmte ihn unter Tränen. »Von allen meinen Söhnen«, sagte der König, »warst du allein mir treu.« »So wisset«, sagte Qurob, »daß ich allein von allen Euren Söhnen falsch war.« Und dann erzählte ihm Qurob alles, was er getan hatte, und erinnerte den König daran, was durch seine Lügen geschehen war. Und der König sprang entsetzt auf, sein Herz versagte, und er starb.

Als man Qurob die Krone der Stadt auf das Haupt gesetzt hatte, kam heimlich, in einem dunklen, mit unbezahlbaren Steinen wie mit Tränen übersäten Trauergewand seine Mutter zu ihm.

»Nun hör mir genau zu, mein Sohn«, sagte sie. Und sie berichtete ihm von der Hexe, die am Tag von Qurobs Eintritt in die Welt zu ihr gekommen war und ihr geweissagt hatte, er würde König werden. Aber wenn er König sei, dürfe er nicht auf dem Rücken eines Hengstes reiten, denn sonst würde er sein Reich verlieren und sterben. »Ich habe es sonst keiner Seele erzählt«, sagte Qurobs Mutter, »und bei allen, die davon wußten, habe ich dafür gesorgt, daß sie auf ewig schweigen. Denn wenn jemand außer uns beiden davon Kenntnis hat, könnte er dein Glück gegen dich wenden und dich mit List gerade zu einem solchen Ritt verleiten.«

»Oh, meine Mutter«, sagte Qurob. »Du bist ein Segen

für mich. Du bist die klügste und beste aller Frauen. Ich werde mir deine Warnung zu Herzen nehmen. Niemand außer dir und mir soll davon erfahren.«

Nun mag es seltsam erscheinen, daß Qurob seiner Mutter mißtraute, die doch die ganze Zeit über das gefährliche Geheimnis sicher gehütet hatte. Aber die meisten Menschen messen alles an sich selbst. Diese Frau hatte ihrem Sohn die Treulosigkeit schon mit der Muttermilch eingegeben, und die Treulosen haben auch untereinander selten Vertrauen. Angenommen, er würde sich eines Tages aus irgendeinem Grunde mit ihr überwerfen oder sie würde, wenn sie alt und schwach wurde, die Geschichte vom Rücken des Hengstes im Fieber oder im Schlaf ausplaudern?

Also küßte Qurob seine Mutter, beschenkte sie reich, und als sie wieder in ihren eigenen Gemächern war, schickte er jemanden hinterher, der sie in ihrem eigenen Bad ertränkte, so daß es aussah wie ein Unfall. Hatte sie ihm nicht sechzehn Jahre lang eingeschärft, er müsse vorsichtig sein?

So viele Jahre, wie er schon gelebt hatte und noch einmal die Hälfte dazu, bis zu seinem vierzigsten Jahr herrschte Qurob also in Nennafir. Er regierte in Gesundheit und Wohlstand, niemand stand auf gegen ihn, und obwohl er streng und tyrannisch war, sprach niemand schlecht von ihm, sondern man nannte ihn den Geliebten König.

Und so viele schöne Pferde er sich, scheinbar achtlos, aussuchte, um sie zu reiten, niemals in all den Jahren wählte er einen Hengst.

Eines Tages ging Qurob auf die Jagd. Jenseits der Blumenfelder, die die Stadt wie Girlanden umkränzten, erstreckte sich eine grüne Ebene mit vielen Gewässern und ausgedehnten Wäldern, und hier lebten rosinenblaue Eber und leuchtend weiße Gazellen, die wegen ihres Fells sehr geschätzt wurden. Trotzdem scheuchte die Jagdgesellschaft an diesem Tag nichts auf, und der König wurde mürrisch, eine Stimmung, in der ihn alle fürchteten. Schließlich neigte sich die Sonne nach Westen, und da erblickte Qurob im hohen Gras eine Gazelle, die an einem Teich trank, sie war leuchtend weiß und hatte einen schwarzen Stern zwischen den Augen.

Sofort verfolgte die Jagdgesellschaft das Tier, und es sprang pfeilschnell davon. Alle hielten dies für einen ausgezeichneten Spaß und schrien laut vor Freude – und Erleichterung, weil sie wußten, daß sich die Laune des Königs jetzt bessern würde. Immer weiter lief die Gazelle, setzte wie der Wind über Gras und Steine und führte sie nach Osten, weg von der tiefstehenden Sonne.

Aber soviel sie auch reiten, Speere schleudern und mit ihren Bogen schießen mochten, sie kamen nicht nahe genug heran, um sie zu verletzen und niederzustrecken. So blieben die Stunden unter den Hufen der Pferde zurück, die Sonne zog weiter ans westliche Tor und klopfte, um durchgelassen zu werden.

Die Pferde ermatteten. Ein Reiter nach dem anderen zog die Zügel an. Nur der König stürmte weiter. Seine Höflinge wagten nicht, ihm etwas anderes vorzuschlagen, aber alle außer ihm fielen nun zurück, um die Tiere zu schonen, und folgten ihm im Schritt. Die Gazelle überließen sie dem König, und bald waren er und das Tier in der klaren Dämmerung den Blicken entschwunden.

Qurob mochte es nicht, wenn etwas ihm entschlüpfte. Sein Wallach schleppte sich nur noch mühsam voran, aber er trieb ihn mit Peitsche und Sporen zu größerer Anstrengung. Er schaute nach der weißen Gazelle, um zu sehen, ob sie müde wurde, aber vergebens. So rief er ihr über die widerhallende, sich verdunkelnde Ebene hinweg schmeichelnd zu: »Mein Schätzchen, ich bewundere dich und möchte dir nur nahe sein. Laß mich zu dir kommen. Ich möchte dich nur vor anderen schützen, die dir Böses wollen.«

Nach einer Weile glaubte Qurob die Gazelle zurückrufen zu hören: »Komm mir nicht mit solchen Lügen, Qurob. Ich war es, die sie dich lehrte, und ich habe nicht vergessen, wie du es mir vergolten hast!«

Da sträubten sich Qurob die Haare im Nacken. Erst wurde ihm kalt, dann heiß, dann brach ihm der Schweiß aus, denn er glaubte die Stimme der Gazelle zu erkennen: sie war wie die Stimme seiner Mutter.

In diesem Augenblick erreichte die Gazelle ein kleines Wäldchen und schoß hinein wie ein weißer Blitz. Aber sie kam auf der anderen Seite nicht wieder heraus. Als Qurob ihr folgte, konnte er sie nicht finden.

»Zauberei«, sagte Qurob ziemlich verärgert. »Oder der Geist dieser Hündin. Ich werde morgen am Grabe meiner Mutter ein Opfer bringen.«

Kaum hatte er das ausgesprochen, da durchlief ein Zittern den Wallach, und das Tier brach tot unter ihm zusammen.

Ziemlich angeschlagen erhob sich Qurob und versetzte dem Kadaver des Wallachs einen letzten Tritt. Dann schrie er nach seinen Männern, denn er wußte, sie würden es nicht wagen, ihm nicht zu folgen. Aber sie waren noch zu weit entfernt, um ihn zu hören, und Qurob, Nennafirs Geliebter König, wollte plötzlich nicht mehr alleine an diesem Ort bleiben.

Folglich verließ er die Deckung der Bäume, und was sah er als nächstes unter sich am Abhang? Eine Hütte mit erleuchtetem Eingang, von der der Rauch des Abendfeuers aufstieg. Und nicht weit davon entfernt graste ein Pferd auf einer Weide. Als Qurob näherkam, sah er, daß das Pferd eine wunderschöne Stute war.

Als der stets vom Glück begünstigte Qurob dies bemerkt hatte, schritt er zur offenen Tür der Behausung und sagte zu dem Mann, den er im Innern fand: »Auf die Knie mit dir, du Flegel, denn ich bin der König von

Nennafir.« Der Bauer gehorchte vernünftigerweise und ließ sein Essen auf dem Feuer verbrennen.

»Was ist Euer Befehl, mächtiger Herr?« erkundigte sich der Bauer schüchtern.

»Gib mir dein Pferd, das ist mein Befehl.«

»O weh«, meinte der Bauer unsicher, »wenn Ihr die Stute auf der Weide meint, so würde ich sie Euch nicht empfehlen. Sie hatte in letzter Zeit schlechten Umgang, so daß sie aufsässig geworden ist und Euch wahrscheinlich nicht gerne tragen wird.«

»Was kümmern mich die Launen dieses Viehs?« rief der König aus.

»Ich habe jedoch«, beschwichtigte ihn der Mann, »einen edlen Hengst, der momentan sehr ausgeglichen und fügsam ist ...«

König Qurob stieß einen schrecklichen Fluch aus. Er hatte von draußen das Geräusch von Sporen und Hufen gehört und wußte, daß sich nun seine Höflinge näherten. Und er dachte folgendes: *Wenn ich den Hengst ablehne, wird dieser Tölpel sich Gedanken machen, warum ich so auf meinem Wunsch beharre, und mein Hofstaat ebenfalls. Außerdem werden auf der Jagd neben den Wallachen auch Hengste geritten, man könnte mir einen von denen anbieten und ich müßte ablehnen. Darüber würden sie sich wundern, sie würden sich vielleicht erinnern, daß ich noch nie auf einem Hengst gesessen habe, und erraten, daß es einen geheimen Grund dafür gibt und daß es für mich nichts Gutes bedeutet. Und dann könnten sie mich vielleicht eines Tages überlisten, genau wie meine Mutter es mir sagte.*

So zog Qurob sein Schwert und schlug dem Bauern den Kopf ab, dann ging er hinaus, fing die Stute ein, und als sein Hofstaat herankam, sagte der König: »Holt mir meinen Sattel und das Zaumzeug von dem toten Pferd dort zwischen den Bäumen. Ich habe Gefallen an dieser plumpen Stute gefunden und werde auf ihr in die Stadt zurückreiten.«

Und so geschah es, obwohl die Hengste der Jagdgesellschaft in ihrer Gegenwart unruhig wurden, und als auch sie selbst sich sträubte, wie der Bauer gesagt hatte, schlug Qurob sie.

Trotz allem war sie ein schönes Tier, und Qurob wollte sie in seinem Stall behalten. Da er sie über anderen Dingen vergessen hatte, dauerte es eine Weile, bis er wieder an sie dachte, und eines Morgens rief er seinen Stallmeister und fragte nach der Stute.

»O weh, mächtiger Herr, sie ist gestorben. Sie trug ein Fohlen und warf es vor der Zeit, es kam mit den Füßen zuerst, denn es hatte die ganze Zeit aufrecht in ihrem Bauch gestanden. Hätte das Fohlen überlebt, es wäre eine Zierde Eures Marstalls geworden, denn es war schon voll ausgebildet und ein ganz erlesener Hengst. Es ist wirklich ein Jammer, daß Ihr ihn nur einmal geritten habt, allerdings, ohne es zu wissen, als Ihr nämlich auf dem Leib seiner Mutter gesessen seid.«

Als der Geliebte König Qurob diese Worte hörte, wurde sein Gesicht aschgrau. Er hob die Hände, nahm die Königskrone ab und zog sich die Ringe von den Fingern. »Meine Sünden haben mich eingeholt«, sagte er. »Der Fluch meiner Mutter, denn sie hat mich bestimmt verflucht, hat mich gefunden.« Und er rief seine zitternden Diener und ließ sich von ihnen allen Schmuck und all die prächtigen Kleider abnehmen, sogar die Schuhe zog er sich von den Füßen. Dann nahm er nur einen scharfen Dolch mit sich und verließ, nackt und allein, seinen Palast. Unter den staunenden Augen der Stadt ging er hinab an den braunen Fluß, wo die weißen Steinkatzen von Nennafir ihre lieblosen Augen von ihm abwandten.

Qurob hatte nicht vor, auf den Tod zu warten, er hatte ihn zu oft anderen geschickt oder ihn eigenhändig gebracht und wußte daher genau, daß er nicht sehr angenehm sein konnte. So schnitt er sich selbst die Kehle durch, und seine Leiche fiel in den Fluß.

Und die vielen Hundert, die gekommen waren und

ihm dabei zusahen, ohne etwas zu begreifen, wurden von Entsetzen und Staunen erfüllt, nicht jedoch, das soll deutlich gesagt werden, von Kummer.

8

Die Geschichte von dem Hengst war möglicherweise unwahr oder übertrieben. Im allgemeinen wählte sich ein Krieger nur für die Schlacht ein unbeschnittenes Pferd, und auch dann nicht immer, denn diese Tiere waren widerspenstig. Vielleicht gab es einen anderen Grund für König Qurobs Angst und Schuldgefühle und für sein Selbstopfer.

Wie auch immer, da trieb er nun reglos mit dem Gesicht nach unten flußabwärts und färbte das braune Wasser rot.

Mehrere tausend Menschen säumten die Ufer oder starrten von hohen Dächern oder Balkonen herab, um die Leiche auf ihrem Weg zu beobachten. Und im Hafen lagen die vogelähnlichen Schiffe mit dicht angelegten und gesenkten Schwingen; Männer stiegen bis in die Mastspitzen hinauf oder hingen über die Seiten und hielten Ausschau nach dem König der Stadt mit der durchschnittenen Kehle. Die Nachricht hatte sich in Nennafir schnell verbreitet. »Ist es auch wirklich unser *Herr?*« schrie man. »Welchen Grund hat *er*, sich zu töten, der Undankbare, wenn ich, der ich so viele gute Gründe hätte, mich achtenswerterweise ans Leben klammere?«

Aber wenn Qurob es hörte, dann antwortete er nicht, sondern trieb weiter mit dem Gesicht nach unten vorbei.

Und einige sagten: »Er war ein schlechter Herrscher. Aber wer immer nach ihm kommt, könnte noch schlechter sein.«

Qurob hatte viele Söhne und Töchter hinterlassen, da die Wollust sein liebster Zeitvertreib war. Manche davon waren noch Kinder, andere jedoch schon älter. Und es gab einige von fünfundzwanzig oder noch mehr Jahren, die er gezeugt hatte, als er noch Thronfolger war. Es war zu erwarten, daß diese sich zanken würden, und das würde dem Reich sicherlich nicht gut bekommen.

Dann glaubten verschiedene Schaulustige weit flußabwärts etwas anderes zu sehen, einen Mann in orangefarbenem Gewand, der über das Wasser ging, wo es keine Brücke gab. Andere erspähten ihn an den Kais. Einmal war er ein Bettler, dann wieder ein reicher Herr. Er spielte auf einer Jagdflöte oder stand nur sinnend da und blickte flußabwärts ... Schicksal war nach Nennafir gekommen.

Ein paar Meilen weiter westlich ergoß sich der Fluß ins Meer. In diese Richtung wurden die vielstöckigen Handelsschiffe der Stadt gerudert, und aus dieser Richtung kehrten sie auch zurück, einige schwer beladen, einige leicht und voller Verheißung auf Gold. Nun glaubte man meerwärts, nach Westen hin, entweder auf dem Wasser oder dicht darüber am Himmel, einen heftigen Blitz zu sehen. Plötzlich strahlte ein großes Licht auf, ein zweiter Sonnenaufgang, aber an der falschen Stelle, und das trieb die Bewohner von Nennafir in Scharen an die Fenster und auf die Straßen – oder ließ sie von Angst erfüllt in irgendwelche Verstecke eilen. Schweigen senkte sich herab, erwartungsvoll und schrecklich. Denen, die gekommen waren, um die vorübertreibende Leiche ihres Königs zu sehen, standen noch größere Wunder bevor.

Das Licht am Himmel wird weich wie eine Blume. Ein Tagmond, keine Sonne. Seht nur, es ist nichts Schauriges oder Schreckliches, kein Meeresungeheuer, das aus den Tiefen kommt und tobend an Land strebt, kein lebendiger Blitz. Es ist etwas Schönes, Liebliches, das herrliche Musik macht, und der Schein ist ein Regenbogen, das farbige Schillern auf den Flügeln von Vögeln und auf den Rücken großer springender Fische.

»Ein Schiff!« riefen tausend Stimmen.

Es *war* ein Schiff. Aber was für ein Schiff!

Es kam flußaufwärts und glitt zwischen den Ufern der Stadt dahin. Und als es kam, ging Qurobs Kadaver unter und war verschwunden, den Blicken entzogen und aus der Erinnerung gelöscht.

Hoch war das Schiff, sieben Decks hatte es, es hätte eigentlich gar nicht aufrecht bleiben und sich bewegen dürfen. Hinterher behaupteten viele, es sei in der Tat nicht ganz auf dem Wasser aufgelegen, sondern ein wenig darüber geschwebt, auf einer Wolke strahlender Luft. Doch drehten sich sieben Reihen von Rudern, und die Spitzen der langen Schaufeln wühlten den Fluß auf.

Das Schiff hatte die Form einer gewaltigen Lilie mit einer Myriade nach unten gefalteter Blütenblätter, aber der Bug war wie ein schmaler Drachenkopf gestaltet, der mit sehenden Augen und geöffnetem Maul aus der Blume hervorragte. Es war schwer zu sagen, welche Hölzer man für den Bau dieses Schiffes verwendet hatte, denn es war vollständig mit gegossenem Silber und gehämmertem Gold überzogen, so daß sein Glanz jeden blendete, der es ansah. Durchsichtige Blasen hingen wie Geistersonnen darüber, und von den goldenen Rudern zuckten Strahlen auf. Vögel in vielen Farben kamen und flogen durch diesen Glanz, und die Fische tummelten sich in seinem Kielwasser. Das Schiff hatte keine Segel, auf seinen Decks war niemand zu sehen, und von innen hörte niemand Anweisungen an die Ruderer schreien. Nur Musik spielte, aber es war nicht erkennbar, woher sie kam. Sie drang in Gehirn und Glieder. Die Zuhörer spürten, wie sie von einem Delirium erfaßt wurden, es drängte sie, zu springen und zu tanzen, und viele taten es auch, sie klatschten in die Hände und schrien vor Freude, obwohl es keinen Anlaß zur Freude gab, nur zu Mißtrauen und Besorgnis.

»Seht nur«, sagten die Kinder in der Menge von Nennafir, »auf dem Schiff ist eine Dame.«

So war es. Das einzige lebende Wesen, das zu sehen war, befand sich oben im Bug. Auf dem Drachenhaupt war eine goldene Krone befestigt, und darin stand eine schöne, ebenfalls in Gold gekleidete Frau, klein wie eine Puppe, von langem, schwarzem Haar umwogt.

»Das ist eine mächtige Zauberin«, sagten die Leute in der Menge zu ihren Kindern.

Andere knieten nieder. »Ein übernatürliches Wesen«, sagten sie.

Die goldene Frau dort oben hinter dem goldenen Zaun stand reglos, doch ihre Augen schienen jedes Gesicht, jeden Geist zu berühren.

Dann hob sie die linke Hand – nur diese eine, ferne Geste, weit draußen auf dem Fluß, hoch oben in der Luft.

Und das Schiff hielt an, die Ruder lagen still wie Zähne in einem brennenden Kamm. Die Vögel ließen sich nieder, die Fische versanken, die Musik verstummte.

Aber durch die Gebäude der Stadt ging eine Bewegung, sie ächzten, und Risse taten sich auf. Fliesen fielen von den Wänden. Nennafir erbebte vor Angst oder vor Freude. Und die weißen Steinkatzen von Nennafir erhoben sich von ihren Plätzen, gähnten und fauchten aus ihren steinernen Kehlen.

Sie sprangen von ihren hohen Dächern, kletterten von ihren Säulen und liefen in langen Sätzen durch die von Panik erfaßten Straßen. Am Flußufer, wo die Menschen vor ihnen zurückwichen, sammelten sie sich, ein weiches Feuer in den Steinaugen, und verneigten sich vor dem Schiff.

Dann erlosch das Licht auf dem Schiff. Wo es gewesen war, entstand eine riesige Welle, braun wie der Fluß, mit Adern aus Kristall und goldenen und silbernen Wirbeln darin, und sie fegte über den Drachenkopf mit seiner goldenen Krone und der übernatürlichen Zauberin darin hinweg und rollte an Land. Die Menge rannte schreiend davon, weil sie fürchtete, von ihr ertränkt oder zerschmettert zu werden.

So trat Azhriaz aus der brennenden Woge auf den leeren Flußkai und blieb in einem Kreis sich verneigender Steinkatzen stehen.

Die Dichter und Gelehrten sagten, sie sei dort gestanden, mit Augen, so blau wie der Himmel, mit Haaren wie die Nacht, in die Sonne gekleidet und mit einer Haut wie der Mond. Und die Stadt habe sich zu Boden geworfen, um sie anzubeten, denn alle hätten sofort gewußt, daß ein Wesen aus Übererde zu ihnen herabgestiegen war.

Sie war eindeutig eine Tochter des Himmels, aus den ätherischen Gefilden.

Als sie ihren Namen erfuhren, hatte er einen seltsamen Klang, aber sie verstanden ihn nicht. Unerforschlich waren die Wege der Götter für die Menschen.

Als Azhriaz durch die Straßen von Nennafir auf den Palast zuging (wo einige von Qurobs Erben schon dabei waren, sich gegenseitig zu erdolchen, zu erdrosseln oder zu vergiften), hinterließen ihre Füße Abdrücke im Pflaster, die hinterher leuchteten. Jahrzehntelang waren diese Fußspuren eine der Sehenswürdigkeiten der Stadt, und sie hatten wundertätige Eigenschaften. Irgendwann verblaßten sie. Azhriaz hatte auf diesem Weg keine Begleiter außer den weißen Steinkatzen, dreizehn an der Zahl, die sich eifersüchtig um sie drängten. Die von Ehrfurcht ergriffenen Menschen folgten wie im Taumel, einige sangen immer noch und klatschten in die Hände, andere waren bleich und in Trance, wieder andere hatten vor Angst gerötete Gesichter.

Die Soldaten am Palasttor konnten nicht anders, als ihre Speere wegzuwerfen und auf die Knie zu fallen. Sie begriffen, daß sich kein Mensch dem Willen des Himmels entgegenzustellen vermag.

Azhriaz' leuchtende Fußspuren führten über den Hof, die Treppe hinauf und hinein in die inneren Räume.

Ihre Schönheit war so groß, schrieben die Dichter, wer konnte sie ansehen, ohne zu erkennen, daß sie eine Göttin war?

Azhrarn hatte gesagt: »Ich werde ihnen einen Gott geben, den sie anbeten können. Sollen sie doch am eigenen Leibe erfahren, wie es ist, von einem solchen beherrscht zu werden.«

BUCH ZWEI

Azhriaz: Die Göttin

Teil Eins

Von Dingen aus Stein

1

In einer knochentrockenen Wüste rackerten sich Männer ab, um die schmalen, hohen Steine aus dem Boden zu bekommen, die Wind und Zeit zurechtgeschliffen hatten.

Die ganze Wüste bestand aus Stein, alles war hell und einförmig. Der Stein war zu Staub und so lange immer weiter zu Staub zerfallen, bis nichts mehr davon übrig war. Nun wirbelten nur noch die Meißel ein feines, weißes Pulver auf, und wenn die Säulen umstürzten, obwohl sie durch Seilzüge gehalten wurden, spritzten winzige Splitter in die Luft.

Eine Straße führte durch die Wüste zu einer Stadt, die lehenspflichtig war und im Begriff stand, den alle sieben Jahre fälligen Tribut zu entrichten. Kostbare Metalle und Edelsteine und Herden von Vieh und Sklaven bildeten die Abgaben dieser Stadt. Aber man hatte sie auch aufgefordert, Baumaterial zu schicken, so war ein Wald voller Bäume abgeholzt worden, und nun sollte auch der Wald aus Steinen fallen.

»Seht euch nur diesen Pfeiler an«, sagte der Aufseher zu seinem neuesten Trupp. »Einer der ältesten an diesem gräßlichen, verrufenen Ort. Es sollte mich nicht wundern, wenn schon seit tausend Jahren der Wind darüberfegte. Und jetzt muß er auf Verlangen der Hexengöttin fallen. Nun ja, dort wird eine Menge gebaut, denke ich mir. Schlagt zu.«

»Was ist das für ein Zeichen, da ganz oben, wie ein riesiges, schwarzes Auge?« fragte einer aus dem Trupp, ein stattlicher Jüngling, der den Aufseher gerne auf sich aufmerksam machen wollte.

Das gelang ihm auch. »Nun, mein Junge«, erklärte der Aufseher, »in einigen dieser Steine gibt es Löcher, und manchmal setzt sich darin etwas fest. Im Lauf der Zeit verbindet sich die Füllung mit dem Stein und wird selbst zu Stein. Irgendein Tier«, sagte er weiter, den Jungen beiseite nehmend, »ist vor Jahrhunderten dort hineingekrochen und gestorben und mit dem Stein eins geworden. Ich habe noch nie ein Loch gekannt«, fuhr er fort und führte den Jungen in sein Zelt, »das nicht irgendwann mit etwas gefüllt wurde.«

Der Rest des Trupps schuftete in der Tageshitze weiter. Ihre Hämmer und Äxte verbissen sich in die Säule, und ihre Sägen fraßen sich tiefer und tiefer hinein. Am Spätnachmittag schwankte der Stein. Die Seile strafften sich, der Pfeiler schaukelte in ihrem Griff, kippte zur Seite und sackte weg, und die Seile zogen ihn hoch, ehe er auf dem Boden aufschlagen und auseinanderbrechen konnte. Als er auf den Karren geladen wurde, stiegen zwei oder drei Männer hinauf, um sich die schwarze, undurchsichtige Wölbung anzusehen, die aus ihm herausragte. Sie klopften auf die dunkle Stelle, um zu sehen, ob etwas Interessantes zum Vorschein kommen würde, aber nichts tat ihnen den Gefallen. Ihre Werkzeuge hinterließen keine Spur.

Und so wurde der Stein mit den anderen in die Stadt und zur Tributkarawane gebracht und ging mit ihr auf die eineinhalb Jahre lange Reise nach Osten, in das riesige Land der Hexengöttin. Die Stadt hatte schon viel von ihr gehört, aber man hatte sie dort noch nie gesehen.

Sie war im Osten aufgegangen wie eine zweite Sonne. Seit drei Jahrzehnten wußte die Stadt von ihr. Ewig jung war die Hexengöttin und von unveränderter Schönheit. Grausam und gnadenlos war sie außerdem und kriegerisch und eine Magierin. Sie war vom Himmel herabgestiegen, und vor ihr hatten sich Meere und Flüsse geteilt. In einer Stadt namens Nennafir, der Blüte des Flußufers, war sie gelandet und hatte sie innerhalb von drei Stunden in Besitz genommen. Dann hatte sie innerhalb von drei Monaten die Heere des blühenden Nennafir ausgeschickt, um in drei Teilen die Welt zu erobern – und nach drei Jahren sah es so aus, als habe sie einen guten Anfang gemacht. Von Küste zu Küste, von Insel zu Insel erstreckte sich ihr Reich, es umfaßte die Gebirge, die Täler, die kleinen und großen Städte – ein ganzes Drittel der Welt, vielleicht sogar noch etwas mehr. Nur die Wüsten und die ferneren Länder hatte sie bisher außer acht gelassen. Wohin ihre Legionen mit ehernem Schritt und blutigem Stahl nicht marschierten, wohin ihr Zauber nicht wie ein pechschwarzer Vogel mit honigsüßem Gesang flog – küssende Klingen, tödliches Lied – dorthin kamen die Geschichten über sie, der *Klatsch,* und das genügte. Sicher, es hatte schon andere wie sie gegeben. Einst hatte Zorayas, eine Hexenkönigin, die jetzt nur noch eine Legende war, viele Länder der Erde unterworfen und viele andere verführt. Aber trotz all ihrer Macht, ihres Ruhms, ihrer Niedertracht und ihrer Schönheit war Zorayas sterblich gewesen. Diese Königin war eine Göttin. Ihr zu trotzen bedeutete nicht nur den Tod, es war ein Frevel.

Hundert Geschichten erzählte man sich über sie, oder siebenhundert, oder siebentausend. Einige waren Lügen oder Geschwätz (über Leute wie Zorayas und ihresgleichen), und sie wurden wie Strandgut von der Flut mitgetragen. Andere waren nur zu wahr. Aber die Erzählungen von Eroberungen und Allmacht ähneln sich sehr, wie eben die meisten Darstellungen des Bösen.

Die Tributkarawane brachte die ersten Monate ihrer Reise nach Osten hinter sich, und bald steckte sie so tief in Geschichten, daß die Räder der Karren und Wagen sich kaum noch drehen konnten und die Zugtiere stolperten und verendeten – gefangen und erstickt im Sumpf eines lebenden Mythos.

Im dritten Monat der Reise wurde der Weg auch physisch blockiert, durch andere Karawanen von anderen Orten, die sich alle in einen gewaltigen Kanal ergossen, als wären die Dämme zahlloser Wasserläufe gebrochen.

Alle Straßen führten nun nach AZ-Nennafir.

Es war nicht mehr nur eine Stadt, sondern eine Metropole, die ein so riesiges Gebiet umfaßte, daß man darin dreizehn gewaltige Königreiche hätte versenken können. Eine Stadt so groß wie ein Land, und ringsum ein Land, das ein Drittel der bekannten Erde einnahm: das Reich.

Die Menschen reagierten sofort, wenn sie nur an den Rand dieses Gebietes kamen. Seine magischen Emanationen erfüllten die Sterblichen, auch wenn sie noch lange Monate und endlose Meilen entfernt waren, mit heftigen Gefühlen. Manche Menschen wurden von Krämpfen und Fieber gequält – sie tanzten im Schlaf und schliefen im Gehen. Die Gesunden siechten dahin, und die Kranken wurden gesund. Überall hing der Dunst des Wahnsinns. Und das Land veränderte sich.

Zuerst führte der Weg durch ein mächtiges Gebirge, das völlig kahl war und in der Ferne wie helles Silber leuchtete. Nichts wuchs dort, kein Baum, kein Grashalm. Wer diese Berge bestieg, sah, daß sie aus grauem Granit bestanden, der sich an einigen Stellen in eine Art Spiegel verwandelt hatte. Dort bohrte sich die Sonne hinein oder bei Nacht der Mond. Jenseits der Berge dehnten sich wogende Ebenen, mit Wildgras bewachsen, dessen Stengel dick und grün waren. Das Gras war saftig, und wenn man es in einem Kessel braute, bekam man einen grünen Wein. Tranken die Menschen zuviel davon, dann verdrehte er ihnen den Verstand oder machte sie blind. Vögel schwebten auf gewaltigen Schwingen wie fliegende dunkle Sonnenschirme über das Grasland. Manchmal stießen sie herab und holten sich ein Tier aus der Deckung oder ein Kind – denn auf den Ebenen lebten Hirten in Grashütten, die Kleider aus Gras trugen, auf Flöten spielten, die sie aus den Grashalmen gefertigt hatten, und nicht ganz richtig im Kopf waren, weil sie ständig den Grasduft einatmeten.

Andere Gegenden folgten, steil und schroff oder tief wie Gräben, öde oder dicht besiedelt. Ein Meer gab es da, über das man eine Brücke gebaut hatte, die wohl teilweise von Zauberkraft getragen wurde. Ihre Pfeiler waren tief unter Wasser im Grundgestein verankert. Viele Tage lang zogen die Karawanen über diese Brücke und sahen dabei auf beiden Seiten der hohen Brüstungen nichts als den Ozean oder den wirbelnden Meereshimmel darüber. Vor ihnen flogen Meeresvögel auf wie ein weißer Wind, und manchmal sahen sie im Wasser riesige Geschöpfe vorüberschwimmen.

Im sechsten Monat der Reise nach Osten lagen kleine und große Städte dicht wie Heuschrecken beieinander, immer nur mit einem kleinen Streifen Land dazwischen, um dessen Besitz die Städte kämpften. Die Karawanen konnten jedoch unbehelligt vorüberziehen, da sie den Tribut für die Hexengöttin brachten. Nun hatte jede große oder kleine Stadt, jedes Dorf einen ihr geweihten Tempel, und ihre mächtigen Statuen erhoben sich überall an den Straßen. Sie waren alle verschieden und sich doch ähnlich, weiß wie Schnee oder Eis, das Haar schwarz – Ebenholz oder Achat – die Augen blau – große Saphire oder blaue Smaragde –, und die Opfergaben, die man den Statuen dargebracht hatte, lagen davor und verwesten, denn nicht einmal die Vögel der Luft oder die Kaninchen und Füchste stahlen von dem, was ihr gehörte. Haufenweise Obst, Fläschchen mit Parfum oder Amphoren mit Alkohol fanden sie da, und auf den weißen Steinaltären ragten die Knochen wie gezückte Schwerter durch die verfaulenden Kadaver der Opfertiere. Betäubender Gestank erfüllte allenthalben die Atmosphäre. Manchmal befanden sich Priester an den Altären. Feuer brannten, und durch die lauten Lobeshymnen stieg der Rauch. Der ihr geweihte Orden trug blaue Gewänder, blau wie die Augen der Göttin, ein Blau, wie es kein anderes auf Erden gab. Bei Nacht sah man in jenen Gegenden überall die Opferfeuer brennen wie helle Punkte in der Dunkelheit, während sie sonst nur schwach zwischen den Lichtern der übervölkerten Städte glühten oder wütend funkelten, wenn eine von ihnen brannte.

Im neunten Monat der Reise kam die Karawane, die die Steine aus der Wüste beförderte – zusammen mit den anderen Karawanen, die einen kürzeren Weg hinter sich hatten oder einen längeren, aber ebenfalls noch eine Strecke von weiteren neun Monaten vor sich – an den Rand des Gebietes, das man unter dem Namen Az-Nennafir kannte, das Kernland des Reiches der Göttin.

Kein Mensch hatte sich je mehr als einmal in seinem Leben auf diese Expedition begeben. Einmal war genug. Und in den meisten Familien wurde die Last dieses Abenteuers vom Vater auf den Sohn weitergegeben, ein Schicksal, dem man nicht entgehen konnte.

Die Außenbezirke des Kernlands der Göttin, von Magie umschlossen, waren größtenteils leer. Auch hier gab es so etwas wie Wüsten. Nach dem Gewimmel der Städte schien es, als habe sich alles Leben zurückgezogen. Es gab viele voneinander abweichende Berichte über diese Regionen, und wahrscheinlich unterschieden sie sich deshalb so stark von einer Gegend zur anderen, weil von der großen Zahl von Menschen, die der Stadt zustrebten, jeder nur die Landschaft sah, die er selbst durchquerte, und das war ihm zweifellos auch genug.

Die Steinkarawane und ihre Begleiter zogen nun über einen felsigen, abschüssigen Hang hinab in eine Senke, die so glatt war wie poliertes Kupfer in der Dämmerung. Langgestreckte Becken dieses metallischen Bodens lagen vor ihnen, in einigen hatte sich metallisches Wasser gesammelt, von dem niemand, nicht einmal die durstigen Tiere, trinken wollte. Tagelang bewegten sie sich unter einem weiten Himmel auf diesem Untergrund dahin. Bei Nacht sahen sie sonderbare Gestalten in den Lüften – nicht mit Wolken zu verwechseln, sondern unscharfe, dunstige Formen, die hin und her zogen, Geisterriesen oder Phantomgötter. Sterne rissen sich aus ihrer Verankerung – wenn es wirklich Sterne waren. Einige stürzten auf das Land herab, rauschten über die Lager der Reisenden hinweg, erhellten den Himmel mit schrecklichen Farben wie am Mittag und machten ein Geräusch, das wie ein Kreischen oder wie zerreißender Stoff klang. Wenn sie über den metallischen Bergen abstürzten, grollte Donner, ein Feuerstoß war zu sehen, von der betreffenden Stelle fegte plötzlich ein kurzer, tosender Sturm auf, heiß wie ein Hochofen, riß die Zelte von den Pflöcken und die Menschen von den Beinen und roch nach Essenzen, die keinen Namen hatten.

Ein oder zwei Monate lang zogen sie also durch diese eigenartige Gegend, ständig gefährdet durch die fallenden Sterne. Dann ging die Metallwüste über in eine Wüste aus blauem Sand unter einem wäßrigblauen Himmel. Hier entsprangen Quellen aus violetten Quarzfelsen. Wasser und Bläue erfrischten und richteten keinen Schaden an – jedenfalls schien es so, wer konnte schon sicher sein? (Kein Mensch, so hieß es, der diese Straße gegangen ist, kehrt so normal zurück, wie er ausgezogen ist. Die meisten hatten sich damit abgefunden, es blieb ihnen keine andere Wahl.)

Noch ein oder zwei Monate in der blauen Wüste, die Zeitrechnung wurde schon ziemlich ungenau. Dann folgte eine weiße Wüste, wo Milchströme aus Alabasterfelsen rannen, und danach schwarze Weiden, in denen schwarzes Bier floß – oder Tinte, man nahm sich beim Trinken besser in acht. Als nächstes reines Wasser, ein ganzes Land voll, ein See, der von den Fußspitzen bis zum Horizont reichte, hie und da unterbrochen von wirrhaarigen Wasserwäldern oder urtümlichen Bäumen, in denen Fische nisteten, die aus dem See herausschnellten, um sich, sanft keuchend, mit ernsten, kalten Augen auf runde opalähnliche Eier zu setzen und sie auszubrüten. Über diesen See führte ein Damm bis vor eine Mauer.

Die Mauer war schon aus mehreren Meilen Entfernung zu sehen gewesen, und selbst jene, die schon von ihr gehört hatten, starrten sie staunend an. Sie war aus glasierten Kacheln, mit geflügelten oder geschwänzten Tieren bemalt – und sie reichte hinauf, hinauf und immer weiter hinauf, so weit, daß sie den Himmel abzustützen schien.

Die Karawanen drängten sich auf dem Damm und stauten sich an der Mauer. Der Tag war in den See geflossen, und die Fische sprangen aus ihren Nestern und tummelten sich funkelnd im Wasser. Im Osten war, unsichtbar hinter der Mauer, der Mond aufgegangen und stieg höher und höher, bis er über die Mauer sehen konnte. Wenn es soweit war, wurden die Kacheln weiß, und eine Tür erschien. Offenbar vom Mondlicht aufgeschlossen, öffnete sie sich nach und nach immer weiter. Bis zum letzten Rad und Packtier und bis zum letzten Mann zogen die Karawanen hindurch. Danach schloß sich die Mauer.

Dahinter war es stockdunkel, denn der Mond war jetzt über den oberen Rand gestiegen und erfreute draußen die Fische im See mit seinem Licht.

Aber auf der Innenseite lag eine glühende Straße, eine Straße wie aus goldenem Feuer. Sie sahen, wie sie sich vor ihnen dahinschlängelte, folgten ihr erschöpft, aber gehorsam und wurden in ihren Flammenschein getaucht, der weder nach oben noch nach den Seiten Licht abzugeben schien, sie selbst aber mit wilder Kraft erfüllte. Die erschöpften Tiere begannen zu tänzeln, zu traben und schließlich zu galoppieren. Die müden Männer feuerten sie lachend an.

So rannten sie auf die dreizehn Königreiche umfassende Stadt zu und betraten sie.

Neben vielen anderen gab es auch die Meinung, daß es schließlich doch nicht Zauberei war, was Az-Nennafir zu dem machte, was es war, sondern vielmehr die Phantasievorstellungen der Menschen über diesen Ort.

Wer zurückkehrte (das taten nicht alle), murmelte etwas von Größe und Farbe und davon, wie gegensätzlich alles wäre, weiterhin von einer Schönheit, die einen erschüttert und in Kleinigkeiten oder auch in großen Dingen für immer in den Wahnsinn getrieben habe. Stumpfsinnige Menschen wurden zu Dichtern oder hängten sich auf, nachdem sie Az-Nennafir besucht hatten, aber das war noch das wenigste.

Die Sonne leuchtet dort blau, hieß es. Am Mittag herrscht eine schillernde Dämmerung. Das kommt, so sagte man, von einem Baldachin aus Saphir, der das ganze Reich – das Reich der Göttin – überspannt. Oder es ist eine ungeheure Linse in den Himmel eingelassen. Vielleicht ist es auch nichts als schlichte Zauberei. Hier und da hat man ein Loch in den Baldachin, die Linse oder den Zauber gemacht, und darunter kann man in einer Oase feuriger Helligkeit die Sonne finden.

Bei Nacht gibt es sieben Monde von unterschiedlicher Größe und Färbung und verschiedene Arten von Sternen – sie bewegen sich mechanisch oder durch Hexerei oder beides, und man kann beobachten, wie sie langsam, in herrlichen Formationen über den Himmel gleiten. Gelegentlich ziehen sie aneinander vorbei, und dann hört man – wenn sie sich berühren – ein melodisches Klingen.

Alles, was wächst, gedeiht hier vortrefflich. Die Pflanzen setzen unheimlich viele Knospen an und ragen hoch in den Himmel. Es gibt Rosenbüsche mit so großen Blüten, daß ein Mädchen sich hineinlegen kann. Die Blütenblätter sind wächsern, aber sie geben einen Duft ab, der einem die Besinnung rauben kann. Zedern gibt es dort, die so groß werden wie ein Hügel oder ein kleiner Berg, und wenn die tiefen hängenden Monde bei Nacht durch sie hindurchziehen, brechen die Äste ab und fallen mit einem eigenartigen weißen Glanz überzogen auf die Erde. Die Gebäude sind mittlerweile ebenso hoch oder noch höher. Es gibt Treppen, bei denen man einen ganzen Vormittag braucht, um sie zu ersteigen. Manche Türme verschwinden im blauen Sonnenlicht – sie haben Buntglasfenster, die bis zum Boden reichen und so breit wie drei Tore sind, aber weiter oben so schmal werden wie eine Perlenkette.

Und wenn die zurückgekehrten Reisenden davon sprechen, schreiben, krächzen oder plappern, fragt vielleicht der eine oder andere, der nicht gebührend eingeschüchtert ist: »Habt ihr denn auch die Göttin gesehen? Habt ihr Azhriaz, die Tochter von Übererde, zu Gesicht bekommen?«

Und dann könnte ein Zurückgekehrter folgendermaßen antworten:

»Nachdem wir ein paar Monate lang durch die bebauten Gebiete der Stadt Az-Nennafir gezogen waren, erreichten wir das Ufer eines kleinen, braunen, gewundenen Flusses. Ach, der Fluß war eine gute Viertelmeile breit, doch alles ringsum ließ ihn winzig klein erscheinen. Doch am gegenüberliegenden Ufer erhob sich ein Bauwerk, das ein Tempelpalast der Göttin war. Die Priester kamen, und wir lieferten unseren Tribut ab. Alles wurde gewogen und gezählt, aber ich achtete kaum darauf. Ich starrte nur dieses Bauwerk an, in dem sie sich vielleicht aufhielt, sie, die uns in ihrem Bann hält. Nun ist sie grausam, gnadenlos und gleichgültig (durch ihre Lehren haben wir erfahren, daß dies die Haltung der Götter gegenüber den Menschen ist – und hat uns das nicht auch unser Leben wieder und wieder gelehrt?). Wir wissen, daß sie uns mit einem Blick erschlagen oder jeden von uns einer gräßlichen Folter unterwerfen kann, und das haben in der Vergangenheit auch jene erfahren, die sie fürchten und verehren. Andererseits ist es sinnlos, sie um etwas zu bitten, sie wird keine Gunst gewähren. Und will man sie mit Gebeten oder Opfergaben geneigt machen, davon nehmen die Götter keine Notiz und freuen sich auch nicht daran, obwohl sie möglicherweise eine Strafe verhängen, wenn man dergleichen unterläßt. Dennoch ist sie ein überirdisches Wesen, das unter uns weilt, und ich glaube, keiner steht am Eingang zu einem ihrer Paläste, ohne davon zu träumen, einen Blick auf sie zu erhaschen.

Nun denn. Einige Türme des Palastes ragten so hoch auf, daß ich sie nur noch undeutlich sehen konnte. An anderen lief das blaue Sonnenlicht herab wie Regen. Drei der weißen Steinkatzen der Stadt, so groß wie Elefanten, strichen am gegenüberliegenden Ufer herum, vor einer Treppe mit mehr als dreihundert Stufen, von denen jede mit einem ganzen Bergwerk voller Saphire belegt war. Und oberhalb der Saphirtreppe befand sich eine goldene Terrasse und wiederum darüber zwei goldene Türen – jede selbst so hoch wie hier draußen in der gewöhnlichen Welt das Haus eines Königs vom Keller bis zum Dach. Auf diesen Türen stand ihr Name in so herrlichen Lettern geschrieben, daß man es nicht ertragen konnte, sie anzusehen.

Inzwischen war die Menge am Ufer, wo die Abgaben gezählt und gewogen wurden, auf eine Million oder noch mehr angewachsen. Plötzlich ertönte direkt aus dem Äther eine Trompete, und es wurde so still, daß man hätte glauben können, man sei plötzlich taub geworden, hätte man nicht das laute Schlagen seines eigenen Herzens gehört.

Dann spürte man einen Duft, mit dem sich all die überwältigenden Rosen jenes Wunders von einer Stadt nicht messen konnten, die Wasser des Flusses verwandelten sich in Gold und Silber, Fische aus Jade sprangen darin herum, und azurblaue Lilien erblühten. Die großen Goldtüren mit dem Namen AZHRIAZ darauf öffneten sich so sanft wie zwei Schmetterlingsflügel. Zwischen ihnen brannte ein blaues Feuer. Und aus dem Feuer trat sie.

Ich kann vielleicht für alles in der Stadt Worte finden, aber für sie fallen mir nur sehr wenige ein. Man brauchte eine neue Sprache, um sie zu beschreiben. Sie ist sehr schön, das zeigen ja auch die Statuen, dunkel und blaß, mit Augen wie der Himmel. Aber sie ist die Göttin, und so können menschliche Worte ihr nie Genüge tun. Sie trug ein silbernes Gewand, aber es war auch golden. Auf ihrer Brust, an ihren Armen und in ihren Ohren glänzten Edelsteine von solcher Pracht, daß der Begriff Edelstein, sobald man diese gesehen hatte, jede Bedeutung verlor. Auf ihrem Haupt saß ein hohes, goldenes Diadem, mit Diamanten besetzt, daran wehte ein Schleier von zart rötlicher Farbe, auch er mit Diamanten übersät wie mit Wassertropfen. Die Arme hielt sie vor dem Körper ausgestreckt, ihre Fingernägel waren lang und weiß wie Schnee. Ihre Handflächen schmückten goldene und silberne Muster, es könnten auch winzige Sterne gewesen sein. Ihre Füße ruhten nicht auf dem Untergrund, nicht einmal auf den Saphirstufen. Sie schwebte in der Luft, und eine sanft schimmernde Wolke kräuselte sich unter ihren Sohlen. Ihr Haar breitete sich aus wie die Strahlen einer schwarzen Sonne. Sie war unendlich weit von uns entfernt, durch ihre Macht war sie so nahe, daß man sie blinzeln sehen konnte, und wenn sie es tat, gab es einen Feuerblitz, als hätten ihre Lider Funken aus ihren Augen geschlagen.

Dann sprach sie. Ihre Stimme war leise und süß wie Musik. Ich hörte sie in meinem Kopf, aber nicht in meinen Ohren. Sie sagte: ›*Kennt ihr mich?*‹ Und wir fielen auf die Knie und auf unsere Gesichter und schrien: ›Ja‹ und beteten sie an. Einige stießen sich Messer in den

Leib, andere töteten sich auf der Stelle oder stürzten sich hinab in den Fluß, wo die Fische sie fraßen, und wir sahen es und klatschten Beifall. Ich selbst schnitt mir die linke Hand ab – hier seht ihr den Stumpf. Das war mein erstes Opfer. Ich spürte keinen Schmerz, nur Ekstase. Aber das genügte nicht. Ich wollte mir gerade den Dolch in die Brust stoßen, als sie wieder sprach. Sie sagte: ›Vergeßt nicht, für die Götter seid ihr nichts. Für Azhriaz, die Göttin, seid ihr nur Sand- oder Staubkörner. Ihr tut jedoch gut daran, *unsere* Abbilder aus dem Stein zu hauen, denn Stein sind wir, wir, die Götter – Stein, der nie zerbricht, steinhart sind unsere Hände, aus Stein unsere Augen und unser Geist, Steine haben wir an Stelle von Herzen. Ja, die Götter sind Steine, und ihr seid Sand. So ist es, und so wird es immer sein. Wie lautet also eure Antwort an den Himmel?‹ Und wir waren verzückt von ihr, krochen auf der Erde und schluckten den köstlichen Schlamm des Flußufers. Das war unsere Antwort. Und noch einmal erhob ich den Dolch, um ihr mein Leben zum Geschenk zu machen, aber ich hörte sie in meiner Seele flüstern: *Nicht dies.* Dann sagte sie mir, was sie, ohne wirklich danach zu verlangen, von mir begehrte. Und so bin ich zurückgekehrt, um ihrem Wunsch zu gehorchen. Ich bin überzeugt, daß sie dies ganz beiläufig verlangte und gleich wieder vergessen hat. Geht in mein Haus, dort werdet ihr mein Weib und meine Kinder finden, ich habe sie ermordet und ihr zum Opfer gebracht.

Gepriesen seien der Himmel und die Göttin auf Erden.«

2

Ein Knabe war mit den Karawanen von Westen nach Osten gezogen, und er hatte die Aufsicht über die hellen Steinsäulen aus der knochentrockenen Wüste. Man hatte ihn auf die Reise mitgenommen, weil sein Vater, der diesen Auftrag hätte erfüllen sollen, aus Angst einen Monat zuvor gestorben war. Der Junge war nicht in fröhlicher Stimmung und selbst ganz außer sich vor Furcht. Kein Wunder, daß er während der ganzen Reise häufig böse Träume hatte. Er hatte jedoch das Gefühl, als seien die Träume schlimmer, wenn er neben jenem einen Stein lag, wenn er weiter entfernt davon schlief, waren sie schwach oder kamen überhaupt nicht. An dem Stein war nichts Bemerkenswertes, außer, daß er an einem Ende einen schwarzen Fleck hatte. Was träumte nun der Junge, wenn er in der Nähe der Steinsäule mit dem schwarzen Fleck lag? Er träumte, jemand stoße ihn in ein Feuer oder er selbst stoße einen anderen hinein, und zwar jemanden, den er liebte, allerdings sah er niemals, wer das sein könnte, und er hatte auch im Wachen noch niemanden so sehr geliebt. Dann kam wieder ein Traum, in dem die Säule aufrecht stand und zu einem schlanken Mann mit dunklem Gesicht wurde, der ein weißes Gewand trug. Dieser Mann berührte den Jungen, und der wurde traurig, denn er wollte sterben und konnte es nicht. Dann gab es noch einen Traum, in dem er eine Stadt erblickte, die weiß wie ein Schwan und rot wie Blut war, und das Meer bedeckte sie und verwandelte sie in Korallen.

Der Junge hatte keine gute Erziehung genossen und wußte so gut wie nichts von den Legenden. Die Göttin auf Erden war selbst zur lebenden Legende geworden und hatte, das muß einmal ausgesprochen werden, diese Dinge ein wenig aus dem Gleichgewicht gebracht. Wenn der Junge mehr von den alten Sagen gewußt hätte, hätte er sich vielleicht gefragt: »Warum habe ich die Träume von Zhirek dem Magier, von ihm, der Simmu tötete oder ihn töten wollte, und der Simmus Stadt Simmurad den Meeren in der östlichen Ecke der Erde überließ?« Doch da er unwissend war, klagte er nur bei sich: »O weh, diese Reise!«, und rückte weiter von den Steinsäulen weg.

So erreichten die Karawanen wie gestrandete Schiffe die Grenzen des Wunders Az-Nennafir.

Dann waren sie endlich am Ufer des braunen Flusses, jenseits davon lag das gigantische Schauspiel des Tempelpalastes unter dem geisterhaften Schatten der sieben Monde vor ihnen. Sie waren darauf gefaßt, am nächsten Morgen verstümmelt zu werden oder zu sterben, und ringsum stapelten sich die Abgaben von hundert Ländern und drängten sich deren Menschen – die alle ziemlich die gleichen Gedanken hegten –, und da kletterte der Junge auf den Säulenstapel und schlief in dieser Nacht aus purem Trotz direkt auf dem verdammten Stein. Denn was konnte ihm ein Traum schlimmeres antun als Azhriaz die Göttin?

Doch er hatte einen Traum, der ganz anders war als all die anderen.

Der Junge glaubte zu erwachen und ganz allein am Flußufer zu liegen, unter seinem sanften Himmel mit einer einzigen Mondsichel und leise singenden Sternen. In seiner Nähe ging eine Frau durch die blauen Wasserblumen. Sie war verschleiert, schien jedoch ein Leuchten auszustrahlen. Er dachte: *Das ist sie.* Aber in diesem Augenblick trat die Frau zu ihm, er blickte in ihre tiefen, klaren Augen, und da begriff er, daß keine Göttin – denn die Götter kannten keine Liebe – jemals ein menschliches Wesen mit solcher Freundlichkeit angesehen hätte.

»Herrin«, sagte er, »was wollt Ihr von mir?«

»Ich werde dir ein Rätsel aufgeben«, antwortete sie. »Du mußt versuchen, seine Bedeutung zu erraten.«

Und dann vergaß der Junge alles, den Tod seines Vaters, die Reise, den Ort und das Delirium des Grauens, das ihm bevorstand, und saß lächelnd und aufmerksam wartend da.

»Denk dir«, sagte die Frau mit einer wunderbaren Stimme, »eine mit märchenhaft glitzernden harten Stei-

nen besetzte Schatulle. In dieser Schatulle befindet sich eine Schatulle aus Gold, und in dieser wiederum eine aus Silber. Wenn du diese drei nacheinander öffnest, wirst du eine Schatulle aus Kristall finden, und in dieser ein Perlenkästchen und darin eines aus Samt. In dem Samtkästchen liegt ein erlesener Stein. Doch was ist in dem Edelstein?«

Der Junge überlegte. Dann sagte er: »In so vielen prächtigen Hüllen kann nur etwas liegen, was von noch größerem Wert ist.«

»Oh, du mußt mit dem Herzen überlegen und nicht mit dem Verstand«, sagte die Frau so zärtlich, daß ihm die Tränen in die Augen traten. »Wie prächtig ist der Leib eines sterblichen Geschöpfs, und doch liegen unter seiner schönen Hülle nur Knochen, und nur die Knochen bleiben übrig, wenn all das kostbare Fleisch verschwunden ist. Knochen und noch etwas, besser noch als das übrige, aber unsichtbar. Nun öffne die sechs prächtigen Schatullen, blicke in den Edelstein. Dort wirst du ein weinendes Kind finden.«

Der Junge seufzte, ohne etwas zu begreifen, außer, daß hier kein Begreifen notwendig war.

»Steh jetzt auf«, sagte die Frau ruhig, »und schneide das Seil durch, mit dem der Stein gehalten wird, auf dem du liegst. Wenn morgen früh die Priester kommen, um die Abgaben zu prüfen, wird diese eine Säule herabrollen und in den Fluß stürzen. Das soll dich nicht bekümmern. Du wirst wohlbehalten nach Hause zurückkehren.«

Der Junge drehte sich eifrig um und durchschnitt mit seinem Messer das Seil, das den ominösen Stein auf den anderen festhielt. Als er sich wieder nach der Frau umsah, ging sie zwischen den Blumen am Ufer entlang davon. Obwohl alles nur ein Traum war, war ein nächtlicher Wind aufgekommen und ließ eine glänzende Haarsträhne unter ihrem Schleier hervorflattern. Obgleich dieses Haar nicht älter war als sie selbst, war es weißer als der Mond. Der Junge war jedoch in den Legenden nicht sehr bewandert. Das weiße Haar sagte ihm nichts.

Grün und türkisfarben stieg die Dämmerung herauf und brachte die kornblumenblaue Sonne mit.

Am Flußufer wurde es lebendig, mit den anderen erwachte auch der Junge, und er erinnerte sich nicht an seinen Traum.

Die Priester der Göttin kamen auf einem goldenen Floß, dessen Ruder sich von allein bewegten, über den Fluß. Die Priester trugen Gewänder von jenem Blau, das wie kein anderes war, und sangen in schrillen, gepreßten Tönen, Glocken erschallten, und Weihrauch, blau auf blau auf blau, entfaltete sich und stieg in den Saphirhimmel.

Die Abgaben der vielen Länder waren ausgelegt wie auf einem Markt, es herrschte eine ungewohnte Stille, und die blaugekleideten Priester gingen schweigend zwischen den Dingen hindurch und wogen und zählten sie. Unter ihnen befanden sich alte und junge, es gab auch Frauenorden, Priesterinnen von Az-Nennafir, aber in Wahrheit hatten sie alle das gleiche Gesicht, alterslos und ohne Geschlecht. Sie hatten sich Azhriaz oder der Gesinnung geweiht, die sie mit ihrem Namen verbanden, und hatten auf jede Identität verzichtet, ohne dafür etwas anderes zu erhalten. Sie waren nichts anderes als leere Gefäße, die wissentlich den gleichgültigen Haß des Himmels anbeteten.

Doch die ganze Zeit über starrte der größte Teil der Menge nur über den Fluß, und alle fragten sich, ob *sie* ihnen erscheinen würde. Sie tat es nicht immer. Von all den Menschenmassen, die in ihre Stadt kamen, bekam sie nur ein Bruchteil zu Gesicht. Die Mehrheit war ihr ganzes Leben lang verbittert und fühlte sich betrogen, weil man sie verschont hatte.

Sechs weiße Steinkatzen, so groß wie Elefanten, patrouillierten am anderen Ufer. Die Edelsteintreppe glitzerte wie ein Gletscher. Die hohen, goldenen Türme erbebten nicht.

Der Knabe, der den Traum gehabt hatte, starrte ebenfalls mit wild klopfendem Herzen hinüber. Er wurde sich bewußt, daß ein Priester in seine Nähe kam und die vielen weißen Natursteinsäulen begutachtete, die wie riesige Pfosten zusammengeschnürt waren. Als sich die dünne Hand des Priesters nach einem dieser Bündel ausstreckte, löste sich plötzlich die oberste Säule, die etwa dreißig Fuß hoch gelegen hatte. Sie flog auf, als sei sie lebendig, und kam dann herabgesaust. Der Priester machte keine Bewegung, um ihr auszuweichen, er hob die Arme und schrie laut: »*Azhriaz!*« Die Säule traf ihn an der Brust, als er stürzte, rollte sie über ihn hinweg und weiter, auf den Fluß zu.

Andere Menschen brachten sich hastig in Sicherheit. Nur die Blumen standen der Säule im Weg und konnten sie nicht aufhalten. Jener Stein aus der eineinhalb Jahre entfernten Wüste fiel in den Fluß der Göttin, das Wasser spritzte auf und glättete sich wieder, aber der Stein, der untergegangen war, tauchte auf und schwamm auf der Oberfläche wie ein langer, weißer Knochen mit einer schwarzen Ausbuchtung. Der Junge, der immer noch keinerlei Erinnerung an seinen Traum hatte, hatte sich flach auf den Boden geworfen und erwartete den Tod, aber die Priester namen keine Notiz von ihm. Einer schrie mit gewaltiger Stimme: »Ein Omen! Das Geschenk eilt selbst der Göttin entgegen.«

Aber niemand versuchte, den bizarren Pfeiler herauszufischen, der dort schwamm und jetzt trotz seines Gewichts – das ihn offenbar nicht sinken lassen wollte – mit der Strömung flußabwärts trieb.

Und das war alles. Irgendwann stand der Junge angstvoll zitternd auf. Der Teil des Tributs, der in seiner Obhut gewesen war, war für in Ordnung erklärt worden. Die goldenen Tore des Tempelpalastes blieben geschlossen, die Göttin zeigte sich nicht. Niemand machte

Anstalten, den toten Priester zu bergen, der sich von der Säule hatte zermalmen lassen. Man hielt es für anstößig, die Kranken zu behandeln oder großen Aufwand bei Begräbnissen zu treiben, denn eine Bestrafung durch Krankheit oder Tod war der Wille von Übererde. Leichen zerrte man an den Haaren und an den Füßen in Gruben und verbrannte sie dort. Nach einer Weile erwies man auch dem Priester diesen Dienst. Andere kamen, um sich um die Schätze des Tributs zu kümmern, und bald war das Ufer leer bis auf all die Menschen, ihre von der großen Last befreiten Tiere und Wagen und bis auf ihre Herzen – und auch die waren leer.

Der Junge stand da und schluchzte vor Wut und Enttäuschung, einer unter zahllosen anderen. Er hätte am liebsten den Fluß durchschwommen und sich selbst auf der Saphirtreppe verstümmelt. Er zitterte vor Groll und Zorn, weil man ihn nicht aufgefordert hatte, für sie zu morden oder zu sterben. Und er litt nicht allein unter einem solchen Anfall.

Erst Monate später, auf der langen, ermüdenden Heimreise wich dieses hysterische Verlangen einer mürrischen Freude. Und da schien es ihm, als habe er sie doch gesehen, ganz allein, bei Nacht, aber das war nur ein Traum gewesen.

3

Ein gewisses Quantum an Luft war wohl in der versiegelten Höhlung der Steinsäule mit eingeschlossen gewesen, sonst hätte sie nicht schwimmen können. Ohne zu versinken, zog sie auf dem Fluß durch den blauen Tag dahin. Die Blumen am Ufer streiften sie und suchten sie aufzuhalten, aber sie löste sich leicht aus jeder Umarmung, wenn auch unter einem Tränenregen von Blütenblättern. Gefleckte Fliegen verfolgten den Stein, wollten sich darauf niederlassen, stellten aber fest, daß seine Oberfläche ihnen nicht zusagte, sprachen summend Abträgliches über ihn und flogen fort. Und als der Tag sich dem Ende zuneigte und die Dämmerung den Fluß purpurn zu färben begann, schwamm der Pfeiler zwischen große Gärten am Ufer, und hier kamen gepanzerte Krokodile von ansehnlicher Größe aus dem Schilf geglitten und näherten sich ihm. »Was ist das für ein Tier?« murmelten sie drohend. »Es bewegt sich wie wir, anmutig und bleiern, aber wo ist sein Maul? Es hat nur ein mattes Auge.« Und sie fletschten ihre weißen und gelben Zähne, schlossen ihre trägen Lider über dem teuflischen Blick und ruderten mit kräftigen Stachelbeinen davon.

Aber die blühenden Binsen der Gärten, deren dämmerfarbene Lilienblüten aus dem Wasser ragten, hatten unter der Oberfläche ein Netz gewoben. Hier fingen sie riesige Edelsteine ein, die manchmal in den Fluß geworfen wurden, unachtsame Fische von überraschender Größe und die Leichen von Menschen, die sich ertränkt hatten, um sich der Göttin zu opfern. Nun fing dieses Netz auch die Steinsäule sanft auf und hielt sie wie mit Ketten fest.

Als der erste Mond der Nacht von Az-Nennafir aus dem Osten nach oben schoß und die ersten Sterne ihren ersten Tanz über den Himmel begannen, lag der Stein still, weiß und schwer zwischen den purpurnen Binsenirisblüten.

Das Wasser befühlte die Säule mit seinen Lippen und sagte: Koste, trinke von mir, du hartes Wüstending. Naß sollst du werden wie nie zuvor. Der Fluß kann im Laufe der Zeit fast alles auflösen. Ich werde so lange an dir lecken, bis auch du zu Wasser wirst. Koste und trink, wie ich von dir koste und trinke. Nimm den Wein des Stromes in dich auf, während er dich verflüssigt. Ich bin erfüllt von Tod und Leben. Ich trage den Zauber dieser Metropole in mir wie eine Arterie. Ich kenne schwarze Höhlen, wo weder Sonne noch Mond jemals scheinen, aber für jene, die dort hausen, sind sie hell wie der Tag. Und ich kenne Pflanzenverstecke, wo kleine Geschöpfe herumschwimmen, die wie winzige Löwen, Pferde und Rinder aussehen, aber Fischschwänze haben, und wo große Muscheln auf fransigen Spinnenbeinen dahinhuschen. Und ich weiß, wohin die Krokodile gehen um zu sterben, ihre Knochen haben dort einen Tempel aus Kalzium errichtet, aber ihre Augen kristallisieren nur und werden zu Lampen aus blaßgrünem Topas. Ich fließe überall ein und aus, wo etwas stillsteht oder vorüberzieht, ich ströme durch alles hindurch und erfahre alle Geheimnisse. Tief unten wachsen Blumen, die kein Mensch je geschaut hat, nicht einmal Azhriaz die Göttin hat sie erblickt. Sie haben dort keine Farbe, aber wenn man sie hinauf ins Licht brächte, würde man entdecken, daß sie eine Farbe besitzen, wie man sie auf Erden noch nie gesehen hat. Es gibt einen Ort, wo eine unsichtbare Insektenrasse lebt, die im Schlamm ihre eigenen, weitverzweigten Städte baut. Es gibt auch einen Wald aus totem Frauenhaar, dort wachsen Farne, die mit Frauenstimmen singen. Ach, sagte der Fluß zu der Steinsäule, dann, wenn du eins mit mir geworden bist, werden wir gemeinsam weiterziehen, und du wirst alle diese Dinge sehen und kennenlernen. Aber es kann noch eine kleine Weile dauern, ein paar hundert Jahre. Habe Geduld. Koste und trinke. Nimm den Wein des Flusses in dich auf …

Hoch wie der Himmel ist der Tempelpalast am Flußufer in Az-Nennafir, der Stadt der Göttin. Wenige nur haben ihn betreten, und noch weniger sind zurückgekommen, um davon zu berichten. Doch jetzt fällt das Licht der sieben Monde durch die bemalten, bunten Fenster. Was sagt das Mondlicht?

Der erste Raum ist eine Halle aus lauter Edelsteinen. Jeder Stein der Erde ist dort vertreten. Da gibt es Säulen aus buttergelben Beryllen und aus Beryllen, die so gelb sind wie Katzenaugen oder grünlich wie die Augen von

Krokodilen. Es gibt auch Säulen aus geschliffenem, karminrotem und aus poliertem, drachenrotem Korund und blaue Säulen aus durchsichtigem Aquamarin, die in der Luft zu hängen scheinen. Jade- und Smaragdsäulen wachsen wie Bäume aus dem Boden oder sehen aus wie spritzende, zu grünlichem Eis erstarrte Wellen. An den Wänden sind aus all diesen und anderen Juwelen Szenen dargestellt, und die Fußböden bestehen aus Edelsteinmosaik. In die Decke sind sieben Karfunkelsteine eingelassen, größer als Wagenräder, aus dem blutigsten Grün und dem härtesten Violett ... Das Mondlicht drehte sich, ihm schwindelt, und es eilt durch eine halb geöffnete Tür in einen nächsten Raum, der aus Gold ist.

Hier liegt ein Teppich auf einem Fußboden aus so weichem Gold, daß es wie Schlamm von Rinnen und Grübchen durchzogen ist. Der Teppich ist angeblich aus der Wolle von goldenen Schafen gewebt. Goldene Schwerter, jedes so groß wie drei aufeinanderstehende, stämmige Männer, halten einen Baldachin aus goldenen Scheiben. Gold, *Gold* – die Augen sind verwirrt und sehen nur noch Gold. Sogar die Kerzen sind golden, stekken in goldenen Haltern und brennen mit reiner, goldener Flamme. Das Mondlicht flutet durch ein goldenes Gitter in einen Raum aus Silber.

Hoch oben ein silbernes Gespinst. Der Boden darunter ist ein Teich – aus flüssigem Silber, das kocht und brodelt. Silberne Brücken überspannen den Silberteich, aber das Mondlicht verliebt sich in den silbernen Raum, die Sinne schwinden ihm vor Verlangen, und es fällt in die Schmelzflüssigkeit.

Phantasie oder Hörensagen müssen allein weitermachen.

Über eine von silbernen Greifen flankierte Silbertreppe geht es hinauf zu einer Silbertür mit silbernem Schlüsselloch und weiter in einen Raum, der aus Kristall ist. Teils milchig sind die Wände und teils durchsichtig. Man kann in den Himmel hinaufschauen – er ist ganz nahe, denn inzwischen sind die gewaltigen Räume unmerklich in die Höhe gestiegen. Sterne tanzen auf dem Dach dieses Raumes und wirbeln mit ihren Flitterröckchen. In Kristallsäulen, so schlank wie ein Mädchenarm, scheint Kristallwasser zu spielen, und manchmal flitzen auch Fische umher – ohne sichtbaren Körper, nur mit einem kristallinen Rückgrat und kleinen, kristallinen Schädeln mit hellen strahlenden Augen.

Auf den Kristallsaal folgt ein Raum, der aus einer einzelnen Perle ausgehöhlt wurde. Der Himmel allein weiß (wenn es ihn kümmert), welch ungeheure Auster von welch gewaltigem Sandbrocken gequält worden sein könnte, um dieses Ergebnis hervorzubringen. Glatt ist der Perlraum und leicht rötlich, aber es ist nichts darin außer einer weiteren langen Treppe – auch hier besteht jede Stufe aus einer einzigen, aber natürlich unendlich viel kleineren Perle. Die Treppe endet an einer perlenbesetzten Tür. Hier haben die Perlen nur noch die Größe von Handspiegeln. Die Tür ist fest geschlossen, sie reagiert auf keinen Druck, keinen fordernden Ruf und kein höfliches Klopfen.

Bisher hat man noch keine Dienerschaft gesehen. Manchmal findet man auf den Außentreppen dieses heiligen Hauses Priester, aber sie betreten nicht einmal den Edelsteinraum, obwohl sie schon heimlich hineingespäht haben. Im Tempelpalast gehen vermutlich ganze Scharen von menschlichen Sklaven aus allen Völkern des eroberten Weltdrittels aus und ein, doch wenigstens in dieser Zimmerflucht haben sie keine Spuren hinterlassen.

An der Perlentür wartet allerdings etwas. Man kann es nicht sehen, es hat keine Gestalt, macht kein Geräusch, strömt keinen Geruch aus. Aber es ist da. Ein Wächter. Und bei Nacht treiben sich hinter der Perlentür sicher noch andere Wesen herum.

Es heißt, sie habe übernatürliche Mägde und Pagen, die schöner seien als jeder Sterbliche. Bezaubernd wie sie, und mit schwarzem Haar, aber sie haben nicht ihre Augen. Sie bedienen sie nur nach Sonnenuntergang, denn sie sind Kinder der Nacht.

Aber ob Tag oder Nacht, oh, welche Pracht mag sich in diesem unzugänglichen Raum entfalten –

Der Raum hinter den Edelsteinen, dem Gold, dem Silber, dem Kristall und der Perle – war kahl. Das Baumaterial war nichts Besonderes, die Wände schienen aus Flechtwerk zu bestehen, und der Boden war aus Holz. Dicke Kerzen brannten auf ganz nüchternen Eisendornen. Eine halbe Meile über dem Boden gab es ein Fenster, aus dem man nur auf den Himmel sah, aber die hölzernen Läden waren mit Eisenriegeln befestigt, und so wurde auch der Himmel ausgeschlossen.

Ein siebzehnjähriges Mädchen saß auf dem Fußboden und zeichnete mit einem Ockerstab seltsame Symbole auf das Holz. Sie trug ein Gewand aus zinnoberrotem Samt, als friere sie in der warmen Nacht. Ihr schwarzes Haar war gleichzeitig ihr Schleier und ihr Diadem. Ihre Augen waren Saphire, andere Juwelen waren nicht an ihr zu sehen: Ihre Schönheit genügte.

Seit dreiunddreißig Jahren – mindestens – herrscht sie nun schon über ein Drittel der Erde. Und sie ist immer noch siebzehn, die unsterbliche Göttin Azhriaz.

Azhriaz beendete ihr Werk mit dem Ockerstab, nahm statt dessen einen Bronzestab zur Hand und schlug dreimal auf den Rand der gezeichneten Symbole.

Qualm stieg auf.

Im Qualm stand ein eherner Mann mit bronzefarbenem Haar und fledermausähnlichen Flügeln. Seine Füße waren die Klauen eines Adlers, und er hatte nur ein Auge mitten auf der Stirn.

»Hier bin ich«, sagte er.

»Sprich!« verlangte sie.

»Es gibt nichts Neues«, sagte der Eherne. »Ich war überall und habe mir lange mit Fleiß alles angesehen. Städte brennen, und Menschen sterben, wie immer.

Und wie immer rufen sie deinen Namen und beten dich an.«

»Geh!« befahl Azhriaz.

Der Qualm und mit ihm der eherne Mann versanken im Boden und verschwanden.

Dann nahm Azhriaz einen Stab aus geflecktem Türkis und schlug damit dreimal auf die Symbole.

Eine zweite Qualmsäule schoß hoch, aber sie war mehr Wasser als Rauch.

Dann stand ein bläulicher Mann da, er hatte zwei Alligatorschwänze anstelle von Beinen und war gehörnt wie der junge Mond.

»Hier bin ich«, sagte er.

»Sprich!« verlangte sie.

»Es gibt nichts Neues«, sagte der Bläuliche. »Ich bin überall gewesen und habe gelauscht und herumgespäht. Ernten werden eingebracht, Getreide und Fleisch. Und stets singen die Menschen Hymnen an die Göttin.«

»Geh!« befahl die Göttin.

Und er verschwand.

Nun nahm sie einen Stab aus Elfenbein und schlug damit auf den Boden.

Dampf wallte auf.

Ein weißes Pferd mit dem Kopf einer Frau hüpfte in der Zeichnung herum.

»Hier bin ich«, sagte es.

»Sprich!« verlangte Azhriaz.

»Es gibt nichts Neues«, sagte das Pferd mit dem Frauenkopf.

»Geh!« befahl Azhriaz ...

Und die Erscheinung verschwand.

Dann nahm Azhriaz die Göttin eine Rosenknospe, eine Knospe aus Az-Nennafir, groß wie ein Kessel, und warf sie zwischen die Symbole. Sofort entfaltete sich, einer Explosion gleich, langsam eine Rosenknospe, erblühte wie eine flammende Fackel, war voll geöffnet, spannte sich über die Rippen wie ein Sonnenschirm – bis ihre verschiedenen Schichten auseinanderfielen.

Aus dem Herzen der Rose stieg ein feiner rosenroter Weihrauchfaden auf.

Hinter dem Weihrauch erschien ein wunderschönes kleines Mädchen, nur mit ihrem Safranhaar bekleidet, aber ihre Augen waren zwei Schlangenköpfe.

»Bin ich hier?« fragte das Mädchen mit seinem Rosenmund.

»Das bist du«, antwortete Azhriaz. »Nun erzähle mir von meinem Geliebten.«

»Ach«, sagte das Kind, »dein Geliebter. Ich sah ihn über Hügel fliehen, obwohl ihn niemand verfolgte. Ich sah ihn schreien unter der Hitze des Mondes und ausgedörrt unter der Sonne liegen, um sich Kühlung zu verschaffen. Ich sah ihn Dornen pflücken und sich damit kleiden und schmücken, bis sein Blut in Strömen über den Boden floß. Ich sah ihn Gift essen und es ausspeien. Ich sah ihn quiekend durch die Jahre hüpfen, sah, wie die Menschen ihn verfluchten und mieden und mit Steinen und Klingen bekämpften. Und wenn die Sonne untergeht, kommen manchmal Wesen zu ihm wie schlanke dunkle Schatten, um ihn zu necken und zu quälen, sie hetzen die Nachtblumen auf, damit sie ihn stechen, und die Waldhasen, damit sie ihn beißen. Später spucken ihm diese Schattenwesen ins Gesicht, und ihr Speichel ist wie eine heilige, blaue Flamme.«

»Auch ich würde ihn anspucken«, sagte Azhriaz, aber sie hielt sich die Seite, als stecke ein Messer darin. »Erinnert er sich denn jemals daran, daß er ein Fürst ist?«

»Ja. Dann ist es noch schlimmer. Dann macht er sich Kronen aus rostigen Nägeln.«

»Und erinnert er sich jemals der Liebenden Oloru und Sovaz?«

»Nein. Einmal kam er an zwei Liebenden in einem Feld vorbei, einem Mann und einem Mädchen, er blond, sie rabenschwarz. Die beiden fuhren erschrocken auf, als sie ihn sahen, aber er stieg nur auf einen Baum, riß mit den Zähnen die Blätter ab und lachte. An Oloru kann er sich nicht erinnern. Und Sovaz vergißt er.«

»Geh«, befahl die Hexengöttin.

Aber das Kind zögerte.

»Schenke mir eine Nacht Zeit, um auf der Welt umherzustreifen«, sagte das Kind mit den Schlangenaugen.

»Du bekommst gar nichts. Geh, oder ich vernichte dich, und du weißt, daß ich die Macht dazu habe.«

»Ja, du bist sehr mächtig, erhabene Herrin. So gib mir nur eine Hälfte der Nacht, um umherzustreifen, denn ich bin der Gefilde überdrüssig, aus denen du mich rufst. Auf dein Geheiß hin beobachte ich den wahnsinnigen Fürsten Wahnsinn, und dabei sehe ich die Welt und sehne mich mit meinem ganzen Wesen, nicht nur mit jenem kleinen Gespenst, das dein Diener ist, danach, sie zu betreten.«

»Ich bin gnadenlos«, sagte Azhriaz. »Hast du noch nicht davon gehört? Sogar zu den Gnadenlosen bin ich gnadenlos. Du wirst weder eine ganze, noch eine halbe Nacht auf der Welt bekommen.«

»So schenke mir nur eine Stunde, Herrin des Wahnsinns und des Deliriums, und ich will dich flußabwärts führen, an eine Stelle, wo ein weißer Stein aus einer Wüste liegt, den die Binsen festgehalten haben. Der Stein wird dich verzaubern, denn er enthält den Traum eines Wesens, das einst den Fürsten der Dämonen laut verfluchte.«

Azhiarz hob den Kopf. Ihre Augen waren wie zwei Dolche, und sie sagte sehr deutlich: »Azhrarn, der Herr der Verworfenheit, ist mein unvergleichlicher Vater, und ich bin seine gehorsame Erbin.«

Das Kind schrak vor Azhriaz' Stimme und vor ihrem Blick zurück, aber trotzdem sagte es: »Ich hörte den Fluß singen. Der Fluß sang, als er den Stein liebkoste. Ich spreche nur die Wahrheit.«

Azhriaz erhob sich. Sie stand da und blickte das Kind an, das kläglich sagte: »Schenk mir nur eine Stunde in der Welt, und ich werde dich hinführen.«

»Ich brauche keinen Führer«, sagte Azhriaz und klatschte in die Hände.

Sofort flogen die Ockerzeichnungen auf dem Boden in die Luft, und das Kind mit den Schlangenaugen wurde mitgerissen und weggeschleudert, zurück auf den psychischen Schrottplatz, dem es entstammte.

Azhriaz stand allein in dem kahlen Raum hoch über der Erde. In ihren Augen lagen mindestens dreiunddreißig Jahre überhebliche Macht, dreiunddreißig Jahre Kriegswirren, allumfassende Lieblosigkeit und beharrliche Keuschheit. Dämonenfrauen hatten keinen Schoß. Der Schoß von Azhriaz, die ja auch die Tochter einer Sterblichen war, war nun wie eine fest geschlossene, stumme Frucht aus Eis. Sie hatte sich der Zauberkunst, dem Krieg, einem Reich zugewandt, aber seit Chuz keinem Liebhaber mehr.

Dabei war sie noch immer siebzehn Jahre alt, wie am Vorabend ihres Abschieds von ihm. Und sie war immer noch ein weinendes Kind im Inneren des funkelnden Edelsteins magischer Macht.

Sie warf einen Blick auf die Läden, und die sprangen weit auf. Azhriaz nahm die Gestalt einer schwarzen Motte an – an solche Veränderungen hatte sie sich schon seit langem gewöhnt.

Zwischen den bergähnlichen Türmen der Stadt schwang sie sich hindurch, vorbei an den riesigen, farbigen Fenstern mit den starken Lichtern dahinter und an den schwarzen Scheiben, in denen sich die Monde spiegelten. Auf Schmähungen, wie sie allenthalben laut wurden, achtete sie ebensowenig wie auf die Selbstmorde und die Bluttaten, die in ihrem Namen und scheinbar auf ihr Geheiß hin begangen wurden.

Ihre Pergamentflügel waren kräftig, aber schließlich ließ sie sich als schwarzer Schwan mit einem hyazinthfarbenen Federkranz an der Kehle auf dem Wasser des Flusses nieder.

In dieser Verkleidung vernahm sie den Teil des Flußgesangs, der sich auf die Steinsäule bezog.

Diesem Lied folgte sie und erreichte schließlich das Netz der Binseniris.

Ein Mond nach dem anderen ging im Westen unter und warf dabei eine breite Lichtschneise auf den Fluß. In den Schatten zeichneten sich die Irisblüten so schwarz ab wie der Schwan, der Stein jedoch war hell.

Azhriaz bewegte sich an ihm entlang, bis sie den gewölbten schwarzen Fleck erreichte. Hier spürte sie ein langsames, beharrliches, stetiges Pulsieren.

Das ist ein Herz, teilte Azhriaz' Herz ihr mit.

Das mit Magie gesättigte Wasser, das den schon so lange trockenen Säulenknochen umspülte, hatte seine Wirkung getan. Etwas hatte sich gelockert, der Fels gab frei, was in ihm lag – oder was dort lag, befreite sich aus seinem steinernen Versteck.

Wie ein in weißem Bernstein eingeschlossenes Insekt lag dieses Wesen im Stein, allerdings in gewisser Weise lebendig, da es bisher nicht hatte sterben können.

Man spürte den Duft eines Wahnsinns, der durch seinen Zusammenstoß mit der Ewigkeit Leuchtkraft und Ruhe erlangt hatte.

Der Schwan schwamm dicht heran und berührte mit seinem Perlmuttschnabel das Auge des Steins.

Es gab weder einen Sprung, noch bröckelte etwas ab. Man hörte nur einen Seufzer. Etwas Dunkles, wie Blut, strömte ins Wasser. Eine Höhlung zeigte sich im Weiß, der Stein verlor das Gleichgewicht und kippte um.

Nun lag der Pfeiler mit der Oberseite nach unten zwischen den Iris, und nachdem sein Auftrieb und seine Seele ihn ganz verlassen hatten, sank er, betrauert von einem Sturm von Blasen, tiefer und tiefer bis auf den Grund des Flusses.

Der letzte der untergehenden Monde konnte vom

nackten Körper eines Mannes erzählen, der, drei Handspannen tief unter Wasser, im Binsennetz schwebte, weiß wie der Stein bis auf das schwarze Haar, das seine Lenden zierte und seinen Kopf und seine Schultern wie ein Kissen umgab.

Seine Augen waren geschlossen. Die Lider sagten so deutlich, als sei es darauf geschrieben: *Weckt mich nicht auf.* Die Lippen waren fest zusammengepreßt, die Nasenflügel hoben und senkten sich und atmeten mühelos das Wasser.

Er hatte schon früher die Tiefen des Wassers kennengelernt, und vielleicht erinnerte er sich daran. Aber er regte sich nicht.

Der letzte Mond versank, und als er verschwunden war, nahm Azhriaz wieder ihre eigene Gestalt an und stand im Dunkeln auf dem Fluß.

Es gab eine Stelle in der Wüste, wo sogar Pulver und Staub zu nichts zermahlen worden waren. Das war der Verbannungsort, den er sich ausgesucht hatte.

Er war auf einen der Steinpfeiler geklettert und dort in einen Riß eingedrungen. Dann hatte er sich auf den knochenweißen Boden gesetzt und den Kopf gesenkt, und in dieser Stellung verharrte er viele Jahre lang.

Bei Tag brannte die Sonne auf ihn herab, bei Nacht zerrten die blauen Winde an ihm. Er aß nur, was zu ihm kam, und das war die Luft. Er trank den Tau und den selten fallenden Regen. Er blieb am Leben, weil Entbehrungen ihn nicht töten konnten, ebensowenig wie ein Speer, ein Meer oder eine Flamme. Aber er wurde dünn und schwarz wie ein Draht, und seine Schönheit verging.

Menschen besuchten ihn und Raubvögel. Beide stießen sich ihre Absichten an den Mauern seiner Unverwundbarkeit und seiner Verzweiflung wund. Der Tod kam nur im Schlaf zu ihm, in jenem schrecklichen Schlaf, den ihm Fürst Uhlume als Belohnung für frühere

Dienste gewährt hatte – ein Schlaf wie ein Grab. Und diese Art des Schlafs löschte schließlich alles andere in seinem Gehirn aus. Sogar sein Schuldbewußtsein, seine Angst und seine geistigen Qualen schwächten sich ab und gerieten fast in Vergessenheit.

Dann kamen eines Nachts Dämonen, um den Eremiten in seiner Steinspalte zu verhöhnen und zu reizen. Während ihres boshaften Spiels entdeckte er, vielleicht nur durch Zufall, daß er auf seltsame Weise von seiner Schuld befreit wurde. Er erkannte, daß der Stahlsplitter, den er sich in sein unverwundbares Herz getrieben hatte, nur ein Alptraum war. Wo er Gift versprüht hatte, blühten Gärten. Sein Fluch verwandelte sich in einen Segen.

Da weinte er. Er weinte die letzten Spuren seiner selbst hinweg. Und als das vorüber war, rollte er sich im Inneren des Steines zusammen. Die Schwärze der Taten, die er begangen hatte, schloß ihn von allen Seiten ein, aber all die Energie, die hinausgedrungen war, hatte sie verbrannt und glasig werden lassen, obwohl sie, wie aller Schutt, schwer auf ihm lastete.

Unverwundbar, tot wie ein Stein, lebte er immer weiter, während die Wirbelstürme der Jahrhunderte vorüberfegten.

Dann schlug man die Säule um und brachte sie nach Az-Nennafir, und ein Knabe träumte, Dunizel sei zu ihm gekommen und habe ihm befohlen, diesen einen Stein loszuschneiden. Daraufhin war der Stein in den Fluß und zwischen die Binsen gerollt, und hier lag er nun, bis Azhriaz ihn fand.

Der Knabe, der den Traum hatte, hatte die Legenden nicht gekannt. Aber Dunizel, die Priesterin von Bhelsheved, besaß geheimes Wissen und kannte die meisten Mythen, die wahren wie die falschen, und sie hatte dem Kind in ihrem Schoße Geschichten erzählt. Azhriaz war wohlunterrichtet.

Nun stand sie wie eine hochgewachsene Lilie auf dem Fluß. Sie trug nun doch einen Edelstein – einen Amethystwürfel in einem kleinen Silberkäfig an einer haarfeinen Silberkette. Er ruhte warm zwischen ihren Brüsten, aber jetzt hatte sie ihn herausgezogen und hielt ihn an ihre Lippen, als wolle sie ihn küssen oder um Rat fragen. Schließlich ließ sie ihn wieder los, und der Samt ihres Kleides verbarg ihn.

»Du kannst nicht länger schlafen«, sagte sie zu dem bleichen, dunkelhaarigen Mann unter dem Wasser des Flusses. »Das ist vorüber.«

Die geschlossenen Augenlider sagten: Was ist vorüber? Ich kann ewig schlafen. Niemand kennt mich.

»Du atmest Wasser«, sagte sie. »Jeder Bauer, der jemals die Geschichte gehört hat, würde dich erkennen. Du bist es, der den Pakt mit dem Seevolk geschlossen hat, und du hast ihn auch gebrochen, aber erst, nachdem du ihnen ihre Zauberkünste abgelauscht hattest.«

Da hoben sich seine Lider.

Einst hatten jene Augen die Farbe einer Oase gehabt, in der sich der Himmel spiegelte, aber nun nicht mehr. Nun waren sie schwarz.

Er war vertrocknet und geschrumpft und zu Stein geworden. Nach seiner Wiedergeburt hatte er wieder den Körper eines jungen Mannes, aber obwohl er sehr stattlich aussah, war die Schönheit seines ersten Lebens zusammen mit dem Grünblau seiner Augen verschwunden.

»*Ich* habe nichts von dem getan, was du sagst«, erklärte der Mann, vielleicht wahrheitsgemäß, setzte sich in seinem Binsennetz auf und teilte das Wasser, um Luft zu atmen. Sein dichtes, nasses Haar lag nun in tintenschwarzen Streifen um sein Gesicht, und auf seinen Wimpern glitzerten Wassertropfen. Aber seine Augen waren hart wie Steine, sie hatten sich lange genug darin geübt. Ironischerweise hatte er die Hautfarbe der Dämonen, denen er einst hatte dienen wollen. Aber trotz seines guten Aussehens hatte er so wenig Ähnlichkeit mit dem Dämonenvolk wie tote Kohle mit einem brennenden Vulkan.

»Wenn du also nicht der bist, als den ich dich bezeichne, dann sage mir, wer du bist«, ermunterte ihn Azhriaz spöttisch.

Darauf lächelte er, aber er sah sie nicht an.

»Ich bin der, der aus dem Stein geboren ist«, sagte er. »Gegen meinen Willen.«

»So sei es«, sagte sie. »Und wer bin ich?«

»Eine Frau«, sagte er, »aus dem Haus jenes Königs, das ich dort flußaufwärts sehe.«

»Du hast in deiner Säule eine lange Zeit fernab der Welt verbracht«, sagte Azhriaz. »Morgen wirst du vor dem König dieser Stadt erscheinen. Und versuche ja nicht, dich dieser Ehre zu entziehen.«

»Das alles bedeutet nichts für mich«, sagte er, und nun schienen seine Augen geschlossen zu sein, obwohl sie offen waren. »Ich werde mich nicht entziehen, aber ich werde auch nicht danach streben.«

Da leuchtete Azhriaz heller auf als ein Mond – und verschwand im Nichts.

Doch er, der sich in einer der siebzig Sprachen der Menschen *Dathanja* genannt hatte, watete aus dem Fluß und stieg ans Ufer, wo die Blumen ihn überragten und die Bäume Tausende von Fuß hoch den Sternen entgegenflammten, die in festgelegten Mustern tanzten. Ohne alledem Beachtung zu schenken, setzte er sich und senkte das Haupt, als wolle er viele Jahre in dieser Stellung verharren. Aber dies sollte nicht geschehen.

4

IM MORGENGRAUEN kam ein Sonderkommando der Soldaten der Göttin in die Blumengärten am Fluß. Sie trugen pechschwarze Rüstungen, und jede einzelne

Schuppe davon war mit Weißgold gerändert. In jeden Helm war ein kostbarer Stein eingelassen, und die großen Federbüsche wehten wie Rauch, als stünden die Gehirne der Männer in kriegerischen Flammen. Auch ihre leeren Augen glitzerten zornig in diesem Feuer. Wie die schwarzen Pferde, deren Mähnen und Schwänze rot, bräunlich, weiß und bronzen eingefärbt waren, waren auch die Soldaten für kaum etwas anderes als für den Kampf zu gebrauchen. Tag und Nacht warteten sie in ihren hochaufragenden Kasernen, daß der Ruf an sie ergehe, hinauszuziehen und ein weiteres Drittel der Welt zu erobern, und sie erzählten einander, wie es sein würde, wer getötet würde, welche Städte fallen würden. Nun ritten sie auf den nackten Mann im Garten zu, grinsten ihn an und nahmen – inmitten ihrer Federbüsche, Schabracken und Waffen – ihn mit.

Sie trugen Dathanja am Ufer entlang, wo Pilger und Tributbringer – die Tribute strömten ohne Unterlaß herbei – sie ehrfürchtig anstarrten oder sie gar nicht bemerkten. Einige tranken vom Wasser des Flusses, weil sie es für ein Allheilmittel hielten, was es manchmal auch war, manchmal verlieh es auch seltsame Fähigkeiten, löste Halluzinationen aus oder raubte den Menschen den Verstand. Oder es bewirkte gar nichts, und dann schmollten sie.

An der Saphirtreppe vor dem Tempelpalast standen Priester, die gemeinsam mit den Soldaten zu der goldenen Terrasse hinaufstiegen, um sie herumgingen und zu einer Rampe aus narbigem, mit Vertiefungen übersätem Marmor gelangten, die zusammen mit den Palastdächern in den Himmel aufragte.

Am Fuß dieser Rampe blieben die Priester stehen und stimmten einen Gesang an. (Der nackte Mann schien einen Augenblick lang verächtlich die Stirn zu runzeln, dann verschwand beides, das Stirnrunzeln wie auch die Verachtung.)

Die Soldaten stürmten auf die Rampe los und galoppierten hinauf; die messingbeschlagenen Hufe ihrer Pferde kreischten auf dem Stein und schlugen Funken. Mitten im Ansturm wurde einer der Männer aus dem Sattel gehoben. Er stürzte sich auf dem goldenen Pflaster tief unten zu Tode, ohne einen Laut, die Arme weit geöffnet, als wolle er das Schicksal umarmen. Die Einkerbungen auf der Marmorrampe waren durch Tausende von derartigen Ritten entstanden, und sowohl beim Auf- wie beim Abstieg fanden viele Krieger den Tod. Das war für sie eine Möglichkeit, sich Azhriaz zum Opfer darzubringen, wenn sie schon nicht in einer Schlacht fallen konnten.

Oben an der Rampe, hoch über der Stadt, befand sich eine Plattform, die abwechselnd mit Blöcken aus Ebenholz, Malachit und orangefarbenem Jaspis gepflastert war. Rings um dieses Schachbrett warteten Menschen und Tiere aus den unterworfenen Ländern. Die Männer und Frauen waren von überragender Schönheit, mit blondem, kupferfarbenem oder schwarzem Haar und angetan wie Fürsten. Auch ungewöhnliche Exemplare verschiedener Tiergattungen waren hier festgebunden, milchweiße Kamele mit drei Höckern, zweiköpfige Echsen, geflügelte Schlangen, Schildkröten, die älter waren als die ältesten Hügel und deren Schalen für Riesen gepaßt hätten. In Feuerbecken brannte duftendes Feuer – und gelegentlich brachte man die geflügelten Schlangen zum Trinken dorthin. Mädchen zupften an Instrumenten, die wie Sichelmonde aussahen, und entlockten ihnen Musik.

Durch diesen lebenden Wald ließen die Soldaten, die den nackten Mann trugen, ihre Streitrosse im Schritt gehen und gelangten endlich – denn sie brauchten fast eine Stunde, um die Plattform zu überqueren – zu einem Pavillon aus polierten Knochen. Darin befand sich ein Stuhl aus geschliffenem Glas, glatt wie Wasser, der von zwei Adamantwölfen mit je drei lebendig umherschnellenden goldenen Augen bewacht wurde.

Auf dem gläsernen Stuhl saß Azhriaz die Göttin.

Sie trug ein scharlachrotes Gewand, und in ihrem Haar glühten Spinelle. Sie war mit Gold übersät wie mit abgefallenen Blütenblättern, und auch ihre Handschuhe waren aus Gold. Man hatte jedoch schon lange ein seltsames Phänomen beobachtet, daß nämlich alles Gold, das die Göttin trug, sich im Laufe der Zeit auf geheimnisvolle Weise veränderte und härter, kühler, mehr dem Silber ähnlich wurde.

Die Soldaten sahen sie lange an und taumelten davon, nachdem sie ihr Dathanja vor die Füße gelegt hatten, trunken von ihrem Anblick. Einige liefen über die Plattform und stürzten sich mit Schreien der Befriedigung zwischen den himmelstürmenden Türmen hinab.

»Blick auf, Dathanja, der du gegen deinen Willen aus dem Stein geboren wurdest!« sagte Azhriaz. »Blick auf und schau die Frau aus dem Palast des Königs!«

Dathanja blickte auf.

»Nun rate«, sagte Azhriaz, »wer hier König ist!«

Und sie hob die Hand in dem goldenen Handschuh – schon jetzt ganz leicht silbern überhaucht –, und alle Sklaven, Menschen oder Tiere, fielen nieder und huldigten ihr. In die plötzliche Stille dort oben drangen die Lobgesänge der Tausenden von Priestern aus den zahllosen Tempeln dieser Metropole bis aus hundert Meilen Entfernung herauf.

Dathanja blickte sie sehr lange an. Sein Blick verriet eine starke geistige Konzentration. Die Pracht, die er vor sich sah, konnte ihn nicht ablenken. Er saß nun, nackt, wie er aus der Säule gekommen war, vor ihr auf den Teppichen des Pavillons, doch er stellte seinen Körper weder zur Schau, noch suchte er ihn zu verbergen. Er trug ihn wie ein Gewand.

Endlich sagte er: »Man sagt, du bist eine Göttin. Aber ich glaube, du stammst nicht aus dem Geschlecht derer von Übererde. Du verbreitest die Atmosphäre einer anderen Rasse, deren Reich in entgegengesetzter Richtung liegt. Doch sie scheuen das Tageslicht, und du sitzt hier mit deinen blauen Augen unter der Sonne.«

»Wie klug du bist, Dathanja«, sagte Azhriaz. »Hörst du den Namen, den meine Priester schreien?«

»Ja«, sagte Dathanja. »Und der Name verrät mir, daß du sein Kind bist.«

»Wie klug, wie klug«, sagte Azhriaz.

»Er hat dich mit einer Sterblichen gezeugt, sonst könntest du den Tag nicht ertragen.«

»O ja, mit einer blauäugigen Sterblichen, die mit Körper und Seele vom Tag durchdrungen war. Aber nun«, sagte Azhriaz, »genug von der, die ich bin. Erzähl mir von dem, der du bist.«

»Ich habe dir alles gesagt. Ich bin ein neugeborenes Kind. Ich bin ein glatter Stein, ausgestoßen von einem Stein.«

»Zhirek«, sagte Azhriaz. »Der Dunkle Magier. Unverwundbar, schrecklich. Simmus Liebhaber und Simmus Mörder. Zhirek, der die Zauberkünste des Seevolkes lernte. Zhirek, der meinem Vater seine Dienste anbot. Aber mein Vater sagte zu ihm: ›Ich brauche deine Dienste nicht.‹«

»Das war in einem früheren Leben«, sagte Dathanja mit leiser, fast unhörbarer Stimme.

»Wir wollen sehen.«

Und sie zog sich den versilberten Goldhandschuh von der linken Hand, zeigte ihm einen Dolch und stieß ihn ihm ins Herz. Aber der Dolch zerbrach und fiel auf den Teppich. Dathanja war unverletzt. Dann nahm sie einen Becher, der neben ihr stand, und reichte ihn ihm. »Trink dieses Gift!« Er nahm den Becher, trank und stellte ihn beiseite. Azhriaz stieß ihn mit dem Fuß um, und wo der Wein herauslief, zog sich eine schreckliche Brandspur über den Fußboden. Dem Mann jedoch war nichts geschehen. Als nächstes zog sich Azhriaz den Handschuh von der linken Hand und berührte den Kopf des dreiäugigen Wolfs neben ihrem rechten Knie

Er erwachte sofort und vollständig zum Leben, tappte auf den Mann zu und öffnete das Maul, um ihm nach der Kehle zu schnappen. Doch etwas stieß den Wolf beiseite; er wälzte sich weg, kehrte zu dem Stuhl zurück und erstarrte – bis auf die drei Augen – wieder zu Stein.

»Sieh da«, sagte Azhriaz, »so war Zhirek, denn seine Mutter hatte ihn in einen Zauberbrunnen getaucht ... Und so bist auch du. Wie kommt das?«

»Azhriaz«, sagte er, »für mich ist das eine Erinnerung – weniger sichtbar, viel weniger wirklich als das Glas deines wundersamen Stuhls. Denn mit Zhirek bin ich fertig.«

»Dennoch hallt die ganze Erde noch wider von den Geschichten über seinen Hochmut und seine Bosheit. Wenn man daran denkt, paßt du gut zu meiner Stadt und meinem Reich. Und über eines bin ich mir jetzt sicher: Wenn du nicht einverstanden gewesen wärst, hätten die Soldaten einige Mühe gehabt, dich herzubringen. Also, es war auch dein Wille.«

Dann erhob sich Azhriaz und klatschte in die Hände.

Der Pavillon leuchtete grell auf und verschwand. Auch die Scharen von Tieren und Menschen verschwanden, entweder fortgezaubert oder ausgelöscht, als hätten sie nie existiert. Die Plattform mit dem Schachbrettmuster blieb leer zurück, darüber spannte sich erstickend der enzianblaue Himmel, ringsum strahlte die Stadt so hell, daß man sie nicht ansehen konnte, und ihre Türme schienen bis nach Übererde hinaufzuragen, zum Zeichen, wie hier die Götter verspottet wurden. Dann kamen zwei riesige taubenähnliche Geschöpfe herangeflogen.

»Sie sind, wie alle Wesen an diesem Ort, meine Sklaven«, sagte Azhriaz. »Geh mit ihnen, wenn du willst. Denn wenn du es selbst nicht begehrst, werde ich mich nicht mit dir messen, um zu sehen, ob meine Zauberkraft die deine überwältigen kann – diese Kämpfe zwischen starken Mächten sind so lästig«, sagte Azhriaz, »nicht einmal die Herren der Finsternis lassen sich darauf ein, wie ich erlebt habe.«

Die Taubenwesen landeten, gurrten Zhirek an, der nicht mehr Zhirek war, und bedeuteten ihm, daß sie ihn gern durch die Lüfte zu einer herrlichen Gegend tragen würden.

»Und was ist, wenn ich mit ihnen gehe?« fragte er.

»Du wirst hier ein Fürst sein. Du wirst den Luxus von Az-Nennafir genießen, seine Gelehrsamkeit und sein Reichtum an Sehenswürdigkeiten stehen zu deiner Verfügung.«

»Und bei Nacht schickt man mir vielleicht das lebende Abbild von Simmu.«

»Wenn du es wünschst.«

»Ich wünsche es nicht. Simmu ist nicht mehr und bedeutet mir nichts mehr. Aber es wäre der Trick eines Dämons.«

»Ich bin kein Dämon«, sagte sie, »sondern eine Göttin auf Erden.«

Dathanja, der einst Zhirek gewesen war, sah sie lange an. Dann sagte er: »Ja, du bist eine Göttin. So beladen mit Reichtümern und Zauberkünsten, daß du ebensogut völlig verarmt, und so schön, daß du ebensogut gesichtslos sein könntest.«

»Ich sagte schon, daß du klug bist«, entgegnete Azhriaz. »Aber sei nicht zu klug.«

Und damit war sie verschwunden, aber eine Sekunde lang erfüllte ein schlanker Drache den ganzen Himmel, und aus den Mauern der Stadt erhob sich ein Flüstern.

Nun richtete sich Dathanja einige Monate lang in seinem neuen Leben im Az-Nennafir der Göttin ein. Er war schon einmal in einer großen, großen Stadt die Beute einer Frau gewesen, aber das war in seinem früheren Leben und außerdem auf dem Grunde eines

Ozeans gewesen. Dathanja mochte geglaubt haben, Azhriaz lasse ihn nicht beobachten, er könne gehen, wohin, und tun, was er wolle. Aber er mußte auch wissen, daß sie, da jede Person, jedes Wesen, jeder Stein, sogar Wasser und Staub in dieser Stadt ihr gehörten, jederzeit alles über ihn erfahren konnte, wenn sie das wollte. Aber die Stadt war voller Wunder, und einige davon sah er sich an. Er ging wie andere Menschen durch die Straßen und unternahm wochenlang ausgedehnte Wanderungen über ihre Marmorhügel und durch ihre Obeliskenwälder. Er sprach mit Reisenden, die dorthin kamen, und niemand verwehrte es ihm. Er beobachtete ungehindert und unaufgefordert die Orgien und Ausschweifungen, die Zaubereien, Schauspiele und Festlichkeiten, die hier Tag und Nacht stattfanden. Auch die übersteigerten Opfer sah er, und wie leicht die Menschen sich dem Tod überließen. Man kannte ihn allmählich auch vom Ansehen, denn sie hatte ihm irgendein Zeichen aufgeprägt, um ihn vor Schwierigkeiten zu bewahren, oder nur so, wie man einem Lieblingshund ein Halsband umlegt. Er selbst blieb von allem so unberührt wie ein Stein, und die durch die Linse scheinende Sonne bräunte ihm zwar die Haut, aber seine sonstigen Farben veränderten sich nicht. Schwarzhaaarig, mit noch schwärzeren Augen, in schlichter schwarzer Kleidung, so trat er auf. Doch er ging barfuß, wie Zhirek es stets getan hatte.

Niemand, der nach seinem gegenwärtigen Namen gefragt oder ihn erfahren hatte, sprach ihn mit dem alten Namen an, vielleicht kannte man ihn auch nicht. Auch machten sich weder die zur Lüsternheit entschlossenen Frauen und Männer von Az-Nennafir noch die Betrüger an ihn heran, ebensowenig die Weisen, Gelehrten oder Dichter. Und das lag nicht nur daran, daß er das Zeichen der Göttin trug, sondern an seiner eigenen Art. Dathanja erregte im Gegensatz zu Zhirek weder Wollust noch Haß, noch Liebe. Niemand appellierte an sein Mitgefühl, wollte ihn verehren oder ihn vernichten. Und wenn ihn, was selten und dann anscheinend irrtümlich vorkam, jemand ansprach, verscheuchten seine ruhigen, steinernen Augen die Leute, wie einst sein schreckliches, unverwundbares Fleisch die Speere und die Löwen abgewehrt hatte.

Es gab eine Allee mit Statuen, die alle die Hexengöttin darstellten, und an einer Seite davon befand sich hoch oben ein Hain aus Olivenbäumen, die selbst höher waren als ein Haus mit zehn oder zwölf Stockwerken und Blätter wie trübes Wasser hatten. Dunkle Farne wuchsen darunter, die mit den Spitzen ihrer Wedel die Ohren von Elefanten gestreift hätten. Goldene Früchte lagen auf dem Boden, die von keinem Baum gefallen waren und aus denen nach einer Weile Schmetterlinge schlüpften.

Im Zentrum dieses Haines hatte man der Göttin einen Schrein errichtet, zu dem jeden Tag in der Morgendämmerung junge Frauen und junge Männer kamen, um aus kleinen Fläschchen das Blut oder die Tränen derjenigen auszugießen, die sie während der Nacht verletzt hatten. Die Schmetterlinge fraßen von diesen Substanzen, wurden sofort schwarz, flogen noch eine Weile, schwebten dann zu Boden und starben. Doch bald darauf breitete sich um die kleinen Leichen herum ein goldener Fleck aus, der sich im Laufe des Tages verhärtete und rundete, bis er, wenn die Nacht kam, wieder zu einer goldenen Frucht geworden war.

Diesen Hain entdeckte Dathanja, hier saß er Tag für Tag, und manchmal schlief er auf dem Gras unter den Farnen. Er beobachtete den ewigen Kreislauf, sah, wie die Schmetterlinge aus der Frucht ausschlüpften und herumflogen, wie Blut und Tränen auf dem Schrein der Göttin ausgegossen wurden, wie die Schmetterlinge davon fraßen, wie sie schwarz wurden und herabfielen. Wie dann wieder eine goldene Frucht entstand und aus der Frucht wieder die Schmetterlinge schlüpften. Weiter und weiter schleppte sich der Kreislauf, immer rundherum, ohne Ende.

Eines Tages kurz vor Morgengrauen hob Dathanja eine goldene Frucht vom Boden auf, und durch die Wärme seiner Hand schlüpfte sofort ein Schmetterling aus. Er flog auf und setzte sich ihm auf die Schulter.

Bald erblühte der Himmel, man hörte die Töne einer Rohrflöte und Gesang. Hinter einem Flötenspieler schlenderten drei sehr anziehende junge Männer in den Hain, nickten Dathanja zu und gingen an ihm vorbei zum Altar. »Hier, himmlische Göttin«, sagte einer, »bringe ich dir das Blut eines Mannes, der im Rachen eines Tigers starb, weil ich es von ihm verlangte. »Und hier«, sprach der zweite, »das Blut eines Mädchens, das mich dafür bezahlte, es zu töten, weil mir nichts mehr an ihm lag.« »Und hier«, sagte der dritte, »die Tränen eines Toren, der mir auf die Füße weinte, während ich meinen neuen Freund liebkoste.« Dann schlangen sie die Arme ineinander und schlugen den Flötenspieler, damit er das Lied noch einmal spielte. So gingen sie beschwingt und singend von dannen.

Gleich darauf kamen drei junge Frauen mit Blumenketten aus Mohn und Orchideen, und sie gossen gemeinsam eine einzige protzige Phiole aus, die die Größe eines Eimers hatte. »Sieh hier, du Göttin aller Göttinnen«, sagte die eine, »eine Mischung aus Tränen und Blut von jenen, die während der Nacht an *unserem* Schrein beteten und die wir mit Fingernägeln und Messern zeichneten.« Dann küßten sie den Altar, küßten sich gegenseitig, und zwei von ihnen trieben es direkt vor Dathanjas Augen miteinander wie zwei Löwinnen, die dritte sah ihnen dabei zu, aber ihr Gesicht war so verschlossen wie ein Fächer. Schließlich gingen sie zu dritt von dannen.

Die Schmetterlinge, die im Hain ausgeschlüpft waren, erhoben sich wie funkelnde Gischt und ließen sich auf dem Schrein nieder.

Alle bis auf den einen, der in Dathanjas Hand ausgeschlüpft war; der kroch ihm ins Haar und verbarg sich dort.

Als die anderen gesättigt waren, wurden sie wie üblich schwarz, flogen auf und hingen wie eine Gewitterwolke unter den Bäumen. Dann verließ der eine Schmetterling, der nicht gefressen hatte, seinen Zufluchtsort und flatterte zwischen sie. Als die schwarzen Schmetterlinge sahen, wie anders er war, stürzten sie sich auf ihn und zerrissen ihn, denn ihre Münder waren mit scharfen Zähnen bestückt.

Die Bestandteile des Schmetterlings lagen als helles Häufchen unter dem Farn, aber als die schwarzen Schmetterlinge herunterpurzelten, sonderten auch diese Fetzen Gold ab, und als die Nacht hereinbrach, lag da, wo der eine leuchtende Schmetterling gelegen hatte, wie bei allen anderen eine Frucht.

Die Morgendämmerung kehrte wieder, die goldenen Früchte öffneten sich, die Schmetterlinge flogen auf und tummelten sich im Hain. Dann kamen junge Männer und Mädchen, die fröhlich ihre widerlichen Geständnisse am Altar ablegten, und die Trankopfer wurden über den Stein ausgegossen. Aber als die Schmetterlinge sich niederließen, um zu fressen, nahmen drei von ihnen einen anderen Weg; sie flogen zu dem Mann, der dasaß und sie beobachtete, sammelten sich statt dessen auf seinem Gewand, und er bot ihnen Schutz. So hell leuchteten sie wie kleine sonnenbeschriebene Zettel. Aber als die anderen Schmetterlinge von ihrem Festmahl aufflogen, mischten sich die strahlenden unter sie und wurden in Stücke gerissen. Als diese Stücke auf dem Boden lagen, sonderten sie Gold ab und verwandelten sich in goldene Früchte.

Und so geschah es Tag für Tag, sieben Tage lang – oder neun Tage lang oder noch länger. Doch jeden Tag verschmähten mehr Schmetterlinge den Nektar aus Tränen und Blut, obwohl sie hinterher von denen hingemetzelt wurden, die sich nicht enthalten hatten.

Eines Morgens, wenige Minuten vor der Dämmerung, als Dathanja im Olivenhain saß und die Schmetterlinge sich gerade aus den Früchten befreien wollten, schlich ein Mädchen allein in den Hain und stellte sich links neben den Mann.

Es war ein armes Mädchen, in Lumpen gekleidet; es trug weder einen kostbaren Stein noch einen Blumenkranz im Haar, sondern hatte Haar und Gesicht mit einem elenden Tuch verhüllt. Dathanja hatte viele Arme in der Stadt gesehen. Im allgemeinen lagen sie tot in der Gosse, nachdem sie sich mit Ausschweifungen, Sadismus oder fehlerhaften magischen Künsten ins Elend gestürzt hatten. Niemand wollte ihnen helfen, das verstieß gegen die Religion. Sie flehten auch nicht um Hilfe. Dieses Mädchen mochte eine von ihnen sein, auf dem Weg hinab in die Verbrennungsgruben. Aber trotzdem murmelte sie Dathanja mit wohlklingender leiser Stimme zu: »Warum haltet Ihr Euch hier auf, Herr, um Schmetterlinge zu beobachten, wenn die Stadt so viele Zerstreuungen bietet?« Als er nicht antwortete, fuhr sie fort: »Heute findet ein Fest statt. Zauberer werden sich mit Schwingen in die Lüfte erheben, und Frauen werden sich zu Tode tanzen. Im Osten wurde ein neuer Palast errichtet. Seine Fenster sind aus farbigem Regen, aber er hat auch eine eigene zahme Sonne, die in einer Kuppel aus Zedernholz wohnt – diese Kuppel wird jeden Tag von der Hitze entflammt und muß erneuert werden. Im Westen gibt es einen Stier aus Elektrum zu bestaunen, der einem Mond zwischen den Hörnern eingefangen hat und schreckliche Weissagungen verkündet. Und im Süden könnt Ihr einen Garten sehen, der aus einem einzigen Samenkorn gewachsen ist. Er mißt in der Länge und Breite nur sieben Meter, aber wer immer ihn betritt, verirrt sich tagelang auf seinen Wegen und in seinen Lauben. Im Norden wird eine

Hochzeit zwischen einer Jungfrau und einer Chalzedon-Statue gefeiert. Und es gibt noch vieles mehr. Warum also sitzt Ihr hier und starrt die Schmetterlinge an?«

Doch in diesem Augenblick erhellte sich der Himmel, und man hörte Schellen und Tamburine. Die Schmetterlinge schaukelten auf den Farnen. Jünglinge und Mädchen liefen zwischen die Olivenbäume, gossen ihre Trankopfer auf den Altar, erzählten, was sie getan hatten, und entfernten sich lachend.

Schließlich flogen alle Schmetterlinge im Hain auf und ließen sich rund um Dathanja nieder, und einige setzten sich ihm auf die Schultern und Hände. Alle Schmetterlinge – bis auf einen. Und dieser eine stürzte zum Altar und fraß von dem Blut und den Tränen, dann wurde er schwarz, flatterte durch den Hain und setzte sich auf einen Ast. Hier faltete er die Flügel zusammen und zitterte, denn er schien endlich zu erkennen, daß er allein war.

Diese Starre dauerte eine Weile. Dann stieg der einzige schwarze Schmetterling in die Luft, schoß nach oben durch die Blätter, zerschmetterte sich dabei selbst und schwebte tot zur Erde nieder. Und wo er herabfiel, spritzte Gold auf, wurde hart und rund und entwickelte sich zu einer Frucht, alles in wenigen Augenblicken. Dann brach die Frucht weit auf, und heraus kam der Schmetterling wie ein von der Sonne geschriebener Zettel. Als dies geschah, flogen die Schmetterlinge, allein, zu zweit oder zu Dutzenden hinauf in die Bäume und ließen den Hain hinter sich zurück. Sie verschwanden am Himmel wie eine Funkenspur. Doch der letzte Schmetterling kam zu Dathanja und blickte ihn, ehe er davonschwebte, mit seinen Augen an, die wie Edelsteinnadeln waren.

»Ich begreife, daß dies eine Parabel ist«, sagte das arme Mädchen zu Dathanja. »Aber ich verstehe sie nicht.«

»Azhriaz«, sagte Dathanja, »leg deine alberne Verkleidung ab.«

Und tatsächlich fiel die Illusion von ihr ab wie ein Schleier. Da stand sie, die Tochter der Nacht, und sagte: »Aber ich verstehe die Parabel noch immer nicht.«

»Ich bin kein Priester, Lehrer oder Magier mehr.«

»Alles das bist du«, widersprach sie, »und wirst es immer sein.«

Seufzend sagte er: »Jeder sucht sich seine eigenen Symbole, und daher kann er sie auch verstehen. Aber für andere sind sie wie die Sprache eines fremden Landes. So geschieht es auch mit diesem Hain.«

»Ich habe dir angeboten«, sagte Azhriaz, »ein Fürst in meinem Reich zu sein, aber du hast diese Rolle verschmäht. Was jetzt, Dathanja?«

»Ich werde deine Stadt verlassen«, sagte er.

»Tatsächlich? Werde ich es erlauben?«

»Ja«, sagte er.

Azhriaz wandte ein: »Das habe ich nicht gesagt. Aber wenn ich es täte, wohin würdest du gehen?«

»Wohin ich kann.«

»Auf Wanderschaft, wie alle Wahnsinnigen.«

Azhriaz trat an den Altar ihres Schreins und betrachtete die dort ausgegossenen Flüssigkeiten. Dann sprach sie ein Wort, und der Schrein spaltete sich. Heraus sprang ein Busch, der um sich schlug und zischte, denn jeder Zweig war eine Schlange. »Hier mögen sie nun opfern«, sagte sie.

Dathanja lachte. Es klang bitter, doch dann verklangen sowohl das Lachen als auch die Bitterkeit. Er stand auf und wollte den Hain verlassen. Azhriaz stand ihm im Weg, obwohl sie hinter ihm gewesen war.

»*Ihm* wolltest du dienen«, sagte sie. »Dien mir! Azhrarns dunkler Saft mischt sich mit meinem Blut. In diesen Landen gibt es keinen Mann und keine Frau, die nicht ihr Leben hingeben würden, um für drei Stunden den Dienst zu tun, den ich dir vorschlage.«

Aber er sah sie zum letztenmal mit seinen pechschwarzen Augen an.

»Nein«, sagte er.

»Ich kann dich verhexen«, sagte sie. »Du hast auf deine Zauberkraft verzichtet, und ich bezweifle ohnehin, ob sie der meinen gewachsen wäre.«

»Du kannst«, sagte er, »die ganze Welt verhexen. Was ist es also für ein Sieg, wenn du mich verhext?«

»Das ist wahr«, gestand sie ein. »Geh, wohin du willst!«

5

WENN ES DER RAUM mit den Wänden aus Flechtwerk war, wie hatte er sich verändert! Vielleicht war der Luxus Illusion, vielleicht war auch die Armut vorher Illusion gewesen. Nun gab es Springbrunnen, wahre Kaskaden, aus Parfüm, nicht aus Wasser, und Teppiche, die Blumenwiesen waren, die Wände verhüllte der mitternächtliche Himmel ... In der Mitte lag ein schlafender Drache, eine Liege, auf deren Kissen wiederum Azhriaz lag. Sie war wach, und ihre Zofen strählten ihr das lange Haar mit silbernen Kämmen. Wunderschön waren diese Zofen. Sie waren Eshva. Und Eshva machten auch Musik auf den mondbeschienenen Hügeln dieses Zimmers, Musik wie Sternenschein, der sich auf Glas kräuselte. Nachtvögel kamen an die offenen Fenster des Tals, das ein Gemach war, schlaflose Eulen, vor Staunen stumme Nachtigallen. Die Monde der Stadt zogen vor den Fenstern hin und her wie verirrte helle Schiffe.

Gelegentlich gestattete Azhriaz nun den Eshva, sie zu beruhigen wie mit einer Droge. Aber die Eshva-Männer, die dann und wann zu ihr kamen und nach deren Berührungen sich ein Sterblicher ein Leben lang gesehnt hätte, schickte sie unfreundlich fort. Einige der Vazdru-Fürsten waren ebenfalls zu ihr gekommen, jeder von erlesener Schönheit, aber sie hatte sie nur eiskalt ausgelacht. Sie sei, so sagte sie, gegen ihre eigene Rasse voreingenommen. Und die Dämonen lächelten ebenso eiskalt zurück und zogen mit blitzenden Ringen an den Fingern und Dolchen in den Gürteln ab. Einige richteten noch Unheil an, aber ihren Kräften waren sie nicht gewachsen. Ihre Bosheiten verdorrten vor ihrer Tür wie welke Blumensträuße. Viel wagten sie nicht zu unternehmen – sie war schließlich Azhrarns Tochter und erfüllte seinen Wunsch in der Welt. In irgendeiner kristallenen Dunkelheit in der Tiefe gingen die Worte um: Sicher paart sie sich mit unseresgleichen. Doch sie liegt ihrem königlichen Vater bei. Diese Nichtneuigkeit kam auch Azhrarn zu Ohren.

Er verließ seinen Palast und ging langsam durch seine unterirdische Stadt. Er sprach kein Wort zu seinen herrlichen Untertanen, als sie sich vor ihm verneigten, aber ein Schatten senkte sich herab, und einigen sah er ins Gesicht, und ihre Vazdru-Herzen verwandelten sich in Wasser. Endlich kam einer der erhabenen Prinzen der Vazdru heraus und stellte sich Azhrarns Wagen auf einer Straße aus schwarzen Rubinen entgegen.

»Herr aller Herren«, sagte der Prinz. »Wie ich höre, nimmst du Anstoß an einem Scherz von uns. Aber du bist Verworfenheit. Warum sollte Verworfenheit dich stören?«

»Soll das ein Verhör sein?« fragte Azhrarn.

Der Prinz antwortete: »Selbst weise Sterbliche, die nichts als Ameisen sind, halten den Inzest nicht für eine Sünde, o Herr aller Herren, wenn es freiwillig geschieht und keinerlei mißliche Folgen hat. Schämst du dich vielleicht, o Schrecklicher, daß du in letzter Zeit so wenig Schrecken verbreitet hast? Ärgert es dich, daß die Sünde nur so klein ist?«

Azhrarn beugte sich aus seinem Wagen und legte dem Prinzen eine Hand auf die Schulter. »Laß die Sterblichen«, sagte Azhrarn, »irren oder philosophieren, wie sie wollen. Sie, die mir geboren wurde, ist nicht meine Geliebte. Ich bin nicht aus dem Stoff, aus dem die Menschen sind, und ihr Schmutz haftet nicht an mir.«

Da sagte der Prinz leise, obwohl er zitterte: »Zürne nicht einem, der dich liebt.«

»Liebe?« fragte Azhrarn. »Dergleichen gibt es nicht. Es gibt die Fleischeslust, unseren Zeitvertreib. Es gibt Anbetung, und es gibt Besessenheit. Tod magst du auf der Welt wandeln sehen, Schicksal und auch Illusion in einer Gestalt, die ich ihm freundlicherweise geliehen habe. Aber kein Mensch kann die Liebe sehen, auch kein Dämon.« Der Prinz, der Azhrarn angesprochen hatte, schloß die Augen. Azhrarn nahm ihm die Hand von der Schulter, aber der Prinz blieb weiter auf der Rubinstraße stehen wie zu Eis erstarrt.

Später kam Azhrarn an das Gestade eines eisernen Sees, wo die Schmieden der Drin dumpf pochten und gelegentlich auch klirrten. Es herrschte nur wenig Betrieb. Die Drin hatten in letzter Zeit eine Abneigung gegen die traurige Stimmung gefaßt, die in Untererde herrschte, und verbrachten viel Zeit außerhalb, oben auf der Erde, im Dienst der größten Zauberer, die sie betrogen, mit Schmeicheleien einlullten und schließlich, wenn irgend möglich, ruinierten. Doch jetzt kamen einige Drin und rieben sich an Azhrarns Wagenrädern.

»Es geht ein Gerücht um«, sagte Azhrarn. »Wer hat es in die Welt gesetzt?«

Die Drin quiekten und schnatterten. Einige erfanden phantastische Lügen, um nur einen gefährlichen Augenblick lang seine Aufmerksamkeit zu erregen. Aber einer kroch näher und berührte die schwarzsilberne Sohle von Azhrarns Stiefel. »Ein Insekt flitzt in den Gärten deiner Stadt herum, und manchmal gibt es ein kleines Geräusch von sich. Ich kann die Stimme nicht verstehen, aber manche können sie verstehen, und aus dieser Quelle kommen alle möglichen Gerüchte. Das Insekt ist grün, und auf seinen Flügeln trägt es das

Symbol, das in der Hochsprache der Vazdru der Buchstabe V ist.«

Da kehrte Azhrarn in seinen Palast zurück und betrat einen Turm, der aussah wie eine Silbernadel. Als er im Nadelöhr stand, rief er sie, und sie kam. Vasht, die einst selbst seine Geliebte gewesen war, Vasht, die ihn an seine andere Geliebte erinnert hatte und in ein winziges grüngeflügeltes Blatt verwandelt worden war – von ihm, der nun sagte: »Kein Mensch kann die Liebe sehen, auch kein Dämon.«

»Ich stelle fest«, sagte Azhrarn, der Herrscher der Nacht, einer der Herren der Finsternis, »daß Vasht nicht nur durch ihren Schmerz, sondern aus Eifersucht und Unwissenheit grüne Flügel bekommen hat.«

Der Schmetterling flimmerte in der Luft.

»Bildest du dir noch immer ein, daß wir uns in Liebe versöhnen könnten, Vasht?« fragte Azhrarn. In seiner Stimme war wirklich nichts von Liebe zu hören.

Der Schmetterling wollte auf ihn zufliegen, zögerte aber dann.

»Du liebst mich«, sagte Azhrarn. »Wie sehr?«

Der grüne Schmetterling kam zu ihm, streifte sein Haar, das glänzte wie mitternächtliche Wellen und ließ sich auf seiner Hand nieder, die stark und hell war wie ein gemeißelter Stein. Dann senkte er sich noch weiter, bis er die Pflastersteine zu seinen Füßen erreichte. Dort klappte er seine Flügel zu und wartete.

»Wirklich, Vasht«, sagte Azhrarn, seine Stimme klang weicher als Samtflor und drang doch durch bis auf die Knochen. »Du hast die Lektion der Liebe gut gelernt. Denn wenn man sie durch die Welt wandeln sieht, dann ist die Liebe eine Hexe, schlimmer als Pest oder Hungersnot, schlimmer sogar als Tod mit seinem gespenstischen Gehabe. Liebe in ihrem zerlumpten Gewand, das Herz herausgerissen und auf die Brust genäht, Liebe mit ausgeweinten Augen, die dich nur mit blinden Höhlen anstarrt. Die Liebe ist eine Schlampe, aber sie leidet, und daher weiß sie am besten, wie sie alle Wesen, die sie mit ihrer Krankheit ansteckt, leiden lassen kann. Vasht, ich danke dir für deine Liebe, aber ich will sie nicht, und hiermit belohne ich dich für diese Liebe.« Damit setzte er seinen Stiefelabsatz auf den Schmetterling und zermalmte ihn.

Nun hieß es, daß in Untererde nichts sterben könne. Und die Dämonen zählten zu den Unsterblichen. Doch von Vasht blieb, nachdem Azhrarn diesen Ort verlassen hatte, nur eines übrig: ein Abdruck wie von ganz dünner Jade, der in das Pflaster eingebrannt war – zwei Schmetterlingsflügel, wie zwei Teile eines gebrochenen Herzens.

Doch in Druhim Vanashta sagte man: »Wie er mit ihr verfahren ist, so verfährt er auch mit seinem Reich.« Und einige der Vazdru, sogar sehr viele, legten gelbe Gewänder an – dies war für sie die Farbe der Trauer, da sie wie das Sonnenlicht war –, stellten sich vor seinen Mauern auf und klagten in der siebten Sprache der Dämonen, in der sie ihre Gesänge und ihre Zaubermelodien verfaßten.

Aber Azhrarn schien sie nicht zu beachten. Und eingedenk der Belohnung, die Vasht erhalten hatte, wagten sie auch nicht näher zu kommen.

So sagten sie spöttisch zueinander: »Wo ist Azhrarn? Wer hat ihn gesehen?« Einige nahmen die Gestalt schwarzer Löwen an, aber mit gelben Augen, und auch diese Augenfarbe war bei ihrer Kaste ein Zeichen für Unbehagen, Leid oder höchste Entrüstung. Sie streiften auf den schwarzen Rasenflächen vor Azhrarns Palast hin und her, kletterten über die Mauern hinein, schnappten sich die Bronzefische aus den Bäumen und verstümmelten sie, so daß sie schauerlich auf dem Gras herumzuckten, bis die phantastische Luft und die Emanationen, die von hier ausgingen, sie heilten.

Im Zentrum von Azhrarns Garten spielte ein Springbrunnen; er bestand nicht aus Wasser, sondern aus

Feuer, aus scharlachrotem Feuer, das weder Licht noch Wärme abgab. Aber die Vazdru in Löwengestalt wühlten die Rasenschichten tief auf und warfen unermüdlich, mehr als einen irdischen Monat lang, Gras und Erde auf den Springbrunnen. Bis schließlich die Flamme erstickt unter einer schwarzen Kompostschicht lag, die teilweise immer noch glühte wie kalte rote Kohle.

Aber nicht einmal das schien Azhrarn zu beachten.

Die Löwen-Vazdru sprangen zurück über die Mauern und nahmen wieder ihre männliche und weibliche Gestalt an. Dann zerrissen sie ihre Kleider und schrien aufrührerisch: »Azhrarn, wo ist Azhrarn, der Schöne, der Bringer der Qualen, der Herrscher der Nacht?« Und sie gaben sich selbst die gefühllose Antwort darauf: *»Azhrarn ist tot.«*

Azhriaz lag jedoch auf dem Rücken des Drachen, und die Eshva kämmten ihr das Haar und sangen ihre wortlosen Lieder. Und sie schenkte ihnen fast ebensowenig Beachtung wie Azhrarn den Vazdru, meilenweit unter ihren Füßen.

Jahre zuvor, im ersten Jahrzehnt ihrer Herrschaft über die Menschen, hatte Fürst Verworfenheit seiner Tochter gelegentlich einen Besuch abgestattet.

In jenen Nächten hatte sie die nur mit Qurobs Luxus ausgestatteten Marmorgemächer des ehemaligen Palastes von Nennafir bewohnt. Damals hatten zwei von Qurobs Söhnen versucht, gegen sie Krieg zu führen, aber sie hatte ihre Armeen vernichtet, wie ein Wirbelsturm einen Ast abbricht. Und eine von Qurobs weiblichen Nachkommen, die einen Mordanschlag auf die neue Göttin geplant hatte, war von Azhriaz an ein Silberrad gebunden worden, das mit Zauberkraft den ganzen Tag lang über den Himmel geschleudert und nach Sonnenuntergang über den höchsten Palastturm gehängt wurde. Die Schreie dieser Unglücklichen wurden so alltäglich wie die Schreie gewisser heimischer Vögel, denn der Zauber verwehrte ihr den Tod. Schließlich verlor das Opfer den Verstand. Erst dann ließ Azhriaz sie herabholen und schickte sie – angeblich mit den Worten: »Geh und such deinen Prinzen!« – in eine nahegelegene Wildnis. Mannigfach waren die Grausamkeiten der Göttin in den ersten Jahren ihrer Herrschaft gewesen. Auf Azhrarns Anweisungen hin vollbrachte sie viele Taten, um die Erde über die Gehässigkeit der Götter aufzuklären und, was noch wichtiger war, über ihre Gleichgültigkeit gegenüber allem menschlichen Leiden.

Meistens schlossen die Besuche des edlen Vaters bei seinem gehorsamen Kind solche Instruktionen ein. Azhriaz hatte für ihn einen kunstvoll gefertigten Silberstuhl mit einem Seidenbaldachin aufstellen lassen, zu dem Stufen in Intarsienarbeit hinaufführten. Sie kniete vor ihm, die Arme vor der Brust gefaltet, den Kopf gesenkt, eine Parodie, die sie beide bald langweilte. Nachdem sie ihm nun mit Höflichkeit begegnete und er seinen Willen durchgesetzt hatte, hatten sie sich nichts mehr zu sagen. Und darin waren sie sich manchem sterblichen Vater und seiner Tochter ähnlich.

Wahrscheinlich hatte er sie am Anfang geprüft, um zu sehen, ob sie seinem Gebot auch gehorchte. Sobald die Prüfungen abgeschlossen waren, ließ er sie in Ruhe. Als nächstes schickte er ihr einige Vazdru, die sie in der Dämonenmagie unterrichteten – oder ihre Geschicklichkeit schulten und sie die notwendigen Rituale und die okkulte Sprache lehrten, die solche Künste schmükken sollten. (Als Besucher waren die Vazdru stolz, und sie, die Gastgeberin, war noch stolzer.) Aber die Eshva mit den klangvollen Stimmen kamen, wann immer sie es wollte, um ihr zu Gefallen zu sein. Und auch die Drin kamen, um sich einzuschmeicheln oder Geschenke zu bringen, oder um aus den Tributen des Reiches, die sie anzuhäufen begonnen hatte, Diademe und Halsbänder, Uhrwerke und andere Mechanismen zu fertigen. Sie bauten (natürlich) jenen Säulenraum aus Edelsteinen, den Raum aus Gold und die Räume aus Silber und Perlen. Und die Drindra holte sie ebenfalls herauf, den Abschaum der Drin, und sprach in ihrem Kauderwelsch mit ihnen. Durch sie fand sie Zugang zu den bizarren Spitzen des Übernatürlichen, aus denen solche Pflanzen und Blümchen sprossen wie die vier Wesen – den ehernen Mann, den Mann mit den Alligatorbeinen, das Pferd mit dem Frauenkopf und das schlangenäugige Kind –, die sie zu sich rief, um sich berichten zu lassen, welchen Wert die Welt ihr beimaß. Inzwischen eroberten ihre Legionen immer neue Länder und brachten sie unter ihre Herrschaft.

So hauste sie schließlich allein, von allem umgeben, was ein Drittel der Welt ihr zu bieten hatte, und beschäftigte sich mit erschreckenden magischen Spielereien, während in ihrem weiträumigen Gottesreich die Menschen in ihrem Namen unglaubliche und unsinnige Schreckenstaten vollbrachten.

Sie selbst hatte direkt nur wenig Böses getan. Und was sie hauptsächlich auf Azhrarns Geheiß hin getan hatte, war ihre Pflicht gewesen. Ansonsten ließen die Menschen, die sie als Göttin der Verworfenheit und der Gleichgültigkeit anerkannten, um ihretwillen allen Unrat heraus, den sie in sich trugen. Sie glaubten, daß sie in Träumen und Visionen zu ihnen kam und verlangte, daß sie mordeten und raubten, Menschen- und Tieropfer darbrachten, Selbstmord begingen und andere, noch weniger appetitliche Dinge taten. Aber das war nicht der Fall, das brachten die Menschen ausgezeichnet allein zustande. Und das Delirium, das sie überfiel wie ein rasender Panther, wenn sie die Göttin anriefen – auch das hatten sie selbst geschaffen.

Doch von Azhrarn, der sie dazu bestimmt hatte, die Erde zu züchtigen, hätte man sagen können, daß er zufriedengestellt war. Es schien jedoch, als kümmere es ihn nicht mehr allzusehr, nachdem er das Spielzeug

10·88·4

einmal in Gang gebracht hatte. Schon einmal hatte er unversehens das Chaos losgelassen und war anderswohin gegangen, hatte sich etwas anderem zugewandt und die Zerstörung erst bemerkt, als für die Menschheit schon fast das letzte Stündlein geschlagen hatte. Diesmal gab es nichts anderes, was sein Interesse in Anspruch nahm, aber trotzdem verlor das gewaltige Unternehmen für ihn an Reiz. Er, der das Spiel erfunden hatte, in dem Millionen überwältigt wurden, in dem Kontinente stolperten und Menschen zugrunde gingen wie Herbstlaub in einem Wald – er hatte sich abgewandt.

Und was Azhriaz anging, die Quelle dieses Infernos, so lag sie untätig auf ihrer Drachenliege und überließ die Stadt unter ihren hohen Fenstern ihren Ausschweifungen. Und während ihr Körper auf der Liege blieb, trat sie durch einen Spiegel, in den sie zuvor geschaut hatte, und stand vor Dathanja auf einem Hügel am Rand ihres Reiches.

Braun und kahl war der Hügel, sogar der Himmel war braun, und bräunlicher Regen fiel, manchmal mit ein paar braunen Fröschen dazwischen.

Doch Azhriaz kam in Licht gekleidet, mit Sternen im Haar.

Dathanja, der im Regen auf dem Hügel saß, blickte zu ihr auf.

»Findest du deine Reise erfreulich?« fragte sie ihn.

»Vielleicht«, sagte er.

»Denkst du auch an mich?« fragte sie.

»Hin und wieder ergibt es sich, daß ich an dich denke, denn hin und wieder erscheinst du mir ja – nicht wahr? –, um mich an dich zu erinnern.«

»Was hast du gesehen, seit du mich zum letztenmal erblickt hast?«

Er antwortete: »Elend und Not, Angst und Tod. Ich sah einen Bettler, der einen schlammigen Fluß um Hilfe anflehte. Er sagte mir, das habe ebensoviel Sinn, als wenn er den Himmel anbettelte. Und ich traf ein Mädchen, das sich hinlegte und verlangte, ich solle sie sofort vergewaltigen oder ermorden, wie ich wollte, denn sonst habe sie nichts von mir zu erwarten. Und ich begegnete einem Priester, der im Delirium für die Göttin tanzte, unter einem Altar, auf dem die toten Pilger aufgeschichtet lagen, die er ihr geopfert hatte. Als er merkte, daß er mir nichts anhaben konnte, weil ich noch immer unverwundbar bin, lief er in übler Laune davon.«

»Bei Tag«, sagte Azhriaz, »wendest du das Gesicht dem Sonnenaufgang zu. Stets gehst du nach Osten. Was liegt im Osten, o Zhirek?«

»Ich bin nicht Zhirek«, sagte Dathanja, und seine schwarzen Augen funkelten kalt, doch dann verschwanden sowohl das Funkeln wie die Kälte.

»Simmurad liegt im Osten«, sagte Azhriaz, »unter dem Ozean.«

Aber Regen und Frösche prasselten weiter hernieder, und Dathanja neigte den dunklen Kopf, ähnlich wie sie selbst ihr noch dunkleres Haupt vor ihrem edlen Vater gebeugt hatte. Also kehrte sie durch den Spiegel zu sich selbst zurück. Aus dem Raum aus Landschaft und Duft, der einst aus Holz und Flechtwerk bestanden hatte, waren alle Eshva-Frauen verschwunden, und nur ein starker unerklärlicher Hauch war zurückgeblieben. Jemand dudelte draußen unterhalb des Fensters, wo die Monde versanken, auf einer Flöte.

»Königlicher Kheshmet«, sagte Azhriaz, »es ist lange her, seit ich dich sah. Warum bist du gekommen?«

»Um eine Warnung auszusprechen«, sagte Kheshmet, der nun mitten im Raum erschien und die pastellfarbene Flöte wegsteckte. Er war als König gekleidet und leuchtete so hell, daß der Raum sich trübte und Holz und Flechtwerk wieder sichtbar wurden.

»Du warnst mich nicht zum erstenmal. Ist es sinnvoll, daß Schicksal Warnungen aussprechen kann?«

»Du siehst, daß er es tut«, sagte Schicksal. »Außerdem bist du als Zauberin mächtig genug, um auch ohne meine Hilfe zu erraten, wo wahrscheinlich deine Bestimmung liegt. Mein Erscheinen ist überflüssig, aber ich mache hier, wie überall, von Zeit zu Zeit meine Aufwartung. Daher erscheine ich dir als König und präsentiere dir meine Warnung als bescheidenes Andenken.«

»So warne mich«, sagte Azhriaz.

»In einer Richtung liegt das Meer«, sagte Kheshmet, »in der anderen der Himmel. Auch wenn du die ganze Welt erobern kannst, das Meer hat seine eigenen Herrscher, und die sind dir vielleicht gewachsen. Und der Äther ist der Fußboden für andere, die allmählich Notiz von dir nehmen.«

Azhriaz sah Schicksal mit einiger Aufmerksamkeit an.

»Ich sah den Bau des Turmes von Baybhelu«, sagte Kheshmet. »Nur wenige erblickten mich, so umsichtig verhielt ich mich, und außerdem waren einige bedeutende Vettern von mir anwesend, Herren der Finsternis drängten sich so dicht am Boden wie Käfer, wenn man einen Stein aufhebt. Trotzdem erhob sich der Turm, durchdrang den Himmel, und der Himmel besann sich und regte sich – nicht mehr, als sich eine Feder auf dem Rücken einer schlafenden Taube regt. Aber wegen dieser Feder stürzte Baybhelu mit einem Getöse ein, das die Welt erschütterte.«

»Ich«, sagte Azhriaz, »baue nicht so hoch. Ich höhle Fäulnis aus und grabe in die Tiefe.« Bei diesen Worten drückte ihr Gesicht Ekel aus.

Kheshmet sagte: »Du bist eine Göttin und wirst als solche verehrt, und du verfügst über die Macht des Wesens, das du zu sein behauptest. Was werden die Götter davon halten?«

Aber sie sagte nachdenklich: »Simmurad, im Osten ...«

Kheshmet trat dicht an sie heran. »Nicht im Osten, aber in deinen Augen war ich gewohnt, Chuz wie eine

Bernsteinstatuette zu sehen. Nun sehe ich Zhirek, der Dathanja ist, wie eine Statuette aus schwarzem Basalt. Wann wird das Blau in deinen blauen Augen wieder klar erstrahlen, Göttin auf Erden, Soveh-Sovaz?«

Doch Azhriah streckte lachend die Hand aus und pflückte das winzige Chamäleon von Kheshmets Königsstab. Es kam mit wütendem Knurren und orangefarben leuchtend zu ihr, dann lag es weiß wie eine Taube auf ihrer Hand und ließ ein Schnurren hören.

Kheshmet ließ es lächelnd zu, daß sie die Echse streichelte. Schließlich war er eine Art Onkel von ihr, und der Rest der Familie schien nicht allzu vertrauten Umgang mit ihr gepflogen zu haben.

Nach einer Weile gingen König Schicksal, die Tochter der Nacht und das Chamäleon hinauf, um sich den Sonnenaufgang über Az-Nennafir anzusehen.

Die Sonne ging auf wie eine Knospe, die sich entfaltet.

Schicksal schnippte mit den Fingern, und vor der Sonnenscheibe zerbröckelte die Pracht dieser alptraumhaften großen Stadt, nur ihr Skelett blieb übrig, die hohen Gebäude waren eingestürzt wie Baybhelu, die hohen Tempel und die großen Häuser hatten keine Dächer mehr, hagere Drachen streiften über den Ruinen dahin, und Aasvögel mit matten Augen fegten aus einer Wüste herbei, wo einst Parks und Paläste gestanden hatten.

»Hier werden die Götter wandeln«, sagte Kheshmet, »vielleicht nur bildlich gesprochen. Aber bei jedem Schritt wird ein neuer Turm einstürzen.«

Dann fuhr er mit der Hand über die Szene, und die Stadt tauchte unversehrt wieder auf.

»Mir schien es einmal«, sagte Azhriaz, »daß ich eines Tages vielleicht sterben könnte.«

»Ach, Soveh-Sovaz«, sagte Kheshmet und nahm, einen Augenblick ehe er verschwand, die Echse auf seinen Stab. »Dieses Gefühl habe ich schon seit mehr Jahrhunderten, als du es dir träumen läßt.«

Der Krieg mit Meer und Himmel

1

Wie üblich war es ein klarer Wintermorgen in Obererde. Hier veränderte sich nichts oder nur sehr wenig. Der Boden der himmlischen Gefilde war der Himmel, der Himmel der himmlischen Gefilde war der Himmel, und die Zeit war wie der Himmel, sie lag über allem, bewegte sich nicht und stand auch nicht still. Morgen konnte auch gestern sein, und nächstes Jahr drei irdische Jahrhunderte früher. Die Götter kümmerte dies freilich nicht – und die Menschen kamen niemals dorthin oder würden vielleicht auch niemals dorthin kommen ... Von einem dünnen Blau war dieser Morgen, mürbe bis spröde von einer unsichtbaren Sonne erhellt, die weder auf- noch unterging, nie ihren Standort wechselte und doch von allen Seiten schien. Weder kalt noch heiß war der endlose Tag. Er repräsentierte den Glasbrunnen mit dem Wasser der Unsterblichkeit, von dem Simmu einst eine Kostprobe entnommen und in den Azhrarn gespuckt hatte – wodurch die bleierne Flüssigkeit etwa eine Sekunde lang funkelnd und schön geworden war. An den Brunnen gelehnt, schliefen die beiden schrecklichen einäugigen Wächter in ihren grauen Umhängen. Der Geschichte nach waren es vor langer Zeit *drei* Wächter gewesen oder würden es in ferner Zukunft sein. Der dritte war abhanden gekommen, oder würde abhanden kommen, entweder bei einem seltsamen Manöver zur Verteidigung des Brunnens (unnötig), bei einem Sturz in den Brunnen (unwahrscheinlich), bei einem Sturz durch den Grund des

Himmels (nicht sehr wahrscheinlich) oder weil er sich das Mißfallen der Götter zuzog: undenkbar.

Denn die Götter waren weit entfernt – sowohl in ihrer unkörperlichen Leiblichkeit als auch mit ihrer überirdischen Geistseele.

Für jene begrenzte Anzahl von Wesen, zu denen Azhrarn gehörte und die sich in Übererde aufgehalten hatten, war es ein amorphes Gebiet, in dem es kaum feste Anhaltspunkte gab. Man fand dort den Brunnen, und hie und da konnten Wesen mit außergewöhnlich scharfen Augen Spuren von Besiedelung entdecken – die seit Äonen verlassenen harfensaitenförmigen Behausungen der Götter zum Beispiel, verschiedene Anlagen für esoterische Geistesübungen wie etwa in Quadrate unterteilte Flecken in unbekannten Farben, Pavillons von unbeschreiblicher Bauweise, eine Treppe, einen Wasserfall oder einen Torbogen, von denen man weder in Wort noch in Schrift eine Vorstellung vermitteln könnte, selbst wenn man wollte. Fern am Horizont ragten Berge oder die erstarrten Seelen von Bergen, sie hatten die Farbe des Himmels, und ihre Konturen bildete zarter Schnee aus massivem Adamant. Selbst wenn man sieben Jahre lang auf diese Berge zuginge, würde man sie niemals erreichen. Sie blieben stets in genau der gleichen Entfernung am Horizont wie zuvor. Doch für die Götter waren diese unzugänglichen Spitzen leicht zu erreichen.

Seit einer Weile waren einige der Götter in dieser Region versammelt. Da sonst niemals jemand an jenen Ort kam, kann man nur Vermutungen darüber anstellen. Aber da waren sie, die Herren von Übererde, die alle Geschlechter und keines hatten, in durchsichtigen Gewändern, mit durchscheinendem Fleisch, in dem Blut vom blassesten Violett floß. Wenn sie sehr erregt waren, gerieten ihnen die Gewänder, das Haar oder das Gehirn manchmal in ein glasiges Flattern – und das geschah nun ständig. Für die Götter war dies gleichbedeutend mit wildem Geschrei. Doch ihre glänzenden Augen verrieten nichts, und sie waren stimmlos wie die Eshva, ja, noch mehr. Dennoch muß, wie auch schon bei anderen Gelegenheiten, angenommen werden, daß die Götter sich untereinander verständigten und daß ein Gespräch stattfand. Dies hätte, wollte man es in Worte fassen, etwa folgendermaßen gelautet:

»Vor undenklichen Zeiten«, stellte ein Teil der Götter fest, »waren wir noch sehr sprunghaft. Wir kleideten uns in eine schwere Haut, stiegen auf die Erde nieder, schwelgten dort in primitiven Abenteuern und hinterließen eine Reihe von Legenden und in manchen Fällen sogar Nachkommen. Letztere wurden von den Menschen als Helden oder Ungeheuer angesehen. Ja, in jenen törichten wilden Jugendzeiten schufen wir zu unserer Zerstreuung sogar den Menschen, und für eine kleine Weile erfüllte er auch diesen Zweck. Doch später wuchsen wir darüber und auch über uns selbst hinaus und zogen uns, von dergleichen Unsinn geläutert, in unsere höhere Welt zurück, um den Rest der Zeit in ihrer jetzigen Bedeutung mit Meditationen und anderen astralen Übungen zu verbringen. Laßt uns also weiter damit fortfahren, unsere Reinheit unermüdlich weiter zu vervollkommnen! Und laßt auch die Welt in ihrem Tun verharren, bis sie sich durch ihre ungeheuerliche Sprunghaftigkeit selbst zerstört! Die Erde geht uns nichts mehr an. Und was den Menschen betrifft, so haben wir mit ihm einen Fehler begangen, und wenn wir Notiz von ihm nehmen, wird er uns natürlich ärgern, wie es Fehler stets tun.«

»Aber«, intonierte ein anderer Teil der Götter, »in den meisten Fällen haben die Handlungen der Menschen freilich nichts mit uns zu tun, doch manchmal lösen ihre eigenwilligen Neuerungen selbst hier ein mißtönendes Echo aus. Ein solcher Fall ist ihre neue Religion. Ein menschliches Wesen, selbst wenn es einer ihrer Zauberer ist, macht sich nur lächerlich, wenn es sich anmaßt, ein Gott zu sein. Doch diese Frau, die ja kein Mensch ist, verfügt über gewaltige Kräfte und könnte daher aufgrund der menschlichen Dummheit – ein Zustand, aus dem sie niemals herausfinden werden – unbestreitbar für eine Göttin gehalten werden. Es ist richtig, als wir in unserer Jugend die Erde durchstreiften, legten wir häufig ein derartiges Verhalten an den Tag, und die Legenden, die wir hinterließen, stützen den Anspruch dieser Frau. Dieser Nachhall aus unserer Vergangenheit und dieser Affront gegenüber unserer Gegenwart (obwohl uns weder Vergangenheit noch Gegenwart noch berühren) sind ein Hemmnis für unser Streben nach innerer Vollkommenheit. Daher können wir den Mißklang nicht überhören. Er muß zum Verstummen gebracht werden.«

Dann meldete sich ein einzelner Gott wortlos zu Wort und sagte:

»Einer ist in unser Land aufgestiegen und hat sich hier aufgehalten. Er war kein Sterblicher, denn sie können weder so hoch aufsteigen noch hier eindringen. Er gehörte einer Gattung von Unsterblichen an, die die Menschen *Dämonen* nennen, und diese haben wir nicht geschaffen, daher sind sie auch unserem Willen nicht unterworfen. Jener Dämon, der ihr Fürst war, ist ein Magier von unvorstellbaren Fähigkeiten. Nachdem er uns seine Frechheiten entgegengeschleudert hatte, küßte er mich, und diesen Kuß habe ich nie vergessen.« Und der Gott senkte sein (oder ihr) Haupt, und fliegende Kristalle sprühten aus jeder Falte, aus jeder Pore und aus jedem Haar. »Tatsache ist«, fuhr der Gott schließlich fort, »daß diese Frau, die die Menschen als Göttin bezeichnen, niemand anders ist als ein Abkömmling jenes Dämonenfürsten. Man kann sagen, daß ein solcher Gegner unsere Aufmerksamkeit verdient und eines großen Konflikts würdig ist. Es ist nicht zu vermeiden, so jemandem den Krieg zu erklären.«

Die Götter machten große Augen oder taten etwas,

was dem entsprach, aber was das sein könnte, darüber gibt es keine Quelle. Dieser eine Gott hatte (unhörbar) genau die Vorstellung ihrer Jugend zum Ausdruck gebracht. Nun trat eine Pause ein, die zweifellos viele irdische Jahre dauerte. Danach plädierten die Götter dafür, daß dieses Mitglied ihrer Bruderschaft stellvertretend für alle die Aufgabe der Vergeltung übernehmen solle. Ihm wollte man alles überlassen – er schien nun eindeutig männlich zu sein, doch wodurch dieser Eindruck entstand, wird nicht gesagt, wahrscheinlich ist das auch nicht so einfach festzustellen. Auf diese Weise bestraften ihn die übrigen Götter auch dafür, daß ihm noch die Spuren einer Existenz anhafteten, über die sie hinausgewachsen waren, ganz zu schweigen davon, daß ihn ein Dämon geküßt hatte.

Und so machte sich der Gott – der in sich alle Götter trug, obwohl er nur ein einzelner war; eigentlich waren sie nämlich alle ein einziges Wesen –, so machte *er* sich denn ans Werk. Er durchquerte Übererde, bis er an einen Ort gelangte, der wie alle anderen war, aber hier erfaßte er das unsichtbare Wesen der Luft, riß es los und formte es unsichtbar zwischen den Händen – dann schleuderte er es von sich, und es zerbrach unsichtbar in drei Teile.

Diese Teile hauchte der Gott nacheinander an, dann sammelte er sie wieder ein, obwohl sie noch immer nicht zu sehen waren.

Nun sprach er, oder gab jedenfalls ein eindeutig hörbares Geräusch von sich. Es war ein Laut, wie ihn kein Zauberer auf der Welt und – wir wollen es gestehen – auch kein dämonischer Magierfürst unter der Erde jemals zustandegebracht hatten.

Die Bläue von Obererde riß auf, ein kleiner Spalt nur. Durch ihn hindurch, in meilenweite Fernen, raste ein wenig tiefer ein tobendes Etwas, wie viele Millionen Schmelzöfen zu einem vereint, aus dem flammende Strahlen, Bänder und Wellen schossen. Dann schleuderte der Gott, der den drei unsichtbaren Himmelsscherben göttlichen Odem eingehaucht hatte, sie noch weiter hinab, eine nach der anderen, mitten in die Sonne hinein.

Die erste Scheibe traf die Sonne. Die zweite Scheibe traf sie. Und auch die dritte. Bei jedem Aufprall entstand ein Schwall von Licht und Hitze, schrecklicher als alles, was die Sonne schon ausstieß und von sich schleuderte. Als jedoch der dritte Feuerausbruch flackernd erstarb, sah man nur noch die flammende Masse der Sonnenscheibe, schrecklich genug, aber nicht schrecklicher, als sie jemals gewesen war.

Doch das war noch nicht das Ende. Mit einer Heftigkeit, die die oberen Luftschichten in einem Himmelsbeben erschütterte, *erbrach* sich die Sonne. Einmal, zweimal, dreimal schoß ein siedendheißer Sturzbach nach oben und raste in einem Bogen donnernd über den Himmel, angeführt von einem strahlenden Punkt, der unerträglich gewesen wäre, hätte jemand ihn angeschaut, eine Sternschnuppe aus kosmischem Feuer – die plötzlich mitten im Äther ihren Flug beendete, stillstand, dort oben hing und immer weiter abkühlte, bis sie zu einem Diamantstrahl geworden war. Und dann:

Standen sie hoch oben zwischen Erde und Himmel wie drei herabstoßende Falken, die Füße auf den Winden ruhend, die Schwingen weit ausgebreitet. Die Malukhim waren es, die Sonnengeschaffenen. Sie sollten die Geißel der Menschheit sein, die kriegerischen Priester der Götter, ihre Boten und Abgesandten, die nackte glänzende Klinge derer, die über den Kampf hinausgewachsen waren.

Der erste, der dem Sonnenaufgang entsprang, war Ebriel. Er stand auf der rechten Seite und war zu Gelbgold gebrannt. Die Haut war das Metall eines königlichen Pokals, die Augen waren wie Topas, und das Haar war eine Löwenmähne von der Farbe reifen Weizens auf dem Feld. Die Gewänder waren hellgelb wie Narzissen, und das Fleisch strahlte golden durch sie hindurch. Der Brustpanzer war aus gehämmertem Gold, dicht besetzt mit hellen Zitrinen. Die Schwingen waren weißgolden wie die eines jungen Adlers. Er war wie die Frühlingssonne am Mittag.

Der zweite, der dem Feuer entsprang, war Yabael, er stand links und war länger gebrannt worden, auch er war golden, aber so dunkel wie die dunkelste Bronze. Jedenfalls galt dies für das Metall der Haut, die Augen hingegen waren wie lohfarbene Amethyste, und das Haar war eine Hengstmähne von der Farbe rötlichbraun versengten herbstlichen Eichenlaubes. Der Brustpanzer war aus gehämmertem ehernen Gold, mit kupferfarbenen Zirkonen durchwirkt. Die Flügel glänzten mattgolden wie die eines Geiers. Er war wie die Spätsommersonne bei Gewitter.

Aber an vorderster Stelle, der Welt am nächsten, die Sonnenscheibe hinter dem Haupt stand Melqar, der im Feuer geblieben war, bis es ihn weiß gebrannt hatte. Die Haut war von hellstem Gold wie das Metall eines heiligen Kelches, die Augen waren glimmende Lampen, und das Haar war ein Sonnenrad. Die Gewänder waren so blendendweiß wie alles Weiß zusammengenommen, wie frischgefallener Schnee, wie die Knochen eines Kindes, und der Schein seines leuchtend goldenen Fleisches durchdrang sie so stark wie eine Fackel. Auf dem Brustpanzer aus gehämmertem Weißgold funkelten goldene Berylle wie Sonnen. Die Schwingen waren weiß wie die eines Schwans, jedoch ein goldenes Weiß wie das eines Schwans, der stets nur bei Tagesanbruch flog. Melqar war wie die Sonne in der sommerlichen Morgendämmerung.

Doch der Himmel färbte sich schwarz. Aufgerüttelt durch die Erschütterung des Äthers, brauten sich auf allen Seiten Gewitter zusammen. Donnerschläge er-

10.88.3

dröhnten, und die Wolken rasten herbei wie Flutwellen an einen Strand. Das ganze Himmelsdach war ausgelöscht, nur die Sonne stach durch wie eine weißglühende Speerspitze. Die Nacht senkte sich über den Tag, und in jedem Land da unten auf der flachen Erdschüssel sah man es. Die Menschen zitterten, Weise und Magier prophezeiten den Untergang. Priester opferten den Göttern, denn sie errieten, fast stimmte es, daß diese erzürnt waren. In dem Drittel der Erde hingegen, wo man die Göttin anbetete, unternahm man nichts, denn man wußte, daß die Götter gleichgültig oder voller Haß waren. »Sie werden uns in jedem Fall heimsuchen«, sagten die Menschen dort. Und so töteten sie sich aus Angst vor Schlimmerem selbst, versteckten sich in Kellern oder begingen die gräßlichsten Verbrechen ihres Lebens, alles in Panik und Hast, um nichts ungetan zu lassen, ehe die Vernichtung über sie hereinbrach.

Aber in einem fernen Land, wohin die harten Lehren der Göttin noch nicht gedrungen waren, gab es einen Gelehrten, der die Sterne durch eine mächtige, auf vier getriebenen Messingschildkröten angebrachte Linse von der Größe einer Palastkuppel beobachtete. Und dieser Mann hielt aus, obwohl ihm vor Entsetzen die Wirbel klapperten. Viele Stunden später klarte der Himmel schließlich auf. Es war Mitternacht, und im Osten ging der Mond auf, ein schmaler Bogen, doch fiebrig gerötet. Nun wurde der gelehrte Astrologe zu seinem König gerufen, der ihm viele Fragen stellte.

»Mein Gebieter, ich kann nur eines sagen. Ich sah drei Lichtpfeile, die aus der Sonne herausgeschleudert wurden, und aus diesen Lichtern kamen drei geflügelte Männer, einer golden, einer bronzegolden und einer so weiß wie frisch geschmolzenes Gold. Sie standen am Himmel, und die Dunkelheit folgte ihnen, aber *sie* loderten hell und ritten auf den Wolken wie große schreckliche Vögel. Und dann schien derjenige, der rechts am Himmel stand, ein Schwert zu ziehen, dessen Klinge zischte wie ein gelber Blitz, und derjenige, der links stand, zog ein Schwert, von dem es rot tropfte wie Blut. Doch derjenige, der ganz vorn stand, mit der Sonne hinter dem Kopf, er zog ein Schwert wie weißes Feuer und hob es, doch die Spitze zeigte nach unten zur Erde.

Und ich wage zu behaupten«, fügte der gelehrte Astrologe hinzu, »daß dies für uns nichts Gutes bedeutet.«

2

Weder Geist noch Seele besaßen die Malukhim. Sie besaßen auch kein Herz. Von Willensstärke und Zielstrebigkeit waren sie erfüllt, doch dies war nur ein Ausfluß des göttlichen Willens. Und sie waren schön, aber schön sind auch Feuer und Leoparden.

Etwa neun Tage lang stürzten sie zur Erde, so gemächlich, so bedeutungsschwer schwebten sie herab.

Man hatte ihr Vorüberziehen vielleicht bemerkt, aber sobald sie in die Dünste und Dämpfe der Welt eintauchten, hatten sie ihr Leuchten abgeschirmt. Jene goldenen Füße, nackt wie Schwerter, berührten zuerst die kahle Schulter eines Berggipfels. Die Wahl dieses Landeplatzes war ein Symbol. Die Höchsten auf dem höchsten Punkt. Drei Tage lang hielten sie sich auf diesem Berg auf, und man hätte sie aus meilenweiter Entfernung erkennen können, denn sie glitzerten wie goldene Statuen. Aber niemand sah sie, außer ein paar Tieren im Umkreis von einigen neidischen Raben.

Unterhalb des Berges lagen purpurne Wüsten mit Quarzfelsen und von kostbaren Mineralien durchzogenen Schluchten, und hie und da gab es einen langarmigen Baum, der zu Stein geworden war.

Die kriegerischen Boten kamen vom Berg herab. Es war ebenfalls symbolisch, daß sie eine kurze Strecke zu Fuß gingen, daß sie die Luft der Welt einatmeten und auf ihren Rücken traten. Denn nötig hatten sie dies kaum.

Bei Sonnenuntergang hielten sie an einer hochgelegenen Stelle wieder an und blickten hinab, vor ihnen lag Az-Nennafir, die Stadt von der Größe eines Ozeans, und dort flackerten die ersten Lichtpünktchen auf.

Götter machen sich die Hände nicht mit Taten schmutzig. Dazu sind Engel erforderlich.

Yabael nahm einen Stein und schleuderte ihn auf die Stadt. Er flog so schnell oder so weit, daß er in Brand geriet und einen Funkenschweif hinter sich herzog. Über die Stadt, über den Fluß raste er hinweg und krachte durch ein hohes Glasfenster, auf dem noch die Röte der sterbenden Sonne lag. Unten, zwischen Weihrauchsäulen, fuhr eine Menschenmenge erschrocken auf und schrie. Aber der Stein fuhr mitten unter sie hinein, durchschlug den Körper eines Mannes von der Schädeldecke bis zum Spann und bohrte sich darunter in den Boden. Der Erschlagene ging in Flammen auf und fiel über den Altar. Er war einer von Azhriaz' Priestern und hatte an diesem Abend gerade das dreizehnte Menschenopfer dargebracht, denn man hielt es seit dem Ausbruch des Unwetters für angebracht, der Göttin Dank zu sagen. Nun heulten die Gläubigen in ihrem Tempel und priesen Azhriaz für die Verachtung, die sie ihnen bezeigte. Sie glaubten natürlich, der Donnerschlag sei ihr Werk gewesen.

Selbst ihre Grausamkeit ist voller Güte.
Herrlich ist sie in ihrem Zorn.
Mach uns deines Hasses würdig,
Azhriaz! Azhriaz!

Jedoch ganze Reiche, viele Straßen und Plätze weit entfernt standen nun drei Fremde an einem der Stadttore.

Dieses Tor stand stets offen, Tag und Nacht. Seine Flügel bestanden ohnehin aus Glas.

Als die drei Fremden hindurchgingen, knisterten elektrische Entladungen in der Atmosphäre. Aber das bemerkte nur ein kranker Mann, der im Durchgang lag.

Die Fremden trugen Umhänge und Kapuzen, einer aus versengtem Tuch, das Schatten anzog, einer aus hellem Tuch, das Licht anzog, der dritte aus gebleichtem Tuch, das grell ins Auge stach.

Narren, dachte der Kranke unter dem Tor. (Er war einst ein Magier gewesen, erhaben und stolz, und er hatte sich seinen Hochmut bewahrt, obwohl er an Hunger und Krankheit zugrunde ging.) »Oh, ihr weisen Herren«, rief er laut, »gebt einem Armen und Unglücklichen ein Almosen!« Dies tat er nur, um zu sehen, ob sie schwachsinnig – und gottlos – genug waren, seiner Bitte zu entsprechen. Zu seiner Überraschung, seiner Verachtung und seiner Hoffnung drehte sich der Reisende in dem hellen Umhang bei seinen Worten um und warf ihm etwas Glänzendes zu. Der kranke Magier griff gierig danach, dann fluchte er, denn es war nur ein Kieselstein, und außerdem hatte er sich die Hand daran verbrannt. Doch dann durchströmte ihn von der Brandwunde her etwas Erschreckendes – Gesundheit und Kraft sprangen ihn an wie zwei tollwütige Tiger. Bald stand er auf und rannte, von Grauen gepackt, davon, den Kieselstein ließ er im Tor liegen, wo er schwarz wurde.

Die ganze Nacht lang gingen die drei Fremden durch Az-Nennafir, einige Menschen erblickten sie, und manche versuchten, sie aufzuhalten. Aber eine starke Hitze ging von ihnen aus, und diejenigen, die sie am Ärmel ihres Gewandes packten, wurden wie von einem Wüstenwind berührt, und die sie ins Fleisch kniffen, glaubten mit den Fingern in sengend heißen Sand zu greifen. Obwohl man die drei in mehreren Teilen der gigantischen Metropole sah, auf ihren bergigen Höhen wie in den abgrundtiefen Gassen dazwischen, taten sie, wozu kein Sterblicher fähig war, sie durchquerten die ganze Stadt in dieser einen Nacht.

Gegen Morgen erreichten sie eine Schenke am Flußufer. Sie erhob sich mit gelbgrünen Fenstern Stockwerk um Stockwerk wie ein zusammengerollter Drache. Und im Hof, der mit zerdrückten weißen Lorbeerblüten von ungewöhnlicher Größe bestreut war, stand eine Figur aus Chalzedon, eine Männergestalt, die ein schönes totes Mädchen mit Haaren, die bis auf den Boden strömten, fest an sich drückte. Ihr Körper verweste nicht, sondern verwandelte sich ebenfalls in Chalzedon. Zu Füßen der Gruppe stand eine silberne Inschrift, die lautete: *So ist die Liebe.*

Die drei Fremden näherten sich der Tür der Schenke, die wie die Stadttore weit offen stand. Im Inneren wurde trotz der späten Stunde lärmend und eifrig gezecht. Feuer hinter Gittern erhellten den prächtigen Raum und das wüste Treiben, und in der Mitte kauerte ein angekettetes Tier mit dem Gesicht eines Wolfes, den Hinterbeinen eines gewaltigen Hasen, der Gestalt einer Schlange und den Brüsten und dem Haar einer Frau.

Der weißgekleidete Fremde warf einen letzten Kiesel zwischen die Polsterlager. Klirrend und scharrend prallte er gegen einen Weinkrug, drehte sich noch für eine Weile und blieb dann still liegen. Im ganzen Raum war sonst kein Laut zu hören. Alle Gäste, Männer wie Frauen, ob sie nun gestanden, gesessen oder gelegen hatten, waren in der Stellung erstarrt, die sie eingenommen hatten, als der Stein gefallen war. Einige hatten in dramatischer Geste die Arme ausgestreckt, andere waren mitten in wilder Wollust in bizarrer Haltung zusammengesunken. Auch die Feuer hinter den Gittern waren reglos, die Flammen glitzerten wie Dolche. Eine Reihe von umgestoßenen Bechern schwebten in der Luft, und der verschüttete Wein hing heraus wie gefärbte Glasperlen.

Nur das aus den vielen verschiedenen Teilen zusammengesetzte Tier wurde davon nicht betroffen, aber es hielt es für das klügste, sich niederzukauern und zu heulen, und als die drei Reisenden an ihm vorübergingen, kroch es so weit weg, bis seine Kette ächzte, quietschte und plötzlich zerriß. Daraufhin verzog es sich durch die Tür hinaus ins Dunkel.

Durch das reglose Wirtshaus begaben sich die Reisenden nach oben. Alle vormals lärmerfüllten Stockwerke durchquerten sie, und schließlich waren sie verschwunden. Ganz oben an der Spitze des stillen Hauses ließen sie sich nieder, und unter ihren Umhängen entstand eine seltsame Bewegung, als sie die großen Schwingen zuklappten.

Nun begann ein Magnet auf die Stadt der Hexengöttin einzuwirken.

Die Bürger wurden angezogen, ohne sich dagegen wehren zu können. Manchmal hatten sie einen Traum, an den sie sich nicht erinnern und den sie nicht erklären konnten. Oder es war nur ein stummes Verlangen. Manchmal wollten sie nicht einmal – *dorthin* – gehen. Aber sie gingen. Sie verzichteten auf ihre Bequemlichkeit, auf ihre Zauberkünste und ihre ausgeklügelten Verbrechen. Sie beteten und opferten nicht mehr. Sie gaben die Geschäfte mit dem Luxus von Az-Nennafir auf, die sie reich gemacht hatten, und seine Ausschweifungen, die sie langsam töteten. Sogar auf Ritualmord und Selbstmord verzichteten sie. Sie zogen die breiten Straßen entlang und ruderten unter dem blauen Himmel auf dem Fluß, bis sie ein Gebäude erreichten, das einst eine Schenke gewesen war. Aber es hatte sich seltsam verändert, eigenartig elegante Vorsprünge waren entstanden, Galerien, Türmchen ... sie wuchsen wie himmlisches Gemüse. Im Umkreis dieser Schenke, der sich stündlich zu vergrößern schien, wehten die Winde, ohne daß sich die Gräser des Rasens oder die Blätter der

Lorbeerbüsche geregt hätten. Blumen lagen auf dem Boden und verwelkten nicht.

Im Hof war eine Chalzedonstatue umgestürzt und in Stücke zerbrochen, doch nichts war geraubt worden. Unter den Trümmern lag auch ein sauberes weibliches Skelett.

Meist ließen sich die Neuankömmlinge nachdenklich um die Schenke herum nieder und murmelten staunend vor sich hin. Im Laufe der Tage und Nächte verstummten einige, standen schließlich wieder auf und eilten davon. Später sah man sie durch die Stadt auf eines der zahlreichen Tore zustürmen – eine Reise von Wochen oder Monaten. Andere hingegen legten sich nieder, schliefen ein und erwachten nicht mehr, obwohl ihre gemeinsamen regelmäßigen Atemzüge die ganze Gegend wie mit Seufzern erfüllten.

Einige wenige stiegen im Inneren der Schenke nach oben. Von diesen stürzten sich nach kurzer Zeit ein paar aus dem obersten Stockwerk hinab, das inzwischen einem prachtvollen Diadem aus durchlöchertem Kopfsalat ähnelte. Andere kamen die Treppen herunter, und wieder andere kamen nicht mehr.

»Was ist *dort?*«

»Ich ... kann es nicht sagen.«

»Oder du willst es nicht sagen? Ist es eine neue Zauberei von Azhriaz der Erstaunlichen? Sie hat sich schon lange nicht mehr gezeigt.«

»Nein. *Nein.*«

Ein Mann blieb im Hof stehen und sagte: »In dem Raum dort oben wartet eine dreifache Sonne. Sechs Flügel hat sie, goldene Füße und Haare aus Feuer. Verlaßt dieses Reich, oder ihr findet hier den Tod.«

»Eine Strafe der Götter? Dann beehren sie uns doch mit ihrer Aufmerksamkeit?«

»*Wir* bedeuten den Göttern nichts, das hat man uns gelehrt. Nach der Göttin werfen sie ihr leuchtendes Netz aus.«

Darüber staunten die Ästheten. Wollten die Götter eine der Ihren rügen?

Trotzdem gingen einige nach Hause, packten eilends ihre Habe zusammen, und bald sah man sie, wie vorher die anderen, auf die Ausgänge von Az-Nennafir zustürmen. Aber die meisten blieben, wo sie waren, und sie drängten sich in den Straßen um die ehemalige Schenke, auf dem Flußufer und auf dem Fluß, während ganze Bezirke der Stadt weit und breit menschenleer waren. Doch dieser riesige Ort war so dicht bevölkert, daß es um jedes Vakuum herum weiter von Leben wimmelte. Und viele Menschen waren so dumm oder so gelehrt, daß sie die magnetische Kraft um sich herum gar nicht spürten.

3

AZHRIAZ DIE GÖTTIN ging am Fluß entlang nach Westen. Wenn sie in ihren eigenen Angelegenheiten umherstreifte, war es Tradition, daß ihre Soldaten die nähere Umgebung freimachten, eine Pflicht, die sie gern erfüllten. Nachdem alle Lebenden und Toten entfernt waren, gab es kein menschliches Wesen mehr, das stören konnte. Nur Pfauen schlugen auf den Alleen ihre Räder und stießen ihre seelenlosen Schreie aus, Ibisse und Kraniche senkten die langen Hälse, um aus Gartenteichen zu trinken, und zwei weiße Steinkatzen drehten mit gräßlichem Knirschen die Köpfe, um ihrer Herrin nachzusehen.

Die Göttin auf Erden ging im Schein der untergehenden Sonne zum Hafenbecken hinab, wo einst, mehr als drei Jahrzehnte vorher, die Handelsschiffe gewöhnlich ein- und ausgelaufen waren. Nun lag hier nur noch ein Schiff: Azhriaz' Barke.

Es war nicht jenes nur halb wirkliche Schiff, auf dem sie zum erstenmal flußaufwärts vom Westen her gekommen war. Dies war eine seetüchtige, an mächtigen

Ketten in der Mitte des Flusses vertäute Galeere, von Menschenhand gebaut, jedenfalls zum größten Teil, mit bunten Malereien und aufgerollten Segeln. Sie besaß drei übereinanderliegende Decks, und sollten sich einmal ihre Luken öffnen und die Ruder herausgleiten, dann sähe sie so stachelig aus wie ein Igel.

Massiv war das Schiff, aber es trug keinen Namen. Und es war nicht ganz natürlich. Diejenigen, die es gesehen hatten, versicherten, es könne – wie seine Herrin – auf ein Wort hin verschwinden. Nur jene, die mitgewirkt hatten, es zu bauen – Schiffsbauer und Zimmerleute –, wußten wirklich Bescheid, und sie waren während dieser Zeit mit Stummheit geschlagen. Außerdem gab es da noch gewisse fremdartige Zweibeiner, die im allgemeinen nur bei Nacht herbeigerufen wurden. Die Dämonen hatte man allerdings nicht zugezogen, nicht einmal jene genialen Schmiede, die Drin. Ahzriaz hatte offenbar nicht gewollt, daß Untererde von diesem Projekt erfuhr, obwohl ihr sicher klar war, daß man vor Azhrarn, ihrem Vater, nichts geheimhalten konnte, falls er sich dafür interessierte. Vielleicht war sie inzwischen von seiner Gleichgültigkeit überzeugt.

Nachdem Azhriaz ihre schöne Galeere eine Weile betrachtet hatte, trat sie auf das Wasser. Sie ging über den Fluß, an der sinkenden Sonne vorbei, und erhob sich in die Lüfte, um das höchste Deck unter den großen Wolken der eingerollten Segel zu erreichen.

Wofür war das Schiff bestimmt? Nun, für das Meer. Und *warum* für das Meer? Auf dem Deck stehend zeichnete Azhriaz, nur zu ihrer Unterhaltung, in wäßrigen Lettern einen Namen in die Luft. *Simmurad.*

Doch die Lettern verschwanden sofort wieder. Die märchenhafte Kindfrau verharrte einen Moment lang wie ein Waisenmädchen, zwergenhaft klein neben diesem Schiff, die langen Wimpern niedergeschlagen.

War nicht alles irgendwie sinnlos? Warum dann überhaupt etwas versuchen?

Doch diese Gedanken mußte sie zügeln. Sie hatte unendlich viel Zeit, und das war ihr Fluch. Es war besser, nicht über Jahrhunderte oder Minuten nachzudenken.

In diesem Moment glaubte sie eine seltsame Musik oder noch merkwürdigere Laute aus den Tiefen ihrer Stadt schallen zu hören. Hatte sie sie vielleicht schon einmal vernommen? Eingestimmt auf das Fluidum, die Töne, die Nuancen des tausendfachen Zaubers, der ihr anhaftete, hatte sie dieser ungewöhnlichen Erscheinung kaum Beachtung geschenkt. Doch sie harmonierte nicht, es war ein Mißklang.

Die Sonne war hinter der Saphirlinse untergegangen, das letzte Licht lag über dem Spiegel des Flusses. Azhriaz hob die Augen und sah drei goldene Sterne am Himmel hinauffliegen.

Kaum hatte sie sie erblickt, da stiegen ungewöhnliche Gefühle in ihr auf. Sie war an Erregung nicht gewöhnt, denn ihre Macht hatte unausweichlich dazu geführt, daß ihre Gefühle abstumpften. Nun wurde ihr Herz einen Augenblick lang von Freude erfaßt. Gelbgolden, rötlichgolden und weißgolden, so durchschnitten die drei Sterne das Firmament. Konnte sie sich nicht, wenn sie auch solche Flügel anlegte, hinaufschwingen und sich ihnen entgegenstellen?

Doch ringsum setzte von allen Seiten ein unheimliches Stöhnen ein, das Plätschern des Flusses – ein Stöhnen, und auch die Binsen am Rand des Wassers stöhnten. Selbst die Ketten, die das Schiff hielten, ächzten, wenn sie sich aneinander rieben, und die Planken des jungen Fahrzeugs jammerten wie unter Qualen. Kein Fisch ließ sich an der Wasseroberfläche blicken. Die Glühwürmchen, die zu den leuchtenden Nachtblumen im Garten kamen und sie irrtümlicherweise umwarben (weil sie die Blumen ebenfalls für Glühwürmchen hielten), löschten ihre Lichter. Ein Schwarm Kraniche schwang sich in die Lüfte und flog dicht über dem Fluß davon, *davon*. Was war das für ein Duft? Ein leichter Hauch von Angst.

Azhriaz wurde wütend. Nicht nach Art der Männer oder auch der Frauen, sondern wütend nach Art der Vazdru, ein makelloser, geordneter Zorn mit rasiermesserscharfer Schneide. Ihre Lippen öffneten sich und sprachen Worte wie Gifttropfen. Aber da legte sich eine Hand, leicht wie ein Stück der Dunkelheit, ihr auf den Kopf.

»Nein«, sagte eine Stimme wie gekräuselte schwarze Seide, aus der Nacht heraus, wo vorher nichts gewesen war.

»Du hast mich zur Göttin gemacht«, gab sie ebenso seidenweich zurück. »Gibt es denn etwas, was eine Göttin nicht zu tun wagt?«

»Es könnte sein«, sagte Azhrarn. »Warte und sei still!«

Und so warteten sie, unter dem tiefen Schatten der Segel eingeschlossen, während die flammenden Sterne den Himmel auf ihren Schwingen durchstreiften und dann gemeinsam landeinwärts, über den Fluß hinweg abzogen.

»So gibt es doch etwas Neues in meiner Stadt«, sagte Azhriaz schließlich.

»Laß dich davon nicht betören, kleines Mädchen. Ich habe dich nicht gemacht, um dich vom Feuer verwüsten zu lassen.«

Azhriaz wandte sich um und erblickte ihren Vater, den Fürsten der Dämonen, und auch sie hielt vor seiner Pracht einen Augenblick lang den Atem an. Er war wirklich als Gebieter und Fürst gekommen, in nachtschwarzer Rüstung mit einem Kettenpanzer, der schwarz glänzte wie Drachenschuppen und mit kriegerischen Ornamenten aus Knochen, Edelsteinen und grellem Silber verziert war. Sogar das Schwert an seiner Seite steckte in einer schwarzen Scheide und war selbst ganz schwarz, nur eine blaue Lichtzunge lief darin entlang. Um jeden Arm wanden sich Schlangen, ebenso schwarz gepanzert wie er, mit Augen wie Flüche und Zähnen wie Schwerter. Hinter ihm standen in dem klaren Licht, das ihn umgab, sieben Vazdru, gekleidet wie er, mit maskenhaften Gesichtern, die Hände drohend auf die Griffe ihrer erlesenen Schwerter gelegt. Doch sein Gesicht war wie ein Schwertstreich, so schön, so stählern, so königlich.

»Welch ein Feuer ist dies?« fragte Azhriaz. Es klang hochmütig; prächtige, königliche Gewänder erschienen an ihr. Sie mochte sich in solcher Gesellschaft nicht demütigen lassen.

Azhrarn erklärte ihr, um welche Art von Feuer es sich handelte, er erzählte ihr von den Engeln mit ihren Flammenschwertern, die hoch am Himmel hingen wie drei goldene, den Köpfen der Götter entsprungene Todesgedanken.

Man sagt, er wußte dies alles, weil er in einen der magischen Spiegel von Untererde geblickt hatte. Aber andere vermuten, es sei vielleicht ein Geist über eine der Rasenflächen vor seinem Haus geschwebt, und erst als er ihn erblickte, habe er sich einen solchen Spiegel gesucht.

Nun könnte Azhriaz zu ihm gesagt haben: »Ich bedeute dir nichts. Warum kommst du damit zu mir? Ich habe eine Warnung erhalten. Mein lieber Nicht-Onkel, König Schicksal, hat sie mir vor einigen Monaten gebracht.« Darauf hätte Azhrarn geantwortet: »Ich bin nicht gekommen, um dich zu warnen. Ich werde mehr tun. Ich habe dir wie jener anderen immer wieder gesagt, daß du mein bist, und was mein ist, soll auch nur von mir gezüchtigt werden.«

»So bist du also gekommen, um zu kämpfen?« fragte sie.

Weder er noch sein Gefolge antworteten schließlich darauf.

Innerhalb einer Sekunde war Azhriaz nicht nur wie

eine königliche Herrscherin gekleidet, sondern wie ein Fürst.

»Auch ich werde kämpfen«, sagte sie. »Mein Reich, meine Gottheit stehen auf dem Spiel. Die Geschenke, die du mir gabst und die mir so teuer sind.«

Ohne auf die Ironie zu achten, sprach Azhrarn: »Sie sind aus der Sonne geboren. Ihre Kräfte kommen am besten bei Tag zur Wirkung und die Fähigkeiten unseresgleichen bei Nacht. Die Sonne ist untergegangen. Geh du inzwischen ans Flußufer und warte dort.«

»Nein, ich werde kämpfen.«

»Habe ich gesagt, dies sei ein Anlaß für einen Krieg? Tu, was ich dir sage!«

»Oh, du unvergleichlicher Vater, herrlichster aller Gebieter, was werden die Menschen von mir sagen, wenn ich mich verstecke?«

Azhrarns Gesicht zeigte keine Regung. Es war eine Maske, die er zusammen mit der Kampfausrüstung angelegt hatte, als er kam, und er wollte nichts daran verändern.

»Azhriaz«, sagte er, »du wirst dich nicht nur verstekken, du wirst sogar aus der Stadt fliehen. Es schmeichelt mir, daß du meine Macht so hoch einschätzt. Aber die Götter sind und bleiben die Götter.« Mit diesen Worten drehte er den Kopf und spuckte in den Fluß, das Wasser funkelte, als rase ein Feuerwerk von einem Ende zum anderen, dann färbte es sich schwarz. »Chuz wollte nicht mit mir zum Zweikampf antreten«, sagte Azhrarn. »Hast du das schon so bald vergessen? Und gegen den Himmel kämpft man nicht. Es ist von allen Seiten nur eine Geste, aber mit solchen Gesten werden Berge umgestürzt und Landmassen im Meer versenkt.«

Azhriaz wandte sich ab.

»Du bist noch zu jung und hast noch nicht gelernt, dich zu fürchten.«

Überrascht sah sie ihn wieder an. »Fürchtest du dich denn?«

Doch er bedachte sie nur mit einem schrecklichen Lächeln. Die Nacht tat sich auf, und die Vazdru, mit Azhrarn an der Spitze, waren verschwunden.

Azhriaz runzelte die Stirn, aber ihr Herz, das auch aus sterblichem Stoff bestand, schlug schneller. Sie erlosch an einer Stelle und tauchte zwischen den Binsen am Ufer wieder auf.

Fürchtet er sich tatsächlich? Warum begibt er sich dann in Gefahr, warum fängt er damit an? Um die Angst im rechten Moment auszukosten?

Die Atmosphäre war elektrisch aufgeladen. Jedes Bewußtsein in Az-Nennafir spürte es, sogar die Käfer unter den Steinen, ja, sogar die *Steine* selbst.

Plötzlich hörte man wildes Flügelschlagen und heftiges Trappeln – die Vögel, die Echsen, die Ratten, alle kamen sie in die Nacht heraus und huschten davon. Und die verzärtelten, an Leinen und in Käfigen gehaltenen Haustiere hörte man betteln und schmeicheln, bis sie mit irgendwelchen Mitteln die Freiheit erlangt hatten; und dann liefen sie ebenfalls davon. Pfoten und Krallen hörte man auf Straßen und Mauern, geschwänzte und geflügelte, gefiederte und bepelzte, mit Leder und Schuppen bedeckte Wesen sah man. Die Fische im Fluß schwenkten nach Westen ab, dem Meer zu, und die Vögel am Himmel zwischen den geistlos tanzenden verzauberten Sternen und Monden taten es ihnen nach ...

Dann riß die Dunkelheit von neuem auf, und heraus strömte ein Heer gräßlicher kleiner Scheusale, auf deren häßlichen schwarzen Gliedmaßen sich unglaubliche Verzierungen ringelten. Die Drin leckten – im Vorübergehen – rings um Azhriaz den Boden ab und fielen dann über ihr Schiff, die Galeere her, bis es aussah, als wollten sie es auseinanderreißen.

»Nun«, sagte sie und klopfte mit dem Fuß auf den Boden.

Einer der Drin näherte sich ihr kriecherisch. »Herrin

des Fiebers und der Hirngespinste, Gebieterin der Sternbilder, Mondkönigin ...«

»Ich bin *seine* Tochter«, sagte sie. »Ein Kompliment auf einmal genügt. Aber sprich von dem Schiff!«

»Es soll Euer würdig gemacht werden, o schwarzer Traum der Nacht.«

»Das war es auch bisher.«

»Sicher muß es werden. Ein Wunderwerk, o Herrin der Illusionen.«

»Wie?«

»Laßt mich gehen, und Ihr werdet es sehen, Ebenholzhonig von der silbernsten Wespe in den Gärten von Druhim Vanashta.«

Azhriaz schleuderte ihn mit einem leichten Fußtritt fort, und der Drin hüpfte und quiekte, als habe sie ihn gestreichelt. Dann schoß er hinab zu dem sich auflösenden Schiff.

Ich habe keine Macht. Hilflos wie eine Sternschnuppe bin ich, dachte Azhriaz, als sie am Flußufer stand. *Wann war es jemals anders?* Auch sie spuckte in den Fluß, und gefleckte Lilien wuchsen herauf, die die Drin hastig pflückten und um die sie sich mit Zähnen und Klauen rauften, während sie die Galeere der Göttin auf Erden auseinanderrissen.

Schwarz lag die Nacht über der zierlich durchbrochenen Sturzwelle, in die sich die ehemalige Schenke verwandelt hatte. Wo sie sich im Fluß spiegelte, sah sie aus wie ein Berg aus Jade. Kein Fisch regte sich hier, im Schilf quakten keine Frösche, und die Grillen zirpten nicht.

Schwarze Nacht lag also auf dem Dach und durchdrang die Filigranwände. Schwarz wie die Nacht, eine gepanzerte, bewaffnete, edelsteinbesetzte Nacht – so standen im Raum darunter die Vazdru. Vor sich sahen sie nur drei verhüllte Gestalten, drei Pilger aus einem anderen Land.

Nichts wurde gesprochen. Die Zeit stand still.

Und dann entfalteten sich, als Antwort auf die Herausforderung der Dunkelheit, drei Umhänge, wölbten sich nach oben, wurden zu Flügeln, und ein Strom von Licht durchflutete den Raum. Einige der Vazdru drehten die Köpfe ein wenig zur Seite, nicht jedoch Azhrarn. Er starrte geradewegs auf diesen nächtlichen Sonnenaufgang, auf Ebriel den Adler und Yabael den Geier, aber am eindringlichsten starrte er den schwanengeflügelten Melqar an, den die Sonne weiß gebrannt hatte und hinter dessen Sonnenradhaar immer noch die Sonnenscheibe zu stehen schien.

»Die Götter«, sagte Azhrarn, »sind die Götter. Ich sage nichts gegen sie. Sie sind nicht hier. Aber offenbar sucht das Gesindel aus den unteren Himmelsgefilden Streit mit mir.« Vor langer, langer Zeit hatte Azhrarn der Sonne getrotzt, und sie hatte ihn verdorren lassen, wie es sich gehörte. Nun bohrten sich die Zwillingssonnen der Engelsaugen in die schwarzen Meeresaugen des Dämons. Die einen konnten die anderen nicht austrocknen, und die anderen konnten sie nicht zum Erlöschen bringen. »Wer bin ich?« fragte Azhrarn. »Ist es möglich, daß euch mein bescheidener Name bekannt ist?«

Der Malukhim schwieg, aber seine Augen redeten ihre eigene Sprache, ebenso wie die goldene Hand und das gebleichte Flammenschwert und in Azhrarns schwarz behandschuhter Hand das indigoblaue Schwert.

»Ihr hingegen«, sagte Azhrarn. »Die Sonne hat drei Tropfen ausgeschwitzt, und nun seid ihr hier. Die häßliche Kugel des Tages war schon immer mein Feind.«

Bei diesen Worten berührten sich die Spitzen der Schwerter, fast zärtlich, wie zu einem Kuß.

Doch ein Lichtblitz schoß durch den Raum und in den Himmel und zerstörte den Mechanismus der Sterne, so daß sie auf Az-Nennafir herabregneten.

Als die erste Erschütterung den Himmel spaltete, schnatterten die Drin vor Angst, stellten jedoch ihre Bemühungen nicht ein, sondern arbeiteten sogar noch schneller. Es war schon eine Weile her, seit sie mit großer Begeisterung etwas geschaffen hatten. Die Größe dieses Auftrags erschreckte sie, erfüllte sie gleichzeitig mit schöpferischem Entzücken und mit Zweifeln.

Sie hatten für eine Nacht Zeit. Die Aufgabe war eigentlich unmöglich zu bewältigen, doch die Dämonenzeit stand auf ihrer Seite. Sie konnten den Rahmen der Dunkelheit nicht ausweiten und auch die Sonne keine Sekunde länger unten im Chaos halten, als sie gewöhnlich dort blieb. Doch innerhalb der Grenzen der Nacht konnte der Spielraum der Zeit – der Spielraum, den sie ihnen bot – ein wenig manipuliert werden. Auf diese Weise brachten sie sehr komplexe Leistungen zustande.

Die vorher nur in geringem Maß übernatürliche Galeere kochte und brodelte, und die Zauberkräfte strömten ein. Innerhalb einer Stunde tobten und entzündeten sich die Himmel, und abgesplitterter Sternenstaub regnete herab. Im Hafen lag ein seltsames *Ding,* über das sich die Drin in Scharen hermachten.

Sie mußten die Riffe des Meeres ausgelotet haben, um das Modell zu entwerfen. Oder sie waren bei Mondschein hinausgegangen und hatten die blauhäutigen Delphine und die braunen Wale angelockt. Einige waren vielleicht auch in die Korallenbänke hinabgetaucht und zwischen den Felsen herausgeschossen, um Polypen aufzuscheuchen und mit schamhaften vielbeinigen Weibchen zu tändeln, hatten sie in ihren Muschelschalen umworben, wo nicht genügend Platz zur Verfügung stand, und waren dann, voll von Informationen und ungestillten Sehnsüchten, wieder an die Meeresoberfläche zurückgekehrt ...

Einige große Fische hatten die Vorlage für die Baupläne abgegeben. Das hatte seine Berechtigung, denn wo solche Fische schwammen, sollte in Bälde auch dieses Schiff seine Bahnen ziehen.

Man sagt, es sei prächtig gewesen, herrlicher als die ursprüngliche Galeere, die irgendwie darin aufgegangen war. Denn alles, was die abstoßenden Drin machten, war wundervoll.

An diesem Punkt bestand jedoch kaum eine Möglichkeit, das neue Schiff zu betrachten, denn der Fluß führte Hochwasser, und hin und wieder explodierte der Himmel. Es muß genügen zu sagen, daß es da war.

Azhriaz stand am Ufer und war nicht länger als Herrscherin oder Kriegsfürst gekleidet, sondern trug schlichtes Schwarz. Trotz ihrer Schönheit wirkte sie zierlich und klein, fehl am Platze in einer Welt, in der sich solche Dramen abspielten.

Endlich kam einer der Drin zu ihr, warf sich auf sein Gesicht und berührte mit der Fingerspitze ihren Knöchel.

Das Mädchen blickte hinab.

»Erhabene Herrin, wir haben alles getan, was er uns geheißen hat. Der Zauber überzieht das Schiff von außen und von innen. Die Nieten sitzen fest. Alles ist sicher. Kommt, steigt nun ein, ich bitte Euch darum! Nur noch ein halbes Glas der liebenswerten Dunkelheit ist übrig.«

»Aber«, sagte sie und blickte um sich, »wer soll mich begleiten?«

»Ihr braucht niemanden.«

»Die Stadt ...«, sagte Azhriaz.

»Überlaßt die Stadt sich selbst! Er wird Eure weiße Stirn mit Städten kränzen wie mit Perlen.«

»Eine ungeheuere Zahl von Menschenleben«, sagte Azhriaz. Ihr Gesicht war in der Tat ganz weiß.

Verständnislos gab der Drin ein höfliches Kollern von sich. Was kümmerte die Tochter des Dämons das Leben von Menschen? Allerdings hatte einst sogar *er* ...

»O Geliebte der Dunkelheit und der Schatten«, sagte

der Drin schließlich, »unser einziges Streben ist es, Euch und *ihm* zu dienen. Kommt an Bord!«

Da blickte Azhriaz zum Himmel, wo die Blitze hin und her zuckten und alle Mechanismen zerstört waren.

»Warum geschieht das?«

»Der Große Streit, o Herrin des Deliriums!«

»Wessen Streit?« fragte sie wie ein Kind.

»Oh, kommt an Bord!« flehte der Drin. »Habt Erbarmen mit uns!«

»Mit *euch?* Mit euch soll ich Erbarmen haben, aber mit den Sterblichen nicht? Und er befindet sich im Kampf mit den Sonnengeschöpfen? Nicht meinetwegen«, sagte Azhriaz und schwebte auf den Metallfisch im Fluß zu. »Das ist natürlich sein Spiel, und er liebt es nicht zu verlieren.«

In der Seitenwand des fischförmigen Fahrzeugs befand sich eine hohe runde Tür. Azhriaz die Göttin näherte sich durch die glühendheiße Luft diesem Eingang, und der Drin piepste erleichtert. Doch kurz davor sagte sie: »Und wo ist Chuz?« Aber nicht so laut, daß sie, die ohnehin vom jahrtausendelangen Hämmern taub waren, es hören konnten. »Und meine Mutter? Wo ist sie? Und der kalte Dathanja, jener Priester aus den Tiefen des steinernen Tempels – wo? Ich bin allein.«

Damit betrat sie das geheimnisvolle Schiff. Die geheimnisvolle Tür schloß sich fest.

Nun sollte man nicht denken, daß sie kämpften wie Menschen, die mit Schwertern umzugehen verstehen. Sie kämpften wie das, was sie waren: Dunkel und Licht, Erde und Äther, doch auch ein wenig nach Art der Drachen und ein wenig nach Art eines Sturms, der sich gegen sich selbst richtet.

Die ersten Schläge waren nur ein Vorgeplänkel, auch wenn davon die Sterne herunterfielen. Sie tanzten wie zwei Liebende am Rand des Todes dahin, Azhrarn der Dämon und Melqar der Engel. Und die Streiche des schwarzen Schwerts waren federnd, fast zart, und der Sonnengeschaffene – der keine Seele und nur das Ziel hatte, das ihm der Wille der Götter setzte – wurde offenbar durch die Anwesenheit seines Gegners dazu bewogen, ihn zu imitieren – und sich mit ihm zu messen. So spielte auch der Malukhim nur, das weißgoldene Schwert neckte und lockte, und die letzten gequälten Gestirne im Umkreis erbebten und zerfielen.

Irgendwann während dieses schrecklichen Vorspiels stürzte das Dach der Schenke ein oder wurde zerstört; sie begaben sich für einen Augenblick in den Himmel und dann an einen Ort im Inneren der Nacht oder daneben, in eine zweite Dimension, die der Welt so nahe ist wie die Haut dem Schädel. Jedenfalls nahe genug, daß die Hitze des Kampfes durchdrang und nun die Monde wie irdene Teller zerspringen ließ.

Eines darf nicht vergessen werden. Azhrarn hatte verkündet: *Ich sage nichts gegen die Götter. Sie sind nicht hier.* Auf diese Weise, mit dieser frommen Floskel gab er sich den Anschein, als wisse er nicht, daß er gegen die Götter kämpfte. Denn im Angesicht der Götter zog es, wie gesagt, sogar Azhrarn vor, sich diplomatisch zu verhalten. Die Malukhim wiederum waren zwar genaugenommen nicht seinesgleichen, aber doch mächtig genug. Und sie waren Sonnenwesen, während die Dämonen so beschaffen waren, daß sie die Sonne nicht ertragen konnten. ...

Der erste und der zweite Engel, Ebriel und Yabael, waren in den Himmel aufgestiegen und hatten an zwei schroffen Mauern im Osten und im Westen Posten bezogen. Dort warteten sie, ohne etwas zu unternehmen. Nur innerlich, hinter ihren Augenlidern beobachteten sie den Zweikampf ihres Gefährten. Was die Vazdru anging, so standen auch sie hoch oben, und ihre gepanzerten Füße ruhten im schwarzen Nichts. Sie postierten sich zwischen den beiden Engeln und der Trennwand zur anderen Dimension und bewachten das Tor sehr energisch, wenn auch auf unerklärliche Weise. Bleich wie tote Menschen waren die Vazdru. Sie hatten nicht zu denen in Untererde gehört, die zum Zeichen ihrer Unzufriedenheit Gelb angelegt hatten. Als Azhrarn sie rief, galoppierten sie ohne ein Wort auf ihren Nachtrössern hinter ihm her.

Am Himmel dröhnte und blitzte es.

Auf den zusammengeballten Wolken wurden große Schatten hinaufgeschleudert, einer von kältestem Schwarz, der andere von brodelndem Weiß.

Wenn die beiden Schwerter nun aufeinandertrafen, war es keine liebevolle, zärtliche Berührung mehr. Sie knirschten, stießen zu, krachten zusammen, richteten sich übel zu und kamen klirrend und funkensprühend wieder frei. Wolken und Nebel im Inneren dieser anderen Welt zerrissen unter dem Ansturm. Nichts deutete darauf hin, daß einer der beiden Gegner den anderen berührt hatte. Doch schienen die Schwerter selbst lebende Wesen zu sein, sie enthielten die Kraft derer, die sie schwangen, und bezogen daraus immer neue Energie. Das Metall sang und pulsierte, als flösse unsichtbar Blut darin. Phalli des geistigen Todes waren sie, Organe der Nichtzeugung.

Plötzlich (meilenweit entfernt, direkt nebenan hinter der dünnen Haut, die die Dimensionen der Nacht und des Kampfes trennte) ertönte das helle Pfeifen einer silbernen Vazdru-Flöte. Ein Signal: Das umgebaute Schiff war fertig, es war bestiegen worden; es bewegte sich. Die Zeit war besiegt – und doch siegte die Zeit. Denn die Flöte meldete auch, daß die unsichtbare, auf andere Weise wahrgenommene Dämmerung schon über die Treppe zur Erde heraufstieg.

Es scheint, als hätten auch die Malukhim diese Botschaft verstanden. Auf den Mauern breiteten Ebriel und Yabael ihre Schwingen weit aus und wandten die Köpfe nach Osten. Und auch Melqar öffnete die Schwingen und wirbelte wie ein Speer aus rauchendem Schnee auf

Azhrarn los. Die beiden Schwerter trafen zum letztenmal aufeinander und spalteten sich gegenseitig der Länge nach. Die sterbenden Waffen, durch den Schlag ineinander verkeilt, fuhren nach unten und durchschnitten die wogende Dunkelheit.

Dann hatte Melqar Azhrarn an der Schulter und um die Taille gepackt. Ahzrarn wiederum hielt den Malukhim am Handgelenk und am Rand eines schaumweichen geschmeidigen Flügels fest.

Sie waren von der Gestalt her genau gleich, groß und schlank, und besaßen doch Kräfte, die kein Sterblicher je erreichen konnte, selbst wenn er ein Riese seiner Rasse gewesen wäre. Ihre Züge glichen sich vielleicht in ihrer Erhabenheit, doch sonst in keiner Weise.

Nun gab es keinen Kampf, keine Bewegung mehr. Die angespannten Muskeln gestatteten keinem einen weiteren Angriff auf seinen Gegner. Sie standen reglos, Brust an Brust, Auge in Auge, wie erstarrt, aber das Laubwerk ihres Haares, sogar die Kleider, die sie auf dem Leibe trugen, flatterten wie von einem Wirbelsturm erfaßt nach hinten.

Wieder kreischte – weit entfernt, tief im Inneren des Ohrs – die Vazdruflöte ihren drängenden Ruf.

Azhrarn sprach leise zu dem Engel.

»Ich habe erreicht, was ich wollte. Jetzt ist es meine Absicht, mich zu entfernen. Soll ich dich mit mir nehmen?«

Da sprach auch der Engel. Da er keine Stimme hatte, stahl er die Stimme Azhrarns, doch deren dunkler Ton veränderte sich in seiner goldenen Kehle.

»Nimm mich mit dir hinab«, sagte der Engel Melqar, »und dein ganzes Reich fällt dem Verderben anheim.«

»Du übertreibst«, sagte Azhrarn. »Nur der Boden wird ein wenig versengt werden.«

»Du kannst mich nicht dorthin bringen«, sagte der Engel. »Ich werde dich festhalten, bis die Sonne aufgeht.«

»Du kannst mich nicht halten«, sagte Azhrarn. »Ich werde dich mit mir nehmen.«

Dann entstand da, wo sie miteinander gerungen hatten, ein schwarzer Wirbelwind mit einer feurigen weißen und einer tintenschwarzen Lawine darin. Diese beiden Kräfte stürzten sich aufeinander, verwickelten, mischten sich und explodierten in einer Säule, die sich drehte und wand und sich in einzelne Bänder auflöste, bis sie so vielköpfig wurde wie ein Bündel Kobras. Damit war der Ausbruch zu Ende. Wieder standen sie fest umschlungen, die flammenden Augen ineinander gebohrt, unverändert.

»Dann«, sagte Azhrarn, »kann ich es also nicht.«

Er lächelte. Sanft ließ er die Schwinge des Engels und dann sein Handgelenk los und blieb in den Armen des Engels stehen.

Azhrarn sagte: »Eine helle Blüte hat sich im Osten entfaltet.«

Der Engel sagte nichts mehr.

Azhrarn sprach noch einmal, aber diesmal zu den Vazdru. Er sagte: *»Geht!«*

Sie wollten ihn um keinen Preis verlassen. Und so blieben sie entgegen seinem Befehl auf der anderen Seite der Trennwand zwischen den Dimensionen, bis der östliche Rand des Himmels zu leuchten begann. Dann flohen sie, sich selbst verfluchend. Sie konnten die Feuerkugel der Sonne nicht ertragen.

Doch er, er hatte der Sonne getrotzt, war zu Asche verbrannt worden und aus der Asche wieder auferstanden.

»Hier ist deine Mutter«, sagte er schließlich zu dem Engel, aber mit einer Stimme, die reine Musik war. »Die dich entstehen ließ und der du lieb und teuer bist. Mir bringt sie nur Haß entgegen. Du wirst sehen.«

Der Engel lockerte den Griff nicht. Er preßte Azhrarn an sich, die Schwanenflügel schlugen langsam, und die goldenen Augen bohrten sich weiter brennend in die schwarzen Augen.

Dann schmolz der Vorhang jener zweiten Dimension, sie waren nur noch von der Luft über der Stadt umgeben, durch die sich von unten her Türme und Terrassen bohrten. Die Linse oder die Magie, die dem Himmel seine Färbung verliehen hatte, war zerstört. Stäubchen wirbelten durch die Atmosphäre, Wolken, Dämpfe und Trümmer des Zaubermechanismus, aber über alles dies und über die spitzen Türme senkte sich unerbittlich der Tag.

Der Horizont lief über, und plötzlich stach die Sonne aus dem Licht.

Azhrarn und der Engel schwebten mitten im Morgenlicht und flammten gemeinsam auf – und in diesem Augenblick lockerte Melqar, den die Götter geschaffen hatten, den Griff.

Ein Blitz, ein schwarzes Aufzucken – Azhrarn war verschwunden. Melqar der Schwanenfalke schoß durch die Morgendämmerung. Gleichmütig ließ sich der himmlische Krieger an einer anderen hochgelegenen Stelle nieder. Seine Augen waren jetzt so golden, daß sie blicklos schienen, undurchsichtig wie der schwärzeste Onyx.

In jenen letzten Phasen des Kampfes war der Engel, nach Art der meisten neuentstandenen Wesen, zum Nachahmer geworden. Er imitierte Azhrarns flinken Fechtstil und als nächstes seine Gewalttätigkeit. Als er schließlich sprechen mußte, ahmte er auch Azhrarns Stimme nach, und als er ihm gegenüberstand, war er wie ein Spiegelbild, der leuchtende Schatten eines Schattens. Als Azhrarn also Melqar aus dem Griff freigab, wurde dieser, da er es ihm ja in allem nachtat, seinerseits langsam zum Loslassen gezwungen. Azhrarns Strategie.

Aber die Sonne war aufgegangen. Sie brannte herab – auf *beide.* In ihrem Lichtsturm war Azhrarn aufgelodert – aber er wurde nicht ausgelöscht, das war unmöglich.

Es hätte der Gesetze und der Überlieferungen der Dämonen wie der Menschen gespottet. Also muß man diese Deutung verwerfen und den Bericht anders fassen, nämlich so: Azhrarn hatte den Engel überlistet und floh, wie einen Augenblick zuvor die Vazdru, noch ehe die Sonnenscheibe sichtbar wurde. Verstummen muß der Schrei der Wahrheit: Nicht so, nicht so, die Sonne entdeckte ihn. Und er – er flammte für die Dauer eines Sekundenbruchteils so weißgolden auf wie Melqar – und Melqar ließ sich von dieser Erscheinung täuschen oder sie erstaunte ihn, vielleicht war es auch nur ein Instinkt, der in seiner schönen seelenlosen Schale immer noch vorhanden war, jedenfalls ließ er den Feind los. Denn der Feind, Schatten und Nacht und schwarze Bosheit – *war auch die Sonne.*

Die Wahrheit steht heulend vor der Tür und stampft mit dem Fuß auf. Die Wahrheit benimmt sich nicht immer schicklich.

Am besten schustert man eine Erklärung zusammen und sagt folgendes: Azhrarn war der Sonne schon früher begegnet, und diese erste Begegnung, die ihn auf der Stelle tötete und nach der er, da er ja unsterblich war, wieder auferstand, stärkte sein übernatürliches Wesen. Eine zweite Begegnung konnte er, da sie ja so kurz war, gerade um Haaresbreite überstehen.

Außerdem, gehen wir ihm doch jetzt nach, hinab in sein Reich der ewigen Nacht, die gar keine Nacht ist. Sehen wir es uns an. Ist Azhrarn jetzt dem Tag verwandt?

Die Vazdru konnten ihre Unterwelt von jedem Punkt der darüberliegenden Erde aus betreten. Doch wo immer sie sich auf der Erde aufhielten, sie kamen immer an derselben Stelle dort an, direkt vor den drei Toren von Azhrarns Reich. Das war eine Vorsichtsmaßnahme, und man darf annehmen, daß Azhrarn selbst von dieser Einschränkung nicht betroffen war. In diesem Fall war sie jedoch in Kraft getreten.

Er befindet sich an der Grenze zu seinem eigenen Gebiet, direkt vor dem ersten äußeren Tor, dem Tor aus Achat. Er liegt da, einen Arm über den Kopf gelegt, wie ein herrliches Spielzeug, das jemand weggeworfen hat. Die Platten seiner Rüstung sind durchtrennt. Auf seinem unvergleichlichen Körper zeigt sich keine Wunde, nicht einmal ein Kratzer oder eine Spur von Blut. Doch durch das helle klare Fleisch erkennt man wie glitzernde Edelsteinmesser die Knochen Azhrarns, des Dämonenfürsten.

Drei Vazdru knien neben ihm – die anderen sind verloren, wurden von der Sonne zu Asche verbrannt, oder sind noch weiter weggelaufen, weil sie sich schämen, ihn im Stich gelassen zu haben. Diese drei sind zurückgeblieben, sie fauchen wie große Katzen, die Feuer riechen, und sie haben Angst.

4

Auf der Erde kam die Sonne nach Az-Nennafir und brachte die Dunkelheit.

Im Osten, im Westen und im Zentrum des Himmels bezogen nun die Engel Posten. Der Tag war so sonderbar und voll Grauen, daß sogar der schwerfällige Mensch begriffen hatte, daß ihm Schlimmes bevorstand. Über der riesigen, bis in die Wolken ragenden Stadt, die sich der Länge und Breite nach über dreizehn Reiche und mehr erstreckte, hatte sich die Morgendämmerung in Blut und die Sonne in einen trüben Fleck verwandelt.

Das Stöhnen und Schreien, die – nutzlosen, bekanntermaßen nutzlosen – Gebete, die Ermahnungen, die hastigen Versuche, die Stadt zu verlassen, das Sichvergraben, das keine Sicherheit brachte, die Anfälle von Wahnsinn, die verzückten Opferungen – all dies spielte sich ab: die passenden Begleitumstände einer Katastrophe. Aber was war es aus der Sicht des Himmels mehr als ein Aufruhr in einem Termitenhügel? Was so klein ist, kann nicht wichtig sein.

Ebriels helles Schwert schickte einen sonnenblumenfarbenen Strahl aus, und von Yabaels rostgetönter Klinge spritzte es rot wie Blut. Melqar hatte sein Schwert nicht bei sich, und so spreizte er die linke Hand, und direkt aus der Handfläche ergoß sich ein weißer Strahl, traf auf die anderen, und man hörte ein Geräusch, nicht laut, aber vielleicht doch bis in alle vier Ecken der Erde zu vernehmen. Ein Laut wie kein anderer, und danach Stille auf Erden wie im Himmel.

Als erstes regneten Schmutz und große Steine herab, und brennender Hagel. Vom Himmel aus gesehen bildete die Zerstörung lediglich ein hübsches Muster.

Auf den Regen aus Steinen, Schmutz und Feuer folgte ein Nebel, der dichter war als die Nacht. Auch er ging auf die Stadt nieder und verschluckte sie. Sie war verschwunden.

Dann hoben die drei Malukhim die Köpfe und suchten in ihrem Nicht-Geist nach den Wünschen oder nach jenem ersten Wunsch der Götter. Wer wußte denn, ob die Götter inzwischen nicht schon alles vergessen hatten, was sie einst wollten, ob sie sich erinnerten, daß sie die Engel geschaffen und Anstoß an der Göttin genommen hatten – und ob, wenn sie bald durch einen dumpfen Schlag tief unter sich aufgeschreckt wurden, diese Störung nicht kurz ihr Mißfallen erregen würde?

Aber wie vorprogrammierte Maschinen verloren die Malukhim ihren Auftrag nicht aus dem Auge.

Ein gewaltiges Krachen. Ein helles Licht. Beides zu gleicher Zeit. Ein Stück der Wirklichkeit wurde herausgeschnitten, dann war alles vorüber.

Auf den großen Schlag folgte keine Druckwelle, kein Nachglühen. Nichts. Und auch unterhalb des Himmels war nichts festzustellen. Ein lebloser Hohlraum erstreckte sich von Horizont zu Horizont, ein leichter

Staubschleier flatterte darüber, sonst war alles hart, konturlos, einförmig, leer. Nichts von Interesse. Kein Fünkchen Leben. *Az-Nennafir.*

Dann erlosch am farblosen Himmel der grelle Schein der Engel. Sie hatten anderswo zu tun.

Nur noch ein zerrissener Himmel also, und die tote Grube in der Flanke der Welt.

Folgendes erzählte man sich von Az-Nennafir:

Die Leute sagten: Wir sind verfault und werden in unserer Fäulnis schwelgen. *Und so gingen sie in Fäulnis über.*

Dann sagten sie: Seht unsere Schlechtigkeit, wir haben in der Tat Strafe verdient. *Und die Strafe hörte diese Worte.*

Und es hieß: Wir stehen dem Schicksal hilflos gegenüber, wir haben keine Hoffnung mehr. Also wollen wir uns weltmännisch verhalten und dem Tod erklären: Sieh her, wir sind verdammt, das Schicksal mag seinen Lauf nehmen. Wir warten. *Und der Tod hörte zu.*

Jede Bitte wird Erhörung finden.

Und die schlimmste ihrer Sünden war die Sünde der *Nachlässigkeit.*

Als der Staub sich gesetzt hatte, gab es keinen gräßlicheren Ort als diesen Krater.

Was geschah mit dem Schiff und der mädchenhaften Göttin? Die sündige Stadt war auf herkömmliche Weise von den empörten Göttern geschleift worden, dabei hatte eine so gewaltige Katastrophe stattgefunden, daß ein Loch in die Erdoberfläche gerissen wurde. Konnte selbst ein unsterbliches Wesen diesen Streich unversehrt überleben?

Da sie die große Galeere mit den vielen Decks und Rudern schon gebaut und ihre hineinverwoben hatte, war eine Art spirituelles oder astrales Element hineingelangt, dessen sich die Drin bedienen konnten und das ihnen daher die Arbeit erleichterte.

Außerdem waren die Drin geniale Handwerker mit

großen magischen Fähigkeiten, und daneben hatte das Schiff ein gewisses Doppelleben.

Als die Vazdruflöte ihre Warnung ertönen ließ, war das Schiff schon auf der Flucht. Es besaß zwei Möglichkeiten des Antriebs, und von diesen benützte es die zweite, das hatten ihm die Drin, ehe sie verschwanden, so befohlen. Diese Antriebsart beruhte allein auf Zauberei. Das Schiff bewegte sich so schnell wie der Blitz, zu höherer Geschwindigkeit war es nicht fähig. In diesem Tempo schoß es durch den Fluß und hatte schon die Einmündung ins Meer erreicht, als Azhrarn und Melqar sich noch Auge in Auge gegenüberstanden. Und als die Sonne aufging und der Zweikampf so seltsam endete, pflügte das Schiff durch das westliche Meer nach Osten und tauchte unter. Es steckte sich unter den Wellen, aber selbst dort *raste* es.

Steine und Hagel fielen, aber erst hinter ihm. Der schwarze Nebel senkte sich herab. Ganz zuletzt kam das Licht. Dort, wo sich das Schiff inzwischen befand, war jener letzte Schlag nicht zu hören. Nur ein Beben durchzitterte das Wasser, so daß die tiefsten Ozeanhöhlen vibrierten, die stacheligen Korallen Sprünge bekamen, kleine Meerestiere, die nur von einem Anflug des unerklärlichen Lärms erfaßt wurden, sofort den Tod fanden und nur ihre winzigen leblosen Körper wie Blätter auf winterlichen Bächen in den Strömungen tanzten.

Auch das fischförmige Schiff wurde erschüttert, seine gewaltige Geschwindigkeit verringerte sich, es schlingerte, bockte und rollte und stürzte mit mächtigen Bewegungen durch die gleichgültigen Meerestiefen nach unten.

5

NACHDEM ER VIELE MONATE gewandert war und viele Meilen zurückgelegt hatte, erreichte Dathanja, schwarzhaarig und schwarzäugig, in schwarzer Kleidung und mit bloßen Füßen ein waldreiches Gebiet mit vielen Wasserfällen und Tälern. Im Vorübergehen hatte er die Landschaften am Rand des Reichs der Göttin gesehen. Viele Wüsten in verschiedenen kräftigen Farbtönen und mit tiefen Meteorkratern, eine Reihe von Meeren mit Brücken darüber, Ebenen mit giftigen Gräsern – dies alles hatte vor seinem Blick gelegen. Auch die Altäre sah er sich an und die Menschen, die verzückt der Göttin huldigten. Genau wie in der Stadt hörte er immer und immer wieder die Lehre von der Gleichgültigkeit der Götter, und er leugnete sie nicht. Erinnerungen, bruchstückhaft und durchsichtig wie ein Gemälde auf zerbrochenem Glas, berichteten Dathanja von alten Riten und Gebeten – die nur Enttäuschung und Kummer gebracht hatten. Es war ein anderes Leben. Er beschäftigte sich nicht weiter damit, aber es war nicht zu vermeiden, daß er Lehren daraus zog und sich von ihm führen ließ.

Nach einiger Zeit überschritt er die Grenzen dieses Reiches. Nun traf er endlich nur noch auf die gewöhnlichen Abweichungen im Denken und in der Religion der Menschen. Und danach gelangte er in ein primitives, von Menschen wenig berührtes Gebiet.

Nach Osten. Die Morgendämmerungen kämmten ihr gelbes Haar aus. Die Sonnenuntergänge eilten heran. Die Erde wirkte jung. Sie läuterte Dathanjas Seele, jedenfalls schien es ihm so. Er hatte bisher nur selten Ruhe erlebt – eine Heiterkeit, die keine Verbitterung, kein Verlust an Gefühl, keine Betäubung war, die man für Frieden hielt. Welches Geheimnis lag hinter diesem Zustand der Kühle und Stille? So erreichte er das Land mit den vielen Gewässern und den bewaldeten Tälern.

Zwischen einem Tal und dem nächsten, an einem Berghang an der Mündung eines Wasserfalls stand ein uralter Schrein. Er war keinem bestimmten Gott geweiht, vielleicht überhaupt nicht den Göttern. Niemand pflegte ihn. Bäume und Sträucher wuchsen in seinem

Hof. Vögel hausten schwatzend im Dach. Der heraneilende Sonnenuntergang hatte eingesetzt und glitt hastig den Wasserfall hinab, um fortzukommen.

Dathanja betrat den Hof und ließ sich auf dem Boden nieder, um ein Festmahl aus gesammelten Wurzeln und Früchten zu genießen. Er war auch in seinem früheren Leben schon ein Wanderer gewesen und hatte es nicht nötig gehabt, sich auf diese Reise besonders vorzubereiten. Für manche ist das Unterwegssein der Normalzustand.

Die Dämmerung kam und danach die Nacht. Sterne öffneten Fenster am Himmel und machten sich daran, die Erde zu beobachten.

Auf einem Pflasterstein trug Dathanja Holz zusammen und entzündete ein Feuer. Er, der einst ein mächtiger Zauberer gewesen war und die Elemente herbeirufen konnte, wenn er nur mit seinen beringten Fingern schnippte. Er, der aus dem Hügel einen Palast hätte entstehen lassen können.

Als die Flammen aufzüngelten, erblickte Dathanja auf der anderen Seite des Lichtscheins eine Frau. Zuerst glaubte er, es sei Azhriaz, die ihm auf seinem Weg in unregelmäßigen Abständen immer wieder erschienen war, ein Wesen von so erstaunlicher Schönheit, daß er sie nicht schön fand. (Außerdem war sie eine Dämonin, und von allen Rassen mißtraute er dieser am meisten.)

Dies war jedoch nicht Azhriaz, weder verkleidet noch als Projektion. Dies war ein Menschenmädchen, von menschlicher Schönheit, und das erkannte er.

»Siehst du mich, Dathanja?« fragte sie ihn überflüssigerweise.

»Ich sehe dich«, sagte er.

Sie hatte die Färbung des Spätsommers, Rosen und Malz. Hinter ihr stand einer, der größer und ein Mann war, und er sagte: »Siehst du auch *mich,* Dathanja?«

»Ja«, antwortete er.

Der Mann kam aus dem Schatten. Er trat auf wie ein

Herrscher, mit viel Metall und in gefärbtem Tuch. Hinter ihm ...

»Und auch diesen sehe ich«, sagte Dathanja.

Doch der dritte war in Dunkelheit gehüllt, er hatte keine besonderen Merkmale, und er sprach auch nicht.

»Wer von uns soll anfangen?« fragte das Sommermädchen den königlichen Mann.

»Ich«, sagte er, und sie trat beiseite. »Das ist«, murmelte sie in ihr Haar hinein, »nicht immer so.«

Aber der große Mann kam ans Feuer und winkte Dathanja. »Du mußt mit mir kommen«, sagte er. Und Dathanja konnte nicht anders als gehorchen.

Dann waren sie hoch oben, weit über dem Schrein, und das Feuer war so winzig wie ein Glitzerpunkt.

»Ach, Dathanja«, sagte der Königliche mit spöttischer Freundlichkeit, »du hast mich enttäuscht.« Er schien viele Männer gleichzeitig zu sein. Manchmal war er wie ein Priester in kostbaren gelben Gewändern und manchmal wie ein azurbärtiger König. Manchmal wirkte er auch dämonisch und benahm sich wie ein Vazdru. Oder er ähnelte Dathanja selbst, nur waren seine Züge stark verändert und seine Augen blau oder grün. Aber was oder wer er auch immer sein mochte, er hielt auf einem Felsgrat inne, und Dathanja mit ihm. »Soviel Macht stand dir zu Gebote, Geliebter«, schmeichelte ihm der Königliche. »Erinnerst du dich nicht? Herrscher zitterten vor dir. Sogar die Ozeane beugten sich deinem Willen. *Tut dies!* befahlst du ihnen, und es geschah. Von deiner Zauberkunst spricht man immer noch. Von deinen unaussprechlichen Grausamkeiten, deinen gewaltigen Taten. Ach, erinnerst du dich denn an gar nichts mehr?« »Doch«, sagte Dathanja mit leiser, klarer Stimme. »Ich entsinne mich.« » Du brauchst nur einzuwilligen«, sagte der Mann, »und ich werde dir alles zurückgeben. Du wirst wieder Zhirek der Schwarze Magier sein, über die Menschen herrschen und eine neue Legende entstehen lassen.«

Und mit diesen Worten entrollte der Königliche in den vielen Gestalten die Nacht wie ein Pergament, und vor ihnen lagen – Illusion oder Wirklichkeit – die Reiche der Welt und ihre Meere. Männer knieten vor Zhirek oder vor Dathanja, und die Magie kam wie ein duftender Wind und hüllte ihn ein. Er war zu allem fähig. Sein Gehirn schwang sich mit all dem Wissen, das ihm einst wie ein Rudel Hunde untertan gewesen war, in die Lüfte.

»Willige ein!« wiederholte der Königliche. Und jetzt war er Zhirek am ähnlichsten. Er war Zhirek, und er wollte Zhirek überreden. »Nimm deinen Ruhm zurück. Sei wieder ein Magier und ein Herrscher, so daß jeder Schritt, den du tust, verzeichnet wird.«

Dathanja betrachtete die Illusionen oder Wirklichkeiten seines früheren Lebens und der Zukunft, die ihm angeboten wurde, und ein schrecklicher Schmerz, wie Qual oder Freude, schoß ihm durch das Herz. Und ließ wieder nach.

»Nein«, sagte Dathanja.

»Ach, Geliebter«, sagte der Versucher. »Lehnst du diesen Höhepunkt ab, weil er Sünde ist?«

»Ist er denn Sünde?« fragte Dathanja. »Ich weiß nur, daß ich dies alles getan habe. Es ist vorüber.«

»Und nun willst du als Machtloser auf der Welt wandeln, jedem Zufall ausgeliefert, von der Gnade der Menschen abhängig? *Du?*«

»Ich bin von niemandem abhängig außer von mir selbst«, sagte Dathanja. »Ich möchte mich bei dir entschuldigen, denn damit kannst du mich nicht versuchen.«

Der Mann zuckte die Achseln, lachte und war verschwunden. Dathanja saß vor dem Feuer im Hof.

»Welcher von uns jetzt?« wollte das Mädchen von der immer noch in Dunkelheit gehüllten Gestalt wissen. Diese antwortete nicht. »Dann ist die Reihe wohl an mir«, sagte das Mädchen.

Sie trat an Dathanjas Feuer, und als sie ganz nahe war, verfing sich sein Schein in ihrem Haar, benetzte ihre Armspangen und durchdrang ihr dünnes Gewand, so daß man ihren ganzen Körper sehen konnte, und der war eine Augenweide.

»Ach, Geliebter«, sagte sie. Und dann war er mit ihr im Feuer.

Wie eine Trommel erdröhnte die Nacht, rot und strahlend, schwarz und rot. Manchmal hatte ihr Haar einen wäßrigen Glanz, manchmal schimmerte es aprikosenfarben, sie war eine Meeresprinzessin, ein Mädchen, das mit Einhörnern tanzte. Manchmal war sie auch ein Jüngling, ihre Brüste flachten sich ab, seine Hände spürten harte Muskeln, ihre Lenden trieben einen Sproß, wo ihn vorher eine fleischige Anemone umfangen hatte. Sie wanden sich auf dem feurigen Lager, und ihr Haar strömte über die Erde. Ihre Glieder umschlangen ihn mit der Wildheit einer Löwin, doch ihre Finger berührten ihn so weich und zart wie Grashalme. Ihre Taille bewegte sich wie eine Schlange, ihr Stutenbecken galoppierte. Sie stürzten zusammen durch das Feuer in ein zweites Feuer darunter. Die Sterne wirbelten ihm durchs Gehirn, und in ihrem Innersten krönte nun ein Silberstern den Speer, auf dem er ritt. Dann schoß auch in ihn das Silber ein, wurde zu einem vibrierenden elektrischen Draht entlang der Lanze, die durch die straffe Bauchdecke und die sich abmühenden Lenden hindurch bis ins Allerheiligste vorstieß, wo der Baustein der Ewigkeit im Rückgrat begraben lag. Und er hielt sie fest, obwohl sie nun laut schluchzte, sich wehrte und sich ständig verwandelte – in ein Tier, einen Kobold, einen Brand, einen Wasserfall. Er hielt ihre Schlangentaille umfaßt, ergriff die um sich schlagenden Glieder, ertrank in ihrem Mund, wurde auf der gewölbten Welle ihres Unterleibs nach oben getragen, ihre Brüste trieben immer neue Blüten – ein Ritt auf dem geflügelten Roß der Wollust, blind, vernichtet, geboren, ausgeweidet von Ekstasen, bis die silberne Sonde in den Baustein der Ewigkeit selbst eindrang und das Wasser des Lebens herausspritzte.

Das geflügelte Roß stürzte zuckend durch die Dunkelheit und schüttelte Dathanja vom Rücken. Er lag wieder neben dem Feuer.

»Du hast dich verraten. Du hast Schwäche und Verlangen gezeigt. Deine Seele lag bloß, als du dem Ansturm der Lust erlagst. Du hast gesündigt.« Dies sagte das Mädchen aus dem Dunkel heraus.

Aber jetzt war es Dathanja, der lachte. »*Das*«, sagte er, »ist keine Sünde.« Und er drehte dem Feuer und der immer noch wartenden, immer noch nicht erkennbaren dritten Gestalt (der hochgewachsene Mann und das Sommermädchen waren verschwunden) den Rücken zu und schlief lächelnd ein.

Doch in der Stunde vor dem Morgengrauen erwachte Dathanja, setzte sich auf und sah, daß die dritte Gestalt ihm gegenüber unter dem sternenlosen Himmel an der Asche des Feuers saß.

In einen weißen Umhang gekleidet, das Haupt mit einer Kapuze verhüllt, betrachtete der stattliche schwarzhäutige Tod, der Gebieter Uhlume, den Sterblichen mit unsterblichen Opalaugen.

»Du mußt mir verzeihen«, erklärte Dathanja nach einer Weile, »wenn ich sage, daß ich dies alles für eine Täuschung halte. Für Phantasiegestalten, die mir von einem anderen, möglicherweise auch von mir selbst geschickt wurden, um mich zu erzürnen oder zu prüfen. Und da dies so ist, bist auch du, erhabener König, nur eine Ausgeburt meines Geistes. Mir scheint, Uhlume, der mir einst auf seine Weise Freundlichkeit erwies und der mein Herr war, würde sich nicht die Mühe eines solchen Besuches machen.«

Die Vision des Todes – Dathanja hatte recht – antwortete:

»Mag sein, daß du weise bist. Trotzdem bin ich dein

dritter und letzter Versuch, als solcher habe ich Gewicht, und du mußt mich anhören.« (Und das mußte Dathanja.) »Du hast die Jahre deiner Unverwundbarkeit zu Ende gelebt, jenen Fluch oder Segen, der dir vor langer Zeit durch Hexenkunst beschert wurde. Wie alles auf Erden zerfällt oder verändert sich auch die Zauberei. Jahrhunderte sind vergangen, du hast geschlafen, bist erwacht, und du bist nicht mehr, was du einst warst. Nur der Rest deiner eigenen verlorengegangenen magischen Fähigkeiten ist es, der dich gegenwärtig vor Schaden bewahrt. Solange du dich der Sicherheit überläßt, wirst du auch sicher sein. Aber der magische Panzer wurde im Innern der Steinsäule abgestreift. Solltest du dich nach etwas anderem sehnen, Dathanja, als nach Bequemlichkeit, so kannst du jetzt gequält und verletzt werden. Wenn du willst, kannst du jetzt auch sterben.«

Dathanja saß schweigend da und schaute in das Antlitz des Todes oder seines Abbilds. Schließlich sagte er: »Kann das sein?«

»Du findest überall ein Dutzend Möglichkeiten, um es nachzuprüfen«, sagte ›Tod‹.

Dathanja überlegte. Zhirek hatte, vor unendlich langer Zeit, ein Tal nach scharfen Steinen abgesucht, hatte von seinem verseuchten Wasser getrunken, hatte versucht, sich an einem Baum dort zu erhängen und sich von einer steilen Felswand herabzustürzen. Vergeblich. Nun streckte er eine Hand aus, hob einen kantigen Stein auf und stieß ihn sich in den Arm. Und der Stein verletzte ihn. Dunkelrot floß sein Blut. »Ich freue mich«, sagte er und schloß die Augen. Die Ruhe in seinem Inneren schien mit dem Blut herauszuströmen, sie umgab ihn, tröstete ihn, wie es die Schranke der Unverwundbarkeit nicht vermocht hatte. »Dann«, sagte Dathanja, »ist Sterben sicher die letzte Versuchung. Und es ist eine raffinierte Versuchung. Aber, Tod, ich habe dazugelernt. Auch die Menschen sind so unsterblich wie die Götter und ebenso unverwundbar wie Zhirek, der in den Feuerbrunnen getaucht wurde. Daher ist es keine Qual für mich, noch ein wenig länger am Leben zu bleiben. Denn der, der ich war, floh vor dem Bösen und tat Gutes nur aus Angst, doch dann überwältigte ihn die Angst, und er tat nur noch Böses. Meine Schuld ist groß, aber das Böse hat keine Macht mehr über mich. Ich habe es aufgebraucht. Daher fürchte ich mich nicht vor dem Leben.« Und Dathanja öffnete die Augen und sah, daß auch Tod – oder der Tod – ihn verlassen hatte und die lange leidenschaftliche Morgendämmerung einsetzte.

Dathanja trat aus dem Schrein, ging zum Wasserfall, schöpfte mit den Händen Wasser und trank. Nach einiger Zeit näherte sich eine Hirschkuh mit ihrem Kalb, er bot ihnen Wasser an, und auch sie tranken aus seinen Händen. Das Kalb ließ sich von ihm den gefleckten Kopf streicheln. Die Mutter fraß unbesorgt das Moos, das auf dem Felsen wuchs. Und Dathanja erinnerte sich daran, wie Simmu, Jüngling und Maid, die Hirsche und die Hasen gerufen hatte, damit sie mit ihm um die Wette rannten, und wie er mit Vögeln und Schlangen Zwiesprache gepflogen hatte.

Aber Simmu war nicht mehr, und auch Zhirek, der unverwundbare Zauberer, war nicht mehr. Dathanja war es, der bald darauf in den Morgen hineinschritt.

6

Die Dunkelheit hatte ihren Wohnsitz in den Tiefen des Meeres. Und sie hauste dort nicht allein. Die uterusähnlichen Höhlen wimmelten von Leben, doch es war ein Leben, das größtenteils ohne Licht existierte, und wenn Licht sich dort zeigte, war der Fremde nicht willkommen.

Lichtstrahlen drangen in die oberen Regionen des großen Grabens und erzeugten eine sanfte Röte. Dann folgte ein Wirbeln und Schlagen wie von einer Legion von Peitschen, und größere Wesen wie gewaltige schwarze Geister machten sich auf leisen Sohlen davon. Doch das Licht wurde schärfer. Es ließ sich nicht zurückhalten, man konnte ihm nicht ausweichen. Es drängte durch das Wasser und die Dunkelheit, und plötzlich, mit einem Schlag, waren die Meerestiefen sichtbar. Ein Wald aus einer Million öligschwarzer Ranken wuchs auf den oberen Terrassen des Grabens. Und darin staken Fischnester aus flachsfarbenem Gespinst, und ihre Erbauer – die mit wild schlagenden Flossen in irgendwelche Verstecke flüchteten – waren bunt wie Regenbogenprismen. Die riesigen Wesen, die schon die Flucht ergriffen hatten, waren gewaltige, träge wogende Hautsäcke, und wo das Licht über ihre Körper strömte, schimmerten sie stechend blau und bronzefarben. Auf den tieferen Stufen des Grabens leuchteten, wie mit einem Glockenschlag, Beete von Meeresblumen auf, in tiefem Korallenrot und Rosa, in kühlem Melonengrün oder säuerlichem Grünschwarz, alle schlossen sie bestürzt die Kelche, und hie und da schluckte ein erschrockenes dünnes Geschöpf, ähnlich wie ein Goldblattwurm, erschrocken noch den letzten Bissen hinunter, ehe es sich hastig in Sicherheit brachte.

Hinter dem Licht und der Erschütterung schwamm ein Monster heran.

Es ähnelte am ehesten einem Wal von riesigen Ausmaßen. Glatt wie ein seidiges Ei und – wenn man es in seinem eigenen Lichthof sah – von silbrigem Meeresglanz übergossen. Das Maul des Wals öffnete sich langsam, er saugte Wasser ein. Alles wurde hilflos mitgerissen – Fische, Laichnester, lose Ranken, fressende Würmer und frei herumschwimmende Blumen. Doch vom Heck des Riesen schoß alles wie kristalliner Kot fast wie von selbst in einem gewaltigen Schwall wieder hinaus. Was hätten diese Tierchen alles zu erzählen, wenn sie wieder zu Hause waren! Von einem Wal waren sie gefressen, durch seine Eingeweide gestoßen und unversehrt wieder in den mütterlichen Ozean entlassen worden. Währenddessen nahm der Wal unablässig weiter Meerwasser in sich auf und stieß es in heftigen Blähungen wieder aus.

Über seinem Rachen strahlten zwei riesige Augen, beide waren rund und hell, doch nur eines hatte eine senkrechte schwarze Pupille.

So bewegte sich das Ungeheuer mit starrem Blick weiter und löste im Graben Entsetzen und pikareske Heldentaten aus.

Dann und wann bewegte sich die eine vertikale Pupille oder wechselte sogar von einem Auge ins andere über. Azhriaz (die Pupille) schaute hinaus auf die Wasserwelt, die ihr die Lampen ihres Schiffes enthüllten.

Als die Druckwelle der Vernichtung das Schiff erschütterte und in diese Tiefen hinabschleuderte, war sie völlig überrascht, und ihr Gehirn wurde ebenso durcheinandergewirbelt wie das Schiff. Dann hatte sie unwillkürlich nach Chuz gerufen und einmal sogar beinahe ein Wort geschrien, das für sie keine Bedeutung hatte (das Wort war ›Vater‹). Doch schon bald beruhigte sich die Tiefseearche wieder. Die Göttin, die im Innern auf dem Boden gekauert hatte, erhob sich und schüttelte ihre Schwäche ab.

Sie wollte nicht über ihre Stadt nachdenken, die der Lappen eines Engels wie einen Schmutzfleck vom Angesicht der Erde gewischt hatte. Sie wollte nicht daran denken, daß sie nun unter den Wellen dahinfuhr. Sie stand vor dem Fensterauge des Fisch-Wal-Schiffes und betrachtete stirnrunzelnd die unterseeischen Wunder. Auch über diese wollte sie nicht nachdenken. Sie war allein. Sie war eine Göttin. Dies war das Meer. Nun gut.

Das Fahrzeug bewegte sich weiter, wenn nicht mittels vorher eingegebener Mantras, dann mit Hilfe eines von den Drin gebauten Motors in seinem Inneren, der Flüssigkeit einsaugte und wieder ausstieß und damit für einen unermüdlichen Schub nach vorwärts sorgte. Im Zentrum des Schiffs befand sich eine Luxussuite, die die Drin mit den besten oder massigsten Werkstücken aus ihren Schmieden prunkvoll ausgestattet hatten. Dazu gehörte auch eine Reihe grotesker Silberköpfe, die an den Wänden des Hauptraumes angebracht waren. Wie der Wal *atmeten* auch diese. Dabei schluckte sie die verbrauchte Luft und stießen dafür die gehörig parfümierten, belebenden Gase des trockenen Landes aus.

Wenn die Unterseereisende einen Wunsch hatte, so brauchte sie ihn nur zu äußern. Mit den Nieten schien auch eine Anzahl von Genien, dienstbaren Geistern, auf das Schiff gebracht worden zu sein. Ob sie nun ein üppiges Mahl, Musik oder ein weiteres Seidenkissen für ihr Lager wollte, diese Diener beschafften alles. Außerdem lenkten sie das Schiff und hielten es in Stand. Azhriaz mußte weder ihre Zauberkraft noch ihren Geist einsetzen. Manchmal waren ihre neuen Diener kurz zu sehen: farbige Fäden, körperlose Rauchspiralen, in denen sich zarte Hände oder halb erkennbare kindliche Gesichter abzeichneten. Was in aller Welt waren sie? Manifestationen der Fähigkeiten der Vazdru oder eine elegantere Weiterentwicklung der ungeschlachten Drindra – es war nicht festzustellen.

Das Meer hatte seine eigenen Herrscher ... Schicksal hatte Azhriaz davor gewarnt, wenn es dieses Hinweises überhaupt bedurft hatte. Obwohl sie einst eine Illusion über den Ozean geworfen hatte, war sie jetzt nur ein ungebetener Gast.

»Wozu«, fragte Azhriaz gebieterisch ihr teilweise sichtbares Gesinde, »gibt es in diesen Tiefen Farben? Sie liegen doch stets im Dunkeln.«

Ein Genius kam herangeflattert.

»O Herrin«, sagte er, »das Meeresvolk ist ein Volk von Magiern. Sie zogen sich vor Jahrtausenden nach einem kleinen Streit mit den Göttern in die Tiefen zurück und lernten, hier zu gedeihen. Sie waren es, die die Vegetation farbig gestalteten.«

»Noch einmal: wozu?«

»Weil die Völker des Meeres das Licht schätzen. Sie haben stets Lampen bei sich, und damit können sie die Farben bewundern, die sie zu diesem Zweck hervorgelockt haben.«

Wenn sie nach derartigen Fragen oder nach einem Mahl auf Seide und Damast schlief, träumte sie von eingeebneten Städten und von sterbenden Menschen. Keine Vazdru-Träume, nichts Künstlerisches. Sie erwachte schreiend. Dann rief sie die Genien und verlangte Musik, oder sie stellte sich in die Augen ihres Schiffes, betrachtete das Wasser und vertrieb den Schlaf wie einen treulosen Freund.

Man sagt, sie sei einen Monat oder ein Jahr lang durch das Meer gereist.

Der Ozeangraben führte noch einige Zeit weiter. Er war so etwas wie ein Tal in dieser Region, darüber und dahinter ragten Berge auf, Klippen aus wäßrigem purpurnen Granit, aus deren tiefen Höhlen unheimliche Säugetiere in Fischgestalt spähten und das Schiff unhörbar anmuhten. Manche Gipfel dieser gewaltigen Berge ragten Tausende von Fuß weiter oben als kleine Inseln aus dem Meer.

Das Schiff hatte sich schon, soweit es das Tal zuließ, nach Osten gewandt. Azhriaz hatte keine derartigen Anweisungen gegeben, aber das frühere Schiff mit seinen Rudern und Segeln hatte nach Osten fahren sollen. Sein Geist, der in dieses Fahrzeug eingegangen war, war immer noch auf dieses Ziel ausgerichtet, und die Geniebesatzung beugte sich diesem Willen. Irgendwann stieg der Boden des Talgrabens an, und so schwamm auch das Schiff nach oben.

Zwischen den schattigen Höhen erschien nun ein leuchtender Wasserstreifen, in den das Schiff hinein-

10·88·3

fuhr. Azhriaz, die im linken Auge des Wals stand, sah schließlich, daß sie auf eine Stadt des Meeresvolks gestoßen war.

Von diesen Städten gab es viele, und die meisten waren sehr verschieden voneinander. Diese hier lag in einer Honigwabe aus traubengrünem Sonnenlicht, das geradewegs von oben durch die dichten Wassermassen des Ozeans zu dringen schien. Es war eine schillernde schwarze Stadt mit hohen Gebäuden, in die mehrere Stockwerke weit oben riesige Bögen und Öffnungen eingelassen waren. Schwarze Gestalten, die Haie sein mochten, schwebten an ihren ›Himmeln‹, und hie und da raste funkelnd ein Wagen oder ein anderes Fahrzeug über die Aquädukte.

Unter dem Schiff erstreckten sich Wiesen voll weißer Anemonen bis zu den Vororten. Auf diesen Weiden grasten Herden von elefantengroßen Hummern. Meeresschäfer blickten auf und machten abwehrende Gesten zu dem Metallwal hin. Seit frühesten Zeiten züchteten die Meereskönige solche Sklaven. Sie trugen Kränze aus salzigen Entenmuscheln in ihrem wilden grasähnlichen Haar und hatten Messer aus Korallen und Elektrum bei sich, waren jedoch schüchtern und freundlich.

Azhriaz hielt ihr Schiff nicht an. Es schwamm weiter, bis es dicht über der Stadt der Meeresgebieter in dem grünen Sonnentrichter hing. Die rabenschwarzen Haie hatten sich zerstreut, die Wagen waren verschwunden. Nichts regte sich.

Azhriaz befragte die Genien und erfuhr, daß das Licht durch ein weiter oben angebrachtes Linsensystem herabkam, das die Strahlen der Sonne einfing und konzentrierte. Aber noch während sie mit ihnen sprach, erschien ein weiterer Geist wie ein Farbtropfen in Milch.

»O Herrin!« rief dieser Genius und deutete mit seinen langfingrigen Händen nach vorn.

Weit jenseits der Stadt hatte man auf einem der Bogen ein seltsames Gerät angebracht. Nun gab es dort einen Ruck, und etwas zerriß das Wasser. Brennende Dunkelheit mit einer weißen Blasenschleppe kam auf das Schiff zugerast. Ein Katapult war abgefeuert worden.

»Bemüht Euch nicht!« riefen alle Genien im Chor. »Es ist nicht erforderlich.«

Im gleichen Augenblick öffnete sich durch Zauberkraft eine Pore des Schiffes, und ein Blitz schoß heraus. Er fing das Geschoß aus dem Katapult in einiger Entfernung ab und schleuderte es zurück, so daß es explodierte und brennend auf die schwarze Stadt krachte. Feuer und Rauch strömten an dieser Stelle wie Blut ins Wasser.

Man hatte jedoch schon eine weitere Kugel auf sie abgefeuert.

»Wir kämpfen nicht weiter«, sagte Azhriaz. »Wir entfernen uns.«

Die Genien gaben mißbilligende Geräusche von sich.

»Das ist nicht nötig, Herrin. Alles was sie auf uns loslassen, können wir zerstören, und vielleicht gelingt es uns sogar, ihre stolzesten Türme einzuebnen.«

»Genau«, sagte Azhriaz. »Ebenso handeln auch die Engel. Wir werden nicht kämpfen, sondern fliehen.«

Die Genien gehorchten. Sie schienen weder bekümmert noch froh, ihr sonderbarer Einfall schien sie nicht einmal zu überraschen.

Die Mantras wurden aktiviert, und der Metallwal schoß wie ein Blitz durch die Meereshimmel über der Stadt davon. Das zweite Geschoß flog, ohne Schaden anzurichten, unter ihm vorbei und verschwand im nassen grünen Raum.

Sie war zu den Städten von Tirzom in den östlichen Meeren gekommen. Das wußte sie zwar nicht, aber sie würde es noch erfahren. Schwarz und schön waren diese Städte, zwischen ihnen lagen die fruchtbaren

Ebenen und Meereswälder der flacheren Riffe, und auf dieses ganze Gebiet erhoben die Tirzomiten Anspruch.

Dschungel von Tang und verzweigten Korallen boten dem Schiff Deckung, als Azhriaz sich an die einzelnen Metropolen heranschlich. Sie sah die schwarzen Kuppeln und die grünlichen Fialen aus der gleichen Perspektive wie die scheuen Fische.

Mein Vater ist nicht hier, um mich zu führen, sagte sich Azhriaz. *Ich brauche nichts zu unternehmen. Ich brauche nicht zu kämpfen.* Und die Träume von der zerschmetterten Stadt Nennafir – die sich mit anderen von der Ghul-Stadt Shudm vermischt hatten – wurden weniger schlimm.

Aber obwohl sie sich bescheiden verbarg, wußten viele der Magier in jenen Meeresstädten, daß etwas vorüberzog. Und einige pirschten sich an, denn sie kannten sich in ihren Wäldern besser aus als Azhriaz. Auf ihre eigene ungewöhnliche Weise verbreiteten die Schwesterstädte dieses Landes die Nachricht und warnten vor dem Ding, das hier unbefugt eingedrungen war.

Währenddessen stieg das Schiff ständig höher, weil auch der Meeresboden anstieg. Bald konnte man in diesen Gewässern auch den Wechsel von Tag und Nacht erkennen, wenn die Wasserlandschaft sich verdüsterte oder aufleuchtete.

Eines Tages war das Wasser sehr klar und grün wie Kristall. Die unterseeische Arche schlich auf den Lichtungen eines großen Pflanzenwaldes umher, als ihre leuchtenden Augen, eines davon mit einer schmalen Pupille, jenseits der Ebenen einen hohen Felsen und auf der Felsspitze eine Stadt erblickten. Zufällig war dies Tirzom Jum, die wichtigste Hauptstadt in diesem Teil der Welt.

Selbst aus einiger Entfernung konnte man erkennen, daß dies eine Stadt von besonderer Größe und Bedeutung war. Ein gewaltiger silbriger Halbmond hing über ihr, und seine beiden Spitzen ragten zwischen die Mauern herunter.

Azhriaz befragte die Genien. Der Born ihrer Weisheit schien unerschöpflich, und sie erwiderten, daß einige der Meeresvölker – obwohl sie sich vollkommen an das Leben im Ozean angepaßt hatten – doch Heimweh nach der Luft der Erde verspürten. Also destillierten sie diese Luft und füllten verschiedene Gemächer und Gärten ihrer Behausungen damit. Offenbar hatte diese Stadt (trotz ihrer unerschöpflichen Weisheit wußten die Genien anscheinend doch nicht genug, denn sie kannten ihren Namen nicht) ganze Teile ihrer höhergelegenen Gebiete für die Erdenluft reserviert und diese deshalb unter einer magischen Glaskuppel eingeschlossen.

Azhriaz sagte: »Das möchte ich gern sehen.«

Die Genien erklärten, genau das tue sie.

»Mehr aus der Nähe.«

Die Genien sagten, das Schiff werde näher an die Stadt heranfahren.

»Nein«, sagte Azhriaz. »Ich habe nicht die Absicht, einen Krieg anzufangen – man hält dieses Schiff für eine Bedrohung. Ich werde allein hinausgehen.«

Die Genien blickten sie mit ihren verschwommenen kindlichen Augen an. Ihre körperlose Konzentration war so stark, daß Azhriaz fragte: »Was habt ihr?«

»O Herrin, Ihr seid zwar die Tochter der Nacht und eine Hexengöttin, doch dies ist das Reich des Ozeans.«

»Wird mir meine Zauberkraft hier nicht von Nutzen sein?«

»Vielleicht«, sagten sie.

»Dann werden wir schon sehen.«

Eine Pore des Schiffes öffnete sich und entließ sie wie eine dunkle Träne. Sie hatte sich mit einer Luftblase umgeben, die an ihr haftete und sie überallhin begleitete. Die Luft in der Blase blieb frisch, da sie sich beständig erneuerte, und in ihrem Kielwasser trieben andere dünnere Blasen, die von dem Ganzen ausgestoßen wurden. Mit Azhriaz' köstlichem Vazdru-Atem gefüllt, tanzten sie zwischen den Fischen umher, und die Fische folgten ihnen in verliebtem Spiel.

Azhriaz genoß ihre plötzliche Freiheit. Sie hatte bisher nicht gewagt, das Schiff zu verlassen. Aber die lange Untätigkeit hatte sie – wie schon einmal – zermürbt und ihre Niedergeschlagenheit noch bedrückender gemacht. Sie tummelte sich zwischen den vorbeiziehenden Geschöpfen, und obwohl sie die Blase voneinander trennte, blickte sie ihnen in die Augen, umkreiste sie, jagte sie und ließ sich von ihnen jagen.

Die Ebenen unterhalb von Tirzom Jum waren aus feinstem Sand und übersät mit Muscheln und unglaublicher Schönheit. Gestreift und gefleckt waren sie wie Jaguare oder cremefarben und harzig wie Bernstein, geschnörkelt wie die Hörner von Einhörnern oder so rein wie das dünnste Porzellan – und von jeder nur vorstellbaren Farbe. Als Azhriaz sie sah, zögerte sie und überlegte, ob sie die Blase einen Augenblick lang durchstoßen und einige der schönsten oder seltsamsten aufheben sollte. Aber die leise warnenden Stimmen der Genien störten diese Gedanken. Das Schiff war ihre Zuflucht. Sie würde nicht das Risiko eingehen, den Zauber im flüssigen Element aufzuheben. Konnte es sein, daß sie dann nicht mehr fähig war, ihn wieder herzustellen? Es war zwar undenkbar, daß sie ertrinken würde, aber bei lebendigem Leibe nach Luft zu ringen war eine schauerliche Vorstellung. Sie hatte noch nie zuvor an ihren Kräften gezweifelt, allerdings auch noch nie Grund dazu gehabt.

Dennoch schlenderte sie weiter, und bald ragte die Felsklippe der Stadt vor ihr auf.

Es war wirklich so, daß die Tirzomiten Heimweh nach der Erde empfanden, obwohl sie sie verachteten. Sogar die Sonne konnte man, wenn auch nur durch breite Wasser- und Himmelsschichten, undeutlich *sehen*. Auf der Erde mußte es Mittag sein, denn ganz oben im Wasser brannte ein schwacher Goldschimmer, und der Felsen warf einen kleinen gekräuselten Schattenstreifen.

Azhriaz schwebte vorsichtig an der Klippe nach oben, ohne der Stadt zu nahe zu kommen. Auf halbem Wege die Hänge hinauf erschienen prunkvolle Gebäude, jettschwarz, mit Fenstern wie Luchsaugen. Sie erblickte flüchtig Fahrzeuge, die sich bewegten, und Wolken, die im Wasser schwankten und in Wirklichkeit gewaltige Bäume waren ... Wie ein Kind starrte sie dies alles an, blieb aber in sicherer Entfernung, um nicht kämpfen zu müssen.

Ein Drittel unterhalb des Gipfels der Klippe begann die sonderbare Kuppel. Auch sie war eine durchsichtige Blase, nur durch den halbmondförmigen Streifen des gefilterten Sonnenlichts erkennbar, der die Wölbung säumte. Unter der Kuppel, hoch oben in der *Luft* und in dem goldenen Feenlicht, sah man die massiven ovalen Torbögen der Bauwerke von Tirzom, die Straßen und Treppen, die man dort brauchte, wo Schwimmen nicht möglich war, die hohen Türme und die Smaragdminaretts.

Die Göttin schwebte daran entlang und sah sich satt. Sie empfand Traurigkeit, Schuldbewußtsein und Verwirrung im Angesicht der Wünsche anderer, im Angesicht der Ewigkeit – und eine kurze Sekunde lang dachte sie: *Was bedeutet mir diese Stadt?* Sollte sie zu ihrem Schiff zurückkehren und Blitze darauf schleudern? *Ich habe Shudm* vernichtet. Sie hatte dafür gesorgt, daß die Ghule sich gegenseitig auffraßen. Sie war die Tochter von Verworfenheit.

Etwas Schwarzes löste sich langsam vom felsigen Mauerwerk von Tirzom Jum und schwamm auf sie zu.

Als Azhriaz, in ihren schuldbewußten Überlegungen gestört, es wahrnahm, hielt sie es für ein irdisches Wesen. Es war ein Tier, das einer schwarzen Blase ähnelte, und seine Sehwerkzeuge waren blau, als wolle es damit ihre eigene Kleidung und ihre Augen verhöhnen. Ein Tintenfisch, umgeben von schlangenförmigen Tentakeln.

»Ich bin nichts für dich«, sagte sie zu ihm, obwohl er sie nicht hören konnte und auf ihre Worte nicht achten würde.

Er kam näher, und Azhriaz spreizte die Hand. Ein Lichtblitz fuhr durch das Wasser und versetzte dem Oktopus einen scharfen Schlag, so daß er in einer Reihe von Purzelbäumen davongeschleudert wurde. In seiner Wut entließ er eine Tintenwelle ins Meer.

Sie hatte ihn töten wollen, und es war ihr nicht gelungen. Das Tier hielt sie nicht für sehr gefährlich, nur für lästig, und es näherte sich durch die Tinte von neuem. Azhriaz wollte sich des Zaubers bedienen, der sie hier verschwinden und innerhalb ihres sicheren Schiffs wieder zum Vorschein kommen lassen würde. Auf Erden hatte sie dazu kaum mehr zu tun brauchen, als mit den Augen zu zwinkern.

Aber sie befand sich im Meer.

Eine Welle erfaßte sie, schüttelte sie und warf sie hinab in den Sand. Und mehr geschah nicht.

Azhriaz kniete zwischen den Muscheln, spürte das Meer auf dem Körper und schmeckte es im Mund. Als sie ihre Macht eingesetzt hatte, hatte sie damit die Blase weit aufgerissen.

Ich bin unverwundbar. Ich bin eine Vazdru. Der Ozean kann mich nicht töten. Und doch war ihr das Salzwasser in Nase, Kehle und Lungen gedrungen und bereitete ihr unerträgliche Qualen. *Bin ich denn weniger als Zhirek?* fragte sie sich entsetzt und empört.

Und sie verfluchte ihren Vater und ihre Mutter, Sonne und Dunkelheit, denn was war *dies?*

Vor ihren Augen wurde es Nacht. Der Tintenfisch packte sie mit seinen vielen Armen.

7

Durch perforierte Wandschirme und klare Scheiben sickerte die amphibische Dämmerung von Tirzom Jum: in der Welt darüber ging die Sonne unter. In den oberen Ebenen der Stadt wurden Lampen angezündet, ein allnächtliches Ritual. Feuer war hier eine Spezialität. Anmutige Sklaven schlichen durch die Palasthallen und steckten ihre Kerzen in Glaskugeln und grünspanüberzogene Wandhalter.

Im dämmrigen Schein der Lampen betrachtete der Hofstaat des Königs das Tier, das man gefangen hatte.

Wie ihre Städte waren auch die Tirzomiten schwarz und grün. Ihre Haut ähnelte der eines Panthers. Das Haar, das ihre Köpfe zierte, hatte die Farbe von Äpfeln, und das Nichtweiße ihrer Augen ebenfalls. Wenn sie sprachen oder lachten (was unter Wasser nicht sehr angenehm war und folglich hier oben zur Mode wurde), waren das Innere ihres Mundes und die Zunge ganz dunkelgrün, die Zähne wie hellgrüne Perlen. Auch andere, intimere Körperteile waren grün, allerdings wurden sie nicht gezeigt. Wurden diese Wesen verletzt, so quoll das Blut so rotgrün heraus wie Turmalin. Die Tirzomiten waren jedoch weise, nicht etwa in anderem Sinne grün. Gebildet, klug, hochmütig – und grausam wie alle Völker des Meeres –, und das war, trotz der neuen Mode, nicht zum Lachen.

Der König selbst saß in seinem Stuhl aus Chalkozit, ihm zu Füßen ruhten zwei Katzen. Sie waren eine Mischzüchtung, Geparden, die niemals die Weiten der Erde gekannt hatten, sondern auf dem Grund des Wassers umherstreiften. Sie hatten Flossen wie Goldkarpfen und gefleckte Schuppen anstelle eines Fells. Kurz zuvor hatten sie noch Haie gejagt, jetzt funkelten sie das gefesselte Wesen auf den Teppichen vor den Füßen ihres Herrn böse an.

»Mitgestaltet ist es nicht«, bemerkte einer der Höflinge in der Sprache von Tirzom. »Aber von Schönheit keine Spur.«

»Es ist wirklich ganz abscheulich«, stimmte ein anderer zu. »Aber als Kuriosität hat es einen gewissen Wert.«

»Es kann im Wasser atmen, obwohl es keine Kiemen hat, und hat dabei keinen Schaden erlitten.«

»Es ist eine Frau. Vielleicht ist es aus einem anderen Reich. Mit wem stehen wir im Krieg, der uns Spione schicken könnte?«

»Wie gewöhnlich mit drei oder vier Staaten. Deren Bewohner haben zwar auch diese häßliche weiße Haut, aber sie zeigen andere den Ozeanrassen eigentümliche Merkmale. Dieses Geschöpf hat nichts dergleichen, auch wenn es noch so sehr im Wasser atmet. Außerdem ist da noch das Schiff. Wir verstehen die Wirkungsweise seiner Magie nicht, und obwohl unsere Soldaten es eingekreist haben, liegt es noch immer in den Wäldern – es war uns nicht möglich hineinzugelangen, so stark sind die magischen Schutzvorrichtungen. Wir haben Nachricht von Vesh Tirzom, daß ihm die Katapulte dort nichts anhaben konnten, daß das Schiff hingegen selbst ein explodierendes Geschoß in die Stadt zurückschleuderte. Von Tirzom Bey wiederum schickten uns Leute eine Botschaft, die sich das Schiff ansahen, als es – oder vielmehr sein Fahrgast – schlief. Darin hieß es, es enthalte Einrichtungen, wie sie in den Schmieden der Sterblichen nicht hergestellt werden.«

»Genug«, unterbrach der König scharf, und die See-Geparden knurrten. »Wir werden das Wesen verhören, das wir gefangen haben. Es ist schon zu lange ohne Besinnung. Los, weckt es auf!«

»Ich bin wach«, sagte eine Stimme, ebenfalls in der Sprache von Tirzom, vom Teppich her.

Azhriaz lag da, als wolle sie sich nur ausruhen, es fiel ihr gar nicht ein, aufzustehen oder sich gar zu verneigen. Sie sah den König an wie einen Bittsteller, dem sie gestattet hatte, sich zu setzen. Die übrigen würdigte sie keines Blickes.

Tatsache war, daß sie sich in der Zeit als Göttin an Huldigungen gewöhnt hatte und daß es sie ärgerte, wenn sie ihr verweigert wurden. Außerdem war sie sich stets ihrer Schönheit bewußt gewesen, auch wenn sie ihr gleichgültig war. Hier hielt man ihre weiße Haut für den Gipfel an Häßlichkeit, und daneben zählten keinerlei andere Überlegungen oder Merkmale.

»Wie kommt es«, fragte der König von Tirzom Jum, »daß du, ein mit Fehlern behaftetes fremdes Tier, unsere Sprache sprichst?«

»Wie kommt es«, fragte Azhriaz, »daß du, der du so gebildet und allwissend bist, das nicht weißt?«

Eine weitere Tatsache war, daß sie bei ihrer Ausbildung durch die Vazdru in den letzten Jahren jede Sprache der Erde (es gab sieben Stammsprachen, und jede davon zerfiel in zehn Untersprachen) und die sieben unverfälschten Sprachformen von Untererde gelernt hatte. Der Unterricht war relativ einfach gewesen, hatte nur im Betasten von Nephrit und Perlmutt bestanden ... Da Azhriaz in ihrem Gottesreich jedoch die Zeit lang wurde, hatte sie die Drindra zu sich gerufen, und die waren für sie hin und wieder sogar in die Meere vorgedrungen und hatten ihr von dort verschiedene Dinge mitgebracht, darunter auch bestimmte Steintafeln oder gebundene Bücher des Wasservolkes. Die Zauberkräfte, die ihr im Blute lagen, hatten sie nicht etwa im Stich gelassen, ein lächerlicher Gedanke. Ihre Kräfte wurden von der jeweiligen Umgebung nicht wesentlich beeinträchtigt. Sie befähigten sie nun, sich aufgrund früher erworbener Kenntnisse Tirzoms Landessprache zusammenzusetzen. Obwohl es eine Menge von Sprachen unter den Wellen gab, hatten doch auch sie gemeinsame Wurzeln und waren nicht so völlig unergründlich, wie die Meereskönige annahmen.

Etwas davon schien dieser Meereskönig nun widerstrebend zu begreifen.

»Dann bist du«, sagte er, »nach den Begriffen der Erde eine große Zauberin.«

»Ich bin nach den Begriffen der Erde eine Göttin ohnegleichen.«

Über diese Worte wollte sich der königliche Hofstaat vor Lachen ausschütten.

Der König setzte eine gestrenge Miene auf.

»Wir gehen hier den Göttern aus dem Wege, aber wir achten sie. Du hast weder das Auftreten noch das Aussehen eines Gottes.«

Azhriaz begegnete den Katzenaugen des Königs mit unnachgiebigem Blick, aber sie war sich mit düsterer Belustigung darüber im klaren, daß dieses Argument nicht zu widerlegen war. Hier bedeutete es nicht viel, die Göttin von Nennafir zu sein.

»Ich werde«, sagte sie, »aus Rücksicht auf deine Unwissenheit auf meine heiligen Titel verzichten. Ich will dir nur mitteilen, daß ich königlichen Geblüts bin. Ich bin Azhriaz, die Tochter des Dämonenfürsten.«

Der König fuhr hoch. Der Hofstaat tuschelte. Die See-Geparden wiederum legten sich flach auf den Bauch, als wüßten sie nicht, ob sie fauchen oder schnurren sollten.

Endlich sagte der König von Tirzom Jum: »Azhrarn kennen wir, und zwischen unserer gesamten Rasse und der seinen existiert ein Nichtangriffspakt, denn er ist auf seine Art mächtig, aber wir auf unsere Weise ebenso, wie er selbst bestätigen würde.«

»Ihr«, sagte Azhriaz, »seid nichts als Magier und wart einst Menschen. Das Meer, dieses Element, dem ihr euch verbunden habt, ist es, was eure Macht so vergrößert. Man bräuchte euch bloß ein paar Jahre lang als Schiffbrüchige an Land werfen, dann sänget ihr ein anderes Lied.«

Daraufhin legten die Höflinge die Hände an ihre Dolche, und viele diskutierten lautstark darüber, ob man dieses unverschämte fremde *Ding* nicht sofort töten oder, falls das nicht möglich war, auf andere Weise mißhandeln sollte.

Azhriaz lachte, nicht weil sie belustigt war, sondern weil sie merkte, daß dies hier angebracht war. »Ich bin unverwundbar«, sagte sie. »Ich kann im Meer atmen, obwohl es für mich ein feindliches Element ist. Was glaubt ihr, mir antun zu können?« Und sie erhob sich und gab sich mit Hilfe ihrer Zauberkraft das Aussehen einer irdischen Gottheit. Wie sie vermutet hatte, beeindruckte diese Vulgarität die Meeresbewohner. »Bedenkt auch dies«, sagte Azhriaz, »wenn ihr versucht, mir Schaden zuzufügen, könnte mein Vater seinen Waffenstillstand mit euch brechen. Habt ihr, die ihr euch als so kühne Krieger bezeichnet, jemals einen Kampf mit den Vazdru ausgefochten? Das Vergnügen könnt ihr haben, ihr braucht mich nur zu beleidigen.«

Da trat ein Mann zum König und flüsterte ihm etwas ins Ohr. Dieser Mann trug ein langes schwarzes Gewand und an der Brust einen Anhänger aus grünen Knochen.

Azhriaz hörte dem Geflüster aufmerksam zu. Sie wartete, bis der Mann sich zurückzog, dann sagte sie zum König: »Dein Ratgeber meint, wenn ich Azhrarns Tochter sei, müsse ich es beweisen können.«

»Kein unbilliges Verlangen.«

»Mein Vater«, sagte Azhriaz, »ist mit seinen eigenen Angelegenheiten beschäftigt. Wenn ich ihn rufe, könnte es eine ganze Weile dauern, bis er auf mich aufmerksam wird. Seid jedoch versichert, irgendwann wird er meinen Ruf vernehmen, und wenn ihr mir dann Ungelegenheiten bereitet habt, wird er das nicht gern hören.«

»Wir haben deine Drohung verstanden«, sagte der König, »und auch deine großen Worte. Wir sind bereit, dir mit größter Höflichkeit zu begegnen, vorausgesetzt, du erweist dich dessen als würdig. Jede gerissene Hexe, die sich die Fähigkeit erworben hat, im Wasser zu atmen, könnte daherkommen und sagen, was du gesagt hast. Wenn wir Azhrarns wegen gnädig mit dir verfahren und sich dann herausstellt, daß du uns belogen hast und er gar nicht dein Vater ist – auch dies könnte der Dämonenfürst als Kränkung auffassen.«

»Um ihn zu rufen, muß ich einen Zauber anwenden«, sagte Azhriaz.

»Ich stelle dir mein eigenes Zauberkabinett zur Verfügung, und nur ich und meine Ratgeber werden dabei sein.«

»So will ich es tun«, sagte Azhriaz. Aber ihr Herz klopfte heftig, und ihr war kalt.

Sie stiegen zu Fuß – zu Fuß zu gehen war die große Mode, weil es im Meer sonst niemand tat – zwischen den Palastdächern mit den hohen Säulen nach oben. Auf der Erde war es Nacht, und Nacht war es auch in der Kuppelstadt. Hoch oben in der Kuppel waren Sterne angezündet worden, von Sklaven, die jedesmal bei Sonnenuntergang auf schwindelerregende Gerüste steigen mußten und dabei häufig auf die Straßen herabstürzten. Der König schlenderte inmitten von brennenden Fackeln dahin und blieb dann und wann neben einem blühenden Strauch stehen – in der Oberstadt wuchsen nämlich überall Pflanzen, die die Luft anreichern und erneuern sollten. »Sieh dir nur diese Blüte an«, sagte er jetzt zu Azhriaz, mit einer Höflichkeit, die ein schlechtes Zeichen war, denn er glaubte offenbar, er könne jetzt ruhig großzügig sein, das würde sich bald ohnehin erübrigen. Und Azhriaz sagte: »Recht hübsch, König. Aber schwarze Blumen erinnern mich immer an den erschütternden Tod der Menschen.« »Ach, der Tod!« sagte der König von Tirzom Jum. »Wir halten ihn für einen Verwandten von uns, vom gleichen Stamm, aber aus der Art geschlagen. Sein Abscheu über seine Verbannung auf das trockene Land war so groß, daß ihm Haar und Augen darüber weiß wurden.« »Daraus schließe ich, daß du dem Gebieter Uhlume niemals begegnet bist«, sagte Azhriaz, die ihn selbst auch noch nicht persönlich kennengelernt hatte. »Denn du bist nur schwarz, wie die schwarzen Menschen auf der Erde schwarz sind.« »Ihre Hautfarbe ist ein rötliches Schwarz«, sagte der König verächtlich. »Oder ein bräunliches Schwarz oder das bläuliche Schwarz von Pflaumen.« »Und ihr seid nur so schwarz wie Pech«, gab Azhriaz zurück. »Aber der Gebieter Uhlume, mein Nicht-Onkel, ist einfach nur *schwarz* ohne eine andere Tönung.«

Das Zauberkabinett des Königs lag hoch oben in der Kuppel. Es war eine fensterlose Kuppel aus Obsidian, die von drei Türmen mit Klauen aus salzverkrusteter Bronze gehalten wurde.

Der König und sieben ausgewählte Ratgeber traten zusammen mit Azhriaz ein, und hinter ihnen wurde die Tür geschlossen.

Kaum war das geschehen, als ein sanftes Licht die Kugel erfüllte.

»Alles steht zu deiner Verfügung«, sagte der König. »Beginne!«

»Tretet ein wenig zurück!« bat sie. »Was nun geschieht, könnte euch blenden oder verbrennen.«

»Bitte mach dir *unseretwegen* keine Sorgen!«

Dennoch traten die acht Gestalten zurück und stellten sich an die gewölbte Wand. Azhriaz begab sich in die Mitte des großen Raumes und blieb dort allein stehen.

Sterbliche riefen Azhrarn mit Hilfe von Dämonenflöten, die sie entweder geschenkt bekommen, gestohlen oder gefunden hatten. Darauf reagierte er gewöhnlich nicht, obwohl in den Mythen das Gegenteil behauptet wird. Bei denen, die er liebte, waren solche Hilfsmittel selten erforderlich. In den letzten Monaten seiner Affäre mit Dunizel hätte ein Gedanke ihn an ihre Seite gerufen. Er hatte sich wohl auch nach einem solchen Gedanken gesehnt, aber seines Kindes wegen (denn auf ihre Art lehnte Dunizel das, was er mit diesem Kind plante, unnachgiebig ab) hatte sie widerstanden. Und nun war sie tot, und mit Azhriaz war genau das geschehen, was er gelobt hatte ...

Was brauchte nun Azhriaz, sein ungeliebtes Kind, um ihren Vater zu rufen?

Nichts.

Und doch stand sie im Zauberkabinett des Meereskönigs und zog eine große Schau ab. Um Azhrarns Aufmerksamkeit auf sich zu ziehen, vielleicht auch um ihm zu schmeicheln. Oder nur, um das Unvermeidliche hinauszuzögern.

Azhriaz wußte, daß ihre Phantomwesen sie hier nicht erreichen konnten, und so überschwemmte sie den Raum mit neuen Erscheinungen. Sie lagen apathisch da und maunzten, und einige waren psychisch so erschrocken, weil sie an einem solchen Ort entstanden waren, daß sie ihr psychisches Wasser nicht halten konnten und den Fußboden beschmutzten. Danach zündete sie viele magische Feuerwerke. Und nach diesem farbenfrohen Durcheinander rief sie die Drindra, und die mußten kommen, denn Azhriaz hatte eine Reihe von ihnen als Sklaven an sich gekettet, so etwas vermochten die Vazdru.

Die Drindra kamen. Und *sie* boten in der Tat einen unglaublichen Anblick.*

Ganz vorn stand ein großes tolpatschiges Wesen mit einem Löwenkörper, Pferdehufen, einem Eulenkopf und einem Pferdeschweif – in den Bänder eingeflochten waren. Es gab Geräusche von sich, die zu seinem Aus-

* Während man den Namen *Drin* grob als ›sie, die keine Frauen haben‹ übersetzen kann, – die Gattung der Drin besteht nur aus männlichen Exemplaren – bedeutet der Unterbegriff *Drindra* offenbar ›sie, die keine Frauen – und keinen Verstand – haben‹. Diese Aussage entspricht zwar nicht streng der Wahrheit, vermittelt jedoch eine gewisse Vorstellung vom Aussehen und der Persönlichkeit der Drindra.

sehen paßten, aber außerdem der Brabbeldialekt der ganzen Gesellschaft waren. Die anderen sahen aus wie Kreuzungen aus Bären und Fledermäusen oder Drachen, aus Ochsen und Hunden, Kröten und Ziegen und Gazellen und wie Papageien mit langen behaarten Hinterbeinen.

Als Azhriaz sah, wie der Meereskönig (lachend) voll Abscheu zusammenzuckte, sprach sie zweimal zu den Drindra, einmal in ihrem eigenen Gebrabbel und einmal in der Sprache von Tirzom.

»Wackere Diener, ihr habt meinetwegen den Meeren getrotzt. Nun sagt, wer ich bin!«

Der lächerliche Eulen-Löwe ergriff für alle das Wort, und die anderen rundeten seine Ansprache mit nachdrücklichem Grunzen, Rülpsen und Quäken ab.

»Ihr seid die, die *sein* Kind ist.«

Azhriaz warf einen Blick auf den König, der verächtlich zurückgewichen war und sich die Nase zuhielt, aber seinem Gebaren nach entweder den Dialekt nicht verstand oder dem, was gesagt wurde, keinen Glauben schenkte.

Azhriaz sagte zu den Drindra: »Ihr erkennt mich also. Nun bringt mich weg von hier!«

Obwohl diese Worte nur in dem Gebrabbel gesprochen wurden, wurde der König und mit ihm seine Ratgeber aufmerksam, sie argwöhnten eine Hinterlist und begannen nun ihrerseits, glitzernde Erscheinungen in die Luft zu zaubern.

Aber die Drindra plapperten aufgeregt. Der Eulen-Löwe sagte zischend: »O Herrin, Herrlichste von allen, das kann nicht geschehen! Wir befinden uns im Meer, und hier gelten andere Gesetze. Trotz Eurer und unserer ganzen Macht können Ihr und wir nichts tun, was *ihren* Plänen zuwiderläuft.«

»Ihr Toren!« sagte Azhriaz mit einem Blick wie ein Peitschenschlag, und die Drindra wälzten sich in einer Orgie der Qual in ihrem psychischen Urin auf dem Boden. »So hebt euch hinweg und sagt meinem Vater, was ihr eben mir erklärt habt. Teilt Azhrarn dem Schönen auch mit, daß seine Tochter in großer Gefahr schwebt, und bittet ihn, zu kommen und sie daraus zu erretten.«

Bei diesen Worten verfielen die Drindra in wilde Zukkungen. Sie wanden sich, kreischten, tobten, johlten und wieherten, bis die Zauberkugel erbebte.

»O weh, o weh!« rief der Eulen-Löwe und errötete vor Angst.

»*O weh?* Geht und tut, was ich euch geheißen habe!« befahl Azhriaz.

»Nein, das ist unmöglich«, sagten die Drindra. »O weh, o weh!«

Und mit diesen Worten verschwanden sie in einem Wirbel aus Pelz und Federn und ließen sie allein zurück.

Azhriaz wartete eine Weile in dem stillen Gemach, und der schwarz-grüne König von Tirzom-Jum ließ ihr Zeit, denn er fühlte sich als Sieger.

Kein anderer Dämon erschien. Die Drindra kehrten nicht zurück. Und ihr *O weh* und ihr *Nein* waren so eindringlich gewesen, daß alle es verstanden hatten.

Schließlich sagte der König: »Er geruht offenbar nicht zu kommen. Oder er ist – wie du schon sagtest – anderweitig *beschäftigt.*«

Azhriaz zeigte auf den Fußboden des Gemachs. Ein Blitz fuhr aus ihrer Hand, schlug in den Belag ein und riß ihn auf. Dazu war sie fähig. Aber einen Augenblick später hatte einer der Berater schon einen Zauberspruch gemurmelt, und der Riß schloß sich, als wäre er nie dagewesen. Dazu waren *sie* fähig.

Azhriaz drehte sich um, ging auf den König zu und sah ihm ins Gesicht.

»Ich bin eure Gefangene«, sagte die Göttin Azhriaz.

Einige Tage und Nächte vergingen, ehe man über ihr Schicksal entschied. Zuerst wurde sie als interessante Ungeheuerlichkeit am Hof behalten. Man verspottete sie, aber sie reagierte nicht darauf und schien es auch nicht zu hören. Manchmal waren ihre Antworten auch scharfsinniger, als es den Leuten lieb war. Als sie auf den Gedanken kamen, sie könnten sie mit verzauberten Stricken fesseln, taten sie es. Sie zerriß die Strikke. Man band sie neu. Sie zerriß sie wieder. Es wurde allmählich lästig. Sie wirkte distanziert, wie hinter einer Stahlglasscheibe. Niemand wußte, ob sie Angst hatte, zornig oder verzweifelt war. Die Tirzomiten wußten auch nicht, ob sie sich vor ihnen fürchtete oder sie gebührend bewunderte. Eigentlich schien sie es eher nicht zu tun. Die Zweifel an ihrer Verwundbarkeit, ihre nutzlosen Kräfte und ihre häßliche Schönheit versetzten die Höflinge in Wut. Man verlor schnell den Spaß an ihr. Da man eine solche Gefangene niemals freilassen konnte, was sollte man mit dem elenden Wesen anfangen?

Der schwarzgekleidete Berater mit dem Knochenschmuck flüsterte wieder mit seinem König. Azhrarn hatte sich nicht zu der Frau bekannt, aber sie war offensichtlich ein übernatürliches Wesen. Man sollte lieber ein wenig Vorsicht walten lassen, sie zwar jeder Macht berauben, aber die Kränkungen doch nicht zum äußersten treiben. Nichts Unwiderrufliches tun.

Und so jagte man Azhriaz, die Tochter des Dämons, die Göttin auf Erden, schließlich aus dem Palast von Tirzom-Jum und setzte sie als mittellose fremde Bettlerin auf den mittleren Straßen der Stadt aus.

Die mittleren Straßen lagen zwischen der luftgefüllten Kuppel und den von Wasser überfluteten unteren Straßen. Da sie also weder ganz zum Wasser gehörten noch am aristokratischen Luftraum teilhatten, betrachtete man sie als Elendsviertel. Hier fand man die halb magischen Röhren, mittels derer die Luft von oben gereinigt und aufgefrischt wurde, und die großen Zellen, die man passieren mußte, um aus dem nassen Bereich in den trockenen und wieder zurück zu gelangen. An diesen mittleren Straßen, rings um diese Ventile und Röhren und in den Kanälen, die da und dort ungewollt entstanden waren, lebten die Außenseiter der Stadt.

Da alle Meeresvölker von Zauberern abstammten, verfügten selbst die allergeringsten ihrer Angehörigen über einige magische Fähigkeiten. (Das war auch der Grund, warum die Sklaven des unterseeischen Reiches meistens minderwertige Zuchtergebnisse zwischen Menschen und Fischen oder geraubte Menschen waren, die man an das Leben im Wasser angepaßt hatte. Die Aristokraten unter den Zauberern zogen es nämlich vor, sich von Leuten bedienen zu lassen, die über keine magischen Kräfte und am besten auch über keine wirkliche Intelligenz verfügten.)

Die Bewohner der unteren Luftebenen von Tirzom Jum waren ein exotisches Völkchen. Da gab es hochmütige Bastarde der Fürsten und auf Rache sinnende, lamentierende rechtmäßige Nachkommen, die man wegen eines Verbrechens oder aufgrund feindlicher Intrigen aus ihrer hohen Stellung vertrieben hatte. Und es gab schizophrene Halbblut-Tirzomiten, die versehentlich mit Angehörigen anderer Völker gezeugt waren und zum Teil sogar helle Haut hatten, was sie zum Gegenstand der Verachtung und zur Zielscheibe von Schmähungen machte.

Azhriaz paßte nur zu gut in diesen Sumpf und erregte kaum Aufmerksamkeit.

Unterhalb der steilen, fensterlosen, schwarzen Mauern dreier Paläste, die etwa vierhundert Fuß oder noch weiter oben durch Öffnungen ragten und erst von dort an wahrhaft existierten, lag eine abschüssige Straße. Weit oben überspannten Brücken diese Straße, Tag und Nacht dicht bevölkert von Sklaven, die ihren schweren Pflichten nachgingen. Manchmal stürzten sie auf die Straße herunter, wenn sie eine halbe Meile weiter oben beim Anzünden der Sterne den Halt verloren. Den Bewohnern unten fiel es nicht schwer, den herabfallenden

Körpern auszuweichen, um nicht von ihnen erdrückt zu werden. Schon aus weiter Ferne hörte man erst das Schreien und dann das häßliche Geräusch eines durch die Atmosphäre sausenden Körpers. Die Passanten auf der Straße gingen dann in Deckung, doch manchmal wurden ihre Habseligkeiten zermalmt. Ein solcher Sklave wurde nie von irgendeiner Brücke abgefangen, denn diese stießen jeden vorübersegelnden Körper magisch ab. Die Fürsten wollten auch ihre tiefergelegenen Alleen nicht von Leichen verunreinigt sehen. Sobald der Körper auf der Straße aufgeschlagen war und sich nicht mehr regte, schlichen von allen Seiten Leute herbei, um der Leiche alles abzunehmen, was das Stehlen lohnte. Sie betrachteten es in dieser Hinsicht als Glücksfall, in der Straße zu wohnen, auf die die Sternenanzünder in so schöner Regelmäßigkeit herabstürzten.

Der Pöbel von Tirzom war durchaus empfänglich für Schönheit. Es kam vor, daß ein Mann eine Schüssel mit Essen gegen eine zierliche Schnitzerei eintauschen wollte und daß dann der Empfänger des Essens anderen Sinnes wurde und die Statue an sich drückte: »Nein, nein, lieber ein leerer Magen als eine verhungernde Seele! Behalt deinen Schweinefraß und gib mir mein Wertstück wieder.« Auch wenn Diebe einen toten Sklaven ausrauben wollten, zögerten sie manchmal einen Augenblick, um die Stellung seiner Gliedmaßen zu studieren und ein Urteil über die Eleganz seines Todes abzugeben. Das Ergebnis wurde schließlich jenen mitgeteilt, die die Aufgabe hatten, solche Leichen einzusammeln und zu beseitigen. Meistens wurden sie an die Tintenfischwächter der Stadt verfüttert, damit diese sich ihren Appetit auf Menschenfleisch bewahrten. Vermutlich erging es jenen, die in gefälliger Haltung ihr Leben ausgehaucht hatten, nicht besser.

Azhriaz baute sich ein Haus am unteren Ende der Straße. Es bestand nicht, wie die anderen Unterkünfte, aus Schutt, Muscheln oder Haischwarten, sondern aus

Ziegeln und war sehr protzig. Alle festen Teile hatte sie unter Zuhilfenahme ihrer Zauberkräfte erstellt und sie dann mit ebendiesen Fähigkeiten so aufgeputzt, daß alles noch großartiger aussah, als es wirklich war. Das Haus war außen weiß und hatte blaue und dunkelrote Glasfenster – der Gipfel unerhörter Nicht-Mode in der grünschwarzen Stadt.

»Wer ist diese hochnäsige Verrückte?«

»Eine Spionin aus irgendeiner minderwertigen Nation, die hier als Geisel gehalten wird. Sie kam in einem Metallschiff, das nach dem Willen unserer herrlichen, verdammenswerten Gebieter, verflucht seien sie und gepriesen vor allen anderen, hinter Schloß und Riegel gehalten wird.«

»Ich habe gehört, sie wurden nicht mit ihr fertig.«

»Und umgekehrt auch nicht. Jetzt ist sie hier. Fliehen kann sie nicht. Sie sitzt hier für immer in der Falle.«

»Sie hat keine Kiemen und würde im Wasser ertrinken.«

»Nein. In ihrem Haus hat sie einen Tank mit Seewasser, so groß wie ein Zimmer, und darin taucht sie ganz unter und schwimmt oder tanzt, und die Fische fressen ihr kleine Leckerbissen aus der Hand. Man hat das durch ihre Fenster gesehen.«

»Sie behauptet, sie ist eine Vazdru. Ich glaube, sie lügt, ich bin nämlich nicht überzeugt, daß es so etwas wie Dämonen überhaupt gibt.«

»Und ich habe einen Zauberspruch gesagt, als ich meine Blase an ihrer Hauswand entleerte. Die Steine sind in Wirklichkeit schwarz.«

»Aber wo der Urin sie berührt, verwandelt er sich in Lilien.«

Der Pöbel begann, Azhriaz in ihrem königlichen Haus zu besuchen.

So bewirtete sie abgesetzte Berater und entthronte Adelige – die in Lumpen gingen und sich aus Trotz rü-

Zwischendurch: [redacted] Es geht ganz schön hoch her im königlichen Haus der Göttin Azhriaz. Sie empfängt entthronte Adelige und Diebe, die sich wie Fürsten kleiden, und alle – ob Wesen mit Fischaugen und grünen Haaren, Schuppen oder Fischschwänzen – werden prachtvoll bewirtet. Von unsichtbaren Dienern werden die Köstlichkeiten serviert. Auch Göttinnen haben manchmal einen gesegneten Appetit. [redacted] So üppig und aufwendig muß man nicht immer tafeln, wenn der Magen knurrt. Für den kleinen Hunger zwischendurch braucht man nur heißes Wasser, 5 Minuten Geduld und ... [redacted]

pelhaft benahmen. Sie empfing Diebe, die in der oberen Stadt oder weiter unten in den nassen Bezirken ihr Unwesen trieben, sich wie Fürsten kleideten und so gekünstelte Manieren hatten, daß es unmöglich war, sich mit ihnen zu unterhalten. Auch die Verbannten kamen in das weiße Haus (auf dem jeden Tag mehr schöne weiße Lilien erblühten, denn Unverschämtheit reizt zu neuer Unverschämtheit, und in dieser Gegend wurde viel getrunken). Alle Verbannten waren hellhäutig, manche hatten grünes Haar, andere blaues, einige hatten Fischaugen oder Schuppen, und eine verbarg sogar einen Fischschwanz unter ihrer langen Robe, sie gab allerdings vor, nur gelähmt zu sein, und ihre Sänftenträger hatten keine Zungen mehr.

Azhriaz bewirtete sie alle mit beleidigender illusorischer Pracht, als wären sie schwachsinnige Kinder. Köstlichkeiten von der trockenen Erde wurden von unsichtbaren Dienern serviert. Musik spielte, und die Luft war mit Düften des Landes, mit Sandelholz, Balsam und Narde geschwängert.

Eines golden-grünen Tages um die Mittagsstunde kam das Resultat des Fehltritts eines Adeligen, von aristokratischem Schwarz, aber mit mausgrauem Haar, zu Azhriaz und unterhielt sich mit ihr.

»Ich könnte deine Stellung verbessern«, sagte Azhriaz bei der fünften Schale mit illusorischem, aber berauschendem Wein. »In meiner jetzigen Lage ist mir das nicht möglich, aber wenn ich einmal hier fort bin ... Weißt du einen Weg, wie ich mich für kurze Zeit aus Tirzom Jum entfernen könnte?«

»Du behauptest«, sagte der Fehltritt, »du bist die Tochter eines Dämons. Nachdem auch du hier so hoffnungslos gefangen bist, sehnst du dich da nach der schändlichen Untererde?«

»O nein«, sagte Azhriaz und ließ den Wein verschwinden. »Die noch schändlicheren Bräuche hier reizen mich mehr.«

Später, als der grünere Nachmittag einsetzte, trat ein hellhäutiger, helläugiger Dieb ein. Sein Gesicht war schwarz bemalt, und seine Kiemen waren vergoldet.

»Du hast mich wegen eines Urlaubs gefragt, und ich habe darüber nachgedacht. Ein Urlaub ist überflüssig, denn ich habe beschlossen, dich unter meinen Schutz zu nehmen, und dann wird jeder Tag für dich ein Fest- und Freudentag sein. Du wirst meine Geliebte. Da wir beide mit Blässe geschlagen sind, finde ich dich gar nicht so abstoßend.«

»Du bist wirklich zu großzügig«, sagte Azhriaz. »Bitte geh und beglücke jemand anderen mit diesem hochherzigen Vorschlag.«

Doch in der grünen Abenddämmerung von Tirzom näherte sich ein junger schwarzer Mann dem Tor, dessen Haar die Farbe der grünen Dämmerung hatte.

Weit oben wurden gerade die Sterne angezündet, und bald kündigten ein Schrei und ein Rauschen einen zu Tode stürzenden Sklaven an.

Der vornehme Besucher sah sich um. Mehrere Bewohner der Straße waren schon hastig dabei, ihren kostbaren Besitz aus dem Weg zu räumen, um ihn vor Schaden zu bewahren.

Immer lauter wurde das Rauschen, und immer dünner wurden die Schreie des Opfers, das vor Entsetzen fast den Verstand verloren hatte.

Der schwarze Herr entfernte sich von Azhriaz' Tor und trat hinaus in die Mitte der Straße. Die Leute, die ihn wegen seiner verhaßten Vollkommenheit schon angestaunt hatten, stießen sich nun an. *»Das ist Tavir«*, flüsterten sie sich zu.

Der Schatten des Stürzenden erfüllte die Straße.

Der Herr hob die Arme, sprach ein Wort der Macht und fing den Sklaven auf. Für jeden außer einem Zauberer wäre dies unmöglich gewesen. Aber für einen Zauberer war es keine so großartige Leistung. Er taumelte nicht einmal und wechselte auch nicht von einem seidenumhüllten Fuß auf den anderen. Er legte den unverletzten Sklaven, der ihn verständnislos ansah, auf der Straße ab. Der Pöbel ließ sich zu bewunderndem Beifall bewegen, obwohl er die Tat nicht billigte. Der Adelige nahm davon keine Notiz und schenkte auch dem Sklaven nicht mehr als ein Nicken. Er wandte den schönen grünen Kopf wieder Azhriaz' Tor zu, einen Augenblick später war er dorthin zurückgekehrt und hatte den Vorhof des Hauses betreten. Azhriaz war auf einem Balkon erschienen und schaute zu ihm hinunter.

Er verneigte sich so elegant wie ein Dieb.

»Gnädigste«, sagte er, »darf ich eintreten?«

Azhriaz schwieg, doch die Tür öffnete sich weit.

8
Die Geschichte von Tavirs Traum

»Ich bin Tavir, ein Fürst von Tirzom Jum. Da unsere hohe Kaste von so einheitlicher Hautfarbe und so symmetrischem Gesichtsschnitt ist, sind wir für Fremde oft nicht voneinander zu unterscheiden. Du wirst dich nicht an mich erinnern.«

»So ist es in der Tat, ich erinnere mich nicht an dich. Aber das liegt allein an meiner Gleichgültigkeit gegenüber euresgleichen. Du stehst jedoch zweifellos auf vertrautem Fuß mit dem König. Wir werden uns daher nicht über meinen Plan unterhalten, für eine Weile die Stadt zu verlassen.«

Fürst Tavir lächelte. In seine grünen Locken waren tiefschwarze Achate eingeflochten, an den schwarzen Fingern und in den wohlgeformten schwarzen Ohrläppchen glühten grüne Achate. Sein Hemd war zinnoberrot, was keineswegs dem herrschenden Geschmack entsprach.

»Ich hatte gehört«, sagte er, »daß man in diesem Haus überaus großzügig bewirtet wird.«

Azhriaz klatschte in die Hände. Saiteninstrumente schrillten, Weihrauch stieg aus plötzlich erscheinenden Lampen auf, Weinkrüge kamen durch die Luft gesegelt.

Azhriaz klatschte wieder in die Hände, und alles verschwand.

»Bei deinem König«, sagte Azhriaz, »wirst du besser bewirtet. Warum bist du hier?«

»Wenn du gestattest, möchte ich dir erst von einem Traum erzählen, den ich seit meiner Kindheit immer wieder habe.«

»Nur zu!« sagte Azhriaz. »Ob ich es dir gestatte, ist schließlich nicht von Belang.«

Aber Tavir blickte sie ganz ernsthaft an und sprach wie mit einer Gleichgestellten, der er Respekt entgegenbrachte. Und da wollte Azhriaz nicht weiter mit ihm streiten.

So erzählte er ihr folgenden Traum:

Er, ein Geschöpf, das sowohl im Wasser als auch in der Luft atmen konnte, war ertrunken. Da stand er nun, salzige Flüssigkeit wölbte ihm die Lungen, er konnte weder ein- noch ausatmen, und auch sein Schädel schien überflutet, nicht jedoch sein Gehirn. Sein Geist arbeitete wie im Traum weiter. Da ging ihm auf, daß er eine Statue war, zu Kalkstein erstarrt, die seit Jahrhunderten dort in der Tiefe stand und außerdem nicht allein war, sondern Gesellschaft hatte. Wie eine Gruppe versteinerter Geister standen sie da, die Füße gruben sich in ein altes Mosaik, und an den Grenzen des Blickfelds (die Statuen konnten nämlich die Augen nicht bewegen) waren undeutlich die Ruinen eines Palastes zu erkennen. Das Meer kam geschäftig herein, umspülte sie, zog sich wieder zurück und nahm Fische und lange kalte Seeschlangen mit sich. Manchmal hielt eine wandernde Wassermilbe zwischen den Statuen inne und nistete sich in einer passenden Ritze ein – im Spalt zwischen den Brüsten einer Frau, in der Falte eines Steingewands, zwischen steinernen Haaren oder in einer auf ewig leicht geöffneten Hand. Aber auch diese glitschigen Nomaden blieben nicht. Der Statuen-Tavir schloß daraus, daß dieses Leben alles in allem nichts für einen abenteuerlustigen Geist war.

Endlich wurde der Drang, sein Gefängnis zu verlassen, so übermächtig, daß er so tat, als wolle er weglaufen. Und in diesem Augenblick lief er tatsächlich und merkte, daß er beweglich und frei war. Anfangs überraschte ihn das. Aber dann begriff er, daß nur ein geistiger oder astraler Teil von ihm die Fesseln abgestreift hatte. Der Steinkörper mit dem leeren Gesicht blieb zurück und sah ihn nicht an. Er war froh, ihn los zu sein. Nach den endlosen Jahren tat es so gut, sich zu bewegen, und er schoß flink wie ein Fisch durch das Meer und hatte jeden Sinn für Ort oder Zeit, ja sogar jedes Gefühl für sich selbst verloren.

Wie lange diese Vergnügungsreise dauerte, vermochte er nicht genau zu sagen. Aber nach einer Weile nahm er wieder Dinge wahr und überlegte vernünftig, und da wurde er von neuem unzufrieden und sehnte sich nach den Ausdrucksmöglichkeiten und den Beschränkungen einer fleischlichen Hülle.

Wie sollte er eine solche bekommen? Er konnte in den Körper eines anderen eindringen – aber wer wußte, welch einen Kampf das geben würde? Sich eine Leiche zu suchen und darin Wohnung zu nehmen, war keine angenehme Vorstellung. Da fiel ihm ein anderes Mittel ein.

Bald stieß er auf eine Stadt, und diese Stadt war Tirzom Jum auf seiner Klippe und unter seiner Kuppel – aber zu dieser Stunde kannte er weder ihren Namen, noch interessierte er sich dafür.

Unsichtbar und schwerelos glitt er um die Stadt herum, und als ihn die Lust dazu ankam, ließ er sich ins Innere der Kuppel einsickern und trieb sich in den oberen Straßen herum.

Nun schien es Tavir, der im Traum nicht Tavir war,

als sei er einst ein stattlicher, in der Kunst der Zauberei bewanderter Fürst gewesen. Daraus schloß er, er müsse auch nun wieder ein Fürst von stattlichem Äußeren und ein Zauberer sein, denn alte Gewohnheiten legt man nur schwer ab. Und um diese Phantasielosigkeit zu entschuldigen, redete er sich ein, er könne durchaus wieder die gleiche Person sein und doch mehr daraus machen – hatte er schließlich früher, es soll nur ganz leise geflüstert werden, seine Gaben nicht ziemlich vergeudet?

Nach einer Weile erblickte Tavir, der noch nicht Tavir war, ein wunderschönes Mädchen, das in einer Sänfte getragen wurde. Schwarz wie die Nacht erschien sie ihm, mit resedagrünem Haar. Aus einer solchen Gußform konnten nur schöne Söhne kommen ...

Er folgte dem Mädchen, wagte es sogar, sich ihr in seiner Gestalt als vernunftbegabter Luftzug auf den Schoß zu setzen und ihr von Zeit zu Zeit *O liebe Mutter!* zuzuflüstern. Doch dann kam die Sänfte zu einem vornehmen Haus, und das Mädchen wurde hineingetragen. Drinnen begrüßte sie ein Mann mit krummem Rücken, von fürstlichem Aussehen, schwarz und grün wie sie, doch waren ihm die meisten Zähne ausgefallen, die verbliebenen waren so schwarz wie seine Haut, und sein Haar war von weißen Strähnen durchzogen. Was noch schlimmer war, er blickte das Mädchen an und sagte: »Guten Tag, liebes Weib. Ich war in meiner Bibliothek und habe gelesen – du weißt ja, das ist mein einziges Vergnügen –, und der Weise sagt: ›Glücklich die Braut, die nicht von ihrem Gatten entjungfert wurde.‹ Bereitet es dir denn keine Genugtuung, daß ich dich mit keinem Finger berührt habe und daß du dein ganzes Leben lang Jungfrau bleiben wirst?«

»Wie du meinst«, sagte das Mädchen teilnahmslos.

Aber Tavir – und so soll er hinfort genannt werden, denn dies wollte er nun sein, dazu hatte er sich entschlossen –, Tavir schoß in die Höhe wie ein Wachstropfen aus einer geschüttelten Flasche, und als er gegen die Zimmerdecke prallte, rief er aus: »Niemals, bei meinem Leben!«

Der betagte Pedant saugte an seinen unschönen Zähnen und blinzelte zur Decke empor. Da er ein Zauberer war, hatte er natürlich gleich gemerkt, daß etwas nicht stimmte.

»Kann irgendein luftatmender Fisch hereingekommen sein?« wollte er wissen.

»Alter Narr!« tobte Tavir von oben. »Gleich wirst du sehen, welch ein Fisch das ist!« Und damit flatterte er herunter und versetzte dem Alten eine kräftige Ohrfeige. Und obwohl er keinen Körper hatte, lag hinter dem Schlag die Wucht der Leidenschaft, so daß der Pedant aufsprang und sich die Nase hielt. Er schwang einen Stab aus glasiger schwarzer Lava, aus einem unterseeischen Strom, der jetzt ebenso erkaltet war wie er selbst, und schrie: »Ein Gespenst! Ein Teufel, den jemand durch eine unvorsichtige Beschwörung freigesetzt hat. Habe ich dich nicht schon öfter gewarnt, Weib, dich mit deinen Hexenkünsten zurückzuhalten? *Ich* bin dein Gatte, und für die Magie bin *ich* zuständig. Geh in deine Gemächer, schäm dich und beschäftige dich mit den erbaulichen Büchern, die ich dir geschickt habe!« Daraufhin zuckte das schöne Mädchen zusammen und schlich zitternd aus dem Zimmer. Tavir zögerte gerade so lange, um dem alten Pedanten noch einen heftigen Schlag zu versetzen, dann folgte er ihr. Während der Alte weitertobte, stieg Tavir mit der Fürstin nach oben, und sie betraten einige kleine, bescheidene, sehr kostbar ausgestattete Gemächer.

»Still, liebste Mutter!« tröstete er die jungfräuliche Gattin und huschte zärtlich um sie herum. »Es gibt noch andere Männer in dieser Stadt.«

Er machte sich Sorgen wegen ihrer Niedergeschlagenheit, bis die schwarze Fürstin, nachdem sie ihre Türen sowohl mit dem Schlüssel wie mit einem Zauber versperrt hatte, Beschwörungssymbole auf den Boden zu zeichnen begann. Als der dazugehörige Genius erschien, stampfte sie mit dem Fuß auf und zankte ihn energisch aus. »Hast du mir nicht einen stattlichen Mann und einen schönen Sohn versprochen?« schrie sie. »Wo sind sie denn, bitte, und wie lange muß ich dieses *Warten* noch ertragen?« Der Genius machte ein betretenes Gesicht, aber der stets erfindungsreiche Tavir flitzte ihm in den offenen Mund und veranlaßte ihn zu sagen, indem er geschickt die große Zunge im gleichen Rhythmus, mit dem der Geist selbst zu sprechen versuchte, gegen den Gaumen und die Reißzähne bewegte: »Es soll geschehen. Morgen bei Sonnenuntergang wird das Schicksal an deine Tür pochen.«

Dann ließ Tavir den Genius und die Fürstin vor Erstaunen sprachlos zurück, schoß aus dem Zimmer, durch eine Reihe von geschlossenen Fenstern und schließlich durch die ganze Stadt, um sich einen passenden Erzeuger zu suchen.

Dieses Vorhaben war für Tavir nicht sehr anstrengend. Er wählte einfach unter den höchsten der hohen Fürsten von Tirzum Jum das reichste, bestaussehende und tüchtigste Exemplar, das zum Glück auch noch unbeweibt war. Dieser Fürst spazierte gern in seinen Gärten herum, und Tavir schloß sich ihm an.

»Du glaubst«, sagte Tavir, unsichtbar, unhörbar, gehässig, »du seist glücklich. Aber das ist nicht wahr. Du wanderst hier herum, und niemand ist bei dir. Ist es möglich, daß deine Ratgeber und deine Freunde dich inzwischen langweilen? Daß deine Konkubinen dein Herz nicht mehr schneller schlagen lassen? Aber du bist klug. So ist es viel sicherer. Wenn du in die Stadt hinausgingst, würdest du finden, was dein Herz begehrt.«

Obwohl nun Tavirs Vater (und es ist sinnlos abzustreiten, daß er genau dies werden würde) ein Magier war, war er noch jung und wog nicht jede seiner Handlungen und jeden seiner Gedanken genau ab. Als der Fürst nun den Sinn von Tavirs Einflüsterungen begriff, glaubte er, diese Vorstellungen seien einer Art magischer Eingebung entsprungen. So ließ sich dieser gebildete und kluge junge Mann wie ein Stier an der Nase herumführen.

Er ging also in die Stadt und kam im meergrünen Sonnenuntergang vor das Fenster von Tavirs Mutter (auch diese Bezeichnung abzustreiten, wäre sinnlos).

»Sieh nicht zu diesem Fenster hinauf!« rief Tavir seinem fürstlichen Vater zu. Natürlich blickte der Fürst sofort hinauf. »Hüte dich!« beharrte Tavir. »In diesem Haus wird das Mädchen gefangengehalten, das du dir immer erträumt hast. Sobald du es siehst, bist du verloren. Am besten gehst du augenblicklich von hier fort.« Folglich hielt sich Tavirs Vater, von seltsamen Gefühlen bedrängt, weiter auf der Straße auf.

Als nächstes flog Tavir die Mauer empor und in den Raum der Fürstin. Sie war gerade dabei, die erbaulichen Bücher, die ihr Gatte ihr gegeben hatte, in Stücke zu zerreißen und zu verbrennen. Hastig blies Tavir der Schönen ein paar weiße Rußflocken aus dem Gesicht und trieb sie mit den Worten ans Fenster: »Wage es ja nicht, auf die Straße hinauszusehen. Da unten steht dein Schicksal ...«

Sie blickt also mit wild klopfendem Herzen hinab und sieht den Fürsten, der etwa in der gleichen Verfassung zu ihr hinaufschaut.

Sie legt die Hand an die Stirn. Der Fürst eilt herbei. »Gnädigste, fühlt Ihr Euch nicht wohl?«

»Mir geht es gut«, antwortet sie. Es ist eine Lüge. Das Schwert ist ihr ins Herz gedrungen, und was ihn angeht, so saß noch nie ein Fisch fester am Haken.

In diesem Augenblick erschüttern eine Reihe erschreckender Geräusche, Gepolter, dumpfes Krachen und Johlen, das Haus. Tavir macht sich anderweitig nützlich, er jagt den betagten Pedanten in seiner Bibliothek herum, wirft ihm Bücher und Schriftrollen an den ehrwürdigen Kopf und verpaßt ihm hin und wieder mit körperlosen, aber leidenschaftlichen Zähnen einen kräftigen Biß.

»Rettet mich!« schreit der Pedant.

»Gnädigste«, sagt der Fürst auf der Straße zur Fürstin im Fenster, »Ihr seid wie der in schwarzes Perlmutt gekleidete Mond, Euer Fenster ist der Osten, und Ihr geht darin auf und spendet mir Licht. Ich hätte Euch noch mehr zu sagen, aber ich glaube, in Euerem Haus gibt es irgendwelche Schwierigkeiten ...« Mit diesen Worten tritt er an die Tür und schlägt donnernd dagegen.

»O Schicksal«, sagt die Fürstin leise.

Die erschrockenen Diener des Pedanten haben schon die Riegel entfernt und den Fürsten eingelassen, und der eilt die Treppe hinauf, um dem alten Knaben zu Hilfe zu kommen. Er reißt die Türen zur Bibliothek weit auf und tritt ein.

»Eine Beschwörung – ein Teufel ...«, kreischt der Pedant, der oben auf einem Bücherregal hockt und mit seinem Stock nach den Bänden schlägt.

Der Fürst spricht eine warnende Zauberformel. Tavir wird davon natürlich überhaupt nicht berührt, läßt aber mit einem letzten Fußtritt von dem Alten ab.

»Mein Retter«, sagt der alte Mann.

»Ihr Vater?« fragt der junge Mann.

»Wessen Vater?«

Der Fürst hält vernünftigerweise den Mund.

In diesem Augenblick kommt die Fürstin, die inzwischen ihr prachtvolles Haar gekämmt hat und den Wohlgeruch von Meeresblütenöl verströmt, ins Zimmer geeilt, verliert die Besinnung und sinkt dem jungen Fürsten hilflos in die Arme.

»Das ist mein Weib«, erklärte der Pedant.

Viel zu spät.

Tavir der Schelm, eine frei umherschweifende Seele auf der Suche nach einem Hafen. Nachdem er das Rad jetzt ins Rollen gebracht hat, gibt es für ihn nicht mehr so viel zu tun.

Tatsache ist jedoch, daß sich der Pedant jedesmal, wenn der Fürst nicht im Hause ist, Angriffen ausgesetzt sieht. Kaum verläßt der junge Herr die Schwelle, schon muß ihm ein Diener des alten Herrn nachlaufen, um ihn zurückzurufen, oder ein Bote wird quer durch die ganze Stadt geschickt. Zu jeder Tages- und Nachtzeit ist das verrückte Elementarwesen bereit, zu zerbrechen und zu verbrennen (sogar erbauliche Bücher, die man seinem Eheweib gibt), zu zerstören und zu vernichten, zu zwikken und zu kneifen, zu schlagen und zu prügeln, zu puffen und zu knuffen und Ohrfeigen zu verteilen. Und es gibt Zeiten, da bleibt dem alten Mann nichts anderes übrig, als auszugehen. Ja, aus seinem eigenen Haus wird er vertrieben, denn die Verfolgung endet stets an der Haustür, und genausooft fängt sie dort auch an. Auf den Straßen und in den Parks, in den Villen anderer Leute findet er Sicherheit. Wenn er nach Hause zurückkehrt, dann voll Unbehagen, und mit gemischten Gefühlen findet er seinen Retter häufig schon vor sich dort.

»Ich habe stundenlang im Anbau hinter der fünften Säule auf der Lauer gelegen, wo Ihr mit dem heißen Wasser überschüttet worden seid«, sagt der junge Fürst. »Ich bin in alle Räume gegangen und habe die Zauberformel gesprochen und seltene Kräuter verbrannt.« Ohne Zweifel ist er deshalb so außer Atem, und die jungfräuliche Gattin ebenfalls, da sie ihm ja folgen mußte.

Aber es scheint ihm, als tausche das junge Paar verstohlene Blicke. Warum hat das Elementarwesen *sie* nie angegriffen?

Nun, Tavir hat in dieser Richtung so einiges unternommen. Zu *ihm* hat er gesagt: »Rühr sie nicht an! Eine

Berührung führt zur nächsten.« Und *sie* hat er gewarnt: »Eine Berührung von seiner Hand, und du bist willenlos. Lauf weg!« Der junge Fürst hat sie berührt, und die Fürstin ist nicht weggelaufen. Und nach langem Zureden, Ablehnen, Sichfügen und Zweifeln (auf beiden Seiten), wobei ihnen nicht einmal ein Gebet helfen konnte, da ihresgleichen die Götter nicht verehren, kann Tavir voll Schadenfreude die beiden eng umschlungen auf einem Lager voll verschütteter Tränke und ungesprochener Zauberformeln beobachten.

Von nun an wacht Tavir, der nichts als Luft und Verlangen ist. Und der alte Pedant, voller Zorn und in Schweiß gebadet, tut das gleiche.

Eines Nachts ist die Fürstin ganz verstört, und Tavir späht in ihren Schoß, während der Pedant zu einem Fenster hereinlugt. Tavirs Blick durchdringt mühelos das schwarze Perlenfleisch und die zarten Knochen und entdeckt in dem lieblichen geheimen Gemach eine Knospe, nicht größer als die Spitze einer Wimper. Der Blick des Pedanten wird durch ein Fenstergitter behindert.

(*Mein*, spricht Tavir und erhebt damit Anspruch auf das, was er, durch nichts behindert, gesehen hat, damit allen herumwandernden Wesen, Irrlichtern und psychischen Zuckungen im kosmischen Gedränge ganz klar ist, wem dieser freie Platz gehört.)

Die Fürstin enthüllt ihren Zustand jedoch dem Fürsten, der schließt seine Geliebte in die Arme und schwört, sie zu beschützen. »Mit einem Zauberspruch meiner Mutter«, fügt der Fürst hinzu, »könnte ich dich von dieser Last befreien.«

Befreien? Last? kräht Tavir unhörbar und schießt wieder an die Decke.

Als ahnungsloser Verbündeter wählt der Pedant gerade diesen Augenblick, um durch das Gitter ins Zimmer zu fallen.

»Schurke!« sagt er zu dem Fürsten, der ihm beim

Aufstehen behilflich ist. »Hatte ich nicht schon die ganze Zeit den Verdacht, daß Ihr selbst dieses Teufelswesen auf mich gehetzt habt, um Euch Zutritt zu meinem Haus und zu meinem Weib zu verschaffen?«

Seinen Stab schwingend, schreit er nun nach seinen Dienstboten und zwingt damit die Liebenden, sich in das in der Meeresnacht raunende Tirzom Jum zu flüchten. Aus einem reichen Haus ziehen sie in ein anderes, noch vornehmeres Haus. Und als sie an der Schwelle des zweiten stehen, sagt die Fürstin zum Fürsten: »Vor langer Zeit hat mir ein Genius prophezeit, daß ich einen Sohn empfangen werde. Es ist Schicksal.«

Damit ist der Weg frei für Liebe und Geburt, und dem geschlagenen, geprügelten, gebissenen alten Gatten bleibt nur noch der Weg vor Gericht, den er, nach einigem Hin und Her, auch geht.

Dieser Schmerz ist schlimmer als alles andere.

Halb erstickt vor Wut stand der zahnlose Pedant vor neun Richtern und zischte: »Ich lasse mich von der Undankbaren scheiden. Ich trenne mich von der Schlampe. Scheiden lasse ich mich von ihr, der feige Dieb kann sie gern haben.« Danach kehrte er in sein prächtiges Haus zurück.

Tavir, der sich mittlerweile dem Ende seines Traums näherte und sich dessen auch unklar bewußt war, hatte eigentlich sofort zu seiner Mutter zurückeilen wollen – nachdem er anstandshalber der Scheidung beigewohnt hatte. Ihr Leib war mittlerweile schon sehr angeschwollen von der schönen Hülle, die die seine werden sollte. Jeden Augenblick, so schien es dem nervösen, erwartungsvollen Kind, konnte ihn der Ruf aus ihrem Innern erreichen. Dann mußte er sich hineinstürzen, den Fötus aus seinem seelenlosen Dämmerschlaf reißen, mit ihm verschmelzen und ans Licht der Welt gelangen. Doch etwas veranlaßte Tavir, noch ein Weilchen bei dem Pedanten zu bleiben, um zu sehen, was er tun würde. Der Alte verhielt sich in der Tat nicht anders als erwartet.

Er saß in seiner Bibliothek, brummelte verärgert vor sich hin und las bei diesem und jenem Weisen über die Unbeständigkeit der Frauen, ihre Nichtswürdigkeit und Schlechtigkeit nach. Doch dann legte er zur Verwunderung der Seele, die ihn beobachtete, ganz plötzlich die Bücher beiseite, und die Tränen rollten ihm aus den Augen.

»O weh«, sprach der alte Gatte, »nun bin ich allein. War es nicht genug, daß ich die Schande der Impotenz ertragen mußte, die nicht einmal meine Zauberkunst zu heilen vermochte, daß ich ihr dann begegnen und mich in meinem Alter, in dem ich ihr zuwider war, in sie verlieben mußte? Ja, das war schon schlimm genug. Und mit welch harten Mitteln und Worten ich meine Schande verbarg, welche Lügen ich ihr erzählte, sogar aus den Schriftrollen habe ich falsch zitiert. Und nun ist sie fort, ich bin zum Gespött geworden und werde ohne Liebe sterben. Ich verdiene nichts Besseres und habe auch nichts Besseres bekommen.«

Da schämte sich auch Tavir, obwohl alles nach seinem Willen gegangen war. Er näherte sich lautlos dem Pedanten, aber dennoch war der Alte ganz instinktiv auf einen Knuff oder ein Zwicken gefaßt. Doch Tavir flüsterte ihm ins Ohr: »Still! Gräm dich nicht! Es gibt keinen Tod. In fünfzig Jahren wirst du jünger sein als heute, und du wirst viele Liebschaften haben, die dich trösten werden. Laß sie gehen; sie verdient zu leben. Lies deine Bücher, schwelge in deiner Gelehrsamkeit. Wer weiß, beim nächstenmal bist du vielleicht der schönste aller Männer – oder«, – und hier lächelte Tavir verschmitzt –, »die hübscheste aller Frauen.«

Der Pedant seufzte tief auf, wischte sich die Tränen aus den Augen und nahm ein gelehrtes Buch zur Hand.

Dann wurde Tavir gerufen, er sprang auf und schoß davon – aber dabei *erwachte* er.

9

Nachdem Azhriaz, das Kinn in die Hand gestützt, dagesessen und sich das alles angehört hatte, erwies sie Tavir eine seltene Freundlichkeit. Sie holte aus einem Tisch einen Krug mit meerfarbenem Wein heraus und schenkte zwei Glaspokale ein. Der Wein war – oder schien – ganz wirklich. Vielleicht hatte ihn ihr ein Bewunderer aus dem Pöbel, der sie für ein drolliges Tier hielt, zum Geschenk gemacht.

»Wahrheit gegen Wahrheit?« fragte Tavir. »Du willst mir offenbar sagen, daß du meinen Traum für Wirklichkeit hältst.«

»Vielleicht.«

»Durch diesen Traum«, sagte er, »habe ich erkannt, wie ungerecht es ist, andere so zu behandeln, als seien sie nur Schatten.«

»Deshalb bedauerst du betrogene Ehemänner und fängst auf der Straße herabstürzende Sklaven auf.«

»Und ich bin der Ansicht, daß niemand gegen seinen Willen in unserer Stadt festgehalten werden sollte.«

»Ich könnte jederzeit gehen«, sagte Azhriaz unbekümmert. »Aber wie dir werden mir die Tränen und das Blutvergießen der Sterblichen allmählich zuwider. Ich möchte nicht gegen Tirzom kämpfen.«

»Auch deine dämonischen Diener, die keineswegs selbstlos sind, wollen das nicht. Haben sie es dir nicht gesagt? Du bist hier eine Gefangene.«

»Das ist noch nicht erwiesen«, sagte Azhriaz. Aber sie goß den Wein aus ihrem Pokal auf dem Boden, ohne davon gekostet zu haben, während die kühle Flüssigkeit in Tavirs Pokal zu brodeln und zu qualmen begann.

Tavir stellte den Wein beiseite. »Noch etwas«, sagte er.

»Ich dachte«, gab sie zurück, »du würdest die ganze Nacht brauchen, um damit anzufangen.«

»Dein Schiff, das dir die Gebieter hier weggenommen

haben, ist von einem Zauber geprägt, der von einer Reise nach Osten kündet. Zu einer im Meer versunkenen Stadt.«

»Simmurad. Wo die Unsterblichen, die Gebieter Tod trotzten, bei lebendigem Leibe in Korallen verwandelt wurden und so auf ewig über diese Tatsache nachgrübeln müssen.«

»Und in meinem Traum«, begann Fürst Tavir.

»Warst du zuerst lebendig in einem Kalksteinkörper eingeschlossen, der in einem vom Meer überspülten Palast stand.«

»Wäre es möglich«, fragte Tavir, »daß meine Seele sich nicht im Innern des starren, unsterblichen Körpers halten lassen wollte, aus ihm floh und hierher kam, um wiedergeboren zu werden?«

»Was sind Seelen? Ich habe keine Seele«, sagte Azhriaz. »Ich bin eine Vazdru und daher selbst eine Unsterbliche. Auch die Unsterblichen von Simmurad hatten keine Seele mehr. Unsterblichkeit verschlingt den Geist und verschmilzt ihn mit dem Fleisch.«

»Ist eine solche Lehre falsch?«

Azhriaz verlangte: »Erzähl mir lieber, was du mir sagen willst.«

Tavir betrachtete ein wenig gereizt den brodelnden Wein und sprach ein Wort, woraufhin Glas und Inhalt zerbrachen und im Nichts verschwanden.

»Ich bin neugierig und möchte Simmurad sehen«, sagte er. »Aber obwohl meine Eltern begraben sind und ich keine Verwandten habe, denen ich mich fügen müßte, wären die Bräuche von Tirzom und die Verfügungen des Königs einer solchen Reise nicht gerade förderlich. Man würde mich daran hindern und vielleicht sogar für einen Staatsfeind halten. Nun kann dein Zauberschiff Geschwindigkeiten erreichen, die selbst unsere eigenen Magier überraschen. Wer vermöchte mich einzuholen, wenn ich einmal an Bord wäre?«

»Mein Schiff wird dir nicht gehorchen.«

»Das dachte ich mir. Und du kannst es nicht erreichen.«

»Ich könnte mich«, sagte sie, »mit Hilfe einer Illusion, unbemerkt von den Wachen deines Königs, auf der Stelle dorthin begeben.«

»Das Schiff wird nicht nur von Wesen aus Fleisch und Blut bewacht, und jene anderen würden dich entdekken. Das weißt du, und deshalb bist du nicht hingegangen. Nur ein Fürst der Stadt, jemand wie ich, könnte die Zauberkünste von Tirzom bezwingen.«

»Ich könnte nicht sagen«, erklärte Azhriaz, »daß ich diese reizende Behausung unbedingt verlassen möchte. Ich fühle mich hier ganz wohl. Nein. Sollen deine fürstlichen Brüder mein Schiff, mit dem sie nichts anfangen können, ruhig behalten. Ich werde hierbleiben und ein ruhiges Leben führen.«

»Was ist das für ein Geräusch?« fragte Tavir und wandte sich der Eingangstür zu.

»Noch ein unglücklicher Sklave, der auf die Straße herabstürzt? Geh hinaus und fange ihn auf!«

Aber es war kein stürzender Sklave. Etwas anderes brach mit einem Brummen und Grollen, das alle angespannt aufhorchen ließ, über die Stadt herein. Die oberen Ebenen von Tirzom Jum erbebten. Über der Straße, an der das weiße Haus stand, vibrierten die Fundamente der schwarzen Paläste, und die Straße selbst zitterte wie in Angst.

Dann folgte ein schrecklicher dröhnender Schlag. Die Mauern von Azhriaz' Haus, das sie eben noch so gepriesen hatte, stürzten ein – ebenso tausend andere Behausungen. Sogar die Atmosphäre war verpestet. Vorhänge und Geschirr, wirkliche und Phantomgegenstände sausten durch die Luft.

Da die Außenmauer nicht mehr vorhanden war, konnte Azhriaz direkt auf die Straße hinaussehen, wo sich in einem sonderbaren Licht Szenen des Entsetzens und der Überraschung abspielten. Von der Hauptstraße aus ragten die Palastmauern vierhundert Fuß hoch auf; dahinter sah man die mit solchem Aufwand angezündeten Sterne innerhalb der Kuppel und außerhalb davon das Meer, über dem eine sanfte Nacht gelegen hatte, die aber jetzt verschwunden war.

Statt dessen überschüttete, flackernd wie ein schmutziges Feuer, so etwas wie ein brennender, vom Himmel herabgefahrener Meteor die ganze Kuppel mit seinem Licht. So riesig war er, und so heftig loderte er, daß es einige Zeit dauerte, bis man erkannte, daß das Ding die Gestalt eines Mannes hatte – eines riesenhaften Mannes, der selbst in einem blutroten Bronzeton erstrahlte, dunkel verzierte Flügel hatte, die wie tausend Geier schlugen, und Haare wie ein vielstrahliger Komet. Er preßte sein seelenlos schönes wildes Gesicht so dicht an die eingekapselte Stadt, wie ein grausames Kind das Gesicht an ein Glas voll Ameisen drückt, um sie anzustarren. Ein Gesicht, in dem die großen Augen eines Gewitters glühten. Aber schlimmer als alles andere war eine rote Flamme, die zischend und brodelnd durch das Meer schoß und ein blutiges Licht über die Straße und über alle Straßen von Tirzom Jum warf: das riesige Schwert des zum Riesen gewordenen Yabael, des zweiten der Malukhim, ein Schwert aus Blut und Rauch, das wie brüllender Donner auf die Stadt herniederfuhr.

10

FEUER IN DER LUFT, Feuer im Meer. Es schlug Krater in die Erde. Die Götter zürnten. Oder hatten gezürnt. Oder hatten geglaubt, zürnen zu müssen. Ein Schwert ins Herz der Welt ...

Doch unter der Erde, unter dem Meer und noch ein wenig tiefer, unten im schattigen Reich der Dämonen – welche Schwerter glitzern dort?

Seht, da steckt ein Männerkörper wie ein Schwert in der schwarzen Samtscheide eines Berges!

Azhrarns Augen waren geöffnet, waren wie zwei grundlose Seen. Sie spiegelten, aber sonst taten sie nichts. Die Lider, die Wimpern bewegten sich nicht. Er atmete so langsam, so flach, daß es nicht zu sehen war. Die drei, die ihn immer noch bewachten, konnten die Pulsschläge des Dämons nicht fühlen.

Ein- oder zweimal in einem Zeitraum, der ein Tag, ein abendlicher Tag in Untererde gewesen wäre, trat einer dieser drei aus der tiefen, mit samtigem Moos ausgekleideten Höhle durch den Vorhang aus Kletterpflanzen. Der Vazdru-Krieger stieg durch die Bäume, die den Berg bedeckten, hinab zu einem Bach, wo rötlich leuchtende Opale in der Strömung sangen und sich tummelten wie Fische. Der Dämon schöpfte mit einem Silberbecher ein wenig von dem Wasser, ging dann wieder den Hügel hinauf, zurück in die Höhle und hielt Azhrarn den Becher an den Mund. Vielleicht wären die Wasser von Untererde für seine Bewohner kräftigend gewesen, auch wenn Flüssigkeit für einen Dämon nicht lebenswichtig war. Möglicherweise wäre auch das Anfeuchten der Lippen oder das Annehmen des Tranks – wenn es dazu gekommen wäre – ein notwendiges Symbol gewesen. Doch Azhrarn schien ebensowenig zu trinken, wie er zu atmen oder zu leben schien.

Diese drei Fürsten, die ihm fast im Angesicht der Sonne noch die Treue gehalten hatten, hatten ihn hierhergebracht. An den Toren zu seinem Land hatten sie die schwarzblauen Rosse gerufen, hatten ihn aufgehoben und getragen – und Azhrarns Haut hatte sie verbrannt. Er hatte das Sonnenwesen, den Malukhim, berührt. Er hatte Sonnenlicht am Morgenhimmel berührt und war wie ein losgerissener Stern aus dem All gestürzt ...

Als sie sich Druhim Vanashta näherten und dessen schlanke Türme am Horizont auftauchten, schoß vor ihnen etwas aus dem Boden.

Die Rosse scheuten. Die Vazdru preßten in wahnsinnigem Zorn die Hände an die Stirn, denn sie hatten schon Grund genug zur Verzweiflung. Die Erscheinung war ziemlich hell, sie hatte Augen wie Kornblumen im Nebel, und das goldene Haar hing ihr weit den Rücken hinunter. Ob sie männlichen oder weiblichen Geschlechts war, ist ungewiß. Manche behaupten, es sei der Geist Siveshs oder eines anderen Jungen gewesen, der einst Azhrarns Geliebter war. Oder auch eine Frau, die er vernichtet oder zugrunde gerichtet hatte und die nun mit rachsüchtiger Befriedigung das Wort ergriff. Wieder andere sagen, es sei Dunizel gewesen. Und es wird auch erzählt, es seien alle diese Personen gleichzeitig und noch mehr gewesen. Für die in heller Aufregung befindlichen Dämonenfürsten war es zweifellos eine Gestalt, vielleicht aus der Vergangenheit oder auch aus der Zukunft. Möglicherweise war es auch nur ein von Azhrarns magischen Kräften selbständig ausgelöster Schutzmechanismus in Form von Energie – also ohne Gestalt.

Die Erscheinung sagte: »Geht nicht weiter nach Druhim Vanashta! Azhrarns Stadt gehört ihm nicht mehr. Es hieß von ihm: *Er ist tot.* Und nun sagt man: *Laßt ihn ruhig tot sein.* Andere Vazdru haben seine Macht an sich gerissen. Geht anderswohin, geht, wohin ihr wollt, aber nicht weiter nach Druhim Vanashta. Sein Mond ist untergegangen.«

Auf diese Nachricht hin blickten die drei Fürsten der Vazdru den daliegenden Azhrarn an, denn sie erwarteten, daß er sofort in kaltem Grimm erwachen werde. Aber er erwachte nicht. Also entfernten sie sich von Druhim Vanashta und ritten in das dunkle Land hinein. Sie kamen am Fluß der Träume vorbei, wo der bleifarbene Flachs wuchs. Sie zogen durch Wiesen, wo Kristallblumen die Steigbügel streiften, und über Gewässer, wo die Pferdehufe mit hellem Glockenklang aufschlugen.

Nach langer Reise wählten sie einen Ort, der ihnen geeignet erschien.

Sie legten Azhrarn im Innern einer mit Samtmoos ausgeschlagenen Höhle auf eine Steinplatte, die sie dort fanden.

Fortan standen die drei Fürsten Wache, einer an Azhrarns Lager, und einer gleich hinter dem Höhleneingang, beide mit gezückten Schwertern, während der dritte ein magisches Ritual zelebrierte, das bei der Menschheit nicht mehr bedeutet hätte als ein Gebet. An gewissen kritischen Stellen löste ihn derjenige ab, der das Lager bewachte, oder auch der am Höhleneingang. Und ein- oder zweimal an jedem dämmrigen Nicht-Tag ging einer von ihnen an den Bach, in dem sich die Opale tummelten, und kam mit Wasser zurück ... So verging die Zeit, sehr viel Zeit. Zeit in Untererde, Zeit auf der Erde darüber, und auf dem Hügel oder in seiner Umgebung veränderte sich nichts. Bis es die Zeit selbst überdrüssig wurde, keinerlei Eindruck zu hinterlassen, und auch sie die Höhle nicht mehr aufsuchte. Nicht einmal die Winde der Unterwelt wehten hier. Und schließlich stellten sogar die drei Vazdru jede Tätigkeit ein. Sie brachen das Ritual ab. Sie gingen nicht mehr an den Bach hinunter, der Becher blieb bei den Kletterpflanzen auf dem Boden stehen, und nur der Tau fiel gelegentlich mit silberhellem Klirren hinein. Ein Vazdru stand am Kopf des Lagers, einer an seinem Fuß. Einer stand gleich hinter dem Höhleneingang. Sie stützten sich auf ihre Schwerter und senkten die Köpfe. Wie Statuen wurden die Vazdru.

Und dann bewegte sich *nichts* mehr. Die Grashalme, die Blätter an den Bäumen, alles erstarrte. Eine Art Substanz bildete sich und wuchs über dem Höhleneingang zusammen wie eine Membran.

Nur der Bach floß weiter, und die Opale hüpften darin herum.

Einst wurde in mich ein Becher getaucht, sang der Bach,

ein Becher, der die Lippen eines jungen Gottes berührt hatte. Denn der unwissende Bach vermochte offenbar nicht zwischen den Herren seines eigenen Landes und den Herren des Himmels und auch nicht zwischen Jugend und Unsterblichkeit zu unterscheiden.

Wer hatte *gewagt*, Azhrarn sein Fürstentum wegzunehmen? Als er vor langer, langer Zeit zu Asche geworden war, hatten die Vazdru seinen Stuhl leergelassen und überall auf Erden um ihn geklagt. Doch damals hatte er sie geliebt; seine enge Verbindung mit der Menschheit war nur eine Laune gewesen. Nun, da sie nicht mehr geliebt wurden, wurden sie gehässig, und in dieser Kunst hatten es die Vazdru zu höchster Vollendung gebracht.

Er war einer der Fürsten von Druhim Vanashta, und er hatte die gelben Gewänder angelegt. Und später wurde er zu einem Löwen mit gelben, in kaltem Haß glühenden Augen, der in der Erde von Azhrarns Garten scharrte und auf den Feuerspringbrunnen dort den ersten der Erdklumpen warf, die das Feuer schließlich erstickten.

Dieser Vazdru-Löwe saß nun in Gestalt eines Mannes, schön wie der nächtliche Morgen, im Herzen von Azhrarns Palast, der nach außen hin aus Eisen, im Innern aus Marmor bestand.

Sein Name war Hazrond. Seine Hände strotzten von schwarzen Rubinen. Er kleidete sich nicht mehr in die Farben der verhaßten Sonne, sondern in Schwarz, die Lieblingsfarbe der Dämonen. Doch quer über seiner Brust durchzog ein Streifen aus gelber Seide das Schwarz, mit dichten Fransen besetzt und bestickt mit gelben Juwelen und Metallen, mit Topas und Bernstein und heller Bronze (nur nicht mit dem widerwärtigen Gold).

»Spielt!« befahl Hazrond, und einige Eshva kamen in die Höfe und ließen die seidenweichen Töne ihrer siebensaitigen Harfen erklingen. Es waren wunderschöne und traurige Lieder, wie es sich nach dem Hinscheiden eines Fürsten geziemte. Die Eshva weinten unablässig köstliche Tränen. Niemand gebot ihnen Einhalt. Viele Eshva kamen gar nicht mehr in die Stadt, sondern wanderten draußen herum, verloren in düsteren Träumen, das wilde Haar von Silberschlangen wie von Harfensaiten durchzogen. Sie waren die Diener der Vazdru, aber Hazrond ließ sie in Ruhe. »Sie werden schon wiederkommen«, sagte er. Seine Stimme klang so melodisch, daß die Blumen in den Gärten, die starben oder sterben wollten, ihre Stengel dem Klang entgegenneigten und, ohne es zu merken, wieder zu leben begannen. Auch die Eshva hoben die blumenähnlichen blassen Gesichter von den Harfen. Sogar wenn sie in weiter Ferne über die Hügel wanderten, hörten sie die ferne Musik dieser Stimme. Nach einiger Zeit mußten, ja würden sie zurückkehren.

Die Vazdru waren unbestritten ein herrlicher Anblick. Aber von allen war Hazrond der herrlichste. Die Perfektion in Vollendung. Man sagt, und es sei unvernünftig, daran zu zweifeln, daß Hazrond von der ganzen Kaste nach Azhrarn der stärkste, der begabteste, der schönste war, Azhrarn vielleicht sogar ähnlich, dem Azhrarn, wie er in der Jugend der Ewigkeit gewesen war.

Hazrond saß also in Azhrarns Stuhl und ging unter den leuchtenden Fenstern in Azhrarns Gemächern auf und ab. Er, Hazrond, ließ die langwimprigen Augen auf den Büchern und den Ziergegenständen des Palastes ruhen und berührte sie mit seinen langen beringten Fingern. Er sah sich die Hunde und Pferde in den Stallungen an, stellte sich hoch oben ins Nadelöhr der Türme und blickte über die Stadt hinweg wie ein Adler.

Nun kann man von Hazrond erzählen, daß er plötzlich aus den Reihen der Vazdru heraustrat, sich in Azhrarns Schloß begab und sich des Palasts und der Stadt bemächtigte. Aber bis dahin hatte man von ihm noch nie gehört. Vielleicht war er es, mit dem Azhrarn auf der Rubinstraße sprach, als er den Wagen anhielt und feststellte, daß kein Mensch und auch kein Dämon je die Liebe gesehen habe. Vielleicht war dieser Hazrond oft mit Azhrarn zusammengewesen, vielleicht lenkte er sogar in jener Nacht seinen Wagen, als der Dämon seine Tochter von der Erde zurückholte. Und es ist möglich, daß Hazrond, als man in Druhim Vanashta die gelben Gewänder anlegte, um eine Unterredung mit Azhrarn bat und sich ihm gegenüber verächtlich gebärdete. Und daß Azhrarn so in Gedanken versunken war, daß er Hazrond ohne Kommentar entließ. Es gibt im Rückblick noch eine Geschichte, daß nämlich Azhrarn vor dem Kampf gegen den Engel bei Az-Nennafir die Vazdru zu sich rief, daß Hazrond ihm ein schön geschmiedetes, mit reinsten Edelsteinen besetztes Schwert schickte, eine Arbeit der Drin, und daß das Schwert sagte: »Hazrond sendet mich, und er bittet dich, mich als deinen Verteidiger zu betrachten, denn er selbst ist anderweitig beschäftigt.« Darauf fluchte Azhrarn, und das Schwert sagte: »Hazrond trug mir auf, dir zu erklären, er habe diese Taktik von seinem Gebieter, Fürst Azhrarn gelernt, der über Druhim Vanashta nur symbolisch herrscht, weil sein Herz und sein Geist anderweitig beschäftigt sind.«

Doch dann erschien Hazrond ganz plötzlich wie eine schwarze Flamme aus einem schwarzen Feuer, und nun steht er auf dem Turm, mit wehendem schwarzen Haar, und blickt um sich wie ein Adler.

Keiner der Dämonen hatte sich ihm entgegengestellt. Seine Methode war einfach. Er betrat den Palast, setzte sich und als seine Genossen – nachdem die Nachricht die Runde gemacht hatte – ihn aufsuchten, nickte er ihnen lächelnd zu, als habe es nie einen anderen Hausherrn gegeben. Als dann doch getuschelt wurde *(Was ist mit Azhrarn?)*, antwortete Hazrond: »Von wem sprecht ihr?«

Hatten sie sich damit abgefunden, daß der Engel ihren Gebieter besiegt hatte? Es ist nicht zu bestreiten, daß man nicht nach ihm suchte, weder in Untererde noch darüber.

Langsam aber sicher verklangen die traurigen Lieder, und die auf den Hügeln umherwandernden Eshva strebten der Stadt zu. Gleichzeitig loderten weiter unten, an ihrem trägen See, die Drin-Schmieden auf, heißer als seit langem, und hin und wieder waren Gequieke und Streitereien zu hören, denn die Drin stellten prachtvolle Geschenke her, um sie ihrem neuen Gebieter Hazrond zu Füßen zu legen, und stahlen sich die Dinge dann gegenseitig.

Und was die ungeschlachten Drindra anging, so waren sie in heller Aufregung, denn als Azhriaz sie versklavt und zu sich gerufen hatte, hatten sie nicht gewagt, ihr zu sagen, daß ihr Vater, dessen Hilfe sie beschwor, tiefer gestürzt war als sie.

Was Hazrond anging, so wußte er zweifellos um ihre Bedrängnis im Meer, und er wußte sicher auch, daß der von den Göttern auf sie angesetzte Malukhim sie dort aufgespürt hatte. Hatte der Vazdru einst um sie geworben und war abgewiesen worden? Oder haßte er sie nur, weil sie Azhrarns Kind war, ein entarteter, teilweise sterblicher Dämon? (Haß auf die Sterblichen war im Augenblick da unten die große Mode.)

Sicher machte sich Hazrond weiter keine Gedanken über die Gefahren, in denen Azhriaz schwebte.

»Spielt!« verlangte Hazrond, und die Eshva boten ihre stimmlosen Lieder dar wie Nachtigallen aus Schnee. Und Hazrond hüllte die schwarzen Schwingen seines Umhangs um sich und blickte von den Türmen des Palastes herab.

11

Das Schwert des Engels Yabael krachte auf Tirzom Jum herab.

Für alle, die sich unten befanden, war es als scharlachroter Blitz erkennbar, der Boden und Luft gleichermaßen zerschmetterte. Die Gebäude der Stadt gerieten ins Wanken und stürzten ein. Doch die Kuppel selbst explodierte, nachdem ihre gläserne wie ihre magische Hülle durchschlagen war, und spie inmitten eines gewaltigen Feuerwerks die Welt ihrer Atmosphäre in die Welt des Meeres hinein.

Auch Azhriaz wurde in einer Wolke aus schwarzem Wasser, grünem Feuer, rotem Dampf und allen möglichen Trümmern nach oben geschleudert. Instinktiv versuchte sie sofort, sich mit einer Blase aus atembarer Luft zu umgeben. Das gelang ihr, sie konnte die Blase auch trotz des Durcheinanders stabil halten, und nach einiger Zeit stellte sie fest, daß sie sich immer noch darin befand, und mit ihr Tavir, den eine Anwandlung von Ritterlichkeit dazu bewogen hatte, sie in dem Augenblick an sich zu reißen, als der Malukhim zuschlug.

Ein oder zwei Minuten lang konnten sie beide nichts sehen oder wenigstens nichts erkennen außer ihren eigenen Umrissen und dem Rand der Luftblase.

Der Ozean gärte. Er wogte, stürzte zusammen und hob sich wieder, genau wie die Stadt es getan hatte. Pfeilschnell sausten Fische und Teile von Bauwerken, aber meistens blutige Rauchfetzen vorbei. Und über alledem war das Wesen, das für die Zerstörung verantwortlich war, nur als matter roter Schein auszumachen, denn wo es sich jetzt befand, *brannte* sogar das Wasser.

Die Erschütterung hatte Azhriaz und Tavir weit fortgeschleudert, eine unbeabsichtigte, aber nützliche Nebenwirkung. Der gleiche glückliche Zufall rettete auch vielen anderen das Leben. Der Engel, ein Golem ohne Geist und Verstand, beugte sich, lange seinen Triumph auskostend, über das aufgesprengte Mauseloch, und währenddessen wurde die Maus, die er suchte, die Dämonengöttin aller Mäuse, von den aufgewühlten Wogen weiter und weiter in Sicherheit getragen. Es schien, als seien zumindest zwei der Malukhim auf der Jagd gewesen. Wer weiß, wie der eine – Yabael mit dem Blutschwert, der Geier, der als zweiter Versengte –, wie er lernte, auf der Suche nach ihr das Meer zu durchdringen, aber er lernte es. Und schlimmer als in Nennafir schlug er, ohne zu überlegen, mit einem Hackmesser nach einem Lichtstäubchen, verfehlte es und zerstörte alles Leben im Umkreis.

Sie schwebten jetzt in ihrer Blase weit oben in leuchtendem grünen Wasser, über das deutlich erkennbar die ferne Morgendämmerung der Erde ihren Mantel breitete. Der Magierfürst Tavir und die Göttin Tavir hielten sich weiter mit den Armen umschlungen, sogar das Haar hatte sich ineinander verflochten und wollte sich nicht lösen, denn was sie erlebt hatten, war furchtbar gewesen.

Sie wurden in ihrer Blase in die obersten Ausläufer eines Tangwaldes getrieben, hier beruhigte sich das Meer ein wenig, und sie konnten rasten. Als sie zur Stadt und ihrer Klippe zurückschauten, war von beiden nichts mehr zu sehen. Dafür spielten sich im Meer die unnatürlichsten Szenen ab. Eine halbe Meile entfernt segelten, wie ein seltsames Schiff, die oberen Stockwerke und die Kuppel eines Turms vorüber, allem Anschein nach unversehrt, und hinter den Käfiggittern seiner langen Fenster konnte man tirzomitische Zauberer und Gelehrte lautlos mit dem Schicksal hadern sehen. Eine Meile entfernt drehten sich ganze Stockwerke langsam durch das Wasser, und auf ihren Treppen und Dächern beziehungsweise auf dem, was davon noch übrig war, kletterten Herren wie Sklaven außer sich vor

Angst herum. In geringerer Entfernung zogen eine Reihe inselähnlicher Gärten oder die baumbestandenen Wege der Stadt vorbei, die sich aufgelöst hatten; die großen Wurzeln sahen allein schon wie Bäume aus. Dazwischen bahnten sich drei oder vier Oktopusse einen Weg und verdüsterten das Meer mit panikartigen Tintenstößen. Noch dichter bei ihnen schwamm ein fürstliches Bett mit bemalten Vorhängen vorüber, und darauf lag wie eine schwarze Statue, mit ihren langen gelben Flechten gefesselt, ein schönes totes Halbblutmädchen, das weder die Kiemen noch die Zauberkräfte besessen hatte, um unter Wasser überleben zu können.

»O weh!« murmelte Tavir und starrte bekümmert hinter ihr her.

»Das ist alles meine Schuld«, schmollte Azhriaz wie ein Kind. »Ich bin der Anlaß dafür. Das Sonnenwesen wollte mich treffen, eure Stadt stand ihm nur im Weg.«

»Du bist nicht der Anlaß. Es ist wie immer die Schuld der Götter.«

»*Ich* bin eine Göttin.«

Tavir schüttelte den Kopf mit dem grünen Haar, und aus den glänzenden Augen fielen ihm Tränen. Da weinte auch Azhriaz. Sie weinten gemeinsam in ihrer kleinen Kugel aus Luft, die sie beide nicht brauchten, während ringsum alle jene vorübertrieben, denen ihre Verzweiflung galt, einige tot, andere lebendig und ebenfalls weinend, denn Tirzom Jum, das sich ja nach der Erde sehnte, hatte die Fähigkeit zu weinen nie verloren. Doch das Meer, das, wie die Sage erzählt, selbst aus Tränen besteht, aus den Tränen nämlich, die die Götter vor Äonen über die Schlechtigkeit der Menschheit vergossen hatten, das Meer verachtete das Weinen der Tirzomiten, trank ihre Tränen und füllte ihre Augen wieder mit seinen eigenen.

Was Yabael anging, so war er aus der Deckung des Tangs heraus kaum zu sehen, denn seine gewaltige Größe, sein mächtiger Umfang schienen geringer geworden zu sein – vielleicht willentlich, vielleicht auch deshalb, weil er seine Kraft verausgabt hatte. Er ragte drohend über einem Haufen aus Stein- und Glasscherben und über einer Ebene aus zerbrochenen gefleckten Muscheln auf, der Rauch und die schwimmenden Trümmer umkreisten ihn, die Schwingen erhoben sich hinter dem feurigen Haupt, ohne ihn zu tragen, und die seelenlosen Augen sahen nichts.

»Ich möchte fort«, sagte Azhriaz, »ehe er aus seinem Traum der Todesgier erwacht und ehe ihm seine Herren sagen, daß der Schlag fehlging.«

»Dein Meeresfahrzeug befindet sich gar nicht weit von hier«, sagte Tavir. »Das Schicksal war auf deiner Seite, denn die Katastrophe hat dich in diesen Wald ganz in der Nähe geschleudert.«

»Ja, Schicksal ist mit mir verwandt«, sagte Azhriaz. »Da kann man gelegentlich einen Gefallen erwarten. Gesegnet seist du, lieber Nicht-Onkel«, fügte sie ziemlich gehässig hinzu. Dann stieß sie einen Pfiff aus wie aus einer Silberflöte, den die Genien des Schiffes auf unerklärliche Weise vernahmen.

Das Schiff war die ganze Zeit hier im Tangwald gefangengehalten worden, hatte sich aber Tirzom Jum niemals geöffnet oder ihm auch nur andeutungsweise seine Geheimnisse verraten. Fliehen konnte es jedoch nicht, und es konnte auch erst zu seiner Dämonenherrin kommen, als beim Glockenschlag der Zerstörung die Wachen selbst mit allen ihren magischen Hilfsmitteln und Fähigkeiten zur Stadt oder in weniger gefährdete Gegenden flüchteten. Nun war es frei, und da es stets auf die Herrin reagierte, der es diente, kam es blitzschnell durch den Tang geschossen.

»Ich werde dich begleiten«, sagte Tavir.

»Wenn der Zugang offen ist, kann ich dich wohl nicht daran hindern.«

So schwammen sie zu der porenähnlichen Tür, die sich jetzt im Schiff auftat, und ein paar Augenblicke später befanden sie sich, umgeben von den Düften und den atmenden Skulpturen, im Innern.

Während sich der Engel noch über die Ruinen der Stadt beugte, flitzte der große Fisch davon.

Weniger als eine Stunde später lagen unermeßliche Entfernungen zwischen Azhriaz und Tirzom.

Tavir setzte sich auf eine Liege und trauerte. Azhriaz wollte nicht mehr trauern. *Die Menschen sind Toren,* dachte sie, *und ihre Magier sind noch schlimmer, aber Dämonen und Götter sind die dümmsten von allen. Hätte ich sie vom Schiff aus bekämpft, dann hätte ich der Stadt Schaden zufügen, oder die Stadt hätte mich verletzen können. Aber ich wäre bald weitergezogen, und dann hätte der Jäger sie nicht um meinetwillen zerstört. Das Wesen, das mich vernichten wollte, zerstörte sie und gab mir die Freiheit.*

Die Genien waren in großer Zahl angetreten, als wollten sie Azhriaz begrüßen oder sie genau betrachten. Sie befahl ihnen, für sanfte Musik zu sorgen und Wein und Speisen für ein Festmahl aufzutragen – alles um Tavir zu reizen. Aber Tavir schob die Genien beiseite und wandte sich von Speise und Trank ab.

»Die Speisen sind keine Illusion«, sagte Azhriaz. »Hier ist alles wirklich. Jedenfalls müssen wir davon ausgehen.«

»Wie kann ich trinken oder in bequemer Stellung den Liedern lauschen, wenn Tausende meiner Brüder getötet oder ihrer Habe beraubt wurden?«

»Dann geh zurück zu ihnen«, sagte Azhriaz. »Ich werde dich nicht halten.«

»Gestatte mir zu bleiben«, bat Tavir und blickte sie an. »Ich bin jetzt ein Ausgestoßener. Gestatte mir zu bleiben, denn deine Schönheit tröstet mich ein wenig. Aber gestatte mir auch zu trauern.«

»Für dich bin ich häßlich«, sagte Azhriaz. »Genau wie du in meinen Augen.«

»Das glaube ich nicht«, sagte Tavir. »Denn die ganze Zeit, während ich dir meinen Traum erzählte, hast du mich mit höchster Aufmerksamkeit angesehen. Und was dich angeht, so priese jeder Mann, der nicht blind ist, deine Schönheit.«

»Und doch trauerst du«, sagte Azhriaz. Sie setzte sich neben ihn und begann sich mit einem seiner Ohrringe aus grünem Achat zu beschäftigen. Sie fand ihn so interessant, daß sie ihn samt Tavirs glattem dunklen Ohrläppchen in den Mund nahm. Dann maß sie ihn mit ihren Zähnen aus, stellte erst fest, wie der Ohrring, und dann, wie das Ohrläppchen beschaffen war und wie sie ineinander paßten, und zeichnete schließlich mit der Zunge das ganze Ohr nach, das so fein gerillt war wie eine schwarze Muschel und sogar eine reinschwarze Meereshöhle hatte. Vor ihren Augen lag das meergrüne Haar, so daß sie sich fast auf frischem grünen Gras wähnen konnte, dem der Frühling der Erde seine Würze verlieh. Währenddessen suchten ihre Hände seinen Hals, der wie eine schwarze Marmorsäule war, in der jedoch ein Herz klopfte, an den sich breite Schultern und kräftige Arme von gleicher Beschaffenheit anschlossen, und Hände, die nach ihren Händen griffen, wieder losließen und sie ganz umfingen. Dann strichen sie beide mit den Händen über den Körper des anderen, als wollten sie ihn aus Wasser oder aus Lehm formen.

Schließlich legten sie sich zueinander, zuerst sein schwarzer Leib auf ihrem weißen, der wiederum auf der Schwärze ihres Haares lag, aber nach einer Weile legte sie sich auf ihn, Perlmutt auf Jett und Jade. Manchmal war er wie ein schwarzer Bogen auf einem weißen Bogen, der sich unter ihm spiegelte, oder sie war wie eine weiße Mondsichel über der schwarzen Sichel einer nächtlichen Welt.

Nun war er einst ein Unsterblicher gewesen oder glaubte es jedenfalls, und zumindest war er ein Magier. Aber sie war wie Sonnenkomet und Mitternacht, sie war ein Dämon, ihr bisher einziger Liebhaber war ein Herr der Finsternis gewesen, und trotz ihrer Keuschheit war sie eine Vazdru, und die Vazdru hatten die Liebe erfunden.

In der ersten Phase der Lust schien es Tavir, als säße er auf einem Feuerwagen und führe auf ein Flammentor zu, aber als er das Tor passierte, wurde er selbst zu Feuer und fuhr dennoch weiter. Dann hatte er auf einmal Flügel und schwebte über den Himmel. Er war die geflügelte Sonne und hielt die Erde in den Armen, und dies war die zweite Phase der Lust, aber die Erde küßte ihn mit süß duftenden Lippen und zog ihn mit Silberhänden zu sich hinab. Er stürzte und wurde zu einem Blitzschlag, zu einem Schwert, das eine Stadt bis ins Innerste spaltete, das Haar wurde im Rauschen des Wirbelwinds nach hinten geweht und der geflügelte Körper von ihm weggerissen – er schrie auf in freudiger Qual und drang vor bis ins Zentrum der Erde, zum dritten Tor, um dort zu sterben; aber er starb nicht, und die Fahrt war auch noch nicht zu Ende.

Dann brachte er sie nur mit der Kraft seines Denkens zum Stillstand und zögerte keuchend auf diesem Gipfel, er vergaß alles, sogar seinen Namen, seine Herkunft, seine Zauberkräfte. »Wahrlich«, sagte er, »du bist eine Göttin.« Aber er sprach nur mit dem Geist, denn in diesem Stadium hatte er für Worte keinen Atem mehr. »Diese Hetzjagd ist etwas für Götter, aber nicht für Menschen. Laß mich fallen, Azhriaz!«

»Noch nicht«, sagte sie, und ihre Augen waren grausam vor Liebe, alle Himmel der Erde lagen darin, die Hände bewegten sich über ihn, und wo sie ihn berührten, wurden jedes Stückchen Haut, jeder Knochen ein lebendes Einzelwesen, das ihr in höchster Ekstase folgte, und er konnte nicht zurückbleiben.

So fuhren sie fest aneinandergeklammert dahin und weinten wie damals in ihrem Entsetzen über den Tod der Stadt. Und sie waren im Meer und in der Luft, im Herzen der Welt und im Schoß des Feuers, und immer weiter drangen sie vor, passierten ein viertes Tor und ein fünftes und sechstes, und Tavir erkannte, daß er nicht länger ein eigenes Wesen war, sondern All und Erde, Himmel und Meer, Sonne und Mond, Tag und Dunkelheit, Liebe und Tod, Frieden und Krieg, Unschuld und Erfahrung. Er, unsterblich und endlich, war verdammt, erlangte Vergebung und wurde ausgeliefert. Er hörte seine eigenen Schreie tief unter sich fliegen wie wilde Vögel, und spürte weit über sich seinen Schatten, der gegen das goldene Dach seines Gehirns prallte – aber dazwischen schwebte seine Seele frei.

So erreichten sie das siebente Tor und eilten hindurch, stumm jetzt und engumschlungen, die Körper bewegten sich kaum, während alles andere glitzerte und sich schneller und immer schneller drehte.

Tavir, der nicht mehr Tavir war, spürte, daß sein Herz aufgehört hatte zu schlagen, das Uhrwerk seines Fleisches war stehengeblieben. Und auch Azhriaz war nicht mehr bei ihm, oder sie war für ihn nicht nur Alles geworden, sondern Nichts, schön und ausschließlich.

Dann kam das achte Tor, und im Durchgang hielt ihn etwas auf. Vor ihm und in ihm brodelte die völlige Auflösung aller Welten, alles Raumes, aller Zeit. Er wehrte sich nicht länger, doch er wurde gezügelt, angekettet, verankert. Er sehnte sich danach, strebte danach, in eine Million Teile zu zerbersten, in Sterne und Sonnen, in neue Welten, in einen Kosmos. Der letzte Schrei der Ekstase, den niemand hören würde, lag ihm halbfertig auf den Lippen – aber doch, noch gaben die Fesseln ihn nicht frei.

Nun erhob sich in ihm ein sanftes Murmeln, eine Liebkosung, leichter als ein Blatt. Und wieder wurde er ganz still, hörte auf sich zu bewegen, zu kämpfen, wartete nur. Und aus der Unendlichkeit kam ihm ungerufen das neunte Tor entgegen, es raste durch das All wie eine Welle, die sich am Ufer bricht, und er zerbarst, wurde zerschmettert, und aus ihm wurde das Universum geboren.

Besinnungslos, ausgelaugt, geläutert lag er in Azhriaz' Armen, war sich nicht bewußt, daß er noch lebte, war nur mehr ein Mann und ein Zauberer. Und er trauerte nicht mehr.

Aber Azhriaz lag ganz ruhig, vielleicht trauerte sie. Denn für die Dämonen, die solche Lust zu geben vermochten, war sie kein solcher Schock wie für einen gewöhnlichen Sterblichen. Sie wurden weder betäubt noch überrascht, und so war auch der Genuß etwas geringer.

So lag sie neben ihrem Liebhaber und war zufrieden mit ihm. Aber dann kamen ihr wieder die Tränen, und nun war niemand mehr da, der sie trösten konnte.

Das Fisch-Wal-Schiff raste weiter, es hatte nur noch ein Ziel: das versunkene Simmurad, auch eine Stadt, die zerstört worden war.

Durch Meer und Zeit fuhr das Schiff, gedankenschnell oder auch nur so schnell wie das Ein- und Ausatmen eines großen Meeressäugetiers. Oft stand nun in jedem seiner leuchtenden Augen eine Pupille, die eine war Tavir, die andere Azhriaz. Manchmal waren die Pupillen auch verschwunden, dann übten sie sich in den Künsten der Liebe – nicht nur auf die stürmische Art der Dämonen, sondern in verschiedenen köstlichen Varianten, wie sie den Menschen geläufig waren. (Aber das erste, schreckliche und doch großartige Erlebnis stellte sich nie wieder so ganz ein, wie es bei dergleichen Dingen häufig zu sein pflegt, denn nach der ersten Erfahrung wird alles mit dieser verglichen. Außerdem wurde Azhriaz fortan, wie es manchmal auch bei den fähigsten Liebhabern geschieht, der Ekstase immer schneller überdrüssig.) Sie führten auch Streitgespräche und Diskussionen und spielten gelehrte Spiele. Und sie zankten sich. Das alles fanden sie interessant.

Inzwischen flitzten die Genien umher und sorgten für die luxuriösen Lebensgrundlagen.

Und außerhalb der Schiffswände lag stets das Meer.

Doch dieser Teil des Ozeans, den Azhriaz und Tavir nun durchquerten, wurde allmählich immer leerer, nicht nur Fische und Meerestiere fehlten, sondern ganz allgemein feste Dinge. Zwar wuchsen hier riesige Tang- und Korallenwälder, gewaltige Blumen blühten, und es gab Strömungen, aber alles wirkte irgendwie tot. Und wenn sie tatsächlich einen Fisch erspähten, leuchtete er wie ein Stück Zunder, und alles andere wirkte flach und kalt vor dem kleinen Zündfunken.

Simmurad hatte ganz im Osten gelegen, und dort lag es noch immer, in der Dämmerecke der Welt.

»Wird mich die Rache des Himmels auch dorthin verfolgen?« fragte Azhriaz ihren schlafenden Liebhaber. »Wandert Dathanja unter Wasser durch die versunkenen Straßen und sieht sich an, was Zhirek für den Tod getan hat?«

»O Herrin, morgen, wenn über uns die Sonne aufgeht, werden wir Simmurad erreichen!« So verkündeten die Genien im Chor das Ende der Reise.

Simmurad, einst eine rote Rose, aus blutrotem Stein und weißen Berghängen geschnitten, war jetzt eine Anemone, in Salzlake eingelegt.

Sie erreichten es im meeresdämmrigen, meeresfarbenen Morgen, der oft rosenfarben gewesen war, als die Stadt noch auf festem Land stand. Doch auch jetzt herrschte hier noch die längste Dämmerung, der verlängerte Sonnenaufgang des östlichen Randes der Welt.

Das Dämonenschiff fuhr langsam, kaum atmend, die Augen mit den aufmerksamen Pupillen darin weit aufgerissen, in die Stadt ein.

Die ehernen Tore waren schon lange eingestürzt. Aber man konnte ohnehin auch über die Mauern hineingelangen, wie es die Flut getan hatte. Die hohen Türme, die noch höheren Berge, alles bedeckte der Ozean. Und die riesigen Plätze, die terrassenförmig angelegten Gehwege, die Parks, in denen man ewig lebende

Hirsche und Leoparden hatte sehen können, sie waren nicht mehr als wassergefüllte Schalen. Nicht nur die niemals endende Unsterblichkeit, auch das Leben selbst war aus Simmurad ausgezogen. Seine eigenen Farben waren ausgewaschen, deshalb konnten sie vom Schein der Sonne, der von außen eindrang oder auch von den Lampen des Schiffes nicht zum Leuchten gebracht werden. Sogar der Stein selbst, an dem das Wasser unaufhörlich nagte, war glattgeschliffen. Kein Denkmal, keine Skulptur waren mehr zu erkennen. Die ursprünglichen Säulen und Türme sahen aus wie zusammengeschmolzene Kerzen.

Aus einer Masse von Tang und Urfarn stachen ein oder zwei matte Kuppeln hervor. Neben einem überwucherten Eingang stand der Stumpf eines Obelisken. Vor Jahrhunderten hatte man in diesen Pylon Buchstaben gehauen. Mit einiger Mühe konnte man die Botschaft immer noch entziffern. Sie lautete:

ICH BIN SIMMURAD.
BIN EWIG NUR IM STAUB

»Ist es immer so«, fragte Azhriaz, »daß die Menschen durch ihre eigenen Legenden zum Gespött werden?«

Tavir starrte stumm vor sich hin.

Azhriaz sagte: »Das Wunder ist nicht mehr, und wir beschämen es, indem wir es betrachten. Laß uns gehen!«

Sie war aus vielerlei verschiedenen Gründen zornig und enttäuscht. Aber Tavir sagte: »Erweise mir und der Erinnerung an meinen Traum einen Gefallen. Laß uns wenigstens einen Tag und eine Nacht hier verbringen. Jetzt aufzubrechen hieße, noch weitere Schmach auf diesen Ort häufen. Außerdem war es eine lange Reise, und noch weiter im Osten liegt das Ende der Welt. Dahinter gibt es nur noch das Chaos, und das wollen oder können die Menschen nicht betreten. Angesichts eines solchen Symbols ist es nur angemessen, noch etwas zu verweilen, ehe man den Rückweg antritt.«

»Ich möchte keine Minute länger bleiben«, sagte Azhriaz.

Aber sie tat ihm den Willen und gab dem Schiff keinen Befehl zum Weiterfahren.

Sie streiften den ganzen öden Vormittag und den düsteren Nachmittag lang weiter durch die Alleen und erblickten nur Zerstörung und zuschanden gewordene menschliche Ideale. Kein Leben zeigte sich, denn sogar die allerkleinsten Fische dieser Meeresregion hielten sich fern von der Stadt oder waren durch die Ankunft des Schiffes vertrieben worden. Nur ein Abbild des Lebens, ihr eigener kühner Schatten, bewegte sich neben ihnen auf den verfallenen Mauern, und manchmal blinkte höhnisch ein lebloser Edelsteinsplitter im Schein ihrer Lichter auf.

Kein Mensch wanderte oder schwamm auf den Straßen umher. Nicht einmal ein Geist mochte in den Trümmern spuken. So beklagt denn, wie die Lieder es verlangten, den Verfall von Simmurad.

Tavir, vielseitig gebildet, wie es die Fürsten von Tirzom waren, hatte sich eine Leier gerufen, und nun saß er im linken Auge des Fisch-Schiffes und sang melancholisch:

»Die ganze Pracht, sie liegt im Staub,
Der Freude Schwert wird Rostes Raub.
Von der Klippe geweht wie welkes Laub
Liegen Sünder und Held vereint im Tod.
Des Lebens Scherben seht nun hier,
Den Honig, verschüttet wie sauer Bier,
Den Zug von Haß und wilder Gier.
Gekleidet in Zorn und Angst und Not.
Fleht zu den Göttern nicht, den blinden,
Die letzte Hoffnung seht entschwinden,
Vor Steinen kniet in eisigen Winden.

Die bittet ihr besser um euer Brot.
Aus Träumen woben wir ein Gewand,
Unsre herrlichen Türme zerfallen zu Sand.
Tod, Tod allein nur reicht uns die Hand,
Und die Wölfe aus seinem Aufgebot.«

Azhriaz, die sich umgedreht hatte, um ihn unwillig anzufahren, zuckte überrascht zusammen. Denn da, wo Tavir gesessen hatte, ein dunkler meergrüner Schatten, war nun ein anderer junger Herr erschienen, hellhäutig, goldhaarig, in einem pflaumenfarbenen Gewand, mit Handschuhen ...

Aber noch ehe sie so weit zu Atem kam, um ihn verfluchen zu können, verblaßte die Vision. *Unwirklich,* dachte sie noch weniger freundlich. *Er streift gackernd und krächzend irgendwo herum. Aber ich habe es zur Kenntnis genommen. Die Erscheinung will mir sicher sagen, daß mein reizender Liebhaber, von Simmurads dämmrigem Verfall angesteckt, den Wahnsinn zu seinem Haustier machen will.*

Daher schalt sie Tavir nicht, behielt ihn aber scharf im Auge. *Natürlich wird er mich auf irgendeine Weise verraten und im Stich lassen. Immer wenn ich nach einem Schild suche, nach einem Bruder, der mir den Rücken deckt, sind alle, die geschworen haben, mir zur Seite zu stehen, durch irgendwelche anderen Aufgaben verhindert.*

»Deine Blicke sind wie Messer«, sagte Tavir. »Messer aus reinstem Saphir. Aber trotzdem Messer.«

»Wenn dir meine Augen nicht gefallen«, sagte Azhriaz und legte ihm zärtlich die Arme um den Hals, »dann schließ sie mit deinen Küssen.«

Und dazu war Tavir gern bereit.

Über ihrem Liebesgetändel verging der Tag, und die Sonne schien zu erlöschen. Sie versank in diesen Breiten sehr schnell, in einem Augenblick war das Meer noch grün, gleich darauf färbte es sich aschgrau und schließlich schwarz.

Azhriaz, die Tavir festgehalten hatte wie eine Blume

ihrer eigenen Schatten, ließ ihn jetzt los und tat, als schliefe sie. Sogar in seinem stürmischen Entzücken hatte sie eine Rastlosigkeit gespürt, die auch jetzt nicht völlig zur Ruhe gekommen war.

Nach einer Weile erhob sich Tavir, wie sie es trotz seiner liebevollen Abschiedsumarmungen schon vermutet hatte, von ihrem Lager und verließ die Zimmerflucht. Azhriaz' Zauberkräfte waren im Innern ihres Schiffes stets uneingeschränkt wirksam: Kleiner und unauffälliger als ein Flöckchen jenes prächtigen Staubs, den er in seiner Klage besungen hatte, schlich sie ihm nach.

Schon bald stand er direkt vor der Außenwand des Schiffs und begehrte von ihr eine Öffnung ins Meer hinaus. Da Azhriaz dem Schiff befohlen hatte, ihm zu gehorchen, erfüllte es ihm den Wunsch. Kurze Zeit später raste Tavir, ohne Luft mühelos atmend wie alle mit Kiemen ausgestatteten Fürsten von Tirzom Jum, nur begleitet von einem winzigen Phosphorschein, den er aus dem Wasser gezaubert hatte, um sich den Weg zu erleuchten, durch die Schwärze der versunkenen Stadt.

Azhriaz war erfüllt von Zorn und von der unglücklichen Befriedigung dessen, der sich in seinen bösen Ahnungen bestätigt sieht. Sie bediente sich mit zwei oder drei zusätzlichen scharfen Worten ihrer eigenen Zauberkraft und umgab sich, immer noch klein wie eine Staubflocke, mit einer zweiten Flocke aus Luft. Dann eilte sie hinter Tavir und dem sich entfernenden Licht her.

Wenn Simmurad schon bei Tag ein trauriger Anblick war, um wieviel bedrückender war es dann in seinem nächtlichen Gewand! Es war kein Ort für Dichter, obwohl seinetwegen Lieder gemacht worden waren. Wahre Verzweiflung ist nichts als eine leere Mauer; Zorn, törichte Hoffnung oder mindestens ein Schrei sind nötig, wenn etwas daraus entstehen soll. Simmurad, ach, Simmurad!

Doch Tavir schwamm weiter, und Azhriaz folgte ihm.

Sie wußte, was er vorhatte. Natürlich wollte er den suchen, der er gewesen war oder gewesen zu sein glaubte, falls sein Traum der Wirklichkeit entsprach.

So erreichten sie nach einer Stunde oder weniger wieder jenen verfallenen Obelisken und drangen durch das Gewirr von Trümmern (Tavir bahnte den Weg) in die Zitadelle ein.

Früher hatte es hier ein Kuppelgewölbe und einen Boden aus Mosaik und Silber gegeben. Springbrunnen hatten geplätschert, und an großen Tischen hatten die Unsterblichen ihre nächtlichen Bankette abgehalten ... Nun veranstaltete das Wasser ein Festmahl. Alles wirkte verzerrt. Von hoch oben drang ein hartes fleckiges Licht herab, wie Regen, der durch Regen fällt, und leuchtende Fäden durchzogen die völlig blinden Fenster.

Da standen sie nun im gnadenlosen Schein, die Unsterblichen von Simmus Stadt. Sie hatten sich ihr Stückchen ewiges Leben durch Hexenkunststücke, durch Weisheit oder unerhörte Dreistigkeit erworben. Ärzte und Zauberer waren sie gewesen, Künstler und Kurtisanen, sinnenfroh, gerissen, aus der Bahn geworfen. Nun waren sie weiße Korallen. Nicht mehr als das. Denn die winzigen Baumeister der Meere waren im Laufe der Jahrhunderte nicht müßig gewesen. Keine Form war mehr erkennbar, kein Gesichtszug, keine Geste nur noch glatte Kalksteinblöcke. Wo waren jetzt die hochfahrenden Träume? Das Wasser spülte fort, die Korallen bauten auf. Bald würden sogar die Legenden verblassen, und die herkamen, um sie zu suchen – sie würden abgeschliffene Steine finden, ein paar Brocken des Korallenmülls im Meer. Simmurad war eine Lüge, die man uns erzählt hat, würden sie sagen. Es gibt kein Simmurad, ein solcher Ort hat nie existiert. Auch Simmu gab es nicht, niemand hat dem Himmel die Unsterblichkeit gestohlen, um sie den Menschen zu geben. Es gibt auch keinen Himmel und kein ewiges Leben.

Nur das, was hier und jetzt ist. Nur das, was wir sehen, was wir mit unseren Händen greifen können. Fände man anderenfalls nicht irgendwelche Spuren?

Nachdem Tavir hier eingedrungen war, ließ er seine Fackel erlöschen. Er schwamm wie im Traum um die Kalksteinpfeiler herum. Offenbar konnte er sich an keinen genauer erinnern. Wenn er nach einem bestimmten suchte, wie sollte er ihn finden?

Es gab ein Mittel.

Plötzlich ertönte eine laute Stimme im Meer – wo man, außer mit magischer Hilfe, überhaupt nichts hören konnte. Es mußte also Zauberei sein.

»Nun«, fragte die Stimme, »ist die Freiheit schön? Ich bitte dich, erzähl mir davon! Ich habe alles vergessen.«

Natürlich drehte sich Tavir suchend nach allen Seiten um.

»Hier ruhe ich«, sagte die Stimme, »zu deiner Rechten.« Und sie erklärte ihm eifrig, wie er zu ihr gelangen könne. Tavir folgte den Anweisungen, und kurze Zeit später schwebte er neben einer Korallensäule im Wasser, die sich in nichts von allen anderen unterschied.

»Wie kommt es, daß du sprechen kannst?« fragte Tavir, auch er nicht mit seinen Stimmbändern, sondern mit den Mitteln der Meeresmagie.

»Sprechen? Wer sagt, daß ich spreche?« gab die Stimme zurück. »Ich teile meine Gedanken ebenso wie du auf dem Wege der Zauberei mit. Hast auch du alles vergessen? Ich bin ein Magier.«

»Mit meiner Frage wollte ich nur erfahren«, sagte Tavir, »ob ich du bin und du ich, wie es kommt, daß ich hier bin und du dort, und daß wir Zwiesprache halten.«

»Pah!« machte der Korallenfelsen unwirsch. »Es scheint offenkundig, daß ich, als ich in die Jugend zurückfiel und zu dir wurde, an Dummheit gewann, was ich an Jahren aufgab. Gib acht! Denn dies ist das erhabene theosophische Paradoxon, das ich und andere geniale Weise, die das Ungeheuer Zhirek hier eingesperrt hielt, schon vor langer Zeit erfaßt haben. Alle Menschen besitzen eine Seele, die unsterblich ist. Aber manche Menschen ziehen die Langlebigkeit oder Unsterblichkeit des Körpers vor, weil sie sehen, daß wir mit jedem neuen Leben wieder gezwungen werden, uns dem schwachsinnigen Kreislauf von Geburt, Kindheit und Unwissenheit zu unterziehen, von den Unannehmlichkeiten des körperlichen Hinscheidens ganz zu schweigen. Ich zum Beispiel, der ich du bin, wie du warst, als du ich warst, habe einen Tropfen des göttlichen Elixiers getrunken und mich den Unsterblichen angeschlossen. Nun glaubt man«, faselte der Block weiter, »daß du einem Sterblichen, der unsterblich wird, die Seele das Fleisch durchdringt. Das mag sein. Während Zhirek in seiner Überschlauheit jedoch das Fleisch zu Stein erstarren ließ, trennte er bei jedem von uns die Seele wieder von den irdischen Bestandteilen – denn keine Seele kann je auf unbestimmte Zeit gefesselt bleiben, da sie selbst ein Fabelwesen ist. Meine Seele flog also davon – übrigens ebenso wie die Seelen aller in Simmurad Gefangenen. Und als sie sich wiedergebären ließ, nahm sie Wohnung im Körper eines gewissen Tavir, Fürst von Tirzom Jum, dessen Farbzusammenstellung, das will ich dir sagen, mein Auge sonderbar berührt.«

»Aber du«, sagte Tavir, »wenn du nicht ich bist, wer nun, bei den Knochen deiner zwei Mütter, bist du dann?«

»Da dein ehemaliger Körper unsterblich ist, lebt er unter der Korallenhülle weiter. Er ist immer noch ein großer Weiser und verfügt außerdem über den ganzen Schatz deiner früheren Erinnerungen, die du in deiner Unreife vergessen hast. Der Körper ist es also, der so freundlich und intelligent mit dir spricht und der sich *ich* nennt. Wie ich es weiterhin tun werde.«

»Bei meinem Leben – oder bei einem davon«, stöhnte Tavir. Und dann verstummte er.

»Na, na«, sagte der unsterbliche Körper vorwurfsvoll, »wenn du wieder so klug wärst wie einst, würdest du nicht solch dummes Zeug schwätzen.«

»Dann teil mir«, verlangte Tavir, »dein Wissen mit. Es ist von Rechts wegen mein.«

»Keineswegs«, widersprach der Körper in den Korallen. »Durch deine Entscheidung, eine Wiedergeburt anzustreben, hast du alles verwirkt, was in meinem Körper ist.«

»Aber hätte ich nicht in dir gelebt, dann hättest du nichts gelernt.«

»Und jetzt, nachdem du aus mir ausgezogen bist, mußt du mit viel Müh und Plage alles noch einmal lernen«, erwiderte der Körper, triefend vor Selbstgefälligkeit.

Tavir hieb zornig mit der Faust gegen den Block. Der Schlag wurde durch das Wasser gebremst, aber er war in verletzender Absicht geführt worden, und so verletzte er auch. Der Korallenblock beklagte sich.

»Eines habe ich gelernt«, sagte Tavir: »das Leben anderer zu respektieren. Ich glaube, du bist jedem Leben außer deinem eigenen gegenüber gleichgültig.«

»Du«, sagte der Korallenblock in beleidigtem Tonfall, »hast dir nur eine krankhafte Sentimentalität angeeignet, ein Fehler, bei dem du schon früher viele Jahre gebraucht hast, um ihn loszuwerden.«

»Du kennst mich nicht, also sei nicht unverschämt.«

»Und du erinnerst dich nicht, also sei auch du nicht unverschämt.«

»Mit Hilfe meiner Zaubersprüche kann ich in dich zurückkehren«, sagte Tavir, »kann noch einmal erleben, was ich war, und mir all das restliche Wissen aneignen, das du strittigerweise vielleicht noch zurückhältst.«

Auf diese Drohung hin verweigerte der Körper im Korallenblock jedes weitere Gespräch. Tavir trat, mit einer Miene, die gleichzeitig fasziniertes Interesse und tiefe Bekümmerung verriet, ein Stück beiseite und bereitete sich auf die erforderlichen magischen Handlungen vor.

Azhriaz war ganz in der Nähe und hatte alles mit angehört. Nun hätte sie vielleicht gern ihre eigene weibliche Gestalt wieder angenommen, aber sie befürchtete, sie müsse bei den hier herrschenden, für sie feindlichen Gesetzen dann ohne Luft durch das Meer zum Schiff zurückkehren. So wagte sie die Veränderung nicht, sondern trat so zu Tavir, wie sie war, eine winzige Flocke in einem Tränentropfen aus duftender Atmosphäre.

»Tavir«, sagte sie und schickte ihre Worte in sein Gehirn, denn seine Ohren hätten sie nicht hören können. »Begib dich nicht wieder in den Korallenblock. Bedenk, wie du von der Gefangenschaft geträumt hast und wie dieser Traum dich an diese Stelle lockte. Nun reizt dich dieses Ding, und du fühlst dich gedrängt, wieder zu seinem Gefangenen zu werden – dein ehemaliger Körper hat den stärkeren Anspruch; in ihm hast du die meiste Zeit gelebt, außerdem ist er unsterblich und von Dauer und spricht sogar von sich selbst, wie es ein stolzer Mensch tut ...«

Doch Tavir achtete nicht auf sie, vielleicht hörte er sie auch nicht, denn jetzt wirkte er einen Zauber, der viel heller an ihm strahlte als die Lichtflecken vom Dach her. Und noch während Azhriaz ihn warnte, entstanden ein Wirbel und ein roter Schimmer wie von einer riesigen Lampe, die sie entzündete. Dann erlosch das Licht flakkernd, und nur das Halbdunkel des Meeres blieb zurück.

Azhriaz, die an Land eine Macht besessen und ausgeübt hatte, bei deren bloßer Erwähnung die Menschen von Entsetzen erfaßt wurden, blickte nun nach unten und wußte, daß sie machtlos war. Tavir lag auf dem verschmierten Fußboden aus Mosaik und Silber. Das Wasser spielte in seinem Haar, die Augen waren geschlossen. Die Seele war fort, war durch die Korallenmasse in den früheren Körper zurückgekehrt, den sie besser kannte, der ihr Zeichen gegeben, sie gerufen und sie schließlich an einer langen dünnen Leine zu sich hineingezogen hatte.

»Ich war also nur ein Diener«, sagte Azhriaz. »Meine Aufgabe war es, dich herzubringen wie dein Wagenlenker oder dein Reitesel. Und zum Lohn bekam ich drei Küsse. Ich danke dir, Tavir.«

»Mein Name«, sagte die Stimme aus dem Korallenblock, »ist nicht *Tavir.* Da auf dem Boden, *das* ist Tavir. Was die Küsse angeht, so waren sie nicht schlecht. Ich kann zusätzlich zu den alten auch über seine neuen Erinnerungen verfügen. Aber jenes Leben ist nur ein Trugbild. Es hat Freude bereitet, ein junger Mann zu sein und flink und beweglich die horizontale Kunst auszuüben, aber für Alter und Unbeweglichkeit gibt es Entschädigungen. Das abenteuerliche Leben verliert für den denkenden Menschen unweigerlich mit der Zeit an Reiz.«

»Verräter«, sagte Azhriaz. »Ich werde keinen Versuch machen, dich zu retten. Bleib auf dem Boden liegen, Grünlocke, und verwese, bleib in deinem Korallenblock, *denke* und verwese auch du. Du bist auch nur ein Narr.«

Und als Azhriaz dies gesagt hatte, sah sie, wie die Korallen, das Wasser und der ganze düstere Raum wieder in rötlichem Licht erstrahlten. Heftige Erregung durchfuhr sie, denn sie glaubte, Tavir wolle sich zu ihr zurückkämpfen, und bereitete sich eifrig darauf vor, ihm behilflich zu sein. Aber dann sah sie mit einer Verzagtheit, die nicht nur von ihrem Kummer herrührte, daß dieses Licht nicht das gleiche war wie zuvor. Es kam dicht und schnell, so als würden Wein oder Blut ausgegossen, ein rötliches Brennen. Ein Sonnen- oder Mondaufgang inmitten des Meeres.

Sie wußte, was es war. Eine seltsame schwarze Angst überfiel sie, der verzweifelte Wunsch, sich zu ergeben – und gleichzeitig der Drang zu kämpfen. Und wieder versank sie in der Hoffnungslosigkeit Simmurads und ihrer verwirrten, zornigen Jahre wie in einem Sumpf, und sie zögerte und fragte sich, ob sie nicht doch verloren war.

Es lag jedoch nicht in ihrem Wesen, untätig zu bleiben. Und so wirbelte sie herum, entfernte sich von der geisterhaften, geisterlosen Zitadelle und strebte dem Dämonenschiff zu, der einzigen Zuflucht, die ihr noch geblieben war.

Chuz hatte sie im Stich gelassen, Azhrarn hatte sie verstoßen. Von den Sterblichen hatte ihr Dathanja kaum einen Blick gegönnt, obwohl ihre Schönheit die Welt erschütterte, und was Tavir anging – Tavir war tot.

Wie grell leuchteten jetzt die tödlichen Alleen, als stünden sie hier im Meer in Flammen. Azhriaz flüchtete in ihr Schiff, und als nächstes flüchtete das Schiff selbst. Denn hinter dem roten Schein war Yabael der Blutige, der als zweiter Versengte, der Spürhund der Götter, der Jäger. Er hatte ihre Spur gefunden.

12

Doch es war Ebriel, der über die Berge der östlichen Ecke dahinschritt.

Jenseits von Simmurad gab es höhere Gipfel, die das Meer nicht überflutet hatte. Sie ragten über das Ozeanbecken hinaus und spiegelten sich darin, das war alles. Wenn die lange Morgendämmerung sie erwärmte, strahlten sie auf, aber sie hatten stets etwas Beruhigendes an sich. Ihre Spitzen verdeckten den Rand der Welt und führten vielleicht direkt dorthin. Sie waren ein Teil des letzten Zaunes, der die Erde umringte. Wer konnte sagen, was es bedeuten würde, wenn man sie überstieg und an ihr Ende ging – wer konnte dieses Wagnis auf sich nehmen?

Sogar der Engel zügelte den Schritt und hielt sich an

die auf der Innenseite gelegenen Orte, obwohl für ihn der Weltenrand und sogar das Chaos doch sicher keine Bedeutung hatten.

Der Sonnenuntergang kam und ging so schnell wie ein flüchtiger Kuß. Die Nacht und ein paar spärliche Sterne überlisteten den Himmel.

Der Malukhim leuchtete auch in der Dunkelheit weiter. Er schien in den Ozean hinabzublicken wie ein Mensch, der nach heraufkommenden Fischen sucht.

»Du wartest hier nicht auf mich«, sagte Dathanja, der den mitternächtlichen Berghang hinaufstieg, »aber ich bin es, der kommt.«

Der Engel drehte sich um und sah nun Dathanja an. Sogar in der Schwärze *leuchteten* Ebriels Augen, denn das Licht wich nie von ihm.

Dathanja ging weiter. Er näherte sich dem Engel immer mehr, bis er nur noch drei Fuß von ihm entfernt war.

Dathanja besaß noch viele Kräfte. Und er gebrauchte sie. Er sagte:

»Ebriel, stellst du dich mir in den Weg? Es hat einen Konflikt gegeben. Wir wollen ihn nicht mit unzulänglichen Mitteln von neuem durchspielen. Ich bin kein Dämon. Und du bist nicht der Mächtigste der Sonnengeschaffenen, du bist nicht Melqar, der als letzter aus dem Feuer kam.«

Da trat Ebriel mit leisem Flügelrascheln beiseite. Es war eine sparsame Bewegung voller Schönheit. Dathanja ging an ihm vorüber und erreichte den Gipfel des Abhangs, wo der Berg sich öffnete und die Wasserfläche des Meeres überragte.

Wenn er wollte, war er noch immer ein Magier. Er schickte seinen Geist in die Tiefe, warf ihn aus wie eine Angelleine. Seine Gedanken, nichts sonst, wandelten unter dem Ozean und durch die versunkene Stadt. Auch er hatte Sparsamkeit gelernt.

Dort unten herrschte ein gespenstisches Strahlen.

Vielleicht bemerkte er es, aber er schenkte ihm keine Beachtung, obwohl es ständig stärker wurde. Er hatte anderes zu tun.

Schließlich kam Dathanjas Bewußtsein in eine Halle, in der Korallensäulen standen (die jetzt in kräftigem Rot leuchteten). Und dann geriet das Wasser in Bewegung.

Zhirek, sprach es mit mehreren Stimmen. *Seht, wie der Mörder heranschleicht, um sich hämisch mit seiner legendären Tat zu brüsten.*

Dathanjas Gedanken, sein Geist, überhörten auch das; er ging herum und musterte sorgfältig jede einzelne Säule. Eine Vielzahl von Persönlichkeiten erwachte zum Leben, wollte mit ihm feilschen und ihn betören. Aber sie lebten im Kalkstein wie Schnecken in ihren Häusern und fühlten sich dort wohl: Sie hatten ihr Schicksal selbst herbeigeführt. Nicht auf sie hatte er die Rache von König Tod gelenkt. Und die unsterblichen Seelen, die er eingekerkert hatte, waren alle fort. Bis auf eine.

Und diese eine kam schließlich und tippte ihm sozusagen auf die Schulter, ein menschlicher Geist, Gedanken wie seine eigenen, Wesen und Persönlichkeit in einem. »Hier ruhe ich«, sagte diese Seele mit unausstehlicher Stimme. Und sobald Dathanjas inneres Auge sie ansah, fügte sie hinzu: »Du bist nicht mehr so, wie du einst warst. Wie ich bemerke, hast du Schuldgefühle. Also mußt du mich befreien.«

»Ich gestehe es zu.«

»Und zwar sofort, wenn ich bitten darf.« Über ein paar Jahrhunderte hinweg hatte sich dieses Wesen auf die eine oder andere Weise die Gewohnheit bewahrt, seinen Willen durchzusetzen.

Von den Gefühlen Uhlumes, des Gebieters Tod, in dessen Namen diese Tat vollbracht worden war, wurde nicht gesprochen. Offenbar bestand die Annahme, ein paar Jahrhunderte hätten seine Wunden geheilt.

Oben auf dem Berg murmelte Dathanja etwas.

Unten aus der rötlichen Dunkelheit schimmerte sein Bewußtsein herauf.

»Warte, du Hund!« fauchte die Person im Korallenblock. Als die Falle aufklappte, wurde sie ausgespien und stürzte wild, um sich schlagend und Unsinn schreiend, in den Ozean. »Oh, du niederträchtiger Schakal! Ich kann nicht schwimmen ...« Aber dann kam ihr die Erinnerung, daß sie in der Zwischenzeit nichts anderes gewesen war als ein mit Kiemen ausgestatteter Meeresfürst von Tirzom. Und so kam aus den Tiefen Simmurads der letzte Gefangene heraufgestrampelt, Wasser atmend und doch nicht atmend, ertrinkend, aber ohne zu ertrinken. Spuren der Unsterblichkeit hafteten ihm noch an, doch er war kein Unsterblicher mehr, seine Seele hatte sich losgelöst, war zurückgekehrt und doch getrennt geblieben: ein unwirscher, schlauer, greiser Flüchtling war das Resultat. »Wie rot das Meer ist. War das Meer hier schon immer rot? O nein! Da ist etwas im Gange. Irgend etwas zornig Gerötetes stürmt heran. Was hält Tavir davon?« (Er blättert geräuschvoll in den Erinnerungen jenes zurückgelassenen Körpers wie in einer durcheinandergeratenen Bibliothek. Dann ertönt ein entrüsteter Schrei und die Bemühungen, an die Oberfläche zu gelangen, werden energischer.) »Der Engel – der eherne Zerstörer – oh, du Hundeschakal von einem Zhirek, mich hier allein zu lassen – was soll das für eine Befreiung sein ...«

Dathanja, ruhig wie die Nacht, und der Malukhim, wie der Tag in der Nacht, sahen, wie tief unter ihnen ein Wesen durch die Oberfläche des Meeres stieß. Es hüpfte auf und ab, versank wieder, bewegte sich blindlings und unbeholfen vorwärts und schüttelte die Fäuste. Dann fiel ihm etwas ein, es schrie einen Spruch aus der uralten Thaumaturgie, die ihm einst in Simmus Stadt sein Auskommen gesichert hatte – und wurde auf einem Teppich mit Hühnerflügeln hoch in die Luft getragen.

Einen Augenblick später stürzte der Weise auf seinem Teppich lautstark protestierend zwischen dem Zauberer und dem Engel zu Boden.

Was er sagte, wurde übertönt, denn in diesem Augenblick begann die See zu kochen.

Donner grollte vom Horizont. Die Luft knisterte. Eine Sonne aus dunkelstem Feuer ging auf. Wie Blut durch eine Vene, so schoß die Gestalt Yabaels unter Wasser daher, nur als dahinrasender, grell scharlachroter Riß mit etwas Menschenförmigem, Geierförmigem an der aufklaffenden Spitze zu erkennen. Die Berge erbebten bis in die Grundfesten, und überall lösten sich Lawinen und stürzten platschend in den brodelnden Ozean. Dampffontänen schossen in die Höhe, die Wellen sprangen von Angst erfaßt gen Himmel. Die Welt schien am Rande des Untergangs zu stehen ...

Dann war es vorüber. Wie ein schreckliches Fieber zog es davon, dicht am Land vorbei, an den Gipfeln, an der Röte, dem blutfleckigen Auflodern, dem Lärm und dem Beben. Das Meer sank in sich zusammen und wurde schwarz. Das Dröhnen und Ächzen erstarb. Stille senkte sich herab.

Der weiße Ebriel hatte sich stumm in sich zurückgezogen. Dathanja blickte in die Ferne, weit nach Osten, hinter dem Wesen her. Der gerettete Weise war sprachlos.

Und der Teppich mit den Hühnerflügeln hatte in seinem Schrecken ein Ei auf den Boden gelegt, das er jetzt mutterlos zurückließ und verschwand.

Das letzte Meer. Es floß unter den Gebirgsstöcken hindurch. Das war der einzige Weg, und darauf flüchtete die verlorene Göttin in ihrem Dämonenschiff.

Während sie nach Osten und immer weiter nach Osten floh, wußte sie genau, daß es eine Grenze gab. Hätte sie es nicht gewußt, dann hätten die Genien begonnen, es ihr zu erklären. Die zarten Rauchgeschöpfe umdrängten sie jetzt so dicht, daß etwas zu brennen schien. Sie rangen die zarten Hände, und die kindlichen Gesichter blickten bekümmert. Nicht für sich selbst fürchteten sie. Ihretwegen waren sie bekümmert, vermutlich weil sie ihre Sklaven waren und sich das so gehörte.

»O Herrin! Der Rand der Erde. Das Meer strömt hinter den Bergen hinaus ins Nichts, ins Andere, ins Ungewisse, das die Welt umgibt.«

»Genau«, sagte Azhriaz. »Und sonst kann ich nirgendwo hin. Seit Simmurad ist die Fahrrinne zu schmal; wollten wir nach Norden oder Süden fliehen, wir würden gegen die unterseeischen Berge prallen, die es hier im Überfluß gibt. Kehren wir zurück, laufen wir dem roten Tod direkt in die Hände. Können wir in die Luft hinaufsteigen? Die magischen Fähigkeiten dieses Schiffes schließen es aus. Soll ich es allein versuchen? Oh, wie schnell würde mich der Zerstörer einholen, dort, näher am Himmel, der ihm das Leben gab! In dieser Richtung jedoch, im Osten, liegt, wie ihr sagt, das unbekannte Grauen, der Gegenpol zu allem, was auf Erden lebt – und daher auch zu dem, der uns verfolgt. Das wird selbst den Malukhim abschrecken und zurücktreiben.«

Aber der Jäger ließ sich nicht entmutigen. Er folgte ihr wie eine lange blutige Schleppe.

Azhriaz verließ die Augenfenster ihres Schiffs. Es flog so blitzschnell dahin, so daß sie von der Aussicht wenig erkennen konnte. Sie durchstreifte den prächtig ausgestatteten Bauch des Fischwals. Sie bestellte Musik und ein Festmahl – die Melodien waren ungewohnt und mißtönend, das Essen war ungenießbar und der Wein viel zu warm. Sie versuchte, sich die Grenze der Welt vorzustellen. Daran zu glauben. Sie fürchtete sich nicht. Sie hatte schreckliche Angst. Sie spürte keinerlei Furcht. »Chuz«, sagte sie, »auch ich gehöre zu deinen Untertanen.« Und sie schleuderte die zerfließenden, sich windenden Äpfel, die man ihr zu ihrem Festmahl serviert hatte, gegen die Wände, wo die Stoffbehänge winselnd zerrissen, und kaute an ihren schönen Fingernägeln wie ein verängstigtes sterbliches Mädchen.

Das Schiff raste weiter, durch die letzten Kanäle des östlichen Ozeans der Erde, unter den Bergen hindurch. Dort unten gab es kein Licht. Selbst das Wasser war nicht ganz flüssig. Das Schiff begann in allen Fugen zu knarren und zu knistern. Eine der magischen Lampen nach der anderen erlosch. Die Musik klang wie ferne Schreie.

»O Herrin!« hauchten die Genien.

»Schweigt. Wenn ich mich ins Chaos stürze, dann muß es auch das Wesen tun, das mich jagt. Komm, Sonnenfalke!« schrie Azhriaz in die flackernde, von ferne schreiende Bewegung hinein, in das taube Nicht-Meer hinter ihr, die blinde Ungewißheit vor ihr. »Folge mir, Feind! *Folge mir,* dann wird das Chaos auch dich verschlingen.«

Plötzlich verschwanden die Genien. Kein Hauch von ihnen blieb zurück. Und dann dröhnte ein gräßliches Rasseln durch das Schiff. Die letzten Lampen erstarben wie auseinanderbrechende Blumen.

Dunkelheit trat ein, ließ sich im Schiff und in Azhriaz' Augen nieder und sagte lächelnd zu ihr: Nun sieh dich um.

Aber Azhriaz bedeckte die Augen mit den Händen.

Dann verstummte jedes Geräusch. Das Schiff wurde lautlos. Es wurde bewegungslos. Es hing in der Schwebe.

Azhriaz kniete nieder, sie hielt den Atem an.

Sie konnte niemals sterben. Und doch war der Tod so nahe. Kein Verwandter von ihr, kein freundlicher Onkel, mit dem man vielleicht feilschen konnte. Der echte Tod, die Tatsachen. Und sie war allein.

Nun kam ein Schlag, der die ganze Welt auseinanderzureißen schien. Das Schiff schoß nach oben – so schnell, daß alles zurückblieb, der metallene Rumpf, die magischen Nieten, Fleisch und Knochen; schneller und immer schneller, bis sogar Denken und Atmen zermalmt am Boden lagen; und die schwarzhaarige Frau, die allein in der Dunkelheit wartete, hörte, Meilen entfernt, Äonen unter sich, die eigene Stimme aufschreien wie die Stimme des Kleinkindes, das sie immer noch war und doch nie gewesen war: »Mutter – oh, meine Mutter! Hilf mir! Mutter! Mutter! Oh, meine Mutter!«

Doch ein unfaßbares Nichts oder Etwas hatte das Schiff eingeschlossen. Das Chaos, oder was immer am Saum der Erde Chaos bedeutete. Es packte zu, und noch während es zupackte, zuckte es zurück.

Mutter, hilf mir ...

Das Schiff stürzte nach unten wie in einen bodenlosen Abgrund. Vielleicht war es in der Tat ein Abgrund.

Das ist der Tod. Und ich kann nicht sterben. Ich werde den Tod ewig durchleben ...

Das Schiff lag in einer Hand. In einer Hand, die so riesig, so gewaltig war, daß es darin so winzig wirkte wie eine Muschel an einem Strand. Die Hand wog das Schiff und seinen Inhalt. Es konnte keine Hand sein. Und in der Dunkelheit konnte auch kein Gesicht sein, das sich herabbeugte, herunterstarrte, irgendwie gesehen wurde, ohne daß man es ah. Zwei Augen, deren Zentrum die wirbelnde Leere war, die nie einen Namen hatte, die Tiefe, aus der der Samen der Materie entspringt, die Geburtswehen ungeborener Planeten, der Schlaf von Welten, die am Ende sind. Die Zunderbüchse des Lebens waren diese Augen, leer und voll, überfließend und weit geöffnet. Und das Gesicht zeigte sich jetzt im Profil, die Stirn war alle Zeit, die Züge verschoben sich wie heller Sand an den Hängen des Raumes. Der Mund hauchte bleiche Flammen aus, ein Wort, einen Wunsch. Dann ging die Hand zurück wie die Hand eines Jungen, der einen kleinen Stein schleudern will ...

Aber als die Hand sich hebt, zieht sie einen weiten Ärmel mit, eine sich kräuselnde Welle, in deren Falten sich die Galaxien verfangen haben ...

Und unter dieser kolossalen, sich kräuselnden Welle, direkt darunter wie eine aufgerissene Naht, läuft etwas Rotes.

Der große Ärmel fegt herab, der aufreißenden roten Naht entgegen, er trifft sie, hüllt sie ein. Feuer und Nichtfeuer vermischen sich, eine Million Stiche trennen sich auf.

Einen Augenblick lang herrschte reine Elektrizität, Koronen, Sonnenräder, Novae. Alle stimmlos und ohne Farbe. Danach hob ein tiefer weicher Donner an. Er streckte sich, stieg, durchmaß das ganze Spektrum des Schalls und wurde zu einem Laut, der kein Laut mehr war.

Geräuschlos vollzog sich also die Eruption. Die Welt krümmte den Rücken, der Himmel neigte sich herab. Eine Sekunde lang wogte alle Materie dem Vergessen entgegen – oder einem neuen Leben, was das gleiche war. (Vermutlich brach sogar das Firmament ein, und Flocken des Himmels stoben umher wie Gips.) Und dann schwang die Waage wieder zurück. In einer weichen Bewegung kam alles zur Ruhe wie ein sanft auslaufendes Rad.

Wie ein Beutel Salz, der durchgeschüttelt wurde, setzte sich die Substanz der Erde wieder. Wie bei Salz hatte jedes Korn einen anderen Platz gefunden, aber es war immer noch Salz und glaubte sich unverändert.

Und die riesige Hand, die jetzt nichts mehr hielt, kehrte in die von Formen erfüllte Formlosigkeit zurück, aus der sie sich selbst geschaffen hatte. Keine sehenden Augen, keine wirbelnde Leere. Sie sickerte davon. Endlos. Zu Ende.

Bis an die Grenzen der Erde, bis in die entlegensten Orte, überall erwachte das Gerücht, gähnte noch halb im Schlaf und sagte müde: Irgend etwas ist in der Nacht geschehen. Aber es war sicher nichts passiert, denn die Welt sah nicht anders aus als vorher. Die Bäume trugen ihre Früchte wie Geschmeide, die Ziegen gaben ihre Milch, hin und wieder mit einem Tritt dazu, die jungen Mädchen kämmten sich ihr Haar und flochten Blumen und Perlen hinein. Die weisen Männer grübelten in hohen Türmen über ihren Schriftrollen und ihren Kristallkugeln und schüttelten verwirrt und unbefriedigt die Köpfe.

Wenn alles verändert ist, wer spürt dann noch die Veränderung in der Luft?

Ist die Menschheit außer Gefahr? Ja.

Ist die Welt noch ganz? Ja.

Ist die Erde noch flach? Sie ist es.

Unter der Erde

1

HAZROND, FÜRST DER DÄMONEN, nahm die Gestalt eines großen schwarzen Adlers an, um sich ein wenig Ablenkung zu verschaffen. Nach Osten und Westen flog er, mit seinen gewaltigen Schwingen schlagend, nach Norden und Süden, in alle vier Ecken der Welt. Er beobachtete, wie die Lichtprozessionen der Menschen unten vorbeikrochen, und überquerte mit kühlem Blick die hohen Steinpylone der Städte. Einmal faltete er seine tintenschwarzen Schwingen auf einem Tempeldach zusammen. »Er hat euch also nichts beigebracht«, sagten die Schwingen, die Federn, die Augen – alles außer Hazronds Stimme. »Nicht einmal Azhrarn der Schöne mit seinen Erziehungsbestrebungen. Aber die Menschheit ist nicht lernfähig. Sieh nur, toter Gebieter, sie beten die Götter immer noch an, obwohl sie wissen, daß sie den Göttern gleichgültig sind!«

Eine Stunde, ehe die Sonne aufgehen sollte, kehrte Hazrond ins Zentrum der Welt und von dort unter die Erde zurück. Ein Tor aus Achat passierte er, ein Tor aus Stahl und ein Tor aus schwarzem Feuer. Er betrat Druhim Vanashta, nahm eine Flöte heraus, die wie der Schenkelknochen einer Katze geformt war, und blies darauf. Sofort kam ein Dämonenroß herangaloppiert, Hazrond sprang auf seinen Rücken und ritt, schneller als jeder Wind in der weiten wilden Welt, zu seinem Palast. Dort fand er, in der Haltung eines Bittstellers auf einer mächtigen Türschwelle liegend, einen kleinen Drin.

»Gnade, Ruhmreicher!« flehte der Drin.

»Was hast du getan?«

»Bisher leider noch nichts. Allein wegen meiner Existenz flehe ich Euch um Verzeihung an.«

»Ich gewähre sie dir nicht. Warum bist du eigentlich hier?«

»Mir scheint«, säuselte der Drin, »ich habe hier irgendwo im Garten in der Erde gelegen und war ein Wurm. Ich verhielt mich wie ein Wurm. Ich hatte fünfzig Wurmfrauen, und sie alle schenkten mir Wurmsöhne, was für mich nicht ohne Reiz war, da ich als Dämon unfruchtbar bin. Dann hat mich derjenige vergessen, der mich als Wurm dorthin versetzte – um mich zu bestrafen. Vielleicht hat er auch nur sich selbst vergessen. Irgendwann wurde im ganzen Sein ein sonderbares Zögern spürbar, als hielte das Leben selbst den Atem an; ich wurde herausgeschleudert, und hier bin ich.«

»Dein Name ist Bakvi. Du hast eine Halskette aus Tränen gestohlen«, sagte Hazrond nachdenklich.

»Daran erinnere ich mich nicht«, sagte Bakvi vorsichtig. »Aber ich erinnere mich an meine fünfzig Frauen und meine fünftausend Söhne. Der Garten ist dank meiner Bemühungen gut gelockert, edler Herr.«

»Wer bin ich?« fragte Hazrond.

»Ein Vazdru, der heller und schöner leuchtet als jedes Licht der Erde.«

»Was noch?«

Bakvi leckte sich die Lippen. Wenn Azhrarn Azhrarn vergessen hatte, und wenn dieser hier wie ein blanker Sturm durch die Tür des Palastes fegte ...

»Der Fürst der Dämonen«, fügte sich Bakvi.

Hazrond lächelte und streichelte den Drin, der vor Entzücken erbebte. Aber es kam Bakvi so vor, als bebe er nicht ganz so stark, als wenn ein anderer ihn gestreichelt hätte ...

Endlich ging Hazrond mit den Adlerschwingen, der Schöne (der Herrscher der Nacht?), weiter in sein düsteres Haus.

Bakvi hüpfte durch den Garten davon. Es soll nicht verschwiegen werden, daß er sich an den Garten gewöhnt hatte, an die Tunnelgräberei, an ein Leben hemmungsloser Unzucht, an alle möglichen Dinge, die er in Dämonengestalt niemals gewagt hätte. In seiner Schmiede am See hatte sich bestimmt schon lange irgendein Schurke breitgemacht. Bakvi trödelte also herum und legte sich hin und wieder verstohlen in das dunkle Gras, um die weiblichen Würmer zu betören, die er, schön wie Wasser, unter sich durch die Erde gleiten spürte.

Nach einiger Zeit stieg Bakvi die Terrassen zwischen den Zedern mit den Silberstämmen hinab, wobei er sich ständig beherrschen mußte, um nicht vor den geflügelten Fischen in den Ästen in Deckung zu gehen (solange er ein Wurm war, war das nur vernünftig gewesen), und erreichte das Zentrum des Gartens. Hier blieb er völlig überrascht stehen. An dieser Stelle war früher – schon immer – ein aus einer wärmelosen, lichtlosen roten Flamme bestehender Springbrunnen aus dem Boden geschossen. Nun war hier ein Erdhügel, hie und da von Spalten durchzogen, die wie Rubine glühten.

Bakvi setzte sich ins Gras und betrachtete den Hügel. Als er eine Stunde so gesessen hatte, streckte ein schwarzer Wurm die Schnauze aus dem Boden, und Bakvi griff danach.

»Warte einen Augenblick, mein Sohn!« bat Bakvi.

Aber der Wurm zappelte unbehaglich. »Du bist nicht so, wie ich dich in Erinnerung habe, Papa.«

»Das soll dich nicht kümmern. Siehst du diesen Haufen dort?«

»Meine Augen sind schlecht. Aber ich sehe ihn. Er leuchtet.«

»Geh und hol deine anderen Brüder!«

Der Wurm erhob Einwendungen. Bakvi drohte. Der Wurm krümmte sich, ging fort und kehrte bald mit neunundneunzig anderen Würmern zurück. Bakvi hatte seiner Familie während seines Wurmlebens Respekt beigebracht.

»Meine Söhne«, sagte Bakvi, »ihr seht, ich bin nicht mehr der, der ich war.« Die Würmer sagten, das sähen sie, und fragten, ob sie nun trauern sollten. »Ihr sollt nur unter diesen Hügel kriechen«, sagte Bakvi, »und mir ein schönes großes Stück von dem rotglühenden Zeug bringen, das ihr dort findet.« Die Würmer waren nicht begeistert. »Ihr werdet euch nicht daran verbrennen«, sagte Bakvi. »Es könnte etwas Schlimmeres anrichten, aber das ist nicht mehr meine Sache«, fügte er zu sich selbst hinzu. »Habe ich dir nicht«, fragte er den Garten, »fünftausend Gärtner beschert? Hundert weniger werden keine große Lücke hinterlassen.«

Nun bohrten sich die gehorsamen Würmer zappelnd in den Hügel und wühlten darin herum. Kurze Zeit später – Bakvi hatte sie in seinem Wurmleben zu *größtem* Respekt erzogen – kamen sie alle wieder zum Vorschein und schleppten in ihrer Mitte einen blutroten großen Klumpen daher.

»Wir haben den Eindruck«, sagte der älteste der Würmer, »daß das Feuer in der Erde zwar weder Wärme noch Licht abgibt, aber doch gewisse Eigenschaften hat.«

»Ihr werdet alle Könige sein«, versprach Bakvi. »Nun folgt mir!«

Und mit diesen Worten watschelte er in Richtung auf den See davon, wo die Drin-Schmiede ihr Metall hämmerten. Unterwegs begannen die hundert Würmer, berauscht durch die Berührung mit dem Feuer des Springbrunnens, unanständige Lieder zu singen (die ihnen Bakvi in seinem Wurmleben beigebracht hatte).

Nun hätte Bakvi, falls ihn jemand gefragt hätte, nicht genau sagen können, warum er sich so verhielt. Ja, als er den See erreichte und die felsigen Ufer, wo die Schmieden dröhnten, Qualmwolken aufstiegen und Dutzende von Drin herausspähten und fragten, wohin er denn ginge und welch trübe Laterne das sei, erfand Bakvi Lügengeschichten, obwohl er immer noch nicht genau wußte, welche Wahrheit er denn verbergen wollte.

Endlich entdeckte er eine schmutzige, kleine, freie Höhle und kroch hinein, und die Würmer folgten ihm singend und hicksend mit der Lichtkugel, die keine Helligkeit verbreitete. Ein letzter neugieriger Drin rief ihnen nach: »Was ist das, was du da mitbringst?« »Nur ein Stück Kohle, um mein Feuerbecken anzuzünden«, sagte Bakvi wieder. »Ich experimentiere mit einem Zauber, bei dem ein Klumpen Tausendfüßlerkot verbrannt wird.«

Nachdem Bakvi in die Höhle gelangt war, gab er seinen Söhnen weitere Anweisungen und schickte die laut Rülpsenden gleich wieder fort. In höchster Euphorie ringelten sie sich in alle Richtungen, drangen in die Werkstätten jener Drin ein, die schliefen oder außer Hauses waren, eigneten sich verschiedene Gerätschaften an und brachten sie ihrem Vater.

Schon bald, noch während man hören konnte, wie erwachende oder heimkehrende Drin *»Dieb!«* schrien und verschiedenen Nachbarn an die Kehle gingen, machte sich Bakvi an die Arbeit. Er stellte eine Werkbank auf, entzündete ein Feuerbecken und rief sich alte Zaubersprüche ins Gedächtnis, während die beschwipsten Wurmsöhne bewundernd um ihn herumsaßen.

Von Zeit zu Zeit kamen andere Drin, von unbezwingbarer Neugier getrieben, an den Höhleneingang getappt.

»Wer ist da?« »Ikki.« »Ikki? Ich dachte mir schon, daß ich deine Stimme kenne. Aber Ikki war nicht der Name, der dazu paßte ...«

»Ich bin Ikki, und meine Gattin ist ein Skorpion, ihr Stich bereitet ein irdisches Jahr lang Unbehagen, besonders beim Reiten.« »Sei gesegnet, Ikki, und leb wohl!« Und noch später, hin und wieder: »Bist du das, Ikki?«

»Ich bin es.« »Wie geht es deiner Gattin?« »Stachelig.« »Das Glück möge dich begleiten, Ikki, noch einmal, leb wohl!«

Bakvi schuftete schwer. Er fertigte, wie es die Gewohnheit der Drin war, ein Werkstück und belegte es mit einem passenden Zauber. Es war ein verschließbares, wie ein Vogel geformtes Gefäß. Dann nahm Bakvi den Klumpen aus Erde und Feuer, schob ihn in den Vogelhals und weiter in den Vogelkörper und steckte dann den Kopf fest darauf. Als nächstes zog er den Vogel mit einem Schlüssel aus Korund auf, und der flog ständig im Kreis herum.

»Nun ist es vollbracht«, sagte Bakvi. Und mit diesen Worten fiel er über eine riesengroße schwarze Teppichrolle, die sich als der älteste seiner Wurmsöhne herausstellte, welcher (unbemerkt, denn wenn die Drin mit Schmiedearbeiten beschäftigt waren, nahmen sie nur selten etwas anderes wahr) an Länge und Umfang beträchtlich zugenommen hatte. Den anderen neunundneunzig, die das Springbrunnenfeuer getragen hatten, war es ebenso ergangen.

»Erschrick nicht, kleiner Vater!« bat der älteste Wurm, ein glatter Drache mit feurigen Augen. »Wir danken dir, daß du dein Versprechen gehalten und uns zu Königen gemacht hast. Nun werden wir dich auf deiner Reise tragen.«

»W-w-welche Reise?« fragte Bakvi, während er sich vergeblich bemühte, sich in eine Spalte zu drücken.

»Der übernatürliche Schmutz hat uns ungewöhnlich klug gemacht. Wir kennen den Weg. Komm, nimm den Silbervogel und steig auf meinen Rücken!«

»Hm«, machte Bakvi. »Ich habe eine dringende Verabredung.«

Aber schließlich luden ihn die anderen Würmer auf den ältesten, und der wälzte sich mit so schnellen fließenden Buckelbewegungen über die Felsen, daß Bakvi vor Entsetzen laut schrie.

»Ach, da geht dieser Ikki, seht nur, welches Geschrei er macht und wie er sich aufspielt!« riefen die Drin. »Was ist das für ein Ungeheuer, auf dem er reitet? Und wo ist seine Skorpionsgattin?«

»Hinter euch!« grölte Bakvi boshaft zum Abschied, und dann schlängelte sich der Wurm mit ihm davon, ohne daß er wußte, wohin die Reise ging.

Aber irgendwann kamen sie an einen Bach, in dem Opale schwammen und sich wie Lachse aus dem Wasser schnellten, und oberhalb des Baches ragte ein schwarzer Hügel auf.

»Nun weiß ich, warum ich Angst hatte«, sagte Bakvi. Aber in Wahrheit wußte er es nicht.

Der Wurm setzte ihn mit einem Mindestmaß an Höflichkeit ab. Die anderen Würmer, die sie begleitet hatten, lagen wie die Seidenschnüre eines Riesen auf dem Boden herum. Aber aller Augen waren auf Bakvi gerichtet, aller Augen bedeuteten ihm, er müsse den Hügel hinaufsteigen, und nur der Silbervogel mit dem Feuer darin könne ihm helfen.

»Warum nur«, fragte Bakvi, »hat die Erde den Atem angehalten? Und warum konnte sie das nicht tun, ohne mich auszuwerfen? Azhrarns Strafe war für mich keine Last. Aber dies gefällt mir nicht.«

Vom Bach führte ein ausgetretener Pfad zu einer Höhle in dem Berg. Der Pfad leuchtete schwach. Als Bakvi hinaufstapfte, trübte sich der Schein.

Bakvi erreichte die Membrane der Abwesenden Zeit, und ihr Geruch reizte ihn zum Niesen. Es war ein grobes lautes Niesen, die Membrane zerriß gekränkt. Mit weichen Knien und klappernden Zähnen, seinen Vogel umklammernd, trottete Bakvi in die Höhle.

Er konnte nichts oder nur sehr wenig sehen. Eine Statue, schlank und dunkel, stand in der Nähe, zwei andere weiter entfernt, und auf einer Felsplatte lag, strahlend wie ein herabgefallener Mond, schwärzer als das

10·88·3

Blut der Nacht, nahe wie ein Knochen und doch so fern wie der Himmel, ein Fremder, der ihm vertraut war.

Bakvi warf sich, sinnloses Zeug plappernd, zu Boden, der Vogel flatterte ihm aus der Hand, ohne daß er sah, wohin er flog.

Dann sprach eine Stimme zu Bakvi, sanft und schrecklich. Doch bei ihrem Klang erwachte das Dämonenblut in seinen Adern zum Leben.

»Du hast von mir nur Strenge erfahren. Warum tust du dies für mich?«

Da sagte Bakvi: »Ihr könnt mich mit Schmähungen überhäufen. Was macht es aus? Liebe bleibt Liebe.«

Und bei sich dachte Bakvi: *Ich bin besessen und rede wie ein Narr.* Aber er sagte noch einmal: »Liebe bleibt Liebe. Man kann sie nicht sehen, denn sie ist alles. Wir kämpfen gegen sie an. Wir stoßen sie zurück. Aber das gelingt uns ebensowenig, wie wir unser eigenes Leben abschütteln können. Am Ende bleibt nur die Liebe übrig. Am Ende wird sie die Welt erben. Aber noch ist es nicht soweit.«

»Ganz sicher noch nicht«, sagte die Stimme, so herrlich und furchtbar, daß Bakvi, obwohl er unsterblich war, vor Angst fast umkam. »Sag mir, wie ich dich belohnen soll!«

Bakvi füchtete sich so, daß er nur piepsen konnte.

»Macht mich wieder zum Wurm! Macht mich zu einem *großen* Wurm, so groß wie meine Söhne! Macht mich zum König aller Würmer im Dömonenreich!«

Dann sprang er auf und wollte sich aus dem Staub machen – und da war Bakvi zu einem riesigen, vollkommenen, schwärzlichen Wurm geworden. Er verließ die Höhle, begab sich den Hügel hinunter, überquerte den Bach, als wäre es ein Fluß und glitt zu seinen eigensinnigen Söhnen, die jetzt neben ihm wie Zwerge aussahen.

»Wer bin ich?« fragte Bakvi, der Wurm.

»Unser hochgeehrter Papa«, sagten die Würmer respektvoll.

»Geht hinab«, sagte Bakvi, »und sagte eurer Mutter und allen meinen Frauen, sie sollen *wachsen*. Und dann mögen sie sich bereithalten.«

Hazrond schritt vor den düsteren Saphirfenstern auf und ab. Er war auf der Jagd gewesen, hatte mit seinen Rossen und Hunden die verirrten Seelen schlafender Wahnsinniger gehetzt. Aber das Vergnügen hatte ihn nicht ganz befriedigt. Vielleicht hatten die Seelen nicht genug geschrien, oder sie hatten im Rachen des Alptraums nur vor Lachen geschrien.

Die Erde oder die Natur des Lebens hatte den Atem angehalten. Mit seinem Vazdru-Bewußtsein hatte Hazrond es gespürt, ohne es zu wissen. Er wußte auch, daß ihm irgend etwas entgangen war. Der Mond war gestolpert, die Sterne hatten aufgeschrien. Einen Moment lang. Dann war alles wieder an seinem Platz. Warum sollte er sich Sorgen machen? War er nicht Fürst Verworfenheit, der Peiniger der Menschheit?

Hazrond setzte sich und trank aus einem Glasbecher noch durchsichtigeren Wein.

Auf der anderen Seite des Raums entzündete sich eine Lampe und leuchtete in tief rubinrotem Schein. Hazrond blickte auf die Lampe. Obwohl sie brannte, strahlte sie kein Licht aus.

Hazrond zeigte auf die Lampe, und sie erlosch. Als er nach unten blickte, fand er eine Schlange mit Rubinaugen vor seinem Fuß. Hazrond stieß sie weg – sie war schon verschwunden.

Dann kreiste in der Luft ein Silbervogel. Hazrond schleuderte einen Dolch nach ihm, und plötzlich schoß der Kopf weg – er zerbarst, und nur eine Flamme erblühte, flackernd und sich windend; sie gab keine Wärme ab, erleuchtete nichts.

Hazrond lehnte sich in seinem Stuhl zurück und

nahm noch einen Schluck aus seinem Becher. Er war jetzt verändert. Weicher, lebhafter. »Ach, du bist also hier?« fragte er. »Du hast lange geschlafen, wo du auch immer warst. Bist du gekommen, um mir deine Dienste anzubieten? Als hübscher Page, der mir Leckereien serviert, oder als Spielmann, der mich mit Musik ergötzt? Was hast du vor, Azhrarn?«

Da streckte sich die Flamme und kam in seine Nähe. Hazrond blieb in seinem Stuhl sitzen und trank seinen Wein aus. Die Flamme strömte in den leeren Pokal und füllte ihn. Hazrond warf das Glas mit nachlässiger Geste von sich. Es drehte sich schnell, die Flamme sprudelte daraus hervor und verschwand. Der Becher krachte gegen eine Säule, und Azhrarns Stimme ertönte hinter Hazronds linker Schulter. »Wenn oben auf die Erde die Nacht zurückkehrt, werde ich nach Druhim Vanashta zurückkehren, in meine Stadt, die du dir ohne meine Erlaubnis ausgeborgt hast.«

»Man wird dich willkommen heißen«, sagte Hazrond, »wenn sich noch jemand deiner entsinnt.«

Doch rings um ihn erzitterte die Dämonenstadt in Freude und Angst wie eine Braut, sogar die Herzen der Dämonen konnte man wie Hasen zusammenzucken hören – denn es gab keinen Stein, kein Blatt, keinen Geist, der nicht in gewohnter Weise auf seine Gegenwart reagiert hätte. Sogar Hazrond beugte sich mit halbgeschlossenen Augen dieser Stimme entgegen, obwohl er seine Hände so fest ballte, daß ihm die Ringe ins Fleisch schnitten.

»Ich bin jetzt der Gebieter hier«, sagte Hazrond.

»Soweit du es jemals warst«, gab Azhrarns Stimme aus dem Schatten zurück. »Und das war nicht sehr weit.«

»Wir werden sehen. Ich erwarte mit Vergnügen deine Ankunft.«

»Tu das«, sagte Azhrarn. »Das Vergnügen wird recht kurz sein, wenn wir uns erst begegnen.«

Der Tag fiel aus der Welt. Im unterirdischen Reich, wo man weder Tag noch Dunkelheit kannte, wurde dennoch die Nacht stets registriert. Schon jetzt herrschte in der Stadt eine große Stille. Keine Musik, kein mechanischer Vogel, keine Stimme waren zu hören. Doch in ihren Säulengängen und auf ihren Türmen standen die Vazdru und bei ihnen die Eshva, als wollten sie sie bedienen. Sogar die Drin hatten sich hereingeschlichen, kauerten hinter Fensterscheiben und Gartenmauern und blinzelten durch Gucklöcher, konnten nicht fernbleiben, waren von schlimmen Ahnungen erfüllt. Als sich oben die Nacht über die Erde senkte, schallte eine eherne Glocke durch ganz Druhim Vanashta.

Sie hatten ihn verraten, fast jeder einzelne seiner Rasse. Entweder ganz bewußt, aus Eifersucht und Zorn, oder indem sie sich stillschweigend fügten. Kein einziger hatte sich der neuen Ordnung oder der Herrschaft des Usurpators entgegengestellt. Sie hatten gesagt: *Er ist für uns tot,* hatten ihre künstlerischen Feste und Spiele wieder aufgenommen, und wenn Hazrond an ihnen vorüberging, huldigten sie ihm. Während nun die Eshva in sinnlicher Erregung zitterten und bebten und die Drin sich scheeläugig verbargen, warteten die Vazdru nur, reglos wie Schilf, wenn kein Wind weht. Die bleichen Gesichter, weiß wie die Blumen der Nacht, die Nachtaugen, drückten tiefe Gelassenheit aus. Dennoch wurde die Stadt von dem lautlosen Aufruhr erschüttert, der in jedem einzelnen Herzen tobte.

Dann ertönte die Glocke noch einmal – und zersprang in Stücke. Kein Ohr, das den Tumult nicht vernommen hätte. Die Augen aller Dämonen wandten sich in eine Richtung.

Azhrarn kehrte ohne Zeremoniell und Prunk in seine Stadt zurück. Er kam weder hoch zu Roß noch in einem Wagen, sondern zu Fuß. Und niemand war bei ihm, weder Höfling noch Wächter. Er war in Schwarz gekleidet, in schlichtes Schwarz. Und als er die Stadt betrat, entfaltete sich die Luft wie eine erblühende Rose, die Mosaiksteine erröteten, die Säulen vibrierten wie die Saiten einer Harfe. Er *war* die Stadt, und die Stadt wußte es. Und auch alle darin Befindlichen wußten es.

Aber die höheren Kasten des Dämonenvolkes benahmen sich sehr würdevoll. Die Vazdru warfen sich nicht vor ihm nieder, und obwohl die Eshva wie erstarrt und fast ohne Besinnung waren, verneigten auch sie sich nicht. (Und die Drin ließen sich nicht sehen.)

So schritt er schweigend die stillen Alleen entlang, nur von dunklen Augen gefolgt, und kam schließlich zu dem schwarzen Palast, in dem er seit unzähligen Generationen der Erde und zeitlosen Augenblicken von Untererde als Fürst und Gebieter geherrscht hatte. Als er auf eine halbe Meile herangekommen war, öffneten sich die Tore weit und ganz von selbst. Man konnte die Hunde in den Höfen aufgeregt hecheln hören, aber nichts sonst. Als Azhrarn den Palast und die offenen Tore erreichte, stand Hazrond im Eingang.

Nun war Hazrond der schönste und der auffallendste der Vazdru. Er hatte Rüstung, Juwelen und sogar richtige Flammen angelegt. Azhrarn hingegen war nur in Schwarz gekleidet nach Druhim Vanashta zurückgekehrt, und man sah, daß Hazrond neben Azhrarn nicht mehr war als ein großer Ozean neben dem endlosen, unergründlichen, unvergleichlichen Himmel.

»Nun, hier bist du also«, sagte Hazrond.

»Hier bin ich«, sagte Azhrarn.

»Ich hoffe, es geht dir gut.«

»Ich bin krank, und die Krankheit muß ausgemerzt werden. *Hazrond* ist ihr Name.«

»Ich werde auf die Straße hinunterkommen«, sagte Hazrond. »Möchtest du dich dort mit mir prügeln?«

»Komm herunter«, sagte Azhrarn, »dann wirst du es sehen.«

Hazrond kam und legte die Hand auf Azhrarns Schulter.

»Sie werden neidisch sein«, murmelte er, »weil wir einander berühren.«

»O Hazrond«, sagte Azhrarn und blickte ihm in die Augen, »glaubst du das wirklich?« Und unter diesem Blick wurde Hazrond so bleich, daß man unter seiner Haut den Schädel sehen konnte. Dann ging von Azhrarn eine funkelnde Kraft aus und schleuderte Hazrond auf das Marmorpflaster vor dem Palast.

Er kam tänzelnd wieder auf die Füße, dieser Vazdru-Fürst, der der Fürst aller Fürsten gewesen war, so lässig, als wäre er unverletzt, als wäre es ein Spaß für ihn, zu Boden geschleudert zu werden. Als er sich erhob, zog er sein Schwert aus dem schwärzesten, blauesten Stahl, sprang nach vorn und stieß mit der Klinge nach Azhrarns Brust.

Sie waren beide unsterblich. Was bedeuteten ihnen Schwerter und Hiebe, mit denen die Menschen den Tod zu bringen suchten? Symbole, *Worte.* Sicher hatte Hazrond es doch schon in dem Augenblick gewußt, als Azhrarn hinter seinem Stuhl zu ihm sprach, vielleicht sogar schon in der Sekunde, als er selbst sich dieses Stuhls bemächtigt hatte: gewußt, daß er der Verlierer sein würde.

Azhrarn streckte die Hand aus, die völlig leer war, und ließ die Schwertspitze ins Handgelenk eindringen. Aber sie tat es nicht, denn das Schwert hatte sich aufgelöst und war verschwunden.

Und dann wurde Hazrond zu durchsichtigem Licht. Das war sein Wesen, die reine Dynamik unter der männlichen schönen Gestalt, mit der sich der Vazdru-Fürst zu schmücken pflegte; schwefelblau war Hazronds Vitalität, wie Mondlicht, das man im Fieber durch die indigoblaue Nacht sieht. Sie stürzte sich auf Azhrarn, umklammerte ihn, lastete auf ihm.

Wo Azhrarn gestanden hatte, loderte nun ein schwarzes Feuer auf, und das Feuer zuckte und fachte sich zu einem tiefen kalten Rot an. Azhrarns Energie, sein psychisches Wesen, scharlachrot wie der Springbrunnen im Garten, überragte und umhüllte Hazronds blaues Feuer. Sie kämpften miteinander, bis eine weitere Veränderung eintrat.

Denn das rote Feuer erhitzte sich weiter, wurde kälter und heißer, steigerte sich bis zur Weißglut: Weiß. Und das weiße Feuer begann nun seinerseits zu puliseren und eine Farbe auszustrahlen, die wie ein lautloses Dröhnen war.

Und Druhim Vanashta, das den Kampf beobachtete, hätte gern die Augen abgewendet und aufgeschrien. Denn die Farbe dieses Feuers war Gold. So golden, wie Gold nur sein kann, wie alles, was aus Gold ist, *es war wie die Sonne.* Ja, wie die Sonne der Erde, die für Dämonen als einziges wahrhaft tödlich war. Wie die Sonne loderte Azhrarns Lebensenergie, und sie fraß Hazronds Wesen wie Säure ein Stück Papier. Schließlich rieselte nur noch dünner Staub, wurde verweht und verschwand. Und Hazrond ... auch Hazrond war nicht mehr da.

Kein Laut. Kein Schrei. Kein Auge wandte sich ab.

So sahen sie Azhrarn zurückkommen, ihren Fürsten, einen Herrn der Finsternis, den Herrscher der Nacht. Er war ein Mann, in Gold gekleidet, aus Gold bestehend, das Fleisch, das Haar, alles war golden, und die Augen waren goldene Sonnen. Er stand auf den Straßen des Reiches der Nacht und war der *Tag.* Dann veränderte sich der goldene Schrei seiner Pracht. Sie wurde ganz schwarz, ganz kühl. Nicht Morgen, sondern Abend.

Ohne einen Blick, ohne ein Wort ging Azhrarn in seinen Palast, und die Türen schlossen sich so weich wie die Augenlider eines Schlafenden.

Nun sagt an, Stadt und Volk, wer ist euer Fürst, und *was* ist er?

2

Dämonen starben nicht. Zumindest blieben sie nicht tot. (Darin waren sie wie die Sterblichen.) Und Unterderde konnte sich mit einem absoluten Ende nicht abfinden. Der Gebieter Uhlume war nie hiergewesen. Während Ahzrarn nun durch seinen dunklen Palast streifte wie ein noch dunklerer Gedanke und ihn dabei wiederentdeckte, wurde die Asche Hazronds von einer plötzlichen Brise aus der Stadt getragen und über die Landschaft der Unterwelt geweht.

Es war nicht einmal richtige Asche, sondern ein Stoff, der dünner war als Luft – so fein verteilt, daß er unsichtbar war. Eigentlich war es nichts. Dieses Nichts ließ sich im schwarzen Gras in einer Senke nieder, und während es dort lag, ritten drei Vazdru-Fürsten vorüber. Sie lachten, und was sie sagten, war so voll Stolz und Grausamkeit, als wären sie erst vor kurzem aus erquickendem Schlaf erwacht. Es waren die drei, die Azhrarn treu geblieben waren und ihn in der Berghöhle bewacht hatten. Nun strebten sie in berechtigter Erwartung eines großzügigen Empfangs der Stadt zu.

»Aber dies hier«, sagte einer von ihnen, »wollen wir nicht länger behalten. Es gemahnt uns nur an unsere Verzweiflung.« Und damit warf er den Silberbecher weg, den sie in den lebendigen Bach getaucht hatten, um mit dem Wasser die Lippen ihres Gebieters zu benetzen – ohne daß es ihnen gelungen wäre, ihn wiederzubeleben.

Der Becher hüpfte über das Gras und fiel in die Senke, wo, mangels eines besseren Ausdrucks, Hazronds *Asche* lag.

Der Becher enthielt noch eine Spur von Wasser, und das wurde verschüttet. Mehr noch, der Becher war aufgeladen mit Vazdru-Zauberei, mit jenem Gebet im Inneren des Hügels, mit dem Willen zur Wiederbelebung.

Außerdem hatte er wie ein Liebender Azhrarns Lippen berührt.

Das klare nichtleuchtende Licht von Untererde schlürfte alles ein wie einen Balsam, und mit allem anderen nahm es auch Hazronds Staub in sich auf.

Oben in der Welt der Menschen vergingen vielleicht ein paar Tage. Unten waren es ein paar Glocken- und Herzschläge. Die mit dem Tau von Wasser und Gebeten besprengte Asche wuchs zusammen mit Moos und wurde hart wie Lehm in einem Töpferofen. Sterben in Untererde war etwas ganz anderes als der Tod im Reich darüber.

Hazrond, schön und prächtig, freilich blaß wie ein Toter und schwach wie ein Neugeborenes, lag auf dem Rücken und hatte kaum die Kraft, den Silberbecher, der ihm unter die Hand geraten war, aufzuheben und zu küssen. Nach einer Weile setzte er sich schließlich auf, zog, sich mit einer Hand kraftlos auf dem Boden abstützend, die Silberflöte hervor, die geformt war wie der Schenkelknochen einer Katze, und blies darauf. Und bald kam eine Dämonenstute durch das Gras galoppiert. Doch als Hazrond sie bestiegen hatte und ihren Kopf der Stadt zulenkte, erbleichte auch sie. Ihr schwarzes Fell wurde aschgrau, und sie trottete nur mühsam dahin.

Azhrarn saß in einer Halle mit Fenstern in der Farbe von Löwenblut. Er hatte in elfenbeinernen Büchern gelesen, aber nun legte er eine Hand darauf und die andere auf die geschnitzte Armlehne seines Stuhls. Er lauschte und hörte, neben den Gesängen und dem Schweigen von Druhim Vanashta, neben den bezaubernden Klänge, die unablässig erzeugt wurden, um ihn zu beschwichtigen und zu entzücken, die traurigen Hufschläge auf dem Pflaster, dann die Türen, die sich nacheinander öffneten, und die gleichmäßig schlurfenden Schritte.

Hazrond trat ein. Azhrarn schwieg. Die ganze Halle

war in das rötliche tote Licht getaucht, das durch die Fenster hereinströmte. Hazrond durchquerte sie, und als er Azhrarn erreichte, kniete er zu seinen Füßen nieder und starrte ihn mit seinen tränenfeuchten brennenden Augen an.

»Stell mir nur eine Frage!« bat Hazrond. »Frag mich, warum ich in deiner Abwesenheit diese Stadt an mich gerissen habe!«

»Warum«, sagte Azhrarn, »sollte deine Antwort mich interessieren?«

»Weil du mit einem Himmelswesen gekämpft hast und weil ein wenig von der Macht der Sonne nun endlich auch in dir ist, Azhrarn, zusammen mit der Kraft, die dir schon immer zu eigen war. Und wir – wir sind weniger als Gras, Azhrarn, und du bist alles, was wir nicht sein können, nicht einmal die größten von uns. Du hast nichts zu fürchten. Nicht einmal von Hazrond, der dir zu Füßen liegt.«

»Wer sagt dir«, fragte Azhrarn, »daß ich Hazrond jemals gefürchtet habe?«

»Oh«, sagte Hazrond lächelnd, »wirst du mich nicht ein wenig fürchten, nachdem ich soviel für dich getan habe? Denn ich habe dafür gesorgt, daß sie dich in Erinnerung behielten, indem ich sie mit jedem Wort, mit jedem Blick von mir aufforderte, dich zu vergessen.«

»Steh auf!« befahl Azhrarn.

»Ich kann nicht. Deine Kraft drückt mich nieder.«

»Dann leg dich auf dein Gesicht«, sagte Azhrarn, »und sag mir, warum du eigentlich die Stadt genommen hast.«

»Weil ich dich genug liebte, um dich zu hassen. Ich liebte dich genug, um die gähnende Leere, die entstanden war, als du dich entfernt hattest, auf die einzige, mir mögliche Weise zu füllen – indem ich selbst Azhrarn wurde. Oder so viel von Azhrarn wie nur irgend möglich. Und es gibt nicht viele, mein Fürst, die dir jemals näherkamen als ich. Du fürchtest mich, Herr aller Herren, weil du in mir dich selbst siehst. Du bist die schwarze Sonne, und ich bin die Dunkelheit, die vorher war. Ich bin deine Kindheit. Und ich glaube inzwischen, daß ich in irgendeiner langen Nacht wieder ganz du sein werde, auf ewig, was immer das dann bedeuten mag.«

»Rätsel«, sagte Azhrarn. Aber er blickte Hazrond an, das Kinn in die Hand gestützt, und es war offensichtlich, daß er jedes Wort verstanden hatte, obwohl das kein anderer gekonnt hätte. Für ihn gab es hier kein Rätsel.

»Was nun?« fragte Hazrond.

Azhrarn versetzte ihm einen Schlag.

Der Schlag war so gewaltig, daß Hazrond weggeschleudert und betäubt wurde. Aber als er sich erholt hatte, erhob er sich gestählt und von neuer Energie erfüllt. »Das ist keine große Strafe«, sagte er.

»Deine Strafe hast du schon erhalten«, sagte Azhrarn. »Dies war meine Vergebung.«

Da lachte Hazrond laut auf. Welch ein Lachen – melodisch und doch wie der Schrei eines seltenen Tieres von großer Schönheit, das ganz sacht alles tötet, was es sieht. Oh, es war Azhrarns Lachen. Ja, sein Lachen.

»Ich bin fertig mit der Menschheit«, sagte Azhrarn zu Hazrond. »Es gibt andere Spiele; wenn nicht, werde ich sie erfinden.«

»Laß die Menschen fallen«, sagte Hazrond, »laß sie verfaulen! Sie lernen nichts dazu. Immer noch beten sie die Götter an, obwohl die Welt von dem entstellt ist, was die Götter ihr angetan haben. Und die Frau, der du Gewalt über die Menschheit gabst, verehren sie immer noch als Göttin, obwohl sie keine mehr ist, und sogar ihren Kult haben sie in falscher Erinnerung, denn sie flehen sie um Barmherzigkeit an, geben ihr zärtliche Namen und preisen ihre Güte und Fürsorge.« Hazrond stellte sich dicht neben Azhrarn und beobachtete genau, wie er diese Worte aufnahm, diese Erinnerung an das

Mädchen Azhriaz, sein Kind, das er mit einer Menschenfrau gezeugt hatte.

Aber Azhrarn sagte nur: »Sie ist unsterblich, und sie lebt. Wenn ich ihr das schuldig bin, dann laß sie leben.«

»Und ich?« fragte Hazrond und beugte sich so dicht zu Azhrarn, daß er mit dem Mund sein Haar berühren konnte. »Darf auch ich leben? Oder muß ich wieder sterben? Du brauchst es nur zu sagen. Ich werde es mit Freuden tun. Ich werde für dich sterben, ich werde für dich Qualen ertragen. Ich bin du, der Teil von dir, der dich am meisten liebt. Du brauchst mich nur wahrzunehmen. Ich warte hier neben dir.«

Azhrarn streckte die Hand aus und zog Hazrond herunter, so daß er über dem Stuhl lag und sich ihrer beider Körper aneinanderpreßten.

»Warte nicht länger!«

Ganz Druhim Vanashta, dieser Mond-Stern aller Städte, war erfüllt von ihrem verzauberten Liebesgeflüster, ihren versöhnlichen Schmeicheleien, Druhim Vanashta spürte diesen Liebesakt, die ganze riesige Edelsteinschatulle und jeder einzelne Dämon erlebte ihn mit – sie alle spürten die Zärtlichkeiten dieser Liebe und ihre Wildheit, die Plätze stöhnten und die Türme streckten sich verzückt – denn mit dieser Liebe gab er sich ihnen zurück. Er nahm sie wahr. Er gehörte wieder ihnen, mit Leib und Seele – die bei ihm eins waren.

Und was Hazrond anging, das Gefäß, in das sich dieses Licht und diese Dunkelheit ergossen, dieses nächtliche Meer, der mitternächtliche Himmel, der schwarze Wein, das rote Feuer, die Andeutung von Sonne und Tod, durch ihn gingen alle diese Empfindungen hindurch und drangen ein in die Steine der Stadt und in das Fleisch derer, die dort waren, sonst hätte vielleicht nicht einmal er diese Lust ertragen können.

Wie das Chaos alles berührt hatte, so durchströmte diese durchdringende Harmonie nun ganz Untererde. Es war eine endgültige Besitzergreifung. Druhim Vanashta wurde auf einer Woge hochgetragen, schwamm im flüssigen Silber von drei Sekunden, die länger dauerten als alle Zeit, kam wieder frei, schwebte hinab und versank in einem alles umfassender Seufzer.

Und als der Seufzer zu Ende gehaucht war, konnte man zwischen den Zedern von Azhrarns Garten einen grünen Schmetterling sehen. Vasht war in einem orgasmischen, psychischen Beben aus dem Pflasterstein wiedererstanden, auf dem Azhrarns Ferse sie einst zertreten hatte.

Herrlich frisch waren die Flügel des Schmetterlings. Azhrarn hatte der Menschheit entsagt. Er war der Geliebte, wie in der Vergangenheit. Er war der Fürst der Dämonen, gehört *ihnen.* Niemand anderem.

Eine Stunde wird kommen, recht bald, wie man hier ›bald‹ versteht, da wird er auch Vasht wahrnehmen. Unter seinem Blick werden sich die grünen Flügel in ein silbrig-grünes Gewand verwandeln, das die Perlengestalt einer Vazdru-Fürstin umhüllt. Wenn er es berührt, wenn er die Schnallen löst, wird es schwarz werden wie die Nacht.

BUCH DREI

Atmeh:
Die Suche nach Leben

Teil Eins

Belehrungen

1

Ein Mann in Schwarz ging die Bergstraße hinab, dicht hinter ihm ein zweiter, in vorgerückterem Alter und phantasievoller gekleidet; er trug ein ockerfarbenes Gewand mit roter Schärpe und purpurnen Quasten, mit goldenen Säumen, Besätzen und Tupfen. Grau war das Haar dieses zweiten unter seinem Kopfschmuck aus Federn, in einer Hand schleppte er einen Stab, und unter dem anderen Arm hielt er ein seidiges, wie ein Ei geformtes Bündel ... Vielleicht eine halbe Meile hinter diesen beiden folgte eine dritte Person. Dieser Mann war in einen hellen Kapuzenmantel gehüllt, aber die Mittagssonne brannte unablässig auf ihn herab, so daß er sogar noch mehr zu leuchten schien als der Gefiederte mit all seinem Goldschmuck.

»Du kannst sagen, was du willst«, erklärte der wiedererstandene weise Magier Dathanja, der schon seit geraumer Zeit kein einziges Wort mehr gesprochen hatte. »In jener Nacht in dem ersten, elenden, flohverseuchten Dorf wurde ich kurz vor Tagesanbruch wach und spürte, daß etwas Ungeheures vorging. Ich bediente mich meiner Zauberpraktiken und erkannte, daß eine Veränderung stattgefunden hatte. Doch worin sie bestand, wollte mir der Zauber nicht enthüllen. Da ich in allen Zweigen okkulter Mathematik bewandert bin, stellte ich Berechnungen an. Daraus entnahm ich, daß etwas in das Chaos eine Bresche geschlagen hatte, und als es sich abschließen wollte, hatte es die Welt der organisierten Materie heftig gestreift – ein Aufprall, der nicht nur in der näheren Umgebung des Ereignisses zu spüren war, sondern allenthalben, in allen vier Himmelsrichtungen. Ein solch außergewöhnliches Phänomen muß Folgen haben. Und wie sonst hätte es zu dieser Katastrophe kommen können, wenn nicht durch eine Handlung jenes Wesens, das wir in der Tiefe durch das Meer nach Osten rasen sahen? Was war sein Ziel? Wurde es vernichtet? Inzwischen folgt uns dieses andere lästige Himmelswesen immer noch Tag und Nacht. Einen ganzen Monat lang ist er uns schon auf den Fersen. Meine magischen Forschungen – du freilich nicht – haben mir verraten, was für ein Geschöpf es ist. Aber auf meine Fragen oder Vorhaltungen erwidert es kein Wort. Dieser ungesittete Grobian *scheint* mich nur an.«

Dathanja war stehengeblieben, als höre er zu. Eine Viertelmeile entfernt blieb auch der Engel stehen. Der weise Magier drohte dem Engel mit seinem Zauberstab und schickte sich an, ihnen allen eine gesalzene Strafpredigt zu halten.

Nachdem sie die Meeresküste oberhalb des versunkenen Simmurad verlassen hatten, hatten sie sich nach Südwesten gewandt. Jedenfalls hatte das Dathanja getan, der Magier hatte sich angehängt, während Ebriel ihnen aus unbekannten Gründen folgte. Sie entfernten sich nicht von den Klippen, obwohl die rosigen Felsen des ins Meer mündenden östlichen Gebirges bald ausgeblutet waren. Das trockene Hochland hier war weniger exotisch, und hie und da stießen sie sogar auf vereinzelte menschliche Behausungen. Dathanja durchquerte die Ansiedlungen ganz ruhig und ohne um etwas zu bitten, bekam aber dennoch oft zu essen oder eine Unterkunft, falls dergleichen zur Verfügung stand. Die Menschen, die hier am Wegrand wohnten, waren harmlos, sie schienen ebenso jung wie das Land, ihre großen Augen waren so klar wie die Augen von Kindern, die geliebt werden. Sie brachten Dathanja Wasser oder Milch in Steinkrügen oder in plumpen Tonschöpfern, setzten sich um ihn herum und beobachteten ihn.

Manchmal schickten sie ihre Kinder zu ihm, und Dathanja legte ihnen kurz die Hände auf, als wolle er sie segnen. An einem Ort brachte man ihm einen Säugling mit wunder Haut, und Dathanja nahm ihn unaufgefordert, aber auch ungehindert seiner Mutter ab. Er rieb das Kind am ganzen Körper mit bräunlichem Staub ein, dann trug er es an den Bach und wusch den Staub und mit ihm die wunde Haut ab, und das Kleine lag glucksend da, wie neu und völlig geheilt. Der alte Magier erregte sich darüber sehr und schalt Dathanja – den er, da dieser den Namen Zhirek nicht mehr anerkannte, überhaupt nicht mit Namen ansprach. »*Du*, sieh nur, wie du die Bruderschaft der Magier entwürdigst. Konntest du, der du Simmurad versenkt hast, das Gör nicht mit der Berührung eines Fingers – mit einem einzigen Wort heilen? Warum dieses Quacksalberzeremoniell?« Dathanja antwortete: »Manchmal tut eine Parabel not.« »Sinnloses Gewäsch!« grölte der weise Magier. »Warum«, fragte Dathanja, »legst du Kleidung an, wenn die Sonne doch so heiß ist?« Der weise Magier wollte Dathanja nicht verstehen und hielt ihm fünf Meilen lang – sie hatten inzwischen das fragliche Dorf weit hinter sich gelassen – einen Vortrag über den Wert einer modisch-eleganten Tracht, insbesondere wenn sie durch eine Illusion geschaffen wurde und man damit seine Zauberkräfte trainierte.

Und Ebriel schritt stumm und langsam hinter ihnen her.

In anderen Dörfern und bei einsamen Hütten, auf die sie gelegentlich trafen, vollbrachte Dathanja viele kleine Wunder. Er verzichtete dabei nicht auf Äußerlichkeiten, verwendete jedoch im allgemeinen wie bei jenem kleinen Kind ein Symbol. Eine Frau, die weinte, weil der Brunnen versiegt war, bekam den Rat, in den Brunnen zu weinen – und er füllte sich zuerst mit salzigem und dann mit süßem Wasser. Ein verschwundener Kupferkessel wurde wiedergefunden, indem man das Kupfergeschirr des Hauses an der Türschwelle aufreihte, und irgendwann kam aus irgendeinem Dornengestrüpp auch der Kessel angepoltert, um sich der Versammlung anzuschließen. Alles geschah mit Sorgfalt und Freundlichkeit. Dathanja trug keine leidenschaftliche Zärtlichkeit zur Schau und auch keine Abneigung. Ob es ihm gefiel, die Kranken zu heilen, ob es ihm Freude machte, seinen Mitmenschen zu helfen, war ihm nicht anzumerken. Er tat dies alles so, wie ein Mann vielleicht seinen Hof fegte, eine notwendige schlichte Handlung, weder besonders beschwerlich noch sensationell, bedeutsam nur, wenn sie unterlassen wurde. (Alles das beobachtete auch der Engel schweigend aus der Ferne.) Und die freundlichen Bewohner des Berglandes empfingen Dathanjas Wohltaten, wie sie gegeben wurden, dankten ihm ohne Worte, lächelnd, ohne Geschrei.

Der weise Magier hingegen machte sehr lautstark auf sich aufmerksam. Seine Rufe schallten die Ziegenpfade entlang und die Straßen, die nur von Füßen ausgetreten waren. Er hatte sich einen Titel zurechtgemacht, eine Zusammensetzung aus seinem früheren Namen und dem des Meeresfürsten, der er in Tirzom gewesen war. Tavrosharak, so nannte er sich nun. Und er schleppte das schwere Ei, das sein Hühnerteppich in kopfloser Angst gelegt hatte, mit sich herum, ständig über das Gewicht schimpfend, aber: »Ein so bedeutsames Unterpfand läßt man nicht liegen. Nein, nein, zweifellos wird irgendwann etwas unerhört Kostbares ausschlüpfen. Aus diesem Grund muß ich es auch ständig bei mir tragen, um es warmzuhalten.« Am Abend errichtete Tavrosharak inmitten der kahlen leeren Gipfel ein Bett mit Pfosten und Baldachin, und darin schlief er, das in Seide gepackte Ei fest an sich gedrückt. Hin und wieder wälzte er sich im Schlaf darauf und wurde unsanft geweckt. Manchmal brach Dathanja während der Nacht auf, und Ebriel, der Malukhim, der sich offenbar mehr für ihn als für den weisen Magier interessierte, streifte ebenfalls vorüber wie eine hochaufgerichtete helle Flamme. Wenn der Zauberer davon aus dem Schlaf gerissen wurde, stapfte er verärgert hinterher oder rief sich aus dem Nichts irgendein Fahrzeug und wirbelte vom Himmel auf sie herab. Tagelang fuhr Tavrosharak in einem von Drachen gezogenen Wagen, und jedesmal wenn er auf Ebriel herunterstieß, verdroß es ihn, daß die helle Gestalt ihm weder aus dem Weg ging, noch blieb, wo sie war, sondern sich immer irgendwie eine Sekunde vor dem Wagen und gleich darauf dahinter befand, ohne daß sich eine ihrer grandiosen (verborgenen) Federn gesträubt hätte.

»Was willst du eigentlich?« fragte Tavrosharak, während er sich immer wieder auf den Engel herabstürzte. »Hast du eine Botschaft der Götter zu übermitteln? Zu schade«, fügte er hinzu und holperte in seinem von den zischenden und tänzelnden Drachen gezogenen Wagen neben Dathanja dahin. »Warum will dieses Wesen nicht mit mir sprechen?« Und da es ihn drängte, Dathanja zu belehren, und er das Wagenfahren dafür ungeeignet fand, entledigte er sich des Gefährts. »Wenn das Ei so viel herumgestoßen wird, könnte es gerinnen«, behauptete er.

So wanderten sie weiter. Und eines Mittags erreichten sie eine Straße, die die Menschen nicht mit ihren Füßen, sondern mit ihren Händen gemacht hatten. Während sie auf ihr entlanggingen, beklagte sich Tavrosharak über das Chaos und Ebriel, und Dathanja blieb stehen, und Ebriel ebenfalls, als wollten sie ihm zuhören.

Aber das war nicht der Fall.

Nahe am Horizont ragte ein Berg auf, der höher war als seine Brüder. Azurblau war er, halb im Himmel verschwunden, aber dicht unter dem Gipfel glitzerte etwas, und hin und wieder schoß von dort ein Lichtstrahl über den Himmel wie ein weit geschleuderter Stern.

»Wie ich eben sagte«, erklärte Tavrosharak, aber in

10-88-3

diesem Augenblick fiel auch ihm der glitzernde Fleck auf dem Berg ins Auge.

»Ich muß«, sagte Tavrosharak, »mich dorthin begeben, um die Sache zu erforschen. Es könnte sich um ein Wunder oder um einen Schatz handeln.« Er blickte Dathanja an. »Aber du«, sagte er mit gewinnendem Lächeln, »kühner Zauberer, der keine Furcht kennt, nicht einmal – die Erde weiß es – vor dem Herrn der Verworfenheit und vor Gebieter Tod ... Solltest nicht du als erster den Berg ersteigen?«

Da sprach Dathanja zu Tavrosharak: »Ich habe schon vor langer Zeit genügend Wunder und Schätze gesehen. Du hungerst vielleicht danach. Mich lockt der Berg nicht.«

»Ach, komm, vortrefflicher *Dathanja* ...«, begann Tavrosharak.

In diesem Augenblick erstrahlte ein blendendes Licht, wie ein zweiter Sonnenaufgang in ihrem Rücken, stieg auf und flog mit rauschenden Schwingen wie ein Wirbelwind über sie hinweg. Der Malukhim, seines Mantels ledig, raste wie eine fliegende Fackel den Berg hinauf.

»Er ist uns gefolgt, weil wir ihn an eine Stelle führten, die er erreichen wollte«, sagte Tavrosharak, nachdem er flink eine thaumaturgische Berechnung angestellt hatte. »Das erkenne ich jetzt ganz klar. Indem wir also ihn führten, wurden auch wir geführt. Etwas hat uns hierher gezogen. Komm, lieber Zhirek – unerschrockener Dathanja, meine ich! Das Sonnenwesen ist eher dir als mir nachgegangen. Folglich wurdest du mehr als ich hierhergezogen. Das Wunder steht für dich bereit. Wagst du, es abzulehnen? Du bist ein mächtiger Heiler, und voller Mitleid. Oh, bester Dathanja, steig den Berg hinan und gib Rat oder Hilfe! Ich verspreche dir, in der Nähe zu sein. Dicht neben dir.«

Dathanja hatte nicht auf ihn geachtet, auf den Flug des Malukhim allerdings schon. Und jetzt spürte er, wie sein Herz und sein Geist auf unerklärliche Weise berührt wurden, von einer Hand, die ihm bisher nur gewinkt hatte. Dathanja hatte gemerkt, daß etwas ihn anzog. Er hatte sich nicht dagegen gewehrt und tat es auch jetzt nicht. Nur die Schwachen müssen die Versuchung fürchten und meiden. Vielleicht lag für diesen Mann nun in jeder Niederlage ein ruhiges Glück, da er sich selbst dabei nicht mehr verlieren konnte.

Er murmelte etwas, eine Silbe nur. Und dann hob er ab, als hätte nun auch er Flügel, und folgte dem Engel wie ein Schatten hinter einer Flamme.

Der Gipfel des Berges war ein Kegel, auf den das Wetter und der allzu nahe Himmel so lange eingewirkt hatten, bis er durchsichtig war. Das Licht des Nachmittags brach sich darin, und er verstärkte wie ein Spiegel das andere Feuer, das unter ihm vorbeizog. Dort oben gab es eine natürliche, mit einem Gestrüpp aus dünnen Felsnadeln bestandene Terrasse. In dieser ungewöhnlichen Wiege lag, summend und seltsame Lichtreflexe ausschickend, ein stark beschädigtes, übel zugerichtetes Ding. Es bestand zum Teil aus geschmolzenem Silber auf einem riesigen zusammengedrückten Gitter aus Bronze und Stahl, seine Seiten waren eingedrückt, und wie es einst ausgesehen hatte, war nicht mehr zu erkennen. Doch überall in weitem Umkreis lagen Trümmer und Scherben, Splitter und Kristalle in monströsen Formen, große Flecken bedeckten den Boden, die in ausgefallenen Farben und Glanzeffekten schillerten und Düfte verströmten. Über alledem pulsierte ein seltsam strahlendes Licht, das immer wieder Blitze ausschleuderte. Doch wurden diese Kapriolen, die schon aus Tausenden von Fuß Tiefe sichtbar gewesen waren, von Minute zu Minute schwächer.

Der Malukhim Ebriel war ein wenig weiter östlich auf einem der Felszacken niedergegangen, hatte die Flügel eingeklappt und schaute nun mit seinem maskenhaft starren goldenen Gesicht auf das ungeheure Wrack hinab. Dathanja hingegen stand im Westen unter dem Kegel und überblickte von dort die Szene.

Tavrosharak hatte sich seitlich auf einem etwas verschroben aussehenden Drachen niedergelassen, kam nun auf diesem Reittier den Berg heraufgerast und rief warnend: »Seht an, ein mächtiges Zauberfahrzeug, das gestrandet, vielleicht aus der Luft herabgestürzt ist! Hütet euch, es könnte explodieren!«

Natürlich war es das Dämonenschiff der Göttin Azhriaz, das nicht aus der Luft gefallen, sondern irgendwie, vom Chaos durchlöchert und vollkommen unbrauchbar, aus dem Ozean ausgestoßen worden war.

Seinen eigenen Rat beherzigend, umkreiste Tavrosharak mit aller Vorsicht den Gipfel. Ebriel behielt seinen Aussichtspunkt auf der Felsnadel bei. Dathanja trat nach kurzem Zögern vor.

Im Schatten des zerstörten Rumpfes, nicht sofort sichtbar, wenn überhaupt, konnte man sich (oder auch nicht) ein Gebilde aus vielen Wölbungen und Winkeln, in vielfältigen Proportionen und unterschiedlicher Dichte vorstellen, das eine menschliche Gestalt sein mochte. Und wenn man soviel erkannt hatte, dann mochten es auch zwei andere Gestalten sein, die keine Menschen waren.

Unter dem Rahmen, zwischen den schillernden Trümmern, saß ein Bettler auf dem Boden. Er hatte sich lediglich ein zerlumptes orangefarbenes Tuch umgeworfen, und sein brauner kahlgeschorener Schädel war gesenkt. Ihm gegenüber kauerte eine fauchende Echse, so groß wie ein Tiger und auch von dieser Färbung. Sie hielt, so schien es, Wache über den Mann und über das Mädchen, das zwischen ihnen lag, den Kopf auf die Knie des Mannes gelegt, der ihr die Stirn streichelte und sachte das Lockengewirr ihres dichten nachtschwarzen Haares glättete.

Das Mädchen atmete, man konnte es sehen, wenn man sich dicht darüber beugte. Und das tat Dathanja schließlich. Der Bettler versuchte nicht, ihn daran zu hindern, ebensowenig die Echse. Sie blickte nur böse zu dem Engel auf dem Felsen hin und schlug mit dem Schwanz nach Tavrosharaks Drachen, der sie umkreiste.

Das irisblaue Leuchten drang jedoch kaum durch die Augenlider des Mädchens. Das Gesicht war so fern wie Musik, die von den kalten Gestaden des Mondes kommt.

»Azhriaz«, sagte der Bettler. »Soveh, Sovaz.« Aber er bekam keine Antwort und schien auch keine zu erwarten. Zu Dathanja gewandt, fügte er majestätisch wie ein König hinzu: »Hat sie dich also gerufen? Irgendwo in ihrem Innern hat sie sich deiner erinnert. Oder dich vergessen. Auch Vergessen kann einen Ruf aussenden.«

»Ich sehe erst jetzt, wie schön sie ist«, sagte Dathanja. »Kann das daran liegen, daß sie einen Teil ihrer Schönheit verloren hat?«

»Oder der, der sie anschaut, hat einen Teil seiner Furcht verloren.«

König Schicksal, der Herr des Geschicks, ließ seine klangvolle Stimme erschallen und rief dem Malukhim zu: »Ebriel, du weißer Adler, sieh auch du, was du sehen mußt – es gibt keine Göttin mehr. Ist der Himmel nun zufrieden?« Ebriel auf seinem Felsen bewegte nun einen weißen Flügel, nicht mehr. »Soll ich dir berichten«, fragte Kheshmet, »was mit Yabael geschah, deinem Bruder, als ihn im Meer die Flutwelle erfaßte, die das Chaos ausgespien hatte?« Kheshmet lachte, ein träges rotgoldenes Geräusch. »Das Schicksal ist sogar den Engeln überlegen. Denn dieser wurde ebenso ins Chaos hineingetragen, wie die Sonne, seine Mutter und sein Vater, jeden Abend hineingetragen wird. Und das Chaos schuf Yabael neu, ehe es ihn ausstieß, obwohl der Wille der Götter auf ihm ruhte. Inzwischen ist er in einem fernen Ozean wieder aufgetaucht, und dort lodert er weiter und setzt seine Verfolgung fort, nur fehlt ihm jetzt eine Beute. Er ist eine Feuerkugel mit einem Schweif, Chaos und Materie, Sonne und Flüssigkeit, ein langhaariger Komet der Meere. Und dort wird er noch eine Weile sein Unwesen treiben und auf dem Wasserhimmel der Meeresvölker kommen und gehen. Sie werden die Zeit und die Jahreszeiten nach ihm bestimmen wie die Menschen nach den Kometen ihres Himmels. Das ist das Schicksal Yabaels, des Sonnengeiers, des heiligen Läufers.«

Ebriel spreizte die Schwingen. Gelb war seine Mähne wie Weizen; gelb wie Narzissen, wie Creme und Topas war er. Und mehr geschah offenbar nicht.

Kheshmet fuhr fort, dem Mädchen das Mitternachtshaar aus der Stirn zu streichen. »Ach, Kind!« sagte er.

»Die Bösen bleiben ewig Kinder«, sagte Dathanja leise. Und er trat zurück, als wolle er sich entfernen.

In diesem kritischen Moment warf sich der Drache, den der weise Magier erfunden hatte, auf Schicksals Schoßtier, das fauchende Riesenchamäleon unter dem Wrack. Tavrosharak saß noch auf dem Rücken des Drachen, als dieser mit einem heftigen Windstoß und wild schlagenden Flügeln auf die Echse herabstieß, die sich mit ihren messerscharfen Klauen erhob, um sie zu empfangen.

Da Tavrosharak glaubte, für einen Zauberspruch keine Zeit oder nicht genug Atem zu haben, brüllte er: »Helft, gnädige Götter!« Denn er hing immer noch veralteten Ideen an.

Aber Kheshmet sagte nur »Pst!«, und es klang so sanft wie raschelndes Pergament. Die Echse wurde immer kleiner, bis sie nur noch die Größe einer Nußschale hatte, und der Drache löste sich auf und war plötzlich nicht mehr da. Infolgedessen plumpste Tavrosharak ein wenig unsanft auf die Terrasse, und als er mit seinen Prellungen vor Kheshmet lag, bejammerte er die Ungerechtigkeit einer Welt, in der Bettler das Sagen hatten und sich Zaubertricks aneignen und sie gegen Leute einsetzen konnten, die über ihnen standen. Inzwischen war das Ei aus dem Griff des Magiers und aus seiner seidenen Hülle geschlüpft und drehte sich wie ein Kreisel auf der Terrasse. Über seine Oberfläche breiteten sich Sprünge aus.

»Es schlüpft vorzeitig aus. Welch mißgestaltete Fehlgeburt nun auch immer hervorkommen mag, die Schuld liegt bei dem Orangefarbenen. Alle meine Mühe war umsonst«, quengelte Tavrosharak.

Dann brach das Ei. Schalenteilchen, so fein wie Seewassergischt, spritzten davon, und aus seiner Mitte erhob sich eine Lotosblüte auf ihren Blütenblättern in die Luft. Pflaumenfarben war die Blüte, mit Adern aus reinstem Gold. Sie flatterte zu dem Mädchen, das auf dem Felsen lag, ließ sich nieder, stieg auf, ließ sich nieder und berührte dabei federleicht ihre Stirn, ihre Augenlider, ihre Lippen, ihre beiden Brüste – und auch das Herz darunter mußte sie berührt haben, denn plötzlich stieß das Mädchen einen Seufzer aus, die langen Wimpern regten sich auf ihren Wangen, und sie flüsterte dem Lotos mit kleiner, ganz leiser Stimme zu: »Wenn ich ein Kind wäre, würde ich weinen.«

Doch die Lotosblüte schoß auf König Kheshmet zu und versetzte ihm auf jedes Ohr eine scharfe Ohrfeige. Und als Schicksals Finger nach ihr griffen, zerfiel die magentarote Blüte zu magentafarbenem Mehl, das über ihn stäubte und an seinem bunten Gewand haften blieb. Schicksal schnalzte mit der Zunge und lächelte, aber nur mit einer Hälfte des Mundes.

Das Mädchen, das einst die Göttin Azhriaz gewesen war, schlug die Augen weit auf.

Sie sah Kheshmets halbes Lächeln und lächelte selbst, traurig und stumm.

»Nun«, sagte er, »du bist also aufgewacht.«

»Das ist wahr«, sagte sie. Es war die Stimme einer jungen Frau, einer Vazdru, und doch war es der Ton eines Kindes, genau des Kindes, mit dem er sie verglichen hatte – dies war nicht Azhriaz, die Göttin. Es war auch nicht Sovaz, die Zauberin und die Geliebte des Fürsten der Illusionen.

»Soveh«, sprach Kheshmet sie mit ihrem Kindernamen an. »Kleine Flamme.«

»Wo ist meine Mutter?« fragte die Frau, die auch ein Mädchen und ein Kind war, und starrte ihn mit plötzlichem Mißtrauen an. Ein dunkler Schatten legte sich über ihr Gesicht. »Oh, sie ist tot. Jetzt erinnere ich mich. Ich schrie nach ihr, aber sie konnte mich nicht hören. Sie ist außerhalb der Welt. Sie wäre zu mir gekommen, wenn sie gekonnt hätte.«

Sie lag körperlich unversehrt unter dem zerfetzten Gerippe des Schiffes, aber trotzdem trug sie die Wunden des Chaos. Sie hatte fast von Anfang an den Körper eines siebzehnjährigen Mädchens gehabt und darin fast ein halbes Jahrhundert gelebt. Dennoch war sie jetzt das, was sie immer und nie gewesen war, ein Kind von sieben Jahren.

Und dieses Kind schob sich ungeduldig den Wald seines eigenen Haares aus dem Gesicht und sagte: »Wo ist mein Vater? Ich brauche meinen Vater. Er wird sich um mich kümmern.« Und dann wanderten ihre Augen, das Blau der nächtlichen Seele hinter der Eisschicht des Tages, ihre Augen – die Folter, Mord, Tod und Zerstörung gesehen hatten –, diese Augen, die so schön, von so absurder Reinheit waren, sie wanderten zu Dathanja. Und das lautere, fröhliche Lachen eines Kindes trat in ihr Frauengesicht. Sie richtete sich schnell auf, kam auf die Beine, streckte ihm die Hände entgegen und lief auf ihn zu. Bis Dathanja sich vor ihr in Eis, in *Zhirek* verwandelte. Da blieb sie stehen.

»Warum?« fragte sie. »Warum?«

»Was will sie von mir?« fragte Dathanja.

»Du weißt es sehr wohl«, sagte Schicksal und nahm die Echse in die Hand wie eine wärmende Kohle. »Es ist ein komischer Irrtum, wie ihn ein Gänsejunges vielleicht begehen könnte, das neben einer Katze erwacht und sie für seine Mutter oder seinen Vater hält.«

»Erklär es ihr!« verlangte Dathanja unter den verängstigten Blicken des staunenden Kindes. Der schwarzhaarige Dathanja, schwarzäugig, schwarzgekleidet, bleich und gut aussehend: alles Merkmale der Dämonenrasse.

»Das mußt *du* tun«, sagte Kheshmet. »Sie ist noch ein Kind. Sie glaubt, sie sei deine Tochter. Sie hält dich für einen anderen.«

»Ich bin nicht Azhrarn«, sagte Dathanja zu ihr, die Azhriaz gewesen war, die ihn von ihren Soldaten hatte zu sich schleppen lassen, in eine Stadt, die so groß war wie ein Kontinent, in einen Pavillon, wo offenbar ein Drittel der Erde sich verneigte, sobald ihr Name ausgesprochen wurde.

Und sie schüttelte den Kopf, streckte ihm aber noch einmal die Hand entgegen.

»Sie ist ein Kind«, sagte Kheshmet wieder. »Vielleicht hält sie dich nicht für ihn. Es ist nicht unbedingt so einfach. Aber sie glaubt sicher, daß du der Rasse der Dämonen angehörst, oder daß du jemand wie sie selbst bist, halb Dämon, halb Mensch und unsterblich. Und daß du ihr das Leben gegeben hast.«

»Sie hat ihn stets gehaßt«, sagte Dathanja, »den, der sie zeugte.«

»Sieh sie an!« verlangte Kheshmet. »Da ist der Haß. Schau!«

Sie stand da und weinte, ein weinendes Kind, das ganz leise nach seinem Vater wimmerte, fragte, was es getan habe, warum er es nicht liebe, warum er es aus seiner Gegenwart verstoßen und allein und verlassen in der grausamen Welt ausgesetzt habe.

Und Dathanja, der auf dem Weg zu seinem Ich so weit gekommen war, stand wie angewurzelt und war wieder ein Stein geworden.

Dann blies ein kalter Wind über den Gipfel, und aus den Wolken fielen Regentränen herab. Im Regen schienen sich die Trugbilder von Menschen, Engeln, Felsen und allegorischen Herren der Finsternis aufzulösen und fortgespült zu werden. Einst hatte es ein Tal in tiefem Regen gegeben und auch einen grauen Regen des Herzens. Zhirek entsann sich, und gleichzeitig entsann er sich aller, die seinetwegen geweint hatten. Und dann ging Dathanja zu dem kleinen Mädchen, das im Tränenregen auf dem Berg kniete und weinte, und auch er kniete nieder, nahm sie in die Arme und tröstete sie. Er kannte sie nicht als Frau, nur als siebenjähriges Kind, das sich an ihn klammerte, denn sie hatte ein halbes Jahrhundert gebraucht, um ihn zu finden, um geliebt zu werden und zu lieben.

Und als er die Tochter tröstete, die ihm nie geboren worden war, lernte er, sich selbst zu trösten, und hielt zusammen mit ihr sich selbst in den Armen. Den, der er gewesen war. Den, der er war.

2

Wie mit einem Samenkorn, das in unbeackerten Boden fällt, wo eigentlich nichts wachsen kann, so war es mit der Veränderung in der Welt. Aus den Augen, aus dem Sinn.

Sonnen gingen auf und unter, Städte entstanden und wurden zerstört. Der Mond segelte durch den Äther, und die Schiffe der Menschen über die Meere. Die Zeit schritt über die Welt, schüttelte ihr Haar, wirbelte alles durcheinander. Jahreszeiten keimten, blühten, verdorrten. Die Karawanen der Tage machten sich unermüdlich auf den Weg und die Karawanen der Menschheit, die Wagen, die Karren, die Fußgänger ebenso. Alle führten sie ihre Fracht an Waren und Leben mit. Und Nacht, die schwarze Hyazinthe, schloß ihnen die Augen, oder der schwarze Uhlume, der Schöne tat es.

Eine Handvoll Jahre verging. Wie viele Jahre passen in eine Hand? In eine Kinderhand – sagen wir, drei.

Was heißt es, ein Kind zu sein? Es heißt Staunen. Alle Dinge sind so sonderbar. Was ist dies? Was ist jenes? Sag es mir! Lehre mich! Laß mich lernen!

In den Gegenden, durch die sie zogen, wurde sie manchmal bedauert. Sie war so schön, daß einem das Herz stehenblieb, so reizend, daß die Vögel für sie sangen und die Wolken den Himmel freigaben – und doch war sie eine Närrin, auf der Entwicklungsstufe eines sieben- oder vielleicht eines neunjährigen Kindes zurückgeblieben. Ein aufgewecktes Kind zwar, aber doch ein Kind. Man verglich sie mit der legendären Shezael mit der halben Seele, schön, verdreht – unfertig. Doch an den Orten, wo schwarzes Haar als Makel angesehen wurde, betrachtete man die beiden, die Kindfrau und ihren Beschützer, den Erwachsenen, mit Unbehagen. Einige hörten, wie sie von ihm als ihrem Vater sprach, obwohl er dafür kaum alt genug schien und außerdem eindeutig Priester irgendeines Bettelordens war, der keusch zu sein hatte, und wenn er jemals unkeusch war, so doch wenigstens Umsicht walten lassen sollte. In ihrer Begleitung befand sich auch ein verdrießlicher Magier (ein Onkel vielleicht?). Nur wenige konnten sich mit ihm anfreunden, denn er schien stets gereizt zu sein und hatte die Angewohnheit, seine innere Unzufriedenheit mit Zaubertricks an den Umstehenden auszulassen. Zum Glück machte der Priester, ein außerordentlich fähiger Heiler und selbst ebenfalls ein Magier, wieder gut, was dieser unüberlegte Zauberer angerichtet hatte. Dann war oft noch ein anderer mit von der Partie. Verrückt wie das Mädchen und der alte Onkel, so schien es, denn er ging immer eine beträchtliche Strecke hinter ihnen, als habe er mit ihnen gestritten, und später pflegte er sich auf einen Felsblock zu setzen und dem Heiler zuzusehen. Und wenn der Heiler sein Werk vollendet hatte, folgte ihm dieser andere Bursche wieder, der zugegebenermaßen ebenso schön war wie das Mädchen, wenn auch auf andere Weise, nämlich golden, wo sie schneeweiß, schwarz und saphirblau war. Einige hatten jedoch den Eindruck, daß er unter seinem Mantel einen Buckel verbarg. O ja, die vier waren eine sonderbare Gesellschaft!

Durch das ganze Land führte sie ihr Weg. Sie heilten die Menschen, sorgten für Unterhaltung und boten – das war das beste von allem – Stoff für Klatsch. Durch Königreiche und Gegenden wanderten sie, die selbst noch ziemlich neu und wenig besucht waren. Möglicherweise waren sie auch aufgrund jener winzigen chaotischen Veränderung so geworden, die alle so eifrig vergessen wollten.

Und schließlich kamen sie in ein Land, wo schiefergraue Elefanten auf den Straßen zu sehen waren und hochmütige Kamele mit zinnoberroten Quasten an den Köpfen. Ein sengend heißer Wind wehte, denn dies war die Jahreszeit, in der alles braun wurde und knisternd verdorrte, aber auf den bronzebraunen Hügeln ragten weiße Paläste in den türkisfarbenen Himmel. Für die Bewohner dieser Region war schwarzes Haar nichts Bedrohliches, denn sie waren selbst schwarzhaarig, von so intensivem Schwarz, daß es fast bläulich wirkte. Die Hellhäutigen unter ihnen hatten eine Haut wie Elfenbein, und die Haut der Dunkelhäutigen hatte die Farbe von Gewürznelken. Das Land war von Bergen durchzogen und wurde von einem mächtigen Fluß geteilt, in dem sich Flußpferde wie Luftblasen tummelten und Lotosblüten wuchsen.

Nun erzählte der Zauberpriester der Menge, die sich um ihn scharte, manchmal Geschichten. Als er eines Tages gerade dabei war, kam die Tochter des Herrschers dieser Gegend zufällig in ihrer Sänfte vorbei. Sie war dunkel wie Sandelholz und hochmütig wie ein quastengeschmücktes Kamel, aber sie hatte ein reizendes menschliches Gesicht. Da sie gerüchtweise von diesen Reisenden gehört hatte, die von einem Heiler und Lehrer angeführt wurden, befahl sie ihren Trägern, sie abzusetzen, damit sie seine Geschichte hören konnte.

Als der Priester zu Ende war, rief die Tochter des Herrschers laut: »Das ist ja alles schön und gut, aber wenn du ein Zauberer bist, solltest du auch Kunststücke vorführen. Nun zeig, was du kannst!«

Der Priester richtete die schwarzen Augen auf sie und erwiderte: »Die ganze Erde ist etwas Magisches. Du brauchst nur in den Baum hier zu blicken, der uns Schatten spendet. Sieh, wie die wilden Feigen gereift sind und wie die Blätter sie bedecken! Dabei war dieser Baum einst nur ein Samenkorn, im unbestellten Boden verborgen. Neben solcher Zauberei, Gnädigste, wäre jedes meiner Kunststücke nur ein schwacher Abklatsch.«

Da stampfte die Tochter des Herrschers mit dem reifengeschmückten Fuß zornig auf den Boden. Und sofort tat sich die Erde auf, und eine entsetzliche Schlange stieg empor. Rot wie sterbendes Feuer war sie und hatte Reißzähne wie ein Leopard. Sie richtete sich vor der Tochter des Herrschers auf, und während die Menge noch kreischend auseinanderstob, öffnete sie den Rachen, um ihr den Kopf abzubeißen.

Der Priester redete die Schlange in einer Sprache an, die in diesem Land unbekannt war. Aber die Schlange, die in vielen Zungen reden konnte, die meisten ebenso gespalten wie ihre eigene, schwenkte herum, und als sie sah, wer da mit ihr sprach, verneigte sie sich dreimal.

»Oh, erhabener Zauberer«, sagte die Schlange, »ich kenne dich unter deinem früheren Namen. Du hast vor langer Zeit unter den öden Wassern, die die Menschen Ozean nennen, einen von meiner Sippe erschlagen.«

»Das bedauere ich sehr«, sagte der Priester.

»Ich sehe es«, sagte die Riesenschlange. »Aber du bist

an deiner eigenen Gattung schuldig geworden, und auch von ihnen hast du genug erschlagen. Darf ich diese unhöfliche Maid nicht enthaupten, die eben so ungezogen direkt auf das Dach meiner Behausung gestampft hat.«

»Nimm Abstand davon«, sagte der Zauberpriester.

»Da du es gebietest, muß ich gehorchen, auch wenn es mir widerstrebt«, sagte die Schlange, zog zwischen ihren Katzenaugen die Stirn in Falten, ließ sich gerade wie ein Seil in die Erde zurückgleiten, und der Boden schloß sich wieder.

Da jubelte die Menge, die doch nicht weggelaufen war, sobald sie merkte, daß der Priester Herr der Lage war, ihm begeistert zu. Und die Tochter des Herrschers warf sich ihm zu Füßen.

»Mein Vater liebt mich sehr«, sagte sie, »und er wird dich belohnen, weil du mir das Leben gerettet hast.«

»Ich nehme keine Belohnung an«, sagte der Priester.

»Der Winter steht vor der Tür«, gab die Tochter des Herrschers zu bedenken. »Die Blätter werden schwarz werden und die Früchte verdorren. Geflügelter Staub wird über Berge und Täler fegen, Frost wird an ihnen nagen. Regen wird fallen. Laß dir von meinem Vater, denn dies wird er gern tun, einen Palast bauen mit hundert Dienern, die dir und den deinen aufwarten sollen.« Und damit zeigte sie freundlich auf den nörgelnden alten Onkel, der sich – in ein Buch vertieft – nicht einmal die Mühe machte aufzustehen, auf den anderen im Mantel oben am Hang und auf das schwachsinnige Mädchen.

Da lachte der Priester leise. Niemand verstand es, aber dieses Lachen besagte: Solche Paläste und solche Diener, wie ich sie hatte und wieder haben könnte, würden einen Kaiser beschämen. Hier, wo der wilde Feigenbaum wächst, könnte ich dem Wind befehlen, mir aus Ziegeln ein Haus zu errichten, neben dem alle anderen sich verstecken müßten. Aber wenn ich es nicht tue und dein Angebot dennoch ablehne, so geschieht es aus einem Stolz wie dem deinen heraus, der mit den Füßen aufstampft.

Und so sagte er zu der Prinzessin: »Keinen Palast. Aber eine bescheidenere Behausung würde ich annehmen.«

Dann sah auch er zu Boden und bemerkte, daß ihn das Mädchen, das ein Kind war, eindringlich anblickte. Als die Schlange aus der Erde gekommen war, war sie bei ihm geblieben und hatte, vielleicht um ihn zu verteidigen, einen scharfen Stein gepackt. Jetzt ließ sie den Stein los, und er nahm ihre Hand.

Als die Prinzessin das sah, wollte sie wissen, ob die Frau wirklich einfältig sei, wie das Gerücht es behauptete.

»O nein! Sie ist nur zum Kind geworden. Einst war sie eine mächtige Herrscherin.«

»Schicksal ist Schicksal, und nichts ist sicher«, stellte die Prinzessin prosaisch fest, während sie auf Zehenspitzen über das Dach der Schlange zu ihrer Sänfte ging.

Und so entstand an den Ufern des breiten Flusses, wo die schwächer werdende Herbstsonne bernsteinfarbene Schranken aufrichtete, ein steinernes Haus. Gleich dahinter ging das braune Ufer in das braune Wasser über, und neben der Hauswand nahmen die Flußpferde ihre Schlammbäder. Rosen wuchsen dort und wilder Wein, und hin und wieder stolzierte ein langbeiniger Kranich vorbei oder ein Schwarm von pelzigen Bienen regnete herab.

Jeden Morgen kurz nach Sonnenaufgang verließ Dathanja das Haus und ging am Ufer entlang bis zu einer Stelle, wo ein wild wuchernder Obstbaum Schatten spendete. Von hier aus konnte er ein paar Meilen weit den Fluß und das Land auf beiden Seiten überblicken und tief in den Morgendunst hineinsehen, aus dem nur die jetzt mit funkelndem Schnee bedeckten Berggipfel herausragten. Auch einige weiße Städte konnte er in beiden Richtungen unterscheiden, darunter die weiße Stadt des Vaters der Prinzessin und seinen Palast mit den bemalten Fenstern.

Manchmal wartete an dem Baum schon eine Menschenmenge auf Dathanja. Er war berühmt; die Menschen kamen von weit her, um ihn zu sehen. Den ganzen Tag lang, den milchweißen Vormittag und den zimtbraunen Nachmittag hindurch bis in die tiefrote Abenddämmerung hinein, die schnell der Nacht wich, vollbrachte er Heilungen und sprach mit den Menschen, denn einige kamen auch zu ihm, damit er in einem Streit entscheide oder ihnen eine Weissagung erkläre, mit der sie nichts anzufangen wußten. Und keinen schickte er ratlos oder mit leeren Händen weg. Seine Geduld war grenzenlos, und um seine Kraft schien es ebenso bestellt zu sein.

Häufig war das Mädchen namens Soveh bei ihm, und wenn es noch früh am Tag war, lehnte sie an seinem Knie. Aber die Mittagssonne war ihr zuwider, und um ihr zu entgehen, kletterte sie sogar auf den Baum und verbarg sich in den Zweigen. Menschen, die hier geheilt wurden und trunken waren vor Staunen und Erleichterung, nahmen auch die Erinnerung an eine weiße Blume mit, die durch die dunklen Blätter auf den Triumph der Hoffnung herabsah.

Zu anderen Zeiten spielte sie am Ufer oder schwamm im Fluß, denn sie hatte verlernt, auf dem Wasser zu gehen, und Schwimmen war die einzige instinktive Fähigkeit, die ihr noch geblieben war. Unter Wasser, zwischen den Stengeln der Lotosblüten, begegnete sie den Flußpferden, die sich in diesem Element so elegant wie Schwäne bewegten. Sie taten ihr nichts zuleide, sondern ließen sie gelegentlich – kein Sterblicher konnte es sehen – sogar auf ihrem Rücken reiten. Wenn die Dunkelheit kam, flocht Soveh für sich und Dathanja Girlanden, die voller Glühwürmchen hingen und ihnen den Heimweg zum Steinhaus erleuchteten.

In jenen Wochen begegnete man dem Beobachter im hellen Mantel nur selten. »Er hält sich sicher im Haus auf«, sagten die Nachbarn. »Er soll doch wieder herauskommen, wir möchten sein ungewöhnliches Haar sehen, das die Farbe des Sommerweizens hat.« Aber dann hieß es allmählich, einer der beiden Zauberer habe sich einen riesigen goldenen Vogel als Diener gerufen, denn einen solchen hatte man in der Morgendämmerung über dem Himmel fliegen oder den schnellen Sonnenuntergang durchmessen sehen. Andere wiederum erklärten, er habe sich auf einem Berg jenseits des Flusses niedergelassen.

Was den Magieronkel anging, so ließ auch er sich nicht sehen, aber man konnte sein Genörgel aus dem oberen Raum des Hauses hören, wo er über seiner gewichtigen Sammlung von gelehrten Schriften brütete. »Bitte tu uns nichts zuleide, Onkel!« baten die Rinderhirten, halb im Spaß und halb im Ernst, wenn sie ihre Schützlinge unter dem Fenster vorbeitrieben.

Wenn der Priester und das Kind unten ihre Gespräche führten, ihre einfachen Mahlzeiten verzehrten oder zusammen schwiegen, konnten auch sie – wenn sie wollten – das Gemurmel im oberen Raum vernehmen. Und manchmal geschah es, daß durch einen Zauberspruch ein Wirbelwind oder sonst ein nicht zum Haushalt gehöriger Gegenstand dort hineingezogen wurde; dann klapperten die Steine des Hauses, und nach einer Weile mußte Dathanja hinausgehen und den Schaden beheben. (Das Kind fürchtete sich nicht. Es fand die Tumulte interessant und warf dafür manchmal Girlanden, Feigen oder Mangos zum oberen Fenster hinein.)

Aber der weise Magier Tavrosharak, aus einem versunkenen Korallenblock (zweimal) wiedergeboren, achtete nicht darauf. Er wollte mit der Menschheit nichts mehr zu tun haben. Er hatte in dem bescheidenen Haus nur deshalb sein Domizil aufgeschlagen, weil besagtes Haus sich gerade anbot, aber der obere Raum war überfüllt mit kostspieligen Möbeln – die von fliegenden Teufeln aus Palästen entwendet worden waren. Und inmitten von alledem lebte Tavrosharak, von Kleinodien umgeben, und jeden Abend wurde ihm ein märchenhaftes Mahl serviert, das man irgendwelchen Königen unter der Nase weggezogen hatte. Auch mit seinen nichtmenschlichen Lakaien sprach Tavrosharak nicht, sondern erteilte ihnen seine Befehle auf andere Weise. Er wechselte mit niemandem ein Wort, außer mit seinem eigenen Bild in einem versilberten Spiegel, mit dem führte er allerdings ausgedehnte Gespräche. Aber auch mit ihm geriet er manchmal in Streit, und dann redete er tagelang kein Wort damit.

Am Ufer hatten die Lotosblüten ein dämmriges Malven- und Magentarot angenommen. Anderswo schlossen sie ihre Blüten wie Eremiten ihre Kapuzen und verschrumpelten. Die Sonne wurde schwächer, ein rauher Wind hauchte die Erde an.

Dathanja sah die Farben der Lotosblüten neben dem Haus und bemerkte auch, daß sie nicht starben. Aber das Kind Soveh, das sich zwischen ihnen tummelte und durch ihre Stengel schwamm, hielt sie nur für einen anderen Aspekt des Lebens, das ihr ständig Neues bot. Daher bereitete ihr der Anblick keinen Schmerz und machte sie auch nicht wütend, wie es bei Sovaz oder Azhriaz der Fall gewesen wäre, die die Blumen an Chuz erinnert hätten. Sie hatte sich nicht gefragt, ob es ihm mit dem Lotos aus dem verrückten Ei vielleicht, wenn auch unabsichtlich, gelungen war, ihr Bewußtsein aus dem Nichts zu holen, wo es sich verirrt hatte. Ob dies, ebenso wie die Färbung der Pflanzen im Fluß, zufällig geschehen war oder ob dabei ihr ehemaliger Geliebter die Hand im Spiel hatte.

Der Winter kam in seinem trostlosen Wagen und

schleuderte die Blüten und Früchte, die Blätter und Vögel und die frischgemähten Tage vor sich her.

Ein trockener Wind wehte. Die Läden des Steinhauses wurden verrammelt, ebenso die reichgeschmückten Fenster aller Paläste. Wie spröde Zuckerstangen standen die Schilfhalme da. Die Flußpferde hatten sich längliche Vertiefungen in den Schlamm gewühlt, und darin schliefen sie, oder sie ließen sich schläfrig im Fluß umhertreiben, die runden Augen ebenso fest geschlossen wie die Fenster und Fensterläden der Häuser. Und die Winterfrösche, die Echsen und die Grashüpfer kamen bei Nacht ins Haus gekrochen und suchten Zuflucht am Feuer. Manchmal ließ man auch Kranke oder Erschöpfte ein, die Dathanja aufsuchen wollten, und teilte mit ihnen den unteren Raum. Sobald sie von ihren Sorgen befreit waren, zogen sie durch Wind und Kälte singend davon.

Es war das Ende des dritten Jahres.

Das Kind spielte am Feuer, es bastelte für alle Frösche und Echsen Papiergirlanden, und die Tiere sahen ihr dabei mit ihren kleinen, wie Perlen glänzenden Augen zu. Dathanja saß daneben und beobachtete die Szene, das kostbare Buch, zusammen mit vielen anderen Dingen ein Geschenk der Prinzessin, in dem er gelesen hatte, hatte er beiseite gelegt.

»Wie alt bist du, Soveh?« fragte er das Kind mit dem Körper einer Frau.

»Ich bin sieben oder neun oder elf Jahre alt«, antwortete sie. »Denn das hast du mir gesagt.«

»Was hast du gelernt?«

»Zu leben, sonst nichts«, sagte sie lachend und hängte ihm eine Papiergirlande über die Schuhspitze. (Die Prinzessin hatte ihm nämlich, als sie sah, daß er barfuß ging, auch Schuhe geschenkt, und manchmal zog Dathanja sie sogar an.)

Aber die Echse, für die die Girlande bestimmt gewesen war, kam zu ihm, zog sie von seinem Schuh herab, gab sie Soveh zurück und streckte den Hals aus, um das Geschenk in Empfang zu nehmen.

Jenseits des Flusses, im Westen, ging ein Stern auf, und später flog er über das Dach. Aber Tavrosharak hatte wieder mit seinem Spiegel gestritten, und im oberen Zimmer war alles ruhig.

Man hätte doch angenommen, daß Dathanja, der doch ein Priester, ein Heiler und ein Zauberkundiger war, irgendeinen Hexenzauber kannte, um Soveh von allen ihren Illusionen zu befreien. Vielleicht hatte er es sogar versucht, aber die Wirkung des Chaos erwies sich als hartnäckig. Oder er hatte es gar nicht erst probiert.

Eines der Geschöpfe am Feuer nach dem anderen ließ sich von ihr schmücken und erinnerte sie daran, wenn sie es unterließ. Sie wußten offenbar, daß sie nicht nur ein geistig zurückgebliebenes Mädchen war. Und die Flußpferde wußten es auch. Warum auch nicht, wenn sie doch im Wasser atmete, während sie tief unten auf ihnen ritt?

Und der Lotos hatte es herausgefunden, oder jemand hatte es ihm gesagt, und er blühte weiter trotz der Stürme und der eisigen Nächte. Sogar einige der Diener, die der weise Magier heraufbeschwor, hatten es erraten, und sie starrten durch die Dielenbretter auf sie hinunter, während sie vor ihm standen.

Und auch der Engel, der über sie alle wachte, auch er wußte es.

3

EINES TRÜBEN NEBLIGEN MORGENS spielte Soveh neben der Hausmauer ganz allein mit kleinen Steinen, die sie gesammelt hatte. Es war ein kompliziertes Spiel mit Herrschern und Beherrschten, mit Armeen, Zitadellen und allwissenden Schicksalsschlägen – die wenigen Leute, die sie zufällig gebeten hatten, ihnen den kindlichen Zeitvertreib zu erklären, waren meist erstaunt und manchmal bestürzt gewesen.

Während sie spielte, sang sie, mit so schöner Stimme, daß sogar die Luft zu verstummen und zu lauschen schien. Die Sonne, die noch nicht lange aufgegangen war, schickte ihre Strahlen durch die kahlen Bäume am Ufer und über den Fluß und ließ im Vorüberziehen die vier oder fünf Flußpferde aufleuchten, die wie Inseln darin schwammen. Jede Nacht stieg die Sonne ins Chaos hinab und verweilte dort. Sie berührte die Kind-Frau, die ebenfalls die Nichtwelt jenseits der Welt betreten hatte, mit nachdenklichem Finger.

Deine Großmutter, die Mutter deiner Mutter, sagte die Sonne, *hat einst mit meinem Licht Hochzeit gehalten. Meine Macht und die Mächte des Chaos und der Nichtmaterie stekken dir schon in den Knochen, und deine Seele weiß es. Du brauchst dich nicht zu verstecken.*

Soveh eroberte mit einer Legion kleiner brauner Steine eine Stadt. *Ich bin noch nicht bereit, dir zu glauben,* sagte ihr abgewandter Kopf.

In diesem Augenblick kam Dathanja aus dem Haus, und Soveh lief ihm entgegen. »Hier ist der König aller Steine«, sagte sie und gab ihm einen Kiesel mit seltsamen, natürlich entstandenen Streifen, undurchsichtig schwarz, transparent blau, ein schönes Exemplar das sie für ihn aufgehoben hatte. Dathanja nahm erst den Stein und dann ihr schönes Gesicht in die Hände und küßte sie wortlos auf die Stirn. »Was habe ich dich gelehrt, Soveh?« fragte er. »Wie die Jahreszeiten entstehen«, sagte sie, »und Tag und Nacht, warum die Bäume wachsen und wo das Meer ist. Und wie es ist, geliebt zu werden.« »Ja, das ist wahr«, sagte Dathanja. »Das hast du sehr gut behalten. Aber weißt du denn auch, was du mich gelehrt hast?« Das Kind sah ihn an, und die Frau lächelte. Keine wußte von der anderen, und doch standen sie einen Augenblick lang beide vor ihm. Dathanja sagte zu beiden: »Du hast mich gelehrt zu nehmen. Das war die schwerste Lektion, die ich am längsten versäumt hatte, und du hast sie mir in drei Sekunden beigebracht.«

Im Innern des Hauses hörte man Tavrosharak zu dem versilberten Spiegel sagen: »Findest du nicht auch, daß man in einer solch elenden Umgebung unmöglich leben oder mit seinem Verstand in den okkulten Wissenschaften etwas leisten kann, wenn unter dem Fenster ständig so ein wüster Radau herrscht?«

Da lachten Dathanja und das Kind, und sie gingen gemeinsam am Ufer entlang zu dem Baum, wo heute nur die schmale goldene Gestalt Ebriels auf sie wartete – die, als sie sich näherten, die Schwingen öffnete und wie ein narzißfarbener Falke in den Himmel schwebte.

»Wie golden er ist«, sagte Soveh. »Ist er unser Feind oder unser Freund?«

»Ich weiß es nicht«, sagte Dathanja. »Und ich glaube, er weiß es selbst auch nicht mehr.«

»Hinter seinem Kopf ist ein weißes O. Ist es eine Wolke, die so rund ist und so kalt strahlt?«

Dathanja zögerte und betrachtete die Lichtkugel am Himmel, vor der der Malukhim eben vorbeigeflogen war. Endlich sagte er: »Das ist der Mond, er ist bei Tag aufgegangen und folgt der Sonne über den Himmel.«

(Nun heißt es, so etwas sei noch niemals geschehen, der Mond der flachen Erde sei immer erst aufgestiegen, nachdem die Sonne untergegangen war. Oder, wenn es jemals vorgekommen war, dann in den chaotischen Urzeiten, ehe die Vernunft in der Welt Ordnung schuf.)

Einen Augenblick später verschwand der weiße Himmelskörper jedoch in einer echten Wolke, und inzwischen waren einige Wagen und Ochsenkarren voll mit Menschen, die Dathanja aufsuchen wollten, das Flußufer heraufgekommen, gefolgt von Reitern auf blauen Elefanten. Die Tagesarbeit hatte begonnen.

Aber es war ein trüber und sehr stiller Tag. So ruhig

war alles, daß das, was der Heiler mit seinen Patienten sprach, die Dispute, die er mit denen führte, die sich von ihm belehren lassen wollten, weit und breit das einzige Lebenszeichen schienen. Außerdem konnte man von Zeit zu Zeit, so klar wie eine Trompete, Tavrosharaks Stimme hören, wenn er eine einzelne Grille ausschimpfte, weil sie im wilden Wein unter seinem Fenster solchen Lärm machte.

»Heiler«, sagte einer der Disputanten, die vor Dathanja auf dem Boden saßen, »dies ist ein merkwürdiger Tag. Wie von dicken Glasscheiben eingeschlossen.«

»Die Atmosphäre«, sagte ein anderer, »ist wie mit Blitzen aufgeladen. Irgendein Ereignis steht bevor. Müssen wir uns fürchten? Sollen wir die Götter um Milde anflehen?«

»Warum solltet ihr sie anflehen?« fragte Dathanja.

»Weil unsere Sünden sie vielleicht erzürnt haben.«

»Die Sünde«, sagte Dathanja, »erzürnt die Götter nicht. Uns selbst bereiten wir Ärger, wenn wir unrecht handeln. Wenn man gesündigt hat, sollte man sich selbst um Verzeihung bitten, denn sich selbst hat man, je nach der Größe seines Vergehens, viel mehr geschadet als jedem anderen Menschen.«

»Dann nimm einmal an«, sagte einer aus der Runde, »ich töte meinen eigenen Bruder. Das ist doch sicher eine schlimmere Sünde gegen ihn als gegen mich.«

»Keineswegs«, sagte Dathanja. »Denn du hast zwar, indem du ihm das für ihn bestimmte Leben entrissen hast, eine sehr große Sünde begangen, aber er wird ein neues Leben haben. Während du dir selbst dein eigenes so besudelt hast, als hättest du Schlamm und Schleim genommen und deine Kleider damit eingerieben, und in diesem Schmutz mußt du weiterleben, bis es zu Ende ist und du wiedergeboren wirst. Und auch dann bist du den Flecken noch nicht los, du mußt dich erst unter größten Mühen läutern.«

»Ach, Meister«, sagte der Mann, »diese Worte zeigen

uns, was wir ohnedies schon alle glauben, daß du nämlich ohne jede Sünde bist.«

»Ich bin der Sündigste unter euch«, sagte Dathanja. »Meine Seele ist angefüllt mit dem Schmutz törichter, schrecklicher Missetaten.«

Alle, die dies hörten, keuchten auf und protestierten. Endlich sagte einer, der in Samt und Seide auf einem Elefanten angeritten war, zu Dathanja: »Wie kommt es dann, Priester, daß du es wagst, Heilungen zu vollbringen oder Lösungen für die Schwierigkeiten anzubieten, die uns beunruhigen?«

»Wenn einer«, sagte Dathanja, »aus einem vergifteten Brunnen trinkt und dort stirbt, steckt man dann nicht seinen Schädel auf einen Pfahl, um andere Reisende vor dem Wasser zu warnen? Oder wenn er überlebt, weiß er dann nicht am besten von allen Menschen, welche Brunnen zu meiden sind, sicher besser als jene, die nie von dem Gift gekostet oder es geschluckt haben?«

»Willst du damit sagen, alle Menschen *müssen* zuerst einmal Böses tun, ehe sie lernen, Gutes zu tun?«

»Es gibt kein ›muß‹«, antwortete Dathanja. »Ich sage nur, daß es in den meisten Fällen so ablaufen wird. Und wie mit einzelnen Männern und Frauen, so ist es auch mit der Menschheit an sich. Bis sie endlich die grausamen, ichbezogenen Stadien der Kindheit und Jugend hinter sich gebracht hat und alle Völker der Welt – einer Welt vielleicht, die wir nicht mehr erkennen, denn diese Zeit ist noch fern –, bis diese Völker alle mit Herz, Geist und Seele erwachsen und reif geworden sind. Wenn diese Zeit, ohne Zweifel das Ende aller Zeiten, gekommen ist, wird es kein Verbrechen mehr geben, man wird nicht mehr mit Ehrgeiz prahlen oder gegeneinander kämpfen. Und dieses Zeitalter des Mitgefühls und der Sanftmut wird nicht aus Unschuld oder Unwissenheit erwachsen, sondern aus einem Wissen, das mit viel Geduld durch Beispiel und Erfahrung gewonnen wurde. Und dann, in dieser Endzeit, ehe die letzte Sonne untergeht und der letzte Stern erlischt, ehe das endlose Abenteuer des Seins einen anderen, besseren Weg einschlägt, werden die Sanftmütigen, die Gütigen und die Wissenden, sie und nur sie allein, sie, die wir sein werden, Herren der Erde sein, ehe die Erde nicht mehr ist.«

Tiefe Stille lag nun über dem Hang oberhalb des Flusses und unter dem Baum. Der wilde Feigenbaum hatte seine Blätter behalten, obwohl sie dünn geworden waren.

»Und du«, meldete sich der Elefantenreiter zu Wort, »sagst uns dies alles, obwohl du dich selbst als Sünder bezeichnest, und bist dabei so unbeschwert wie jene Blätter über unseren Köpfen. Wie kannst du noch aufrecht gehen, wie kannst du so unbekümmert sprechen, wenn du so gehandelt hast, wie du sagst?«

»Einst«, sagte Dathanja, »gab es einen Kaufmann, der allen anderen Kaufleuten in der Stadt Geld schuldete. Er führte dicke Bücher und grübelte Tag und Nacht darüber. So sehr war er mit seinen Schulden beschäftigt, und so viel Zeit verbrachte er stöhnend mit der Führung seiner Bücher, daß sein Geschäft darüber zugrunde ging. Er stand kurz davor, nicht nur ein Schuldner, sondern ein verarmter Schuldner zu werden. Da kam einer zu ihm und sagte: ›Wirf deine Bücher weg, geh hinaus in die Stadt und verdien dein Gold, denn du bist befähigt und wirst bald wieder reich sein.‹ ›Aber‹, wandte der Kaufmann ein, ›wie soll ich mir merken, wem ich Geld schulde, wenn ich nicht Buch darüber führe?‹ ›Du brauchst nur folgendes zu tun‹, sagte der Ratgeber freundlich. ›Wenn du einen siehst, der Mangel leidet, oder wenn jemand dich um eine Gabe bittet und du bist in der Lage zu geben, dann tu es. Auf diese Weise hilfst du denen, die in Not sind, und jenen, denen du selbst Geld schuldest, mußt du es ohnedies zurückzahlen.‹ Also verbrannte der Kaufmann seine Bücher und dachte nicht mehr daran, aber als er hinausging, verdiente er viel Gold, wurde zu jedermanns

Schuldner und leistete allen große Dienste. Und nachdem dieser Mann sein Leben so vereinfacht hatte, wandelte er leichten Schrittes dahin.«

»Aber«, schrie der samtgekleidete Elefantenreiter, »es gibt doch sicher ein paar schlechte Menschen auf der Welt, und es wäre Schwachsinn, ihnen Gutes zu tun!«

»Doch wenn du sie bestrafen wolltest«, sagte Dathanja, »müßtest du ihre Namen vermerken, eine lange Liste mit dir herumtragen, sie ständig hervorholen und nachsehen, wo immer du hingehst.«

»Aber wenn ich einem bösen Menschen Wohltaten erweise, wird er mich zum Narren machen. Er wird mich zermalmen wie Korn zwischen Mühlsteinen.«

»Macht er«, fragte Dathanja, »dich mehr zum Narren, indem er dich für einen Narren hält, als du es selbst tust, indem du deine Zeit und deine Kraft in dem beständigen Bemühen vergeudest, Böses mit Bösem zu vergelten? Ein Hungriger, der einen Obstbaum findet, will vielleicht einige Früchte essen. Sie können sauer sein, aber auch köstlich süß. Er wird es so oder so bald feststellen, und dann kann er seinen Weg fortsetzen. Im umgekehrten Fall steht er vielleicht eine Stunde lang unter dem Baum, während sein Magen nach Nahrung schreit, und kann sich nicht entscheiden, ob es sich lohnt, in die Frucht zu beißen, weil sie vielleicht nicht nach seinem Geschmack sein könnte. Jeder hat sein eigenes Leben und ist auf dieser Welt, um es zu leben. Je leichter er mit anderen Menschen auskommt, desto mehr Zeit bleibt ihm für seine eigenen Angelegenheiten. Nun nimm einmal an«, sagte der Priester, »du sitzt hier am Wasser, du bist hergekommen, um nachzudenken oder zu träumen, um über die Welt nachzusinnen oder zu schlafen. Und dann kommt ein Mann daher und schlägt dich ins Gesicht. Was nun?«

»Nun, ich würde aufspringen und zurückschlagen, zweimal so fest, wie er *mich* geschlagen hat.«

»Und daraufhin würde er dich noch fester schlagen,

und du würdest wiederum fester zurückschlagen, und so weiter, bis einer den anderen ernstlich verletzt oder getötet hätte. Nehmen wir weiter an, du bist der Sieger, und er liegt erschlagen da, dann mußt du vor der Gerechtigkeit oder vor der Rache seiner Familie fliehen. Oder du mußt eine Möglichkeit finden, sie zu entschädigen. Während du also die ganze Zeit mit Kämpfen, Planen oder Flucht verbracht hast, hast du all die Energie verbraucht, die du für dich selbst verwenden wolltest. Wenn du nun, als der Mann dich schlug, nur zu ihm gesagt hättest: ›Schlag mich doch gleich noch einmal, ich habe keinen Streit mit *dir*, dann hätte er dich vielleicht geschlagen, vielleicht aber auch nicht, doch die Sache wäre erledigt gewesen, und du hättest weitermachen können, wie du wolltest.«

»Meister, ich verstehe, daß dies eine Parabel ist, aber trotzdem – wenn man einigen Menschen gestattet, ungehindert andere zu schlagen, werden sie sich das zur Gewohnheit machen. Ist das nicht auch eine Störung?«

»Das Leben ist in jedem Fall eine Reihe von Schlägen«, sagte der Priester, »Geburt und Tod sind die größten, aber dazwischen liegen viele von minderer Härte. Ist es möglich, jede Ohrfeige, die einem das Schicksal oder das Leben versetzen, zurückzugeben oder wiedergutzumachen? Vor dem Sturm soll man sich ducken, denn wenn man ihn anschreit, wird er nicht hören.«

»Nun sag mir, bei den Göttern«, verlangte der samtene Reiter, »wie man Weisheit erlangt.«

»Gib dein Haus und deinen Reichtum auf. Wandere durch die Welt. Nimm nur, was man dir, aber gib alles weg, was du hast, wo immer es möglich ist.«

Dem Reiter fiel die Kinnlade bis zu den seidenen Stiefeln hinunter.

»*Muß* ich das tun? Gibt es keinen anderen Weg?«

»Es gibt viele. Die anderen dauern länger. Es läuft sich nicht gut, wenn man mit den Füßen an einem Palasttor festgebunden ist. Durch Fenster aus Smaragd und Silber sieht man nicht deutlich. Du legst dir selbst Hindernisse in den Weg. Das ist alles.«

Auf einmal nahm der Himmel die Farbe der dürren Feigenblätter an, einen rauchigen Schattenton, und die Menschen, die zu Dathanja gekommen waren, schrien alle ohne Ausnahme vor Angst auf. Sogar die Ochsen brüllten und schnaubten, und die Elefanten quiekten. Danach trat wieder Stille ein, dreimal so bleiern wie vorher.

Der Elefantenreiter zog aus seinem Gürtel einen hellen silbergefaßten Smaragd, betrachtete damit den Himmel und verkündete: »Das Antlitz der Sonne ist schwarz geworden, doch ihr goldenes Haar strahlt nach allen Seiten.«

Es war die erste Sonnenfinsternis auf der flachen Erde, oder die erste Verfinsterung der Sonne durch den Mond, die es seit den Zeiten des Chaos gegeben hatte. (Denn das Chaos war berührt worden und berührte nun wiederum die Welt und veränderte sie. Sie würde nie wieder ganz so sein wie vorher. Die Natur machte große Schritte, sie raste dahin.)

»Das ist der Zorn des Himmels!« riefen mit zittriger Stimme einige der Kranken, die geheilt worden waren und sich jetzt schuldig fühlten, weil sie nach jahrelangen Qualen keine Beschwerden mehr hatten.

»Es sind die absonderlichen Lehren dieses Priesters, sie haben diejenigen Götter empört, die die Scheiben des Himmels steuern. Gleich werden sie vielleicht mit Sternen auf ihn werfen. Laßt uns weglaufen!«

Andere jedoch zupften Dathanja, der völlig gelassen dasaß, am Ärmel, und das Kind-Mädchen lehnte sich, offenbar keineswegs beunruhigt, an ihn. Dathanja sagte: »Der Mond hat sich zwischen uns und die Sonne geschoben. In etwa einer Minute wird er weiterziehen, und die Erscheinung wird verschwinden.«

Das Kind blickte mit seinen blauen, blauen Augen zu ihm auf.

»Erzähl uns eine Geschichte!« bat sie leise. »Erzähl uns, warum der Mond sich der Sonne nähert!«

Dathanja winkte allen Nervösen und Verängstigten, sie sollten sich wieder setzen. Er sprach ein Wort, das eine große Ruhe über sie kommen ließ inmitten der Dunkelheit, während das Haar der Sonne aus einem schwarzen Loch am Himmel strömte. Sogar die Tiere legten sich nieder, und auch der Fluß glättete seine Wogen.

4

Die Geschichte von Sonnenmann und Mondfrau

LANGE, LANGE IST ES HER, und noch viel länger ...

... da hatte Sonnenmann im Osten einen Garten. Er hatte jedoch mit Mondfrau im Streit gelegen und deshalb wollte er sie nicht hineinlassen. Dann kam ein Abend, da konnte sie ihre Neugier nicht länger bezähmen. Mondfrau rief einen der großflügeligen Falter, die bei Nacht fliegen. »Gehe du in den Garten«, sagte sie, »und sieh dich dort um. Dann kehre zurück und berichte mir davon.«

Und so flog der Nachtfalter meilenweit durch den Himmel und über den Rücken der Erde nach Osten. Endlich kam er an eine hohe Mauer, die ihm höher als der Himmel schien. Er flog ganz weit nach oben, aber die Wand schien die Dunkelheit zu berühren und mit ihr eins zu werden. Er flog immer wieder rundherum, aber die Mauer war ein riesiger Kreis ohne Anfang und Ende. Endlich wurde der Falter müde und fiel dicht neben der Mauer zu Boden. Hier fand er eine winzige Öffnung. Er klappte die Flügel zusammen, kroch durch das kleine Loch und kam in den Garten.

Schön war es dort. Die Rasenflächen waren in vielen Terrassen angelegt und hatten einen Flor wie Samt, noch samtiger waren die Felssimse und Stufen, über die kleine Bächlein rieselten. Es war Sonnenmanns Garten, deshalb waren die Felsen sogar bei Nacht warm, und auch die Luft im Garten war warm und von hundert Düften erfüllt. Die Sträucher wuchsen so hoch wie Bäume. Die Bäume waren wie mächtige Türme, und der Falter wäre im Duft ihres Holzes und in ihrer Feuchtigkeit beinahe ertrunken, er mußte sich auf einem leuchtenden bernsteinfarbenen Stein ausruhen. Überall lagen solche Steine verstreut, und alle leuchteten. Es war Sonnenmanns Garten, und alle hellen, strahlenden Dinge waren hier versammelt. Die Bäume waren dicht behängt mit goldenen Früchten, die wie Laternen leuchteten, Glühwürmchen umtanzten die Teiche, zu denen sich Geschöpfe mit orangefarbenem Fell und feurigen Augen schlichen, um zu trinken. Ein Fisch schnellte aus dem Wasser: Es war ein Topas.

Schließlich verblaßte die Nacht, und dem Falter fiel wieder ein, wer ihm diesen Auftrag erteilt hatte. Er kehrte zur Mauer zurück, fand nach langem Suchen die Öffnung und schlüpfte hinaus.

Mondfrau stand tief am westlichen Himmel, von ihrem hellen Haar umflossen, und hielt nach ihm Ausschau. »Nun«, sagte sie, »du warst eine ganze Nacht lang fort. Ist der Garten schön?«

Der Falter bestätigte es ihr und beschrieb die Anlage, die Pflanzen und Früchte, die Lichter und Düfte und die Tiere, die dort wohnten.

Mondfrau wurde neidisch. »Ach, könnte ich das auch sehen!« seufzte sie.

Mondfrau saß in ihrem Dämmerpavillon unter dem westlichen Horizont und überlegte, wie sie Sonnenmann überlisten könnte. Ihr Streit hatte sich vor vielen Tausenden von Jahren zugetragen. Sie hatten beide den Grund vergessen, aber keiner wollte nachgeben.

Endlich faßte sie einen Plan. »Ich werde heute nacht

nicht über den Himmel ziehen, sondern die Erde in Dunkelheit lassen. In einen schwarzen Mantel gehüllt will ich nach Osten wandern. Hat der Falter einen Weg gefunden, um in den Garten zu kommen, so wird es auch mir gelingen. Ist Mondfrau weniger klug als ein Falter?«

Als Sonnenmann in seiner strahlenden Pracht nach Westen fuhr, hatte Mondfrau ihren Pavillon schon nach Osten verlegt. Kaum waren die letzten Fackeln von Sonnenmanns Zug verschwunden, kamen mit Spiegeln und Glöckchen die Sterne heraus. Sie forderten Mondfrau auf, sie möge sich ihnen anschließen, aber die hatte etwas anderes vor. Sie hüllte sich in ihren schwarzen Mantel und stieg durch die Nacht hernieder, bis sie eine riesige kreisrunde Mauer erreichte. Höher als der Himmel schien sie ihr, und ohne Anfang und Ende.

Mondfrau suchte ein Weilchen, dann blieb sie nachdenklich stehen. »Vielleicht ist es doch nicht so«, sagte Mondfrau. »Ich bin nicht klüger als der Falter. Ja, ich bin sogar weniger klug.«

Nach einiger Zeit hörte sie Wasser rauschen. Sie wandte sich von der großen Mauer ab und erblickte eine Hügelkette und darin eine Höhle. Sie betrat die Höhle, und dort fand sie einen Bach, der in die Erde hineinfloß.

Mondfrau redete den Bach in seiner eigenen Sprache an.

»Wohin gehst du?« fragte sie.

»In Sonnenmanns Garten, wo alles golden und fröhlich ist.«

»Darf ich mit dir gehen?«

»Das ist verboten«, sagte der Bach.

»Warum?«

»Du bist Mondfrau, und er hat Streit mit dir!«

»Nein«, sagte Mondfrau, »du irrst dich. Ich bin nur das Licht von sieben silbernen Städten, die weit, weit weg von einer Wolke gelöscht wurden.« Es tat Mondfrau weh, sich selbst zu verleugnen, aber sie war zu allem entschlossen.

Der Bach glaubte ihr. Er gestattete ihr, sich auf ihn zu legen, und trug sie unter die Erde und unter der mächtigen Mauer hindurch in den Garten hinein.

Hier war das Bachbett mit glänzendem Hyazinth und Jaspis ausgelegt. Mondfrau stieg aus dem Wasser und blickte sich um. Bald spazierte sie durch den Garten, über seine Anhöhen, durch seine Senken. Sie berührte die goldenen Früchte an den Bäumen, die wie Glocken erklangen, und sie sah die feurigen Tiere sich auf den Rasenflächen tummeln. Neid und Bewunderung erfüllten sie. Wo sie ging, verwandelten sich die Blumen im Gras in Silber. Sie spiegelte sich in drei Teichen, im Osten, Westen und Süden des Gartens.

Schließlich verblaßte die Nacht. Mondfrau ging zu dem Bach, der ständig weiter in den Garten floß.

»Nein«, sagte der Bach. »Ich habe dich hergebracht, doch forttragen werde ich dich nicht.«

»Weh mir!« rief Mondfrau. Sie eilte zur Mauer und suchte verzweifelt einen Ausgang, wie sie einen Eingang gesucht hatte. Angst erfaßte sie, denn schon brannten am östlichen Himmel die ersten Fackeln. Endlich entdeckte sie die kleine Öffnung, durch die der Falter aus dem Garten entkommen war. Mondfrau machte sich so klein und dünn wie eine Ahle. Aber als sie sich hinlegte, um durch die Öffnung zu schlüpfen, entdeckte sie, daß eine Spinne ihr Netz darübergezogen hatte, die Sonnenkraft des Gartens hatte es in Gold verwandelt – und Mondfrau konnte es nicht zerreißen.

Mondfrau war wütend und hatte Angst. Im Osten sah sie den brennenden Weihrauch und die Feuerwerkskörper von Sonnenmanns Zug. Sie nahm ihre normale Gestalt und Größe wieder an und lief zu einem dichtbelaubten riesigen Baum. Den erstieg sie und versteckte sich in den Blättern.

Dann kam Sonnenmann über den Horizont. Er ritt

auf einem zinnoberroten Tiger. Gelbe und rote Bänder gingen von den Strahlen aus und umtanzten ihn; die Fahnen waren so grell wie Trompetengeschmetter.

Als er an seinem Garten vorüberkam, blickte er hinab. Sein Licht war so gewaltig, daß sogar er selbst davon geblendet wurde. So entgingen ihm die silbernen Spuren im Gras und der helle Fleck, der zwischen den Ästen eines hohen Baumes hervorleuchtete. Er spiegelte seine Pracht in den drei Teichen, wo sich auch Mondfrau gespiegelt hatte, und zog dann zufrieden weiter.

Als Sonnenmann verschwunden war, versuchte Mondfrau alles mögliche, um aus dem Garten zu gelangen. Sie rief ihre Halbbrüder, die Mondwinde, aber die schüttelten nur die Bäume, und als die goldenen Früchte herabfielen, spielten sie damit – sie waren noch sehr jung. Und sie rief die Nachtvögel, die sie als Göttin verehrten, die Nachtigall, die Glöckchen in der Kehle hat, und die Eule mit ihren schimmernden Schläfenfenstern anstelle von Augen. Aber obwohl die Vögel die Mauer irgendwie überwinden konnten, waren sie noch im Halbschlaf und konnten keinen Ausgang finden, der sich für Mondfrau geeignet hätte, so schwirrten sie zirpend herum, klagten, blickten müde um sich und wurden beschämt weggeschickt. Nun war es fast wieder Nacht, und *kein* Mond stand am Himmel.

Irgendein ehrgeiziges Sternenmädchen, dachte Mondfrau, *wird meine Stelle einnehmen. Sie wird sich anstrengen, um noch heller zu leuchten, sie wird sich für Mondfrau ausgeben, und die Erde wird mich vergessen.* Da weinte Mondfrau, und ihre Tränen fielen wie Perlen von den Bäumen und verwandelten sich im Sonnenuntergang langsam in Rubine.

Schließlich vernahm Mondfrau etwas, bei dem ihre Tränen vor Schreck versiegten. Es war das Geräusch eines großen Schlüssels, der irgendwo in der Mauer in einem großen Schloß gedreht wurde. Dann fegte ein Sonnenwind durch den Garten, zupfte an den Grashalmen und zauste das Fell der wilden Tiere. Es war Sonnenmanns Bote, und Sonnenmann selbst kam, in einem prachtvollen dunkelroten Mantel, gleich hinterher.

»Ach, wie herrlich ist doch mein Garten«, jauchzte Sonnenmann voll Besitzerstolz, »schöner als jemals zuvor! Aber was ist das?« fügte er hinzu, als sein eigener Schein die Perlen-Rubine auf dem Gras aufleuchten ließ. »Nun schau«, sagte Sonnenmann und teilte die Äste des Baumes, »wer hat sich hier versteckt?«

»Ich bin es«, flüsterte Mondfrau.

»Du bist es? Wer bist du?«

Mondfrau zuckte zusammen. *Er erinnert sich nicht mehr an mich*, dachte sie. *Nun, es ist ein oder zwei Ewigkeiten her, seit wir uns begegnet sind. Und er war schon immer von sich selbst geblendet.* Sie wickelte also den Mantel fest um sich, stieg herab und blieb sehr schüchtern vor Sonnenmann stehen.

»Ich bin«, sagte Mondfrau, »ein besonders heller Stern. So hell, daß Mondfrau eifersüchtig wurde und mich von ihrem Hof verwies. Durch einen unglücklichen Zufall gelangte ich hierher und fand keinen Ausgang mehr. Würdest du mich aus deinem Garten lassen?«

»Bleib!« bat Sonnenmann. »Du bist sehr schön. Ich kann mir gut vorstellen, daß Mondfrau, diese farblose Hexe, eifersüchtig auf dich ist.«

»Tatsächlich?« fragte Mondfrau, die unter ihrer Verkleidung vor Wut schäumte. »Aber ich muß trotzdem meine Pflicht am nächtlichen Himmel erfüllen.«

»Bleib bei mir, nur diese eine Nacht!« redete Sonnenmann ihr freundlich zu. »Wenn ich selbst aufbrechen muß, um den Himmel zu erleuchten, magst du vor mir gehen. Ich trage mich schon lange mit dem Gedanken, mir von allen Sternen einen der schönsten zu wählen, der dann mein Vorbote im Osten sein soll. Vielleicht erwähle ich dich.«

»Wie großzügig du bist, und wie du mir schmeichelst«, sagte Mondfrau. Und sie verbarg ihre Blicke, die wahrscheinlich Glas zerschmettert hätten, unter dem Mantel.

Aber Sonnenmann schwor, er würde sie nicht vor dem Morgen gehen lassen, also blieb Mondfrau gezwungenermaßen bei ihm, tat so, als wäre sie ebenfalls von ihm geblendet, und irgendwann war sie es tatsächlich. Denn als sie durch den herrlichen Garten schlenderten, zeigte er ihr seine duftendsten Blumen und pflückte ihr die besten Früchte. Und seine Hände, die sie führten, waren warm. Als sie müde waren, ließen sie sich auf dem schwellenden Rasen nieder, und Sonnenmann schäkerte mit Mondfrau, und Mondfrau sagte sich: *Da ich mich für einen gewöhnlichen Stern ausgebe, muß ich das zulassen.* Und Sonnenmann bezauberte sie trotz des alten Grolls. Sie ließ sich erweichen, und zwar in solchem Maße, daß sie es sehr bedauerte, als die Fackeln und Trompeten seines eifrigen Gefolges sich näherten, um ihn zur Dämmerung zu rufen. Doch als er sich zum Gehen anschickte, wurde sie wieder von Unruhe erfaßt. So nahm sie verstohlen einen pulsierenden Stein aus einem Wasserfall und eine brennende Blume aus dem Gras an sich. Und ganz zuletzt schnitt sie heimlich mit einem kleinen silbernen Messer eine Locke aus Sonnenmanns Flammenmähne, als er sie zum Abschied umarmte.

Dann ließ Sonnenmann sie aus seinem Garten hinaus, und Mondfrau flüchtete ganz aufgelöst in den Himmel hinauf, der Mantel glitt ihr von den weißen Schultern, und das Haar flatterte nach allen Seiten. Sie eilte quer über den Himmel und blieb erst stehen, als sie ihren Pavillon erreicht hatte, dort verlor sie, von Kummer, Freude und Scham überwältigt, die Besinnung und stürzte zu Boden.

Mondfrau grübelte. Sie magerte ab, ihr Licht wurde schwächer und blässer. Sie dachte: *Ich werde ihm alles heimzahlen, seinen schönen Garten, meine Demütigung, daß er mich nur für einen Stern hielt und mit mir spielte. Aber hauptsächlich, daß ich es zuließ.*

Dann nahm Mondfrau die Blume und den Stein aus Sonnenmanns Garten und die Locke von Sonnenmanns eigenem Haar und erwirkte einen Zauber. Als sie fertig war, wob sie sich ein Gewand, und dieses Gewand leuchtete so herrlich, daß die Sterne, die zu ihrem Pavillon gekommen waren, um sie zu besuchen, überrascht zurückwichen.

Nun mag er mich *für einen Stern halten,* dachte Mondfrau, und stieg blendendhell am Himmel auf.

So schön und prächtig leuchtete sie in dieser Nacht, daß in den Ländern der Menschen die Dichter, die *harter, bitterer Mond* geschrieben hatten, die Zeile ausstrichen und dafür *O Mond, des Menschen Entzücken!* einsetzten. Und diejenigen, die *alte kalte Silberhexe* geschrieben hatten, änderten es um in *warmgoldene Maid.* Wahrlich, warm und glänzend wie Gold, die Sonne der Nacht war sie. Nur die heimlich Liebenden priesen sie an diesem Abend nicht, und auch nicht die Diebe, die ihr sonst geopfert hatten.

Auch Sonnenmann sah sie von seinem roten Pavillon im Westen aus. Und er bestieg den schwarzen Tiger, den er für nächtliche Ausflüge verwendete, und ritt wütend nach Westen, um ihr auf ihrer Bahn zu folgen. Unterwegs hörte er allenthalben ihr Lob. *Sie war das also, damals in meinem Garten,* dachte er voll Ingrimm. *Für sie habe ich Früchte gepflückt und so getan, als fände ich sie hübsch. Und sie hat mir wesentliche Teile meines Lichts gestohlen und prahlt nun vor Menschen und Göttern damit, daß es nur ihr eigener Glanz sei, der sie schmückt. Nun, mag sie doch über den Himmel herrschen. Bis ich Gerechtigkeit erlange, mögen sie auch ohne mich auskommen, so gut sie können.*

Und Sonnenmann kehrte in seinen Garten zurück und schlug das Tor zu.

Als die Morgenprozession ihn abholen wollte, schickte Sonnenmann sie alleine auf den Weg, und die Morgendämmerung an diesem und an vielen folgenden Tagen war schwach und trübe. Doch in seinem Garten erfuhr Sonnenmann etwas, das ihm sehr nützlich war.

Nun waren in jenen fernen Zeiten die Götter noch jung und nahmen an allen Dingen Anteil. Und als die Menschen an ihren Altären zu klagen begannen, daß die Sonne der Erde nicht mehr lächle und daß sie daher mit ewigem Winter und ewiger Unfruchtbarkeit geschlagen seien, horchten die Götter auf.

Sie schickten zu Sonnenmann und fragten ihn, was er mit seiner Abwesenheit bezwecke. Sonnenmann erwiderte, er sei krank, Mondfrau könne doch sowohl den Tag wie die Nacht betreuen, sie leuchte so prächtig, daß es ihr sicher keine Mühe bereiten würde. (Als Mondfrau das hörte, erbleichte sie, und nicht einmal ihr prunkvolles Gewand konnte es verbergen.) Die Götter schickten wieder nach Sonnenmann und riefen ihn hinauf in die oberen Gefilde des Himmels, von wo sie auf ihn herabschauten: Er hatte sich in eine Gewitterwolke gehüllt.

»Die Sache ist so«, sagte Sonnenmann, »jemand ist in meinen Garten eingedrungen und hat mir einen Teil meines Wesens, die Seele meines Lichts gestohlen. Ich bin geschwächt und verletzt. Bringt diese Angelegenheit in Ordnung, dann werde ich mein Amt wieder aufnehmen.«

»Wer hat dich bestohlen?« erkundigten sich die Götter. (Schon damals neigten sie dazu, im Chor zu sprechen.)

»Ich weiß es nicht«, sagte Sonnenmann, »aber ich kann es erraten.« Und er berichtete von der Frau, die er im Garten gefunden und die ihm versichert hatte, sie sei ein Stern. Daraufhin habe er sie mit Aufmerksamkeiten überschüttet, aber bald darauf sei Mondfrau in strahlender Pracht erschienen, während er immer schwächer geworden sei.

Da schickten die Götter nach Mondfrau. Sie kam, in Nebelschleier gehüllt, und zitterte vor Erregung.

»Bist du in Sonnenmanns Garten eingedrungen?«

»Ich?« sagte Mondfrau verblüfft über die Frage.

»Hast du Sonnenmann bestohlen?«

»Ich?« sagte Mondfrau.

»Welchen Beweis«, fragten die Götter Sonnenmann, »hast du, daß sie den Garten betreten hat? Denn wenn sie beides leugnet und nur in einem für schuldig befunden wird, muß sie auch des anderen schuldig sein.«

Da grinste Sonnenmann, und Mondfrau erschauerte.

»Kommt mit mir dorthin«, sagte Sonnenmann, »dann werdet ihr sehen.«

So stiegen die Götter in Sonnenmanns Garten hinab, spazierten dort herum, und die Erde hallte bei jedem ihrer Schritte wider, als sie unter den großblättrigen Bäumen und an den schimmernden Wassern entlangwandelten.

Endlich brach die Nacht herein, alles leuchtete sehr hübsch im Dunkeln, die orangefarbenen Tiere kamen ans Wasser, um zu trinken, und die Topasfische schnellten empor. Dann ertönten von den Lichtungen am Wasser weibliche Stimmen, und schließlich näherten sich tanzend drei wunderschöne junge Frauengestalten. Sie waren weiß wie Lilienasche, und das lange helle Haar fiel ihnen herab, sie trugen Girlanden aus gelben Blumen, Halsketten und Fußreifen aus Bernstein als einzige Bekleidung.

»Während ich krank lag«, sagte Sonnenmann, »sah ich diese drei aus den Teichen in meinem Garten steigen und hier herumlaufen, und als ich sie ansprach, kamen sie zärtlich und respektvoll zu mir, sie zeigten keine Angst und nannten mich ihren Vater.«

»Und wer ist ihre Mutter?« fragten die Götter.

»Das müßt ihr sie selbst fragen«, sagte Sonnenmann tugendhaft.

Das taten die Götter. Und die drei liefen fröhlich zu Mondfrau und nannten sie ›Mutter‹.

Mondfrau wurde so rot wie ein Sonnenaufgang.

Folgendes war geschehen. Sie hatte sich in den drei Teichen des Gartens, im Osten, Westen und Süden gespiegelt, und die Kräfte des Gartens, die sogar ein Spinnennetz durchdringen konnten, hatten dieses Spiegelbild erhalten und durchdrungen, und später hatte sich auch Sonnenmann dort gespiegelt ... Noch später hatte eine gewisse Liebelei stattgefunden, die dies alles symbolisch verbunden hatte.

»Es sind Töchter, auf die man stolz sein kann«, sagte Sonnenmann. »Eine soll mir am Morgen den Weg erleuchten, sie soll der Morgenstern sein. Die zweite, die ein wenig dunkler ist, soll bei Sonnenuntergang hinter mir gehen, um die Türen des Westens zu schließen – sie soll der Abendstern sein. Aber die schönste von allen will ich allezeit bei mir behalten, denn noch ist keine Position frei, die für sie gut genug wäre, doch irgendwann ergibt sich vielleicht eine Möglichkeit.«

Mondfrau bedeckte jedoch verschämt ihr Antlitz und sagte: »Alle Beweise sprechen gegen mich. Ich war verärgert und unaufrichtig und habe Unrecht getan. Denn er wollte mich nicht in seinen Garten lassen, und als er mich dort fand, wußte er nicht einmal mehr, wer ich war. Und was das schlimmste ist – ich verliebte mich wieder in ihn, wie vor langer Zeit schon einmal, und hatte unseren Streit vergessen.«

Als Sonnenmann das hörte, ging er zu Mondfrau und küßte sie.

»Ich hatte kein Recht, dich auszuschließen. Du bist meine Geliebte, und nur die Entfernung, die stets zwischen uns ist, hat uns zu Feinden gemacht.«

Die Götter fällten jedoch über dies alles einen Spruch,

denn sie ließen sich nicht leichtfertig in irgendwelche Streitigkeiten hineinziehen.

Mondfrau gestatteten sie, ihr prächtiges Gewand zu behalten und sogar zu tragen, aber nicht oft. Und sie verfügten, daß sie hinfort ihre Gestalt am Himmel ständig verändern müsse, sie müsse kleiner und größer und wieder kleiner werden, wie damals, als sie unerkannt aus dem Garten entkommen wollte, auf daß die Menschen nicht vergäßen, wie unbeständig die Herrin der heimlichen Wollust und der Diebe war. Doch fügten sie noch eines hinzu. Da Mondfrau und Sonnenmann sich versöhnt hatten und ihre Feindschaft nur von der Entfernung herrührte, durften sie sich zu bestimmten Zeiten oben am Himmel treffen, vor den Augen der Menschheit und aller Welt, und bei diesen seltenen Begegnungen sollte Mondfrau vor Sonnenmann stehen, wenn er sie küßte (was er zweifellos tun würde), so daß sein kraftvolles, herrliches Licht gedämpft würde. So bestraften sie den Betrug, den Mondfrau in ihrer Verärgerung begangen hatte, und gleichzeitig den prahlerischen Stolz von Sonnenmann.

Was die beiden erwählten Töchter angeht, so wurden sie zum Morgen- und zum Abendstern, und wenn sie ihre Mutter am Himmel treffen, begrüßen sie sie voller Freude. Die dritte Tochter hingegen wartet immer noch auf ihre Aufgabe. Der Garten verschwand, wie es mit allen derartigen Wunderwerken geschah, als die Welt älter und reifer wurde.

Sonne und Mond sind jedoch gute Freunde geblieben, und das haben wir eben gesehen. Denn es ist das Vorrecht der Menschen, an diesem mittäglichen Schatten zu erkennen, daß sich über ihren Köpfen die Liebenden umarmen. Die Verfinsterung war nur ein Kuß.

Und wer ist ein solcher Tölpel, daß er sich davor fürchtet?

Gerade als Dathanja seine Geschichte beendete, schwebte der Mond von der Sonne weg, das Licht des Tages erstrahlte wieder, die Vögel sangen, und die Flußpferde tollten ausgelassen im Wasser umher.

5

NACHDEM DIE SONNE ihr königliches Antlitz wieder gezeigt hatte, zog sie nach Westen und verschwand.

Die Menschen am Flußufer standen auf und entfernten sich ebenfalls, wobei sie mit mildem Spott auf den Abendstern deuteten, der gemessenen Schrittes hinter seinem Vater herging, um die Türen eines gelben Sonnenuntergangs zu schließen.

Der Priester und das Kind wandten sich ihrem Haus zu. Das Kind war, seit der Schatten vorübergezogen war, sehr schweigsam gewesen, nun sagte es: »Wenn die Sonne Dunkelheit sein kann, kann dann auch die Dunkelheit eine Sonne sein?«

Dathanja antwortete: »Das hängt von der Form der Dunkelheit ab. Es hängt von vielen Dingen ab.«

»Mein jugendlicher Vater«, sagte das Kind, »ich werde dir niemals genug für deine Güte danken können; jedoch hast du dies auch nicht wegen des Danks getan. Ich habe zu deinen Füßen gesessen und zugehört. Ich habe viel gelernt. Die ganze Erde hat zu mir gesprochen und mein eigenes Herz. So ausgezeichnete Lehrer hatte ich. Und als der Schatten die Erde verließ, da verschwand auch der Schatten, der auf mir gelegen hatte. Hier bin ich. Nicht länger Sovaz oder Azhriaz. Nicht länger Soveh, dein Kind.«

Die Abenddämmerung war hereingebrochen. Das Land und der Fluß waren blau, und in den Augen des Mädchens lag die Bläue jedes Abends, den die Welt je gesehen hatte. Und in den Augen des Mannes, der sie betrachtete, lag jede schwarze Nacht, die darauf gefolgt war.

»Ich freue mich für dich«, sagte er.

»Um dieser Freude willen«, sagte sie, »laß uns noch ein wenig bleiben wie bisher. Denn jeder wird erwachsen, hast du mir gesagt. Doch der Mond bleibt immer noch der Mond, auch wenn er seine Gestalt verändert, und ebenso ist es mit der Liebe.«

Da nahm er ihre Hand, wie er es in den drei Jahren ihrer Kindheit so oft getan hatte, und sie gingen zusammen am Flußufer entlang, wo der Lotos immer noch Knospen trieb, zum Haus.

Dort brannte kein Licht, nicht einmal im oberen Zimmer, und auch kein Laut war zu hören.

»Er hat wieder mit dem Spiegel gestritten«, sagte das Mädchen, und sie und Dathanja brachen in Gelächter aus. Mitten im Lachen umarmten sie sich, und er sagte zu ihr: »Wir sollten nicht über ihn lachen«, und sie lachten weiter, bis sie sagte: »Nein, das sollten wir wirklich nicht tun«, und dann lachten sie noch mehr. »Ach, kleines Mädchen, ich freue mich so, daß du endlich du selbst bist!« »Bin ich ich selbst? Wer ist das? Aber ich glaube nicht mehr, daß ich jemand anderem gehöre, nicht einmal dir, mein Verwandter, mein gütiger Herr, der für mich gesorgt hat.« »Was nun? Wirst du mich jetzt verlassen?« fragte er. »Du wirst froh sein«, sagte sie, »verlassen zu werden. Dann kannst du dich deiner Arbeit widmen und deiner Prinzessin, die dir *Schuhe* schenkt ...« »Du kleines Mädchen, woher weißt du das?« »Mein lieber Freund, mein Vater und Bruder, das weiß das ganze Land. Sogar die Frösche reden davon. ›Was hat er *dann* mit ihr angestellt?‹ fragen sie. Und die Grashüpfer erzählen es ihnen.« Darüber lachten sie wieder. Dann entzündeten sie zum Spaß mit Zauberkraft die Lampen des unteren Zimmers, so daß die Flammen aus der Dunkelheit erblühten wie Frühlingsblumen. Als nächstes entzündeten sie das Feuer auf dem Herd, bliesen es aus, entzündeten es wieder und benahmen sich wie Kinder, die gelebt hatten, verstorben waren und nun wieder lebten, jeder auf seine Weise. Ein Mädchen von siebzehn, dessen Jahre fast ein Jahrhundert ergaben, ein Mann von vielleicht fünfundzwanzig, der zahllose Jahrhunderte unversehrt überstanden hatte.

»Laß uns«, wiederholte das Mädchen, »noch nicht von Abschied sprechen! Obwohl du in dieser Gegend überwintert hast, bist du doch ein Wanderer und wirst es wieder sein. Und ich – ich muß mein Leben unter jedem Stein, auf jedem Gipfel, im Schatten und im Licht der Erde und anderswo suchen ... Aber noch nicht jetzt. Wir haben noch die letzten Wintertage vor uns. Ich werde dir eine gehorsame Tochter und Schwester sein. Ich werde ein Dorf- und ein Stadtmädchen sein, dein Essen kochen, deine Kleider flicken, Blumen neben dein Kissen stellen und dir vorsingen. Wenn du mir dafür weiter deine Geschichten erzählst und mich in deinen Armen hältst wie bisher, ohne mehr zu verlangen als die Liebe eines Kindes.«

»Hier warten alle Echsen und Frösche am Regentrog, um eingelassen zu werden«, sagte er. »Soll ich sie an mein Herdfeuer lassen, nachdem sie die ganze Zeit mit den Grashüpfern über mich und die Prinzessin geklatscht haben?«

»Beschäme sie einfach, indem du ihre Fehler verzeihst.«

So durfte die Versammlung der Frösche und anderer am Ufer lebender Geschöpfe sich der Wärme des Feuers erfreuen.

Dann nahmen der Mann und die Frau beim Feuerschein unter den Lampen ein einfaches Abendmahl ein, ergänzt durch zwei Krüge mit Wein, die sie aus den Kellern eines benachbarten Machthabers herbeigezaubert hatten.

Und später legten sie sich, jeder an seinem gewohnten Platz, aber doch recht nahe beieinander, zur Ruhe. Keiner empfand Verlangen nach dem anderen. Es war nicht ihr Schicksal, Liebende zu werden, obwohl sie sich liebten.

Dathanja träumte, er säße an einem Berghang mit einem Mädchen, dessen Haar die Farbe von Aprikosen hatte. Sie sprachen und lachten miteinander, während ihnen wilde Vögel aus der Luft und schlanke Reptilien unter den Steinen aus der Hand fraßen. Später lagen sie im funkelnden Gras beieinander und liebten sich. Unter ihnen, auf einer Ebene neben einem klaren See, tanzten Einhörner, weiß, rosafarben und golden. Irgendwoher ertönte vom Turm eines fernen Tempels eine Glocke, und Blätter öffneten sich seufzend.

Und als Simmu Zhirek aus den Armen ließ und er sie, küßte er sie auf ihr flammendes Haar und sagte: »Hast du mich genug bestraft, hast du dich ausreichend an mir gerächt?«

»Du hast dich selbst bestraft und mich gerächt. Außerdem ist dergleichen ohnehin albern.«

»Sind die Priester Lügner?« fragte Zhirek.

»Ja. Alle, bis auf einen.«

Und bald kamen sie wieder in Liebe zusammen, aus Liebe zur Liebe. Und in diesem Augenblick war alles Liebe.

Die Vazdru-Göttin, Sovaz-Azhriaz-Soveh träumte hingegen folgendes:

Über einem grünen Tal erhob sich ein blauer Berg. Im Tal ragten Gebäude auf, Türme wie dünne Stengel. Ein Tempel erblühte aus dem Berghang, viele Säulenreihen, treppenförmig ansteigende Dächer. Duftender Rauch stieg aus seinen Höfen auf und hing, wie mit dem Lineal gezogen, in der herrlichen Sommerluft.

Ganz oben, nahe dem Bergesgipfel, befand sich ein kleiner Schrein aus blauem Marmor, dem Himmel so ähnlich, daß man ihn fast übersehen konnte. Hier hauste eine alte, sehr alte Priesterin. »Drei Jahrhunderte hat sie erlebt«, sagten die Pilger zu dem träumenden Mädchen, als sie mit ihnen den Pfad hinanstieg. »Aber jetzt ist sie müde. Müde von all ihren Wanderungen. Sie ist eine Heilerin, eine Lehrerin und eine Prophetin. Seit Jahrzehnten wohnt sie schon hier. Könige kommen zu ihr, um sich ihre Visionen deuten zu lassen. Königinnen kommen und bitten sie, daß sie ihnen ihr Schicksal weissagt oder die Bedeutung von Vorzeichen erklärt. Und obwohl diese Frau so uralt ist wie eine der großen Schlangen, die tief im Berg hausen, kann sie doch wie ein junges Mädchen erscheinen, mit seidiger Haut und flink wie ein Reh. Warum«, fügten sie, zu der Träumerin gewandt, hinzu, »willst du sie aufsuchen?«

»Ich möchte, daß sie mir einen Traum erklärt«, sagte die Träumerin.

Und dann befand sie sich im Innern des Berggipfels hinter dem Schrein. Gewaltige Säulen erhoben sich hier, glänzend wie Milch, und aus der Tiefe der Höhle drangen Dünste, einige süß duftend und andere stechend. Eine alte Frau, runzelig und gebückt, saß auf einem Sims und streichelte den diamantförmigen Kopf einer Schlange, und der Kopf allein war so lang wie ein Männerfuß.

»Du brauchst vor der Schlange keine Angst zu haben«, sagte sie mit einer Stimme wie ein trockenes altes Blatt, so schwach und doch so deutlich hörbar wie ein winziges Geräusch im Innern des Ohres.

»Schlangen habe ich noch nie gefürchtet«, sagte die Träumerin, trat näher und streichelte die Schlange ebenfalls. Dann blickte sie der Priesterin ins Gesicht, und deren Augen waren so blau, daß sich ihre eigenen mit Tränen füllten.

»Wie heißt du?« fragte das Mädchen die Alte.

»Atmen.«

»Warum hat man dich so genannt?«

»Niemand außer mir selbst hat mir den Namen gegeben. In dem Land, wo ich wiedergeboren wurde und meine Kindheit verbrachte, trug ich einen anderen. Aber in der Sprache jenes Landes hatte mein Name, der

›Blütenblatt des Feuers‹ bedeutete, noch einen anderen Sinn, nämlich *Funke des Lebens,* und das Wort dafür war in dieser Sprache Atmeh. Als ich mich also aufmachte, um mich selbst zu suchen, nahm ich diesen Namen an. Ach, du junges Mädchen, du schöne Träumerin«, sagte die alte Priesterin, »eines Tages werden wir uns begegnen, du und ich. Geh jetzt und such dein Leben!«

Und Azhrarns Tochter erwachte in dem Haus am Ufer des braunen Flusses. Sie schaute sofort nach ihrem Gefährten, der noch schlief, und sah auf seinem schlummernden Antlitz alles, seine Schönheit und seine Jugend, sein Alter und sein Leid und das Wissen, das ihn dafür entschädigte.

Sie wollte ihn nicht wecken, aber es verlangte sie, ihm von ihrem Traum zu erzählen.

Doch während sie noch unschlüssig dasaß, schlug die Haustür mit einem entsetzlichen Krach nach innen – und weckte, wie es schien, die ganze Welt.

6

ER WAR MEILENWEIT und jahrelang geschwommen. Tief unten im Meer, in den langen Schluchten unter den dunkelgrünen Hügeln, deren Kuppen Inseln waren, und auch an der Oberfläche, unter der sengenden Sonne und dem glitzernden Mond. Große Schiffe hatten ihn gesichtet und ihm nachgerufen, um ihn vielleicht zu retten. Oder sie waren ihm ausgewichen, weil sie ihn für das hielten, was er einst gewesen war. Die riesigen Fische in den wäßrigen Abgründen oder die Fischmädchen mit ihren kühlen grünen Lippen und den Augen wie ertrunkene Sterne, hatten versucht, ihn aufzuhalten. Doch er schwamm weiter und weiter, unbeirrbar, entschlossen. Manchmal bewegte er sich sogar im Kreis und suchte, ohne zu finden. Und manchmal kroch er durch unterirdische Kanäle. Manchmal ruhte er auch, stundenlang, ehe er sich kriechend oder schwimmend wieder auf den Weg machte. So erreichte er schließlich die Mündung eines Flusses und schwamm diesen Fluß hinauf. Das Wasser änderte seine Farbe, wurde gelbbraun und glasig und hin und wieder schwarz, wenn darüber die Nacht hereinbrach. Rauhreif lag über dem Fluß, und riesige Blasen trieben mit geschlossenen Augen dahin. Endlich stieg der Schwimmer zwischen den eiskalten Lotosstengeln aus dem Wasser, kam zu einem Haus und riß die Tür weit auf.

Und da stand er nun, der Körper Tavirs, des Fürsten von Tirzom Jum, mit Wassertropfen übersät, den Seetang noch auf den Schultern.

Tavirs Körper war nicht verwest, obwohl mehr als drei Jahre vergangen waren. Vielleicht hatte die Katastrophe – das Chaos, das sogar Engel verändern konnte – auf das Gewebe der Leiche eingewirkt, die sich so dicht an dem Beben befunden hatte. Oder das abgestreifte Fleisch war durch die Verbindung zu dem unsterblichen Magier konserviert worden.

Dem Mädchen und dem Mann schenkte Tavirs Körper keine Beachtung, obwohl beide Zauberer waren und somit mächtiger als er.

Er schlich über den Fußboden zur Treppe, stieg hinauf, versetzte der weiten Tür, die zum oberen Raum führte, einen kräftigen Stoß und betrat das Zimmer des Magiers.

Tavrosharak hatte an seinem Tisch (aus der Bibliothek eines Königs entwendet und mit Büchern und Raritäten aus derselben Quelle belegt) gesessen. Er hatte lange geschwiegen, aber jetzt sprang er auf und warf dabei irgendeine bizarre, nutzlose Versuchsanordnung um, wobei in das Holz des Tisches und auch in die Atmosphäre Löcher gebrannt wurden.

»Gib acht!« sagte Tavirs Körper.

»Jawohl«, sagte Tavrosharak, aber er versuchte doch

ein oder zwei Zaubertricks und stieß ein paar Mantras hervor, die ihn von der Erscheinung hätten befreien sollen, aber ohne Wirkung blieben.

»Ich bin kein Geist«, sagte der Körper. »Ich bin der gesamte Leib und die physische Seele – das *Ego* von Tavir. Du hast mich zu dir gelockt, weil du spürtest, daß deine Befreiung kurz bevorstand, und dann hast du die Geistseele aus mir herausgeholt. Aber ich hatte schon gelebt. Ich war ein Magier gewesen wie du. Und ich bin jung, wie du – als du Unsterblichkeit erlangtest – es nicht mehr warst. Nun«, sagte Tavirs Körper, »ist Simmurad nicht mehr. Es ist zerstört, denn erst raste das Feuer hindurch, und dann aus der anderen Richtung eine schreckliche, glühende Welle. Als Feuer und Nichtmaterie sich im Wasser begegneten, entstand eine rote Sonne, die davonschoß. Ich wurde eine Weile hinterhergezogen. Aber dann erwachte mein Geist in mir, und ich entsann mich deiner. So begab ich mich statt dessen auf die Suche nach dir. Und hier bin ich nun.«

»Was willst du?« stammelte der weise Magier, der immer noch wirkungslos herumfuchtelte und sich bemühte, irgendeinen Zauber zu finden, um das Wesen zu beseitigen.

»Eine Seele«, sagte der Körper. »Deine, *meine*. Die, die ich hatte.«

»Und was wird aus mir?« heulte Tavrosharak.

»Was wird aus dir? Sieh dir doch an, welch ein Leben du unserer Seele geboten hast: Tag und Nacht eingeschlossen, stets in träger Unentschlossenheit, voll Haß auf alle Menschen. Was kannst du hier drinnen lernen, außer zu erkennen, welch ein Narr du bist? Komm«, sagte Tavir, schwarz, schön, ein Herrscher des Meeres mit glänzend grünem Haar und grünen Augen, »komm liebe Seele, kehr zurück zu dem, der dich wirklich zu schätzen weiß. Überlege, was du mit mir gewinnst. Und bedenke, was du mit ihm zu verlieren hast.«

»Bleib, liebe Seele«, plapperte Tavrosharak. »Ich

werde mich bessern. Wir werden hinausgehen und Menschen in Steine und Steine in Schafe verwandeln und die ganze Erde auf den Kopf stellen ...«

»Komm, liebe Seele«, schmeichelte Tavir, »wir werden die Herrlichkeiten der Welt genießen und versuchen, ihre Schmerzen zu lindern. Wir werden eine Stadt unter dem Meer gründen, wo die Ozeanvölker in Frieden zusammenleben können. Alle Lehren des Priesters Dathanja, die jener, der dich gefangenhält, überhört und verachtet hat, aber über die du nachgedacht hast, all das werden wir ausprobieren und in unserem künftigen, gemeinsamen Leben verwirklichen.«

Der weise Magier ließ sich plötzlich auf seinen Stuhl fallen. Er stöhnte auf, und aus den geöffneten Lippen schlugen Flammen. Es war ein sanftes Feuer, kaum zu sehen. Aber Tavir breitete weit die Arme aus, um es zu empfangen.

»In diesem Haus«, sagte Tavir schließlich, »befindet sich auch eine Göttin und der Lehrer, der so große Fähigkeiten hat. Aber auch dieser Körper, den ich jetzt habe, wird nicht ewig leben. Ich muß schnell sein. Keine Ablenkung. Daher – kein langer Abschied!«

Und Tavir sprach selbst ein Mantra, das ihn von diesem Ort entfernen sollte. Da er jetzt eine Seele besaß, war er wieder ein Magier, der auf der Stelle verschwand.

Inzwischen saß Tavrosharaks Körper entseelt und versteinert wie ein Korallenfelsen, auf seinem Stuhl und murrte: »Wie soll man bei solchen Störungen in den okkulten Wissenschaften etwas leisten?« Und dann rief er, nur um ihn auszuschimpfen, einen Wirbelwind zum Fenster herein. Denn im unsterblichen Fleisch des Weisen hatte sich viel von seinen Zauberkünsten erhalten. Und obwohl die Seele es verlassen hatte, diese Fähigkeiten waren auch jetzt noch vorhanden, genau wie seine reizbare Persönlichkeit, die von keiner Seele gespeist zu werden brauchte. So daß er nun da, und so würde er noch jahrhundertelang sitzen, murren und klagen, studieren und die Bücher verächtlich machen, mit sich selbst im Spiegel streiten und Zauberkunststücke auf Kosten anderer vollbringen.

Und wenn in dreihundert Jahren, wenn Bäume ihre Wurzeln durch Boden und Dach des Hauses getrieben und das Flußufer sich fast bis zur Tür ausgedehnt hatte, die Rinderhirten unter dem Fenster vorbeizogen, würden sie immer noch mit bittender Stimme hinaufrufen: »Bitte, tu uns nichts zuleide, Onkel.«

7

Der Winter, der die Erde so lange gepeinigt und seinen Willen aufgezwungen hatte, verabschiedete sich plötzlich mit einem letzten frostigen Kuß, bestieg seinen kahlen Wagen und stürmte davon.

Helle, wie Zirkontropfen leuchtende Tage schmeichelten der Erde und kleideten sie in zartes Gelb und wildes Grün. Auch über das braune Land kamen sie und brachten ihm Gewänder in kräftigeren Farben, sie ließen die Blumen aufflammen und säumten die Felder mit raschelnden bunten Girlanden. An den Bäumen brachen die schweren Blätter hervor. Die Flußpferde wuschen sich den Schlamm ab und kämpften im Fluß miteinander. Die Elefanten sprengten ihre Halteseile und stampften trompetend bei Nacht über die Hügel davon.

Die Tochter des Herrschers, die Prinzessin, jammerte in ihrem bemalten Bett: »Nun wird er mich verlassen.« Aber offenbar war es doch noch nicht soweit, obwohl er ihr nicht versprach, ewig zu bleiben.

Das Mädchen, das Dathanjas Tochter gewesen war, ging am Ufer entlang und pflückte den letzten Winterlotos, um eine Girlande daraus zu winden. An ihrem Hals trug sie in einem kleinen Silberkäfig ein Amethyststäubchen, das die Farbe der Lotosblüten konzentriert eingefangen zu haben schien. (Nicht einmal das Chaos, das selbst vor den Engeln nicht haltmachte, hatte vermocht, diesen Stein zu schmelzen. Oder hatte es nicht gewollt.) Sie hatte damals und auch jetzt unter dem Einfluß des Würfels gestanden. Und das einfältige Kind hatte doch sicher auch Zeiten des Wahnsinns erlebt?

Ein weißer Ibis stolzierte zwischen den Halmen daher und verneigte sich, als er an ihr vorüberging, und stieß einen sonderbaren Schrei aus. *Atmeh.*

Denn die Erde kannte den Namen, den sie sich gewählt hatte, den Namen, der in dieser Gegend Flamme oder Flamme des Lebens bedeutete.

Noch jemand hatte vielleicht von ihrer Wiedergeburt und von der Namensgebung erfahren.

Sie blickte nicht nur mit den Augen über den braunen Fluß zu den Grenzen des Landes hin. Der Schnee auf den hohen Bergen, die wie juwelenbesetzte Schiffe am Himmel schwammen, war geschmolzen. Darunter, auf einem einzelnen Hügel, sah man einen narzißfarbenen Schneeflecken, den Malukhim, der seine Flügel entfaltete.

Vielleicht hatte er überwintert, vielleicht war er auch in wärmere Gegenden geflogen. Oder hatte er die Zeit einfach ausgesessen. Wer konnte schon sagen, was Racheengel, wenn der Wille der Götter sie so wenig leitete, in den kalten Monaten taten?

Dathanja war aus dem Haus getreten und stand am Türpfosten. Atmeh ging zu ihm. »Heute«, sagte sie, »werde ich von hier fortgehen.«

»Ja, heute.«

Sie blickten sich an.

Sie nahm seine Hand und küßte sie.

»Weiser Heiler«, sagte sie, »gütiger Priester. Vielleicht sehen wir uns nie wieder.«

»Eines fernen Tages vielleicht doch.«

»Wirst du mich dann erkennen?«

»Erinnern wir uns nicht immer«, sagte er, »in jedem

unserer verschiedenen Leben, an alte Freunde und frühere Verwandte, ganz gleich wie sehr wir oder sie verändert sind?« Er drückte sie an sich und streichelte ihr langes, schwarzes Dämonenhaar. »Da ist der Engel«, sagte er.

»Ich werde zu ihm gehen. Es ist den Göttern doch sicher bewußt, daß ich kein Gott mehr bin.«

»Du kennst deinen Weg nicht genau«, sagte er. »Aber du wirst ihn finden.«

»Das werde ich tun«, sagte sie. »Leb wohl, mein Liebster!«

»Leb wohl, meine Liebste!« sagte er.

Dann löste sich Atmeh von ihm, ging im Schein der Morgensonne am Ufer entlang und ließ das Haus langsam hinter sich zurück.

Die Flußpferde unterbrachen ihre Kämpfe, um ihr nachzusehen. Die weißen Ibisse hoben die ebenholzschwarzen Köpfe. Alle Blüten des Winterlotos zerfielen und wurden zu Rauch.

Doch Dathanjas Gesicht und auch den dunklen Augen war nichts zu entnehmen. Er blickte ihr eine Weile nach, jedenfalls schien es so, dann aber wandte er sich dem Baum an der höchsten Stelle des Ufers zu.

Als die kleine Menschenmenge, die sich schon versammelt hatte, ihn näher kommen sah, begrüßte sie ihn freudig. Er lächelte jedem Gesicht, jedem gesunden oder kranken Körper zu, denn in allen brannte die Flamme des Lebens. In jedem einzelnen ebenso wie in ihm selbst. Auch in dem Mädchen brannte diese Flamme noch, wenn auch auf andere Weise, nach Art der Unsterblichen. Nah oder fern, sie waren alle eins. Alles war eins. Alle Menschen waren Götter. Und Liebe genügte.

Atmeh ging auf die Berge zu. Sie ging wie ein schönes, junges Mädchen, voll Anmut, mit den Fußsohlen den Boden berührend. Noch vor den Bergen würde sie da drüben im Westen den Hügel erreichen, wo der Malukhim seine Flügel auf- und zuklappte.

Das Mädchen, die Frau, verfügte über alle ihre Erinnerungen. Trotzdem war sie als Kind wiedergeboren worden und hatte es gewußt, dann hatte sie die Kindheit verlassen – nur die Wachstumsschmerzen der Jugend hatte sie nicht erduldet. Daher fand sie die Welt so faszinierend, sie war ihr vertraut und doch neu, sie sah sie gleichermaßen am Morgen wie am Mittag. Auf diese Weise hatte sie allmählich die hilfreiche Macht erkannt, hatte die eigentliche Lektion von Geburt, Tod und Wiedergeburt begriffen. Ihr schien, als habe auch ihre Seele schon oft in einem Körper gelebt, ehe sie zu dem Kind in Dunizels Schoß gerufen worden war. Auch wenn Azhrarn glaubte, das wahre Leben erfunden zu haben, war er dazu überhaupt fähig? Der einfachste Bauer, der unvernünftigste Mensch konnte ein Kind zeugen. Auch Azhrarn formte eine fleischliche Hülle, wenn auch nicht auf die gleiche Weise (der Liebesakt war für Dämonen ein kunstvolles Vergnügen, aber er diente niemals der Fortpflanzung). Trotz alledem konnte Azhrarn auch eine Seele schaffen, mehr als der Bauer oder der unüberlegte Tölpel, der durch seinen Samenerguß den Schoß einer Frau mit Leben erfüllte? Durch die verschiedenen Leben – und Tode –, die Atmeh in dieser Existenz eindeutig durchlaufen hatte, hatte sie auch die anderen Daseinsformen entdeckt, in denen sie in der Vergangenheit entstanden und vergangen war. Und nun, als Unsterbliche, stellte sich ihr die Frage, ob man nicht durch die Vielfalt mehrerer Leben, durch das Durcheinander von verschiedenen Geschlechtern, Temperamenten, Weltanschauungen und Wünschen – ja gerade durch das ganz natürliche *Nicht*wissen des Säuglings, durch das ständige *Neu*lernen der immer gleichen Lektion – mehr erfahren konnte; lernte man nicht bei jeder Gelegenheit auf andere Weise?

Mit diesen Gedanken wanderte sie Tag für Tag durch

das braune Land, bei Nacht schlief sie am Rand der keimenden Felder oder unter einem weit ausladenden Baum am Straßenrand. Ziegenhirten, die sie für eine heilige Frau auf der Wanderschaft hielten, gaben ihr Milch von ihren Tieren. Sie brauchte keine Nahrung, lehnte sie aber auch nicht ab. Manchmal, wenn sich die Notwendigkeit ergab, heilte oder half sie, wie sie es Dathanja hatte tun sehen, und wie er betonte sie das Wunder durch einfache Zeichen.

Nach einer Handvoll Tagen (wie viele passen in die Hand einer Frau? Sagen wir: sieben) erreichte sie den Fuß der Hügel, die wie gebackene Kuchen im Morgenlicht lagen. Im Hintergrund ragten die Berge auf. Aber zwischen Gebirge und Hügeln wartete Ebriel mit gezücktem Schwert auf sie – sie sah es glitzern wie einen funkelnden Eissplitter, den der Winter zurückgelassen hatte.

So stieg sie dem Engel entgegen. Sie stieg bis zum Mittag und den ganzen Nachmittag lang, und als die Sonne sich nach Westen neigte, kam sie über einen Grat, und da stand der Engel, und hinter ihm glühte die Sonne wie eine goldene Kugel. Schwarz zeichnete er sich vor dem strahlenden Leuchten ab, und das zeigte ihr – wie schon einmal –, daß aus Dunkelheit Licht werden konnte, da auch Helligkeit so schwarz wie Tinte zu sein vermochte.

»Ebriel«, sagte Atmeh. (Sie kannte seinen Namen. Es gab nur wenig, was sie von der Erde und den angrenzenden Gebieten nicht wußte.) »Ebriel, sieh mich an und betrachte mich genau. Ich fordere den Himmel jetzt nicht mehr heraus, falls ich das jemals getan habe. Nun sag mir, wie es zwischen uns steht.«

Der Engel antwortete mit keinem Wort, mit keiner Bewegung.

Nun war sie von den Eshva betreut worden, und deren wortlose Sprache war ihr in Fleisch und Blut übergegangen. Man kann nicht genau sagen – an sich schon ein Wortspiel –, wie die sprachlose Sprache gesprochen oder vernommen wurde. Eine Sprache von Geist zu Geist, also Telepathie, war sie eigentlich nicht. Auch nicht direkt eine Ausdrucksform des Körpers, obwohl Atem, Augen und Bewegungen der Hände, Gliedmaßen und des Rumpfes, sogar der Haare, ihren Beitrag dazu leisteten. Eine von Symbolismus erfüllte Sprache war es sicher. Wie sie auch war, wie sie auch ausgeführt wurde, Atmeh kam plötzlich die Idee, sie bei dem Engel anzuwenden. Also redete sie ihn in dieser Sprache von neuem an und sagte: »Du hast meine Worte gehört, und du durchschaust mich wie klares, ruhiges Wasser. Aber du und ich, wir können nicht für immer hier stehenbleiben. Und wir können auch nicht so weitermachen wie bisher, ich fliehe, du folgst mir, wir zögern und einer übersieht den anderen.«

»Für immer«, sagte der Engel. »Ist das nicht der ewige Zustand der Welt? Warum also nicht?«

Auch er verwendete die Sprache der Eshva oder etwas sehr ähnliches, und sie schien ihm keineswegs fremd zu sein.

»Deine Herren sind die Götter«, sagte Atmeh.

»So ist es.«

»Was ist ihr Auftrag an dich?«

»Ich habe meine Anweisungen. Den ersten und einzigen Ansporn, den sie mir und meinen Brüdern gegeben haben.«

»Wenn die Götter sich noch dafür interessieren, was ich nicht glaube, müssen sie erkennen, daß ich für sie kein Ärgernis mehr bin.«

»Das ist für meine Rolle in ihrem Plan und für meine Existenz ohne Belang.«

Das stimmte. Ebriel war ein Automat geblieben, jener erste Befehl, den er erhalten hatte, war alles, was ihn ausmachte. Deshalb hatte er eine Stadt und ein Weltreich zerstört. Und nun stand ihm der Anlaß für diesen Befehl Auge in Auge gegenüber.

»Aber«, sagte Atmeh, »du hast mich bisher in Ruhe gelassen.«

»Du hast geschlafen«, sagte der Engel. Seine Augen glühten in der umrißhaften Erscheinung wie Topase, nicht wie die Augen eines Adlers – sondern wie der Adler selbst. »Nun bist du erwacht und gekommen, wie es Rechtens ist, damit wir uns im Kampf messen. Schon als du erwachtest, wußte ich, daß du das tun würdest.«

»Kämpfen ist nur ein Symbol«, sagte Atmeh. »Mußt du es haben, Sonnengeborener? *Mußt* du wirklich?«

»Sieh her! Das Schwert ist aus der Scheide«, sagte er. »Wenn ich es wieder hineinstecke, ist meine Aufgabe erfüllt. Bis zu dieser Stunde also.«

»Ich bin unsterblich«, sagte sie. »Und du auch, glaube ich. Wir können uns verwandeln, aber nicht zugrunde gehen.«

»So ist es mit allem Leben. Das ist alles schon besprochen worden. Dergleichen wird unseren Kampf nicht verhindern.«

»Armer Ebriel«, sagte Atmeh, und in ihren Augen blitzten Dunkelheit und Zorn auf, vielleicht war es aber auch nur der letzte Strahl der untergehenden Sonne, »du bist nichts weiter als ein Narr.«

Als der Abend über die Hügel der bläulichschwarzen Wand der Berge entgegenstrebte, fand er dort zwei Kämpfer vor. Einen Engel, den Brustpanzer mit sonnengesättigten Zitrinen besetzt, mit goldenem Haar und goldenem Schwert. Und Atmeh, die wieder Sovaz oder Azhriaz geworden war, in einer Rüstung von der Farbe der Bergwand, mit nachtschwarzem Haar und einem Metallschwert von der Farbe fahlen Zwielichts. Und der Abend glitt funkelnd über sie hin und zog weiter. Sie jedoch blieben und begannen zu kämpfen.

Und wie sie kämpften.

Es wurde erzählt, daß Menschen in hundert Meilen Entfernung das Aufleuchten ihrer Schläge am nächtlichen Himmel beobachtet hätten. Es wurde berichtet, daß jedesmal ein Lichtbogen über den Himmel zuckte, wenn die Schwerter aufeinanderprallten. Manchmal wurde auch der Hügel getroffen oder die Luft, und dann schoß Lava aus dem Boden und kochend heißer Dampf aus dem Äther. Hin und wieder geschah es auch, daß ein Schwert den Körper des Gegners traf. Dann mußte die Atmosphäre selbst vor Schmerz den Atem angehalten haben. Aber bei beiden, er ein Urwesen, sie kaum weniger, heilte jede Wunde, ob schmerzhaft oder nicht, auf der Stelle, ohne daß dazu eine Arznei vonnöten gewesen wäre. Der Kampf ähnelte in vieler Hinsicht jenem ersten damals zwischen Azhrarn und Melqar, bis auf die Verletzungen, die sie sich gegenseitig beibrachten, aber diese beiden waren auch noch jünger. Und wie bei jenem ersten Gefecht ist es fast sinnlos, eine Beschreibung liefern zu wollen. Dieser Kampf war nicht erklärbar, er war eine Beleidigung für jeden sterblichen Krieger, der jemals einen Zweikampf führte. Ein Symbol, wie sie gesagt hatte.

Die Mitternacht zog im Gefolge des Abends und der Nacht über den Hügel.

Atmeh trat zurück und stützte sich auf ihr Schwert. Obwohl sie bis Tagesanbruch hätte kämpfen können, den ganzen Tag hindurch bis zum Sonnenuntergang und die ganze Nacht bis zum Morgengrauen (für immer, wie er gesagt hatte), gestattete sie sich doch, müde zu sein, fast umzusinken vor Erschöpfung – einer Erschöpfung der Seele, nicht des Körpers.

»Wenn du dich ausruhen willst«, sagte Ebriel in der Sprache der Eshva, »dann tu es.«

»Narr«, sagte Atmeh laut mit Azhriaz' Stimme, »der du ruhst und dich plagst bis ans Ende der Zeiten! *Narr!* Und auch ich bin töricht, weil ich es zulasse.« Damit ließ sie sich auf die Erde fallen und schloß die Augen. Ihre Seele war so müde, daß sie ihrem Körper die ganze Kraft geraubt hatte.

Der Engel blieb in der Nähe stehen, um sie zu bewachen, falls es sich als nötig erweisen sollte. Sie war ihm teuer. Schließlich war sie der Grund seiner Existenz.

Aber dann, als hätte sie aus dem Hügel neue Kraft gezogen, öffnete Atmeh wieder die Augen. Sie lag da und blickte zu dem Engel empor, der im Sternenlicht über ihr stand.

»Ebriel, ich will einen Handel mit dir abschließen. Zwischen uns besteht eine gewisse Verwandtschaft, wir haben beide Sonnenfeuer in den Adern. Wenn ich dich nun dreimal treffen kann, ohne selbst getroffen zu werden, ehe die Sonne wiederkommt – die Sonne, die für dich direkt Vater und Mutter ist und für mich indirekt Großvater oder Großmutter –, wenn mir das gelingt, gewährst du mir dann eine Gunst?«

Ebriel betrachtete seine Gegnerin. Seine Augen bekamen einen sonderbar weichen Glanz, als habe er sich in sie verliebt. Natürlich waren sie verschworene Feinde; vielleicht war es so.

»Da wir auf ewig streiten werden, ist es vernünftig, Höflichkeit walten zu lassen und auf solche Spiele einzugehen, wie du sie vorschlägst. Triff mich bis Sonnenaufgang dreimal, ohne getroffen zu werden, und ich gewähre dir deine Gunst, vorausgesetzt, es steht in meiner Macht.«

»Ach, das kannst du mir glauben«, sagte Atmeh, und sie lächelte, denn sie hatte – endlich – aus der Wahl seiner Worte eine Spur irdischer Unvollkommenheit herausgehört.

Der Kampf auf dem Hügel hatte eine Veränderung erfahren, denn nun hatten die beiden Gegner ein bestimmtes Ziel.

Atmeh war eine unberechenbare Kämpferin, gerissen und flink. Ihre Koordination und ihre Sehschärfe waren vollkommen – was sie an sich schon zu einer unvergleichlichen Fechterin gemacht hätte. Die Geschicklichkeit mochte ihr angeboren sein, denn die Zauber-Fürsten der Vazdru verfügten in vielen Kampfarten über magische Fähigkeiten. Vielleicht hatte sie sich auch in den langweiligen Jahren, in denen sie die Göttin spielte, zum Zeitvertreib von ihren Feldherrn in den Techniken des Massen- wie des Zweikampfes ausbilden lassen. Doch hier verwendete sie einen Kampfstil, der weder der eines Mannes noch der einer Frau war. Ihre Haltung war nicht die eines Menschen. Das galt natürlich auch für den Malukhim – der zweifellos jeden menschlichen Schwertkämpfer, selbst einen ungewöhnlich geschickten, innerhalb weniger Sekunden erschlagen hätte.

Drei Stunden Dunkelheit lagen noch vor ihnen.

In der ersten Stunde ging die Mondsichel unter, nachdem sie alle Lichtpfeile aus ihrem Köcher verschossen hatte, und als dies geschah, trat Atmeh dicht an den Malukhim heran und senkte ihr Schwert.

Als Ebriels den Mond überstrahlende Klinge auf ihr Herz zustieß, sagte Atmeh mit Azhriaz' Stimme: »Du bist schön, Sonnengeschaffener«, und Ebriels Streich ging fehl – offenbar vor Überraschung: Wer käme schon auf den Gedanken oder besäße die Kühnheit, solche Worte zu einem Engel zu sprechen? Und als der Engel fehlschlug, fuhr ihm die Klinge der Dämonin durch den rechten Arm (ohne ihn irgendwie zu verletzen), und sie sagte: *»Eins.«*

Ebriel, der weiße Himmelsadler, wich zurück und starrte sie an.

Dann kämpften sie den Rest der Stunde weiter, und sie schlug sich so geschickt, daß er nicht an sie herankam. Aber in der zweiten Stunde vor der Dämmerung redete sie ihn, diesmal mit Sovaz' Stimme, wieder an: »Wärst du nur ein Mensch, Ebriel, dann gäbe es einen Weg, mich zu besiegen. Es gäbe einen Weg, mich zu durchbohren und für eine kleine Weile auch zu töten. Kennst du diesen Weg?«

»Versuch nicht noch einmal, mich zu überlisten«, sagte der Engel. Seine Schwingen öffneten sich wie gewaltige Fächer, und Atmeh schlüpfte unter sein

Schwert und streifte seinen linken Flügel mit ihrer Klinge.

»*Zwei*«, sagte Atmeh. »Du überlistest dich selbst. Ich weiß, daß euresgleichen sich zum Liebesakt nicht niederlegt oder ihn in einer anderen Stellung vollzieht. Ihr liebt nur auf diese eine Weise.«

Dann kämpften sie wie zwei vom Himmel gefallene Falken, wie zwei Luchse um ein Stück Fleisch. Und schließlich kämpften sie wie ein Mann und eine Frau, führten jenen alten Kampf, den jedes der Geschlechter kennt, dem aber das Salz des Begehrens fehlte.

Trotz ihrer Geschicklichkeit hätte der Engel sie dreimal beinahe getroffen, und damit wären ihre beiden Treffer vergebens gewesen. Zweimal rettete sie der Zufall, Kleinigkeiten – ein Stein, an dem ihr Fuß abglitt (sie, die niemals stolperte), so daß sie aus dem Bereich des Schlages getragen wurden, ein plötzlicher Geröllhagel vom Hügel herab, der sein Schwert traf und es ablenkte. (Zufall? Ihr Onkel Kheshmet?) Doch einmal hob sie sich selbst hoch in die Lüfte, um seiner Klinge zu entgehen. Hatte Ebriel vergessen, daß auch ungeflügelte Wesen fliegen können?

Im Osten wurde die Nacht immer durchsichtiger.

Unvermittelt ermattete das Mädchen, ihr Körper, der schlanke grausame Arm, die Waffe aus blauem Metall. »Genug«, sagte sie. »Genug.«

Ebriel senkte seinerseits sein Schwert.

»Laß mich ausruhen«, sagte Atmeh mit der Stimme des Kindes Soveh. Und sie sank wieder zu Boden und schloß die Augen. Ihr Körper lag so schlaff da wie ihr langes Haar. Alle Energie schien sie verlassen zu haben.

Ebriel blieb eine Weile stehen und betrachtete sie. Dann hob er den Blick und schaute nach Osten, wo das erste Leuchten zu erkennen war. Und in diesem Augenblick sprang Atmeh schnell wie der Blitz auf, stürzte sich auf ihn und stieß ihm ihr Schwert in voller Länge in den Leib, mitten durch sein Herz, wenn er eines gehabt hätte. Im nächsten Augenblick ging die Sonne auf, die beiden unglaublichen Gesichter wurden erkennbar, und ihre erstaunlichen Augen flammten auf.

»Geliebter«, sagte Atmeh, »einem Dämon ist nicht zu trauen. Und einem Sterblichen auch nicht. Und ich bin beides. *Drei*, Ebriel. Ich habe gewonnen. Du schuldest mir eine Gunst.« Und sie küßte ihn kurz auf den Mund, wie ein Vogel, der sich auf einem Zweig niederläßt und weiß, daß er dort nicht bleiben kann.

Aber Ebriel lachte. Er *lachte*. Laut und schön. Dann sagte er zu ihr: »Die Gunst ist dir gewährt. Was muß ich tun?«

Atmeh sagte: »Wir werden einen Burgfrieden schließen. Solange er währt, werden wir uns gemeinsam auf den Weg machen, um deine beiden Brüder zu suchen. Yabael, das Blutschwert, den Zweitversengten, die Geißel des Ozeans. Und Melqar, der als dritter aus der Sonne kam, das Schnee-Schwert, ihn, mit dem der Fürst der Dämonen kämpfte.«

»Damit bin ich einverstanden«, sagte Ebriel.

Und diese Worte hatte er *gesprochen*, laut, wie ein Mensch, und Atmeh lächelte wieder.

Nun stiegen der Sonnengeschaffene auf seinen Schwingen, und die Dämonengeschaffene, schwingenlos, von der Wolke ihres Haares getragen, in den Himmel und der Sonne entgegen, die sie neidlos beobachtete.

Wo sie Yabael zu suchen hatten, wußten sie. Sie wußten fast alles. (Das galt zwar vielleicht auch für die Menschheit, aber dennoch mag es wahr sein.) So flogen sie über die Gipfel der Berge und über die Länder dahinter, wo die Erde stechend roch wie nach Gewürzen, und weiter über Zucker und Salz bis zum Rand des Meereskelches. Dort stießen sie hinab, sanken von Azur in grüne Glut und von dort ins Zwielicht. In einer mächtigen Klippe fanden sie eine Nische, stellten sich hinein und warteten, Wasser atmend, aber dennoch auf der Hut, denn im Ozean herrschten andere Gesetze.

Vielleicht eine Meile unterhalb der Klippe erhob sich eine aus Muscheln erbaute hohe Stadt des Meeresvolks aus dem Sand. Über ihre Himmel zogen anstelle von Tauben weiße Wale, die ein geheimnisvolles, endloses Lied sangen, das man, reine Zauberei, unter Wasser hören konnte.

Bald kam eines dieser herrlichen fahlen Geschöpfe aus der Stadt geschwebt, wo man ihre Musik höher schätzte als das von Menschen geraubte Gold. Der Wal schwamm zu der Nische und blickte zu Atmeh und dem Engel hinein. Im Verhältnis zu seiner Größe waren seine Augen klein, nach anderen Maßstäben jedoch riesig, und blau wie Saphire.

»Ihr Reisenden«, sagte oder vielmehr sang der Wal, und zwar höflicherweise in einer Sprache der Erde, damit sie ihn besser verstehen konnten, »ich merke, ihr könnt mich hören, und ich sehe auch, daß ihr im Ozean atmen könnt, daraus schließe ich, daß ihr in der Magie sehr bewandert sein müßt. Aber bleibt noch ein Weilchen in der Klippe. Bald wird ein Meereskomet vorbeiziehen, der alles zerstört, was sich ihm in den Weg stellt.«

»Wir danken dir, weißer Gebieter«, antwortete Atmeh und zwar, sie war schließlich eine Vazdru, in einem Singsang, der seinem eigenen entsprach. »Was wird aus der Stadt hier und aus deinem eigenen Volk?«

»Ein Zauber schützt die Stadt, und unser Gesang ist ein Beitrag dazu.« Nach dieser Erklärung schwamm der Wal wieder zu den anderen zurück, um erneut in den unaufhörlichen Gesang einzustimmen.

Vielleicht eine Zwölftelstunde später drang ein gewaltiger, blutiger Schein durch das Meer und ein furchtbares Geräusch, das kein Geräusch war, aber die Klippe zum Schwingen und zum Beben brachte, und von den Ebenen darunter spritzten Sandfontänen auf. Der Komet bewegte sich so schnell, daß sich sein Kommen vorher kaum ankündigte. Er erreichte die verschiedenen Etappen seiner rasenden Flucht ganz plötzlich, und nun war er auf einmal hier. Alles war von Röte durchtränkt und wurde bis in die Grundfesten erschüttert, dann schoß ein brennendes Feuerschwert durch das Meer, formlos und doch schrecklich, und zog einen peitschenden Flammenschweif hinter sich her. Dies war also Yabael.

Falls der zweite der Malukhim einstmals zu vernünftiger Überlegung fähig gewesen war, so hatte er diese Fähigkeit ebenso eingebüßt wie seine Gestalt. Das Chaos hatte Yabael, jene Zusammenballung von Äther und Sonne durchdrungen und jenen ihm entsprechenden chaotischen Funken gezündet, der in seinen Bestandteilen schon enthalten war. Und so wurde Yabael zu einer kleinen wilden Sonne, die im Wasser nach einer Beute jagte, an die er sich nicht erinnerte – in diesem Fall raste er genau an dieser Beute, Atmeh, an Ebriel, seinem Verwandten, und an der Stadt, deren Türme bebten, vorüber und folgte weiter seiner blinden, ziellosen Kreisbahn.

Als die Feuer erloschen, schwächte sich das Scharlachrot des Wassers zu weichem Silber ab, und die Wale sangen weiter. Die Metropole aus Muscheln stand noch.

Atmeh blickte in Ebriels Gesicht. Es verriet ihr nichts. Dann sagte sie in der Sprache der Eshva zu ihm:

»Yabael ist die erste Lehre, die ich dir erteilen möchte. Es ist möglich, daß sich sogar die Malukhim verändern oder daß ihnen eine Veränderung aufgezwungen wird. Und es ist auch möglich, daß die Malukhim in einem aussichtslosen Unterfangen verharren, das wie ein vom Blitz getroffener Baum keine Früchte trägt.«

Ebriels Gesicht verriet ihr nichts, aber in seinen goldenen Augen leuchtete rot das Feuer des Kometen.

»Du kannst ihm nicht folgen, Geliebter. Du kannst dich nicht so verändern wie er. Komm. Wir wollen wieder hinauf in die Welt.«

Und sie schossen hinauf in die Welt, und die Wasser des Meeres teilten sich für sie, als hätte die Wasserprinzessin den Inhalt ihres Schmuckkästchens in die Sonne geworfen.

Sie konnten fast alles erfahren, und so entdeckten sie auch, wo Melqar zu finden war. Allerdings fiel ihnen dies schwerer als bei Yabael, denn während dieser als Komet durch die Meere tobte, war Melqar in einer gewaltigen Stille versunken.

Melqar, der letzte aus dem Schmelztiegel der Sonne, Melqar, die Sonne des Sommermorgens. Er, der mit dem Dämon kämpfte. Er, der für eine Weile den Dämon besiegte. Er, der im Sonnenaufgang erkannt hatte, daß Azhrarn ebenfalls Licht war, und der zugelassen hatte, daß er in die Erde und in die Dunkelheit hinabsank. Oder, wie es in manchen Geschichten hieß, mit Hinterlist dazu verleitet worden war. Oder aus mehr oder weniger unverständlichen Gründen so gehandelt hatte. Melqar, der Azhrarns Stimme stahl und damit sprach. Melqar, der, als der Kampf zu Ende war, mit scheinbar blinden Chalkozitaugen auf einem Turm von Az-Nennafir stand und die Stadt mit einer weißen Klinge entzweihieb, die er aus seiner eigenen Hand springen ließ. Aber was dann?

Als Azhrarn in Untererde lag, was geschah da mit dem Engel, der dies bewirkt hatte? Und als Azhrarn, gerettet durch das Feuer seines Gartens, das vielleicht ein Teil seines eigenen, unsterblichen Feuers war, als Azhrarn seine Macht wieder an sich brachte, seinen Feind niederwarf und ihn wieder zum Liebenden machte – wo war da Melqar?

Atmeh und Ebriel legten auf ihrer wilden Fahrt durch den Himmel eine beträchtliche Entfernung zurück. Die Sonne zog nach Westen und verschwand. Das Dach über ihnen wurde schwarz, und der Mond – selbst flügellos und doch die Luft durchquerend – kreuzte den Himmel. Die Sterne blühten in ihren Parks, die nur bei

Nacht sichtbar waren (denn anders als in Dathanjas Parabel bewegten die Sterne sich *nicht*). Wie vorher durch den Tag, so flogen der Engel und die Dämonin auch durch die Dunkelheit weiter. Und als der Tag wiederkehrte, flogen sie immer noch. Zwar hätte jeder von ihnen jede Stelle auf Erden sofort, in einem Lidschlag, erreichen können, doch ließ dies die psychische Hülle, die Melqar umgab, nicht zu. Sie verlangte, daß sie langsam reisten, sich bemühten. Sie mußten hingelangen, nicht einfach dort sein.

Keine Quelle beschreibt, welchen Weg sie nahmen. Es wird von Tagen und Nächten, von Sonne, Mond, Sternen und Entfernungen berichtet, aber nicht von Straßen oder geographischen Anhaltspunkten. Nun denn. Man darf nicht zuviel verlangen.

Es mußte ebenso zwangsläufig eine hochgelegene Stelle sein. Und so war es denn ein Berg mitten in einem Ödland oder einer Wüste, die vielleicht Jahrhunderte zuvor das Becken eines gewaltigen Sees oder eines Binnenmeeres gewesen war. Wer könnte sagen, wo das Wasser geblieben war, aber es war fort, und nur der Berg wies statisch himmelwärts.

Atmeh und Ebriel landeten gleich unterhalb des Gipfels des Berges und erstiegen eine Plattform, die unter dem Sonnenlicht lag wie ein Altartisch.

Im Zentrum dieser Plattform, die weder lang noch breit war, befand sich eine Erhebung, die aussah wie ein schwach honigfarbener Kristall. Aber das war sie keineswegs. Sie war durch Hitze und Abkühlung aus dem ätherischen Atem eines Wesens entstanden, das hier in der dünnen Atmosphäre des Berges lag und immer geatmet oder zu atmen gelernt hatte.

Unter dem glänzenden Quarz lag Melqar. Er lag in tiefem Schlaf wie in einer Art Tod. Im Schlaf noch drang sein Licht so blendend durch den Hügel, daß es schmerzte, wenn man hinsah. Die Augen waren geschlossen. Die ungeheuren Flügel lagen unter und neben ihm, so daß er von riesigen muskulösen Schwanenfedern wie eingerahmt war. Die rechte Hand ruhte auf der Brust und umfaßte trotz seiner Bewußtlosigkeit leicht, aber entschlossen ein schneeweißes Schwert. Es war aus dem Lichtstrahl entstanden, den er geschwungen hatte, oder aus seinem eigenen ungewöhnlichen Fleisch. Das Schwert war Melqar, und Melqar war das Schwert. Doch er schlief.

»Wartet er vielleicht?« fragte Atmeh. »Auf die Befehle der Götter. Auf etwas ebenso Bedeutsames. Auf das Ende der Erde.«

Ebriel blickte den letzten seiner Art an. Seine Miene verriet nichts. Dann glitten seine Lider halb herab.

»Die zweite Lehre ist die gleiche wie die erste«, sagte Atmeh. »Die Malukhim können sich verändern. Und sie können einem fruchtlosen Unterfangen treu bleiben, ohne daß dabei mehr herauskommt als eine ziellose Jagd oder ein Schlaf. Doch hier liegt noch eine dritte Lehre, Ebriel, du Kind der Sonne. Dieser hier erhebt sich nicht, um mit mir zu kämpfen, nicht wahr? Er hält das Schwert umfaßt, aber er hebt es nicht gegen mich.« Und sie schlug dreimal auf den Quarz. »Erwache und kämpfe mit mir!« Aber Melqar schlief weiter im Schein der Sonne, der durch den Honigkristall drang. Er regte sich nicht. »Ebriel«, sagte Atmeh mit Atmehs Stimme. »Die Götter vergessen, das ist alles, was sie tun. Auch die Menschen vergessen, aber selbst im Vergessen erinnern sie sich noch. Ich bin zur Hälfte ein Dämon und unsterblich. Ich will dir sagen, was ich zu tun gedenke. Ich werde danach streben, meine Unsterblichkeit zu verlieren, jenes märchenhafte Geschenk, um dessentwillen die Menschen sich gegenseitig umbringen. Ich werde danach streben, nur noch sterblich zu sein. Denn ich weiß jetzt zuviel, um den Rest zu erfahren. Und ich muß auch den Rest erfahren, denn er ist soviel mehr als alles, was ich weiß. Das habe ich mit dem Blut meiner Mutter begriffen. Mein Ziel, Ebriel, ist es, weder eine

Göttin noch ein Dämon zu sein, sondern ein menschliches Wesen, das lebt, stirbt – und wiedergeboren wird. Meine Unsterblichkeit abzustreifen – das heißt, sie zu erringen. Nach dem wahren Leben zu suchen, meine Seele zu finden, das, Ebriel, ist mein Ziel. Und deshalb schließe Frieden mit mir.«

Ebriel, der in die Betrachtung seines Bruders versunken gewesen war, wandte sich nun von ihm ab. Er öffnete die Augen weit und blickte Atmeh an.

Er sah ein schönes Mädchen, in ein blaues, mit einer silbernen Metallschnur gegürtetes Gewand gekleidet, von schwarzem Haar umgeben, und in ihrem Gesicht spiegelten sich der Widersinn und das Glück, die in ihren Worten lagen.

Und weil der Himmel stumm und taub war und weit entfernt, erhob Ebriel sein glänzendes Schwert, brach es entzwei und warf die Teile in den toten See. Doch wo sie auf die Erde trafen, sprudelten funkelnde Quellen, und Blumen gingen auf wie kleine Sonnen und blickten mit Purpuraugen um sich.

Ebriel flog hinauf in den Himmel und schlug mit den Flügeln gegen den Boden von Übererde, dann verwandelte er sich in einen Adler und verschwand im Sonnenlicht.

Atmeh stieg den Berg hinab.

Ihre Füße betraten die kahlen Steine des Ödlandes, das vielleicht bald mit Wasser und Blumen bedeckt sein würde.

So ging sie eine Weile dahin, dann wirkte sie einen Zauber. Ein Tier schwebte herab. Es war der geflügelte Löwe ihrer Vergangenheit oder ein anderer, sein Zwilling, mit blauer Mähne und gelassenem Gesicht. »Mein lieber Freund«, fragte Atmeh, »erkennst du mich?« Der Löwe verneigte sich und leckte ihr die Hand. Dann bestieg sie ihn, denn nun war auch sie müde. Und schließlich flogen beide davon.

Onkel Tod

1

AM UFER EINES MEERES stand ein verlassener Tempel.

Wer hierherkam, und gelegentlich kamen Besucher an diesen Ort, stieg eine Treppe aus Hügeln hinab. Der Strand war aus feinem, glitzerndem Bimsstein. Das einzige, was hier aufragte, war der Tempel, dessen Kuppeln wie eine Ansammlung von Bienenstöcken aussahen. Dahinter wogte das unendliche Meer hin und her. Aus weiter Entfernung sah es nur eigenartig aus. Aber wenn man näher kam, sah man, daß der Ozean aus Wolken bestand, die schäumend und dickflüssig ans Ufer schlugen und wieder zurückglitten. Diese Nebel strömten aus einem unterirdischen Schacht und wurden auch wieder dorthin eingesaugt. Gelegentlich war die Flut so weit draußen, daß man den harten, kahlen Fels des Meeresbodens sehen konnte, aus dem Hitze und Feuchtigkeit den lockeren Bims gelöst hatten.

Spät am Tag, unter einem granatapfelfarbenen Himmel kam ein Reisender den Strand entlang und trat unter einen Bogen vor dem Tempel. Unter diesem, mit steinernen Jungfrauen, Kamelen, Irisblüten und drachenflügeligen Fledermäusen geschmückten Gewölbe hing eine Glocke aus schwarzer Bronze. Der Reisende zog an der Glocke, die laut anschlug.

Aber der Glockenton verhallte am Ufer und wurde vergessen. Das Wolkenmeer rauchte. Der Himmel verdunkelte sich, ein Stern erschien.

Ohne Antwort erhalten zu haben, aber offenbar weder enttäuscht, noch ungeduldig, setzte sich der oder die Reisende (unter dem Mantel und den Stiefeln konnte sich ein Jüngling oder eine Frau verbergen) unter den Bogen und lehnte sich gegen eine große, steinerne Fledermaus.

Nach einer Weile fragte die Fledermaus:

»Was suchst du hier?«

»Jemanden«, sagte der Reisende mit einer sehr melodischen, weiblichen Stimme, »der, wie ich hörte, hier wohnt. Eine Zauberin, die in dieser Gegend Kiras genannt wird.«

»Genau«, sagte die Fledermaus. »Bitte, lehn dich nicht an meinen Bauch. Ich werde von Zeit zu Zeit lebendig, und dann fliege ich bei Nacht aus, um zu fressen. Mein Magen ist jetzt damit beschäftigt, Mangos und Pflaumen zu verdauen. Außerdem wirst du meinen linken Flügel bequemer finden.« (Die Reisende tat der Fledermaus den Gefallen. Der Flügel war zwar nicht bequemer, aber darüber verlor sie höflicherweise kein Wort.) »Was Kiras angeht, so ist sie hier, und ich bin ihr Sklave. Sie läßt dich durch mich fragen, was dein Anliegen ist.«

»Das gleiche wie bei allen, die sie aufsuchen. Du bist ihr Sklave, sie ist die Sklavin einer anderen, und jene andere ist wiederum die Sklavin von einem, dem ich einen Besuch abstatten möchte.«

»Pah!« machte die Fledermaus. »Kiras ist keine Sklavin. Sie dient jemandem, und die, der Kiras dient, ist auch eine Dienerin, doch ist *sie* eher eine vertraute Gefährtin als eine Dienerin für jenen, von dem du sprichst. Und ihn zu besuchen kommt keinesfalls in Frage. Ich muß dich warnen, du wirst mit deiner Beschreibung überall Anstoß erregen.«

»Das ist Pech«, sagte die Reisende und gab der Fledermaus einen freundlichen Klaps. Das Tier fiel vom Bogen, wurde lebendig und zwitscherte erleichtert über die Verwandlung. Offenbar hatte die Fledermaus darüber ganz vergessen, daß sie die Aufgabe hatte, die Besucherin zu befragen, denn gleich darauf flog sie rülpsend ins Zwielicht hinaus.

In der Kuppel des Tempels klappten Läden auf.

»Wer«, quäkte eine Frauenstimme, »hat die Kühnheit, sich an meinen Geschöpfen zu vergreifen?«

»Du brauchst mich nur hereinzubitten«, sagte die Reisende, »dann wirst du es erfahren.«

»Ach, so eine eingebildete Zauberin, was?« rief die heisere Stimme am Fenster. »Laß dich belehren. Ich bin zweimal so alt wie du und eine Meisterin meiner Kunst. Außerdem kann ich mit mächtigen Beziehungen aufwarten.«

»Schön, schön«, sagte die Reisende. »Das alles ist für dich sicher sehr erfreulich. Dann brauchst du ja keine Angst zu haben, mir deine Tür zu öffnen.«

»Anmaßendes Gör, wirst du nicht einmal mit einer kleinen Tür fertig?«

»So sei es denn«, sagte die Reisende.

Und sie stand auf und ging auf die Kuppel zu, wo das Fenster offenstand. Als sie näherkam, öffnete sich plötzlich die gesamte Tempelmauer, und alle Steinfiguren kreischten vor Schreck und Überraschung laut auf.

Kiras, die Meisterin, zog sich zurück. Die Reisende trat ein und ging den Weg hinauf, und die Mauer schloß sich hinter ihr.

Im Tempel herrschte rötliche Dunkelheit vor. Ein leises Raunen war zu hören, vielleicht sprachen die steinernen Geschöpfe miteinander.

Mächtige Spinnen, groß und vielarmig wie kupferne Kronleuchter, hingen in leuchtenden Netzen von der Decke herab und starrten die Reisende aus einer Vielzahl kühler, intelligenter Augen an.

»Seid gegrüßt, Schwestern«, sagte die Reisende höflich, und die Spinnen, die sich nicht für Partner von Kiras hielten, verbeugten sich. Mit ganz leichten Bewegungen ihrer acht Arme erzeugten sie weitere Lichtfäden auf ihren Webstühlen.

Doch in diesem Augenblick trat Kiras ein und brachte selbst Licht in den Raum.

Sieben frei schwebende, rot flammende Fackeln umprasselten sie und ließen erkennen, daß sie in zischende Schlangen gekleidet war und als Kopfschmuck den gezackten Schädel irgendeines am Strand ausgegrabenen Ungeheuers trug, der allerdings aus weiblicher Eitelkeit mit Edelsteinen besetzt war. Sie zählte nur etwa zwanzig Jahre, doch ihre Augen glühten unheimlich, und ihre Stimme war ungewöhnlich *laut.*

»Emporkömmling!« kreischte sie, denn sie war an bestimmte Formen von Ehrerbietung gewöhnt. »Auf die Knie! Wenn du mir keine Achtung bezeugst, dann doch wenigstens meiner Herrin, von deren Name auch meiner sich herleitet.«

Die Reisende nahm ihre Kapuze ab, ihr schwarzes Haar fiel wie ein Wasserfall um sie bis auf den Boden. Bescheiden kniete sie nieder.

Die Hexe Kiras bemerkte den Wasserfall wohl, solche Haarmassen deuteten oft auf übermenschliche Kräfte oder unnatürliche Klugheit hin. Dessenungeachtet keifte sie: »Nun sage mir, wer du bist.«

»Mein Name ist Atmeh. Ich bin auf sonderbare Weise mit dem Herrn deiner Herrin verwandt. Er ist eine Art Nicht-Onkel von mir, da mein Vater eine Art Nicht-Vetter von ihm ist.«

Kiras war nun wahrhaft verblüfft. Aber sie krächzte: »Wenn du Väter und Onkel hast, die Herren der Finsternis sind, warum trittst du dann über einen Vermittler an sie heran?«

»Um die Form gebührend zu wahren«, entgegnete Atmeh ohne Groll. »Mein Onkel, der königliche Uhlume, hat nie offiziell meine Bekanntschaft gemacht. Es ist zwar richtig, daß ich eine Möglichkeit finden könnte, mich direkt zu ihm zu begeben. Aber ich will lieber anklopfen.«

»Das sind lauter Lügen«, sprach Kiras, die zwar den

Listigen und Herrlichen diente, selbst aber keines von beiden war. »*Dies* ist für deine Dreistigkeit!«

Damit rief sie einen Schwarm von riesigen, stechenden Hornissen herbei, deutete auf Atmeh, und die Insekten stürzten sich auf die Bittstellerin.

Atmeh erhob sich, breitete die Arme aus und fing die Hornissen in einem silbernen Netz. Und die Hornissen wurden zu goldenen Blumen, deren Duft den Tempel erfüllte.

Da klatschte Kiras (zweifellos ein dummes Ding) geräuschvoll in die Hände, und aus dem Pflaster erschien ein gräßliche Bestie, vielleicht der Vorfahre ihres Kopfputzes, scharrte den Boden und stürmte auf Atmeh zu.

Doch Atmeh sang einen nur einzigen Ton, und die Bestie verwandelte sich in eine Bahn Seide, die sie in kleidsame Falten hüllte.

Nun trat Kiras einen Schritt zurück. Dennoch hob sie den Arm zu einem weiteren Versuch, aber in diesem Augenblick schien Atmeh mit ihrer Geduld am Ende. Sie sprach ein Wort, und Kiras' ganze Zauberkraft verschwand. Da stand sie nun, prächtig aufgeputzt mit ihren Schlangen und ihrem Schädel, und war nicht fähig, auch nur eine einzige Staubflocke zu Hilfe zu rufen. Kiras begann nun, ängstlich und gedemütigt zu lamentieren.

»Du sollst dein Spielzeug wiederbekommen«, sagte Atmeh, »aber für den Augenblick habe ich dir nur eine Fähigkeit gelassen, nämlich deine Herrin Kassafeh zu rufen.«

»Sie wird nicht auf mich hören«, schluchzte Kiras mißtönend und warf sich aufs Pflaster. »Sie ist *seine* Kurtisane, *seine Gattin* sogar – vielleicht ist sie beschäftigt.«

»Tu mir den Gefallen«, sagte Atmeh, »und versuch es.«

Und sie verwandelte die Schlangen des Hexengewandes in Vögel – die alle unter lautem Gesang jubelnd davonflogen und Kiras nackt und verängstigt mit dem monströsen Schädel auf dem Kopf zurückließen.

Es konnte keinen Zweifel daran geben, daß Tod in dieser Epoche seine Methoden geändert hatte. Nicht länger verkehrte er, wie in den Legenden, direkt mit der Menschheit – oder wenn er es tat, dann nur ganz verstohlen. Vorbei waren offenbar die Tage und Nächte, da die Menschen ihn auf den Straßen vorüberschreiten sahen und den Göttern dankten, wenn sie verschont blieben. Vorbei waren auch die Zeiten des Feilschens, als die Sterblichen König Uhlume noch tausend Jahre ihrer posthumen Zeit verkauften, um Zugang zum Grab eines Herrschers zu bekommen oder der wiedererstandenen Gestalt eines Abgeschiedenen zu begegnen. Seltsame Dinge hatten sich in Innererde ereignet, wo sein Reich war oder gewesen war. Dort unten herrschte nun Naras, eine Todeskönigin, die von gewissen todesbesessenen Völkern verehrt wurde, sagten die Menschen. Doch Kassafeh, die einst die Magd des Todes gewesen war, war ihm immer teurer geworden. Und man erzählte sich, daß der Tod nicht mehr unter der Erde wohne, sondern irgendwo auf ihr, in einem außergewöhnlichen Haus auf Rädern, das seiner Geliebten gehörte, oder in einer Festung, die man am besten mied – die Mode ändert sich. Sogar in der Mythologie.

Doch es gab immer noch Kiras und ihresgleichen, von denen wiederum behauptet wurde, sie stünden in Kassafehs Diensten, und so blieb weiterhin ein Weg für makabre Geschäfte offen.

Wie die Reisende im blauen Mantel, Atmeh, die Seelenflamme, gesagt hatte, hätte sie zu Uhlumes Refugium, wo immer es war, Zugang finden und überraschend dort auftauchen können, aber sie zog es vor, die Form zu wahren. Mit der Zauberin, der solch gute Manieren völlig abgingen, machte sie jetzt freilich nicht mehr allzuviel Federlesens.

So stand Kiras denn schon bald in einem Gelaß des Tempels auf einer Seite einer abgeschlagenen Säule und Atmeh auf der anderen, zwischen ihnen auf dem Säulenstumpf befand sich ein kleines Rad aus vergilbtem Elfenbein auf einem Eisenständer. Kiras hatte das Rad angestoßen, und es drehte sich rundherum, immer und immer weiter. Minuten und Stunden wirbelten vorbei.

Die Nacht war gekommen und hatte den Tempel eingehüllt. Später übergoß ihn der Mond, und die Steinfiguren bespritzten sich mit dem Mondlicht, die Nymphen schäkerten miteinander, und die Kamele kauten an den Irisblüten – die allerdings zurückbissen. (Und immer noch drehte sich das Rad zwischen Kiras und Atmeh.) Dann erblühten die roten Wälder des Morgens. Die Sonne galoppierte den Himmel hinauf. Die Tempelfiguren verhielten sich still. »Wir sind aus Stein«, erklärten sie der Sonne. »Wir können uns nicht bewegen.« Der Wolkensee brodelte und wirbelte unter dem heliotropfarbenen Himmel. (Und das Rad drehte sich. Atmeh saß so still wie eine der Steinskulpturen von der Tempelmauer. Aber Kiras murmelte so laut, daß es fast ein Schrei war: »Sieh nur, sie hört nicht. Sieh doch, sieh, niemand meldet sich.«) Am Nachmittag lieferten sich all die Vögel, die von Kiras' Kleid geflogen woren, Wettflüge im All oder begannen, auf den Dächern Nester zu bauen. »Wir sind immer noch Schlangen«, erklärten sie dem Tempel, und streckten und bogen die langen Hälse. »Wir werden Eier legen – was tut denn eine Schlange anderes?« Aber der Tempel glaubte den Vögeln ebensowenig, wie die Sonne den Tempelstatuen glaubte, die behaupteten, sie bewegten sich nie – denn vielleicht erfuhr die Sonne, wenn sie hin und wieder dem Mond begegnete, was bei Nacht vorging. (Und das Rad drehte sich.) Dann ging die Sonne unter. Unter einem pfirsichfarbenen Himmel, weit draußen auf dem Wolkenmeer, erschien eine goldene Wolke in der Luft. *Und das Rad hörte auf, sich zu drehen.*

Die goldene Wolke schwebte heran, in den Tempel herein, und kam zwischen den beiden Frauen in dem kleinen Gelaß zur Ruhe. Die Wolke wuchs sich zu einer in einen goldenen Schleier gehüllten Frau aus. Nur die Augen waren sichtbar. Zuerst waren sie dunkel, dann fahl und barbarisch wild.

Kiras verneigte sich. Aber die Erscheinung Kassafehs der Wechseläugigen beachtete nur Atmeh.

»In der Vergangenheit«, sagte die Erscheinung, die offenbar wohl unterrichtet war, »hatte ich mit deinesgleichen nicht viel im Sinn.«

»Ich bin auch zur Hälfte sterblich, ähnlich wie du selbst«, sagte Atmeh. »Und außerdem, hast auch du einst den Gebieter Tod gehaßt.«

Die Augen der Erscheinung wurden erst schwarz, dann violett.

»Ich bin nicht hergekommen, um von mir zu sprechen«, sagte sie. »Was hast du für ein Problem?«

»Es gibt etwas, was mir verborgen ist und was ich erfahren möchte. Da es den irdischen Tod betrifft, könnte Tod die Antwort wissen. Daher möchte ich ihm meine Aufwartung machen.«

»Dazu gibt er seine Einwilligung«, sagte Kassafeh oder Kassafehs Abbild. »Er hat mich damit betraut, dir dies zu sagen. Er wird dich unten empfangen, im alten Palast, in seinem Reich im Innern der Welt. Kennst du den Weg?«

»Ich bin auch zur Hälfte ein Dämon, *anders* als du«, sagte Atmeh. »In den meisten Dingen gibt es allerdings mehr als einen Weg. Auf welche Weise werde ich ihn am wenigsten kränken, ihn am meisten erfreuen?«

»Kränkung und Freude sind für seinesgleichen nicht von Belang. Aber ich glaube, es könnte ihn befriedigen, wenn du als Dämon zu ihm hinuntergingest. Denn davon möchtest du dich doch befreien, nicht wahr, vom unsterblichen Teil deines Wesens, gerade von dem Teil, der dir einen Anspruch auf seine Aufmerksamkeit einräumt.«

»O Kassafeh«, sagte Atmeh, »du bist unsterblich! Dies ist dein Weg. Mißgönne mir nicht den meinen, nur weil er anders ist.«

Da schloß Kassafeh die Augen – auf deren Lider goldene Augen gemalt waren, die jetzt grün wurden – und löste sich auf.

Atmeh erhob sich und sah Kiras an, die auf dem Boden lag.

»Sei künftig freundlicher, Kiras. Bedenke, auf jeweils siebzig Reisende, die dich aufsuchen und die du quälst, könnte wieder jemand wie ich kommen. Freilich weniger zurückhaltend als ich. Unter der Voraussetzung, daß du meine Warnung beherzigen wirst, gebe ich dir deine Fähigkeiten zurück.«

Da sagte Kiras leise: »Ich werde sie beherzigen.«

Und als Atmeh sie verlassen hatte, schuf sich Kiras ein Gewand aus Kristallen und drehte sich darin wie eine Tänzerin. Aber später, als die Vögel ihre Eier legten, stahl sie einige davon, und aus diesen schlüpften Schlangen aus …

2

Natürlich gebot es die Höflichkeit, sich in der Gestalt und unter dem Namen eines Familienangehörigen auf den Weg zu machen, wenn man einen Verwandten besuchte.

Sie hatte ihr Reittier, den geflügelten Löwen mit dem Philosophengesicht, von den Hügeln gerufen und war auf ihm zu einer tief- oder hochgelegenen Stelle geritten. Dort legte sie die Gestalt von Azhriaz an und stampfte mit dem Fuß auf – manche sagen auch, sie zog eine lange, graue Pflanze, die dort wuchs, aus dem Boden – und die Erde bekam einen Riß und tat sich auf. Wieder bestieg sie den Löwen, redete ihm zu und fesselte ihn mit verschiedenen schützenden Zaubersprüchen und sogar mit einer Girlande aus ihrem eigenen Haar.

Dann rasten sie zusammen in die Tiefe wie ein von der Sehne fliegender Pfeil.

Hinab, hinab, durch Erd- und Felsschichten, durch die Wasseradern, Mineralflöze und Graswurzeln der ganzen Welt. Hinab, hinab, durch Schatten und Licht, durch einen trägen, erkalteten Lavastrom, der ein tödlich dahinschleichender Fluß hätte sein können – und es auch war – hinab, hinab durch die letzten Strähnen gewöhnlicher Materie, die letzte Verbindung mit Tag oder Zeit oder dem irdisch schlagenden Herzen des Lebens zerreißend ...

Sie landeten auch wie ein Pfeil, schlugen fest auf einer Oberfläche in Innererde auf, der Sphäre des irdischen Todes – wenn auch nur in der Sprache dr Unwissenden.

Innererde war so, wie es immer war und immer gewesen war. Niemals oder nur selten war über sein allgemeines Aussehen etwas Neues zu berichten. Manchmal haben Wiederholungen ihren Wert.

Atmeh-Azhriaz stand auf einer Ebene, und ringsum gab es wogende Hügel, dahinter wieder einige Ebenen, und zur Linken eine Kette von Klippen. Grau war dieses Land; die Ebene war eine graue Staubwüste, die Klippen waren wie Blei, die Hügel aus Stein, und wo ihre Schatten hinfielen, waren sie schwarz. Darüber wölbte sich der Himmel von Innererde mattweiß und man könnte ihn als trostlos beschreiben – allerdings gab es auch sonst nichts, was auch nur entfernt anheimelnd gewirkt hätte. Weder Sonne, noch Mond, noch Sterne leuchteten hier. Der Himmel veränderte sich nicht, nur gelegentlich zog eine Wolke darüber wie eine Handvoll Asche. Und obwohl durch die stumme Leere manchmal ein donnernder Wind brauste, hatte er kaum die Kraft, diese Wolken vor sich her zu schieben.

Nun blieb der geflügelte Löwe, was immer er in Wirklichkeit sein mochte, ein Geschöpf der Erde darüber, und so war er im Todesland eine Art invertierter Geist. Er warf keinen Schatten, und sein Schritt konnte auf dem grauen Moos oder den matten Steinen keinen Abdruck hinterlassen. Er schien auch nicht fliegen zu wollen, als bezweifle er, ob dieser armselige Himmel ihn tragen könne, und es gab auch sicher keine Luftströmungen, die stark genug gewesen wären, um seine Schwingen zu füllen.

Atmeh redete beruhigend auf den Löwen ein, und er setzte sich in Marsch, sie saß mit untergeschlagenen Beinen zwischen den angelegten Flügeln auf seinem Rücken. Sie selbst gehörte ja nicht der Erde an, und deshalb warf sie, ebenso wie die Klippen und die Hügel, einen langen, schmalen, pechschwarzen Schatten.

So schritten sie lange dahin. Der Himmel veränderte sich nicht, die Zeit ließ sich nicht messen.

Sie streiften zwischen den Schatten der Klippen umher, über die steinigen Hügel und an einem himmelweißen Fluß entlang, an dessen Ufern versteinerte Mohnkapseln wuchsen, deprimierend grau war alles hier.

Doch nachdem sie schließlich eine zeitlose Zeitspanne lange dem Fluß gefolgt waren, wurde am Horizont eine dunkle Wolkenbank sichtbar, die gar nicht aus Wolken und auch nicht aus Stein oder Schatten bestand. Es war ein Wald aus ausgewachsenen Bäumen.

Illusionen hatte es früher hier in Hülle und Fülle gegeben. Sie waren der Schlüsselbegriff für das Weiterleben jener lebenden Leichen gewesen, die die Gäste von Gebieter Tod waren. Alles konnte aus dem Nichts geschaffen werden. Doch für jemanden wie Atmeh war es ganz offenkundig, daß weder Illusion noch Täuschung, noch Halluzinationen irgendwelcher Art diesen Wald geschaffen hatten. Er war aus Samen entstanden. Er war gereift. Er *lebte*.

Der Löwe und seine Herrin traten zwischen die Bäume.

Hier gab es schwarze Kiefern, deren Nadeln ganz leicht bläulich schimmerten, und Zedern in noch tieferem Schwarz, die schwach grünliche Blüten trugen. Silbriggolden glänzten sie, und sie klirrten leicht, aber es waren in Wirklichkeit Zapfen, die an den Ästen hingen oder auf dem Boden verstreut lagen, wo dunkles Moos mit schwärzlichen Knospen wuchs.

Auch zwischen dem lebendigen Dickicht regte sich etwas. Vögel zeigten sich, die nicht flogen, aber auf den Ästen umherstolzierten. Sie waren wie Raben, hatten aber rötliche Schnäbel und prismenförmige Augen. Und wo die Bäume lichter wurden, stieß man auf Teiche mit meergrünem Wasser – aus den Becken tranken Leopardenpaare mit schwarzem, mit durchbrochenen, goldenen Ringen gefleckten Fell. Sie hoben dem Löwen knurrend ihre maskenhaften Hundegesichter entgegen, senkten sie wieder und tranken weiter. In ihren Ohren hingen kostbare wasserfarbene Tropfen. Einmal stolzierte ein Pfau mit Augen aus poliertem Türkis im Schweif vor der Reiterin über den Waldboden. Vielleicht waren dies die unsterblichen Tiere von Simmurad. Hatte Uhlume sie nicht Naras geschenkt, als er die Stadt schleifte?

Bald war durch die Bäume eine Straße aus traubenblauem Marmor zu sehen, die in ein dahinterliegendes Tal führte. Pylone ragten neben der Straße auf, glatte, durchscheinend schwarze Obelisken. Auf beiden Seiten und im ganzen Tal erhoben sich solche Steine, manche in Gruppen, andere vereinzelt, und zwischen ihnen und um sie herum schlängelten sich marmorgepflasterte Alleen. Ansonsten war das Tal nur mit Rasen bedeckt, mit schwarzgrünem Gras wie Efeu. Wo keine Pylone standen, drängten sich prächtige Gebäude. Es hätte eine Totenstadt sein können. Am anderen Ende des Tals, unter dem seelenlosen Himmel, stand ein schwarzer Palast mit tintenschwarzen, von Gold gestreiften Säulen und mit echsengrünen und salamanderschwarzen Fenstern. Albinopappeln reihten sich wie weiße Federn vor den Mauern auf. In Gärten wuchsen scharlachrote Pflanzen und Bäume mit giftig aussehenden Früchten. Vor dem hohen Portikus stand ein dreibeiniger Silberständer mit einer runden Feuerschale, die unablässig und offenbar völlig sinnlos Ruß verströmte.

In den Legenden war die Behausung von Tod immer als sehr schlicht beschrieben worden. Aber auch die Geschichten über Naras hatten nicht von einem solchen Palast erzählt, denn sie hatte ja angeblich die Substanz ihres irdischen Lebens hier nachschaffen wollen. Möglicherweise hatte das Wesen von Innererde diese Absicht zunichte gemacht. Oder hatte sie irgendwann den neuen Zustand mehr geliebt als den alten?

Naras hatte mehr als tausend Jahre gesehen, soviel war sicher. Naras, die Todeskönigin – was war dagegen der bescheidene Titel Narasen von Merh?

Atmeh hielt oberhalb des Tales an. Ein Nebenarm des bleichen Flusses floß am Palast vorbei, und der Bau, der vom Feuer aufsteigende Ruß, die Fenster und die Pappeln spiegelten sich darin. Nichts regte sich um das Haus oder in der Stadt. Wenn alle ehemaligen Gäste abgezogen waren, so hatten sich keine neuen eingefunden.

Atmeh trieb den Löwen weiter, die Marmorstraße hinab.

Als sie vorüberritten, bewegte sich kein Grashalm.

Am Fluß saß Atmeh ab und band den Löwen durch Zauberei am Ast eines giftigen Pflaumenbaums fest. Als sie alleine weiterging, fielen ihr die Früchte dieser Bäume dreist in die Hände, um sie in Versuchung zu führen, aber sie ließ sie einfach fallen. Sie überquerte den Fluß, indem sie auf dem Wasser wandelte, währenddessen verneigten sich zwei oder drei Pappeln vor ihr. Das Wasser in ihren Fußstapfen schwelte. Dafür erlosch das rauchende Feuer an der Tür.

Die Türen waren aus Ebenholz mit Intarsien aus Elfenbein. Sie schwangen nach innen auf, und Atmeh betrat die totenstille Halle ihres Nicht-Onkels, des Königs Uhlume, des Herrschers über die Toten, eines der Herren der Finsternis.

Ja, offenbar hatte man, was das Aussehen der Halle anging, einen Kompromiß geschlossen. Kahler Stein, behängt mit den Fellen von Wesen, die (irgendwie) nicht sterben konnten, mit Fahnen aus Kriegen, die (sicher?) nicht geführt worden waren, mit blanken Waffen und mit Teppichen und Behängen, die zarte Finger auf der Erde gewoben und bestickt hatten, deren Farben sich seltsam veränderten und deren Muster wechselhaft waren ...

Auch der Fußboden war, ebenso wie die Türen, mit Elfenbein ausgelegt, aber hier waren die Intarsien Skeletteile von Menschen, Tieren und Fischen, Schienbeine, Rippen, Beckenknochen und Schädel, letztere mit Edelsteinen in den Augenhöhlen.

Zwischen goldgeringelten Pfeilern hatte sich der Hofstaat von Tod, Männer und Frauen versammelt, gleichzeitig jung und uralt, alle blickten der Eintretenden entgegen – aber durch die Körper dieser Höflinge konnte man ebenso wie durch den Fußboden hindurchsehen – nicht auf Skelette, sondern ins Leere. Die hier herumstanden, waren Phantome, Seele und Fleisch waren nicht mehr vorhanden, und der psychische Rest war so dünn geworden wie alte Handschuhe.

Am anderen Ende der Halle, vielleicht eine Viertelmeile von der Tür entfernt, erhoben sich jedoch zwei mächtige Stühle aus weißestem Gebein. Knochenweiße Hunde lagen zu den geschnitzten Füßen, und schwarze Hunde, und einer war pastellblau.

Auf einem Stuhl saß eine Frau, auf dem anderen ein Mann. Ihr Gewand war von einer Farbe, wie Milch sie hätte, wenn sie blau wäre. Ihre Haut war so schwarz, wie Schwarz wäre, wäre es blau. Ihre Augen waren von einem helleren Blau, aber nur das Weiße, in ihrer Mitte tobte ein gelbes Inferno. Auf ihrem traubenblauen Haar – traubenblau wie der Marmor und die Fenster – saß das Diadem einer Königin, und wie die Säulen war sie von Goldringen eingefaßt, bis auf ihre rechte Hand, die war ebenso sehr ein Skelett wie alle in den Boden eingelassenen Knochen. Das war also Naras, die Todeskönigin.

Im anderen Stuhl hingegen saß ein Mann von schwärzester Haut und weißestem Haar, weiß gekleidet und ohne Schmuck. Seine Augen waren zwei Risse, zwei Öffnungen, hinter denen heller Nebel war, ein zweifaches Nichts ...

»Erhabener Onkel«, sagte Atmeh, »ich erweise dir meine Reverenz.«

»Obwohl du dich bezüglich unserer Verwandtschaft im Irrtum befindest«, sagte Uhlume, »weißt du dich zu benehmen. Von den Vazdru hast du das nicht gelernt.«

»Nein«, sagte Atmeh. Und sie verneigte sich (wie eine der schlanken Pappeln) sozusagen in Klammern vor Naras. Naras funkelte sie jedoch nur böse an.

»Was willst du?« fragte Tod.

»Hat dir das niemand gesagt, erhabener Nicht-Onkel, der du es nicht bist? Ich habe es offen bekannt. Ich möchte einer deiner Untertanen werden.«

Gebieter Uhlume, König Tod oder auch König Uhlume, Gebieter Tod, stützte das schwarze Kinn auf die schwarze Hand und sah sie voll Schönheit und mit eisiger unendlicher Majestät an. (Im anderen Stuhl schnippte Naras einmal mit ihren Knochenfingern. Daraufhin verschwanden alle Jagdhunde bis auf den frostig blauen. Dieses Tier, eine Hündin, streichelte sie. Aber mehr tat sie nicht.)

»Du bist Azhrarns Tochter«, sagte Tod schließlich. »Und sein Dämonenblut macht dich unsterblich. Das ist der gegenwärtigen Weltordnung gemäß. Du betriffst mich nicht.«

»Du bist der Tod. Sage mir, wie ich lernen kann zu sterben.«

»Warum sehnst du dich danach?« fragte Tod und stützte das ausgeprägte Kinn weiter auf die ringlose Hand.

»Ich will meine Seele von meinem Körper befreien. Mein Geist soll in vielen Leben wohnen und aus ihnen lernen, damit er teilhabe an dem Abenteuer, das das Recht aller menschlichen Seelen ist.«

»Die Menschen sehen das nicht so«, sagte Uhlume. »Die Menschen meiden den körperlichen Tod voll Entsetzen und beneiden alle, die nicht zugrundegehen.«

»Das ist nur der Schutzmechanismus des Vergessens. Du kannst deinen Ruhm mehren«, sagte Atmeh. »Mache mich sterblich und vergänglich. Größer sogar als der Sturz Simmus, des Diebes der Unsterblichkeit – manchmal auch Meister des Todes genannt – wäre es, ein Dämonenkind zu gewöhnlichem Staub zu machen.«

»Du hungerst nach dem Ende.«

»Keineswegs«, sagte Atmeh mit einem sehr klangvollen Lachen. »Ich werde lange leben. Ich werde viel lernen, auch so, wie ich bin. Aber das ist nicht genug. Eine Metamorphose ist notwendig. Wirst du mir die Gunst gewähren?«

»Atmeh-Azhriaz«, sagte Tod, »das fällt nicht in meine Zuständigkeit.«

»Du weigerst dich also.«

»Ich habe«, sagte Tod, der Herr der Finsternis, der Machthaber des Erdinneren, »nicht die Macht dazu.«

Da wandte sich Atmeh an Naras.

»Herrin«, fragte sie, »glaubst du, daß er lügt?«

Offenbar verlangte Naras' Rolle, daß sie jetzt lachte. Und sie tat es. In dem fast unhörbaren Lachen lag eine eisige Hitze. Dann sprach sie mit leiser Stimme, einer Stimme, deren Ton der Farbe ihres Haares entsprach.

»Du redest von Metamorphose. Hier hast du eine. Zwischen ihm und mir herrscht Burgfrieden. Wir tauschen keine Belanglosigkeiten aus, aber wie du siehst, präsentieren wir uns gemeinsam als Herrscher über diesen Dunghaufen. Und in der Welt spricht man nun oft von mir. Frau Tod, sagt man, *sie* zieht auf das Schlachtfeld. Frau Tod, heißt es, *ihr* bin ich auf dem Marktplatz begegnet. Bedenke«, sagte Naras und beugte sich ein wenig vor, »ich hätte diese steinerne Kloake schon vor Jahrhunderten verlassen können, um teilzuhaben an dem Abenteuer, nach dem es dich gelüstet, an jenem wilden kopflosen Rasen der Seelen durch Geburt und Tod, Geburt, Tod und Geburt. Aber man hat mich um das Leben, das mir teuer war, um mein Leben als Narasen betrogen. Und nun bin ich in dieses Dasein hier eingetreten, und ich werde leben und herrschen, bis ich es satt habe – was noch eine Weile dauern wird. Was ihn angeht, diesen hier, den ungekrönten Herrscher des Todes, so wirst du feststellen, daß er an ernsten Angelegenheiten das Interesse verloren hat. Er meidet die Pestschiffe und die Schlachtfelder, er ruht in seidenen Betten, die nicht alle ohne Leben sind, und geht den Gräbern aus dem Weg. Ist es nicht so, o du schwarzer Geier?«

Uhlume warf ihr einen Blick zu, dann kehrten seine Augen zu Atmeh zurück. Sie waren nun wie Opale. Sie konnten sehen und gesehen werden. Seltsamerweise spiegelten sich farbige Träume darin. Wechselhaft waren sie. (Wie die Augen von Kassafeh?)

»So ist es«, bestätigte er.

Atmeh sah Tod an.

»Du sagst, du willst oder kannst mir nicht helfen. Aber du selbst ...«

»Nicht mehr«, sagte Uhlume sanft. »Du siehst, wenn ich abdanke, hinterlasse ich einen würdigen und erfahrenen Nachfolger.«

Nun war dies eine absonderliche Unterhaltung, wenn

man den Erzählungen Glauben schenken darf (man darf gewiß sein, sie sind glaubwürdig). Aber eines ist zu berücksichtigen. Wenn der Zustand des Todes nur ein Zwischenstadium war und die Menschen, im Geiste ewig, nur immer körperlich starben, hatten der Tod und auch sein Symbol letztlich keine Funktion. Warum sollte er sich, gelangweilt und dieser tödlichen Jahrtausende überdrüssig, nicht anderen Beschäftigungen zuwenden?

»Nun, Onkel«, sagte Atmeh, »dann wünsche ich dir viel Freude in deinem neuen *Leben*. Und das meine werde ich anderswo suchen.«

Aber Uhlume streckte die wohlgeformte Hand aus, und Atmeh, immer noch eine Unsterbliche, konnte sie guten Gewissens zum Abschied ergreifen. Eine Sterbliche wäre dabei natürlich auf der Stelle umgekommen.

Also verließ Atmeh die Halle des Palastes der Todeskönigin, wo Uhlume sie empfangen hatte. Und als die Phantome seiner schon lange verschwundenen Höflinge sie umflatterten, streifte sie sie ab wie Spinnweben.

Kaum war sie draußen unter dem öden Himmel, als ihr etwas japsend nachgelaufen kam. Es war der blaue Hund. Er rannte zu Atmeh und hechelte einschmeichelnd. Dann rief er mit der Stimme eines jungen Mädchens: »Verlaß mich nicht, o Herrin des Erstaunens – Erlösung!«

»Ist es möglich?« sagte Atmeh fragend.

»Ich bin Lylas«, winselte die Hündin, »einst eine Zauberin, nun zu meiner Schande gefesselt und im *Zwinger* gehalten von jener *Frau*, fortwährend in dieses Abbild verzaubert, ihren sadistischen Launen ausgeliefert, obwohl ich mir alle Mühe gebe, ihre Wünsche zu erfüllen.«

»Nach allem, was ich von dir gehört habe«, sagte Atmeh, »könnte das nicht gerecht sein?«

»Wie alle Großen«, fauchte die Hündin, »bist du ein Dummkopf. In deinem Stolz zu töricht, um einzusehen, daß ich dir nützlich sein könnte, wenn du mir helfen würdest. Ich könnte dir die Lösung deines Rätsels verraten. Denn ich bin immer noch die gerissene Lylas, ich bin liebenswert, klug, hübsch und *ich selbst.*«

»Ich fühle mit dir, aber ich verspreche nicht, dir zu helfen. Was dein Angebot betrifft, so hast du mir schon unendlich viel geholfen – denn durch deine Worte habe ich erfahren, daß es eine Antwort gibt, woran ich allmählich schon gezweifelt hatte.«

Bei diesen Worten sprang Lylas hoch, kratzte an Atmehs Rock und leckte ihr die Hände, bis der Löwe, der immer noch an den Pflaumenbaum gebunden war, knurrte und mit den Flügeln schlug.

»Ich kann dir die ganze Antwort geben! Es ist so einfach. Hier gibt es Spiegel, in denen man die ganze Welt sehen kann, alles, was geschieht, wer was tut. Manchmal blicke ich hinein, und dank meiner Klugheit lerne ich viel in einer Sekunde.« So winselte die arme Lylas und ließ ab von Atmeh. »Laß mich dir nützlich sein. Und dann belohne mich.«

Atmeh legte der aufgeregten blauen Hündin die Hand auf den Kopf.

»Ich kann keines von beidem zulassen. Dein Weg ist nicht der meine. Ich kann dich weder belohnen noch bestrafen.«

»Du bist grausam und niederträchtig«, sagte Lylas und versuchte, ohne auf den Löwen zu achten, Atmeh die Finger abzubeißen, allerdings vergeblich. »Deine schmutzige sonnenverdammte Rasse war schon immer ein Haufen von Betrügern. Und du bist noch dazu wahnsinnig. So sei mit allen Irren und Dämonen zusammen verflucht.« Damit eilte Lylas zu dem silbernen Dreifuß, wo das Feuer wieder zu rauchen begonnen hatte, und hob in kindischem Trotz das Bein. Sie war schon immer eine Schlampe gewesen. Als sie dies erledigt hatte, sprang sie zurück ins Haus, um ihre Peinigerin Naras zu umschmeicheln.

Aber Atmeh schlenderte, nachdem sie den Löwen losgebunden hatte, nachdenklich in der verlassenen Stadt der Toten umher.

Endlich blieb sie zögernd an einem Garten stehen, wo an einem Hang Mohnblumen glühten, und nach einer Weile pflückte sie eine. Denn sie hatte gehört, daß es eine Antwort auf das Rätsel über das Ende der Unsterblichkeit gab, daß die Lösung einfach und daß sie – wahnsinnig war.

3

ATMEH WUSSTE FAST ALLES, aber nicht alles. Der Konflikt, in dem sie sich befand, bestand darin, daß sie zuviel wußte, um so zu lernen wie ein Ahnungsloser, ein Kind oder ein Weiser, der erkannt hat, daß er ein Narr ist. Doch aufgrund irgendeines Gesetzes der Erde oder der Götter aus der Zeit, als diese sich noch die Mühe gemacht hatten, solche zu erlassen, fehlte in der Geistesbibliothek einer Zauberin oder eines Dämons hie und da ein wichtiger Band. Den Pfad zur Wiedergeburt mußte sie erst finden.

Was das andere anging, so war es ein Kinderspiel.

So kam eines Abends, als eben die Sterne aufgingen, ein Mädchen mit Sternenaugen auf einem geflügelten Löwen in ein ärmliches, kleines Dorf zwischen den Hügeln.

»Seht! Seht!« rief die Bevölkerung des Dorfes. »Das ist des Königs jüngste Frau.«

»Vielleicht ist es auch ein Dämon«, vermuteten ein paar der ärmsten und dümmsten Bewohner. Doch sie wurden sofort verlacht und mit gnadenloser Verachtung bestraft.

Atmeh trat die Dorfstraße zwischen den elenden

Hütten entlang. Ein kranker Hund lag am verschlammten Brunnen. Er hatte dem Dorf bei der Jagd geholfen, doch jetzt, da er siech war, hatte man beschlossen, ihn zu töten und sein Fleisch zu verteilen – doch bisher hatte das noch niemand übers Herz gebracht. Atmeh strich mit den weißen Händen leicht über den Körper des Hundes. Bellend sprang das Tier auf die Beine. Es war kräftig und gesund und würde noch hundert Jahre leben.

»Eine Zauberin«, sagten die Dorfbewohner wie aus einem Munde und traten vorsichtig näher.

Aber Atmeh sprach ein oder zwei Worte über das Dorf, seine Stein- und Lehmziegel, über den Brunnen und die Felder dahinter. Auch zu den Höfen sprach sie, wo die Töpfe gestapelt waren, und zu den geräumigen Speisekammern, den Obstbäumen, zu den drei Ziegen und sogar zur Luft. Einst hatte sie, um Azhrarn zufriedenzustellen, Käse in Edelsteine verwandelt. Nun war sie vernünftiger geworden. Aber jeder Lagerraum quoll über, auf jedem Feld keimte es wie wild, jeder Riß, jedes Loch wurden abgedichtet, alle Hemden, alle Dächer, alle Schuhe waren neu ... das heißt, es waren die alten, nur wie sie gewesen waren, ehe sie durch jahrelangen Gebrauch schäbig wurden. Die Ziegen reizten munter den Bock, der ihnen bereitwillig noch in derselben Stunde die Bäuche mit kleinen Zicklein füllte. Der Brunnen gab Wasser, das so süß war wie Wein. Die Krüge mit dem sauren Wein in den Häusern waren gut genug für den König, ja, eigentlich zu gut für ihn. Und in der Luft hing ein balsamischer Duft. Im fünfundzwanzigsten Jahr des geretteten Hundes würde dieser Ort in der ganzen Gegend wegen seiner Heilkräfte berühmt und so wohlhabend sein, daß er den Söhnen des Königs Geld leihen konnte, und später – im fünfunddreißigsten Jahr des Hundes – würde ein Mann aus dem Dorf selbst zum König gekrönt werden.

Doch nun wandte sich das ganze Dorf, nachdem sich

alle ausgiebig beglückwünscht hatten, an Atmeh. Warum hatte sie diese gute Tat vollbracht?

»Auch ihr«, sagte Atmeh, »habt ungebeten und ohne auf Gegenleistung zu hoffen, einem Fremden, einem Verwandten von mir, eine Wohltat erwiesen.«

Staunend sahen sich die Dorfbewohner an.

»Außer dir war seit der Zeit meiner Großmutter nur ein Fremder hier. Ein wahnsinniger, tobender Irrer, der verzweifelt, wahnsinnig und tobend in der verfallenen Hütte oben am Hügel liegt. Von ihm kannst du doch wohl nicht sprechen.«

Aber er war es natürlich.

Sie waren vor sieben Jahreszeiten oder noch länger auf ihn gestoßen, denn die Methode ihrer Zeitrechnung war ziemlich ungewöhnlich. Der Ziegenhirte, der die aus drei Ziegen bestehende Herde des Dorfes – die sich bald auf dreißig vergrößern sollte – in seiner Obhut hatte, bekam auf den Hügeln einen furchtbaren Schrecken, als er plötzlich ein Geheul hörte und eine schwerfällige Gestalt erblickte. Als der Hirte begann davonzulaufen, stolperte das grausige Wesen und stürzte, sabbernd, krächzend und die Beine zum Himmel stoßend, zu Boden. Dann verließen es die Kräfte, es lag wie tot, und der Ziegenhirte trat neugierig näher.

Das Wesen, das vor ihm lag, sah aus wie ein Mann von achtzig Jahren, knochig und ausgemergelt, Kopf und Gesicht waren fast vergraben unter verfilztem Haar, das in allen Farben schillerte und alle Arten von irdischem Schmutz zur Schau stellte. Nackt war er, und an seinem nackten Körper erkannte der Ziegenhirte, daß er kein ruhiges Leben geführt hatte. Viele schreckliche Dinge waren ihm angetan worden, man hatte ihn geprügelt, ausgepeitscht und mit Spießen gepfählt, und es schien sogar Versuche gegeben zu haben, ihn zu hängen, zu brandmarken, ihm die Augen auszustechen, die Ohren abzuschneiden und ihn seiner Männlichkeit zu berauben. Obwohl alle diese Mißhandlungen schreckliche Narben hinterlassen hatten, hatte er sie irgendwie lebend überstanden. Und später schien es den Frauen des Dorfes, daß der Irre in seiner Jugend keineswegs häßlich gewesen sein mochte. Doch der Wahnsinn und die Tobsucht, von der er stets befallen war, solange er die Kraft dazu hatte – ließ nicht nach. Das Dorf hatte nicht die Mittel, um eine Heilung zu versuchen. Das sahen die Leute von Anfang an, denn sie hatten mit ihren eigenen Kranken Erfahrungen gesammelt. Am ersten Tag holte der Ziegenhirte seine Brüder, und als sie zurückkehrten, begegneten sie dem Wahnsinnigen auf dem Pfad. Er war wieder ganz lebendig, sprang johlend herum und riß sich selbst die Haut auf, während er mit seinen brüchigen Zähnen knirschte. Aber wieder konnten seine schwindenden Kräfte den Anfall nicht unbegrenzt lange durchhalten. Bald stürzte er wieder hin. Sie trugen ihn zu der leeren Kate. Schließlich fesselten sie ihn dort, um zu verhindern, daß er sich selbst und vielleicht auch ihnen etwas antun könnte.

So wurde er ein Mitglied der Dorfgemeinschaft.

Wenn er ruhiger oder nicht bei Besinnung war, wuschen ihm die Leute seine Wunden und deckten ihn mit Stroh und mit ihren eigenen verschlissenen Decken zu. Wenn er erwachte und es zuließ, löffelten sie ihm Suppe zwischen seine zuckenden Lippen. Ein Mädchen aus dem Dorf, das eine schöne Stimme hatte, ging immer wieder zur Hütte und sang ihm vor, und wenn der Wahnsinnige sie hörte, beruhigte er sich. Im Frühling nahm sie weiße Blüten und legte sie neben sein Gesicht, im Sommer brachte sie ihm Rosen, von denen sie die Dornen entfernt hatte, damit er, der sich selbst das Haar ausgerissen und die Haut zerkratzt hatte, sich nicht verletzen konnte. »Sie ist selbst nicht ganz bei Trost«, sagte man im Dorf. »Sie versteht ihn.« Aber dann kam eine Hungersnot über das Dorf, und wer sonst nichts hatte, der hatte nun weniger als nichts. In dieser Zeit starb das Mädchen. In der Nacht ihres Todes tobte der Wahnsinnige in seinen Ketten und stieß so unmenschliche, so verzweifelte Laute aus, daß das ganze Dorf befürchtete, es würde selbst in den Wahnsinn getrieben werden.

»Und seither«, erzählten die Leute, »liegt er im Sterben. Und er stirbt unter großen Qualen. Seine Energie ist erschöpft, denn selbst wenn er jetzt schreit, dringt ihm kein Laut aus der Kehle, und wenn er sich herumwälzt und um sich tritt, bebt nur die Hütte ein wenig, während vorher ganze Felsbrocken den Berg hinabpolterten. Doch obwohl er im Sterben liegt, kann er nicht sterben. Das sehen wir. Er bemüht sich mit aller Kraft, sich durch die Tür des Todes zu zwängen, aber ein Teil seines Ichs läßt es nicht zu. Oder kann es nicht zulassen. Man sagt, so erginge es den Unsterblichen, die niemals sterben, falls es sie überhaupt gibt.«

Dann führten sie das schöne Mädchen den Berg hinauf zu der verfallenen Hütte.

»Hier«, sagten die Männer des Dorfes und öffneten die Tür.

Das Mädchen dankte ihnen freundlich und schickte sie fort.

Unten auf der Dorfstraße brachten die Frauen dem geflügelten Löwen Schalen mit Milch und Honig, und die Kinder flochten ihm Veilchen in die Mähne. Man wollte mit dem Inhalt der vollen Speisekammern ein Festmahl veranstalten. Während die Lampen und Fackeln angezündet und aus den Truhen die alten Musikinstrumente geholt wurden, um sie zu ölen und neue Saiten aufzuziehen, warf keiner einen Blick auf die Ruine. »Er befindet sich in ihren Händen«, sagten die Leute.

Atmeh hatte die Hütte mit ihrer Zauberkraft abgeriegelt. Sie befand sich nun außerhalb der Zeit, außerhalb der Welt. Vielleicht hatte sie dies auch mit ihrem Herzen und nicht mit ihrer Zauberkraft vollbracht.

In der Hütte gab es kein Licht, dennoch herrschte eine Helligkeit, so zart wie der Sternenschein. Sie schien von Atmeh auszugehen, von den Kleidern und dem Haar und weicher, strahlender von den Augen. Sie stand da und betrachtete das elende Geschöpf, das Eisenfesseln trug und in Decken gehüllt war. Es war wach und sah sie an. Es schrie nicht auf, versuchte es nicht einmal, aber seine riesigen zuckenden Augen, das Weiße blutunterlaufen und die Iris so klein, daß sie fast nicht mehr sichtbar war, blickten angestrengt in die ihren, die so rein und schön waren.

Lylas hatte zu ihr gesagt: *Du bist wahnsinnig.* Und die Art, wie sie diesen Satz einordnete, wie sie ihn zusammen mit den anderen Aussagen, die Lösung des Rätsels betreffend, erwähnte, all das war für Atmeh ein Stichwort. Schicksal stand auf ihrer Seite. Und wenn dem so war, dann blieb wohl kaum etwas dem Zufall überlassen. Nachdem Atmeh nun allen früheren Zorn, alle Gehässigkeit und alle Abneigungen abgelegt und auch den letzten Bodensatz an Bitterkeit ausgespült hatte, konnte sie deutlich bis an die Grenzen der Erde sehen und fand so zur richtigen Zeit das richtige Mittel und – fast nebenbei – auch den Geliebten ihrer Anfangszeit.

Hatte man ihn von ihr getrennt? War er nicht, selbst vom Wahnsinn zermalmt und zertrümmert, immer noch irgendwie bei ihr gewesen? Sich öffnende Lotosblüten, die Edelsteine darboten, Blütenblätter, die auf sie zuflogen und sie küßten, Wasserpflanzen, die im winterlichen Frost erblühten ... der tolle Chuz, Fürst Wahnsinn hatte sie schon geliebt, als sie noch im Schoß ihrer Mutter lag, so wurde erzählt.

Und nun lag Chuz endlich auf dem Stroh, in den Alpträumen des letzten Deliriums befangen. Azhrarns Fluch lastete auf ihm, und er starb so qualvoll, wie Azhrarn es bestimmt hatte – und doch war sein eigentliches Wesen unsterblich, unfähig, ganz zu sterben. Der Hügel erbebte unter seiner Grasdecke, weil solches auf ihm geschah. Oben knisterten die Sterne in ihrem trockenen Tau, ihnen blieb keine Wahl, sie mußten heruntersehen.

Sie sagte nicht zu ihm: »Erkennst du mich?« Er tat es nicht. Und tat es doch.

Und sie sagte nicht: »Du hast mich verlassen. Du hast das Spiel des Leidens der Musik der Liebe vorgezogen.« Er hatte es getan. Und hatte es doch nicht getan.

Sie sagte: »Geliebter.« Und sie legte die Hand auf das verzerrte, ausgemergelte, haarige Gesicht mit dem dumpfen tierhaften Ausdruck. Und als sich bei ihrer Liebkosung die blutunterlaufenen Augen schlossen, reichte sie ihm ihrerseits eine Blume. Es war die Mohnblüte, die sie im Garten des Todes gepflückt hatte. Ihre Blütenblätter fielen ihm wie reine Blutstropfen auf die Lider, die Lippen, die Brust. Die verstreuten Blütenteile befreiten ihn auf der Stelle von allen Schmerzen. Das war das Geheimnis der Mohnblume, das sie bis auf den heutigen Tag nicht zu wahren vermochte.

Denn die Samenkapsel der Blüte, die Frucht, war ihres Inhalts beraubt worden. Atmeh und die Nacht hatten daraus gemeinsam eine winzige Phiole voll bittersten Saftes gezogen. Wie alles aus dem Garten des Todes war auch dies Gift. Und das reichte sie nun ihrem Geliebten.

»Du hast alles getan, was er von dir verlangt hat. Es ist vollbracht und vorüber. Du hast voll bezahlt für ein Verbrechen, dessen du nicht schuldig warst, das werde ich auch noch aus deinem eigenen Munde hören. Trinke jetzt. Auf das Leben.«

Aber als sie ihm schließlich die Phiole an die Lippen hielt, zitterte ihr trotz allem die Hand. Sie konnte nichts dagegen tun. Und ein Tropfen des Tranks fiel auf die Decke und brannte dort ein Symbol aus der Dämonensprache ein, wahrscheinlich ein ganz unbedeutendes Symbol – aber es genügte. Azhrarns Fluch wohnte offenbar eine eigene Energie inne, die ihn sowohl über seine eigentliche Absicht wie auch über die Begleichung der Schuld hinaus wirken ließ. Der Wahnsinnige entsann sich der ihm auferlegten Strafe und bäumte sich in seinen Ketten auf. Er stieß die Phiole von sich – sie flog hoch in die Luft – und wurde von einer Hand aufgefangen. Es war nicht Atmehs Hand, sondern eine, die sie noch vor kurzer Zeit umfaßt hatte, schwarz wie der Rücken eines Raben; schwärzer noch.

Uhlume stand in der Hütte, er war so groß, daß sein Kopf fast die Dachbalken streifte. Ohne ein Wort zu dem Mädchen ging er an ihr vorbei und beugte sich über den zappelnden Irren.

Als das Geschöpf ihn sah, gab es den Kampf auf. Sogar die Wahnsinnigen hörten die Legenden. Sogar die Irren kannten Gebieter Tod. Das war eine ausreichende Erklärung.

Und als Tod ihm die Phiole reichte mit dem Blut der Mohnblüte, die aus Tods eigenem Blut gemacht war, wand und streckte sich der Wahnsinnige dem Gefäß entgegen. Durstig, gierig schluckte er die Flüssigkeit.

Einen Augenblick lang waren seine Augen nur umwölkt. Freude stand darin, denn in ihrer Blindheit sahen sie alles, was dem sehenden Auge verborgen war. Dann starb er, so wie ein Uhrwerk stehenbleibt.

»Ich habe dich bestohlen«, murmelte Atmeh. »Habe ich Unrecht getan?« Sie ließ den Kopf hängen, und Tränen rollten ihr über die Wangen. »Du hast mir verziehen.« Niemand weiß, ob sie mit Chuz oder mit Uhlume sprach.

Doch Uhlume war es, der ihr mit dem Saum seines weißen Ärmels die Tränen trocknete.

»Eines Nachts«, sagte er, »werde ich zu dir kommen und dir aus einem anderen Becher einen anderen Trank anbieten. Aber du wirst ihn trinken.«

»Ich danke dir für deine Freundlichkeit«, sagte sie. »Aber wirst du dann auch der Tod sein?«

»Mag sein, daß ich es nicht mehr bin. Dennoch werde ich für dich dieses Amt bekleiden.«

»Der Weizen wächst«, sagte sie, »und wird geschnitten. Und dann wächst er von neuem. Du hattest eine schwere Aufgabe. Aber wenn du nur die Puppe bist, Gebieter, wie wird dann der Schmetterling aussehen?«

»Das kannst du alle Wesen fragen. Deinen Vater nicht ausgenommen.«

Da lachte Atmeh wie ein Kind – denn sie würde immer ein Kind sein, ebenso, wie sie als Kind stets viele Jahrzehnte älter erschienen war. Und wie ein Kind umarmte sie Uhlume, und Uhlume – er duldete es. Man sagt sogar, er habe gelächelt, aber wer kann das wissen, sogar der Totenschädel grinst so fröhlich, als wisse er etwas, was das Fleisch nicht weiß.

Und so nahmen die Nichte und ihr Onkel für ein paar hundert Jahre Abschied voneinander.

Nachdem sie sich getrennt hatten, erfüllte Atmeh eine ganz gewöhnliche irdische Pflicht. Sie wusch den Körper des toten Wahnsinnigen und rieb ihn mit Kräutern und duftenden Essenzen ein. Sie richtete ihm die Glieder gerade, kämmte ihm das Haar und rasierte ihm das Gesicht. Und als alles getan war, zauberte sie die Gewänder eines großen Fürsten herbei, die Seide und den Schmuck, und legte dies alles der Leiche an.

Und da lag er nun endlich, der tote Oloru oder das Abbild Olorus, ziemlich alt und abgezehrt, aber immer noch ein gutaussehender Mann. Wie ein König sah er aus, der schwere Zeiten durchgemacht hatte.

Und sein prächtig gekleideter Körper sollte später dem Dorf Rätsel aufgeben, denn wie eine versteinerte Substanz, die schon lange tot ist, verweste er nie, sondern blieb fest und unversehrt. Also errichtete man ein Grabmal über ihm, mit einem Kristallfenster an einer Seite. Alle, die kamen, um die heilkräftige Luft des Dorfes zu atmen, starrten auch zu dem wundersamen Leichnam hinein.

»Was mag das bedeuten?« fragten sie. »Was mag es verheißen?«

Denn so war und ist es häufig mit Dingen, die gar nichts bedeuten oder verheißen.

Sofort, nachdem Atmeh den Körper hergerichtet hatte, verließ sie ihn. Sie ging ungesehen durch den Festestrubel im Dorf, rief den wilden Löwen zu sich und ritt über den nächtlichen Himmel davon.

Hoch hinauf flogen sie, dicht an die Sternenfelder, und unter ihnen entrollte die Welt ihren Teppich aus Meeren und Gestaden, Wäldern und Bergen.

»Ich herrsche über nichts davon!« rief Atmeh zum Himmel hinauf. »Hört auf mich, ihr unvergleichlichen, seelenlosen Götter, ich herrsche über nichts und niemanden, und bald, bald werde ich euch überstrahlen, denn ich werde eine Sterbliche sein. Und eines Tages wird mir und meinesgleichen die Erde auf eine Weise gehören, wie ihr sie niemals besitzen könnt.«

Teil Drei

Der Lotos

1

Wanderer hatte es immer gegeben. Vom vornehmsten Palast bis zur elendsten Hütte konnte man sie antreffen, auch wenn sie nicht immer willkommen waren. Sie fielen nicht besonders auf, außer wenn sie Waren verkauften, von Skandalen zu berichten wußten, Zauberer waren oder den Tod brachten. Und so reiste Atmeh, ein schönes Mädchen in Begleitung eines löwenähnlichen großen Hundes – von dem einige behaupteten, er habe Flügel – ohne großes Aufsehen. Einige behaupteten zwar, dieses Mädchen könne Kranke heilen, und andere erklärten, sie hätten von Leuten gehört, die eine Schale voll Perlen vorgefunden hätten, obwohl sie ihr nur eine Schale Milch gegeben hatten. Wieder andere erinnerten sich, daß sie Geschichten erzählt habe, die die Kinder und die Alten gerne hörten. Noch andere warnten: »Man sollte es sich nicht mit ihr verderben.« Aber diesen Fehler begingen nur wenige, und die hatten ohnedies keinen Erfolg. Reiche Grundherren zum Beispiel, die jeden Wanderer mit Hunden von ihrem Besitz verjagten, mußten feststellen, daß ihre Hunde von dieser Frau ganz hingerissen waren. An manchen Orten baten die Leute sie zu bleiben, aus keinem bestimmten Grund, nur weil ihr Anblick ihnen das Herz leichter machte. Doch sie hielt sich nirgends lange auf. Da sie sich fleißig darin übte, ein sterblicher Mensch zu werden, aß und trank sie, lernte zu weben und auf einfache Weise mit Pflanzen umzugehen. Ab und zu nahm sie auch einen Säugling in die Arme und wiegte ihn, einmal war es das in Samt und Seide gehüllte Kind einer reichen Frau, dann wieder ein nackter Säugling, den sie in einer Höhle, wo arme Leute ihr Leben fristeten, aus der Wärme neben dem Feuer gehoben hatte. Und diese Kinder gediehen, als hätten die schlanken Arme, die feinen Hände, eine besondere Kraft auf sie übertragen. Doch hin und wieder vermeinten einige, sie hätten das junge Mädchen auf ihrem Hund über den Abendhimmel fliegen sehen. Und dann und wann kamen auch die Männer, die sich in sie verliebt hatten, und baten sie, ihre Herrin oder Frau zu werden. Doch das lehnte sie freundlich ab, obwohl sie einigen ihre Gunst gewährte, aber nur nach Art einer Frau: Die Liebeskünste der Dämonen ersparte sie ihnen, denn hinterher mußten sie sich wieder mit sterblichen Frauen zufriedengeben, und auch sie selbst würde sich eines Tages damit bescheiden müssen, eine solche Frau zu sein.

So verging die Zeit, der Spätsommer kam, und eine gewaltige, glasige Hitze lag über dem Land, durch das Atmeh mit ihrem Löwenhund wanderte.

Eines rosigen Nachmittags, als Atmeh einen staubigen Pfad entlangging, erschien ein vielleicht siebenjähriges Kind vor ihr, ein Junge in zerlumpter Kleidung und mit groben Zügen, aber mit Haaren, die so rosiggolden waren wie der Himmel. Zu beiden Seiten erhoben sich Berge, kleine Wasserläufe rannten glitzernd herab, aber vor ihr verlief der Weg flach und breit, nur Staub lag darauf und Licht, und daraus schien das Kind geschaffen zu sein.

»Strahlende Herrin«, sagte der Junge und verneigte sich bis zur Erde. »Vor Euch, in drei Meilen Entfernung, liegt ein bescheidenes Dorf. Wollt Ihr Euch dorthin begeben?«

»Vielleicht«, sagte Atmeh.

»Mein Herr«, sagte der Junge, »hat von Euch gehört, denn Ihr seid weithin berühmt, und er hofft, daß Ihr in diesem Ort Rast machen werdet. Es könnte sein, daß er sich entschließt, Euch dort aufzusuchen. Zum Zeichen dafür schickt er Euch dies.«

Und das Kind trat heran und reichte ihr ein einzelnes winziges Samenkorn.

Atmeh nahm das Samenkorn.

»Darf ich auch Euren Hund streicheln?« fragte der Junge.

Atmeh willigte ein. So streichelte er den Löwen, dem eine Teilillusion das Aussehen eines Hundes verliehen hatte. (Und der Löwe wedelte mit dem Schwanz.) Dann wurde der Junge zu Staub oder zu Licht und verschwand. Das Samenkorn jedoch lag fest und still in Atmehs Hand.

Atmeh folgte weiter dem Pfad, nach drei Meilen erreichte sie eine Lücke zwischen den Bergen, und dort lag das Dorf. Es war klein, aber wohlhabend, Reisende waren ein gewohnter Anblick, und wurden freundlich aufgenommen. Man hieß Atmeh willkommen, und als die Dämmerung hereinbrach, richtete man ein Festmahl unter freiem Himmel, an dem die Sterne so dick wie Trauben an einem Weinstock hingen.

Anscheinend wußte man im Dorf, daß sie eine Hexe war, denn man forderte sie eifrig auf, Proben ihres Könnens zu zeigen. Also führte sie einige Kunststücke vor, von denen sie annahm, daß sie den Leuten gefallen könnten und die für eine Hexe, für die man sie ja hielt, zum Rüstzeug gehörten. Sie verdoppelte und verdreifachte die Mengen der Speisen, verwandelte Wasser in Wein und ließ mitten in der Luft Lichter aufleuchten und seltsame Visionen entstehen, die tanzten und interessante Ereignisse prophezeiten.

Doch von dem, der gesagt hatte, er würde sie vielleicht in diesem Dorf aufsuchen, von dem Herrn des Jungen, war nichts zu sehen. Und als sie schließlich nach dem winzigen Samenkorn sah, war es zerfallen, nicht einmal ein Körnchen Staub oder ein Lichtstrahl war übrig geblieben.

Am nächsten Tag verließ Atmeh das Dorf. Sie erklomm einen steilen Hügel, der Löwenhund trottete an ihrer Seite.

Als der Nachmittag sich zum Sonnenuntergang hin neigte, erreichte sie einen Hain aus wilden Orangenbäumen neben einem Teich. Und am Teich stand ein Jüngling von etwa dreizehn Jahren und schien auf sie zu warten. Er wirkte sehr ernst und war gut gekleidet, etwa wie ein Kaufmannssohn, doch sein Haar, glänzend, von rosigem Blond, war das Auffälligste an ihm.

»Schillernde Herrin«, sagte dieser Jüngling zu Atmeh und verneigte sich bis auf die Erde. »Vor Euch, in drei Meilen Entfernung, liegt eine stolze Stadt. Wollt Ihr Euch dorthin begeben?«

»Ich weiß es nicht«, sagte Atmeh.

»Mein Herr«, sagte der Jüngling, »hat von Euch gehört, denn Euer Ruhm reicht weithin, und er hofft, daß Ihr Euch in dieser Stadt eine Weile aufhalten werdet. Es könnte sein, daß er sich entschließt, Euch dort aufzusuchen. Zum Zeichen dafür schickt er Euch dies.«

Und der Jüngling trat zu ihr und reichte ihr eine einzelne helle Blütenknospe auf einem zarten Stengel.

»Ich habe gestern abend nach deinem Herrn Ausschau gehalten«, sagte Atmeh.

Doch sie nahm die Knospe entgegen.

»Darf ich auch Euer Tier streicheln?« fragte der Jüngling. »Es ist nämlich gar kein Hund.«

Atmeh willigte ein, so streichelte er den Löwen, der weniger als sonst wie ein Hund aussah – und der schnurrte. Dann schien der Junge zu einem der Orangenbäume zu werden und war verschwunden. Aber die Knospe lag warm und still in Atmehs Hand.

Atmeh stieg weiter den Hang hinauf, und nach etwas weniger als drei Meilen überquerte sie die Kuppe des Hügels und sah die Stadt unter sich liegen. Es war in der Tat eine stolze Stadt, und man ließ sie erst nach gründlichem Verhör ein, obwohl inzwischen schon die Sonne sank.

Als es dunkel wurde, betrat Atmeh den Marktplatz, wo die Geschichtenerzähler ihre Zelte aufgeschlagen hatten und unter ihren farbigen Laternen saßen. Hier saßen auch die Mädchen der Nacht reihenweise unter hellen Fackeln, sie trugen Kupferringe in den Ohren und Kornblumen im Haar. Atmeh suchte sich nicht weit entfernt einen Platz auf dem Boden, sie zündete sich keine Fackel an, trotzdem schien dort, wo sie saß, ein Licht zu leuchten. Bald näherte sich ihr ein Mann und fragte, ob sie eine Hure, eine Wahrsagerin oder eine Geschichtenerzählerin sei. »Nichts von alledem«, sagte Atmeh, »doch gehören wir der gleichen Bruder- oder Schwesternschaft an. Denn wir alle befassen uns mit Magie.«

»Was hat eine Hure mit Magie zu tun?« höhnte der Mann.

»Geh hin und wohn einer bei, dann wirst du schon sehen«, sagte Atmeh.

Als die Mädchen unter den Fackeln das hörten, betrachteten sie Atmeh mit freundlicheren Augen – zuvor hatten sie sie für eine Konkurrentin gehalten und überlegt, wie sie zu vertreiben wäre.

Nun kamen allmählich die Nachtschwärmer der Stadt heran und setzten sich rings um Atmeh auf das Pflaster, das von der Hitze des Tages noch warm war. Die Leute sprachen und disputierten über alles mögliche mit ihr, manchmal verstummten sie, und sie erzählte ihnen Geschichten, die keine Geschichten waren, berichtete ihnen von Dingen aus ihrem eigenen Leben, ohne wahrzusagen und gab sich verführerisch, ohne sich ihnen in die Arme zu werfen. Was sie sagte, war gleichzeitig erheiternd und tröstlich. Sie sprach die Wahrheiten aus, die zwar vergessen sind, die aber alle Menschen in ihrem Herzen tragen. Und als sie sie nun wieder hörten, kamen sie ihnen vor wie lange verlorene Freunde, und sie umarmten sie voll Freude, wenn auch nur für einen kurzen Augenblick. »Ein Mann sagt sich vielleicht«, meinte Atmeh, »wozu soll ich mich bemühen, eine halbe Stunde lang etwas Nützliches zu tun oder barmherzig zu sein, wenn ich doch in der nächsten halben Stunde wieder in meinen alten Eigennutz und meine Grausamkeit zurückfalle? Aber er hat um so mehr Grund, Gutes zu tun, wann immer er kann, denn auch zehn Jahre in Sünde können keinen einzigen Augenblick der Freundlichkeit und keinen einzigen tiefen Gedanken auslöschen.«

Da sagte eine Prostituierte zu Atmeh: »Aber was ist mit solchen wie uns, die wir Tag und Nacht sündigen?«

»Was ihr tut«, sagte Atmeh, »ist keine Sünde, solange ihr es nicht dafür haltet. Dann allerdings ist es eine. Denn wer kann sagen, daß es böse ist, einem anderen Freude zu schenken? Und ist es weniger edel, für Freude Geld zu verlangen als für Öl, Seide und Gewürze? Doch wenn ihr ständig denkt: *Oh, was bin ich für ein Sünder!* Und euch selbst verabscheut, dann schädigt und verletzt ihr Geist und Herz, und es gibt kein schlimmeres Verbrechen auf Erden, als das Gute in sich selbst zu verschütten. Denn das Gute kommt aus der Seele, und nichts, was der Körper tut, kann sie letztlich zerstören.«

Während sie so miteinander sprachen, wurde Atmeh gewahr, daß weit draußen am Rand der großen Menge, die sich versammelt hatte, eine schemenhafte Gestalt in einem Mantel saß. Hin und wieder hob der Mann ein wenig den Kopf, und Atmeh glaubte dann, unter der Kapuze Haar wie reines Gold leuchten zu sehen. Aber er sprach kein Wort und kam auch nicht näher, und schließlich ging die Nacht zu Ende. Im ersten Sonnenstrahl hielt Atmeh nach der Gestalt Ausschau, die sich nicht zu erkennen geben wollte, doch sie war nirgendwo zu sehen. Und die Knospe auf dem Stengel hatte sich in Luft aufgelöst.

An diesem Morgen verließ Atmeh die Stadt. Sie ging durch ein Tal, in dem der junge Weizen in dichten Reihen stand, und der Löwe schäkerte mit dem Getreide und spielte mit ihr, genau wie ein Hund.

Jenseits des Tales öffnete sich eine breite, gepflasterte Straße. Kaum hatte Atmeh sie betreten, als ein junger Mann, vielleicht dreiundzwanzig Jahre alt, an ihrer Seite stand. Er war wohlgestaltet und gekleidet wie ein Prinz, doch sein schönster Schmuck war sein blondes Haar.

»Was nun?« fragte Atmeh und ging weiter.

»O Herrin, deren Glanz mich blendet«, erwiderte der junge Mann und verneigte sich bis zur Erde, dann paßte er sich ihren Schritten an und ging mit ihr weiter, »vor Euch, in drei Meilen Entfernung, liegt eine hochmütige Stadt. Wollt Ihr Euch dorthin begeben?«

»Keinesfalls«, sagte Atmeh, aber sie lachte.

»Wie schade«, sagte der junge Mann und lachte ebenfalls, »denn mein Herr ...«

»Der von mir gehört hat«, sagte Atmeh, »denn ich bin weithin berühmt ...«

»Und überall preist und verehrt man Euch«, ergänzte der junge Mann, »und daher ...«

»Hofft dein Herr, daß ich in dieser Stadt Rast machen, mich aufhalten und meine Reise unterbrechen werde«, sagte Atmeh. »Und es könnte sein, daß er sich entschließt, mich dort aufzusuchen. Vielleicht aber auch nicht. Vielleicht kommt er auch, wechselt aber kein Wort und keinen Blick mit mir. Oder er kommt, begrüßt mich und verschwindet wieder. Welch ein Jammer«, schloß Atmeh und lachte wieder. »Und was«, fügte sie noch hinzu, »schickt er mir für ein Zeichen?«

»Dies«, sagte der junge Mann und reichte ihr eine Lotosblüte aus ganz hellem, klarem honigfarbenen Bernstein an einem Stengel aus pflaumenfarbenem Quarz.

Atmeh nahm die Lotosblüte. Sie duftete, und der Sonnenschein lag darin wie ein Flammenfisch in einer Feuerkugel.

Da weinte Atmeh, einen Augenblick nur, aber ihre Tränen fielen in das Herz der Blume – und benetzten den Bernstein und den Amethyst mit Saphiren.

»Du darfst«, sagte Atmeh zu dem jungen Mann, »diesen Löwen streicheln.«

Das tat der junge Mann, und der Löwe gab ihm einen herzhaften Kuß.

»Ich werde meinem Herrn sagen«, erklärte der junge Mann, »daß Ihr sein Geschenk annehmt. Und daß ich geküßt wurde. Wenn auch nicht von Euch.«

Und damit verschwand er, nichts blieb von ihm zurück – aber der Lotos funkelte und glänzte in Atmehs Hand, und sein Duft erfüllte den Tag.

Es war etwas weiter als drei Meilen bis zur Stadt, aber Atmeh erreichte sie schließlich, als die Sonne sich nach Westen neigte. Ihre Türme und Terrassen erhoben sich in die goldene Luft – aber Atmeh hatte schon viele Städte gesehen und über eine geherrscht, die im Vergleich zu anderen war wie ein Jahr zu einem Tag.

Doch diese Stadt war großartig und hochmütig, wie es der Bote verheißen hatte.

Um also hineinzugelangen, verwandelte sich Atmeh, obwohl sie sich mit dem Aussehen und dem Prunk einer Herrscherin – wenn auch, aus Rücksicht auf die Empfindlichkeit der Götter nicht mit dem einer Göttin – hätte umgeben und in diesem Glanz die Tore hätte stürmen können, in eine Taube und den geflügelten Löwen in einen geflügelten Löwen von der Größe einer Taube. Gemeinsam flatterten sie über die mächtigen Festungsmauern, die mit ebensolchen Tauben und geflügelten Löwen bemalt waren, die allerdings die Größe von Elefanten hatten.

Als die Sonne unterging und die ausgedehnte Stadt, ihre Tempel, ihre Paläste und das Labyrinth ihrer Elendsviertel mit ihrem Licht übergoß, saß Atmeh, die Taube, hoch oben auf einem Sims und blickte um sich.

Wie Honig und Bernstein war das Licht, und pflaumenfarben das Nachglühen, das vom Osten heraufstieg.

Sie flog hinab auf die Stufen eines Tempels. Hier fand bei Tag ein Markt statt. Nun waren die Geschäfte beendet, eherne Glocken erdröhnten von oben und forderten die Menschen auf, den Himmel zu ehren. Im Schatten einer bemalten Säule verwandelte sich Atmeh wieder in ein Mädchen, und der Löwe bekam seine wahre Größe zurück. Keiner der Gläubigen, die die Treppe hinaufeilten, um die marmornen Götzenbilder anzuflehen und mit Opfergaben zu bestechen, weil sie sie für heilig hielten und glaubten, sie würden sie anhören, bemerkte etwas davon. Sie fühlten sich auch nicht genötigt, statt dessen diese unauffällige, weibliche, blaugekleidete Gestalt mit dem Hund zu ihren Füßen um Hilfe zu bitten.

Unter der großen Tempelmauer wurde es dunkel, der Himmel überzog sich mit Purpur und schmückte sich mit Sternen. Dann eilte ein Mann die Treppe herauf, auch er trug einen Purpurmantel mit Sternen auf dem Stoff und in den Falten. Als er die Säule erreicht hatte, warf er seine Kapuze ab und beugte sich zu der Frau hinunter, die dort stand. Und er betrachtete sie eingehend. Irgendwo im Portikus darüber wurde eine Lampe entzündet, oder ein anderes Licht hatte ihre Gesichter gefunden.

»Die Zeit war gar nicht so lang«, sagte er. »Erinnerst du dich noch an mich?«

»An dich? Wer magst du sein?« fragte sie. Sie hob ihm Gesicht und Arme entgegen, er griff nach ihr und zog sie an sich. Wenn jemand die beiden gesehen hätte, wäre er vielleicht überrascht gewesen von ihrer Schönheit und noch von etwas anderem an ihnen, das ebenfalls schön war. Aber niemand sah sie, nur die Gemälde auf der Säule, die Vögel, die unter dem Tempeldach nisteten, die Flamme in der Lampe dort und die Sterne am Himmel.

»Sprich meinen Namen«, verlangte er.

»Oloru«, sagte sie.

»Nein, das ist nicht mein Name.«

»Vielleicht bist du einem anderen ähnlich«, sagte sie, »einem Fürsten. Aber es heißt, er sei auch häßlich ...«

»Niemals bei dir«, entgegnete er. »Wie könnte in deiner Gesellschaft irgend etwas häßlich sein? Jener, der zur Hälfte häßlich, zur Hälfte entstellt ist, wird schön, wenn er sich dir nähert. Selbst seine beiden Augen sind golden. Schau, siehst du es?«

Sie flüsterte seinen Namen. Nur er vernahm es. Sein Gesicht war auf beiden Seiten unvergleichlich, ebenso wie sein ganzer Körper (und die Sterne auf seinem Mantel waren wirklich Sterne – und keine scharfen Glassplitter). Er lächelte, *Chuz* hatte sie geflüstert.

»Und dich nennt man Atmeh«, sagte er. »Wie hast du dich verändert. Wo sind die Streiche, die du der Menschheit gespielt hast? Das Land ist übersät von Menschen, die du geheilt hast, und mit jenen, die deine Lehren weiterverkünden, jene Philosophie der unsterblichen, menschlichen Seele.«

»Laß uns nicht davon sprechen. Erzähle mir lieber, wie es kommt, daß ich dich dreimal in Verkleidung auf meinem Wege traf, und warum du mich necktest, indem du auftauchtest und wieder verschwandest und von dir selbst als deinem ›Herrn‹ sprachst.«

»Ich habe meine Zeit bei Azhrarn dem Herrlichen abgedient«, sagte Chuz knapp. »Bin ich also nicht wieder mein eigener Herr?«

»Keiner kann dich jetzt mehr beherrschen?«

»Nur du allein.«

Sie rückten noch näher zusammen, und ihre Lippen berührten sich wie die Lippen von Liebenden es zu tun pflegen.

Sie waren fünf oder sechs Jahrzehnte lang getrennt gewesen, ein halbes Jahrhundert, etwas mehr – keine lange Zeit. Aber als sie sich küßten, geschahen seltsame

Dinge. Die Vögel flogen von den Dächern auf und begannen zu singen, als wollten sie die Dämmerung begrüßen. Und die Glocken ertönten vom Dach des Tempels, ohne daß jemand an den Seilen gezogen hätte. Anderswo verwandelten sich Spiegel in Eiszapfen oder schmolzen, Smaragdhalsketten wurden zu Fröschen.

»Was soll dieser Wahnsinn?« riefen die Bürger. »Irgendein Schelm treibt sein böses Spiel mit uns.«

Und andere schauten von ihren Gärten und ihren Dachpavillons nach oben, deuteten mit der Hand und sagten: »Was ist das? Ein riesiger Vogel oder ein fortgewehtes Wäschestück ...«

»Das sind«, sagte ein Kind, »ein Mann und eine Frau, die auf einem Samtteppich sitzen, und neben ihnen fliegt ein Löwe.«

»Unsinn«, erklärten die Erwachsenen dem Kind.

Und vom Tempeldach flogen die ehernen Glocken in einem Funkenregen davon, Rosen fielen herab, und alle nicht brennenden Lampen entzündeten sich.

»Irgendein Adeliger feiert ein Fest«, sagten die Erwachsenen.

Wie profan war doch das Leben. Nur ein Abend wie alle anderen. Denn schon damals war die Welt skeptisch und vernünftig, kritisch und blind.

Doch dieses Dunkel von Erfahrung und Vernunft betraf sie nicht. Wider alle Vernunft flogen sie, zwei Magier, auf ihrer Teppichwolke hoch oben durch die Lüfte, die unvernünftigsten Liebenden von allen – die Welt war ein Garten, den sie durchquerten. Den sie vielleicht auf ewig durchqueren würden. Oder auch nicht, ganz wie es ihnen beliebte.

2

NUN ZOGEN SIE EINE WEILE gemeinsam durch die Lande, oder sie gaben das Wanderleben auf und ließen sich nieder, manchmal in einer Hütte, dann wieder in einem

Palast. Sie traten als fahrendes Volk auf, als Straßenmusikanten und Geschichtenerzähler, als vornehmer Herr mit seiner Kurtisane, als Königin mit ihrem Feldherrn, oder als zwei Katzen, eine schwarz, die andere gelb, als zwei Vögel des Himmels oder als zwei Lichter, die bei Nacht über Sümpfen und Wäldern funkelten. Und man erzählt sich auch Geschichten über einen schwarzhaarigen Mann und ein blondes Mädchen, denn beide konnten nun nach Belieben ihre Gestalt verändern ...

Ein Jahr und einen Tag, oder einen langen Ur-Tag, der bei den Sterblichen ein Jahr war, verbrachten sie zusammen. Sie verlangten sehr wenig voneinander, höchstens, zum Spaß Steine in Gold zu verwandeln oder durch Mauern zu gehen – Kleinigkeiten. Ob die Götter zu diesem Zeitpunkt Notiz von ihnen nahmen, wird nicht vermeldet, wahrscheinlich taten sie es nicht. Und wenn jemand anderer ihnen seine Aufmerksamkeit widmete, so ließ er nichts davon verlauten. Azhrarn, der Urheber ihrer Leiden, hatte geschlafen und war dann erwacht, und sein Wachen war mehr ein Schlaf, als der Schlaf es gewesen war. Sterbliche bedeuteten ihm nichts. Und ebenso gering schätzte er so hochgestellte Persönlichkeiten wie die Herren der Finsternis. In jenen Zeiten hatte sich eine Redensart eingebürgert: *Er sieht uns nicht an.* Diejenigen, die das sagten, verstanden kaum, was sie damit meinten. Aber die Dämonen wußten es, stiegen in die Welt herauf wie der Mond und trieben es nur noch toller mit den Menschen.

Doch die beiden Liebenden waren glücklich. Glücklich sogar nach Art der Sterblichen, denn auch ihnen war klar, daß ihre Idylle nicht ewig dauern konnte. Darin lag die Bitterkeit der Freude, sie mußte enden, sonst würde sie schal werden. Dunizel selbst hatte dies im Wüstenschrein zu Bhelsheved niedergeschrieben.

Und so mag man sich folgende Szene ausmalen. Ein goldener Tag wie viele andere. Eine Wiese, mit Blumen übersät, Berge am blauen Himmelssaum, weit weg und doch sichtbar wie der erste Schatten des Abschieds.

Atmeh ist an diesem Tag die jüngste, schönste Tochter eines Königs. Blau wie ihre Augen ist ihr Kleid, Blumen trägt sie im Haar. Um ihren Hals liegt ein Band aus Elektrum, in das wiederum eine seltsam geformte Blume aus Bernstein und Amethyst eingelassen ist (man munkelt, die Kette könnte von den Drin eines Herrn der Finsternis für einen anderen dieser Herren angefertigt worden sein). Vor Atmeh steht ein kühner geflügelter Löwe, der aussieht, als sei er direkt den Bildern auf einem mächtigen Stadttor entstiegen – dabei wurden doch solche Malereien erst durch den Anblick von Tieren wie diesem Löwen inspiriert.

Der Löwe schnurrt, als Atmeh ihm ins Ohr singt. Dann klatscht Atmeh in die Hände, der Löwe schlägt stolz mit den mächtigen Schwingen, erhebt sich in den Äther, schwebt, wird zu einem winzigen Tagstern und ist verschwunden.

Atmeh setzt sich auf die Erde, um aus gelben Blumen einen Kranz zu flechten.

In der Nähe öffnet sich ein Baum, und heraus tritt Chuz, als romantischer Feldhauptmann, in eine purpurbesetzte Rüstung gekleidet. Aber das Schwert in der Scheide an seiner Seite ist eine malvenäugige Schlange, die nur darauf wartet, daß sie gezückt wird, um etwaige Betrachter zu erschrecken.

Chuz kniet vor Atmeh nieder. Er ist so schön, sich selbst, wie er in den Legenden dargestellt wird, so unähnlich, daß man ein wenig zweifelt, ob es nicht doch der wiedererstandene Oloru ist. Doch für Oloru ist er zu märchenhaft. Zu absolut. Sterbliche haben niemals dieses Aussehen, als bestünden sie aus blitzendem, kühlem ewigen Feuer.

»Wo hast du deinen Löwen hingeschickt?« fragte Chuz, als das Mädchen ihm die goldene Girlande aufs Haar setzte.

»Wohin er will. Wir haben Lebewohl gesagt.«

Chuz lehnte sich zurück, legte seinen Kopf in ihren Schoß und blickte zu ihr auf. Keine sterbliche Frau hätte einem Liebhaber wie ihm Lebewohl sagen können. Atmeh war noch nicht sterblich.

»Sag mir«, bat sie, während sie auf ihn hinabblickte, »was ich zu wissen begehre!«

»Und was ist das?«

»Du weißt es.«

»Hast du«, fragte er, »mir die Rückkehr zu dir nur deshalb erleichtert, um diese Information von mir zu bekommen?«

Atmeh blickte ihn an.

»Oh, sag es mir!« bat sie wieder.

»Damit du alt werden und sterben kannst, damit diese herrliche Haut, dieses Haar, diese Knochen, deine Augen, die wie zwei Sonnen wären, wenn die Sonne zum Himmel würde – damit all dies verfällt, endet, der Erde und den Würmern zum Fraße dient? Dafür? Und wenn ich es dir sage, darf ich dann zum Lohn mit ansehen, wie du gleich deiner Mutter zerstört wirst?«

»Du hast«, sagte Atmeh, »meine Mutter nicht getötet. Das weiß ich. Ich wußte es, als ich vergaß, sie zu hassen. Als ich sie wieder liebte, da wußte ich es. Aber ich weiß noch immer nicht, wie es dazu kam.«

»Das werde ich dir erzählen«, sagte er. »Wenn du willst.«

»Nimm dich in acht«, warnte Atmeh, »denn wenn du es mir erzählst, bestätigst du mir nur, mit welchem Mittel ich selbst die Sterblichkeit erlangen kann. Wie du siehst, ist es mir ja schon bekannt.«

Sie waren gekleidet wie Menschen. Wie zwei Menschen ruhten sie zusammen auf der Wiese, inmitten von Bergen, unter dem Himmel, auf der Erde.

Aber wie beschrieb er ihr den Tod ihrer Mutter und die Rolle, die er dabei gespielt hatte, wie erklärte er ihr, daß er schuldlos war – obwohl Azhrarn darauf bestanden hatte, daß Chuz für die Schuld an diesem Verbrechen bestraft wurde? Sicher nicht mit Worten. Mit einem Blick. In einer stummen Sprache, die noch nicht einmal die Vazdru und die Eshva entwickelt hatten. Jene, die nach ihnen kamen, verfügten jedoch nur über Worte, und nicht einmal mehr über die Worte der flachen Erde. Habt Geduld, gebt acht, ruft der Geschichtenerzähler. Niemals waren diese Tugenden nötiger als jetzt.

In der Zeit von Bhelsheved war es geschehen, daß von Azhrarns Blut drei Tropfen in der Wüste vergossen wurden. Chuz hatte sie zufällig gefunden, oder er hatte danach gesucht, er hatte sie an sich genommen und verborgen. Um damit Unfug zu treiben, aus Bewunderung oder Rachsucht, oder aus allen diesen Motiven und noch vielen anderen. Denn wenn schon die Gedankengänge eines Wesens wie Azhrarn schwer nachzuvollziehen sind, wieviel fremder ist dann das Gehirn von Wahnsinn.

Aber auch dies muß gesagt werden. Indem Chuz diese drei glänzenden Obsidiantropfen nichtirdischen Blutes an sich nahm, bewahrte er sie vor dem Zugriff und den Machenschaften der Menschen.

Bald darauf stand Chuz am See von Bhelsheved und überreichte Dunizel galant einen Amethystwürfel, den Azhrarn in ihrem Namen zurückwies. Und danach war der Würfel, einer von zweien vielleicht, von einer Sekte von Verrückten gefunden worden, die Steine anbeteten. Schließlich wurde er – als strahlender Stein bejubelt – in einen Lederbeutel gesteckt, einem alten Mann um den Hals gehängt und als Gott verehrt. Doch wenig später, als man Dunizel als Dämonenhure beschimpft und vor die aufgebrachte Menge geschleppt hatte, und als die Leute darüber diskutierten, ob man sie hinrichten sollte, hatte Chuz versucht, den Amethyst wiederzubeschaffen. Dabei kam es zu einem Handgemenge. Würfel, Steine und andere Gegenstände purzelten aus

Chuz' Gewand. Jemand schrie, auf die verfluchte Frau würden Steine geworfen. Daraufhin wurden noch mehr Steine geworfen, mit der Absicht, sie zu töten. Da sie unter Azhrarns Schutz stand, konnten sie ihr nichts anhaben, bis jemand, zusammen mit anderem Abfall, zufällig einen von Azhrarns Blutstropfen aufhob und ihn nach ihr schleuderte. Und da dies das einzige war, was die Schutzhülle, mit der er sie umgeben hatte, durchdringen konnte, wurde sie sofort getötet.

Als sich das Kind – Azhriaz – schließlich alleine im Tempel befand, erschien Chuz wieder und überreichte ihr, obwohl sie noch so klein war, den Amethyst, welcher der Schlüssel zum Mord an ihrer Mutter zu sein schien. Und Azhriaz nahm den Stein nicht an. Erst, als Azhrarn an Chuz Rache genommen hatte, erst als sie zur Frau herangewachsen und alleine war, nahm Dunizels Tochter den Amethyst aus jener Lotosblüte in den Sümpfen an der Flußmündung. Und hinfort trug sie ihn in einem kleinen Silberbehälter an ihrem Hals.

Sie hatte schon einen Teil der Geschichte erraten oder kannte sie ganz. Chuz erzählte sie ihr noch einmal und zum erstenmal in jener stummen, für jeden Außenstehenden unverständlichen Sprache, mit einem Blick, oder einfach nur dadurch, daß er bereit war, ihr dieses Wissen zugänglich zu machen.

Vielleicht hatte er Dunizel geliebt, oder auch Azhrarn. Vielleicht war es gegen seinen Stolz gegangen, daß die Menschheit Macht über einen Mitfürsten erlangte. Vielleicht war es auch nur das pingelige Ordnungsbedürfnis des Wahnsinnigen gewesen. Als Chuz die Blutstropfen fand, nahm er sie in seine Obhut. Er bewahrte sie *im Innern des Amethystenwürfels* auf. Und dann erlaubte er sich einen ausgefallenen Scherz, er bot Azhrarn über dessen Geliebte dessen Eigentum an, und es wurde abgelehnt, verschmäht, er selbst abgewiesen. Als sich dann der Sturm über Bhelsheved zusammenbraute, wollte Chuz in seinem Wahnsinn eine Entscheidung erzwingen, er brachte Azhrarns Pläne zum Scheitern, mißtraute (mit gutem Grund) sogar sich selbst und verschenkte den verhängnisvollen Stein. Er gab ihn den verrückten Steineanbetern, die seine Untertanen waren, und der alte Mann verstaute den Amethyst in einem Lederbeutel und hätte niemals zugelassen, daß er zu irgendwelchen niedrigen Zwecken wieder herausgenommen wurde. Aber ach, Schicksal – wenn nicht Kheshmet, sein Wesen, dann der Zufall, aus dem Kheshmet sich entwickelt hatte, griff ein. Vor dem Stein hatte der alte Philosoph in seinem Lederbeutel ein goldenes Amulett aufbewahrt. Gold, der Feind der Dämonen und des Stoffs, aus dem sie bestanden.

Auf diesem engen Raum konnte der Widerhall, der Geist des Goldes auf die Tropfen des Vazdru-Blutes einwirken. Sie begannen sich innerhalb des Würfels zu regen, suchten einen Ausgang. Als Chuz das spürte, versuchte er, den Amethyst wieder an sich zu bringen, aber es gelang ihm nicht. In dem Augenblick, als der Amethyst bei der Schlägerei zusammen mit anderen Gegenständen zerbrach, hatte sich ein einzelner Dämonentropfen aus seinem Gefängnis befreit. Eine namenlose Hand ergriff und schleuderte ihn anstelle eines Kieselsteins. Genau das, was Chuz nicht gewollt hatte, geschah. Und Dunizel, wenn auch nicht Dunizels Seele, fand den Tod.

Zwei Blutstropfen befanden sich noch im Inneren des Würfels. Sie waren dort geblieben, hingen bis zu diesem Augenblick, von Silber geschützt, am Hals von Azhrarns Tochter.

»Und damit hast du mir bestätigt«, sagte Atmeh nun, »daß sie auch das Mittel zu meinem Tod sind. Wie bei meiner Mutter. Diese Macht, die gegen sich selbst kämpft, ein Diamant, der den anderen schneidet. Wenn ich diese unsterbliche, in schwarzen Stein verwandelte Energie in mich aufnehme, wird sie *meine* Unsterblichkeit aufzehren. Ich werde lange leben und schließlich alt werden und sterben. Und auf diese Weise werde ich frei sein.«

»Aber du weißt auch«, sagte Chuz, »daß ich den Amethyst versiegelt habe. Nur wenn ich es will, kannst du an diese Todestropfen gelangen.«

»Oder«, sagte sie, »durch die Wirkung des Goldes.« Und sie hob das Halsband aus Elektrum mit der eingesetzten Lotosblüte an. Darunter in ihrer Halskuhle lag eine goldene Eichel an einer goldenen Kette. Das Gold war silbrig geworden, sie trug die Kette schon eine Weile.

»Der Würfel ist hier, im Innern des Goldes. Ich glaube, es hat seine Aufgabe schon erfüllt. Aber ich war immer zur Hälfte sterblich. Es war unbedingt notwendig für mich, von dir und niemand sonst zu erfahren, daß du meine Mutter nicht getötet hast.«

»Wirf den Klunker weg«, sagte Chuz. »Vielleicht habe ich gelogen.«

»Azhrarn hat Krieg gegen dich geführt wegen einer Tat, an der du schuldlos warst. Auch ich muß das Recht haben, eine unbedachte Torheit zu begehen, das köstliche Gefühl der Selbstverleugnung zu erfahren.«

Und Atmeh klopfte auf die Eichel. Sie zerbrach in Stücke. Funkelnder Lavendelstaub rieselte in ihre Hand, mehr war nicht mehr übrig von dem Würfel, er war in dem Kampf zwischen dem Gold und den zwei Blutstropfen zerrieben worden. Auch diese Tropfen erschienen, so plötzlich wie zwei Meteore, schwarz und brodelnd auf Atmehs Handfläche. Ihre Hand flog an ihre Lippen. Sie nahm die beiden Todestropfen in den Mund, legte sie auf ihre Zunge, und schluckte sie hinunter.

Chuz sprang auf wie ein junger Mann, dessen Frau oder Schwester unversehens Gift genommen hat.

Ringsum war der Gesang der Vögel verstummt. Die Blumen ließen die Köpfe hängen. Ein Schatten verhüllte die Sonne.

»Es ist geschehen«, sagte Atmeh und blickte zu ihm

auf. Sie sagte es ruhig, voll Mitgefühl. »Jetzt werde ich leben.«

Fürst Wahnsinn stand vor ihr und starrte sie an.

»Du bist Dunizel«, sagte er. »Sie hat *ihn* mit dem Tod betrogen. Nun tust du das gleiche mit mir.«

»Hast du nicht einmal zu mir gesagt, wir hätten alle Zeit der Welt, um uns wieder zu begegnen? Und dieses Leben ist auch noch da. Auf mich wurde keine Waffe geschleudert, die mich durchbohrte – bei mir wird der Tod sanft und langsam kommen. Ich werde noch ein paar Tage, ein paar hundert Jahre leben.«

»Du wirst ein altes Weib sein«, sagte Chuz. Sein Gesicht war bleich und ernst. »Du wirst sterben. In anderer Gestalt wirst du auf die Erde zurückkehren, unansehnlich, häßlich, krank, schwachsinnig, als Frau oder als Mann. Nicht zu erkennen. Hast du das gewollt? Daß ich dir den Rücken kehre? Daß du meine gräßliche Seite siehst und die Hand, vor der die Menschen aufschreien und fast den Verstand verlieren?«

»Chuz«, sagte sie, »bist du nicht das Symbol für alles – das Schöne wie das Häßliche? Und du, der du den Irrsinn austeilst, ein mitleidiger Vater, ein Retter, der gütige Arzt, der die Wunden des Lebens verbindet. Der Geist der Dichter und Propheten, der Herr der Ekstase, der Religion, der Musik, der Magie, der Liebe und des Weins. Du hütest den Schlüssel zum innersten Mysterium. Du zerreißt die Ketten. Ich bin dein Untertan, mein Gebieter, wie ich deine Geliebte bin. Immer. Und du wirst mich immer erkennen, bis der letzte Stern aufleuchtet und erlischt. Sogar am Ende der Erde wirst du noch wissen, wer ich bin.«

Da kniete Chuz noch einmal neben ihr nieder. Wie zwei Menschen klammerten sie sich aneinander, die Wolke verzog sich, und die Sonne schien auf sie herab. Die Blumen hoben die Köpfe. Die Vögel tauschten singend ihren Klatsch aus. Was war die Welt anderes als Dinge, die vorüberzogen? Was ist sie jetzt?

»Was wirst du tun, Atmeh, als Frau?«

»Was ich gelernt habe. Aber ich werde dich immer lieben.«

»Die Liebe ist überall«, sagte Chuz sanft und strich ihr über das Haar, »und der Tod der Liebe. Und die Zeit, die aus den Geschichten von Tod und Liebe besteht. Daß es Tod und Zeit gibt, habe ich immer eingeräumt und anerkannt. Und jetzt sehe ich deutlich, was die Liebe ist. Nicht in dir, du hübsches, sterbliches Kind. Aber in meinen Armen, die dich trösten, weil du mich verletzt hast, in meinen Händen, die dich deshalb beruhigend streicheln, in meinen Worten, die gegen meinen Willen zu dir sagen: »Tu, was du tun mußt. An diese Lehre werde ich mich nicht erinnern und ich werde sie auch nie vergessen.«

Und Chuz senkte die Augen, die unvergleichlichen Augen. Er, der Großartige, ein Herr der Finsternis, hielt nun eine sterbliche Frau in seinen Armen. Wie schon Azhrarn entdeckt hatte, war das ein Gefühl, als umarme man die Fluten des Meeres, die Winde des Himmels. Wie fest und gedrungen die Berge dastehen, während dicht am Boden der Sand weht. Der Sand weht weiter und weiter, und irgendwann gibt es keine Berge mehr, gar keine mehr, der Sand hat sie weggeküßt und weggeflüstert. Und der Sand weht immer noch weiter.

Drei stattliche Söhne

VIELE TAUSENDE waren im Lauf der Jahre gekommen, um sich bei der Seherin Rat zu holen. Sie war gütig und freundlich, aber was am wichtigsten war, sie war klug. Sie saß in einem Schrein aus himmelblauem Marmor, ganz tief im Innern, wo die Dünste aus dem Berg stiegen. Vielleicht waren diese Dünste den Prophezeiungen förderlich. Riesige Schlangen hausten in dem Berg oder hatten sich dort angesiedelt, und die glatten Pythons und gemusterten Anakondas waren das Gefolge der Seherin. Sie richteten keinen Schaden an, außer daß sie gelegentlich unachtsame Besucher erschreckten. Es schien, als habe die Seherin einiges mit den Reptilien gemeinsam.

Wie alt sie war, diese Frau! Manche sprachen von zwei oder drei Jahrhunderten. Andere behaupteten, sie sei ein außergewöhnlich scharfsinniges junges Mädchen und habe nur das Aussehen einer alten Frau angenommen, um Menschen und Götter weder in Versuchung zu führen, noch zu erzürnen. Sicher war, daß sie schon sehr, sehr lange an diesem Ort weilte, denn Großväter und Großmütter erinnerten sich daran, daß ihre eigenen Großeltern erzählt hätten, wie *deren* Großeltern von ihr sprachen.

Früher war sie durch die Welt gereist, bis an alle vier Enden. In die Tiefen und auf die Höhen. Sogar auf den Grund des Meeres, so hieß es, habe sie sich begeben. Anscheinend war sie auch verheiratet gewesen oder wenigstens geliebt worden, aber darüber wurde im allgemeinen nur gemunkelt. Inzwischen war sie über Ehen und Bettgeschichten hinaus. Nun hatte sie hier Ruhe gefunden wie ein vom Wind verwehtes Sandkorn.

In dem Tal unterhalb des Berges wuchs eine Stadt heran. Aus dem Berghang erblühte ein Tempel. Wenn Fremde sich dort aufhielten, fragten sie: »Welchem der Götter ist dieser schöne Tempel geweiht?« Aber der Tempel war nicht den Göttern geweiht, sondern dem Menschen. Und der Mensch wurde dort verehrt. In allen seinen Entwicklungsphasen – als Samenkorn im Mutterschoß, als Säugling und als kleines Kind. Als Junge und Mädchen, dann als Jüngling oder Jungfrau, Frau und Mann, Vater und Mutter, und schließlich als Greis und Greisin. Und im Innern der Mauern wurde die Menschheit in ihrer Schönheit und in ihrer Häßlichkeit dargestellt, als König und als Bettler, in Siechtum und Gesundheit, verkrüppelt oder mit geraden Gliedern. Man fand Abbilder von Handwerkern und Kriegern, Gelehrten und Sklaven, Königen, Priestern und Weisen. Und aus poliertem Stein gehauene Bildnisse des Zornigen und des Betrunkenen, des Irren, des Dummen und des Gerissenen, des Genies, des Künstlers, des Mörders, des Heilbringers und des Unschuldigen. Das alles und noch mehr. Und hie und da waren in die Pfeiler oder in den Marmor des Fußbodens folgende Worte eingemeißelt.

BEDENKE:
DIES ALLES KÖNNTEST DU GEWESEN SEIN
ODER NOCH WERDEN.
BEDENKE:
IN JEDEN EINZELNEN VON IHNEN
BRENNT DIE FLAMME.

Man sagte, die uralte Seherin mit ihren Schlangen habe den Tempel gebaut oder jedenfalls den Anstoß zu seinem Bau gegeben.

Vielleicht hatte sie ihn auch nur zufällig entdeckt, und irgend etwas hatte sie zum Bleiben bewogen.

Manche sagten auch, sie hätte ihn geträumt und ihr

Traum habe den Grundstein gelegt, aber das sei geschehen, als sie noch ein Kind in einem fernen Land war.

Wie auch immer, die Pilger gingen zu der alten Frau, um Trost zu finden, nachdem sie in den Hallen weiter unten ihr eigenes Abbild verehrt hatten.

Die Sonne war untergegangen. Das war an sich nichts Ungewöhnliches.

Die Sterne kamen heraus und krönten den Berg. Auch daran war nichts Besonderes.

Der Mond schwebte im Osten herauf. Das war schon oft geschehen.

Unten im Tal, wo an der Straße, die zur Stadt führte, die Pappeln wuchsen, hörte man ein Pochen. *Poch-poch, poch-poch.* Die Rinder waren schon nach Hause getrieben worden. Die Reisenden hatten ihre Unterkünfte aufgesucht. Die Theatertruppen, die Wandergesellen – sie alle hatten auf den Wiesen oder unter den Bäumen ihr Lager aufgeschlagen. Und die Einheimischen waren in ihren Häusern. *Poch-poch.* Nicht einmal Räuber lauerten an dieser Straße, aus Achtung vor dem Tempel, in dem auch sie vertreten waren. *Poch, poch-poch ...* Wer konnte das sein, allein auf der nächtlichen Straße, wo im Mondlicht die Schatten der Pappeln streifenförmig auf dem Boden lagen? Die Straße entlang, auf den Tempel zu, stetig und eindringlich. *Poch.*

Als es dunkel wurde, war auch der Tempel dunkel, nur da und dort hing eine Lampe. Eine befand sich jedoch auf der Außenveranda oberhalb des Tors, und dort pflegte für den Fall, daß jemand in Not oder in Schwierigkeiten war, ein junger Priester zu sitzen, Nachtwache zu halten, in die Sterne zu schauen und nachzudenken.

Nun erblickte der junge Mann vor dem Tempel des Menschen eine gebückte tintenschwarze Gestalt, konturlos wie ein Klecks in der Luft, die sich wie eine schwarze Schnecke den Berghang hinaufbewegte. Die Gestalt stützte sich auf einen Stab und pochte damit auf den Boden. Und aus irgendeinem Grund sträubte sich dem Priester das Haar. Er stand auf und sah zu, wie die klopfende Schnecke um die Biegung und Kurven des Berges heraufgekrochen kam und sich unaufhaltsam näherte. Der Priester schauderte so, daß er selbst darüber staunte. Er sagte sich: *Es hat doch schon öfter nächtliche Besucher gegeben. Sicher, ganz geheuer ist es nicht. Aber gewiß ist nichts Schlimmes dabei. Außerdem habe ich noch nie einen davon gesehen, und jetzt werde ich ihn sehen. Andererseits, was immer es ist, ich bin ein Mensch und werde ewig leben. Selbst wenn ein Drache kommt und mich in Stücke reißt, kann er das Feuer meines Lebens nicht löschen. Ich will daher ganz ruhig und tapfer sein.*

Endlich hatte sich das schwarze Wesen bis zum Tempeltor gepocht.

Dort hob es den Kopf, und der Lampenschein fiel auf ein faltendurchzogenes Gesicht mit Eidechsenlidern. Ein alter, ein sehr alter Mann, fast so alt vielleicht wie die Seherin.

»Guten Abend, Herr«, sagte der junge Priester, der sich nur mühsam beherrschte, denn zu dem Gefühl der Angst war nun noch eine seltsame Ehrfurcht gekommen. Aber der alte Mann nickte und lehnte sich auf seinen Stab. Unter seiner Kapuze schauten kohlschwarze Locken hervor. Mit einer knorrigen Hand umfaßte er den Stab unterhalb des Griffs, aber mit den Fingern der anderen klopfte er weiter auf den Knauf des Stabes, der die Form eines schwarzen Hundekopfes hatte, mit langer Schnauze, spitzen Ohren und zwei schwarzen Edelsteinen anstelle von Augen. Genauso schwarz und glänzend sahen auch die Augen des Alten aus, als er sie nun weit öffnete und den Priester ansah. In gleicher Weise hatten auch die Augen im verwüsteten Gesicht der Seherin ihren Glanz behalten. *Sicher ist das auch einer aus ihrer Sippe,* dachte der Priester. Und er zitterte.

10-88-2

»Man hat mir mitgeteilt«, sagte der alte Mann, »daß hier eine Prophetin zu finden ist. Atmeh wird sie genannt.«

Der Priester seufzte. Die Stimme des alten Mannes war so schön, so voll Musik und Kraft und doch auch so voll Dunkelheit. Allein ihr Klang fuhr dem jungen Mann in die Glieder wie Wasser, das durch einen Kanal, oder wie eine Droge, die durch die Adern schießt.

»Richtig«, stammelte der Priester. »Ihr werdet zweifellos willkommen sein. Wie alle anderen aus ihrer Familie.«

»Ihre Familie?« fragte der alte Mann. »Wer könnte das sein?«

»Nun, sie ist uralt, so alt wie die Bäume und die Berge, Herr. Aber es scheint, als habe sie noch spät im Leben – vielleicht war auch Magie im Spiel – drei Söhne von drei verschiedenen Vätern geboren: drei Könige, so heißt es. Aber ich habe sie nie gesehen ...« Und der Priester verstummte, ein wenig beschämt, weil er soviel verraten hatte und noch dazu an jemanden, der vermutlich ohnehin schon alles wußte.

Aber der Alte schwieg eine Weile und sagte dann: »Davon mußt du mir mehr erzählen.«

Und der junge Priester hatte sehr deutlich das Gefühl, daß ihm gar keine andere Wahl blieb.

So erzählte er die Geschichte, wie sie ihm oft von jenen berichtet worden war, die die drei nächtlichen Besucher der Seherin erblickt hatten. Offenbar kamen sie nie gemeinsam. Und sie hatten überhaupt keine Ähnlichkeit miteinander, wenn man davon absah, daß sie alle stattlich und reich waren.

Wie konnte es anders sein, als daß Atmeh sie im Laufe ihres langen Lebens empfangen und geboren hatte? Und daß ihre Väter Könige waren, wer konnte angesichts ihres Reichtums und ihrer Haltung daran zweifeln? Allem Anschein nach hielten sie es für das beste, unerkannt hierherzureisen und sich alleine den Berg hinaufzustehlen, wenn sie ihrer Mutter ihre Aufwartung machen wollten.

Der eine trug Kleider in der Farbe des Sonnenuntergangs, Orangefarben und Gold, und seine Haut war braun wie eine Nuß. Er war der gehorsamste Sohn und hatte sich am häufigsten sehen lassen. Manchmal kam er sogar ziemlich früh, und mehrere Pilger hatten ihn im Abendlicht am Wegrand auf einem Stein sitzen sehen. Sie behaupteten, dann habe er sich wie ein Bettler gekleidet, um seine königliche Person noch besser zu verbergen. Der zweite Sohn war weniger pflichtbewußt, ihm war man nicht so oft begegnet. Er hatte blondes Haar und helle Haut, trug Magenta und Diamanten, und seine Schönheit verstörte die Abendvögel so, daß sie anfingen zu blöken wie die Schafe. (Noch andere Dinge geschahen, wenn er in der Nähe war: Türen öffneten sich in unerwartete Richtungen, Milch vergor zu Alkohol, das Haar der Mädchen flocht sich selbst.) Sonderbar war dieser zweite Sohn. Der dritte Sohn trug reinweiße Kleidung, und sein Vater gehörte unverkennbar der schwarzen Rasse an. Zu Anfang hatte er seine Mutter kein einziges Mal besucht, er war der nachlässigste von den dreien. Doch in den letzten Monaten bemerkte man ihn häufig. »Er möchte es wiedergutmachen«, sagten die Leute.

Als der schwarzgekleidete alte Mann diesen Bericht gehört hatte, lachte er auf. Es klang melodisch, aber doch irgendwie unangenehm. »Und mich«, fragte er schließlich, »wofür hältst du mich? Vielleicht für den Vater der Dame?«

»Nein, ehrenwerter Herr«, sagte der Priester, »dazu seid Ihr nicht alt genug.«

»Trotzdem«, sagte der alte Mann, »werde ich hineingehen.«

»Trotzdem«, sagte der Priester, »habe ich nicht die Absicht, Euch daran zu hindern.«

Darauf trat der alte Mann dicht an den jungen heran,

streckte die runzlige Klauenhand aus und berührte den Priester kurz an der Brust. Die Berührung war so sanft wie ein Kuß, doch eine solche Welle des Entzückens durchraste den Körper des Priesters, daß er zu Boden fiel. Er tastete blind nach dem Saum des schwarzen Mantels und zog ihn an die Lippen. »Erlauchter Herr, Ihr seid sicher ein Gott, ein liebender Gott, Ihr wärmt mich wie Wein, wie die Liebe selbst. Die Sonne bei Nacht – diese Sonne seid Ihr ...« Aber unter seinem Mund und seinen Fingern verspürte er nur ein heftiges Schlagen wie von gewaltigen Schwingen ...

Als der Priester wieder zu sich kam, blickte er um sich.

Niemand war zu sehen. Das Tor war geschlossen. Die Lampe brannte ruhig, und alle Sterne blickten stumm herab.

»Habe ich nur geträumt?«

Der Nachtwind strich durch die Gräser und antwortete: *Ja*.

»Ja«, stimmte der junge Mann zu. »Es war ein Traum.«

Die Priester-Seherin saß im Innern des Schreines. Bei Tag hatte er die Farbe des Himmels, bei Nacht jedoch war er fahl wie ein nebliger Mond. Im Innern des Schreins schwebten die Dünste umher, und die Pfeiler standen still, und beides schimmerte feucht. Dazwischen, auf einem Sims, befand sich Atmeh.

Das Gewand war blau und frisch im Licht der kleinen Öllämpchen, die hier brannten. Doch ihr Körper war stark verkrümmt, sie war geschrumpft, die Haut war zu Pergament und das Haar zu Gaze vertrocknet. Nur die Augen glühten weiter, als würden sie direkt von der Flamme des Lebens genährt. Sie waren scharf, diese Augen. Eine Schlange, die, wenn sie sich auf ihren Schwanz gestellt hätte, mit dem Schädel an das hohe Dach gestoßen wäre, hatte sich um Atmehs Körper gewickelt wie ein kostbares Seil und den Kopf auf Atmehs Schoß gelegt. Nun sagte Atmeh zu dem Reptil: »Sieh her, mein Liebes! Hier ist einer, vor dem du dich verneigen mußt. Sonst könnte er dich in eine Katze verwandeln.«

Gehorsam blickte die Schlange in die Richtung, in die Atmehs Augen sich wandten – in die Schatten – löste sich und ließ sich in einer fließenden Verneigung auf den Boden gleiten. Danach kroch sie quer durch den Schrein, ringelte sich um einen Pfeiler, und schien von da an, nach Art der Reptilien, mit offenen Augen zu schlafen.

Nun trat ein Mann aus den Schatten. Er war von wundersamer Schönheit, das Haar leuchtete wie blauschwarzes Feuer, und er war in die ganze Pracht der Nacht gekleidet. Wenn jemand aus dem Tempel oder aus der Stadt, irgendwelche Pilger oder Vorübergehende ihn gesehen hätten, hätten sie ausgerufen: »Wir hatten gedacht, die Seherin habe drei stattliche Söhne, aber es gibt noch einen vierten!«

Allerdings waren die Gesichter der anderen drei Söhne einander im Ausdruck ähnlich gewesen, rätselhaft vielleicht, aber wohlwollend. Was zeigte das Antlitz dieses vierten Fürsten, der so bleich war und so schwarzes Haar hatte und einen schwarzen Mantel trug, der das Licht von tausend schwarzblauen Blitzen zu enthalten schien? Ausdruckslos war es, aber sicher nicht wohlwollend.

»Herr aller Herren«, sagte Atmeh leise und fest, »verzeiht mir, wenn ich Euch nicht, wie die Schlange, die gebührende Reverenz erweise. Aber diese Steifheit ist eine Schwäche der Sterblichen. Mein Geist verneigt sich vor Euch, auch wenn mein Körper es nicht vermag. Wird Euch das genügen?«

»*Sterblich*«, sagte er. »Hier bist du also.«

Atmeh erwiderte: »Und auch du bist hier, Vater.«

Nun verlor Azhrarns Gesicht seine Ausdruckslosigkeit. Flammende Verachtung oder tiefster Abscheu spiegelte sich darin. Doch nach einer Weile sprach er weiter.

»Die Drin«, sagte er, »sind stolz auf ihre Häßlichkeit, denn was bleibt ihnen neben der unvergleichlichen Pracht der Vazdru und der Eshva noch anderes, als abscheulich zu sein – eine bläßliche Ansehnlichkeit würde nicht genügen. Dennoch drücken die Drin die Schönheit, auf die sie verzichtet haben, durch das aus, was sie herstellen, und alles, was sie fertigen, vom kompliziertesten Werkstück bis zur winzigsten Nadel, ist makellos und herrlich. Wenn jedoch ein Drin etwas fertigt, was ihn nicht zufriedenstellt, was – seiner Ansicht nach – unvollkommen ist, dann zerstört er es auf der Stelle. Ja, alle Dämonen sind es gewohnt, Fehler auszumerzen. Und du«, sagte Azhrarn, der Fürst der Dämonen, »du, die du von mir geschaffen wurdest, aus schwarzem Schatten und klarem nächtlichen Licht, die du in Dunizel, diesem makellosen Gefäß getragen wurdest – dich betrachte ich jetzt und erkenne, in welches Elend du dich gebracht hast. Was soll ich angesichts dieser Tatsache tun?«

»Mein Tod ist nahe«, sagte Atmeh. »Du brauchst nur zu warten.«

»Ja, das hat er dir sicher gesagt, dein dritter ›Sohn‹, Uhlume. Er bereitet wohl schon mit liebevoller Hand einen steinernen Becher für dich vor. Aber das Ende, das ich dir vielleicht beschere, würde dir, so glaube ich, Schmerz bereiten.«

»Wenn es dein Wunsch ist«, sagte Atmeh, »mich unter Qualen sterben zu lassen, dann tu es. Ich werde mich nicht wehren, es dir nicht verweigern.«

Azhrarns Gesicht veränderte sich. Es wurde nicht freundlicher, nur anders.

Er sagte: »Mit denselben Worten kam ganz zu Anfang deine Mutter zu mir.«

»Sie liebte dich auch von Anfang an.«

»Liebe«, sagte er. »Warum tust du so, als hättest du sie erfunden?«

»War ich nicht«, fragte sie, »einst ein Dämon? Und haben nicht die Dämonen die Liebe erfunden?«

»Nicht die Liebe, die du meinst.«

»Ist nicht alle Liebe insgeheim gleich? Hundert Blüten, aus einer einzigen Wurzel entsprungen. Die Liebe des Körpers lehrt den Geist zu lieben. Die Krämpfe der fleischlichen Lust, die alles vergißt außer der Ekstase selbst, lehren den Körper, sich der Ekstase der Seele zu erinnern, die alles außer sich selbst, die Augenblicke des Einsseins und der Freiheit vergißt. Die Liebe, die ein Mensch nur für einen anderen auf der gesamten Welt empfindet, wird ihn mit der Zeit lehren, alle anderen, die ganze Welt zu lieben. Ein Schrei der Freude, ganz gleich aus welchem Grund, ist die einzige, wahre Erinnerung an jene Wunder, die das Fleisch vertrieben hat. Ein Schrei der Liebe ist stets ein Schrei der *Liebe.*«

Nun vollzog sich tatsächlich eine Veränderung in Azhrarns Gesicht. Er sah sie an, und obwohl er die Verköperung der Finsternis war, fiel doch alle Finsternis von ihm ab.

»Kleines Mädchen«, sagte er, »ich hätte dich siebenfach töten können, und jeder Tod wäre gräßlicher gewesen als der vorhergehende. Die Menschheit ist nicht länger mein Spielzeug, nur noch das meiner Untertanen unter der Erde. Aber du, du bist *ihr* Kind. Du gehörst ihr. Du bist Dunizel. Du bist nicht mein und warst es nie. Obwohl ich dich schuf, um die Welt zu quälen. Obwohl du so werden solltest wie ich. Du bist Dunizel, die ich liebte, Dunizel, die gleichzeitig Sonne und Mond war. Die Tochter deiner Mutter. Ich könnte dir ebensowenig Schmerzen bereiten, wie ich die Sterne vom Himmel reißen würde.«

Da stand Atmeh auf und stieg, alt, gebückt und runzelig in ihrem sonnigblauen Gewand, zu ihm hinab, sie wirkte seltsam anmutig, so wie ein verschrumpeltes, sterbendes Blatt Anmut besitzt. Als sie neben ihm stand, kniete Azhrarn vor ihr nieder. Er senkte den Kopf, und sie legte die Hände auf den mitternächtlichen Ozean seines Haars und auf das darunterliegende Gefäß aus Elfenbeinknochen, das das Firmament seines Gehirns umschloß.

»Lieber Vater«, sagte die Alte, »weine nicht.«

Er sagte: »Das ist der Fluch, der auf mir liegt. Ich vermag es nicht.«

»Jedes Wort, das du gesprochen hast«, sagte sie, »war eine Träne.«

Sie war so gebeugt und geschrumpft, daß er sogar im Knien seinen Kopf an ihre eingesunkene Brust hätte legen können. Er tat es auch, und so drückte sie ihn an sich, die betagte Mutter ihren vierten stattlichen Sohn, und sie sang ihm vor, wie die Vazdru sangen – denn einige der Mysterien waren ihr nie abhanden gekommen.

Wovon ihr Lied handelte, wird nicht berichtet.

Wer weiß es nicht?